U0609288

〈上〉

姜兆文 著

内蒙古文化出版社

图书在版编目(CIP)数据

关东女侠秘史 / 姜兆文著. -呼伦贝尔:内蒙古文化出版社, 2018.5

ISBN 978-7-5521-1481-2

Ⅰ. ①关… Ⅱ. ①姜… Ⅲ. ①长篇小说-中国-当代 Ⅳ. ①I247.5

中国版本图书馆 CIP 数据核字(2018)第 120823 号

关东女侠秘史

姜兆文 著

责任编辑 白 鹭

出版发行 内蒙古文化出版社

(呼伦贝尔市海拉尔区河东新春街4付3号)

印刷装订 三河市华东印刷有限公司

开　　本 710 毫米×1000 毫米 1/16

印　　张 40

字　　数 615 千字

版　　次 2018 年 5 月第 1 版

印　　次 2021 年 5 月第 2 次印刷

ISBN 978-7-5521-1481-2

定价: 95.00 元(上下册)

写在前面

我早就渴望出个全集,对写作生涯作个总结。但又知道,我此生只从事长篇小说创作,全集只能是长篇小说的汇总。这在小说界虽说未必绝无仅有,毕竟少之又少。但内蒙古文化出版社丁永才编审告知,决定给我出全集,这令我喜出望外。

原以为这事很简单,但干起来却很不简单。特别是重新排版后的校对,既繁重,又需细心和耐力。结果,我的家人(妻子傅玉玲、儿子姜耆、儿媳胡小丹、女儿姜睿、女婿苏舟、孙女姜思齐、外孙女苏乔)都加入到这项单调乏味和令人生厌的工作中。特别要提到的是我的儿子姜耆。他才华出众、为人厚道,操作电脑的水平出类拔萃。他的文字功底甚至在我之上。为了我的全集早日问世,他决然放弃了自己宏伟的写作计划。有时为了一个词、一个字的妥帖,不仅要看原书、原稿,甚至翻遍辞书。这使我的全集少了许多遗憾之处。有这样的好儿子,是上天对我的眷顾,我期望他陪我到终老。可是,上天却又在我感到我的儿子如此宝贵的时候,把他夺走了!竟让我这年近八旬的白发人哭送四十四岁的黑发人!呜呼哀哉!痛杀我也!痛杀我也!……

在我的全集付梓之际,我要感谢儿子为我做过的一切,愿他的在天之灵安息。

我还要再一次表达对内蒙古文化出版社和丁永才先生的诚挚的谢忱。没有他们的努力和心血,便不会有我这部全集作为厚礼送给爱子姜耆,送给朋友,送给世人!

姜兆文

2017 年 10 月 31 日于海拉尔

1

公元1899年9月15日(光绪二十五年八月十一日),亮起了大半的月亮已经升到中天,坐落在盛京(今沈阳)小西门外的道教古刹太清宫照例准时敲响了晚祷钟声。这时,正有三个风尘仆仆的年轻人,高坐雕鞍,顺着小西门外笔直宽阔的大道,从西往东缓辔而行。他们的眼睛,一律盯向路南,似在寻找一个必须在今晚造访而又不知确切位置的所在。

借着月光的清辉,可以约略看出,这三人两高一矮。矮的一个其貌不扬,但在那双单眼皮的小眼睛里,却闪射出一股渴望凌驾万人,包举宇内的狂傲,紧闭的雷公嘴,更表露出他性格的刚毅和处事的决断。冷眼看去,此人若非富商巨贾,定是豪门阔少,而且,无疑是这三人中的主子。另两个四肢长大,宽肩厚背。其中一个面皮白净,剽悍中透出几分慧黠,另一个络腮胡子,无畏中带着些许粗野。这两个人,此刻正一左一右伴在矮个子两侧,像是两名健仆。

但事实上,那矮个子并非富商巨贾,亦非豪门阔少,却是出身寒门、年方二十四岁的张作霖。两年前,他因涉嫌劫案逃离家乡,迤逦到了营口,混进了马玉崑大营,刚刚由大头兵熬上个哨官。另两个彪形大汉,当然也不是张作霖的仆人。白净面皮的一位,叫赵天弼,也是马玉崑的部下,任队官之职,论身份,恰恰是张作霖的顶头上司。络腮胡子的一位,姓李,单名一个彪字,少年习武时,和赵天弼是同门师兄弟,后又同在张家口古氏镖局当镖师,眼下,他是黑道上跑单帮的豪客。

这样的三个人,怎么会凑到一起,又为什么要化装成主仆三人的样子,在夜晚出现在远离营口的盛京城小西关呢?他们正在搜寻的是一个怎样的所在,目的又是什么呢?

这话得从头说起。

那是四天前，在营口大营里领兵操练的赵天弼，被告知一个李姓老乡来看望他，正在大营门外等候。他当即解散了丁勇，整整衣冠，匆匆走到大营门外。

要不是那满腮的卷曲如狮子毛的大胡子，他肯定不会认出眼前的一脸汗污、手牵一匹汗毛流水的瘦马的人竟是一年没见面的李彪。

“师兄！是你？”赵天弼高声叫道，惊讶中带着喜悦。

“那还用说！不是我是谁？”从那张几乎被胡须掩埋的嘴里，发出瓮声瓮气的声音，“走。这里不是说话处。”说完，牵马向远离军营的地方走去。

赵天弼听得出来，李彪的声音虽然疲惫，却有掩饰不住的兴奋在内。他以为，一定是李彪终于决定告别剪径生涯，前来找他在马玉崑将军麾下谋个吃官饭拿军饷的差事。一年前，他们自张家口分手后第一次见面时，他曾力劝李彪留在军营，那时李彪说，如果绿林中实在混不下去，会来找他的。现在，看那敝衣劣马的狼狈景象，肯定是到了山穷水尽的窘境了，而那语气中的兴奋，显然是从他赵天弼刚刚上身不足十天的队官的官服，看到了自己的希望。所以，他随着李彪走了几步后问道：“师兄是来投军的吧？”

“投军？”

“我是猜不错的。而且，我赞赏你的选择。彪哥，”赵天弼有时称李彪为师兄，有时叫彪哥，叫彪哥比叫师兄更显亲切，“自从我们的镖头古剑雄遭人暗算后，十几个弟兄都星离云散了。你是唯一和我有联系的人，却又难得一见，使我在军营里常感到形影相吊的孤单。你来投军，我是非常高兴的。我们又可以朝夕相处、互相照应了。”

李彪侧过脸问道：“你是说，让我到牢狱一样的军营当一名大头兵？”

“牢狱！”赵天弼惊讶地叫道，“你说军营是牢狱？”

“当然是牢狱！”

“不错，在军营不如你目前那样自由，但也不像你那样草行露宿和朝不保夕。至于当一名大头兵，也是你我这样出身微末的人必不可少的途径。以师兄的非凡身手，还犯愁步步高升吗？小弟我还不是仅仅三年时间就被简拔为队官了吗？”

“你觉得你的升官图很诱惑人吧？”李彪说着，四周看了看，觉得周围的环境可以站下放心说话了，便收住脚步，并撸起衣袖揩了一下脸上的尘垢。

赵天弼也随之站下，说道：“我说的句句是实话。”

“那请你告诉我,要几年我能当上总兵?”

“总兵?你想当总兵?马玉崑将军以武童生出身,先后在灭捻子、抗沙俄的征战中立过大功,经数十年栉风沐雨,才被皇帝授个总兵衔。师兄却要几年就成为马玉崑一样的朝廷要员?!”

“你不想成为这样的人物?”

“高官厚禄,人所欲也。谁不想获得?但这绝不是一朝一夕就能实现的。尤其你我这样的凡夫俗子,那不是痴人说梦吗?”

“我却能让你在几天内使这个梦变为现实。”

“什么什么?你是说……”

“我是说,我能让你得偿夙愿。”

“师兄这话是什么意思?我可从未想过……”

“就算你暂时还没想成为马玉崑那样的总兵,但你肯定渴望一个比三十个人的头目大得多的官职。这不仅需要才干,还要有足够的银两去打点上司。所谓钱能通神,有钱能使鬼推磨……”

“世风日下,贿赂公行,这的确不能否认。”

“可你除了武功和才干别无所有。以你的武功和才干,再不济也该弄个协统、标统当当。你却只是个小小的队官,队官算个屁官?领那点儿一脚踢不到的大钱,只怕连一个女人也养不住。你不觉得窝囊?”

“窝囊?……当然,有时觉得不公正。不过细想想,一个人甘于清贫,也没什么不好。知足者常乐嘛。”

“要是我告诉你,孔方兄正向你招手,你顷刻间就能成为百万富翁,想衣锦还乡炫耀炫耀,还是买个大官风光风光,都能随心所欲,那么,你是不是还要说什么甘于清贫、知足常乐吗?”

“我明白了。原来师兄这次来营口,不是打算弃旧图新,而是要拉我下水!”

“下水?”李彪说着,嘿嘿一笑,“说出这么个词儿!好像自己是个多么光明正大的君子。”

“师兄!……”

“要说真正知道你的为人的,普天下大概只有我一个。”

“你指的是我劝你一同离开镖局那件事,对不?这事确实不算光彩,很长时间我都感到内疚。但当时是什么情况?古爷一命归西,镖局名存实亡。

虽说古爷留下一个能舞剑弄棍的女儿，可跟着这么个十四五岁的女孩家，能干出什么名堂？二十来个弟兄中，打着自己算盘的不是我一人，只是因为和师兄相交莫逆，我才私下里袒露心迹。”

“结果，我一时鬼迷心窍，也成了背信弃义之人。”

“其实，我们都无须苛责自己。再说，事情已经过去这么久了。”

“越久，心里越是不安。恐怕你还不知道，我不肯和你一起投军，宁愿做个剪径的蟊贼，就是想重返古家镖局。后来，我确实回过张家口，但再也找不见古家母女。没人知道她们的下落。出乎意料的，我却听到了有关古爷遭暗算的一些传闻，使我大吃一惊……”

“什么！”赵天骥显然也大吃一惊，“传闻？什么……什么传闻？”

“先不说它。”

“为什么不说？快告诉我！”

“我会告诉你的，但不是今天。”

“师兄！……”

“听着，这会儿有更重要的事情。你刚才说我要拉你下水，就算是拉你下水吧，你干不干？”

“我估计，你遇到一桩单枪匹马干不了的买卖。”

“说对了。你我联手，有绝对成功的把握。”

“你该去找别人。”

“如果时间允许我找个同伙，我一辈子都不会和你搭帮。”

“这样最好。”

“可时间不容空，这好事便轮到你的头上。”

“好事？！”

“事成之后，你我对半分。”

“只怕我不能帮你这个忙。”

“你会干的。”

“大小我也是朝廷的军官……”

“普天下有几个当官的不贪赃枉法？”

“我正是想当一个奉公守法、安分守己的军官。”

“你心里从来没安分过。”

“师兄这话就没有道理了。”

“没有道理？有一次我们押镖途中,你摸着满箱满箱的金银珠宝说什么来着？你说:‘这些被搜括来的民脂民膏,是送到京城铺垫仕途的。什么时候我们有这么几箱,也他妈买个官当当……”

“那只是一句玩笑话。”

“还有,当年在古爷手下的二十几个弟兄中,就你和姜海山是文武全才。古爷正是打算在你和姜海山之间挑选女婿并继承他的家业。直到古爷临终前把夫人、女儿连同镖局托付给姜海山,大家才清楚,古爷选中的不是你,而是姜海山……”

“这和今天的事有什么关系？再说,对那位连笑都不会笑的冷面小姐,我打心里就没喜欢过。”

“但你对那份家业却垂涎三尺。”

“照师兄这样说的话,我该留下来等待时机而不是空手离去呀!”

“那是因为古爷死后你才知道,他根本没有多少积蓄。”

“师兄把我说得简直狗彘不如了!”

“特别是后来古爷……”

“古爷怎么样？难道……”

“不说这些。我不是来找你吵架生气的,我也没有时间同你翻旧账。我明明白白地对你说吧,甘肃新疆布政使赵尔巽回铁岭丁母忧,刚刚离京出关,估计从现在算起的四天内到达盛京。他随身携带黄白无算,还有价值连城的奇珍异宝。对于你我,这是千载难逢的机会。”

“让我和你一起劫夺赵尔巽的财宝?”

“用你的话说,这都是民脂民膏。这些不义之财,咱兄弟取之有何不可?”

“咱兄弟取之！你说得多轻快！你知道布政使是多大的官吗？不要说携带大批财宝,就是空身出行,也都跟着大批扈从和武林高手,谁能近得身?”

“正因为光靠一两个人的武功不行,才需要你的聪明头脑想个智取的办法。”

“我的头脑可没那么聪明。这种事稍有闪失,就会搭上性命！我即使真渴望发财,也不敢走这条危险道路。”

“胆小不得将军做。干脆说,你干不干?”

“不。而且，我劝师兄也打消这个念头。我不希望师兄去干这种以卵投石的傻事。”

“你是不干，对不？”

“这次，师兄就听我的吧。”

“我在问你！”

“这……师兄非要干，我当然阻拦不了。我也绝不会去告密。至于我……我还是继续过眼下这种安稳的日子吧。请师兄体谅我。”

“你不干可以。我也宁愿失去这次机会。但我要告诉你，你从此别想再过安稳日子！”

“师兄这是怎么了？我们总不会因此就成为敌人吧？”

“这是很难说的，赵天弼！你我今天分手，明天就会有忠于古爷的人来索你的命！”

“为什么！我……我不明白……”

“古爷怎么死的？”

“古爷怎么死的……还用问我吗？你也在场呀。”

“不错，古爷在打猎时中了暗器。可这个发暗器的人怎么会知道古爷去打猎和打猎地点呢？”

“对大家，这的确是个谜。”

“对你，就未必是个谜。”

“师兄为什么要这样说？”

“实话告诉你，我去过山东，到过德州！”

“你！师兄……到过德州？”赵天弼的脸色顷刻间变得一片惨白。

“要不要我说得再详细点儿？”

“不……不必了。但我实在没想到。”

“你没想到的事还多着呢！知道姜海山在哪儿吗？”

赵天弼又是一惊：“姜海山！他在哪儿？”

“离你这儿不到五百里地。”

“这么近！你……见过他了？”

“我要想找到他，不会是件难事。”

“那么，师兄打算去找他吗？”

“听着，赵天弼，我知道你在想什么。你恨不得立即把我弄死，让我永远

见不到姜海山。”

“我怎么能……”

“你是没有胆量在离军营百十步远的地方朝我的胸口打一枪!”

“有胆量我也不会这么干。”

“可你一旦放我离开,就休想再对我下手。而且,你从此就要陷入永无宁日的担惊受怕中。这是你极不愿得到的后果。”

“师兄就别再说下去了！你弄得我心乱如麻了……”

“那就快理理头绪,是决定让我走,还是和我一起干?”

“你这不是要把小弟逼上绝路吗?”

“一条活路,明白吗？一条活路！这是你唯一的一条路,只要你帮我干完这件事,我就不把当年的秘密告诉给第二个人。我可以发誓。”

“师兄就不能换个别的条件吗?”

“这已经太便宜你了!”

“总得让我仔细想想,这可不是件小事呀!”

“又能发财,又能免灾,还有什么好想？——不过,好吧。现在快正午了,给你半天时间,我也得找个地方睡一觉。太阳落山前,到我们去年喝酒的饭馆找我。记得那个地方吧?”

“记得。我一定去。”

“你如果耍花招……”

“绝不会的。我发誓……”

……

他们去年喝酒的饭馆叫醉仙居。

傍晚时,两人在这里又一次见面了。

“我同意干了。”赵天弼开门见山地说道,“但我必须带上个人。”

“两人足够了。何必把二一添作五变成三一三十一呢?”

“我想过了,这事难度大,我们两人干不了。”

“可这个人……”

“我手下的一名哨官,叫张作霖。他原在黑道上干过,打一手好枪。而且,脑袋灵,心眼多,能随机应变,是人中之精。此人绝对可靠。加上这么个人,我们会有双倍的成功把握,是划得来的。”

“行,听你的。他在哪儿?”

"在外面等我。"

"叫进来吧。"

不大一会儿,赵天弼就把张作霖带进李彪包下的雅间。通名见礼之后,三人序齿坐定:李彪年长,坐正位;赵天弼次之,坐右手;张作霖最小,坐左手。酒菜上齐后,他们挥走小二,关上门。

李彪端起酒杯说道:"能结识张老弟这位新朋友,我李彪三生有幸。从此刻起,我们便是生死弟兄了。来,为了我们能马到成功,和二位贤弟同饮此杯。"

张作霖说道:"请李兄稍等片刻。"

"你有话要说?"李彪问道,显得很不满。

张作霖用闪亮的小眼睛盯住李彪说道:"李兄,我们要干的是一件成则腰缠万贯,败则人头落地的事。我们必须对这事的来龙去脉和我们行动的每一个细节都弄清楚,一丝一毫马虎不得。所以,小弟想在喝酒之前请教几个问题。"

"请问吧。"李彪顿一下酒杯,动作很粗鲁。

张作霖没在乎李彪的态度,转了转眼珠问道:"李兄对赵尔巽回铁岭丁忧的时间和路线何以知道得如此准确呢?"

"你以为我是随便编个故事来逗着玩?"

"那倒不是……"

"告诉你吧,两天前,我截住了一个骑马北行的单身汉子。他求我饶他性命,并以向我提供一个发大财的机会为条件。此人便是赵尔巽的听差,是沿途提前为赵尔巽安排住处的。"

"他说的绝对可信吗?"

"刀压在脖子上,他敢说假话?"

"那么,赵尔巽打算在哪些地方下榻,李兄问没?"

"那还能不问?出关第一站是兴城,接下来是锦州、辽阳、盛京。"

"赵兄说,李兄只提到盛京。"

"因为我们动手的地方非在盛京不可。"

"为什么?"

"在途中,两三个人根本得不了手。在兴城、锦州、辽阳,赵尔巽要住在官府和军营,我们更无可奈何。但在盛京,他要住在小西关恒顺客栈,这对我们最合适。”

“有道理。李兄真是精明!”

“傻子都想得到,还用什么精明?”

“可是,赵尔巽为什么不进城却偏要住小西关呢?”

李彪挑了挑眉毛,赞许地看着张作霖说道:“问得好！我当时也感到纳闷,便追问了一句。那人——唔,对了,那人叫宋亮——他说,赵尔巽对增祺没有好感,不愿到城里见面。而且,小西关有一座出名的道观,叫太清宫,赵尔巽要去进香求签和请道长为其亡母超度。还有,赵尔巽本人又是恒顺客栈的半个股东。”

张作霖点头道:“这就可信了。”

李彪微笑道:“你很细心,难怪天弼说你是人精。”

张作霖也笑道:“那我可要趁着李兄高兴,再冒昧地问几句了。”

“有啥问题,都摆出来。”

“对这次行动,李兄是否有了完整的计划?”

“计划?”

“比如说,穿什么衣服？带何种武器？怎么进入客栈？进入客栈之前怎么打探？进入客栈之后三人怎么行动？出了意外怎么互相救助？等等。”

“这么啰唆!”

“我们要做的是一桩大活,既不能拖泥带水,更不能掉以轻心。在任何一个微小细节上出了漏子,都会前功尽弃。”

“说得对,说得对。只是想得这么细,订什么计划,我的脑袋就玩不转了。——天弼,你有什么主意吗?”

“我一时也想不出个子丑寅卯。”

“那就张贤弟说说吧。说得好,就听你的。”

张作霖也不谦让,小眼睛一转,指天画地说出一番话来。这番话竟是一个头头是道、无懈可击的行动计划,听得李彪和赵天弼一个劲儿地点头称是。张作霖一下子成了三个人中的领袖了。

就这样,注定成为历史上非凡人物的三兄弟,经过一整天的紧张筹备,于第二天深夜,踏上了他们此生第一次联合行动的征途,并在预定的时间到了盛京小西关。

2

在我们讲述的那个时代，盛京城小西关半荒草半农田的郊区面目，早已荡然无存，代之而起的，是店铺如林、客舍相望的闹市景象。它之所以能远远抛下其他七关，而与城墙内的市区获得了同步发展，有两个几乎同样重要的原因。

其一，小西门（又称外攘门）乃是皇室宗亲、高官显宦以及官商和私商们进出盛京的必由之路。小西门外那条东西走向的大道，当然要修得宽阔平直了。这样宽阔平直的大道，人来人往，其两侧还能继续成为荒凉岑寂的存身之地吗？来往行人要吃要喝，有时还要住，商业和旅店业理所当然地应运而生了。

其二，在小西门外西北角有一座始建于明末的道院，即太清宫。虽说前面提到的通途并非为它而修，但是它的存在，却大大加快了小西关的繁华。这座道院，曾被崇尚喇嘛教的满族人冷落过；清朝中叶，它走上复兴的坦途，也还是得力于满族人。此后，直到光绪年间，香火始终没有出现衰微的迹象。几乎每天都有近郊和城里的善男信女来到庙里求签问卜。如果赶上庙会，更是途中毂相击，庙内肩相摩。太清宫每年都有几次较大的法事活动，届时长城内外各名山古刹都派人来参加典礼，还有大批云游道士赶来观光。因此，道观内的禅房和专门为接待客人增修的“西院”，一年中有多半年客满为患，许多连“西院”都住不进的道士和更多的观光者，便只好自己花钱就近买个下榻处了。这就恰恰刺激了各行各业的人都想来小西关抢一块地皮赚钱。

小西关如此得天独厚，占尽了地利，要不一天比一天更加繁荣反而不合情理了。越繁华的地方越吸引八方游客，也就越需要更多的高档次饭店和豪华客栈了 。

恒顺客栈便是诸多豪华客栈中顶豪华的一家。

客栈老板名叫钱恒顺，祖籍铁岭，和赵尔巽是同乡，也是至交。钱家几代经商，赵家乃书香门第，这两人原是无由结交的。说来也是天缘巧合，十五年前，钱恒顺到江南采购丝绸，顺便游历名山大川，最后辗转到了福建。他偶然听说福建新任监察御史赵尔巽系关外铁岭人。家乡出了这么个大人物，在江南就任这么有权势的大官，他如何不觉得脸上生光，又如何不巴望结交呢？心念一动，便不再犹豫。他备了一份厚礼，投刺求见。赵尔巽竟极为热情地接见了他，虽是初识，却谈得很融洽。自此，他三天两头携礼求见。赵尔巽的热情也始终未见稍减。赵尔巽没带家小，这就不存在诸多不便，有时就留钱恒顺在官衙同榻而眠。一来二去，四十岁的赵尔巽和二十五岁的钱恒顺便成了忘年交。等钱恒顺不得不离闽北归时，这两人已情同父子了。分手前，赵尔巽对钱恒顺说，现下南来北往的客商与日俱增，经营绸布已难获大利，不如兼营势头日益见好的旅店业，比如在盛京小西关开一家客栈，定能赚大钱，并且不出门即可由各路客商获得货物行情，与铁岭的绸布庄成掎角之势，可永立于不败之地。钱恒顺说这确是高见，但这几年小西关的地皮十分紧俏，很难弄到手。赵尔巽说，他可以写封信，请奉天府尹松林格外关照一下，地皮是不成问题的。钱恒顺喜出望外，表示一定不辜负赵尔巽的厚爱，回去就着手办客栈，还说，客栈办成后，算赵尔巽入了一半股，每年都会将他的红利送至铁岭赵府。赵尔巽连说不可，但心里却已接受了，这一点，钱恒顺当然领悟得了。

就这样，恒顺客栈便诞生了。

恒顺客栈坐落在小西门外三华里处的大路南侧。在小西关，这不是最佳地点。钱恒顺是个有远见卓识的人，刻意把客栈设计成江南园林式建筑，还修上了带有花洞的围墙，在独一无二的幽静之外，又造成一种安全感。结果它反比那些离小西门和太清宫较近的客栈更受人青睐。特别是来盛京的达官贵人和腰缠万贯的客商，无一不想在恒顺客栈落脚，享受几日在闹市难以得到的清静。钱恒顺虽把房价订得高出同行数倍，也还是常常需要在招牌下的大门上挂上“客满”的牌子。

对于这样一家与众不同的客栈，即使从未到过盛京小西关的人，想找到它也不该是件难事，何况李彪早已从赵尔巽的怕死的听差嘴里获知，这座客栈是在路南呢。

所以，三个想在一夜之间发笔横财的年轻人，饿狼扑食般的眼睛没瞪多久，便已站到恒顺客栈的招牌下了。

他们几乎同时滚鞍下马。张作霖使了个眼色，李彪立即把手中的缰绳递给赵天弼，挺了挺胸脯，走上前去，很放肆地挥拳砸响了眼前紧闭的大门。

随着一阵细碎的、愈来愈清楚的脚步声的突然消失，即刻响起下门闩的声音，紧接着两扇厚重的大门被人拉向两旁，中间赫然亮出一个人来。

这人显然是店主钱恒顺。

一开始，钱恒顺的眼睛里，惊讶中还混杂着兴奋，但看清站在门外的只是三人三骑、一主二仆的行商打扮的时候，微微皱了一下眉头，变得冷漠和不以为意，甚至还有点儿被戏弄了的不满。

“三位客官可是要投宿？”问话的态度十分冰冷。

“废话！”回答得也极粗野。

“这大门上明明是挂着‘客满’的牌子。想必三位客官没有看到？”钱恒顺的言辞和语气中已带有明显的讥诮。

“客满？你的客房至少有一半空着！”李彪指了指大都没有点燃灯火的两层建筑的中心客房，“别以为我们看不出来！”

“不错，是空着。而且，何止一半呢？只是抱歉得很，全包订出去了。”钱恒顺的言辞分明是说：客房全空着，就是不接待你们，又能怎样呢？

“我们也全包，出双倍的价钱。我们有的是钱！”

“看得出来。”钱恒顺说。他盯着不知进退的李彪，本想迸出几句难听的话，但还是忍住了。“三位客官，”他把眼睛转向不动生声色的张作霖身上，继续说道，“如果我没看错，你们也是商人。商人当然要赚钱。但有时，信义比钱更贵重。我们不能因为多赚钱，就失信于人。再者说，城里城外，客栈多的是，你们何必争住我这间客栈呢？”

“这是你的造化！”李彪瞪着环眼说道，“我们就是相中了你的客栈！”

“是吗？”钱恒顺把恼怒的目光又投向李彪，“也该问问我是不也相中了尊驾！”

“什么什么？你再说一遍！”

“做买卖是要两相情愿的！别以为你蝎虎几句，我就得把你当祖宗去尊敬。我钱恒顺还没怕过谁。你有钱就能为所欲为吗？除非你的钱能买动增祺做保镖，否则就休要在小店门前撒野！”钱恒顺说着，嘿然一笑，猛然转身

挥手命令道:“关门!”

“站住!”李彪喝道。

钱恒顺回首怒目道:“我不留客,你还要闯进来不成?!”

“你以为我不敢吗?”

“休得无礼!”在恰到好处的时候,张作霖出马了。他猛喝了李彪一句之后,对钱恒顺拱了拱手,“请钱老板息怒。下人无礼,我这里向您赔罪了。大人不见小人怪嘛。”

钱恒顺回过身来道:“你的仆人太粗野了!”

“是呀是呀。我会教训他的。不过,他的急躁也是因我而起。我是第一次来盛京经商,急于赶路,旅途中很困乏,想尽快找个落脚的地方。你如果有气,就朝我发泄吧。”

“那倒不必。你说明白了,我也就没气了。我理解客官急于找到住处的心情。”

“钱老板如此通达情理,又有如此的容人雅量!”

钱恒顺这回也拱了拱手,说道:“这话就太客气了。”

“钱老板,我刚才说了,我是第一次到贵地,人生地不熟,又到了掌灯时分。包租贵店的客人既然还没到,能否迁就一下,行个方便,我们只住一宿,有个睡觉的地方就可以。”

“往常这是毫无问题的,我还愿意获罪于像你这样又文雅又有钱的客人吗?可这次就爱莫能助了。”

“明白了。包租贵店的一定是位不寻常的客人。”

“不瞒你说,此人非同小可,增祺将军也要敬他三分,又是本店的半个股东。他这次是得旨丁母忧,住处是要绝对安静的。而且,他随时都可能驾到。如果他突然到来,我再把客官赶走,反为不美。对此,还请三位体谅。”

“既然如此……那么,请问钱老板,是否能指点一下,我们在近处能找到别的客栈吗?”

“从这往东倒是有几家客栈。不过——客官不知道今天是什么日子吗?”

“请赐教。”

“今天是八月十一,再有几天,便是太清宫开山祖师郭守真的忌辰。年年这个时候,都有各地道人前来参加祭祀活动。许多住不进太清宫客房的

道人,便都抢占各家客栈。今年,道人们上得早,又多,只怕各客栈都已挂上‘客满’的牌子了。”

“听钱老板这么说,我们只能露宿了?”

“那也不至于。此刻,离小西门下关的时间还有一个时辰。我劝三位客官尽快进城,找个住处还是不难的。”

“谢谢钱老板指点。”

“不值一谢。”

“刚才多有骚扰,还请钱老板海涵。”

“哪里,以后有机会光顾敝店,我一定让诸位满意。”

“会的。再见。——我们走。”

三个人跳上马背,抖缰踏上大道。

钱恒顺又抱拳道:“慢走。”然后回身走进去。大门随后咣啷一声合到一处。

三个人朝东走了一段路,又在路边停下马来。

张作霖警惕地四周巡视了一下,放低声音说道:“李兄的消息得到了证实。我们不会赔本了。”

李彪面露得意之色地说道:“我保证过,这不会错的。”

赵天弼说道:“你们注意到了吗?客栈有很高的围墙。”

“是呀,”张作霖说道,“原来没估计到。这给我们的行动增加了困难。但我们在围墙里做起活来,也不易被外边发现。正所谓利弊相当。”

“今夜我们进城吗?”赵天弼又问道。

“当然不。我们不能远离恒顺客栈。最好能在恒顺客栈对过找个人家借宿。”

“你是说借住民宅?”

“这对我们更有利。我们多给些钱,总不会连柴房也舍不出来。以后官府调查此案,他也绝不敢说曾留我们过夜。”

“你的鬼点子真多!”李彪说道,“我们还愣在这里干什么?快去找吧。再耽搁一会儿,全都钻被窝了,黑灯瞎火谁给你开门?”

当下,三个人扯转马头,顺大路北侧往西缓缓而行。

路北有一些店铺,间或有几家民宅,大都关门闭户,也不合他们的口味。走着走着,张作霖轻轻拉住缰绳,指着右边一家几乎全被树木遮掩的修有砖墙的宅院,掩饰不住兴奋地低声叫道:"就是它!"说完,跳下马背,牵着缰绳走下路基,站到涂着黑漆的大门前边了。

赵天弼和李彪也下马跟了过来。

对于他们,这是个不能再合适的所在了。它正对着路南的恒顺客栈,距离既没远到目难及,也没有近到声相闻。站在大门外或墙外任何一棵树干后,都能看到恒顺客栈二楼的窗子,此刻,正有那么一两个窗口透出烛光,有理由推断,那里将是赵尔巽的下榻处,钱老板正带人加意布置。

赵天弼和李彪也觉得十分满意,不住点头。

"还是我来叫门吗?"李彪问道。

张作霖笑道:"这次就不劳李兄的铁拳了。我来叫。"说着,提住大门上的铁环,轻轻叩了几下。

不大一会儿,便有一阵轻快的脚步声传出来,在大门里停下后,送出一个女人的声音:

"是刘成吗?"

"我们是过路人。"张作霖答道。

"过路人?"那女人的声音显然有点失望,"过路人不走路,瞎敲什么门?"

"大姐……"

"谁是你大姐!要吃喝去饭店,要住宿到客栈。你们走吧。"

"你听我说完嘛,大姐。我们不是坏人,是赶来太清宫烧香许愿的。只是来的时间不巧,所有客栈都已客满,求大姐舍出一间柴房,让我们借住一宿吧。我们不会白住的。"

"你给个金山也不行。我们这里不留客。不方便,明白吗?"

这时,里边又响起开门声。

"刘嫂,你在跟谁说话?"又是个女人,从声音可以听出是个少女,具有主人身份。

被称作刘嫂的女人显然是回过头去回答主人的问话:"小姐,是几个过路人,说是赶庙会的。"

"他们是要借宿吧?"少女的声音已经很近了。

"说倒是这么说的。可是……"

"那就让他们进来吧。"

"小姐!……"

“每年这个时候都有来借宿的。你又不是不知道。”

“可那都是道人……再说,刘成收租还没回来,家里连个男人都没有……”

“没关系。要是坏人,不叫门也能进来。”

“小姐可真是!”

“有我,你就不要怕。开门吧。”

在门外,李彪扯了扯赵天弼的衣袖,压低声音问道:“你听出来了吗?”然后,又紧紧盯住大门,那样子,显得惊疑参半和愧悔交加,甚至期望他们听到的是被偶然失聪的耳朵扭曲了的声音。

赵天弼同样陷入惶惑不安之中,本来就不黑的脸愈加苍白。他一面下意识地点点头,算作回答了李彪,一面在心里问自己:要不要拔腿逃开?

但是,李彪不情愿也好,赵天弼想逃走也好,都已失去了意义。因为此刻大门已在一阵铜铃的叮当声中敞开,站在被称刘嫂的女人身边的亭亭玉立的少女,正是李彪羞于见到,赵天弼不敢见到的古剑雄的独生女儿——古竹韵。

3

古家镖局在古剑雄遇刺身亡后,元气已经大伤。原班人马中的武林高手诸如赵天弼、李彪等又连踵离去,镖局愈加一蹶不振。虽有忠心无二、肝肠似火的姜海山内外奔忙、奋力支撑,七八个受恩于古爷的弟兄一时还不忍心丢下古爷的遗属另谋生路,但怎奈镖局的生机全靠实力,顾主们一经获知古家镖局除了一个姜海山均为平庸之辈,谁还肯找上门来?没过多久,古家镖局便无人问津,门可罗雀了。留下来的弟兄们,觉得终日枯坐,白吃白喝,对已成孤寡的母女二人来说未必是值得称道的报恩之举,况且古爷重义轻财,积蓄不厚,长此下去,势必坐吃山空,弟兄们到时星离云散,还可改换门庭混口饭吃,那母女二人怎么办呢?不如趁着粮仓未空、房舍尚在的时候,及早各奔前程,还能使那母女二人有个温饱的后半生。他们把这个想法告诉了姜海山。姜海山也认为有道理,继续支撑下去,镖局也只是个空架子而已。于是,他走到后宅,决定和古爷的遗孀萧夫人商量个善后的办法。

萧夫人听了姜海山的陈述,点了点头,轻叹一声,说道:“事已如此,就照你说的办吧。你告诉他们,有去处的就走,暂时无去处的还可以在这里留住,有我们母女吃的就不会让他们饿着。你着手筹备一下,把需要请的人全请来,大家吃喝一顿,当众摘下招牌。”

“师母,我很难过。更感到有负古爷的重托。”

“这怪不得你,海山。我预料到会有这一天的。”

姜海山和萧夫人都没料到,他们的对话激怒了静坐一旁的年仅十四岁的古竹韵。这位平日里就难得一笑的小姑娘,此刻更是面如冰霜。她倏然站起来,大声说道:“镖局的招牌不能摘!”

“韵儿! ……”

“师妹! ……”

姜海山和萧夫人几乎同时叫道，同时掉转过去的两双眼睛里，除了惊异别无所有，谁也无法回答俨然喝令般的话。

古竹韵盯着姜海山问道："海山哥，你愿意让镖局垮在你的手里吗？"

"韵儿！"萧夫人抢道，"你还是个小孩子。这些大事，还没到你插嘴的时候。"

"妈妈，我要听海山哥回答。"

姜海山看了萧夫人一眼，又转向古竹韵说道："小师妹，面对古爷的在天之灵，我比你更不愿意看到镖局倒闭。"

"那你为什么主张散伙？"

"师妹，我也是出于无奈。好手一个个走了，剩下不足十人，又大都是花拳绣腿。我虽自信武功不在一流之下，但独木难支大厦，早感左支右绌了。远近官绅商旅都已探知我们的底细，哪个敢来请我们押镖？与其困坐愁城、无所事事，不如让弟兄们自寻出路，给师母和师妹省下口粮。"

"各位师兄来跟爸爸闯天下，不是为了今天自寻出路吧？"

"自然不是。他们和我一样，是希望镖局永远兴旺发达，希望一生都为镖局效力的。但同时，他们家小的丰衣足食，也全依赖镖局的收入。"

"照这样说，海山哥就更不该支持他们离开镖局。"

"师妹可以说说理由吗？"

"没有各位师兄的同心效力，古家镖局就等于不复存在，还有什么兴旺发达可谈？镖局是离不开各位师兄的。这是一。你方才说，远近官绅商旅都知道镖局除海山哥全是花拳绣腿，他们离开镖局，谁还肯雇用他们？他们哪里会有出路？他们是离不开镖局的。这是二……"

"师妹的话确实在理。只是……"

"还有第三。各位师兄都说要替爸爸报仇。镖局一散，各奔东西，谁来寻找仇人？谁来报仇？"

"我已经发誓，古爷的仇，我来报。我姜海山是一诺千金，说得出做得到的。师母和师妹都可以放心。不过，话说回来，师妹，我们还得面对现实。我受到古爷的厚恩，也接受了古爷的重托，我比师妹更不愿解散镖局。那些弟兄，对古爷忠心耿耿，也明知离开镖局难以为生。如果我有一个像赵天弼、李彪那样武功高强的人配合，是的，哪怕只有一个，我也要让古家镖局重振威风。可惜的是，这样的人找不到。就是有这样的人，听说古爷不共戴天的仇人还活在世上,也不敢来入伙的。"

"这样的人有。至少有一个。"

"在哪儿?"

"就站在你面前。"

"师妹!你?"

"对,就是我。我当你的助手。我们共振古家镖局的神威!"

"韵儿!"萧夫人喝道,"女孩儿家,不能胡闹!"

"我不是胡闹,妈妈。再说,女孩儿家也未必都比大男人差劲儿。"

"你才十四岁,这样不知深浅!——海山,去办正事吧,不要理她。"

"妈妈,我要干的是更大的正事。——海山哥,那些师兄都在哪儿?"

"他们都在前面大厅里等候师母的回话。"

"海山,"萧夫人急不可待地说道,"去宣布我的决定吧。——韵儿!快回你的房间好好待着!"

古竹韵不再说什么,猛一转身,走出母亲的房间。

姜海山望着古竹韵的背影摇头叹息一声,也退了出去。

他缓步经过石板甬道,脸色凄楚地走进前面的大厅。他巡视了一遍在大厅里等他的八位弟兄,沉重地坐进正面的高背椅子里,声音压抑地宣布了萧夫人的遣散令,并三言两语作了说明。最后举手轻轻挥了一下说道:"都去收拾自己的东西吧。三天后,师母将在这间大厅设酒给诸位饯行。"

八个人无言地互相看了看,转身举步,低头向外走去。

"请等一等!"

随着一个少女清脆的不容反抗的声音,古竹韵从正门快步走进来。

八个人同时停下脚步,抬起头惊讶万分地看着突然出现在面前的和往日判若两人的小姑娘。

"师妹!"姜海山起身叫道,凝视着古竹韵此刻非同寻常的打扮,对她的来意早已猜到了七八分。

古竹韵究竟是什么打扮,才使得大厅里的男子汉们要么目瞪口呆,要么憬然有悟呢?

原来她已脱去了在母亲房中穿的那套墨绿缎的闺中常服,换上了一身白色的剑装。少说也有三寸宽的银丝织成的坚挺的束带,扎出她的纤细的腰肢和刚开始发育的处女的胸脯。束带的右侧,系着一个同样是银线织成

的囊袋,里面显然盛着什么沉甸甸的物件。她的足下蹬着一双白色的软底布靴,走起路来,了无声音。这一身缟素,更映衬得她细嫩的双颊白里透红,楚楚动人,令人感到一种为父亲守孝的庄严和准备干大事的神圣。

古竹韵走到姜海山身旁,转过身来,面对那一双双齐刷刷注视着她的眼睛,朗声说道:"古氏镖局气数未尽,各位师兄散去了难寻生计。镖局的牌匾是不能摘的!我古竹韵虽是女子,又年幼无知,但还明白,守住父业,才是身为人子应尽的孝道。从今天起,我就是古氏镖局的副镖头,和海山哥领着大家一起干。希望各位师兄留下,同舟共济,振兴镖局。"

八个须眉男子聆听了古竹韵的一番话,理所当然地肃然起敬,觉得这个小姑娘深明大义,胆识俱佳,非寻常少女可比。他们也知道,古竹韵虽然对家传的峨眉枪和古家剑的精要也通晓几分,但防身或许勉强,胜敌肯定不够用。而且,当人们听说古家镖局的副镖头竟是一个乳臭未干的小姑娘,不是更加藐视,更加不屑一顾了吗?人们甚至会指手画脚地说:"瞧瞧那帮不知羞臊的大男人,靠哄古爷的小姑娘混饭吃!"他们还敢抬头见人吗?

他们这样想着,你看看我,我看看你,或摇头,或叹息,就是说不出一句话。

倒也无须他们说话。有姜海山在,使古竹韵扫兴的差事还轮不到别人头上。

"师妹。"姜海山苦笑了一下说道,"当镖头不是个简单的事。光有决心和胆量是不够的,还要有超人的智谋和非凡的武功。"

"我不敢夸海口说我具备了这两个条件。但我常听父亲讲,押镖畏途,以避敌为上,买路次之,交战为下。有无随机应变的能力,要干起来才表现得出。至于武功,我倒想请各位师兄当场考较考较。"

"师妹!你这不是难为他们吗?"

"我知道,就是你海山哥和我过招也不肯使出浑身解数,使我受到伤害。那我就自己做给你们看。"

"师妹,你就听师母的话,别再胡闹了。"

"就算胡闹吧,也只有这一回了。请跟我到外面。要不了多长时间的。到时如果各位师兄还认为我是胡闹,那你们就散伙好了,我古竹韵绝无二话。"

姜海山无可奈何地摇摇头,朝大家挥挥手,几个人便全都跟了出去。

古竹韵走出大厅,经过庭院,直趋门外,来到大街之上。

姜海山等几个男子汉本不想走出门外去惹人笑话,但事情到了眼前这

个地步,又不得不尾随而出。就像一群家长对一个任性的孩子丁点儿招数都没有一样。

街上的来往行人,早就看惯了古氏镖局门前的冷落寂寥。今天突然看到走出一个全身银色装束的俊俏的小姑娘,后边又跟着好久没有露面的古氏镖局的全部镖师,不知道这是要演哪出戏,便都远远站定,想看一番热闹。

九个羞于见人的镖师,直感到遭人奚落一般不敢抬起眼皮,心里都叫苦不迭。而古竹韵却满不在乎,如置身于无人之境,依然冷面如凝,声色不动。或许她正希望此刻有更多围观的人,以便刻意招摇一番。

古竹韵在大街上转过身来,举目看了看大门两侧的几棵枣树。

时已深秋,树叶几近落光,早已熟透的枣子也都被敲得所剩无几,且都残留在最高处的枝杈上。

"海山哥",古竹韵指着最高大的一棵枣树说道,"请你数一数上面还有几颗枣子。"

姜海山心里徒唤奈何,只能硬着头皮陪师妹玩一回孩童的把戏。

但他还没数完,便听古竹韵高声说道:"不用了!你们往天上看!"

这时人们才发现,正有一群鸿雁从山边朝这里飞来,且伴随着一阵阵嘎嘎的叫声。

"看好!"古竹韵叫道,右手探入囊中。

只见古竹韵举臂抖腕,嘤的一声,不知有何物件从那纤纤素手中飞出。接着,那只手在囊袋和肩头之间往来穿梭,如一道白光,嘤嘤之声连成一片。

正在人们纳闷之际,那天上振翮飞翔的鸿雁已经一个接一个朝地面跌下来。

再看古竹韵,已经收回胳臂,右手舒开五指,轻按束带。她的脸色还是那么怡然平静。呼吸还是那么轻柔和缓,好像什么事情也没发生,或者,她本人也是个与己无关的旁观者。

在第一只鸿雁还没有撞击到地面的时候,古竹韵对姜海山说道:"叫师兄们把鸿雁捡回来,看看是不是六只,是不是都横贯眼目?"

姜海山正在诧异之中,听了古竹韵的话,心头更是为之一振。他立即相信,小师妹说的"六只"和"贯目"绝非妄言,虽说他依然有点儿梦幻的感觉。

那八位镖师哪里还用姜海山发令,听到古竹韵的话早就看定鸿雁的落点,飞奔而去了。

不大一会儿，六只苟延残喘的鸿雁像列队一样，一字摆在古竹韵的脚前了。

六只鸿雁的双目全在流血。

古竹韵看着伤雁，渐渐垂下眼帘，嘴唇动了动。谁也没有听到她说的是“对不起”。

围观的人愈来愈多。他们似乎恨不得把眼皮撕开，好好看看眼前的古竹韵，究竟是一个小姑娘，还是个神女！

古竹韵抬头对姜海山说道：“还有六只枣子。”

“什么？”姜海山愈加惊愕，“你在击落六只鸿雁的同时，还击落了六只枣子？”

人们朝树下看去，地上果然有六只枣子躺着。

“师妹！”姜海山盯着古竹韵说道，掩饰不住内心的惊喜和赞佩，“我怎么也没想到你会有这么一手奇功！”

“那么，古家镖局的牌子……”

“不摘了！那还用说吗？你是完全有资格作局主的！”

“好！”围在旁边的八位镖师忘情地欢呼起来。没谁示意，纯属感情自然流泻地一拥而上，也不管古竹韵是否害羞和同意，七手八脚把她举起来，朝院里走去，嘴里还不住地喊着：“古镖头！古镖头！……”

大街上留下了六只奄奄待毙的鸿雁，树下静卧着六只青红相间大小不等的枣子，正好供众人观瞻。

古竹韵被师兄们强行抬着进入大门之后，正值萧夫人从后宅匆匆赶来，见状怒道：“胡闹！”

人们放下古竹韵，唯唯垂首，退立一旁，脸上的兴奋劲儿，却依然未能退去。

姜海山走上前，在萧夫人脚前跪下，说道：“师母，小师妹身怀绝技，智勇过人，古爷后继有人，镖局振兴有望了！请师母撤回遣散令吧！”

“不！这不行。我不会答应的。”

八位镖师不约而同地跪在姜海山身后，乞求道：“就让师妹领着我们干吧！我们保证像忠于古爷一样忠于她。”

萧夫人狠狠瞪了古竹韵一眼，半怒半怨地说道：“你真不听话，把你爸爸的嘱咐全忘了！”

“妈妈，您别生气。女儿没有别的办法。”一直手足无措的古竹韵说道，

两行热泪已小河般涌出。她好像有许多话,但终于没有说出,咬了咬红润的嘴唇,捂着脸,朝后宅跑去。

“你们起来吧。”萧夫人心情沉重地说道。

“师母!……”九个人同时喊道,但谁也没有起来,俨然一个逼宫的架势。

萧夫人叹口气说道:“这也许是命中注定,为丈夫担心半辈子,现在轮到替女儿担心了。——你们起来吧,我答应就是。”

“谢师母!”九个人喊了一声,站起身来。

萧夫人略一思忖,说道:这里不是说话处,我们到大厅去吧。

不大一会儿,萧夫人已坐在大厅正面的椅子上,姜海山侍立一旁,另八位镖师分两行在两侧站定。

“发生了刚才的事,”萧夫人开口说道,“我猜你们会有一些话问我。比如说,韵儿怎么会有如此超人的绝技呢?”

“是的,师母。”姜海山回道,“这正是我和弟兄们想向师母请教的。”

“对此,你们当然无从知道。你们不知道的还不仅这一点,事到如今,我也不想隐瞒,索性全告诉你们吧。在你们眼里韵儿只是个安静的小姑娘,没见她练功。可我和你们古爷都清楚,韵儿在后面那间密室究竟流了多少汗水,受了多少伤。不要说我,连你们古爷有时都心疼得偷偷掉泪。她虽年仅十四,却已把峨眉枪和古家剑练到炉火纯青的地步。你们古爷说,能和韵儿交个平手的,大概只有你海山一人了,又说,韵儿的内力和轻功,也可称得起塞北第一了。特别是,韵儿七八岁时,得一奇人秘传,练就一手神丸贯目功,抖腕之间,铅丸出掌如飞,竟有千斤之力;不要说驻足射雁,即于奔驰马背之上,也是弹无虚发。刚才我听到雁叫,又见韵儿腰悬锦囊,就知道你们已目睹神丸贯目功的厉害了。但是,韵儿毕竟是个女孩家,且深受你们古爷宠爱,视如掌上明珠,不想让她露出峥嵘,引祸上身,因此和我约定,韵儿的武功只可在必要时防身,不可轻于示人,更不能让她涉足镖行。韵儿从小乖僻,不苟言笑,非常听话,又绝顶聪明。她何止武功出类拔萃,琴棋书画也都有深厚的根基。但你们几时见她在人前卖弄?今天,韵儿也是出于一片至孝之心,不想让爸爸创下的基业毁于一旦,才肯抛头露面,当众炫耀。看她泪流满面的样子,你们就该猜出她是多么迫不得已!……”

姜海山听了萧夫人这番语重心长且充满凄凉的话,意识到今天做了一件大错而特错的事,在刹那间的心里自责之后,扑通一声跪了下去,愧悔交加地说道:“师母！今天的事全怪我！……”

“现在怪谁也没用了。再说,也不能怪你。从镖局不见客户登门那时起,我就预感到会出现今天的局面。这事也许是避免不了的,尽管我不情愿……”

“那么,师母,还能挽救吗?”

“挽救? ——唔,你起来,起来嘛! ——只有我了解韵儿的脾气。她决定干的事,谁也阻拦不了。今天这么一闹,连韵儿自己都势成骑虎,打不了退堂鼓了。”

“可是……”

“好了。不要再为无可挽回的事去伤脑筋。弄到这步田地,只好由她去了。我只想让你们知道,我不能失去韵儿……”

“要是师母仅仅是担心师妹的安全,我是可以做出保证的。”

“这对我非常需要。韵儿的爷爷和爸爸都靠盖世武功闯天下,也都因武功盖世丧身。韵儿已是古家一根独苗。她要再有个三长两短,不仅我死有余辜,你们也对不起古爷的在天之灵呀!”

“师母请放心。今天目睹师妹神功的人少说也有百八十个,用不了多久,师妹的大名就会传遍长城内外。有师妹的声威,加上弟兄们同心合力,任何强敌也要退避三舍的。而且,我们现在就向师母立下誓言——”姜海山说着,朝两旁站立的弟兄们挥了挥手,并一步跨到萧夫人面前跪了下去。另八位镖师也急趋姜海山身后,分两排跪下去。

“我和弟兄们发誓,”姜海山举起右拳慷慨激昂地说道,“宁可我们粉身碎骨,也不让师妹受到一点儿损伤。如有违此誓言者,天诛地灭!”

“天诛地灭!”八位镖师的和声在大厅里一阵轰响。

萧夫人感动地说道:“你们为古家效力,又逼你们立此大誓,可真有点儿不近人情。说心里话,我是希望你们全都平安无事的。——你们起来吧。”

姜海山站起身后说道:“我们能理解师母的心情。不仅对师母,在我们正式推立师妹作局主的时候,还要对古爷的在天之灵立下誓言。”

第三天,依然银装素裹的古竹韵跪在先父灵位前,接过了象征权力的家传宝剑,宣誓就任古氏镖局新一代局主。

正如姜海山所料,古竹韵的芳名很快传遍四方。人们在耳接口传之际,无须添枝加叶,有意渲染,只要原原本本描述一番那六只鸿雁和六只大枣,

就足以叫世人咋舌,令豪客震悚了。

不到两个月,寂寞已久的古氏镖局又开始热闹起来。登门投镖者络绎不绝。甚至有人从几百里地外赶来,只求一睹"白衣奇女"的风采。

总之,古竹韵就任局主后,古氏镖局呈现出一派中兴景象。这自不必细说。

说话已经过去近两年时间了。

这两年里,他们的活计可说是应接不暇,财源因而也就不断。其间几次大镖,所获酬金更是可观,而且,人马也都安然无恙。他们白日树镖旗,夜晚张镖灯,押着满车满车的货物和金银珠宝,也不是没诱惑得山林中的劫匪蠢蠢欲动,但一经看清那镖旗、镖灯上的"古"字,以及骑在白马上的白衣少女,就知道不能轻举妄动,只好龟缩路边,望洋兴叹了。当然,记不清次数的行镖途中,也不能没有一些小插曲。总有一些不识好歹的劫匪想碰碰大运,结果,还没等接近镖车,便一个个惨叫一声"妈也",捧着眼睛在地上打起滚来,余下的那些眼睛尚属完好的人,在猛然一怔之际,终于长了见识,领悟了同行们不敢招惹古家小姑娘的道理了。古竹韵严令手下镖师们不得轻易杀人,她自己每次不得已抖射铅丸时,也只求击伤即可,从不使足气力,否则,那铅丸定会透脑而出,哪有活命的道理?对那些报废了一只眼睛且被生擒的劫匪,也不再施以刑罚,而是好言抚慰,赠给川资,劝其弃恶从善。加上又有过几次抑强扶弱和济人危困的侠义之举,白衣奇女的名号又渐渐被白衣侠女的美称取代了。

古语道:木秀于林,风必摧之;堆出于岸,流必湍之。古氏镖局如此兴旺发达,且仍旧蒸蒸日上,如何不遭人忌妒?不仅同行怨望,一般世人也都看着眼红。当你身处逆境、穷困潦倒,或许会听到一两句同情话,甚至为你抱不平;等你时来运转、出人头地,你周围便只有敌意了。世态炎凉,大抵如此。所以,可以说,古氏镖局兴旺发达的过程,就是不断引起忌恨甚至树敌的过程。如果这些人看着眼红,想着心疼,倒也罢了。却偏偏有人暗中盼着降下一把天火,把他们不愿看到的东西烧个精光;更有人殚精竭虑,准备亲手为古氏镖局设计一场灾难,以便发泄心里的忌恨。

古竹韵对这一切看得十分清楚。她知道,古家镖局已经到了异常艰难的时期。虽不能说危机四伏,但不谨慎小心是不行了。

对于十六岁俨然一个大姑娘的古竹韵,还有一个更令她讨厌的问题。

她的神奇的武功固然令所有听到她芳名的人慑服；她的美貌是少女身上比才能还有价值的内容——同样使见过她的人赞叹。前者是早就预见到的，她决定继承父业的时候就有了这个自信；后者却是在愈来愈多的男人色眯眯的注目礼中，逐渐认识到的。她并不为声名鹊起感到快活和骄傲，她不是为了立威于当世、留名于身后才出任镖局局主的；她更不把美貌引以为荣，在鄙视无耻的男人的眼睛的同时，甚至憎恶起自己愈来愈显得娟秀的容颜。她开始尽量避免在大庭广众中露面，尽量把押镖的起程时间定在夜里，但为时已晚，许多有钱有势的纨绔子弟，约好了一样，联翩接踵打发冰人到古家致意，表达想结秦晋之好的愿望。

古竹韵无忧无虑的日子过去了。

她对自己挑起镖局大梁的这一行为的正确性产生了怀疑，过早地萌发出退出江湖的念头。

正在这时，张家口突然出现了几个来历不明的外乡人。这几个人不止一次在古氏镖局左近窥探，似有所图。姜海山打探出，这几个人说的是一口山东话，都会武功，带有暗器，且对古氏镖局的大小事物均十分感兴趣。至于是否想对古氏镖局下手，暂时还没有明显迹象可以断定。

姜海山向古竹韵作了简要介绍。

古竹韵说道："既然对我们镖局感兴趣，又不来通款交接，那肯定是不怀好意了。"

"是的，师妹。"姜海山说道。镖局重新行镖以来，古竹韵坚决不准姜海山等人称她局主，所以，他们一直以师兄、师妹互称。"至少，"姜海山接着说道，"必须肯定他们是来者不善。"

"让各位师兄小心在意，警惕一些，尽量别单独出门。"

"我已向他们作过交代。但最紧要的是师妹和师母须格外小心。"

"师兄是怀疑这几个人冲我而来?"

"古爷在世时曾隐约谈到，古家几代人在德州做镖行。他带着师母，远离故土，到塞外谋生，显然是为了避开仇人。而古爷在张家口十几年，行侠仗义，乐善好施，在江湖中仁声卓著，没有理由结下不共戴天的仇敌。我早就怀疑向古爷投发暗器的人来自德州。"

"他们已经杀害了爸爸！……而且，过去两年了……"

"他们应该对古爷的情况了如指掌，知道古爷身后无子，以为不会留下

隐患。但这两年,师妹的威名如雷贯耳,不胫而走,他们会毫无所闻吗?"

"明白了——他们想斩草除根。"

"但是,他们不会得逞的。"

"有道是,暗箭难防啊!——不过,师兄,这会儿我的决心倒更坚定了。"

"师妹是不是打算先下手?"

"不。爸爸常说,武德之要,在不枉杀一人。对他们,我们还仅仅是怀疑。其次,这几个人即使真是前来袭击我们的仇家,也未必就是当年杀害爸爸的元凶。再者,把杀敌报仇的地点放在张家口,时间定在眼下,对我们都不利:我吃官司还在其次,各位师兄怕是也要受牵连,特别是妈妈,看到我摊事,会伤心得没法活下去的。"

"那怎么办?等他们打进来?我们还是要动手啊!"

"师兄,我想了好多天了。我们解散镖局,全都离开张家口。"

"什么?"姜海山惊道,"解散镖局?当初不正是师妹竭力反对摘掉牌子吗?"

"此一时,彼一时呀。"

"镖局正值鼎盛,弟兄们也正在兴头上。"

"正该急流勇退。师兄你想,我们新的敌人一天天增加,旧的敌人又找上门来。顾得了镖局,顾不了行镖,顾得了行镖,顾不了镖局。两头担惊受怕,哪里还会有宁帖的日子?我们人手不多,置身明处;仇人遍及周围,藏身暗处。我们如何防范得了?而且,'月满则亏,物盛则衰',我们就能永远不走下坡路?师兄也该想到,当今世界,火器盛行,只怕要不了多久,劫匪也会手持长短火枪和我们作对,我们的刀剑还有什么威力?镖行再难做下去了。与其等到我们山穷水尽再各奔东西,不如趁着镖局还算丰满,让各位师兄多分点儿红利,或回家养老,或找个少些风险的营生。师兄仔细思量思量,想好了,再把你的意思告诉我,以便作出最后决定。"

第二天早饭后,姜海山安排弟兄们四处守望后,到大厅来见古竹韵。

"师妹。"姜海山说道,"我想了一整夜,觉得你的话很有道理。就按师妹所说,解散镖局吧。"

"我料到师兄会同意的。"

"我们什么时候……"

"事不宜迟,而且要做得神不知鬼不觉。"

“我会安排好的。”

“请师兄把账目拢一拢，全部银两平均分成十份，每位师兄一份。”

“师妹和师母……”

“我和妈妈分一份足够了。”

姜海山也不再说什么，转身走出大厅。

他说服了众兄弟之后，便着手做善后处理和布置疑阵。他派出四个弟兄，到市面最繁华之处采买酒肉菜蔬，就便放出口风，说三日后系古竹韵就任局主两周年，届时将大摆筵席，招请地方豪绅、各镖局局主以及客居张家口的武林同道共度良宵。另四个弟兄，或在门前结彩张灯，或上墙外清扫垃圾，同时观六路、听八方，防备不三不四的人接近镖局。长年雇用的几个忠心耿耿的杂役，集中到后宅，帮助萧夫人和古竹韵收拾细软，这几个人知道可以得到超过愿望的报酬，并能在数天后共分镖局房舍和家具的售款，都答应三天内不走出镖局半步，对所知情况守口如瓶。

当天夜里，镖局的前院依然灯火通明，杂役们忙碌于大厅内外，八位镖师四处严密警戒。

姜海山从外面回来后，脱下夜行衣，来到后宅。

“师母，师妹，一切准备妥当。那几个山东汉子今天开了酒戒，已经睡下，显然确定三天后是他们最合适的机会。师母、师妹可以起程了。”

“海山哥和我们一道走吗？”古竹韵问道，面颊上飞起一阵红晕，连忙低下头去。

姜海山说道：“我必须最后走，否则心里不会踏实。而且……我还有一个使命要去完成。”

“去查找杀害爸爸的仇人？”

“我确信那几个山东汉子三天后会离开张家口。我将跟踪他们。也许这回我能找到真正的元凶。”

“然后去找我们？”

“只要我活着完成使命。”

“可你去哪里找我们？我和妈妈还不知道会在何处落脚。”

“你们落脚的地方，古爷早就准备好了。”

“什么！你说？”萧夫人和古竹韵同时惊叫道。

姜海山警惕地门外窗前查看了一番，确信没有任何人偷听后，返回身

来。

“师母、师妹,古爷在世时,曾用他的一大部分积蓄,在盛京小西关买下一所宅子和附近一个屯子的全部田产。古爷说:‘做镖行有如抱虎枕蛟。武功高强和行侠仗义也都免不了树敌。如果不幸身亡,抛下她们母女,怎生过活?不能不趁我健在和手头尚宽,为她们准备个后路。’这事只有我知道。古爷还再三叮嘱我,万不可对外人讲,就是师母、师妹真到了必须去盛京小西关的时候,也不得向任何人透露这个去处……”

听了姜海山的话,萧夫人和古竹韵又感动又悲哀,忍不住热泪涌流。

萧夫人说道:“你们古爷……”接着一阵抽咽,下面的话再也说不出来了。

古竹韵也哭道:“海山哥,我恨我不能丢下妈妈同你一起去报杀父之仇!……”

“我一个人足够了。”姜海山慨然道,略一停顿,又接着说下去,“在盛京的宅子和田产都由一个叫刘成的人代管,你们去后,刘成和他妻子就是你们的仆人。古爷说,他救过刘成夫妻的命,这两人都很诚实,是可信的。”

萧夫人一边拭泪,一边点头。

古竹韵问道:“这刘成没见过我们,怎么就能相信……”

“古爷说,师妹有一块玉佩,上面刻着师妹的生日。刘成见到它,就知道是主人到了。”

萧夫人似有所悟地抬头道:“我说你们古爷怎么再三嘱咐我要保管好这块玉佩呢?我还以为……”说到这里,她猛然停住了,苍白的脸上也似有一股微红涌现,似乎有什么难以出口的话,或者为险些露嘴而后悔。但在场的两个年轻人既没听出她想说的是什么,更没看出来为什么又突然不说了。

“师母、师妹,我们走吧。”姜海山说道,眼睛里已有了催促的意思了。“我们从后边出去,先骑马,我在城外备了一辆快马车。为了慎重,没安排驭手,师妹自己赶车吧。至于东去的路,师妹是熟悉的,不用我啰唆。我送师母、师妹驾车上路后,再回来。”

就这样,古竹韵和母亲离开了张家口,经过半个月的颠簸,到了盛京城小西关,过起了丰衣足食的隐居生活。

当古竹韵出现在赵天弼和李彪面前时,已经是隐居三年的芳龄十九的大姑娘了……

4

虽说已相隔五年,虽然只有朦胧的月光,古竹韵还是一眼就认出角门外三人中的两人。李彪的面貌是太明显了,活脱脱一个张飞,固然不会忘记。而赵天弼,也曾从父母的谈话中隐约听出,是除姜海山以外,能作古家上门女婿的另一人选。那时她还小,对男婚女嫁的事不了然,但毕竟猜得出和自己有关,因而,这个在众多年轻镖师中最注重衣冠和修饰的小白脸,便也给她留下了深刻的记忆。说起来,这两个人都未曾引起年幼的古竹韵太多的好感。她不喜欢李彪的粗俗邋遢,同样不喜欢赵天弼的矫揉造作。后来,又经过了父亲死后镖师队伍的自然分野,在她心里,这两个人早就归到无情无义者的行列里去了。但古竹韵也从不认为这两个人坏得不得了,因为除了在父亲死后不告而辞外,还没有过为非作歹的记录。

也就是说,就李彪和赵天弼的外部形象而言,即使再过五年,古竹韵也不会产生记忆上的模糊;而对这两个人人品的评价,却不那么清晰和明确了;就感情而言,古竹韵既没有盼望过和这两位师兄能有重逢之日,也没有因为这两个人意外出现在家门口而觉得晦气。

她只是有点儿惊讶。

同时,她也产生一些疑问。比如说,这两人离开镖局的五年里,都干了些什么营生？是否有什么劣迹？这两人和另一个素昧平生的人今天突然来到小西关,是真的到太清宫进香还是有别的目的？而且,恰巧到她家借宿,是事先获知她和母亲隐居此处,还是无意间撞个正着？这都是她想知道却很难推测更不便询问的。

不过,惊讶也好,疑问也好,在古竹韵的心里都是瞬间的事。表现在眼睛里,也只是略微一闪动而已;那被皎洁的月光抚摸着的也如月光般皎洁的脸,竟动也没动。而当她紧接着说出下面一句话时,用词和声调也同她此刻的表情一样,极平常,极平静,似清风,似秋水,谁也分辨不出语言后面的感情是冷还是热。

“没想到会是两位师兄。”

我们在前面曾经提到,当赵天弼确信听到的是古竹韵的声音时,想立即拔腿逃开。他的这个念头,同古竹韵的惊讶和疑问一样,也是瞬间的事。等角门打开,古竹韵的目光扫向他的时候,他早已恢复常态,并巧妙地在残留着惭愧的脸上布置了喜出望外的表情,而那残留着的一丝惭愧,又恰到好处地掩饰了他内心的恐慌和怀罪感。但他此刻毕竟是心慌意乱,不知道该如何应付眼前的场面,不知道该说些什么话,更不知道在必不可免地谈起古爷时他如何措辞,用什么语气和做何种表情。结果,本该由他开头的问话,却让更无思想准备的古竹韵说了第一句。

而且,不是激动的欢呼,也不是关注的问询。

不是欢呼,他就不能雀跃;不是问询,他又如何对题回答呢?

他只能叫一声“师妹”,就没词儿了。

李彪更不自在,似乎连“师妹”也叫不出。

张作霖怎么也没料到赵天弼和李彪同角门里的年轻的女主人相识,更没料到这三个人还是师兄妹。他立即生出一股失落感。自己叫开了门,反而成了一个完完全全的局外人。但他生性不甘寂寞,明明知道重逢的师兄妹会有许多感情需用语言交流,他还是问了一句根本无须再作回答的废话:“你们认识?”

他同样没料到,正是这句废话,救了赵天弼的驾。

“那还用说!”赵天弼说道,彻底抖掉了局促,“我们是师兄妹嘛!我和彪哥当年都是她爸爸古爷的门下。——唔,师妹,我来介绍一下。”他说着,潇洒地向前走了一步,指着张作霖,“这位张作霖张老板,营口出了名的富商。我和彪哥都是他的伙计,也有点儿小股份。——彪哥!”他又回头叫道,“你怎么还愣着?没认出来这是竹韵师妹吗?”

李彪这才抬起头,看着古竹韵,抱拳道:“你好啊,师妹。”

“师兄好。”古竹韵回答道,声音依然清冷如水。但她的心海却不能不漾起微澜,因为,从李彪含泪的双眼和异常干燥的声音以及明显抖动的双手,她感受到一个怀罪人灵魂深处的自责。而李彪的这种自责,又必然拨响她记忆的弦索,想起父亲的惨死和那之后的种种情景。

赵天弼深知李彪胸无宿物、不善作假的脾性，担心他面对骤然出现的节外生枝，会紧张得语无伦次，所谓语多有失，万一漏出破绽，令从小就精明过人的古竹韵生出疑心，下一步行动就很难进行下去了。要知道，一经大门打开并和古竹韵交上话，便再也不能打退堂鼓另换一个借宿处了。所以，当他看出李彪那副准备受审的窘态，便不容这个直性子再说什么，赶紧抢过话头。

“师妹，我们这次来盛京，一是想做点买卖，二是逛逛庙会。不想时间已晚，进不了城，小西关的客栈又全客满，只好敲门借宿。也是天缘巧合，竟使我和彪哥得以同师妹重逢。时间可真快，一晃五年了！想起五年前，古爷蒙难，我和彪哥不告而辞，心里总不是滋味。可那时我们也是出于无奈。一是觉得多留一人，就多给师母和师妹增添一分负担；二是如果明说，师母又势必挽留。——唔，对了，师母她老人家好吗？”

正在这时，上房门开处，跑来一个年约八九岁的小姑娘，到了古竹韵身边后说道：“韵姨，奶奶问你在跟谁说话？”

古竹韵略一犹豫后说道：“去告诉奶奶，来了三位借宿的客人。让奶奶放心歇着吧。”

小姑娘脆生生答应一声，又仰脸朝刘嫂喊了一声“妈妈”，便一蹦一跳跑回去了。

“师妹，”赵天弼说道，“我和彪哥……”

古竹韵猜出赵天弼想说什么，便拦住话头说道：“妈妈身体不好，已经躺下了。你们先住下，要见明天见吧。——刘嫂，把客人领进西厢房，准备温水和酒菜。客人们鞍马劳顿，洗完喝完了该早些歇息。”说完，转过身，朝上房走去。

古剑雄留给夫人和女儿的宅子，是在东北农村常见的农家院，但却不是土墙土房，而是砖墙和高大的瓦房。对着修有门洞的院门，坐北朝南的是一明两暗的正房，萧夫人住东间，古竹韵住西间，当中一间的客厅是母女俩的起居室。东厢房一溜五间，其中两间归刘成一家居住，另三间是厨灶、碾房和粮仓。西厢房也是五间，中间一间是专为吃斋的客人准备的厨灶。南北各两间有一门相通，因入冬后基本无人借宿，便没修火炕，只在每间屋子里摆放两只木床和桌椅之类，虽说不上豪华，对于借宿者来说，也算难得的清静之所了。

这五间西厢房，原来也是储存粮食和杂物的地方，改做客房是有一段因由的。

那是在她们住进这里将近半年的时候，萧夫人突然患了一场大病，遍请城里城外的名医，也没能奏效。后来刘成说，太清宫有一位德高望重的道长，名叫葛月潭，深通岐黄之术，曾救活了不少垂死的病人，是否可把他请来？古竹韵知道妈妈从不烧香拜佛，请道士来看病未必高兴，便试探着征询妈妈的意见。没料到，萧夫人不仅同意，还催着古竹韵亲自去请。古竹韵同样没料到，那位远近闻名的葛道长一请就到；更没料到，葛道长的几副草药，加上几通经文，妈妈竟霍然病除！此后，古竹韵几次陪妈妈去太清宫进香，葛月潭也常来探望这双母女，一来二去，便如亲人般密切了。这位葛道长是很有一番来历的，他自幼弃绝凡尘，立志修道，在二十岁那年，成为龙门正宗第十九代受戒弟子。在太清宫，他是除监院外，最有声望的道长。此人生就一身仙风道骨，修行极深厚，而且，不仅医术高明，琴棋书画均为一时之冠。前文中曾提到，古竹韵也酷爱诗画，遇上葛月潭这样为人忠厚的艺坛泰斗，当然要时常讨教。葛月潭也十分喜欢古竹韵的端庄娴静，又见她聪明异于常人，也愿意收这么个弟子，便罄其所学，悉心指点，使古竹韵如苗得雨，日有精进。年过半百的葛月潭和不到二十岁的古竹韵竟成了忘年交。萧夫人见女儿有了葛月潭这样难得的好师长，更是满心高兴。她和古竹韵商量，把西厢房的存粮全部赠给太清宫，以表达对葛月潭的感激之情，并把空出来的五间房子，改为客房，专门供到太清宫的找不到下处的道士、香客们临时住宿。母女俩还决定，以后将每年地租所得的一半布施给太清宫，但又请葛月潭万不可透露她们母女的名字。就这样，这双母女不仅成了道教的忠实信徒，还成了太清宫最大的不录姓名的施主。而且，她们的西厢房，也成了太清宫不挂牌的外院，不断接待太清宫的客人。

话说回来，张作霖等三人来到小西关已是9月15日，离太清宫祭祀开山始祖郭守真的日子只差两天了。按说，古家西厢房早该住满了客人，但事实上，却依然空着。这是有原因的。古竹韵和母亲搬进来之后，没有雇下人，整个宅院里只有刘成一个男子汉。刘成不仅要看家护院，掌管钱粮，来投宿的客人还要由他招呼，秋末收租入仓更非他莫属。往年这个时候，收租该结束多天了。今年却因特大丰收，佃户们要把许多卖不掉的余粮存储进古家的粮仓，忙得不可开交的刘成因而至今未归。可巧萧夫人身体欠安，尚属闺中少女的古竹韵又不便出面迎客，只有靠刘嫂代替刘成随时等候借宿者了。连日来，确曾有几伙前来借宿的道士之流，但刘嫂是个谨慎惯了的人，觉得老少四个女人，不便收留那些有胡须或无胡须的生客，反正刘成快回来了，到时还怕西厢房无人光顾吗？所以，她全给挡驾了。今天要不是因夜深人静，说话声惊动了古竹韵，刘嫂还是不会开门的。那样，赵天弼和李彪就不会巧遇古竹韵，也不会有后面的故事了。

在古竹韵吩咐完刘嫂转身向上房走去后，赵天弼十分难堪地看了看两个同伴。李彪还是那种精神迷乱不知所措的样子，张作霖则是眉宇微蹙，似乎大惑不解，又多少带点儿嘲笑。再看看那位三十岁上下穿戴得整整齐齐的刘嫂，脸上更是别有一番天地，说不情愿也像，说不耐烦更像，就是没有一丝热乎劲儿。

虽说刘嫂和这所宅院的两代女主人相处得亲密无间，但毕竟是仆人身份。世上哪有不看主人脸色行事的仆人？当她获知敲门求宿的人有两位是古竹韵的师兄时，曾为自己刚才拒不开门的行为感到后悔，担心古竹韵会不高兴；可看到古竹韵带搭不理的冷淡态度，她也就觉得无须对眼前的“师兄”和“张老板”太客气了。

仍旧站在大门外的三个人，你看看我，我看看你，似乎在互相征询意见：是进去，还是走开？张作霖看了看两侧，又向斜对面的恒顺客栈瞄了一眼，然后朝赵天弼点点头，那意思分明在说：委屈一点吧，我们别无选择。

对于他们下一步的行动，这所宅院可说是天造地设的隐身处和出发点，舍此几乎别无去处。至于古竹韵和刘嫂的冷淡，和他们整个计划的成败相比，又算得了什么呢？所以，赵天弼会意地朝张作霖一笑，带头牵马跨进院门。

等他们既无人带领又无人帮忙地把坐骑牵到后院拴到槽前，自己动手卸下马鞍添好草料，又返回前院时，刘嫂已在西厢房点燃了蜡烛，并敞开房门，径自到东厢房准备温水和饭菜去了。他们一声不响且各怀心腹事地走进西厢房，拐进左手点着蜡烛的客房，见通向里屋的门也开着，似乎在告诉他们，里外屋共四张床，怎么住自己决定好了。

一刻钟后，刘嫂送来了温水。他们洗了手和脸。

又过一刻钟，刘嫂送来酒菜碗筷。

“你们吃完后，”刘嫂说道，“把碗筷送到外间，明早我自会来收拾的。”说

完,眼皮一乜斜,走了出去。

他们也实在饿透了。刘嫂刚跨出房门,便迫不及待地围坐桌旁,操起了筷子。

赵天弼提起酒壶,把三只杯子全满上酒,然后眯起了眼睛,自我解嘲地说道:“我们自斟自饮,更自在。请——”

张作霖饮干了杯中酒,又吃了两口菜,把筷子往桌上“啪”地一放,说道:“好,好!非常之好嘛!”

赵天弼咂咂嘴,奇怪地问道:“你是说这酒还是这菜?”

“这酒和菜,张某可实在不敢恭维。”

“那你说什么‘好,好,非常好’?”

“你该猜得出来。”

“我?……唔,明白了。你是在嘲弄我和彪哥!”

“嘲弄?”

“那还用说?你觉得我们在师妹那儿太没面子了。”

“这个么——也令我百思不解。你们好像有什么过节儿?”

“其实,你对师妹不了解。你问问彪哥,几时见师妹笑过?她根本不会笑!”

“是吗?真可惜。这么美,又冷面如霜!不过——我倒希望她是从心里讨厌二位。”

“这话怎么讲?”

“试想,她要是为你们师兄妹重逢喜出望外,就必然免不了一会儿‘师兄冷’,一会儿‘师兄热’地来缠磨二位,那我们可怎么商量事?又怎么去干活呀!”

“小声点儿!”赵天弼警觉地跳起来说道,并几步窜到外间,轻轻拉开房门朝两边巡视一遍,又掩好门,走回到原来的座位坐下,“小心隔墙有耳!”

“多余的担心。”

“还是谨慎些好。”

“怕你们师妹,还是那位刘嫂?我敢打赌,这两个人谁也不会愿意走近西厢房。你以为我看不明白?你们师妹的眼睛照样会说话的,它告诉我,你们不受欢迎。李兄说我看错没有?”

一直沉默的李彪这时说道:“师妹当然不欢迎我们。当年……”

"师兄!"赵天弼轻声叫道,半埋怨半乞求地看着李彪,"不要提过去的事了。再说,你我并无过错。"

张作霖挤了挤笑眼说道:"我不想更多地知道你们师兄妹有过什么瓜葛。总之,我没看错,并且,这对我们很有利。"

"还有利?"赵天弼问道。

"偌大的西厢房只住我们三人,离东厢房和正房同样远。主人仆人都不愿过来。我们说话方便,行动也自由。正所谓'天助我也'嘛!"

"所以你才连声赞好?"

"不错。我们已是万事俱备,只欠东风了。"

说到发财的计划要成功,三个人都很兴奋。赵天弼不再想古剑雄的死和古竹韵的冷淡,李彪也从自责的漩涡挣脱而出,一心只想那整箱整箱的金银珠宝了。说得高兴,喝得也痛快,不大一会儿,桌上的酒菜就如风卷残云般一扫而空了。他们看得出来,刘嫂是不会来添酒添菜了,只好准备上床睡觉。

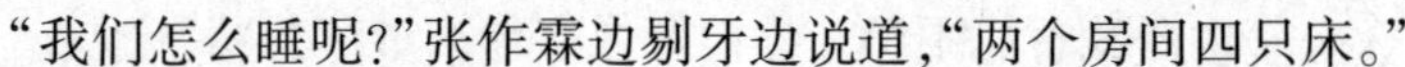

"我们怎么睡呢?"张作霖边剔牙边说道,"两个房间四只床。"

赵天弼笑道:"那还用说?当然是张老板住里间,我们两个保镖住外间了。"

"那小弟可就不客气了。"

"等一等!"李彪扬手道,又侧耳听了听,"张贤弟,你刚才说'万事俱备……'"

"只欠东风。"

"我想,这东风也有了!"

"什么?"张作霖和赵天弼同时惊疑参半地叫道。

"你们没听到?那车轱辘声、马嘶声……"

"你是说……赵尔巽?"张作霖又问道。

赵天弼惊喜地轻声说道:"我也听到了。天哪,这么快?可是……能这么巧吗?我们今天到,他也今天到!"

"是不是赵尔巽,我马上可以得到证明。"

"你要去哪儿?"

"我正好要去撒尿。"

李彪说完,走出房间。不大一会儿,就回来了。

“肯定是赵尔巽！”李彪说道，“车马停在恒顺客栈门前，男男女女正往里走。”

张作霖说道：“亏得刘嫂再没送酒来。”

赵天弼问道：“你是说我们今晚就下手？”

“事不宜迟。趁你们师妹还没生出疑心，趁赵尔巽远来疲惫。这是最好的机会。不过……”

“不过什么？”

“我们得先去一个人打探赵尔巽和他的保镖们都住在哪个房间，然后我们再行动。”

“这使命我去完成。”

“你也最合适。但必须小心，不能走大门，也不能弄出动静来。”

“瞧好吧，一点儿问题都没有！”

整整一个时辰过去了，新换上的一支蜡烛也燃去了一半，赵天弼才兴冲冲地走回房间。

“查清了？”张作霖迎上去问道。

“查清了。这还会有问题吗？”

“恒顺客栈里没人发现你？”

“绝对没有。”

“没有惊动上房的人？”

“她们早就睡了，连东厢房的灯也全灭了。再说，我的轻功可不是练着玩的。你们放心好了。”

赵天弼的轻功确实不错，从丈把高的地方跳下来，不会发出一丝声响，更不要说走路了。

他很自信。

可惜的是，他今天可有点儿大意了。他怎么也没想到，他跳出去跳进来的全过程，都落入一个人的眼里。

这个人便是古竹韵。

5

古竹韵回到上房后，没有直接进入自己的卧室，而是先去东间看望病中的母亲。

她原是不想把两位师兄的事在今晚就告诉母亲的。因为刚才的不期而遇，曾使她骤然想起父亲当年的遇刺、镖局的遭际以及姜海山的杳无音信。悲哀、幽怨等种种感情交织在一起，搅得她的心海波翻浪涌。她不愿让精神和身体都异常脆弱且正值病中的母亲和她一样，也经受一次对往事回忆的痛苦。虽说这是瞒不住的，但拖到明天白天再说，似乎会好些，否则，带给母亲的不眠之夜，势必要加重病情。

但是，当她走进母亲的房间，见母亲竟坐在床上，一边刺绣，一边看着刘嫂的女儿唤弟逗猫玩，脸上带着舒心的微笑，病容早就没有踪影了，那精神似乎比平日还要好得多。古竹韵当然非常高兴，而且觉得立即向母亲禀报两位师兄的事是不会有妨碍的。

"妈妈，"古竹韵坐到床边说道，"您身体好多了！"

萧夫人放下花撑子，充满爱意地看着古竹韵说道："本来就不是大病，哪里架住你跟刘嫂这么悉心照料？我倒觉得把我的精神养得过盛了。"

"妈妈身体弱，还是注意些才好。"

"那是。不过，这回是真好了。韵儿，这几天怕是误了你的功课，就不要总来陪我了。"

"葛道长正忙于太清宫的祭祀，一时半会儿还不会来查看我的功课。——妈妈，有一件事该告诉您。"

"说吧，是什么事儿呢？"

"妈妈还记得赵天弼和李彪吗？"

"记得。韵儿，为什么问起他俩？"

“他们正在西厢房吃饭。”

“什么?”萧夫人惊讶地问道,“刚才要借宿的是他俩?”

“是的,妈妈。”

“刚才唤弟说有一个客人满脸大胡子,我就想起了李彪。可怎么也没料到,真是他们!”

“我也感到突然。”

“一晃……一晃五年了吧?”

“整五年了。他们是最先离开镖局的。”

“那时,你爸爸刚刚去世。”

“是的。那是镖局最困难的时候。”

“你很怨恨他们?”

“我也弄不清,妈妈。”

“过去这么些年,就别再想那些往事了。他们也有自己的难处嘛。照你看——他们还好吗?”

“说是合伙做买卖呢,看样子很好。”

“活得好,又能走正路,这就不错。应该替他们高兴。”

“他们刚才还要来拜见您呢。”

“我猜是你没让他们来。”

“我说您身体不好,又睡下了,明天见吧。”

“可巧我今天格外精神。不过,让他们明天来见也对,要不,冷丁见到他们,真不知道该说些什么才好呢。”

“和他们有多少话好说?见一见也就是了。”

“也不能这么说,毕竟跟了你爸爸一场,你们又是师兄妹。离别了五年,又能见面,不容易呀!听妈妈话,韵儿,不要太冷落了他们。做人,还是要宽厚一些好。”

“妈妈,我听您的就是。”

“这才对。韵儿,我看你也累了,早些去休息吧。”

正说着,刘嫂走了进来,先询问了一下萧夫人的病情,然后像往常一样,拉上窗幔,把桌子上的杂物收拾一遍,见无须她留下,便道了一声晚安,带着唤弟退了出去。

刘嫂走后,古竹韵服侍母亲躺下,就回自己卧房去了。

古竹韵回到自己的卧房，没有一丝睡意，便在烛光下，展开宣纸，按照葛月潭的指点，提笔挥洒了几幅兰石图，均觉不满意。她意识到，此刻的烦乱心绪是不适宜作画的。她放下笔，把画稿全团揉到一起抛在桌下。然后"噗"地一口吹灭了蜡烛，走到窗前，去同窗外灰白色的月光作无声的交谈了。她想知道父亲的在天之灵是否安宁，更想问问姜海山现在何处。遗憾的是，若无其事的月光回答不出她提出的任何一个问题，反而一窝蜂地朝她扑来，袭进喉咙，塞满胸口，搅得她的思绪愈加乱作一团。

古竹韵自从住进这座父亲留给她和母亲的宅院后，宁静无为的生活，使她得以对自己渐趋成熟的感情进行一番清理和总结。她终于明白了，在她心灵深处真正占有重要位置的只有三个人，一个是母亲，一个是父亲，还有一个便是姜海山了。她喜欢母亲的温柔、善良和整洁，喜欢父亲的威武、正直和慈祥，喜欢姜海山的英俊、深沉和真诚。但这是不同的感情，或者说是不同性质的喜欢，对母亲是依恋，对父亲是崇敬，对姜海山则是倾心。依恋是对摆脱的反抗，崇敬是对权威的妥协，而倾心则是一种疯长的聚合力，在男女间，便是人类情感中最神秘、最高尚、最强烈的那一部分，简言之"爱情"。

古竹韵爱上姜海山，并非是对父亲在世时的安排的服从，而是春心的自然萌动，感情的自发取向，命运的自觉依托。她不知道这是何时播种，经过多久的酝酿和潜滋暗长，才终于发育成生命的曙光和心灵的重负的。但是，那个使她感觉到一个全新的自我正在诞生的似醒非醒、似醉非醉的瞬间，却是深刻在心底永生都不会忘却的。

那是在她迫不得已决定解散镖局后，准备同母亲偷偷离开张家口的夜晚，她向姜海山问道："海山哥同我们一起走吗？"按说，这是一句极自然又极平常的问话，姜海山同师母和师妹一道走也该是理所当然的事。父亲最器重的便是姜海山，姜海山对父亲也确是忠心无二。父亲临终前把镖局和她们母女托付给姜海山，就是最明确证明。那时镖局即将不复存在，姜海山不正该陪伴师母和师妹去寻找新的安身之所吗？可是，就是这句极自然又极平常的问话，刚一出口，古竹韵便猝然垂下眼帘。她直觉得心房颤抖，双颊飞火。她恨光线太亮，怨身边人多，虽说房间里只有幽暗的烛光，身旁只有心事重重的母亲。她似乎失落了一件万分珍贵的东西，似乎暴露了一个万分重要的秘密，又说不出失落的和暴露的原因是什么。朦朦胧胧中，她感到她的灵魂正承受一种从未经历过的震撼，那就是，她面前的姜海山不再是师兄,不再是镖头,甚至不再是她和母亲的保护者,而是一个崭新意义上的男人!同时,她感到自己已变得神思绵绵,疲软无力,感到自己在一团恬静温暖的氛围中渐渐消融,极想被裹进襁褓甜甜地睡去。从这一刻起,以往那个天真烂漫的小姑娘古竹韵不复存在了,她变成一个女性意识开始觉醒的少妇,时时渴望一双男性的巨掌来抚平她内心的骚动。这双男性的巨掌,无疑属于姜海山。

然而,万分不幸的是,姜海山在张家口郊外送走她和母亲后,便像是从世上消失了一样,不仅没有露过面,连一点点消息都没有过。姜海山说,他要跟踪那几个突然出现在张家口的山东汉子,找到古爷的真正仇人,替古爷报仇。这是他向古爷也是向萧夫人和古竹韵立下的誓言。古竹韵没有阻拦他。古竹韵知道,姜海山是一个一诺千金的人,想拦也拦不住。再说,在当时的场合,既不是为了父亲,也不是为了母亲,而为了突然爆发的爱,已经把自己的未来应许给了姜海山。姜海山的行动,已不仅仅是履行誓言,也是在代替她为父报仇,作为古家未来的成员和继承人,这是责无旁贷的。古竹韵认为,姜海山的功夫还不能说是打遍天下无敌手,但也不在一流之下。而父亲的敌人连正面决斗都不敢,只能偷偷施发暗器,手段的卑鄙恰好说明在武功上缺乏自信。姜海山同这样的敌人交手,肯定胜券在握。所以,少则十几天,多则两三月,他定能到盛京小西关同她聚会的。可哪里料得到,姜海山这一走,竟如泥牛入海,音信全无呢?

古竹韵开始还只是盼望和等待,继而便是担心和后悔了。她担心姜海山出师不利,败死敌手,后悔当时没要求姜海山陪她把母亲在盛京小西关安顿好,然后并肩南下。但是,不管她怎么盼望,也没盼来姜海山的突然现身,不管她怎么后悔,也无法让过去重演以便另作一次选择。最后,她心灰意冷,终至于绝望了。

生活的孤寂已经很可怕,心灵的孤寂就更难以忍受了。要不是有母亲在,她不知道还能否有生的渴望和力量;要不是有葛月潭,更不知道如何打发一个接一个的漫长的日夜。

不过话说回来,在古竹韵和姜海山之间可资回忆的内容,绝大部分还是行镖中的默契配合,日常生活中的兄妹之情。古竹韵当然知道与姜海山有婚约,但她真正发现自己确实爱上了这个男人的时候,却是他们告别前的瞬间。有婚约的男女,只有产生爱情才能变成一双恋人。而古竹韵对姜海山

的爱产生得却很不合时宜，她没有机会、没有时间，情势也不允许去表露这种感情上的飞跃，更没有机会，没有时间同姜海山一起把属于两个人的爱情培养得火一般热烈。她甚至还猜不出，姜海山是否也爱她，是否还只是把她看作小妹妹并认为对她只有保护的责任？也就是说，古竹韵爱上了姜海山是很明确的，他们之间有婚约也不容置疑，但姜海山是否爱她，他们能否成为一对真正的恋人，却是很朦胧的。作为突然爆发了爱却没能和所爱的人进行哪怕一次感情交流的古竹韵，事实上还没有领受到爱情的全部赐予，还不知道男女之间恋爱的真谛，只是踏上了爱河的岸边，还不至于沉陷下去不能自拔。虽说性格的内向，使她心底的痛苦较之处于同样境界的其他少女更为深切，但性格的坚毅同样使她较之其他少女更能自持。因而，她才能在认识了葛月潭之后，把自己的身心引向对书画艺术的更高境界的追求之中，而且，渐渐地，这种高尚的追求也就冲淡了她在爱情上的失落感以及对姜海山的思念。后来，竟在葛月潭博大精深的道教之义的影响下，产生了出世的念头。

就在这时，赵天弼和李彪出现了。

这两个人也是她的师兄，而且是比姜海山更早离开张家口的。可他们不仅活着，看那身穿戴，看那高头大马，以及还有闲情逸致来逛庙会，又显然活得十分惬意。

这如何不使古竹韵想起姜海山呢？

论武功，论人品，姜海山不知要比这两人高出多少！论她的才貌，论母亲的慈爱，论家产的充盈，论这座宅院的幽静，姜海山也理所当然该比这两人活得更快乐！但偏偏姜海山，一去三载，杳如黄鹤！三年，这一千多个日日夜夜，你姜海山究竟躲到哪里去了？活，该捎个信来；死，也该托个梦来嘛！你当然不会死，否则，这世道就太不公正了。那为什么不回来？即使不愿娶师妹，也该来看看师母呀！

是的，赵天弼和李彪的出现，使古竹韵想起姜海山；想起姜海山，又使她甘于现状的心重新燃起烈火。

她甚至有点忌妒赵天弼和李彪。这夜里敲响大门的为什么是赵天弼和李彪而不是姜海山呢？

古竹韵站在窗前，这样杂七杂八地想着，不由得带着怨恨朝西厢房看去。那里的灯光还亮着，三个人肯定还在吃喝，也许吃喝得正高兴呢！她的怨恨越发强烈了。

但她随即又感到一阵羞愧。有什么理由怨恨两位师兄和那位素不相识的张老板呢？张老板自是局外人，与她毫不相干。两位师兄当年不告而辞也是情有可原，镖局已是名存实亡，能要求所有年纪轻轻的镖师，为了古家一块空招牌抛弃自己的前程吗？虽然她后来出面，竭尽全力使镖局又支撑了两年，最后还不是星离云散了？这两位师兄只不过情急一点儿，早走两年而已。而且，难道两位师兄是有意来骚扰她的平静生活吗？当然不是。他们住在营口，哪里会料到她和母亲隐居在小西关这座普普通通的农家院呢？

因羞愧而自责的古竹韵想到这里，突然一怔，营口！两位师兄不是说在营口经商吗？她没去过营口，但知道营口离山东不远。经商也要东南西北四方走动，能来盛京，同样能去山东。姜海山到山东替父亲报仇，就是要杀人或者被人杀，势必轰动左近地方。赵天弼和李彪即使不能巧遇姜海山，至少也该听到一些关于姜海山的消息。她为什么没想到这一点，为什么不问问他们呢？正好他们还没睡下，不用等到明天，现在就去！

古竹韵刚准备转身朝屋外走，却见西厢房门开处走出一个人来。这人正是赵天弼。赵天弼站在门口四下张望一番，转身向南侧急急走去。古竹韵猜想赵天弼一定是去厕所方便，便决定再等等，待赵天弼回房后再去见他。可是，令古竹韵疑惑不解的是，赵天弼并未向房后的厕所拐去，而是三步两步直奔围墙，施展轻功，腾身飞出墙外。

古竹韵的心一下子紧缩起来。种种可怕的猜测和不祥的预感纷至沓来，把眼前脑海中姜海山的不断交叉重叠的身影，霎时排挤得精光。她怎么也想不出赵天弼此举的动机何在。如果和进香、经商有关，为什么非得夜里去办？又为什么有门不走非要越墙而过？但是，此事不管有多么费解，其目的绝非光明正大却是毋庸置疑的。她记起，在刚刚打开大门，并认出赵天弼和李彪后，曾起过一阵疑心，怎么看，这三个人也不像是商人。后来，渐趋纷乱的思绪，使她不想也不能进一步验证这三人的真正身份。再后来，这种骤起的疑心更变得无足轻重甚至抛到九霄云外去了。现在联系起来一想，她当时的疑心确是有道理的。看来，这三个人所说的进香和经商，显然是谎话，他们借宿，也是隐蔽自己，然后去——去办什么事呢？不用说，要么杀人放火，要么劫掠财物。可是，还有一点叫她感到奇怪，三个人为什么只出去一人呢？李彪和“张老板”就这么在屋里坐等还是正要步赵天弼的后尘相继而出呢？

古竹韵不能出去。在月光下去察看西厢房里边的情景和跟踪赵天弼都是不聪明的。她只能站在窗前慢慢去看个究竟。

整整一个时辰过去了。李彪和“张老板”都没走出西厢房,却见墙头黑影一闪,赵天弼又无声无息地落到院内,他像出去之前一样,四下细听细看了一番,然后蹑手蹑脚走回西厢房,闪了进去。

古竹韵知道,现在不去听听他们说些什么,就不会有更好的机会了。她不敢怠慢,快步走出房门,仗着对庭院中每寸土地的熟悉和脚下的轻功,只在一息之间,便已置身西厢房的窗下了。

里边的谈话才刚刚开始不久……

“那就是说,我们今晚就可以行动,而且是稳操胜券了!”这是张作霖的声音。

“不错。”赵天弼说道,声音兴奋而充满自信,“我们定会马到成功的。”

李彪问道:“完事后怎么办? 还在这里过夜吗?”

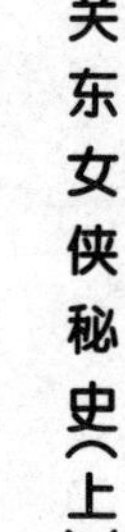

赵天弼说道:“不。我们立即离开盛京。否则,明天拜见师母,你和我都会很不自在的。而且,我们多待一天,就会增加被人看见的可能,我们怎好自己发财却给师母和师妹留下后患呢?”

李彪说道:“我也是这么想。”

张作霖说道:“就这么办。赵兄,详细讲讲你查看的情况,以便决定下一步行动。”

赵天弼说道:“赵尔巽和夫人带着两名女仆住在楼上中间的套房。八名保镖,楼上楼下各四名,都是刀枪双挎。”

张作霖说道:“可谓戒备森严! 这赵尔巽很谨慎呢。”

“不过,”赵天弼又说道,“我发现赵尔巽的套房两侧和楼下紧挨钱老板账房的房间全点起了灯。这肯定是保镖们的休息之所。看样子,他们要轮值,至少有四个睡大觉。”

张作霖说:“这当然很好,虽说对付四个人不容易。”

赵天弼说:“其实,只需对付楼上的两个。”

张作霖说:“你是说,我们不走楼梯?”

赵天弼说:“走楼梯,我们要过两关,那注定要失败。”

张作霖说:“我可不像二位能穿房越脊呀!”

赵天弼说:“我和彪哥带着你飞上二楼游廊,那是轻而易举的事。”

张作霖说:“然后直闯赵尔巽的套房?”

赵天弼说:“这只是顷刻间的事。等那些保镖听到我们的声音,我们已经冲进去了。只要我们有一只枪口对准了赵尔巽的脑袋,我们就算大功告成!”

张作霖说:“妙极了!——李兄,我们说的你都明白吗?”

李彪说:“明白。这跟我想的一样。”

张作霖说:“那就这么定了。现在时近午夜,赵尔巽他们也该上床了。我们抓紧时间准备,尽快行动。”

……

古竹韵听到这里,终于明白了这三个人来小西关的真正目的。再听下去已经没什么意义,如果被他们发觉,反为不美,便当即抽身离开窗口,返回上房。

她小心翼翼地掩好外间的雕花板门,生怕发出响动传到外厢房和骚扰了熟睡的母亲。声音之细微,西厢房里的人是无论如何也听不到的。但萧夫人还是听到了。

“韵儿吗?”萧夫人问道。

“是。”古竹韵轻轻答应了一声,不得不走进东间,“我把您惊醒了?”

“不。我压根就没睡。”萧夫人说着,摸过火柴。

“妈妈,先不要点灯。”

“为什么?”

“我这就告诉您。”古竹韵边说边坐到床边。

“韵儿,发生了什么事?你刚才去西厢房了吧?”

“是的,妈妈。”

“你的手这么凉!声音有点儿异样,和两位师兄唠得不太愉快吧?”

“我不是去找他们说话的。”

“那么……”

“妈妈,两位师兄没走正路。他们三个人是来这里抢劫恒顺客栈的客人的。”

“真的?”

“这是他们亲口说的。”

“对你?当你的面?”

“他们怎么会?我是在窗外偷听到的。”

“是……偶然的吧?”

“我看到赵天弼从墙上跳出去,一个时辰后又跳进来。知道他们没什么好事,便去听了他们的谈话。”

“是这样……好好地怎么偏要去害人呢?”

“这两个人,我原就不相信会堂堂正正做人。”

“你看——韵儿,我们该劝阻一下才对吧?”

“妈妈,他们既然走上这条邪路,劝说和阻拦都是没有用的,甚至还会结下仇恨。”

“眼睁睁看他们去干坏事,等他们越陷越深,惹出大祸,我们也会感到不安的。”

“那他们也是咎由自取。再说,两位师兄好像做不了自己的主。那个姓张的才是头儿。妈妈没见过姓张的那个人,眉宇露出一股杀气,是个心狠手辣的茬儿。光两位师兄还好说,您是师母,说深说浅他们也得好好听着。有那个姓张的,就不那么简单了。弄不好,我们会引火烧身呢!”

“你说的倒也是个理儿。可是……他们是住在我们家。从我们家出去打劫客栈……”

“妈妈不必担心。赵天弼说,他们完事就连夜逃离盛京,一是不大好见您,二是怕给我们留下后患。”

“看来,良心还没有全泯灭。”

“也许吧。因此,我也不能睡了。等他们溜走后,我要把他们在这里落脚的痕迹全部清除干净。”

“唉,真是世事难料啊。挺不错的年轻人,说坏就坏成这样!”

“您总是说他们不错。我就从来没看出他们有什么好。”

“当然,他们都不如姜海山。但也不能拿他们全和姜海山比啊!”

“妈妈!”

“我原也不想提到他。你猜我刚才想到了什么?我想姜海山一去三年没有音信。也许……唉,谁知道呢。我就想,你就别等他了。当初,你爸爸也很喜欢赵天弼。可巧他又突然来了。这也许……也许是天意吧。”

“别说了,妈妈。我们现在这样不挺好吗?”

“不能一辈子这样过啊!只可惜……这赵天弼竟成了黑道上的人!”

“妈妈,求您别再提到他们任何人的名字。”

“好,我不提就是。”

“妈妈,您该睡一觉。身体刚刚好些,不能熬夜的。——唔,他们开始行动了!”

“你怎么知道?听到声音了?”

“外边有人影。”

古竹韵说着,快步走到窗前,撩起窗幔的一角往外看去。月亮已经偏西,在庭院中投下一片树影,萧夫人的卧室则是漆黑一团,明暗的反差虽说不太明显,但古竹韵还是可以隐约看出三个人的模糊形体扶挟着飞上墙顶。她明白了,这三个人不走大门,是怕弄响了门的铜铃,同时也是一同飞上客栈二楼游廊的演习。看得出,这三个合作得很成功。

古竹韵放下窗幔,走回到床前。

“他们去了?”

“是的,去了。”

“韵儿,就坐在这儿等吧。”

“妈妈,您……”

“你看,我还能睡得着吗?”

“我真不该让妈妈知道这件事。”

“妈妈没事的。反正我的觉早攒够了。我倒是替恒顺客栈的客人担心。”

“妈妈就愿意瞎操心。这和我们有什么关系?听他们三个人的话,又只在钱财,还不想害命。由他们去好了。”

“话是这么说。可有些事是不好预料的。希望别闹出人命来。……唉,这人也够倒霉了,偏偏遇上这三个灾星。但不知他是何方客人,是经商还是为官?”

“这都不知道。但很有排场,带着家眷,还有八个保镖。听他们说,这人名叫赵尔巽。”

“赵尔巽!”萧夫人倏然坐起惊问道,“你说……这人叫赵尔巽?”

“怎么了,妈妈?”古竹韵握住萧夫人的胳臂问道,“您在打哆嗦!”

“韵儿!”萧夫人声音颤抖地说道,“你再说一遍,这人叫什么?”

“叫赵尔巽呀!”古竹韵回答道,心里万分诧异,“您怎么了?我点灯吧。”

“不!不要点灯。……天哪!难道……难道真是他?”

"您说什么！'真是他'？妈妈是说，认识赵尔巽这个人？"

"韵儿，这个人叫赵尔巽，是吧？你没听错？"

"怎么会？他们一再重复这个人的名字。"

"这个人就要遭到劫难！"

"是的，妈妈。"

"还可能死于非命！"

"妈妈！……"

"听着，韵儿。这人不能死！"

"没人要杀他。再说……"

"抢他也不行！"

"妈妈和这个人有什么关系？"

"现在是千钧一发。韵儿，你必须去救他。你能救他，对不？你能救得了他！"

"可是，为什么？"

"快去吧，韵儿！我求求你。"

"这……这值得吗？"

"为他去死也值得！"

"妈妈，告诉我，这究竟为什么？"

"你回来我全讲给你，但现在，你就别迟延了！好韵儿，去吧，去吧！——唔，等一等，戴上这个。"萧夫人说着，用颤抖的手从枕下摸出刻有古竹韵生辰的玉佩，挂到古竹韵的颈子上。

"我越来越糊涂了，妈妈！"

"我会向你解释的。现在去吧，越快越好。"

"我总得准备准备呀，可是妈妈……"

"求你别再问了！"

"我可以不问，但，我如果救了赵尔巽，对他说什么呢？"

"什么也不要说。"

"连您让我去救他也不让这个人知道？"

"是的，是的。"

"好吧，妈妈。您放心吧，我救得了他。"

古竹韵说完，跑回自己的卧室，几分钟后，便做好了应做的准备……

6

恒顺客栈的围墙不高,上半部分还砌有十字花洞,要翻越过去对赵天弼和李彪来说当然不在话下,就连没习过武功的张作霖,爬上跳下也不算难事。客栈的宽阔的庭院里,既不乏树木,又有亭台、拱桥和怪石之类,躲过更夫更是十分容易。

但是,当他们充分接近目标,只待实施腾身跃上二楼游廊这极为关键的一步之前,却很费了一番踌躇。要不是张作霖的坚持和急中生智,他们准会暂且收兵甚至落个半途而废。

这倒不是因为楼下的门厅灯火辉煌,也不是因为钱掌柜和伙计们都围坐在账房边打麻将边守夜。他们原也不想从门厅进入二楼,钱掌柜一伙也不足以令人畏惧。他们犹豫和焦虑的是,那八个保镖,根本没有轮值,全部毫无倦意地鹄立在各自的岗位上。楼下四个:门厅里俩,楼梯口俩;楼上的四个:游廊两端各一,赵尔巽套房门口两侧各一。看样子,这八个人要通宵达旦保持目前这个阵势了。

躲在楼前花坛里的假山怪石后面的三个劫匪,都感到不知所措。

李彪有点儿埋怨地对赵天弼轻声说道:“这和你说的大不一样。”

赵天弼说道:“的确够糟了。”

“我们怎么办?”

“也许……我们该先撤回去。”

张作霖说道:“不能撤!”态度很坚决。

赵天弼分辩道:“赵尔巽不会只住一宿的。”

“明天如果还是这样,我们再撤?”

“也许……”

“没有什么‘也许’。赵尔巽不会放松警惕的。”

“可我们要对付八个人！你又不会武功。”

“我们手里有枪。”

“他们也有。而且，近身交手，枪派不上用场。”

“为什么？”

“掏枪没有出拳快。”

“他们呢？”

“更是如此。”

“那我们就有办法。”

“二位的武功是可以抵挡一阵的。对不？”

“让我们俩对付八个保镖？”

“对。”

“你先旁观，然后伺机而动？”

“不。”

“那么……”

“从楼上保镖的阵势看，赵尔巽住在中间套房是无疑的。我们从这里跑到门厅外要两三秒，跳上游廊只需一两秒。等他们反应过来，我们已在楼上了。我们一踏上楼板，二位立即和套房门外的两个保镖交手，我则毫不停留地闯进门去。只要我挟持住赵尔巽，就算大功告成。”

“我们俩……”

“你们俩一定在交手一两分钟内将保镖束手就擒，以免死伤。我能制服住赵尔巽，二位就会很快获得自由。否则，我们全都去见阎王爷。妈了个疤子，死活就这么一锤子了！”

赵天弼和李彪都紧闭嘴唇点点头，表示同意这么干。

“二位一定记住，要运好气，我们一到门厅外，立即起跳。成败全靠速度来决定了。”

赵天弼和李彪又点点头，表示没有问题。

“准备好。我说‘开始’，就全力冲过去。——准备好了吗？”

“好了。”

“开始！”

随着张作霖有生以来第一次指挥他人的号令发出，三人如同扑食的野猫从石峰后一跃而出，直向门厅奔去。

说时迟,那时快。眨眼之间,他们已像一团黑影蹿向空中,随即落在游廊里侧的地板上了。时间比张作霖预料的还要短。因为张作霖怎么也跑不过赵天弼和李彪,正好落后一大步,待他到了起跳地点,赵天弼和李彪已运好气,各抓住他的一只手臂,借着他的前冲力,轻易地踩地升空了。

八个保镖也都是手疾眼快的茬,石峰后黑影一闪便知道有刺客,即刻进入了战斗状态。待张作霖他们的双脚刚一触到楼板,保镖立刻从两侧逼过来,最近的两个保镖虽然没来得及拔枪抽刀,那可以击碎石峰的巨掌,却早已挟着呼呼风声击向赵天弼和李彪。要不是这两人内力深厚并有思想准备,那肚皮里的五脏六腑说不定会在瞬息间被震得四分五裂。但这一掌毕竟不轻,两个人在险些跌倒的同时都意识到,迎战他们的是少有的武林高手,心里也都明白,不挨完第二掌是不会稳住脚步更难以还手的。

张作霖可无暇顾及赵天弼和李彪能否承受第二掌,他必须以这两个人为屏障,以最快的速度进入客房,以最快的速度找到赵尔巽。也就是说,他们成功还是失败,生还是死,就在于他能否很快找到赵尔巽这个大人物作为俘虏挟持出来。

按说,张作霖成功的概率该是极小的。虽说客栈的客房远不如高官显宦的府邸那样门深似海甚至处处有机关暗道,但赵尔巽使用的套房毕竟比一般客房复杂得多。他撞开的四斜毬纹格子门里边并不是寝室,而是一间宽敞的客厅,其两侧各有一门。张作霖只能确定一个目标。而赵尔巽究竟睡在哪一侧房间的帐子里,他事先不知道也是不好推断的。如果恰恰选择错了,势必要前功尽弃。所以,闯进客厅的张作霖不能不费一番踌躇。其次,赵尔巽虽说出身书香门第,又是文职官员,但幼年时也练过一些拳脚功夫,在北京做记名御史时,又跟一个心腹保镖学过剑术,和赵天弼、李彪之流交手虽说力不从心,对付张作霖那是绰绰有余的。即使张作霖碰巧选对了目标,只要赵尔巽没睡死,照样是胜负难料的。

然而,也许赵尔巽该有此一劫,也许上天有意让张作霖初试锋芒便旗开得胜,以培植起他对前途对命运的冒险精神,也许这两个在未来有过一段非凡的合作的人物,注定要有今天这场非凡的奇遇。在张作霖伫立客厅尚未决定冲向哪一侧房门的时候,赵尔巽竟鬼使神差地把自己送到劫持者手里。

原来赵尔巽没有睡得太实,游廊上的功守双方刚一交手,他就醒了。他是个极聪明也极机警的人,立即意识到有偷袭者到了门外。但他心里又十分坦然。他手下的八个保镖跟他走南闯北，时间短的有四五年，时间长的已有十一二年的光景，对他个个都是赤胆忠心、恪尽职守，且个个都是以一当十的武林高手；近两年又渐渐配齐了短枪，更是如虎添翼，犹如他的铜墙铁壁。他常常自鸣得意地说，父母的心血使他出人头地，皇上的恩典使他官运亨通，保镖的忠心使他高枕无忧。事实也正是如此。谁不想出人头地？谁不想官运亨通？但绝大多数人又都无此好运气，偏你赵尔巽鸿运高照、翼振云霄。所谓福兮祸所依，如何不成为招风的大树？多年来，他总是遭人不断袭扰，其中哪个是因为妒恨他春风得意，哪个是因为艳羡他资财充盈，他已无暇分辨。有一点他是清楚的，至今尚无一人在他身上得手。这都得力于他的保镖。在他看来，这八个保镖，足以抵得上千军万马！

所以，窗外的打斗声没有令赵尔巽惊慌失措，他只感到，刚刚在小西关落脚，便有人前来滋扰，事情有点儿蹊跷。他自信为官清廉，为人宽厚，还没有必欲置他于死地的敌人。如果是见财起意的鸡鸣狗盗之徒，又哪里会有如此胆量，正面和保镖交手呢？但不管为何目的而来，顷刻间就会束手就擒则是无可怀疑的。

不过，赵尔巽是粗通武功的，虽然看不到外面打斗的场面，从拳脚的声音中毕竟能听出打斗双方竟是势均力敌！这可谓是来者不善，善者不来了。他一下从床上坐起，操起宝剑，外衣也没有披，便向门口走去。他想到客厅朝门外观察观察，如果需要，好喊醒尚在梦中的孙夫人，两人找个隐蔽处暂时躲一躲。

这一下便成全了张作霖。

张作霖正在愣神，只听左侧门吱呀响了一下，急忙蹲在一把高背椅的后面。他看见，门开处走出一个人来。由于月亮尚悬在西天，客厅里不太暗，赵尔巽个子很高，又穿着一身洁白的睡衣，使张作霖得以大致看清，并确信，此人就是他要寻找的财宝所有者。张作霖从小就是天不怕地不怕的手，心眼机灵，动作灵活，此刻更不怠慢，小腿一弓，刷地从椅子后面飞出，朝赵尔巽扑去。

赵尔巽还没来得及拔剑出鞘，便感到有一只冰凉的枪口抵到太阳穴上了。紧接着，那把削铁如泥却没派上用场的宝剑也被劈手夺了去。

“你是什么人？”赵尔巽问道，声音并不显得紧张，“来此何干？请明示一二。”

“你是赵尔巽?”

“不错。”

“你放心。我们只要钱,不要命。”

“那就好说。请把枪……拿开。”

“不。现在不行。听着,赵尔巽,我外边还有两个弟兄。让你的保镖立即住手,让他们全进来!”

其时,外面打斗声已经停止,保镖们显然是胜利者。但赵尔巽明白,保镖们的胜利是没有一丁点价值的。所以,他还是向外喊道:“不要伤害那两位好汉。放开他们。你们全进来!我被他们劫持了!”

保镖们是看见三个人影一同飞上游廊的,也看见其中一个闪进门去,并预料到那是劫持他们的主人的,只是赵天弼和李彪死命抵挡两侧攻过来的保镖,使他们没有一人能尾随张作霖进入客厅。他们只好全力对付外面的两个人,以便捕获后交换主人。他们听到赵尔巽的命令后,便应声说道:“这两个人已被我们抓获。让里面的劫匪放了大人,我们就放他们三个一条生路!”

张作霖刚想说一句威胁保镖们的话,却只听赵尔巽抢先怒道:“你们是一群蠢货!快按我说的做!”

张作霖一怔后,微微点头心里暗道:“真是个明白人!可不是嘛,我们这样的蠢贼,三十个,三百个也抵不上你赵尔巽一人的价值嘛!生在世上,就是让人打劫一百次,也还是要做这样的人上人嘛。”

张作霖想着,早已见六个保镖挟着赵天弼和李彪进入客厅。同时,赵尔巽的孙夫人和几名女仆也从两侧进入客厅,并擎着蜡台,照得房间一片通明。女人们带来光明,她们自己却眼前漆黑,抖作一团了。

赵尔巽说道:“放开两位好汉!”

赵天弼和李彪随即恢复了自由。

张作霖说道:“赵尔巽,让你的保镖把枪还给我的弟兄,让他们把武器全扔到地上。让一个女人去楼下把另两个保镖以及钱掌柜和伙计们全叫上来!”

赵尔巽说道:“按他的话去做,还等什么?”

这命令——与其说是赵尔巽的,莫如说是张作霖的——被分毫不差地执行了。

赵天弼和李彪都没受重伤，此刻握着短枪，显得比平日还有精神。不用说，心里都很佩服张作霖，而且，两个人陡然间产生了一个不谋而合的想法：自此之后，将心甘情愿地把自己的命运与张作霖紧紧地连在一起，上刀山入火海亦在所不辞！

这一刻，张作霖俨然成了在场的所有人乃至整个世界的主宰。

张作霖本人也是有生以来第一次感到自己在主宰他人乃至整个世界。这给他带来一种心理上的奇特的快乐，每条神经都在畅然跳动，肉体在前所未有的康泰中似在羽化，在飘动，在腾空。他希望眼前的场面就这样凝止下来，直到永远。

但他又明白，眼前的场面不能持续太久。他们以生命为赌注来此冒险的目的，是顷刻间从一个穷光蛋变为百万富翁。心理上的短暂的甚至虚幻的快乐，与珠光宝气相比，后者有更大的切实的诱惑力。他必须尽快看到这些将改变他们命运的珠宝，尽快成为这些珠宝的新主人。因为，接下来势必有一个携带珠宝远走高飞的、时间将被无限拉长的紧张过程。

所以，张作霖在瞬息间享受了旗开得胜的快乐之后，便马不停蹄地展开了新的攻势。

"布政使大人，"张作霖说道，"你是个聪明人，该知道下一步怎么办。"

"是的。我知道。"

"你也能知道，我的枪口在什么情况下才能离开你的太阳穴。"

"是的。我知道。"

"那就快下命令吧！"

赵尔巽一点儿也显不出犹豫地说道："钱老板，把我的珠宝箱拿给他们。"

钱恒顺答道："是，大人。"然后又转向张作霖，"珠宝箱锁在账房。我去拿来。"

"等一等。"张作霖说道，"二哥跟着去。"

这二哥当然是赵天弼。他们事先约好不能呼名道姓。

赵天弼问道："好不好把他们都押下楼去？对我们不是更方便吗？"

"不。"张作霖不容置辩地说道，"他们十几个人，未必没有人企图乘机做手脚。"

"明白了。——走吧，钱老板。"

几分钟后,珠宝箱被拿到楼上来。

“我想看看。”张作霖说道。

赵尔巽说道:“请夫人把钥匙给他们。”

孙夫人虽然十二分地不愿意,但还是从腰间解下钥匙,没好气地扔到张作霖的脚前,心里一委屈,捂着眼睛抽咽起来。

赵天弼捡起钥匙打开锁,掀起箱盖,立即闪射出炫人眼目的珠光宝气。张作霖点点头,赵天弼遂又锁好珠宝箱,把钥匙揣入怀中,同时问道:“还有没有第二只珠宝箱?”

赵尔巽说道:“你们该心满意足了,而且,我哪里会有那么多珠宝?你们不信,尽可以去搜。”

“不必了。”张作霖说道,“看你还不像会说谎的人。”

赵天弼又说道:“还有银两呢,而且,尊夫人也不会没有随身佩戴的首饰吧?”

“算了,二哥!”张作霖有点儿不痛快地说,“咱们不能把事情做绝。也没有时间了。——听着,布政使大人。我们还要委屈你陪我们走出客栈大门。我们走这段路时,其他人必须脸朝墙老老实实待在楼上。如有人胆敢下楼或走到游廊上,那对大人是很不利的。”

赵尔巽怒道:“这太过分了!我已经这把年纪,又穿得如此单薄!你们……”

“要不了几分钟,大人。”

“我可以保证让你们安全离去。”

“大人的话我们相信。但你的手下未必没有人想立一番奇功以赎失职之罪。”

“他们会按我的话去做的。”

“我们可不愿因为疏忽而落个功败垂成的结局。不要啰唆了!否则,我们要把条件加码了!”

被惹恼的孙夫人破口大骂道:“强盗!禽兽!拿到财宝就该快滚,为什么还要折腾人?你们会遭到报应的!”

“听着!”张作霖喝道,“你敢再骂一句,我就先送赵尔巽去见上帝,然后就是你!”

“好了,好了。”赵尔巽无奈地说道,“我跟你们走就是。”

“那就开步走吧，大人。”

赵尔巽只好举步向前。

张作霖在右侧，枪口依然抵着赵尔巽的太阳穴；赵天弼在左侧，一手举枪，一手拎着珠宝箱；李彪则以枪口示意在场的其他人转过脸去，然后紧紧跟在后面。

三个确信已获得成功的劫匪，都兴奋得心房震跳，两眼放光，恨不得一步跨到无人处去大喊大叫。

就在这时，只见洞开的格子门上方的门额处有一道白光一闪，紧接着，嘤、嘤、嘤，连续发出细微而又悦耳的响声。再紧接着，便是三只短枪和珠宝箱掉在地板上的噼啪声和三个劫匪的几乎同时发出的惨叫声。

这变故来得太突然，又太短促，不仅那些倏然掉过头来的保镖、女人和钱老板们懵懂地瞪起傻眼，就连机敏无双的张作霖、经验丰富的赵天弼以及耳聪目明的李彪，除了明确感知手腕的剧痛之外，也一时如坠云里雾中，不知道发生了什么事和应该采取什么行动。

到底是五十五岁为官二十五载见多识广和老于世故的赵尔巽，头脑反应得较之常人快得多。他在必不可免的一愣神后，立即意识到有高人在此，并且出手相助，救他摆脱厄运。他毫不迟疑地向保镖们命令道：“还不动手拿下劫匪，更待何时?!”

保镖们这才清醒过来，一拥而上，尽管也已明白过来的张作霖等三人有一番垂死挣扎，但怎奈手腕疼痛难忍和寡不敌众，最后还是绝望地做了俘虏。

张作霖也不愧为一条响当当的汉子，既然输掉了这盘棋，明知必死无疑，就更没什么值得害怕了。他盯着赵尔巽依然不动声色的脸，忍着疼痛，冷然一笑说道：“赵尔巽！你可真是老谋深算。我还以为你真是处变不惊的大人物呢！”

赵尔巽蹙额道：“你好像在说，我事先知道你们今晚的行动?”

“这还用问吗?”

张作霖和赵尔巽的对话使李彪似乎觉得如梦初醒，便咬牙切齿地喊道：“我们上了那浑小子的当了！——宋亮！你这龟孙快出来！我要当众唾你的臭脸！出来呀，你娘的宋亮！你为什么不出来?”

“宋亮?”赵尔巽似有所悟地说道，“难道是他……唔！明白了。我说你们怎么会知道我在恒顺客栈下榻呢?”

李彪没听懂赵尔巽的话,又恨恨不已地说道:“宋亮,我恨不能亲手宰了你这龟孙!”

“这就不劳你的大驾了。不过我感谢你,让我知道我身边有一个叛徒。”

“你说……什么?”

“其实,你们是可以成功的。连我也不知道出手救我的义士是何许人。不过,我们就会知道。”赵尔巽说着,向前走了一步,把声音提得很高,“何方高人出手相救,赵某感恩戴德,没齿不忘。能否现身一见,赵某当面拜谢!”

外面了无回声。

赵尔巽摇摇头,然后转过身来说道:“也许这位高人不愿见到你们三人的尊容。——把他们先押到楼下,一会儿我再处置他们。钱老板,你和伙计们也下去吧。”

钱恒顺扑通一声跪下去,怀罪地说道:“小人该死呀!让大人受此惊扰。请大人降罪吧!”

“哪里话!快起来。倒是我觉得给你添了麻烦。”

“小人愈感惶恐了。大人,都怪小人粗心大意。”

“这事与你无干。罪责只在宋亮一人身上。至于你我交情,还是一如既往。先去休息吧。”

“谢大人。”

保镖押着劫匪,钱老板带着伙计相继出房下楼,客厅里只剩下思绪万千的赵尔巽、乍惊乍喜的孙夫人和晕头转向的女仆。神奇的转危为安,竟使女人们也忘了珠宝箱。

赵尔巽略一踌躇,又扬起头来,试探地高声说道:“恩人如果尚未回驾,恳请飞降玉趾。能一接神宇,赵某死无憾矣!”

赵尔巽的声音刚落,便见门廊处白光一闪,一位身着白褂、白裤、银靴的玉人早已立在面前了,落地时竟没发出一丝声响,令人疑心是飞仙降世。

这无疑就是三次“嘤嘤”声制服了三个劫匪的高人。

赵尔巽刚想屈膝跪拜,却一眼看出,站在面前的乃是一位貌美如仙、姿态娴雅的妙龄少女!他感到万分惊讶,打开的眼皮收不拢,张开的嘴唇合不上。过了好一会儿,才又恢复常态,把屈下的腿直起来,终于没有跪下去。

赵尔巽再老成持重,再善于克制,也忍不住要把内心的诧异变作感叹了。

“天哪！真没想到……”

但他随即意识到，他不仅失态，而且失言。眼下，需要他表达的是感谢而不是感叹。

他连忙收束住意马心猿，抱拳在胸，出于至诚地说道：“老朽赵尔巽拜见恩人！”同时俯下身去。虽是浅浅的一躬，以他的身居高位和与受拜人年龄的差异，分量也算是不轻了。他直起身，垂下手后，又继续说下去：“今日老朽之倒悬，非小侠援手，势不可解；感荷之情，殊难言表。但有一事，尚属不解，望能不吝赐教。老朽与小侠素昧平生，非亲非故，何以拔刀相助，令老朽有此奇遇呢？”

古竹韵原拟跳下来只说一句解救两位师兄的话，然后就腾身离去。但当她站到烛光通明的客厅时，却见面前的长者不仅面善，且似曾相识，骤然联想起母亲逼她来搭救这个人时的情景，心里不免又乱了阵脚。她虽然不情愿作出各种推测，但那种种推测还是顽固地纷至沓来。直到隐隐约约听赵尔巽讲完了上面那段话，才勉强镇静下来。

“我决定进来见您，”古竹韵说道，“是为了求您一件事。”

“请说。一百件也可以。”

“我走后，把那三个人放了。”

“这……唔，好好，我照办就是。不过——你不想回答我的问题吗？”

“是的。”

“至少，该留下芳名吧？”

“不。”

“可老朽怎么回报呢？”

“更不必。我该走了。”

古竹韵说完，便移步转身，准备离去。

就在古竹韵转动腰身的刹那，挂在项下的玉佩晃动了一下。虽说只是晃动了一下，那玉佩的形状和它在烛光照耀下发出的特异的柔光，还是扑到默默注视着古竹韵的孙夫人的眼中。她不由得大吃一惊，也不顾古竹韵转身的动作多么坚决，以及赵尔巽射向她的疑惑的目光，毫不掩饰内心激动地轻声喊道：“请小侠留步！”说着，快步走到古竹韵面前。

古竹韵听到一个女人的似命令又似乞求的颤抖的声音，不得不又转过

身来,多少带点儿不耐烦地问道:“这事已经完了。夫人还有什么话?”

“你的玉佩……”

“玉佩?”

“能不能让我看一看……你的玉佩?”

“这……为什么?”

“求你了……”

古竹韵心想,反正是一块普普通通的玉佩,上面只刻有她的生日和乳名。如果这位夫人是企图帮助赵尔巽在玉佩上找到她的名字,那是达不到目的的。所以,在迟疑片刻后,还是决定满足这位满脸和悦之色的夫人的好奇心,摘下了玉佩。

孙夫人似乎并没想细看,接过玉佩便回身递给了赵尔巽,同时说道:“你能认得出来的。”

“你是说——唔,记起来了!”

“我说我不会看错嘛!”孙夫人兴奋地说道,然后又把目光全部集中到古竹韵的身上了。

此时因这两个人的对话感到莫名其妙的古竹韵,又感觉到孙夫人的目光很特别,因为,只有母亲给过她这种慈爱的注视。

想到母亲,古竹韵心头陡然一震。她记起,这块玉佩是母亲刚才特意给她戴上的,因为当时听出母亲的声音很固执,还带有乞求的意思,便在换装时也没有摘下来。难道眼前这位夫人的怪异要求以及赵尔巽的激动同母亲刚才的举动之间,有着某种他人所不知的联系吗?别的先不说,至少可以肯定赵尔巽和夫人是认识这块玉佩的。也就是说,母亲让她戴上这块玉佩是有意让赵尔巽和夫人看到,那话语中也说明认识赵尔巽,可是,又为什么不让她说出母亲的名字呢?

这无疑是个太大的谜。

而赵尔巽此刻擎着玉佩的手在颤抖,眼睛也在颤抖,显然不是因为玉佩本身,而是玉佩上的字。

这谜愈加扑朔迷离了。

古竹韵有点儿手足无措,心里尤其惶惑不宁,喉头也感到发干了。她说道:“看完请还给我。我……该走了。”

赵尔巽又默默念了一遍玉佩上的年月日,向前走了一步,双手仍然紧紧

握着那块玉佩。

“这上面刻的是……你的生日?”

“是的。那又怎样?”

“你母亲名叫萧五妹?”

“您……您怎么知道?”

赵尔巽看了孙夫人一眼,说道:“天哪,真是她!”

“您说什么?”古竹韵问道,态度是迷茫中带着恐怖。

“快告诉我,你母亲好吗?你爸爸好吗?他们住在哪里?”

“我为什么要告诉您?”

“因为……因为你的生辰告诉我,你是我的女儿呀!”

“什么?——不!您在……瞎说!”

“对天发誓,我不骗你。”

“我不信!”古竹韵叫道,劈手夺过玉佩,挣扎着转过身去,似要逃避一场厄运。

“不要走!千万不要走……”

古竹韵自己也弄不清为什么涌出热泪。她猛地回过头,像大祸临头又不无痛恨地大声说道:“我不是您的女儿!不是!”说完,也不管赵尔巽怎么呼唤,一个箭步冲出门外,纵身腾上楼顶,霎时声影全无了……

7

“是的,韵儿。”萧夫人坐在床头,紧紧握着古竹韵冰冷的双手说道,“赵尔巽没有瞎说。他确实是你的生身父亲。这话说起来……就太长了。”

对于一个人匆忙而短促的一生来说,二十年前的经历该是十分久远了。但这段往事却是极不寻常的,不仅充满了带有血腥的刀光剑影,也不乏甜蜜的儿女情长。萧五妹是不会忘记的。甚至可以说,其间每一个细节都深刻在她的心上。不过,让她讲述,免不了不时被抽咽阻断。不如由笔者代述,较为冷静和客观地披露给读者诸君。

这话得从古剑雄讲起。

古剑雄祖籍山东德州,世代以设镖行护商客为业。其父古凤池聪明绝顶,不仅把家传的峨眉枪法演练得出神入化,号称德州第一枪,而且,还自创了名为神龙十八盘的剑法,攻则如银龙飞至,守则如白光裹身,更在武林赢得盛誉。如此枪剑两绝的武林高手,在继承家业做了镖头之后,古家镖局理所当然地愈加远近闻名,愈加客户盈门。同时,也必然使本来就是冤家的同行们,因羡而生妒,因妒而生恨。这就为古家镖局种下了祸根。光绪五年(公元 1879 年),德州城里其他几家在竞争中濒临破产的镖局,把他们对古凤池的妒恨,变成了一次联合行动,在一天夜里,杀进古家镖局。古凤池在毫无准备的情况下,匆匆应战,虽手刃数名进犯者,终因寡不敌众,受了致命伤,临终前,他对冲过来救驾的独生子古剑雄说道:“败局已定,再拼下去只能落得满门灭绝。你速速夺路逃生,远遁他方,潜心习武,日后回来替我报仇,重振古家神威……”说完,自行屏息而亡。古剑雄无暇恸哭,接过父亲留给他的宝剑与围上来的敌人拼杀一阵后,乘隙逃出家门。古剑雄正当年少,体力饱满,并曾投明师练过轻功,跑起来疾如鹰隼,快似流星,没人能追得上,更兼有夜色作掩护,便轻易地逃脱了厄运。待他确信已再无性命之虞的时候,心头却突然涌起一股羞愧之感。他想,父亲的尸体肯定无人收敛,做儿子的就这样一走了之,岂不有悖孝道吗?别人不说,自己的心里也难以安宁啊。他决定暂避一下敌人的锋芒,于第二天夜里潜回家中,把父亲的尸体背到城外,再想办法置棺安葬。但他忽略一点,那些决心把古家斩尽杀绝的人,明明知道古剑雄在他们眼皮底下死里逃生,又明明知道这个少年事父至孝,而且深得古氏武功的精要,如何肯草草收兵而留下后患呢?结果,古剑雄不可避免地又中了埋伏。要不是他情急生智,在身受数剑之后,闪进房中,在灶间放起一把火,然后在熊熊烈焰中,仗着对房舍和庭院的了如指掌,第二次冲决而出,那么,他准会在刀林剑丛中魂追亡父而去了。他趔里趔趄逃出德州城时,天已大亮。他走到僻静处,扯破衣襟,把腿上的伤口紧紧包扎起来,以使血液不再滴到地上留下踪迹。他略一思忖,便决定拐到官道上往南走。这一选择无疑是正确的。如果敌人想追杀他,绝想不到他竟顺着最易暴露自己的官道逃跑,而且,在人来人往的官道上打斗杀人也是极不聪明的,古剑雄果然想对了。直到时近中午,也没见人追来。但他毕竟经历了连续两次拼搏和两次逃跑,早已筋疲力尽,身体中有限的血液又流失得过多,再加上肚腹里的饥饿和头顶的烈日,终于支撑不住,昏倒在路边了。

也是古剑雄命不该绝,他昏倒不久,便有一个足以改变他命运并注定在日后与他共有一番特殊经历的人经过这里。

此人便是年方三十五岁的赵尔巽。他刚从湖北乡试副考官任上归来。说来也巧,他偶然决定改变行程,拟去德州访友,然后返京。这才使他得遇奄奄待毙的古剑雄。

赵尔巽二十三岁中举,三十岁拔进士并授翰林院庶吉士,三十二岁授编修,三十三岁授国史馆协修。科场可谓顺利,宦途亦可谓畅达。而且,年仅三十五岁,就被皇上典了湖北乡试副考官!这可是无数双眼睛紧紧盯着的美差。其间的好处自不必细说,那些由乡试出身的学子对该场考官终生以师礼事之,一任考官便可桃李满天下,在官场,这是一股何等有用的人情势力?仅此一项,便足以令人眼热和梦寐以求了。不要说出身汉军正蓝旗的赵尔巽,即使皇族亲贵又有几人能在三十几岁便获此殊荣呢?赵尔巽当然感到皇恩浩荡和受宠优渥,并立下以天下事为己任,为皇上和朝廷肝脑涂地死而后已的宏愿。

所以,当随从们禀告说,发现官道旁边卧着一个鲜血淋漓的人,他是不

能不管的。

他命轿夫停轿,打开前帘,准备在确定那人还是活口时,就在当途问明情由,然后再作区处。

古剑雄并没有死,却也是刚刚苏醒过来。当他觉出有人抓他的手臂,还以为落入仇家手里了呢,不由得骤然一惊。这一惊,倒使他的神志完全清醒了。他明明白白看出,眼前停着一顶官轿,轿里正襟危坐着一位身穿官服的人。虽说他对补服顶戴方面的知识所知甚少,但从那轿子的豪华和仪从之众,立即意识到,那轿子里仪表堂堂的中年人,肯定是品位不低的朝廷大官,也许正是巡按或钦差吧。他当然巴不得能有此奇遇。如果此人是位青天大老爷,他不正好当途鸣冤使报父仇的时间大大提前吗?

因而,刚被扶到轿前,没等赵尔巽的随从吆喝,先就扑通一声跪了下去,哭喊道:“小人奇祸奇冤,请大人明鉴啊!……”并不住地磕下头去。

“有何奇祸奇冤,据实讲来。如确有冤情,本官可助你洗雪。”

“谢大人!”

古剑雄见赵尔巽态度温润,声音柔和,不禁勾起心里的痛楚,胆子也大了不少,所以竟能把那场家被毁、父被杀的无妄之灾讲得绘声绘色,且声泪俱下。不要说赵尔巽,就连那些轿夫、随从和偶然赶上这场面的行人,也无一不受了感动。

“你说的句句是实吗?”赵尔巽听完古剑雄的陈述后问道,紧接着又加了一句,“妄控是要反坐的。”

“大人在上,如有一字不实,小人甘当重罪。”

“既如此,你起来吧。我们一同去德州官府。清平世界,哪里容得刁民如此猖獗!”

古剑雄于是随赵尔巽重返德州城,在赵尔巽的指点下,具状控官。此时,地方官已得知古家镖局惨遭洗劫,但父死子遁,现场又烧成一片废墟,既无原告,作案者亦不知所踪,难以成狱,正拟不了了之,或以悬疑存档。现在有了原告,又有了被告者姓名住址,可即时立案。地方官又获悉古剑雄有赵尔巽作后盾,更加不敢怠慢。遂急如星火地拘来被告,竟一鞫而服,根据案情和主从,被判斩首、监禁、流放有差,只待刑部批回后实施了。

古剑雄知道,能打赢这场官司,特别是,如此一桩大案,能这么快有了结果,官府又丝毫没有难为他,全亏赵尔巽的力量。他当然要感恩戴德,把赵尔巽奉为再生父母了。他的家产已经荡然无存，便把价值连城的家传宝剑，跪呈赵尔巽，并痛哭流涕地表示要以身相报，生则牵马坠镫，死则结草衔环。

赵尔巽不仅发现古剑雄一表人才、口齿伶俐，又了解到他武功出类拔萃，为人孝悌忠厚，早有心收为己用，便慨允了他的请求，让他以私人保镖的身份，跟随进京。

有话便长，无话便短。转眼间，赵尔巽带着古剑雄返京已是梅开两度了。

在这两年里，赵尔巽依然任国史馆协修，但无论他自己，还是朝列同僚们，都知道，他很受皇上青睐，已进入拟被简拔者的名册了。他本人甚至获悉，皇上只待他资历略深些，即予加官晋爵，很有可能在一两年后授记名御史，以确定官品，然后，有外官出缺时再实授外放。他虽没表现出受宠若惊，但心里也不能没有春风得意之感。心绪当然特别好。他在夙兴夜寐加倍为皇上效力的同时，又把住宅修葺一新，广结豪贵。闲下来，或与孙夫人诗酒相酬，或向古剑雄学习剑术。生活得可谓张弛有度，扬扬自得。

不用说，住进赵府的古剑雄，既无危殆之惊扰，亦无衣食之忧虑，更觉得轻松和舒心了。赵尔巽又格外喜欢他，也格外信任他，返京不久，即让他做贴身保镖，并管带其他几个随从，相当一个卫队长的身份。他对赵尔巽感激涕零，恪尽职守，且毫无保留地把独家武功——神龙十八盘剑法悉数教给了赵尔巽。两人常常兴致盎然地相对舞剑，吸引得赵府上下十几个人看得眼花缭乱，赞不绝口。

谁也没有料到，舞剑竟舞出一段孽缘来！

且说赵尔巽的孙夫人名叫孙玉莹，原是大家闺秀，嫁给赵尔巽时，把自己的贴身丫鬟作为陪嫁娘也带进了赵府。这丫鬟原名萧雪莹，犯小姐名讳，便以在姐妹中排行老五改名为萧五妹。这萧五妹肌肤莹洁，容颜清丽，安闲雅素，不苟言笑，因跟随小姐多年，耳濡目染，亦精通文墨。

前面说过，赵尔巽和古剑雄舞剑时，常常吸引赵府上下人等远远围观。孙夫人出身名门，礼教观念甚深，是不便抛头露面去欣赏男人舞剑的。萧五妹就不同了。她对男女之大防似不大在意，或者还没有悟出其中的道理，觉得不轻易同男人说话就是了，站在远远的地方看看男人舞剑总是没有大碍的，何况两个男人一个是天天见面的主人，另一个是常常见面的主人的保镖呢？孙夫人很喜欢她，也深知她贤淑安稳，且尚年幼，便也不去阻拦她，任她去满足好奇心。

萧五妹在赵尔巽返京的第一天就见过古剑雄了。那时,古剑雄给她的印象是:五官端正,双目炯炯有神,虽身带数创却显出体魄异常健壮,走路小心翼翼却又掩饰不住男子汉的威武。后又听赵尔巽对孙夫人讲起古剑雄的家世和遭遇,知道此人身怀绝技,且是一个孝子。耳闻目睹的这些,并没使萧五妹的心海产生一丝涟漪。在她看来,古剑雄的出现,只是在赵府中增加一个男性仆从而已。及至看到古剑雄舞剑,才开始觉这个年轻男人确实与众不同。她见过挂在墙壁上的带鞘的剑,也记得赵尔巽同夫人闲谈时涉及剑术的只言片语,却从未见过什么人舞动出鞘的寒光闪闪的剑,不知道何谓剑术中的点、撩、抹、豁,何况古家自创的神龙十八盘剑法,集刀、枪、剑、鞭之术于一身,上路参之于形意八式拳法,下路参之于柔身八卦腿法,缓疾相辅,刚柔相济,攻守皆备,变化无穷,说是十八盘,正不知几多十八盘!萧五妹不仅见所未见,亦闻所未闻。她只见那寒光上下翻飞,似有无数龙蛇狂舞,古剑雄则或落地生根,稳如泰山,或震地腾空,矫若惊鸣,有时竟只剩一团白光滚动,不见古剑雄身影,令她目不暇接,心惊肉跳。不禁油然而生一股敬意和赞赏之情。继而又见赵尔巽舞剑,便觉相形见绌了。赵尔巽又常常停下来向古剑雄请教,古剑雄则边滔滔不绝地讲解边以指代剑地示范,主仆竟颠倒过来成了师徒!萧五妹见过无数男人,跟随孙夫人进入赵府后,又见过许多有身份有地位的男人,其中最令她佩服的当首推赵尔巽了。赵尔巽学识渊博,待人和悦,又位居高官,在男人中该是屈指可数的翘楚了,她不能不佩服。可现如今,赵尔巽在古剑雄面前,简直是一个虚心受教的徒弟!萧五妹突然产生一个前所未有的想法,原来世上值得她崇拜的并不仅仅是才华横溢、高官厚禄的赵尔巽啊!自此之后,萧五妹更不愿放过观看舞剑的机会了。一来二去,她也渐渐能看出点儿神龙十八盘剑法的路数和其中的威力来了。这个不通剑术也一辈子不想舞枪弄棍的少女,竟发现自己对观看武术有了浓厚的兴趣,如因故错过一次机会,就感到后悔不迭。可是不久,她发现自己在旁观时心思难以专注了,眼前舞剑的场面也不再如以前那样清晰明彻,总是朦朦胧胧,模糊一片;而在这一片模糊中,常常涌现出一个五官端正的面孔、一双炯炯有神的眼睛,甚至一系列不幸的遭遇,一大堆忠孝节义的人品。这些幻化出的有形和无形,同真实的舞剑场面互不相让地交织一起,融化成一个温馨而令人陶醉、怪异而摄人心魄的完全失去时空感的形象。这种现实与非现实,感官与心理共同创造的混合体,使她感到新奇不解甚至胆战心惊,却又不忍心去击碎它。或许连她自己也一时难以明白,她所看到的,准确地说,她的内心所描绘出的形象,正是一个男人的包括肉体和灵魂的光芒四射的神韵和风采;她同样一时难以明白,她已完全而彻底地为这神韵和风采而倾倒了。她只觉得这一切难以理喻。

但萧五妹毕竟已届破瓜之年,春心早在偷偷孕育之中了,而情窦的开启,常常是在瞬息间完成的。一天,赵尔巽命她去请古剑雄到书房同观剑谱。当她第一次与古剑雄四目相接时,骤然一阵心跳,脸上燃起烈火,赶忙垂下眼帘,转身而去。就在这一刻,她终于明白了,她爱上了这个男人!与此同时,她尽管不知道古剑雄是否也垂下眼帘,是否也心跳脸热,但她还是发现,那双男性的如火的眼睛里,也冲决出一种令她灵魂战栗的放肆的渴望。这也许是她虚构出的感觉,但她希望是真的。

萧五妹是个庄重而文静的少女,感情深藏不露,即便大惊大喜、大悲大忿,亦从不形之于色。这就使她的稚气中隐含着深沉,温顺中隐藏着倔强。一旦意识到爱上了一个人,便会执着地去追求,永远不会改变和放弃,直到深陷其中而不能自拔。也就是说,萧五妹这样的少女,一旦爆发了爱,这个爱便接近成熟甚至已经成熟。另一方面,这样的少女又几乎不可能主动地去向所爱的人表达这种爱,她们的热切而执着的追求总是以焦躁等待和期望的形式进行,内心发挥得淋漓尽致,事实却未必恰如所愿,因而又常常陷入他人不知的单相思的痛苦和终生的幽怨之中。

所幸的是,萧五妹竟是个例外。因为她的爱很快获得了报偿。

其实,古剑雄早些时候就已钟情于萧五妹了。说“早些时候”,当然不是说他一踏入赵府便对萧五妹倾心,无论从哪个角度,都是不可能的。两年后,他爱上萧五妹,又是极自然的。他已经二十二岁,即习武之人,也到了考虑娶妻生子的年龄了,此其一;他肉体的创伤早就痊愈,家毁父丧的精神创伤也已被新的生活和时间冲淡,有了谈情说爱的心境,此其二;作为使枪弄棒的武夫,温文尔雅、仪静体闲的娇羞型少女对其有更大的诱惑力,此其三。这些缺一不可的因素,如此恰到好处地在同一时间聚合到一起,怎能不搅得古剑雄压抑已久的感情荡起波澜呢?但他不是那种办事不计后果动辄忘乎所以的人。赵尔巽对他再好,他也不会忘记自己的身份。他知道,他把赵尔巽引为再生父母,而萧五妹却是孙夫人的陪嫁娘;他仅仅是个以身报恩的保

镖,而萧五妹则是赵府内政事实上的当家人。他与萧五妹之间,身价上有高低之分,辈分上有上下之别,因而他不敢也不能向萧五妹表达爱慕之情,不敢也不能让赵尔巽乃至赵府上下人等看出他有非分之想。要不是萧五妹传唤他时异样的颤动着的传情的眼波的鼓励,他也不会用同样的眼波向对方披露自己的心迹,甚至要一生都把这情愫深埋心底。

人的爱情并非不可以压抑和埋葬,如果明知条件不允许又有决心的话。然而,怕就怕两人终日见面,怕就怕见面时又默默地互相鼓励。见面一经常,鼓励一频繁,顾忌必然减弱,压抑和埋葬爱情的决心也就随之式微了。至于古剑雄和萧五妹两人的爱情,能否发展到坚决不压抑,坚决不埋葬的义无反顾的程度,此时还难以断定。因为他们需要冲破的障碍比设想的要多得多。

不管怎么说,两人有了第一次四目传情后,便必会有第二次、第三次,乃至无数次无言的感情交流。而让他们都确信自己绝不是单相思,有那么一两次含情脉脉的眼波的碰撞和纠结就足够了。

一句话,二十二岁的古剑雄和十六岁的萧五妹,共同努力,很快把两心相悦推进到两情缱绻了。但是,他们的爱情毕竟有诸多的不现实且充满了风险,两人的感情可以互相袒露无遗,却谁也不敢向两人以外的范围公布。而且,由于环境所限,除了在难得的单独接触的短暂机会里,难以尽情地匆匆一握之外,也绝无随心所欲的卿卿我我、缠缠绵绵的可能。

有一次,萧五妹终于向古剑雄提出一个"怎么办"的问题。古剑雄没有回答,也回答不出,但他不能不去想。后来,他找到了问题的关键,他们的事情必须有赵尔巽的应允。求得赵尔巽应允,先须讲出两人之间的事。这话只能由他古剑雄去说,萧五妹是不便启齿的。不过,接着又产生了许多问题:这话什么时候说合适?怎么说才算得体?赵尔巽能不能答应?不答应怎么办?他还能留在赵府吗?萧五妹会怎样?等等,等等。这些问题困扰着他,使他犹豫不决,丢掉了无数次可以利用的机会。

按说,古剑雄应该估计到,赵尔巽喜欢他,信任他,把他视同亲子一般,他如提出想娶萧五妹,获准的可能性是极大的。萧五妹的前途有两个,一个是作赵尔巽的妾,一个是嫁出去。做妾的迹象似乎没有,出嫁的年龄却临近了。如果终于要嫁出去,赵尔巽能选到比古剑雄更合适的人吗?他娶了萧五妹,不用说会加倍为赵尔巽效力,萧五妹也可以无须远离自幼相伴的孙夫人了，赵尔巽何乐而不为呢？但赵尔巽正值官场得意，声名鹊起，心思全扑在积累政绩，两眼全盯在日益切近的飞黄腾达，尚分不出余暇去考虑一个保镖该否有个家室和如何安排渐渐长大的陪嫁娘这些身边琐事。即使忙里偷闲学学神龙十八盘，精神也全贯注在剑上，哪里会看到保镖和陪嫁娘之间有节制的暗送秋波呢？至于这两个人在僻静处的窃窃私语和在无人处的相依相偎，他更无从知道，也想不到。如果他能发现一些蛛丝马迹，说不定会促成这两人的婚事。

正是由于古剑雄该说的不说，使事情未能明朗化和获得急需的明确结局；赵尔巽该注意的没去注意，使他本性中的同情心难以变为成人之美的善举。那么，这一对情侣也就只能继续在偷偷的苦恋中煎熬了。等到后来，事情却节外生枝，形势发生了巨变，古剑雄再有决心再有勇气也不能说了，即使说了，赵尔巽再有同情心再与人为善也绝不会答应了。

因为，赵尔巽要收萧五妹做姨太太！

这是事出有因的。说起来，正是赵尔巽的孙夫人孙玉莹促成了事情的肇始。

孙玉莹出身名门，知书达理，这在前面已作过简单介绍，就其体貌来讲，也是百里挑一。她修短合度，肥瘦适中，双瞳剪水，面如桃花，娇艳得夺人心魄，令人想见东邻处子；自幼又养成洁癖，喜服淡雅，总是风仪秀整，洁净如洗；又经父母悉心训教，无论站、行、坐、卧，还是谈、笑、餐、饮，皆有章法，且对赵尔巽百依百顺，柔情蜜意。一句话，是一位无可挑剔的好妻子。赵尔巽娶到这样一位好妻子，简直如获至宝，满心欢喜，真如日日置身天台之上了。从结婚那天起，孙玉莹就成了赵尔巽心中唯一的女人了。但是，在他们夫唱妇随、相亲相爱的婚后生活中，也出现了美中不足的事，即总不见孙玉莹身怀六甲。赵尔巽从湖北副考官任上返京已过去一年多，孙玉莹的肚腹里仍无消息。赵尔巽着急，孙玉莹更着急。他们不得不做出请名医查查原因的打算。说话这已经是萧五妹要古剑雄拿出主意的时候了。说也巧，就在这时，孙玉莹突然有了身孕。赵尔巽乐得合不拢嘴，孙玉莹高兴和激动的程度更胜于赵尔巽，竟抽抽咽咽哭了起来，弄得赵尔巽直搓手，左哄右劝，生怕她哭坏了身子。从此，赵尔巽对孙玉莹更是千般疼爱，百般关心，甚至连碰也不敢碰她了。为了孕期直到产前不发生意外，赵尔巽又雇了两个干净利落、细心而有经验的婆子日夜侍候在孙玉莹床前，他自己则在书房隔出一间卧室,临时过起独眠的生活来。

我们知道,赵尔巽刚刚三十七岁,正是感情丰满欲火如炽的年龄。加上他先天即从母体中带来一副好体格,入世后位居高官,生活优裕,不断滋养;这几年又事事遂顺,升迁在即,情绪十分昂奋。他的身体因而愈加壮健,是有使不完用不尽的精力的。更兼他与夫人情投意合,你贪我爱,日日绸缪得如胶似漆,骤然分居别室,拥衾独眠,如何受得了这份孤寂?未出一月,他就感到坐不安席,永夜难消了。但赵尔巽毕竟是个出身礼仪之家的本分人,总不能作北里游,以一时之欢去玷污自己的清名,便也只能书酒为伴,暂且忍耐了。

一天晚上,萧五妹受孙夫人差遣,送一碗热热的参汤给赵尔巽。

赵尔巽一直把萧五妹看作小孩子,对她进出书房送这送那从不经意,有时连头也不抬,说一声"放下吧"或"去吧"便再无话了。这次萧五妹进来后,照例说了一句"夫人让给老爷送参汤来"之后,随即又"唔"了一声说道:"真烫!"便急忙向桌边走来。赵尔巽这时就不能不回过脸来了。当他看到萧五妹捧着冒着热气的参汤确实不胜其烫的时候,连忙站起身来,一边伸手去接,一边笑道:"看你!这么热的参汤,该有个托盘才是。"听他的语气,说是责怪,倒不如说是慈祥和疼爱。话还没说完,他已把参汤捧到自己手里了。

也是萧五妹合当有此一劫。赵尔巽这一捧便捧出她的一场灾难来!

一开始,赵尔巽的双手并没有接触到碗上,而是捧住了萧五妹的双手。虽然萧五妹很快把手抽开,但在停留的瞬间,赵尔巽还是清晰感到那双女性的手的温软滑腻,不由得颤抖了一下,心中产生一种异样的骚动。他自己也不知怎么了,竟产生但愿这种新奇的感觉永驻的渴望。他迅即把溢出大半的参汤碗送到桌面,又回过头来,把热辣辣的目光无些许遗漏地倾泻到萧五妹身上了。在这一刻,他猛然发现,垂首在面前的萧五妹,已不再是初进赵府时那个瘦弱而苍白的十三岁小女孩,而是一个成熟了的体态丰盈、夺人心魄的大姑娘了。他甚至觉得,萧五妹这张白皙中浸润着羞红的清秀的瓜子脸,比孙玉莹的线条柔和的艳丽的圆脸,更加楚楚动人和惹人怜爱。这样一个世间尤物,本来就归他赵尔巽所有,难道会舍得让她在某一天嫁给别人吗?他既然是主人,迟早要占有她,为什么不在眼前这个绝好的机会行使主人的权力呢?这该不是放荡,更不是巧取豪夺,而是顺理成章的事嘛。

赵尔巽这样想着,不再克制心里的躁动,向萧五妹伸过手去。

萧五妹在赵尔巽的注视下，心里一阵慌乱，预感到将要发生某种可怕的她肯定不想接受的情节。她想赶快说一句告退的话，然后转身逃开，但已经来不及了。她明确地觉出，她的手已被抓住。这次，她的手是实实在在地被握进一双滚烫的还残留着参汤的掌中了。

"五妹"，赵尔巽说道，"留下来陪我睡吧。"

赵尔巽这句话，对萧五妹无异于五雷轰顶。她差点儿昏过去。如果不是赵尔巽顺势把她搂在怀里，她准会瘫倒在地板上。她的脸色异常苍白，四肢冰冷，眼前则一片模糊，又似有洪水铺天盖地般扑来。

不过，她此刻残余的力量还足够断然说一声"不"，足够她喊出来和哭出来。如果她奋力说个"不"字，赵尔巽定会松开双手，重新审视眼前的少女，检讨一番自己的行为是否太匆忙了些，或许就会放弃偶然冲动而产生的不合时宜的念头。如果她哭起来或喊起来，仅隔两道门的孙夫人不会听不到，势必命人来询问，赵尔巽当然得放她走，孙夫人既然知道何谓陪嫁娘，不至因发生的事大惊小怪，赵尔巽也会认为她尚不懂风情而一笑了之的。是的，如果她说了，哭了，或喊了，那么，以赵尔巽的身份和为人，在握手和搂抱之后，事情是不会有新的发展的。至少在这一个晚上，萧五妹能够保住自己的处女的贞操。即使萧五妹或迟或早注定要成为赵尔巽待寝的小妾，在躲过这一晚上的厄运之后，总还有回旋的余地，未必就无路可走。

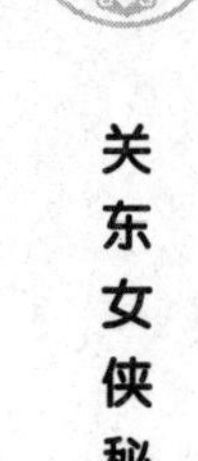

然而，萧五妹没能这样做。她没有说"不"，没有哭，没有喊，甚至没有挣扎。除此之外，她还剩下了什么呢？只有两字：顺从。

是不是在萧五妹心里同时装着两个男人呢？当然不。她虽然还不能从理性上阐述爱情的本质，但爱情的专一原本就是女人的天性。在萧五妹心里，只装着古剑雄，是分不出一角天地供其他男人占据的。

是不是萧五妹不愿反抗或不想反抗呢？也不是。事实上，她的四肢冰冷、脸色苍白以及险些昏倒的本身就是无声的反抗。只是这种反抗过分无力了。加上她没有哭，没有喊，没有挣扎，致使赵尔巽误认为是顺从和突然获宠的激动。而且，连她自己也不知道是在反抗，反倒认为是在无奈中顺从。

那么，萧五妹的反抗为什么这般无力，为什么她自己也没意识到是在反抗呢？这是因为，她觉得对眼前这个人，不能反抗，也无权反抗。

赵尔巽一直是而且将永远是萧五妹崇拜的偶像。她也崇拜过古剑雄，这对赵尔巽这个偶像无疑是个冲击,却并没有动摇。后来,她与古剑雄相爱而成平等地位,对古剑雄的崇拜渐渐融合到膨胀的爱情之中,而赵尔巽依然是她心目中高高在上的偶像,这是一。其次,赵尔巽是她的早就被确定了的主人,她作为一个奴婢,只有服从的份儿。赵尔巽可以把她送人,也可以把她卖出,可以让她生,也可以让她死。这关系,犹如父亲对子女,皇上对臣民。总之,对于萧五妹,赵尔巽是个高不可攀的偶像,是个为所欲为的主子,是一种要多大有多大的权威。

萧五妹的心理既然在这种无形的却异常强大的威慑力的控制下,对赵尔巽的搂抱和进一步的任何要求,当然只能容忍、顺从,别无选择了。

结果,是不待细言的……

三天后,孙夫人把连日来神思恍惚、眼睛失去了往日光彩的萧五妹拉坐到床边,细声细语地说道:"五妹,我已经知道了……"

萧五妹刚想跪下去申明不是自己的过错,却被孙夫人一把拉住了。

"别这样。"孙夫人说道,"又没谁责怪你。说心里话,我还替你高兴呢。"

"夫人!……"箫五妹轻喊了一声,却簌簌落下泪来,说不出话了。

"老爷说了,过些时,就扶你做四房。五妹,这不是桩喜事吗?你我虽曾是主仆,但从小一起长大,情如亲姐妹,我还真不愿你离去呢。这回好了,我们可终生为伴。老爷是世上少有的好男人,你我又不会生分,你会过得很开心,我也不会感到孤单了。"

萧五妹相信孙玉莹说的是真心话,知道孙玉莹和她一样,十分珍视两人多年建立起的姐妹感情。同时,她也明白了,赵尔巽确实是很重情义的正人君子,并非游蜂浪蝶般的渔色之徒,在她身上求得片刻之欢后便无事一样甩手而去。

但是,这除了使她看到自己在男女主人心中还有一定价值之外,没有给她带来一丝一毫的心理安慰。因为赵府只能给她安逸,不能给她快乐,因为赵尔巽只是她的主人,不是她所爱恋的人。

萧五妹所爱恋的人是古剑雄。

古剑雄是在萧五妹失身的第二天便获知了事情的全部过程。他又能怎样呢?他固然深切地爱着萧五妹,也知道赵尔巽的行为无可指责,更理解萧五妹无法抗拒赵尔巽。因此,他面对泪流满面的萧五妹,除了觉得在承受挖心割肉的刑罚外,也只能与萧五妹作楚囚对泣,徒唤奈何而已。

事情还没有这样完结。萧五妹没有躲过第一次，同样躲不过第二次。三个月以后，她的身体里有了小生命。

世事就是这样复杂难料。

古剑雄无法自拔地堕入了情网，而他迷恋的少女却同时被他的恩主赵尔巽钟爱和宠幸。

萧五妹如醉如痴地爱着古剑雄，而她的主人赵尔巽却无可非议地使她珠胎暗结。

造成如此这般的局面，要说全怪赵尔巽，那显然是不公平的。也许应该说，恰恰是古剑雄和萧五妹，应当承担主要责任。

然而，究竟怪谁和由谁承担主要责任，已是无关紧要的了。因为这不仅是既成事实，而且还在不断发展之中。

一天，赵尔巽满面春风返回府邸，对孙夫人说，他得到一个来自宫内的确切消息，皇上正拟下旨任他为记名御史，先取得御史资格，不久便要实授外放，因为福建道监察御史即将出缺。他又说，福建酷热潮湿，对孕妇肯定不利，一旦奉旨南下，他只带古剑雄和几个男仆，让孙夫人和萧五妹去东北铁岭老家度过产期。因此，要在近期择个吉日，确立萧五妹第四夫人的名分，以便名正言顺地去见公婆。

这安排正中孙夫人的下怀，当即表示赞同。

这安排对萧五妹和古剑雄，则无疑又是当头一棒！

试想，自此一别，一在天之南，一在地之北，既无由相逢，又何时能相逢？世事难料，竟成永诀亦未可知。而眼下，虽连理无望，毕竟还能四目频频往复以慰情思嘛。而且，他们还曾设想，赵尔巽的热情未必持久，待他厌弃萧五妹，两人还是可以结为夫妻白头到老的，正所谓不得已而求其次嘛。这下可好，连最后一条路也被堵死了。

“怎么办？”萧五妹问古剑雄。这已经是第三次了。

古剑雄虽然又迟疑了一阵，最后还是说出了一句话：“我们逃吧！”这句话似乎在他心里潜藏许久了，但当这想法变成声音后，照样连他自己也感到吃惊。

“你是说……逃走？”

“没有别的办法。”

“逃走……”萧五妹重复了一遍这个十分生疏的词儿，像梦话。

“你不愿意?”

“我……我听你的。”

“我们没有别的办法。”古剑雄也把刚才的话重复了一遍,好像这就是全部理由。

“逃吧。我听你的。”

两人都默然了。再说下去,大约也还是这么两句话。

虽说默然,心里却未必不在翻江倒海,去发掘“逃跑”对他们的决定性意义。

逃跑!是的,想一想这个词儿都有点儿心惊肉跳。但这或许就是他们结束两年的苦恋,终可得谐鱼水的最后机会了。

古剑雄这么想,萧五妹也这么想。

但是,到了当天午夜,他们终于要把决心变成行动,在黑暗中互相凝视了一下,又都很快垂下眼帘的刹那,几乎同时心照不宣地意识到,他们的决心远没达到毅然决然有死无二的程度。此刻,要是其中一个提出取消这次行动,另一个准会当即响应。甚至,如果恰巧突然有人向他们走来,他们也不会躲藏,而是迎上去,说几句足以掩饰行迹的话,然后分头走回自己的寝卧处,从此彻底割断他们尚无任何人发现的情丝。以这两个人在赵府的地位和同主人的关系,谁也不会怀疑他们曾打算私奔的。

逃还是不逃,这关系到这一对秘密情侣的命运和幸福,需要当机立断,义无反顾。他们却偏偏在这个节骨眼上犹豫不决起来。

这是否说明他们爱得不深呢?当然不是。男女之间能爱多深,他们就爱多深。甚至可以说,较之有条件公开相恋的男女,他们爱得更痴、更狂。

他们是否对逃跑的成功缺少把握、担心发生不堪设想的后果呢?也不是。萧五妹手里掌握着大门以外的全部钥匙。只要打开后花园长年锁着的角门,踏上那条白日里也极少行人的僻静小巷,他们便算获得了自由。即使那把异常坚固的铁锁锈得打不开,他们也不会陷入无可奈何的窘境。凭古剑雄穿房越脊的轻功,腋下挟着身材苗条的萧五妹飞越赵府丈把高的围墙,可说是易如反掌。只要他落地时格外小心一些,就不会震动萧五妹肚腹里的胎气。

也就是说,他们的逃跑计划,没有失败的可能。

他们在逃出赵府前的最后时刻,突然产生思想矛盾或者称之为心理障

碍,是另有原因的。

原因有二,准确地说,这两个人各有原因,又都同他们的主人赵尔巽有关。

古剑雄想到的是,他曾发誓对赵尔巽的云天高义生死相报。可眼下,主人要南下,正是最需要他的时候,他却因儿女私情背主潜逃。他的脚一旦迈出赵府后花园的角门,他就成为忘恩负义之人,而且终生都无法摆脱良心上的谴责!

至于萧五妹,作为一个柔弱的少女,在此情此境中,除了恐怖和自相惊扰外,心里该别无所有。如果不是体内的胎儿骤然蠕动起来,她的凝脂般的脑海绝不会翻波舞浪,她的躯体也将一任古剑雄的摆布,在完全失却自我意识的状态中,顺畅地完成逃跑的最关键的一步。那样,倒是再好不过的事情。然而很不幸。恰恰是那个注定要成为非凡人物的小生命,不合时宜地提前实现了第一次欢跃,使她猛地记起,她不仅要同心爱的人私奔,而且,还将同时带走赵尔巽的骨血!私奔已是有悖纲常,尚能以情痴情迷为世人所谅,带走主人的骨血,算作什么呢?天理能容吗?

两人就这样,时而眉垂目合,时而四目相对,各自想着心事。虽然谁也没出声,却又都能猜出对方正进行着痛苦的心灵审判。也许两人都曾想说:“我们放弃吧。”却谁也不愿成为先说出这话的人。

在互相等着对方先打退堂鼓的同时,他们也不能不对逃跑的决定从另一个角度作一番推敲。既然已经作出决定,也有了行动,无疑就是叛逆了,留下来和逃走又有什么区分?那心灵的谴责不照样是如影随身吗?留下来,无异于困坐囚笼,逃跑就意味着两人爱情的实现。权衡一下,后者对于他们不是有更大的诱惑力吗?渐渐地,他们的脑海又被对未来的美好设想所统治了。

结果,那句“我们放弃吧”这句话,谁也不想说了。

“我们走吧。”古剑雄声音嘶哑地说道。这句话正是他们经过最后的心理挣扎,得出的最后结论。

萧五妹点点头,终于把手中的钥匙插进锁孔。

如果不是由于心理障碍迟延了片刻,古剑雄和萧五妹这时应该走出那条僻静的小巷,而不是刚刚打开园门,携手跨出赵府了。那么,午夜零点接班巡视过来的更夫,就不会恰巧看到他们的身影,即使发现园门的锁已被打开，也绝猜不出他们走了多久了。

更夫立即向赵尔巽作了报告。

赵尔巽勃然大怒，披衣而起，拿起宝剑，要亲自去追，走出书房门，略一思忖，又对更夫说："把所有男人全叫起来，带上武器，跟我去追！"

被惊醒的孙夫人走了出来。

"等一等。"她对更夫说道。

更夫应命停下脚步。

"次珊，要去追谁？"

"那个不知好歹的小贱人！"

"你是说五妹？"

"还有那个忘恩负义的古剑雄！"

孙夫人蹙额思忖片刻，然后点点头，似乎明白了。她又问道："你想把他们怎么样？"

"不杀他们难解我心头之恨！"赵尔巽咬牙说道，同时把衣服穿好。

孙夫人斟酌了一下，对更夫说道："先去值更吧，需要时会喊你的。"

更夫说了一声"是，夫人"，便退了出去。

"玉莹。"赵尔巽怒火犹盛地说道，"为什么阻拦我？你想让我吞下这口气吗？"

"我是这么想的。"

"为什么？"

"次珊，我知道你的为人，肯定不忍心杀他们。他们既然冒死私奔，说明他们之间不是一天两天了。抓回来，也难以让他们悔改。而且，也再难同我们一条心了。再说，古剑雄武艺出众，府里的男人合起来也未必胜得了他，能抓回来还好，让他一个人跑了，反而种下了仇恨。次珊，你看我说的有没有点儿道理？"

手握宝剑的赵尔巽沉思了一霎说道："你说的倒也有道理。可是，让我这么轻易放过他们……"

"还有"，孙夫人抢过话头说道，"你真要兴师动众，势必闹得满城风雨。皇上外放你的圣旨还没有下。你虽政声人望皆佳，在眼前这种至关紧要的时候，也还是最怕有人说三道四的。"

赵尔巽这回认真地点头了。

“说得对。”他叹了口气说道，“我不能惜指失掌。我是被他们气昏了。”他说着，在地上踱了一个来回，然后，站在孙夫人对面，疑惑不解又似自言自语地继续说下去，“这两个小贱人，竟干出这等事！按说，他们该知足了。我对他们不薄啊！……”

“他们毕竟还年轻，对利弊得失的权衡，总挣脱不了感情的左右。”

“他们总该想想，这不是自讨苦吃吗？”

“所以，你该再厚待他们一次。”

“你是说……”

“派人给他们送些银两，趁着还追得上。”

“什么什么！私奔还要得到奖赏？”

“他们会因此一生记得你的宽厚的。这两个人你都喜欢过。这几年里，他们也还是忠心耿耿的。”

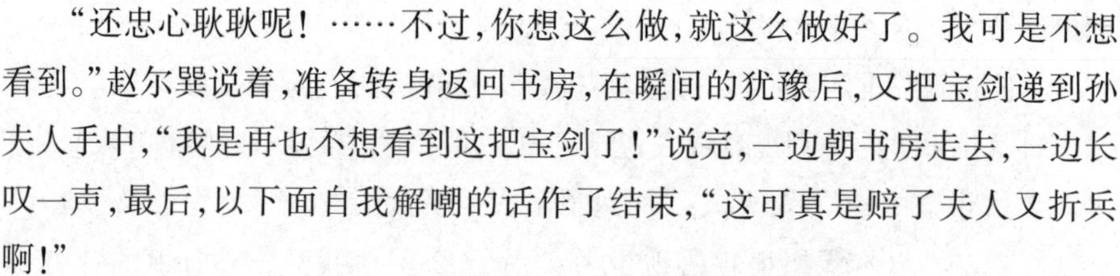

“还忠心耿耿呢！……不过，你想这么做，就这么做好了。我可是不想看到。”赵尔巽说着，准备转身返回书房，在瞬间的犹豫后，又把宝剑递到孙夫人手中，“我是再也不想看到这把宝剑了！”说完，一边朝书房走去，一边长叹一声，最后，以下面自我解嘲的话作了结束，“这可真是赔了夫人又折兵啊！”

孙夫人让房里的婆子去喊醒平日和古剑雄很相投的保镖韩某，交给他一包银两和那把宝剑，又拿出一个带有金链的玉佩，交代说：“让更夫带领你尽快追上古剑雄和萧五妹。告诉他们，这些银两是老爷送他们的安家费。宝剑原就是古剑雄的，送还他路上防身。这块玉佩虽非珍品，却也是随我多年的心爱之物，送给五妹作个念心儿……”孙夫人说完，竟哽咽起来。

其时，古剑雄和萧五妹还没有走得太远，姓韩的保镖轻易地追上了他们。听韩保镖陈述完来意后，两人十分感动，止不住热泪涌流，并双双跪地，朝着赵府的方向磕了两个响头，算是拜受了赵尔巽和孙夫人的馈赠和大恩大德。

就这样，他们迤逦出关到了张家口。不久，萧五妹生下了一个女孩，这便是本书的主人公古竹韵。古竹韵的出生，给这双恩爱夫妻带来许多欢乐。但赵尔巽的赠金毕竟有限，他们渐渐陷入左支右绌的窘境。为了维持三口之家的生计，古剑雄不得不重操父业，又干起了镖行生意……

8

“妈妈,您不该让我知道这些……”

古竹韵听完萧夫人带泪的讲述后,这样说道。声音和心理反而不如刚从恒顺客栈返回时那么激动了。

萧夫人叹口气说道:“我原也不想让你知道。可事情竟这么巧!这……或许是天意吧。”

“天意……”古竹韵喃喃说道,似在机械地重复这个常常被用来安抚自己或别人却谁也阐释不清的词儿。

“韵儿,你不想问问妈妈为什么要讲述这段经历吗?”

“是的,妈妈。不想。”语气平静而坚定。

“那我也要说,妈妈是为了……”

“妈妈!”古竹韵不容分辩地轻声叫道,并从床边站了起来。“天快亮了,您休息吧。”说完,移步朝门外走去,那意思分明在说:你不必说了,我此刻什么也不想听。

萧夫人望着古竹韵的背影,无可奈何地摇摇头。女儿性格的固执,她是很清楚的,再急于说的话,也只能暂留胸中,在剩下的夜里去作自我问答了……

太阳出来后,古竹韵换上了日常的装束,轻描淡写地洗了两把脸,缓缓走出卧室。听东间毫无声息,显然母亲已疲惫地入睡了,便缓步走出正房。

刘嫂已经起床,正在清扫院里的落叶。

“小姐早。”

“刘嫂早。”

“小姐脸色不大好。是不……病了?”

“不。我很好。”古竹韵说着,朝西厢房看了看,“客人们还没起来?”

“门还挂着。哼,全是懒虫!——小姐这是想出去吗?”

“我去太清宫。妈妈昨晚没睡好,别去打搅她。”

“小姐这么早就去太清宫?”

“是的。我很快就回来。”

半个小时后,古竹韵已跨进太清宫的山门。

太清宫虽说刚刚开过早斋,却已经是一派繁忙的景象了。明天就是向太清宫开山始祖龙门正宗第八代祖师致虚守静郭大真人致祭的日子,大小道士正为这次隆重的法事活动作着紧张的最后准备。因为太清宫的监院潘忠泰年事已高,这几年的较大法事的筹备工作,一直由威望和地位仅次于监院的葛月潭道长主持。这次也不例外。葛月潭道长天没亮就起床四下里查看,记下尚有疏漏和不甚满意的地方,然后精心地对这最后一天的筹备工作作出安排。现在,道院的道士们都已根据他的分派各自尽心尽责去了,他则各处巡视,进行现场指挥。

这座道院院落五进,房舍一百零二间,想找到葛月潭并非易事。但道士们没谁不认识古竹韵,也都隐约知道她就是不愿透露姓名的最大施主之一,更知道她还是葛月潭书画方面的得意门生,对她都另眼相看,还带有明显的敬意。她又不常来,只要来,便定是拜见葛月潭。所以她还没吱声,便有道士主动走上前来带她去寻找葛月潭的行踪了。

没有多久,古竹韵就随葛月潭进入了禅房。

葛月潭坐上禅床,让古竹韵坐在旁边的椅子上。

“古小姐今天好像不是来讨论书画的。”

“是的。”

“你有心事?”

“是的。”

“又不便明说?”

“是的。”

“贫道能帮助你吗?”

“能。”

“善哉。善哉。请说吧,要贫道做些什么?”

“我想出家。”

“贫道已经猜到了。”

“那么,就请答应我吧。”

葛月潭思忖了片刻,没有直接回答古竹韵的问题,却突然问道:“是不是获得了姜海山的确切消息?”

“姜海山!道长怎么知道?”

“令堂跟我说过。”

“妈妈可真是……”

“姜海山究竟……”

“不,道长。没有他的消息。我决定出家,跟这事毫无关系。”

葛月潭心里一阵惊异,他盯着古竹韵问道:“另有原因?”

“是的。”

“比这件事更为严重?”

“我想是的。”

“也许……你再想想,就未必是这个结论了。”

“道长是不是想说我还没断绝俗念,六根不净?”

“出家人未必全能六根清净,六根清净的人也不一定都要出家。”

“道长认为我是前者还是后者?”

“都不是。”

“我不明白,道长。”

葛月潭仍旧没给古竹韵释疑,而是陡转话题问道:“唔,贫道忘记问了,令堂近日可好?”

“道长!……”古竹韵叫道,声音中免不了带着抱怨。

葛月潭毫不理会地继续问道:“令堂的病是否痊愈了?”

古竹韵无奈地看着葛月潭永远不动声色的脸,不得不作出回答:“妈妈按照道长开的药方吃了几副汤药,已经大好了。”

“你还应时时注意,令堂的身体很虚弱。”

“是的。我也很担心,妈妈的思虑又太多。”

“但她很幸运。”

“幸运?”

“非常幸运。因为她有一个好女儿。”

“我是……好女儿?”古竹韵似自言自语地说道,心里好一阵混乱。

“你也很幸运。因为萧夫人同样是一位好母亲。她的思虑,大半在你身上。”

古竹韵的神情开始迷惘，她的心再也恢复不到先前的犹如死水般的平静了。

葛月潭继续说道：“贫道说了不少闲话，我们还是回到正题吧。”

古竹韵是个极深沉又极有灵性的女子，她的脑海在经过短暂的混乱后，很快就领悟出葛月潭的“闲话”并非闲话，而是迂回地巧妙地又极明了地阐发了她不能遁入空门的理由。是的，让她忘掉姜海山，是不可能的。姜海山生死不明，说她已经绝望，心里丝毫不存在突然柳暗花明的侥幸和期待，也是不符合实情的。她的母亲走过的不足四十年的生活旅程，安定的日子屈指可数，逃跑、奔波、避祸以及不间断的担心，一个接一个的思虑，便是生命的全部内容；她爱母亲，甚至可怜母亲，怎么也不会忍心让母亲再经受一次事实上失去女儿的打击了。赵尔巽的出现，当然会在她的心灵留下永远抹不掉的伤痕。但见过这个人并听母亲讲述后，对这个人似乎又恨不起来，也找不到恨的理由；如果说这个人对母亲有过恩义，她昨晚的行动已代替母亲作了回报，该是两不相欠，母亲不必再为当年接受这个人的宽容和资助而内心不安了；至于她古竹韵是不会同这个人产生父女之情的，她确信这一点。她在张家口出生后，便从古剑雄身上获得了不比任何女儿少的父爱，古剑雄作为她心中的父亲的形象，也是其他任何男人排挤不掉的，赵尔巽只能算作一场噩梦中的人物而已。也就是说，她无法否认在心里同时装着三个人、三件事，一个是对姜海山的期待，一个是安慰母亲的责任感，一个是赵尔巽的出现造成的心灵震撼。他也无法否认，让她权衡一番这三个人三件事，还是前两项更重要，更有分量。要是因为赵尔巽使她获知了自己的真实出身，搅乱了她内心的平衡，使她看破了红尘，决心舍弃自己的最亲、最爱的人，那不恰好说明她太看重赵尔巽这个人，太看重和赵尔巽联系着的这件事吗？她也因此意识到，她是不甘心断绝俗念的，与道家的清静无为的思想规范依然是没有缘分的，即使让她束发受戒，那心也是清静不起来的。

这么一想，她的心反而平静了不少，而且，更加催动起她对姜海山的思念和对母亲的依恋之情了。

所以，当她听到葛月潭说“我们回到正题”时，有点惭愧地垂下眼帘，幽幽然地说道：“不必了，道长。我明白了。”

葛月潭微微颔首，略一思索后又说道：“太清宫作为十方长住丛林，只能

传戒，不能直接收徒。即使可以破例，贫道也不愿让古小姐在青灯黄案下打坐诵经。其实，清静无为只在心念，心念若正，即身在尘世亦可功德圆满。况贫道披阅本教经典数十载，推本溯源，冥思苦索，终于参悟出，本教不仅有度己度人之功，亦应有出世入世两种教义。所谓高墙内外，浑然一体，自不必所有人全来撞钟。这于信徒无妨，于社会则有益。……”

古竹韵是意识到自己俗念未绝，才得出不能获得出世的清静的结论的。而葛月潭却是从一个全新角度作了一番宽泛的阐释。因而她有点儿疑惑地说道：“听了道长的话，我反而又不明白了。”

“比如贫道，只要心念不变，身着道袍是我，顶戴花翎亦是我，出世可度己度人，入世亦可度己度人。如心念有变，即终日诵经，我已非我矣。”

“道长是否也有入世的念头呢？”

“妙哉此问！入世，与出世有形神之分一样，亦有身入和行入之别。本教教人养生、劝人为善、解人困厄、禳灾祛祸，实已为贡献社会之入世之行。以贫道而言，自然不会去为官为吏，但未尝不想对社会有所裨益，只是条件尚不完备，计划尚欠成熟，且待来日了。不过，贫道方才所言，并非指贫道自己，而是指古小姐。”

“我？”古竹韵惊问道，“我只是个女子……”

“女子就不能入世吗？况且，古小姐不仅是至情至性的女子，又才华横溢，身怀绝世武功……”

古竹韵愈感惊讶：“绝世武功？这……”

“贫道了如指掌。”

“一定是妈妈……”

“萧夫人既然谈到古小姐的婚姻并嘱贫道代为打听姜海山的下落，又怎能不提到峨眉枪、古家剑和神丸贯目功呢？”

“妈妈竟拿这些俗家事烦扰道长！妈妈这是怎么了？”

“道家事与俗家事原非水火，况此事关系着古小姐的幸福，贫道理应效力。不瞒古小姐，此事已多少有点儿眉目了……”

古竹韵欲言复止，双颊飞红，赶忙垂下头去。

葛月潭接着说道：“当然，这只是我的猜测，不敢说有多大把握。……说起来也是巧合。古小姐深居简出，大概还不知道当今社会之复杂局势。近年国运衰微，列强纷至，西教亦随之东渐。洋教堂遍布长城内外，即龙兴重地的盛京，亦在所难免。教堂以天主惑我民众，入教者与日俱增，大有灭我国教之趋势。且教堂以强权为后盾，无所顾忌，教民以教堂做靠山，胡作非为。民切齿而无告，官不愤而无奈。正所谓洋人不除国无宁日，洋教不除民无净土。因有灭洋教、驱洋人为宗旨之义和之众首起山东，遍设拳坛，欲合官民，澄清宇内。此真乃大快人心之举也。近有山东刘某称大师兄者，于盛京城郊创设拳坛，广招青少。刘大师兄亲授避弹飞行之符咒。又有齐某称二师兄者，日夜教以棍棒技击之术。拟待日而举也。刘大师兄曾来本宫，欲借一臂，潘监院已应以暗中资助之约。这且不去细讲它。只说这齐某。此人名蓬莱。贫道与此人虽尚无一面之交，近日对齐蓬莱三字却忽有所悟。齐者，古之姜姓国，蓬莱者，海上之仙山也。正合姜海山之义。是否就是他的化名呢？想来想去，越想越像。本拟访他一访，又听说此人拒见外人，又于诸拳坛往来，行无定踪。但贫道决心已下，郭祖祭典后，我是非要会他一会的。”

古竹韵见葛月潭的话已告一段落，便微微摇头道：“道长太费心了。不过，齐蓬莱未必是化名。姜海山也不会去做二师兄。如果是他，更不会近在咫尺也不来看妈妈和我的。”

“世事难料。也许他有不便见面的理由。”

“除非他心里……”

“不要过多去猜测。不久自会有个端倪的。”

古竹韵的心愈加乱麻一团。她似乎再也坐不下去了。

“道长很忙，我该回去了。”她边说边立起身来。

恰在此时，一个小道童进来禀道：“一位自称铁岭赵尔巽的人求见道长，现在山门外等候回话。”

“赵尔巽！”古竹韵脱口叫道，显得很慌乱的样子。

葛月潭疑惑地看了古竹韵一眼，然后对小道童说道：“此人与我有旧并且有约，快去请进来。”待小道童退出去后，又把探询的目光投向古竹韵，“古小姐听到赵尔巽的名字，好像很吃惊？”

“道长，我不能和这个人见面。”

“你认识他？”

“这……”

“好吧。你出门后绕到吕祖楼左侧，我从正面去迎接赵尔巽，你和他就

没有照面的机会了。"

"还有,绝不能对这个人讲起妈妈和我的任何事情。"

"当然……当然不能。"

古竹韵本想还说一句"以后我会把实情告诉道长的",但终于没能说出来,咬着嘴唇,匆匆走了出去。

葛月潭与赵尔巽的结识,是二十四年前的事了。那时,二十一岁的葛月潭暂别太清宫,正在北京西郊白云观挂单,并被聘为知客,因而接触了许多上层人物和社会名流。葛月潭修为极高,为人谦和,更兼博古通今,精于书画,北京的官绅显贵,文人墨客都愿和他结交。这一年,赵尔巽三十一岁,刚刚得拔进士,并授翰林院庶吉士,正所谓初入宦海、雄飞在即和春风得意之际,亦常以文会友、广交名宿,便很自然地经同僚辗转介绍认识了葛月潭。两人第一次见面,就谈得很投机。赵尔巽又得知葛月潭虽原籍山东,却早移居盛京,铁岭离盛京不远,可谓半个老乡了。因而来往至密,感情笃深。令两个人倍感遗憾的是,相识仅一年便要分手。葛月潭需返回盛京西郊的太清宫,赵尔巽刚授编修,不能离开京城半步。此后,葛月潭在太清宫声誉日盛,赵尔巽的宦运也是一发不可止,两人便无由共剪西窗、促膝畅谈了。算起来,他们这一别已是二十四年了。昔日的两个雏凤,这次在太清宫把臂之时,虽未成老郎,却也是一近耳顺一将知命了,两人如何不感慨良多呢?

"时光可真不饶人啊!"

这两位挚友携手走进禅房并分别落座后,赵尔巽说了上面一句话,算作对两人一路感慨的总结。

葛月潭敬茶后问道:"赵方伯拟在盛京逗留几日?"

赵尔巽答道:"少则一两日,多则三五日。不过,你我还是以兄弟相称吧。"

"贫道从命。"

赵尔巽又说道:"二十几年不见,这次见面,又是来麻烦贤弟,真有些过意不去。"

"哪里! 正该贫道致歉。兄台的下人宋亮知会我令堂升遐,本该即去铁岭拜祭。怎奈忙于郭祖祭典,未能脱身。还望兄台宽宥 。"

"贤弟又太过谦了,郭祖祭典,天下瞩目,潘监院又年迈,贤弟岂可须臾离去呢? 这我是知道的。所以,我把请贤弟去铁岭的日子定在郭祖祭典之

后。”

“兄台放心,郭祖祭典一结束,贫道便奔赴铁岭。”

“谢谢贤弟的厚意。”

“不敢。——那么,兄台何时进城呢?”

“城里是不想去了。我和增祺将军素无往来。”

“如果这样,兄台倒不如搬到太清宫来住,总比恒顺客栈清静。”

“这却不必了。再说,我还带着家眷。我刚才忘记告诉贤弟了,内子原想和我同来拜见贤弟的,只因昨夜受了点儿惊扰,精神仍有些恍惚,不便前来,尚请贤弟鉴谅。”

“兄台是说昨夜受了惊扰?”

“是的。”

“但不知是何种惊扰?”

“说起来,这事对于我是一则以惊,一则以喜,一则以忧。”

“如此复杂!”

“且步步都出乎预料……那是昨天午夜过后,准确地说,是今晨子丑之间。事先已获知我行止的三名劫匪,袭入我的住处。也是我太大意,被他们挟持住了。满足了他们钱财的要求之后,又要把我绑架出恒顺客栈。在这千钧一发之际,三个劫匪的手腕突然被不知何处飞来的暗器击中,枪落人仆,被我的保镖捕获。没想到这出手相救的竟是一位妙龄女侠!更没想到,这妙龄女侠竟是我未曾见过面的亲生女儿!尤其想不到的是,我这亲生女儿竟连她们母女住在何处也没说,就腾空而去了……”

“难道兄台的女儿竟是古……”

“贤弟说什么?古?”

“唔,”葛月潭自觉险些说漏嘴,便连忙改口道,“贫道是说,兄台的女儿竟是个古怪得出奇的人。”

“是够古怪了。不过,她眼下应该姓古。”

“是这样……那么,她应该知道她救助的人是生身父亲了?”

“不。当时我也不知道她的来历。是内子认出她项下的玉佩。我又从玉佩上读到她的生日,才确信她是我的亲生女儿。我把这一发现告诉了她,她很吃惊,夺过玉佩就跑了……”

“这就更古怪了,显然是另一个人想救你。”

“那便是她的妈妈萧五妹。”

“萧五妹?”

“她的妈妈叫萧五妹。”

“萧五妹又如何获悉兄台有难呢?”

“更加不得而知。”

“萧五妹无疑想救兄台,也想让兄台猜出是她叫女儿救你,却又不愿让兄台找到她。是这样吧?”

“也许正是如此。”

“这就尤其古怪了。”

“按说,萧五妹不该回避我。当年,她怀着我的女儿和我的保镖古剑雄私奔,我不仅没怪罪他们,还分金相助。即使羞于见我,至少该把女儿还给我……”

“兄台很想要这个女儿?”

“毕竟是我的骨血。而且……贤弟不知道她有多可爱!”

“原来是这样!”

“我希望女儿获得更舒适的生活和更好的教育。可萧五妹连让我说这话的机会都没给我!……”

“对此,兄台有何打算呢?”

“我一定要找到他们。一定要回女儿!”

“这怕是很难吧?”

“所以我想请贤弟助我一臂之力。”

“贫道能做些什么呢?”

“我仔细考虑过,这事有两种可能。一是我的女儿从很远处跟踪三个劫匪来到盛京;一是她们就住在盛京附近,偶尔听说劫匪要来袭扰我。我打算一方面派出几个人顺来路往回查访,一方面请贤弟在香客中以及在盛京附近布道时代为留意。我能向贤弟提供的只是她妈妈姓萧,她现在的爸爸姓古。”

“兄台不能从三个劫匪身上问出点线索吗?”

“已经放了。”

“什么都没问?”

“没想到要问。我只教训他们几句,连姓名都没问。”

“所谓大人有大量。如三名劫匪从此弃旧图新,倒是兄台的一桩善举。”

“这荣誉该归我女儿。是她让我放的。我答应了,就不能失信。——唔,天哪,我可真笨!我女儿肯定认识三个劫匪,至少他们之间是有瓜葛的!”

“的确有这种可能。”

“而我却想也没想!”

“过去的事情就不必去追悔了。”

“是呀,追悔也没用。看来,我注定要在寻找女儿这件事上费一番周折的……”

“兄台古道热肠,慈悲为怀。所谓善有善报,兄台定能如愿的。”

“唯贤弟的安慰能使我心平气静。”

“至于方才所嘱之事,贫道理应尽力。兄台尽可把力量放在顺来路查访上,盛京这里就不必分神了。”

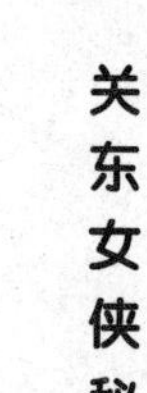

“也只能这样。”

这以后,他们又说了几句闲话。赵尔巽最后还命守在门外的保镖奉上为数不小的郭租祭礼的奠仪,还约定明日携孙夫人来参加祭祀郭祖的典礼,就起身告辞了。

送走赵尔巽后,葛月潭返回禅房,独自眉垂目合地坐了一会儿。他联系古竹韵和赵尔巽先后的来访,对整个事情的来龙去脉早已了然于胸,并预感到这件事势必会残酷地搅扰萧夫人和古竹韵俨如世外的平静生活,特别是眼前,这母女俩的心灵肯定处在一个难以逾越的难关。这种时候,这母女俩是需要他的。何况,他们的住处与恒顺客栈只隔一条大道,虽说她们与院墙外绝少来往,也未必没有任何人知道这院里住着一位萧姓的女子带着一个古姓的女儿。赵尔巽一旦获悉这一消息,定要即刻登门,这母女俩如何应付这个局面呢?古竹韵要是决心不认赵尔巽这个生身之父,事情就更复杂了,说不定会出现怎样可怕的后果呢!他葛月潭当然把赵尔巽引为好友,可他似乎又更同情萧夫人和古竹韵。

葛月潭想来想去,终于决定立即去见萧夫人和古竹韵。他随即在寺内巡视了一遍,作了一些指示,觉得可以放心了,便走出山门,直奔西边萧夫人和古竹韵的住所而去……

9

张作霖、赵天弼、李彪三人既没料到声名显赫的赵尔巽那么容易就范，也没料到心里充满成功喜悦的最后时刻杀出一个连面也没露一下的“程咬金”，更没料到在准备做刀下之鬼的情况下，竟谜一样获得了自由！

他们是在被捆绑着押进一间只有一扇小窗的房子里半小时后，又被提到楼梯口的。赵尔巽披着一件外衣，脸色阴沉地站在楼梯最下一级台阶上，似在想着和面前的三个劫匪毫无关系的事情。

过了一会儿，赵尔巽才长出一口气说道:“我和你们一样，也没想到会是现在这样的结局。这只能怪你们时运不济……可你们年纪轻轻的，为什么要干这种勾当？你们身手不凡，胆量不小，智慧似乎也不低下，完全可以讨个行伍出身，为国效力，高官厚禄，光宗耀祖未必不可期。做人还是要本分，要走正路，否则，是不会有好结果的。听你们的话，是知道我的身份了。抢劫朝廷命官，且以武力胁迫，是罪不容诛的。这你们也是能知道的。今天也是你们福星照命，本官既不想亲自处置你们，也不准备把你们送官。虽说这原非我的本意，但还是决定放了你们。只是你们的枪我是不能归还了。”赵尔巽最后看了一眼似信非信、目瞪口呆的三个劫匪，又转向保镖们，“给他们松绑，立即赶出客栈大门！”说完，转过身，心事重重地向楼上走去。

当这三个人置身大道，耳闻大门关合的咣啷声，目睹左近依稀可辨的树木和房舍，才算确信他们不是被投进囚牢，确信还活着，并且是和昨天一样的自由人了。

而似乎梦中的感觉依然笼罩着他们的身心。

他们还记得师母和师妹的家就在斜对过，他们借住在西厢房，后院的槽架后拴着他们的马。他们只能回到那里去。

总算这三个人的良心还没有泯灭殆尽，理智也还多少残存一些。他们担心直接回到那所院子会给师母和师妹带去麻烦。因为他们实在难以相信赵尔巽能这样善罢甘休，说不定怀疑他们有老巢或有同伙在附近而派人跟踪呢。

所以，他们忍着手腕钻心的疼痛，在大道和小径绕了很久，直到确信身后绝无跟踪的人，这才穿过一些住户，摸到师母家的北墙，翻身而入。

院子里鸦雀无声。他们蹑手蹑脚走回到西厢房。

进屋后的第一件事，便是由赵天弼用匕首锋利的尖抠出三只手腕上的铅丸。三个人竟然谁也没有呻吟一声。

而且，当他们疲惫地躺到床上，握着经过简单包扎的手腕，一个个眼望模糊不清的棚顶，谁也不说话，甚至谁也没想到要向另两个人说一句埋怨的话，最后竟沉沉地睡去了。

要不是房门没好气地响了两声，他们准会睡到中午。

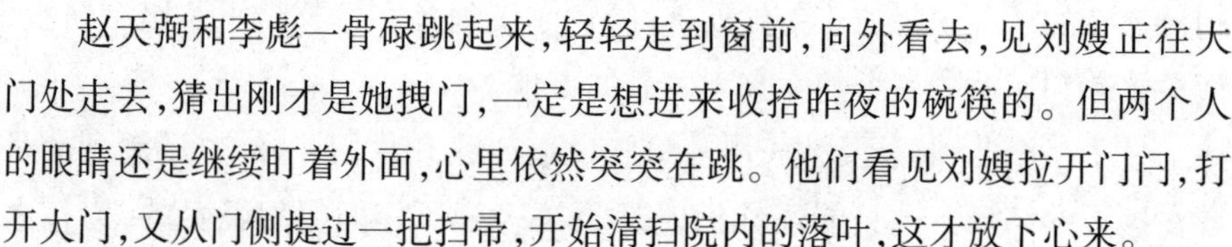

赵天弼和李彪一骨碌跳起来，轻轻走到窗前，向外看去，见刘嫂正往大门处走去，猜出刚才是她拽门，一定是想进来收拾昨夜的碗筷的。但两个人的眼睛还是继续盯着外面，心里依然突突在跳。他们看见刘嫂拉开门闩，打开大门，又从门侧提过一把扫帚，开始清扫院内的落叶，这才放下心来。

两人刚想回坐到床上，却瞥见古竹韵从上房走了出来，并清清楚楚听到了主仆之间的几句对话，确信昨晚的行动没有惊动师母和师妹，完全可以在见过师母后编造个理由离开这里。至于刘嫂的那几句不友好的话，他们是根本不在意的。

这时，张作霖从里间走了出来，嘴里戏谑地说道："二位清晨临窗，是赏菊呢还是观美呀？"

赵天弼和李彪回过头来，对张作霖不合时宜的玩笑话表露出不满的情绪。

赵天弼说道："这种时候，你还有开玩笑的雅兴！"心里却不能不突然意识到：那小师妹的神思绵绵的慵倦样子不是十分可爱吗？

听了赵天弼的斥责，张作霖刚想挥动一下右手，却被腕上骤发的疼痛袭得哎哟了一声。他一边伸过左手握住右腕，一边龇牙咧嘴地说道："可真疼啊！……看来，我们……是三位大英雄呢。"

"大英雄？"李彪讥消地说道，"当然是大英雄。尤其是你张哨官！"

"都是，都是。要不，这么疼，怎么还能睡得着呢？"说着，张作霖一挤眼睛,竟笑出声来。这一笑,右腕的伤疼得更厉害了,他赶忙收住笑,咬起牙关。

“你还有心思笑!”李彪说道,脸上已带着怒气了。

“为什么不该笑?”张作霖忍痛说道,“我们的脑袋不是还在脖子上吗?”

“昨晚在恒顺客栈你敢这么说吗?”

“干吗说昨晚?就算是刀斧余生,脑袋总还在嘛。这就值得开怀大笑。刘关张当时也是历尽坎坷、九死一生嘛。”

“可惜我们不是刘关张。”

“英雄本无种。我就不信我们总是败运!有一天,我们就不能成为张赵李?”

李彪耸耸肩说道:“我只求别再碰上什么飞弹就心满意足了!”

“提到飞弹……”张作霖说着,回身走到桌前,拿起一只昨晚从他们腕上抠出的铅丸,“这飞弹的确厉害。听赵尔巽的话,好像也不知道坏我们大事的人是谁。说正经的,二位是武林中人,应该看得出这是哪家的功夫,也就能大约弄明白是谁跟我们作对了。”

李彪说道:“那可就是大海捞针了。哪家的功夫里没暗器?飞弹是顶普通一种,只是这个人玩得纯熟一点儿而已。”

“也不尽然。”半天没插话的赵天弼一边说着,一边走到桌边也捏起一枚铅丸,“我昨天夜里就仔细琢磨过,这几枚击到我们腕子上的弹丸很小,既没有铁丸那么硬,也不像铅丸那么软,绝不是普普通通的飞弹。而且,光洁如珠,大小一样。这倒让我想起过去听人讲起的神丸贯目功。”

李彪说道:“这谁没听说过?可早已失传了。而且,我们也没被贯目啊!”

“问题就在这里。”

张作霖眉头一皱,惊问道:“赵兄是说这人手下留情了?”

“否则,我们不丢掉性命,至少也全成了独眼龙了!”

张作霖沉吟道:“也就是说,这出手的人又要救赵尔巽,又不想伤害我们。这可是够怪的了!”

“我也一直在想着这个问题。”

李彪道:“也许这人根本不能贯目。”

“师兄在我身后,该比我更能注意到,我们三人的手腕几乎在同一刹那被击中,显然那弹丸既非掌心所发,也非三指抛投,而是瞬间依次弹射。这正是神丸贯目功的特异之处。"

"那么,这会是什么人呢?"李彪问道,心里已是相信赵天弼的分析了。

"此人是倒挂金钟弹射弹丸的,其速度不让枪弹,又丸丸中的,而且指尖所发力度,恰使我们丢枪握腕而被捕,又绝不伤我们筋骨,分寸不差毫厘,说明此人的神丸贯目功已达化境。没有二三十年的苦练,是难以做到如此随心所欲的。"

"照你这么说,这个人少说也在三十岁左右了?"

"毫无疑问。可是我想遍了认识的和听说的武林各派好手,怎么也找不到此人的影子。"

张作霖说道:"听二位这么分析,我倒觉得没必要去寻找这个人了。因为此人的目的只在救助赵尔巽,和我们,唔,应该说和二位并无仇恨,也不想过深地结怨,虽说破坏了我们的好事,总还算手下留情。而且,说不定正是此人让赵尔巽放了我们呢。"

"非常可能。"赵天弼点头道。

张作霖又说道:"找到这个人我们又能怎样?是报仇,还是报恩呢?所以,我们还是想想从此以后该怎么办吧。二位不会准备在师母家长住吧?"

"还长住?"李彪苦笑一下说道,"我巴不得立刻就离开这个院子呢。用不到明天,师母和师妹就会看出我们的底细的。"

"那就赶紧行动吧,趁着你们的师妹去了太清宫。"

"我们总得去拜见师母再走。"赵天弼说道,"再说,我们也得先定个去向啊。回营口军营还是……"

"营口?去他妈疤子的营口吧!你还恋着那个芝麻大点的队官吗?我是不回去了。我们回去以后怎么办?为这三身衣服和三匹马借的债能还得上?仅仅为躲债也不能回去。反正他妈疤子要换防了,他们还能留下来找我们?这,是有点儿不义气,但等我们发了财,可以加倍偿还嘛!"

"发财?"赵天弼幽幽说道,"这只是个梦。眼下,我们连混饭的营生和安身之处都还没有着落。"

张作霖慨然道:"大丈夫能屈能伸,能吃得苦,也能享得福。闯世界还能像喝面条那么顺溜?哪里摔倒哪里爬起来才是好汉!"

赵天弼略显吃惊地问道:"你是说……我们继续干?"

“为什么不？赔一次本就不做买卖了？我们这次是失败了，可论起我们三人的合作，那是没说的。我看二位就跟我去海城好了，咱们拉起杆子大干一场！赵兄，你觉得怎样？要不要也来一个桃园三结义？”

赵天弼踱了几步，然后说道：“雨亭，我们一辈子都会是好朋友。但我突然决定不走了。”

张作霖和李彪都感到惊讶。

“你是说……”张作霖似信非信地说道，“不走了？留下了？留在这里不走了？”

“是的。这对我更合适。”

“你的师妹很漂亮，又很富有。对吗？”

“古爷在世时就曾准备把师妹许配给我。”

李彪说道：“可古爷最后选中的是姜海山！”

“姜海山已不存在，我就是唯一的人选了。”

“你说得不对！姜海山……”

“师兄，这事于你无损。你就成全小弟一回吧！”

“你！……你真卑鄙！……”

“算了，李兄。”张作霖藐视地瞥了赵天弼一眼，对李彪说道，“你反正不想去争师妹和师妹的家产，管它呢！他要留下就留下好了。所谓人各有志嘛。——那么，李兄呢，想不想同我去闯荡江湖呢？”

“我去！这原就是我的行当。”

“痛快！我们再没什么可商量的了。二位快去拜见师母，李兄和我一会儿就上路。我可不想再看见你们师妹那张冷冰冰的脸了！”

……

古竹韵的脸依然冷冰冰，而且，在那双似乎凝固了的眼睛里，带着一种明显的怨恨。这怨恨不是对赵尔巽，也不是对母亲，更不是对葛月潭，而是对自己。

从她刚一走出太清宫的山门，便在心里不断对自己在禅房中的表现展开进攻。她责问自己，原来的决心为什么那么快就动摇？眼前闪现着的赵尔巽的慈祥、惊喜和悲哀为什么挥之不去？心里对父亲的爱，为什么会有一部分挣扎着向这个陌生人身上转移？尤其是，为什么葛月潭的一句话，又重新搅起她对姜海山的思念和期待？

这些除了说明自己感情脆弱和容易被不切实际的幻想欺骗，因而与清静无为的道家生涯没有缘分之外，还能说明什么呢？

可是，她应该把对父亲的爱分一部分给突然出现的赵尔巽吗？

特别是，姜海山还值得她继续保留思念和期待吗？姜海山一走三年，杳如黄鹤，就算活着，也已是无情无义之人，还有什么值得留恋的呢？她早该认识到，自己与爱情同样是没有缘分的。

既然明知没有出家的缘分，也没有爱情的缘分，却又在这两者之间徘徊不定，难下决心，她如何不在心里怨恨自己的软弱和缺少决断呢？

既不能出家，也得不到爱情，她还剩下了什么呢？难道她命中注定只有苦恼和寂寞吗？

于是，在古竹韵的怨恨中又掺进了悲哀和似有若无的不甘心。

她正是带着这种混杂繁乱的思绪走进自己家门的。

院子里出奇的静，像是梦中的环境。

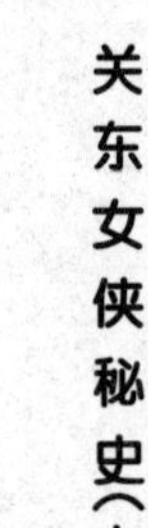

她刚踏上上房门前的台阶，便听到刘嫂喊她。

她站在台阶上侧过脸，见刘嫂从东厢房门前急急走来。

“刘嫂，有什么事吗？”

“小姐”，刘嫂说着，尽量凑近古竹韵，把一张折叠的小纸片塞入她的手中，“这是那个李彪让我交给小姐的。他说，请小姐一个人偷偷地看。”

“他人呢？”

“走了。”

“他们已经走了？”

“还剩一个姓赵的。”

“他为什么没走？”

“这我就不知道了。李彪和姓张的走后，姓赵的在夫人屋里又待了好一阵，然后钻进西厢房再没出来。”

“还有别的事吗？”

“没了。”刘嫂说完，替古竹韵打开房门。

古竹韵踏进门去，又听萧夫人喊她，便把掌中的纸片塞入上衣口袋，走进东间。

萧夫人坐在椅子上，床铺收拾得整整齐齐，显然病体已经痊愈，人也细心梳洗过，全身干干净净，清清爽爽。古竹韵知道母亲是干净惯了的人，只要不是卧病在床,便一定穿戴得利利索索,房间里也清理得一尘不染,即使病中,也从不蓬头垢面。但今天见母亲如此仪态秀整,似比往日年轻了许多,联系到赵尔巽的出现,古竹韵就不能不觉得扎眼,甚至有点儿反感了。只是在看到母亲略显倦意的眼睛里隐现着太多的心思和忧虑,才没把这种自己也不知道该不该产生的反感明显地从心里驱赶到脸上。

但是,作为母亲,萧夫人还是隐约读懂了女儿眼睛里的无声的内容。她苦笑了一下说道:“不到一天的时间,发生了这么些事,妈妈心里乱极了。没事干,待不住,只好在自己身上找活干……”

古竹韵坐到一把椅子上,没有吱声。

“见过葛道长了?”萧夫人问道。

古竹韵点点头。

“他怎么说?”

“妈妈指的什么?”

“我是指……唔,韵儿,你不是找葛道长谈你的……爸爸吗?”

“我的爸爸已经死了。”

“我是说……”

“妈妈,您要是想说恒顺客栈的那个人,就直呼其名好了。”

“韵儿!……”

“再说,我找葛道长根本没谈起这个。”

“真的?”

“但这个人会同葛道长谈起我们。”

“他……”

“他此刻正在葛道长的禅房。”

“是这样……我猜他也一定要去找葛道长,也一定要谈起我们以及昨晚的事。他们是……”

“他们是好朋友。而且妈妈早就知道,是吗?”

“也有二十几年了。那时,葛道长是北京白云观知客,赵老爷就是在他那里认识了孙夫人的父亲。但我是直到搬进这所院子才见到他。”

“可妈妈从未对我说过。”

“我不想让你过早地知道那些往事。有些无法回避的情节,对妈妈并不光彩。”

“对葛道长也没挑明吗?”

“是的。我估计葛道长和赵老爷不会没有联系的。”

“听妈妈的话,是不想让那个人知道我们的下落了?”

“是的。”

“你恨他?”

“不。我没有理由恨他。但和他见面,对我无疑是个异常难堪的时刻。我怕和他见面……”

“那么现在呢?”

“昨晚,女儿已替我还清了对他的欠债,我可以心安理得地度过残生,更没有必要见他了。”

“我明白了,妈妈。”

“可是……他和葛道长之间该是无话不谈的。何况,你刚才——唔,你刚才又和他……”

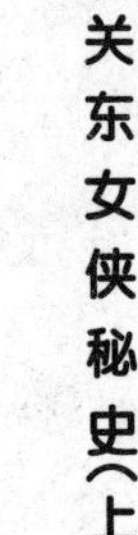

“不,妈妈。我和这个人没有再见面。而且,葛道长答应不对他谈起妈妈和我的任何事情。”

“纸里包不住火。他迟早会找到我们的。他当然不会因我而来。但是,他既然见过你,又知道了你的生日,那就绝不会放弃……”

“妈妈真不该让我戴上那块玉佩。”

“我必须让他知道你是他的女儿。我希望你们父女团聚。”

“原来妈妈……可是,我不会认他的!”

“他可是你的生身之父!”

“妈妈!……”

“听我说,韵儿。妈妈陪不了你一辈子。你孤身一人,又是女孩家,没个依靠怎么行?你的生身之父是个很宽厚的人,会疼爱你,你们定能相处得很好……”

“妈妈不要再说了。我一辈子都姓古!”

萧夫人摇摇头,叹息一声说道:“这事当然可以缓一缓再说。你细细地琢磨琢磨,想想你以后的日子,就能理解妈妈这番苦心了……”

古竹韵站起来说道:“这事没什么好琢磨的。”

“你先坐下,韵儿。”

“要是妈妈还是说这件事……”

“不。我还有别的话对你说。”

古竹韵犹豫了一下，又重新坐下去。

“韵儿，有一件事，我不想瞒着你。”萧夫人说着，露出迟疑的神态，似在斟酌着该怎样表述下面要说的事。过了一会儿，才接着说下去，“我听到了姜海山的消息……”

“姜海山！”古竹韵倏然扬起低垂的头，眼里耀动起一丝意外惊喜的光。但随即联系到母亲的迟疑，不能不猜出将要听到的定是一个坏消息，眼里的光一下就暗淡下去了。

萧夫人继续说道：“姜海山根本没去山东。他离开张家口后，经人引荐，投了军，在马玉崑将军的锦州兵营里当上了标统。他高官厚禄，早把我们忘了……”

古竹韵的脸愈加苍白，嘴唇的血色更是荡然无存。她异常艰难且声音嘶哑地问道：“这……这是谁告诉妈妈的？”

“赵天弼。”

“他？”古竹韵反问道，心里多少产生点儿“赵天弼的话未必真”的希望，但却无法排除掉妈妈的陈述给她造成的灵魂震荡。同时，她也极盼望母亲能说一句“可我不信”的话来。

萧夫人似乎听懂了女儿那一个“他”字的全部含义，便带着一种“不能不信”的无奈和悲凄的神情说道：“我看赵天弼不像在说谎。”

“妈妈就这么信他？”古竹韵问道，心里明明知道这不是批评母亲的轻信，而是自己在进行心理挣扎，“那么，他讲没讲昨晚的事？”

“那事是不好明讲的。明讲了怕我们替他担心，但他还是隐约讲了。他说，他原是马玉崑将军设在营口军营里的队官。是李彪和那个叫张作霖的人硬拉他出来做生意，结果亏了本，只好分手了。”

“他留下不走，就是为了让妈妈知道姜海山的消息吗？”

“他只是说，营口是不能回了，又无家可归。想在这里住一阵，想办法找个差事。以我看，赵天弼文质彬彬，不是那种为非作歹的人，这次来盛京，也是别人胁迫，且已分道扬镳。你爸爸在世时，也很看重他，还曾经商量……”

“听妈妈的话，是想留下他了？”

“韵儿，你总得嫁人啊！”

“妈妈！即使没有姜海山这个人，我也不会嫁他！”

“那又何必呢？姜海山他……”

“就算赵天弼没有说谎，那锦州毕竟不是远在天边！”

“你……想去找姜海山？”

“即使不能割下他的脑袋祭奠爸爸，也要让他当面讲明的！”

“我们斗不过人家。他是标统。赵大弼说，标统是个很大的官呀！”

“大不了，我也有一条命顶着！”

“韵儿，同一个绝情的人动肝火是不值得的。你们毕竟没有结婚。再说，他已经有了妻室，生了儿子……”

如果说听到姜海山有了下落，古竹韵在怨恨中还或多或少混杂有渺茫的幻想的话，那么，听说姜海山业已娶妻生子，则无疑是一声震雷，把她的心连同渺茫的幻想一股脑儿击碎了。这是她不愿接受，也不能接受的。

“不！”她绝望而悲愤地喊道，“不！”她跳了起来，干燥的眼睛开始湿润，冰冷的拳头开始颤抖，疲软的双腿似要颓然瘫倒。她挣扎着向外冲去，留下了一声呻吟般的“我不信”！

10

从太清宫山门到萧夫人家的大门,按平常的步行速度,只需要二十分钟。但这段路途,葛月潭足足用去了一个小时。而且,他差一点儿临时取消这次突然变得异常困难的拜访。这是因为他在中途耽搁了一阵,而这耽搁又伴随着令他惶惶不安和心灰意冷的消息,其中一半关系到太清宫的安危,一半关系到古竹韵的命运。

当时,他已经走过太清宫南侧高耸而肃穆的砖墙,置身于店铺林立、住宅云集的俗世的街衢了。

大道两侧的店铺已撤下栅板,饭馆也挑起红色或蓝色的幌子。道上车水马龙,人来人往。盛京城小西关和往常一样,迎来了新的繁忙而热闹的一天。

走在路北人行道上的葛月潭,对小西关喧嚣的市声早就习以为常,心里又惦记着寺内的杂务和陷入矛盾苦恼的古竹韵以及肯定同样心绪烦乱的萧夫人,不想也无暇去注意身边的红男绿女,只顾低头向西而行。所以,当他猛然听到身后有人压低声音喊道"葛道长请留步"的时候,免不了有点儿吃惊。

他停下脚步,回过身来。

一个衣履整肃、相貌堂堂的年轻人恭立在面前。

葛月潭问道:"方才可是这位施主喊我?"

年轻人拱手道:"晚辈多有惊扰,尚请葛道长海涵。"

"不知施主有何见教?"

"此处不便说话,请借步到里边一叙。"年轻人说着,指了指旁边的一家饭馆。

"贫道有急于要做的事情,恐无幸与施主举杯论道,请施主改日屈尊敝

宫,贫道当备茶领教。”

“晚辈刚才直趋贵寺求见,守门道士说葛道长走出山门不久,便急急赶来。我只有几句话奉告,不会耽误道长太多时间的。”年轻人说着,左右飞速看了一眼,然后尽量把声音放低,“此事关系到郭祖祭典。”

葛月潭见这个年轻人宽阔的眉宇间隐含着一股英气,清澈的双目里耀动一股正气,紧闭的唇角上凝结一股豪气,绝非贼眉鼠眼的市井狂徒和嬉皮笑脸的纨绔恶少可比,定是有一番来历的正人君子。和这种人交接,是不必担心他会打什么坏主意的。况且,从这年轻人最后一句话里,似乎听出点儿弦外之音,显然隐藏着什么重要的甚至令人胆战心惊的内容,这也是应该问个明白的。所以,葛月潭微微点头道:“贫道遵命。请——”

“葛道长先请。”

两人走进饭馆。

离中午还有很长一段时间,所以饭馆里很清静,只有一个店小二在柜台前枯坐,见有客人来,急忙把毛巾往肩上一搭,快步迎上来。

年轻人从怀里摸出一块碎银抛给店小二,说道:“借个座位用一会儿,不必过来招呼了。”

店小二说了声“谢谢”,退回柜台前。

两人在一个角落的桌边相对而坐后,年轻人开门见山地说道:“道长和我都忙,我就长话短说吧。在下是刘宝清大师兄差来见道长的。……”

“刘宝清!那么阁下是……”

“葛道长,”年轻人说着,举起右手,分明在告诉对方“且莫问,请听我说下去”,同时继续说出要说的话,“今明两日,太清宫要遇到一些麻烦,请葛道长预先作好防范。”

葛道长一惊,问道:“阁下是说,有人要来破坏郭祖祭典?”

“今晚御赐郭祖金身入殿和明日上午的典礼,尤其要加倍注意。”

葛月潭沉思了一下,又问道:“阁下也一定能知道是些什么人要来破坏敝宫的法事活动了?”

“当然是最不愿看到我国国教香火旺盛的人。”

“阁下是说——城南洋教堂!”

“正是。葛道长慧心慧眼,当不难看出洋人破我国门之目的。他们以洋枪作凭陵,欲取我国权,以洋教为张本,欲夺我民魂。其志在置我国土国民于其胯下而后止。故视我奋起御侮之国民为必杀之民,视我碍其洋教之国教为必灭之教。而太清宫乃塞外道教之首,饮誉方外,香火久盛不衰,信徒遍及官民,早已是洋教眼中之钉,肉中之刺。今又适逢郭祖祭典,南北道友济济一堂,讲经说法;八方民众比肩而至,献祭进香。在太清宫实为弘扬国教之机,在洋教堂定是切齿恼恨之事。试想,他们岂能对此置若罔闻,一任太清宫盛典辉辉煌煌且平平安安呢?"

葛月潭服膺地点头道:"阁下鞭辟近理、大含细入。按说,这是贫道早该料到的,只是一心全在祭典筹备上,竟想也没想。如不是阁下提醒,万一大意失荆州,贫道就成了千古罪人了。不过……唔,阁下是说他们要劫夺郭真人的御赐金身和骚扰祭祀典礼?"

"不错。他们要劫夺郭真人御赐金身,以使祭典黯然无光;此举成与不成,他们也要在祭典中寻衅,制造血案,以期使信徒生畏而远离贵宫山门。"

"如此卑鄙下作!"

"而且,他们不会亲自出面。"

"当然不会。他们要躲在幕后,制造一出以我国民毁我国教的惨剧。"

"在他们的教民中不乏社鼠城狐、鸡鸣狗盗之徒。他们还重金雇用了一些武林高手。"

"我们的国家,坏就坏在有太多死不绝的败类!这种败类,是永远超度不到彼岸的!"葛月潭愤慨地说着,突然意识到自己太过激动,有失道家风范,便歉意地一笑,摇摇头,"贫道如此失态,让阁下见笑了。"

"不。吕祖再世,也会气冲牛斗,仗剑而起的!"

"那么,就算贫道代表潘监院接受了贵坛的盛情。贫道也该告辞,回去作一些必要安排了。"

"葛道长再坐片刻,在下还有话说。"

"请讲。"

"刘大师兄让在下转致葛道长,郭祖祭典不仅是太清宫的重要法事活动,也是道教北宗的一次大聚会,办好办坏关系重大。典礼仪式有朝廷官员和各界领袖参加,尤其不能出事。因此,天主教堂派遣的寻衅者,必须在山门外解决。"

"能这样当然好。只是……"

"请问葛道长,明天的祭典除太清宫本门道士外,都要持请帖进入山门。

是这样吧?”

“是的。这是多年形成的惯例。”

“天主教堂的神甫也知道他们那些地痞流氓是无法混迹其间的,因此决定在祭礼进行到中途时,骤然汇聚一处,持械鼓噪而入,直冲郭祖殿。”

“贫道明白了。阁下是让敝宫身强力壮的道士守候在山门外,挡住寻衅者?”

“不。围歼这伙歹徒,我和我的弟兄足够了,无须各位道长分神。”

“阁下是说,贵坛要出手相助?”

“击碎洋人的阴谋,凡我国人皆责无旁贷,况太清宫还不宜与洋教堂公开结怨。请葛道长知会所有道士,明日上午举行祭礼时,不管山门外有何动静,也不要出宫过问,更不要介入,所谓大墙内外了不相涉。”

“贫道谨受教。此次祭典,有贵坛援手,定会万无一失的。”

“至于今晚迎请郭祖金身……”

“阁下放心。郭祖金身在石塔内没人窃得出,入殿之后,有二十名习武道士的日夜守护,歹徒无法接近。出事只能在郭祖塔到郭祖殿之间这段路上,贫道会率人严加戒备,使歹徒无可乘之机。”

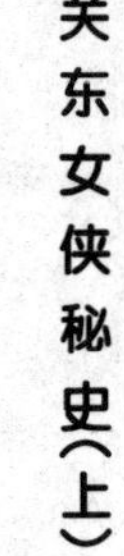

“这样最好。——刘大师兄让在下转致葛道长的话就是这些。葛道长还有什么指教吗?”

“岂敢!贫道只能向贵坛和刘大师兄表示谢意。”

“那么,就请葛道长自便,在下也该回去复命了。”

葛月潭刚要起身,却突然想起了什么,扬手说道:“请等一等。”

“道长还有话说?”

“是的。”葛月潭说道,把探究的目光投向对方。眼前这个年轻人,一开始就给他造成一个极好的印象,在谈话过程中,这种印象越来越强烈,其体态相貌即属不凡,言谈举止更属高雅,与萧夫人的描述对照,除了操一口山东话外,俨然就是他想象中的姜海山。而且,能够代表拳坛刘大师兄向他传达极重要消息的人也正该是齐蓬莱。就是说,这年轻人无疑是齐蓬莱。齐蓬莱可能真是姜海山,他原来的推测是有道理的。这真可谓踏破铁鞋无觅处,得来全不费功夫!可是,事情竟会这么巧吗?再说,这个年轻人一直不通姓名,是否已经探知到他同古氏遗孀孤女的密切关系,甚至已猜出他在齐蓬莱三个字上看出了破绽呢?要知道,几所拳坛都离小西关不远,姜海山又是个聪明精细和行踪诡秘的人,想探知到什么消息是不困难的;而太清宫离古家小院更是近在咫尺,他葛月潭又常来常往,姜海山如何能不知道?尽管姜海山始终不肯在萧夫人和古竹韵面前现身太令人费解,但有一点是清楚的,那就是,姜海山肯定要对小西关的任何人尤其是他葛月潭有所戒备。也就是说,这个年轻人只怕连齐蓬莱这个名字都不肯承认。如果真是这样,他还怎样追问下去呢?作为有身份的受人尊敬的道长以及眼前的环境,都不允许他直言不讳和一针见血地揭开初次见面的年轻人的伪装;太清宫与拳坛的关系以及刚刚商谈的内容,更不允许他为了一件原因不明的尚属疑案的俗家事去同刘宝清的代表争辩得面红耳赤。

葛月潭这样想着,一时竟找不到新话题的准确起点,不由得沉吟了起来。

年轻人见葛月潭欲言复止、犹犹豫豫的样子,感到怪异地说道:“葛道长有什么话,请尽管讲。我齐蓬莱洗耳恭听。”

葛月潭听到年轻人自己报出姓名,心里一阵惊讶,反而愈加茫然无措,不得要领地问道:“阁下真是齐蓬莱?”

“葛道长怀疑在下冒名顶替吗?”

齐蓬莱说完,善意地笑了笑。

“不不………”葛月潭支吾道,尽量稳定着自己的情绪,“我是说……唔,据说阁下是从不见贵坛以外的人的。”

“是的。”

“有什么特别的理由吗?”

“没有。”

“总该有个原因吧?”

“很简单。我的生命和时间不属于我个人。我所承担的职责更不允许我分神。”

“可是今天……”

“今天是个例外。”

“贫道真是荣幸之至。”

“其实……在下与道长神交已久。”

“是吗?”

“至少在我这方面是如此。”

“请问，阁下祖籍蓬莱吗？”

“不。”

“雅讳蓬莱是……”

“当然是化名。”

“化名？”葛月潭又是一震，心想，这个年轻人先是主动报出自己的名字，紧接着又慨然承认齐蓬莱是化名，要是继续追问下去，肯定也会毫不犹豫地披露原名。如果这人真是姜海山，怎么会对他葛月潭毫无戒备之心，尤其是，怎么会不考虑到更名换姓企图躲避的人就住在附近一座院落里呢？这太不合情理，也太不合姜海山的性格了。这么一想，葛月潭对自己的推测反而失去了信心。

齐蓬莱见葛月潭又一次沉吟不语，微微一笑，平心静气并一脸坦诚地说道：“不瞒葛道长，我之所以离开山东到贵地创设拳坛，一是事业的需要，一是为了避祸。所以，我在这里便使用了化名。”

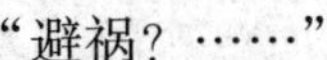

“避祸？……”

“说来话长。今天没有时间细讲。不过，如果葛道长想知道我的原名，倒可以奉告。”

“当然……如果不是秘密的话……”

“对葛道长，我没有任何秘密。——我的原名叫齐凤来。”

“齐凤来？阁下原名是……齐凤来？”

“葛道长听说过这个名字？”

“不。没听说过。”

“这倒有些奇怪了。”

“为什么？”

“据我所知，葛道长对俗世是异常关心的。而齐凤来是官府的通缉犯啊！”

“贫道孤陋寡闻，确实未曾听说。但请放心，贫道会守口如瓶的。”

“我相信。否则就不讲了。葛道长，如果我没猜错，您对我的身世很感兴趣，对不？”

葛月潭略一犹豫，说道：“阁下如此开诚布公，贫道也不好打诳语了。贫道从阁下的言谈举止和现在的名字上，曾怀疑是另外一个人。”

“另外一个人？这个人是谁呢？”

“姜海山。”

“姜海山和我现在名字有什么联系吗？”

“这两个名字从字面看，有相同的内涵。”

“愿闻其详。——唔，等一等。姜海山，齐蓬莱……可不是！这可真是巧合。可是，请问道长，这姜海山是何许人呢？”

“一个忘恩负义、违背誓言的人。他丢下终日思念他的师妹和体弱多病的师母，一走就是三年。”

“如此无情无义！那么，他的师妹……还在等着他？”

“是的。所谓柏舟之节可敬，红销翠减堪怜……”

“为了一个负心的薄情郎，这实在不值得。”

“岂止薄情？他走时声称去山东为师傅报仇，显然是金蝉脱壳，根本就没去寻找杀害他师傅的仇人。”

“这人会武功？”

“据说，姜海山武功盖世。”

“要是这样，这姜海山未必是个忘恩负义之人。”

“阁下是说……”

“所谓山外有山，人上有人，世上并不存在打遍天下无敌手的武林高手。”

“阁下言之有理，贫道也曾想，姜海山可能早已不在人世。否则，怎么会整整三年音讯全无呢？”

“所以，道长应该劝说这位可敬堪怜的女子，大可不必为这个即使没死也定然绝情的人守节。”

“贫道会的，既然已经知道齐二师兄并非姜海山……”

“道长是在帮助这位女子寻找姜海山，并且已经告诉她齐蓬莱可能就是姜海山。是这样吧？”

“是这样。看来，我错了。而且，贫道还应向阁下道歉，怀疑齐二师兄是那个卑鄙的或者已经死了的姜海山真是罪过。”

“道长也是一片慈悲之心，在下是能理解的。”

“阁下真的不介意？”

“真的。那还用说吗？”

“阁下襟怀恢廓，贫道感佩莫名。”

“道长过誉了。道长，刘大师兄在等我，不敢久留，请道长准我告退。”齐蓬莱说着，站起身来。

葛月潭边起身边说道：“耽搁了阁下的宝贵时间，还请鉴谅是幸。”

“道长先请。”

“阁下先请。”

“那就恕在下不恭了。再见。”齐蓬莱说道，一拱手，迈开大步走出饭馆。

葛月潭默然伫立片刻，轻轻摇摇头，也移步走出饭馆。他本待立即返回太清宫对当晚可能发生的事作一番安排，但想了想，还是决定先去古家小院。

他一边走，一边回忆自清晨起到眼下止的一段经历，心里感到一阵阵的后悔。

他后悔的并非是刚才对齐蓬莱试探的失败。不错，他确实曾认为齐蓬莱便是姜海山，否则，他绝不会贸然去试探。虽说试探的结果适得其反，齐蓬莱无论是问是答，是惊是疑，都看不出有丝毫伪装的痕迹，最终证明他葛月潭从两个名字的字义偶合去寻找一个消失了三年的影子，不仅牵强附会，简直有点儿自作聪明。但总还算值得庆幸，他投石问路的含混加上齐蓬莱的豁达，没能使这次谈话产生不愉快甚至获罪拳坛二号人物的结局。试想，如果他葛月潭的言辞毫不含混，而是直截了当地说“你齐蓬莱的原名是姜海山，而不是别的什么”，他们还可能有后面的心平气和的对答吗？如果齐蓬莱并非气度恢宏，那么，在听懂了葛月潭把他当作了丧尽天良的姜海山时，如何还能坐得住，那是定要拍案而起，拂袖而去的。那样，就不仅仅是试探的失败，甚至可能导致同拳坛关系的破裂。

是的，葛月潭并不为这次谈话后悔。

让他后悔的是另外一件事。这件事不是别的，而是他竟过早地把齐蓬莱可能就是姜海山的猜测告诉了古竹韵。古竹韵当时虽未表示深信，但在心里骤然燃起一线希望之光则是无可怀疑的。在这个不幸的少女深陷因出身造成的痛苦之中时，姜海山的消息无疑是一剂最有疗效的解药，对其失控的心理多少会起点儿稳定作用。但是，当她获悉这一消息事实上是他葛月潭强作解人所虚构出来的海市蜃楼，她会怎样呢？无疑会跌进更深的痛苦和绝望之中！十九岁的古竹韵，承受得了这种感情上骤起骤落的残酷折磨吗？要是古竹韵因此有个三长两短，他葛月潭是难以推脱罪责的。

葛月潭当然不甘心出现这样的局面。

他的不甘心与其说因自己,倒不如说因古竹韵。也就是说,他因这件事受到怎样的损失都可以不在乎,但绝不愿意甚至不允许有任何的不幸落到古竹韵身上。这里不仅有出家人的慈悲,更多的则是属于俗世的爱心,一种父亲对女儿的无私的爱心。出家人的慈悲固然也是一种爱,但这种爱是极宽泛的,而且其本质是怜悯和拯救,所谓与人以乐、拔人之苦,同一个高尚的过路人向溺水者援之以手一样,是代天行义、济人危困的行为,是无须事先选择对象更无须固定对象的。俗世的爱心却完全是另一种爱,这种爱不是本之于理而是发乎于情,如春风使人畅快,像烈火让人激动。其对象是有限的和固定的,而且是基于对对象的喜爱和独自占有,为了所爱的对象,完全可以不顾及其他可以牺牲一切;爱的对象一旦受到伤害或者背叛,爱心就会变成痛苦或伤心。葛月潭自己也意识到,他和古竹韵之间笼罩着的恰恰是后一种爱,出家人的慈悲已退居到陪衬的位置。他有时感到奇怪和难以理喻,出家人的慈悲和尘世的爱心这两种几乎如隔云泥的感情,为什么会同时存在于自己的躯体中?难道他这个自认修为极高的道家弟子的心底同样隐伏着各种俗念吗?他过去可不这样。他不是半路出家的人,他在还不到十岁的年龄,便决意弃绝凡尘,立志修道。几十年的修行,他早已心静如水接近神仙境界了,剩下的事,便是多度一些世人出苦海和等待师祖的召唤羽化升天了。但是,自从认识了与众不同的古竹韵,他发现自己变了,在古竹韵面前,他觉出自己不再是心神恬静的道长,而是满怀爱心的父亲!他见过无数的父亲,自己却从来不是父亲,永远也不会是父亲,但却在与古竹韵的来往中,饱尝到做父亲的喜悦,同时也产生了做父亲的责任感。他曾因自己产生了这种纯属俗人的感情而困惑,怀疑自己背离了“清静无为”的道家规范,又挣脱不了这种感情的束缚,心里很矛盾,也很苦恼。但是,连他本人也没能预料到,恰恰是出家人的慈悲和俗人的爱心在他灵魂中的碰撞、交流和融汇,在日后孕育出他葛月潭独有的大彻大悟,使他终于明白了,出家人的慈悲与俗人的爱心原非水火不容,本质上都是爱人之心,出家人不仅不该泯灭人类天性中的内容,反而应该比俗人更加把这内容发扬光大。他既然可以根据自己的心愿和选择做道士,为什么不可以根据自己的心愿和选择去做古竹韵的父亲呢?只是他在古竹韵身上表现的爱心太窄了,是俗世的爱心,他应把这爱心扩展开去,做无数古竹韵的父亲。因此,他在接替潘忠泰出任太清宫监院后，在太清宫内创办了粹通小学，收录了不少男的和女的古竹韵，把自己的爱心如祥云般普罩在这些儿女身上。他还向社会提倡发展文化教育、兴办实业，甚至慷慨解囊，资助创办染织厂，举办画展，赈济灾民，使更多的儿女自食其力和免遭饥馑。葛月潭终于成为一位完全葛月潭式的道长。在他以八十二岁高龄乘仙槎升遐后，不仅给道教界留下一个德高望重的道长形象，也给社会留下一个煦煦如春日的父亲形象。这是后话，暂且不表。

总之，从饭馆走出来向古家小院走去的葛月潭，心里是很难平静的。他不甘心让古竹韵受到更大的打击，却又想不出避免这种打击的办法。

他希望脚下的路长些，以便沉静下来，想想眼下的情况该不该去古家小院，见了古竹韵该不该讲出齐蓬莱的事，然而，那段路还是那么长，没等他想出个主意，早已跨进那座熟悉的大门了……

11

葛月潭照例先被请进萧夫人的房间。

萧夫人既然知道赵尔巽和葛月潭已见过面，也就无须继续隐瞒自己的身世，便在几句少不了的寒暄之后，主动把话题引向赵尔巽，要略地讲述了这二十来年的经历以及从昨天夜里直到刚刚同女儿谈话的情节。

“我知道，”萧夫人继续说道，“葛道长和赵尔巽是莫逆之交。在发生了昨晚的事后他去见道长，一定有所托付。”

“夫人猜得不错。他求我代寻夫人和小姐的下落。”

“道长也一定没说出我们的住处。”

“即使古小姐不嘱咐，贫道也不会在见到萧夫人之前告诉他。”

“十分感谢道长的盛意。”

“夫人也不想见一见赵兄？”

“是的，不想。”

“据贫道看，赵兄没有一点儿怪罪夫人的意思。”

“他怪罪也好，不怪罪也好，对我都一样。”

“那么是担心孙夫人……”

“不。孙夫人和我情同姐妹。”

“如果这样，夫人似乎没有理由回避他们。”

“也许没有理由。但我没有，也永远不会有和赵尔巽重续前缘的愿望，见面又有什么好处？”

“夫人有一天会改变主意的。”

“不会的。不管我当年逃出赵府是否是正确的选择，我终归作了古剑雄的妻子。古剑雄一死，我的心也就随他而去了。何况……我从未成为赵尔巽的妻子。”

“可是，古小姐毕竟是夫人和赵兄的女儿……”

“但愿不是。可我又不能否认,这是事实。”

“这不正是夫人和赵兄之间重续前缘的纽带吗?”

“韵儿属于赵尔巽,也属于我,但不是我和赵尔巽相爱的产物,也就成不了我们感情的纽带。我们没有相爱过,至少在我是如此。”

“明白了……”

“至于韵儿,我不想永远据为己有。她很孤苦,需要有个父亲,需要父亲的爱护。”

“夫人的意思是想让他们父女相认?”

“韵儿应该回到亲生父亲的身边。只要赵尔巽愿意。”

“他当然愿意。他非常喜欢古小姐。”

“我预料到了。”

“这就是夫人让古小姐救助赵兄的用意吧?”

“是用意之一。”

“不过,夫人好像没能说服古小姐?”

“这需要时间,葛道长,请给我点儿时间。”

“贫道能理解。请夫人放心,在这期间,贫道会想方设法不让赵兄来打搅夫人和小姐。”

“我也请葛道长放心,我一定劝说韵儿,让她改名赵竹韵回到生身父亲身边。了却了这件心事,我的余年也就别无牵挂了。同时,也算是葛道长对赵尔巽尽了朋友之谊……”

“其实……”葛月潭本想说他其实更是在为萧夫人和古竹韵尽心,但想了想,终于没有这样说,“其实,夫人何必这样苦了自己?完全可有一个更美好的结局嘛。”

“葛道长的话,我懂。但两全其美的事是不会有的。我也不想让葛道长失望。没有别的选择……”

葛月潭觉得对萧夫人的决心不便再发表意见,至于这双母女与赵尔巽关系的发展,也只能拭目以待,听其自然了。此外,似乎已没什么话好说。而且,往常一听到他的说话声便跑进萧夫人房间的古竹韵,一直没有露面,显然正躲在自己房间里苦思苦索而没有发觉他的到来。这倒正中他的下怀,可以避免一次很尴尬的见面。所以,他在默然片刻后,离座而起,双手合十道:“请夫人珍重,贫道告辞了。”

萧夫人起身问道:“葛道长很忙?”

“明天就是郭祖祭典,有很多事要做。”

“这么忙,还要为我们的家事操心。”

“应该的。”

“葛道长好像……从未像今天这样面带忧色。”

“是吗? 怎么会呢?”

“我看得出来。不仅仅是累的吧?”

“是啊,说累也不比往年更累。”

“有什么难办的事吧? 是不是不好回复赵尔巽,又担心他会突然闯进寒舍来?”

“不。贫道有所准备。赵兄料不到你们会近在咫尺,也没期望很快找到你们。郭祖祭典一结束,贫道就陪他去铁岭。而今天,他也不会离开昨晚受了惊吓的孙夫人。”

“可怜的孙夫人……”

“明天,夫人和小姐就不要去太清宫了。”

“谢谢葛道长的关照。——不过,葛道长究竟因为什么忧心忡忡呢?”

葛月潭自己心里明白,他脸上表现出的难以掩饰的忧虑,至少有两个分量相同的原因,一是古竹韵的不幸,一是郭祖祭典的安危。在他看来,古竹韵的不幸绝不是因为赵尔巽的出现。作为一个失去养父的孤女,骤然间又找到了生身父亲,怎么说也不是坏事。何况赵尔巽为人忠厚,慈祥可亲,肯定能做个好父亲呢? 古竹韵在这场没有丝毫思想准备的陡变中,难以在一时半时接受这个事实,固然可以理解,但同样可以预料,她迟早会明白,她将得到的,要远远超过失去的。是的,不能说赵尔巽给古竹韵带来了不幸,只能说赵尔巽给古竹韵带来了生活的大转机和生命的新起点。要说给古竹韵带来不幸的,不是别人,恰恰是他葛月潭! 虽说古竹韵还不知道他同齐蓬莱的会面,但他总不能永远掩盖自己强作解人造成的错误。古竹韵一旦获悉齐蓬莱和姜海山原是风马牛不相及的两个人,那潜在的魔影势必会变成有形的霹雳给她致命的一击! 他葛月潭原想做一件善事,结果却是以火救火,适得其反,给他所喜爱的少女造成了新的痛苦! 他太蠢了,古竹韵太不幸了! 那么,要不要把这事原原本本讲给萧夫人呢? 还不能。他还未曾把自己对“齐蓬莱”三个字的诠释讲给萧夫人,看样子,古竹韵也还没来得及透露给母亲,暂时还是不涉及这方面的内容为好。但是,心中的忧虑毕竟明显地挂在脸上，萧夫人又看得很真切，不说出点儿因由，敏感的萧夫人定会生出别的猜疑，也有悖于萧夫人的关心。

所以，他略一思忖后，决定把按理不该对任何讲的事披露给萧夫人。他轻轻叹口气说道："不瞒夫人说，我刚刚得到一个坏消息，有人要在今晚和明天上午骚扰太清宫。"

"有这种事?!"

"虽说事先获得密报，可以做些防范，但敝宫会武功的人不多，总怕出现疏漏。"

"可不是。郭祖祭典是一件大事啊!"

"所以我急于赶回去。"

"其实，道长今天不该到寒舍来。耽误了道长的时间，我和韵儿都会感到罪过的。"

"别这么想。再说，时间还是足够的。"

"关键是……人手不够，对吗?"

"是呀，人手不够。"

"要不……让韵儿去?"

"不不。那怎么行? 贫道不能使她从目前的心境中解脱出来，已是惭愧难当了。"

"葛道长给她的恩惠，她一辈子都还不清。"

"夫人这样说，贫道愈感惭愧了。唔，古小姐她……"

"她很痛苦。特别是听到了姜海山的消息……"

葛月潭吃了一惊。

"古小姐对夫人说了?"

"是我对她说的。说完了又很后悔。"

"这……"葛月潭愈感诧异。

"有人见到姜海山在锦州，且已娶妻生子。"

"这……"葛月潭如坐云雾地讷讷道，"这太出乎预料了!"

"的确想不到。"

"可这……这消息可靠吗?"

"我想是的。——天哪，我这是怎么了? 我怎么能在这种时候对葛道长讲这种事!"

"不，没关系，夫人……"

“葛道长万不可在眼前的情况下为此事分神。郭祖祭典事关重大,请葛道长赶快回太清宫吧。以后……以后我会详细向葛道长讲述的。”

“也好。不过,请夫人放心,明天上午的事有拳坛的人代为消弭,只差今晚迎请郭祖金身了。贫道亲自带人严加护持,歹徒们也未必能得手。”

“未必?听葛道长的话,好像并没有绝对把握。”

“这种事对太清宫是开天辟地第一遭,很难估计后果。当然,这或许是我过虑了。”

“这种事是必须做到万无一失的。”萧夫人说道,突然想起了赵天弼,“唔,对了。我这里有一个客人,倒是道长的好帮手。”

“客人?”

“这人会武功。”

“只是可惜……”葛月潭沉吟道,“等查清他的底细,早已时过境迁了。”

“这个人的底细却不必查了。他叫赵天弼,原也是韵儿的师兄。”

“是吗?”葛月潭眼睛一亮,“这个人武功一定不错?”

“当年在韵儿父亲手下,也是数一数二的强手。”

“那贫道就放心了。这人也会神丸贯目功吗?”

“不。韵儿的父亲说,这神丸贯目功太阴毒,早该断绝传人。让韵儿暗中习练,也只是作女儿家防身用。赵天弼只怕至今也不知道韵儿怀此绝技。至于昨晚……”萧夫人说到这里猛地停住了。她原是想说,赵天弼也是昨晚在劫持赵尔巽时第一次领教这种暗器的。但又觉得涉及这一情节与说出是赵天弼带来姜海山的消息一样,不仅于事无补,还会旁生枝节,误了太清宫的大事。试想,如果葛月潭获知赵天弼竟是昨晚的三个劫匪之一,还敢当作帮手带进太清宫吗?他可并不知道赵天弼是被别人裹胁来干坏事啊。即使她可以代为解释,葛月潭也不会踏实的,那反为不美了。看来,与迎请郭祖金身无关的话,还是一字不说的好。

葛月潭见萧夫人打住话头,便问道:“夫人有话尽管讲,昨晚怎样?”

“我是说……看我,一提到昨晚,心里就乱哄哄一团。我是说,韵儿不希望再有人知道她会神丸贯目功。昨晚她是因事出突然,不得已偶一为之。”

葛月潭当然十分相信萧夫人的解释,点头道:“贫道明白了。我不会对任何人讲起神丸贯目功的。”

“那么,葛道长是否决定用赵天弼去帮忙呢?”

“那还用说！贫道甚至想此刻就带走他。”

“他在西厢房休息。我让刘嫂把他叫来。”

“不。还是贫道去见他才合礼仪。”

“其实……不过也好。我领葛道长去吧。”

在萧夫人陪同下，葛月潭来到西厢房。

正躺在床上养神的赵天弼听到有人走进来，赶忙跳到地上，见进来的是师母和一个慈眉善目的道长，尽力克制着惶恐，俯首道：“拜见师母。这位道长是……”

萧夫人说道：“这位是太清宫葛道长，也是韵儿学习书画的师傅。”

赵天弼抱拳打拱道：“晚生赵天弼，拜见葛道长，葛师傅。”

“不敢。”葛月潭颔首道，见这年轻人眉清目秀、彬彬有礼，心里先就有了几分欢喜。

赵天弼又说道：“师母、道长请坐。”

萧夫人道：“不必了。葛道长很忙，坐不住。他有事找你。”

“请道长赐教。晚生洗耳恭听。”

葛月潭说道：“其实是贫道有求于阁下。”

“但不知有何差遣？”

葛月潭把天主教堂派人劫夺郭祖金身的计划简要讲述了一遍。

赵天弼听后问道：“这郭祖金身一定价值连城了？”

葛月潭说道：“他们此举不在郭祖金身的价值，而是企图令明天上午郭祖祭典失去光辉。”

“这就更可恶！身为天朝臣民，岂能容洋人如此猖獗！”

“那么，阁下是答应帮贫道的忙了？”

“责无旁贷！况又是师母懿旨，敢不遵命！但只怕晚生功夫不纯，未必能当道长之意。”

“贫道已从令师母口中得知阁下乃武林翘楚，阁下就不必过谦了。”

“蒙道长如此看重，晚生也只有竭诚效命了。”

“贫道幸甚，太清宫幸甚！”

“道长言重了。”

“那就请阁下移趾敝宫。贫道如此情急，还望鉴谅。”

“事关重大，晚生正该先去踏查一番。”赵天弼说着，转向萧夫人，“师母，天弼随道长去了。”

萧夫人道:“葛道长对我和韵儿恩重如山。你一定要尽心尽力,自己也要谨慎小心。”

“天弼遵命。请师母放心。葛道长,请——”

萧夫人送走葛月谭和赵天弼后,独自在西厢房里休息了一阵,这才缓步走回上房。她见刘嫂从古竹韵房中出来,轻声问道:“小姐还好吗?”

刘嫂回道:“小姐在收拾衣服,好像刚刚哭过。”

“她说什么了?”

“她说要出远门……”

萧夫人一惊,又问:“她说去哪儿了吗?”

“小姐没说。她说她心烦,叫我快走……”

“我明白了。”萧夫人点头道,“刘嫂,你忙去吧。”说完,缓缓走进古竹韵的卧房。

古竹韵明知道是母亲走进房间,却没有回过头来,继续干着自己的事。她把刚刚脱下来的日常便装马马虎虎叠起,一件件放入柜子,把几件找出来的备路上换洗的衣服打进包裹。

萧夫人坐到桌边的椅子上,轻叹一声问道:“韵儿,非要去锦州吗?”

古竹韵边整理包裹边说道:“我下午就走。”

“有这个必要吗?你们见了面对谁都很难堪。”

“我又没做下亏心事,我难堪什么?”

“韵儿,凡事要三思而行。妈劝你再仔细想想。”

“我想好了,妈妈阻拦也没有用。这几天我反正不能待在家里。”

“我料到了。不过,赵老爷不会找上门来。再说,他一两天就走了。你暂时不想认他,又担心他会来,可以到乡下住几天嘛。”

“别再说这个人,妈妈。”

“而且,”萧夫人自顾自说下去,“南去的路不平安。你一个女儿家独行……”

“还有赵天弼。”

“你要他和你同去?”

“如果证明他编造谎言,我就让他贯目而亡!”

“韵儿!……你是……不相信赵天弼的话?”

“要真同他说的一样,正好多一个人看看姜海山的下场!”

“你要杀死他?”

“他不应该再活在世上!”

“韵儿！一夜之间你怎么变得这样冷酷?”

“冷酷的不是我,妈妈。”

“姜海山确实有负于你。可是……”

“您错了,妈妈。作为负心人,我不会去找他。但作为叛徒……”

“叛徒?”

“他背叛了对爸爸的誓言。”

“我们还证明不了这一点。”

“这就要得到证明了。”

“你真固执！……天哪,我这是……在做噩梦吗?”

“噩梦也总该有个完结的。”古竹韵说着挎上包裹,回过身来,“我们马上就走。我这就去找赵天弼。”

“等等,韵儿……”

“别期望能劝住我,妈妈。”

“可是……韵儿,赵天弼不在西厢房。”

“什么！他走了?”

“他随葛道长去太清宫了啊。”

“方才葛道长来了?”

“他离去已有一刻钟了。”

“赵天弼去干什么?”

萧夫人三言两语讲了一遍太清宫今晚可能发生的事。

“妈妈不该让赵天弼去。”

“太清宫急需人手。天弼的武功总还说得过去。”

“这不是武功高低的事。妈妈就那么相信赵天弼？您不怕他会给葛道长添麻烦吗?”

“我看不会。葛道长一见面就很喜欢他。葛道长是很会识人的。”

“饥不择食。”

“你说什么?”

“ 不,没什么。”古竹韵说道,取下包裹扔在床头,随后坐了下去,“我就等郭祖祭典结束好了。”

萧夫人叹口气,不再说什么。

12

作为道教十方丛林关东道教总会的太清宫,其建筑可谓极尽辉煌、肃穆之至。整个宫院占地六亩,共有院落五进。前四进是灵官殿、关帝殿、老君殿和玉皇阁。玉皇阁东侧有三官殿、吕祖楼,西侧是郭祖殿、邱祖楼。玉皇阁的后身即第五进,郭祖塔及碑亭便建在这第五进院落里。

说起郭祖塔,那是很有一番来历的。

郭祖名郭守真,法号静阳子,羽化于公元 1713 年(康熙五十二年)9 月 17 日,享年 107 岁。翌年即由其弟子刘太虚、高太荻、吕太普起塔立祠。那时,寺院还叫原来的名字三教堂,殿宇也只三楹,规模不大。由于郭守真生前持身正大,为人宽厚、精通三教、学识渊博,深受僧俗两界的钦敬;又兼呼风来风、祈雨得雨,几次使龙兴重地的盛京一带免遭天灾,更被官民奉为神人;圆寂后,人们均以为仙去,自然又增加了几分崇敬和虔诚。所以,每逢郭祖忌辰,人们便纷纷扶老携幼来到塔前朝拜、涌进祠堂祈福,比肩接踵、拥挤不堪。祠既显得窄,塔亦觉得低。郭祖的弟子们遂有再起宏祠、重建高塔之议。自郭祖第十个祭典开始,三教堂用了整整三年时间进行了精心筹备,僧俗两界无不慷慨解囊,所需银两绰有余裕。公元 1727 年,郭祖的三位弟子聚众升疏,正式破土动工。这里我们单表这郭祖塔。根据设计,要取八方之石,以象八方仰戴之盛;塔高八层,以象郭祖龙门八代之数;塔身八面,以象郭祖神游八极。这石塔自开工之日起,进展得异常顺利,天清气朗自不必说,工匠们也似有神助一般,那经过研磨雕制的巨大石块,竟可轻而易举地搬砌到一天比一天更高的塔身上。但是,谁也没料到,塔身起到第六层后,发生了无法解释的怪事:剩下的显然小得多的石块,躺在地面上,生了根一样,随你增加多少人,硬是抬不起。郭祖的三位弟子以为冲撞了哪方神灵,便率众焚香礼拜、祝祷八方,而那些石块依然无动于衷。时间一天天过去

了，离原定的开坛、接驾的时间愈来愈近，人们茫然不解、心急如焚，却又束手无策、徒唤奈何！连深得郭祖真传的大弟子刘太虚也对重建郭祖塔失去了信心，拿不出半点儿主意了。就在这个时候，有一天中午，寺外突然传来一声高呼："圣旨到——"心绪烦乱的刘太虚慌忙率领徒众急趋寺门，跪迎圣旨，心里却异常纳罕，小小的三教堂怎么会骤然降下圣旨呢？然而，更令他惊讶的，是这圣旨的内容。原来当朝天子雍正皇帝早有出世念头，对儒、释、道均曾用心参详，为陪都盛京臣民有过奇功的道教龙门正宗第八代祖师郭守真的大名如何能不知道呢？当他听说三教堂拟为郭守真重建石塔的消息，便秘密派人到三教堂瞻仰郭祖遗躯，绘图后，命能工巧匠以八百两黄金依图铸造郭祖坐像，并于额间嵌一枚硕大的夜明珠，更有107颗宝石镶于莲座。这座纯金和缀满珠宝的郭祖坐像刚造就，雍正帝便派特使送至三教堂。圣旨中说的就是这件事。刘太虚感激涕零，谢主隆恩并送走钦差后，亲捧郭祖御赐金身，安厝于已竣工的郭祖殿内，灵机一动，又作出将郭祖金身移驾石塔第七层内，每年祭典迎至郭祖殿供人瞻仰朝拜的决定。说也怪，刘太虚这一决定刚刚宣布，那原来十来个人也抬不起的石块，只要一个人便可捧在怀中在脚手架上健步如飞了。人们终于明白了，石塔建筑当中出现的阻隔，是郭祖的英灵在等着接受雍正帝的一分虔诚。从此，郭祖愈加声名远扬、为世人所崇仰了。刘太虚也是一个极聪明和极有远见的人，为了郭祖金身平日的安然和祭典时迎送之方便，动用了不少心思，于塔身内暗设了一套机关，造成了一座最上两层可以起落的石塔。刘太虚还定下一条永远不得改变的寺规，即石塔最上两层只能在每年一度的郭祖祭典起动一次，而且只有监院一人有资格知道和掌握起动石塔的机关。

总之，郭祖塔的来历就是如此的神奇，每年只露一次光华的郭祖御赐金身就是这般的不平凡。

难道价值连城可以描述这座御赐金身的贵重吗？说它价值连城固然不错，可它的真正价值不在于能买几座城池，它标志着一代天子对郭守真乃至道教的肯定和评价，它代表着道教一代祖师郭守真在尘世所赢得的盛誉和神威，它凝聚着道教和万民对高风亮节、慈悲济世的郭守真的景仰和爱戴。这是无法标价的。因而，它也是不可亵渎的。

石塔最上两层一年一度开合，已经开合了一百七十一度，当年所设机关从未出过故障，迎送郭祖金身也从未发生意外。

无论道众,无论官民,都认为郭祖塔和郭祖金身是神圣的,稍有不敬便不可饶恕,谁想谁敢暗中打什么坏主意呢?

今年9月17日,该是一百七十二次迎送郭祖金身了,却有人企图劫夺、企图破坏迎送仪式!这不仅仅是与太清宫为敌,更是对道教的挑战,无论如何是不能让歹徒得逞的!

葛月潭虽说不是监院,但作为年迈的潘监院笃信无疑的助手和既定接班人,却必须保证整个迎送仪式万无一失,他如何不感到责任重大呢?所以,他一返回太清宫,便和赵天弼以及几位心腹道长对整个宫院的每一角落特别是迎送郭祖金身的路径仔细察看一番,作出了各种必要的安排。这自不必细表。

说话间已经将近当日午夜了。

迎请郭祖金身的时间是午夜零点。

今天是农历八月十三,夜空晴朗,无风无云,刚刚从中天偏西的明月向人间洒下皎洁的光辉,整个太清宫沐浴在这光辉之中。所有殿宇和郭祖塔一样,其形体清晰可辨,同时也一样在其形体的北侧投下明显的阴影。

按照惯例,太清宫所有受戒弟子和全国各道观、各寺院派来参加祭典的代表,都已环列郭祖塔周围,跪伏于地,伴着大鼓、小鼓、磬、钹、铙、铛以及木鱼的有节奏的击打声,阖目齐诵《接驾经》。

按照惯例,潘监院跪在塔基南侧众弟子的前面,正对着塔身第一层的永远关闭的铁制塔门,门上有一方仅盈尺的玻璃窗,白天从小窗处可以看到郭祖圆寂后经过处理永远不会腐烂的肉身。待众人诵《接驾经》毕,也就到了午夜零点,那时,潘监院将望空祝祷:“请郭祖降趾。”郭祖的英灵就会随着塔顶的升起附于金身降临太清宫。潘监院是唯一可以只直体合十而不必伏地阖目的人。而且,只能由他踏上云梯请下郭祖金身。

但今年与往年稍有不同。第一,潘监院年迈腿颤,自觉不宜踏梯升高,决定由葛月潭代行其职,所以,葛月潭跪伏在潘监院左侧略微靠后的地方。第二,整个宫院似乎被一种前所未有的紧张气氛所笼罩。除各殿门前均有道士守护外,围墙里也每隔十来步便有一名持械道士面朝外警戒,都密切注意着墙头上的动静。其中还掺杂着一名俗家武师赵天弼。

赵天弼站在北墙的里面正对着郭祖塔的地方,同样是脸朝外。葛月潭说,如果歹徒要翻墙而入,那么,他们选择北墙的可能性最大,就让赵天弼守卫此处。他接下来的任务是，当郭祖金身被迎下并请上黄案抬向郭祖殿时，与另一位武功高强的道士守在黄案两侧，以防不测。葛月潭对他的要求虽不像对宫院道众那么严格，也还是再三叮嘱他，在潘监院祝祷“请郭祖降趾”前，不得回头张望。

赵天弼的任务不可谓不重，但他一点儿也不紧张。他以为葛月潭获得的消息未必十分准确，从高墙上翻进翻出并去劫夺几百名道士护持下的郭祖金身，那是很难办到的事。即使真来那么几个不顾死活的进犯者，有那么多持械道士助威，他赵天弼也准能对付得了。从石塔到郭祖殿只有百十步，他只要抵挡到郭祖金身进殿，便算是大功一件了。这对他实在是天赐良机。葛月潭和道众都会佩服他，感谢他倒在其次，还会因此获得萧夫人欢心，这其中的意义可就不一般了，说不定把古竹韵连同古爷留下的家产据为己有的目的就能达到。

赵天弼想得高兴，忍不住东张西望起来。

击打乐器依然在叮咚作响，几百人诵读《接驾经》的声音依然在耳边轰鸣。

赵天弼仰望了一下开始偏西的月亮，估计就要到午夜零点了。他略一犹豫，回过身来。他想，他毕竟不是道教中人，寺规对他没有约束力，况且葛道长在石塔南侧，看不到他，别的道士谁又会注意他呢？为什么不可以看看石塔最上两层是如何升起而开开眼界呢？

他看见正有几个道士从远处把一个方桌样的东西抬过来，渐渐隐在石塔南侧了。他猜想，这就是可以升降的云梯了，一会儿，葛月潭就要登上云梯升到石塔第七层的高度，捧出郭祖金身了。

赵天弼全神贯注在塔顶。

击打乐器声和诵经声戛然而止。

虽说潘监院请郭祖临驾的话含混不清，但在骤然静下来的宫院里，还是传得很远。

赵天弼知道，塔顶就要起动了。

突然，塔身内传出騞的一声，便见石塔上七八层之间出现了缝隙，接着便见有八根小臂粗细的铁柱把七八两层缓缓支撑而起，渐渐露出里面垂挂的一环黄缨。

当塔顶终于不再上升时，一环黄缨随即收向顶端，便有万道霞光射出。

赵天弼一下惊呆了。他想,虽有月光照射的因素,但那金身上的珠宝能发出如此耀眼的光芒,说明每一颗宝石都要价值千金!这么一件稀世珍宝,一百多年来,刚刚有人打它的主意,反而让人觉得奇怪了。但是他再一想,似乎又不奇怪了,金身平日在塔内,就算能攀登到第六层,找不到起动的机关,也只能望塔兴叹,而每年一度的迎送金身,又有数百名道士护持,谁能进得前!

但他赵天弼今天可是有机会呀!

这个想法一经跳进脑海,便立即攫住了他的整个身心。是的,为什么不利用这个千载难逢的机会呢?这种珍宝如归他所有,他还愁什么?正如李彪所说,想当个阔佬还是想买个高官都可随心所欲。古竹韵那样冷面如霜的女子和那点儿有限的家产还在话下吗?

他的确有这个机会。

一会儿,他将成为潘监院和葛月潭外,最接近郭祖金身的人。谁也不会对他有所戒备。他只要横跨半步,那金身便可手到擒来,等葛月潭他们醒悟过来,他早就几步旋到墙根,跺地腾出寺外了。

如果连这样的机会都放过,不成了世上头号蠢人了吗?

在他如此这般想着的时候,郭祖金身已被安放到黄案之上,道士们已井然有序地列好队伍。

赵天弼镇定了一下,暂收心猿意马,急趋几步,来到黄案跟前,站到葛月潭身边。

葛月潭低声说道:"但愿平安无事。"

赵天弼说道:"有我赵天弼在,道长尽管放心好了。"

葛月潭点点头,不再说什么。

"起驾——"

随着潘监院浑厚的喊声,四个身强力壮的道士稳稳抬起黄案,同时,击打乐器又骤然响起。

浩浩荡荡的队伍随着击打乐器的节奏,缓缓向南开拔。

赵天弼知道,按着队伍缓慢行进的速度,走到郭祖殿门前也不会超过十分钟,他要得到郭祖金身,只能在这十分钟内实现,是没有多少可供犹豫和耽搁的时间的,而刚开始的前几分钟该是最好的时机。他当机立断:马上下手!

赵天弼想着，当即运足了劲儿，准备向咫尺间的黄案扑去。

要不是恰在此时东墙处猝然传来“有贼”的高呼声，使赵天弼为之一震，那么，他跨出的一步准已抵达黄案前，伸出的手也准会抓住郭祖金身了。不管他成功与否，他也会给在场的来自全国各地的道士留下臭名昭著的窃贼形象。

但是，赵天弼是个绝顶聪明的人，在任何紧张的形势下，都知道该如何调整自己的言行。在这一刹那，他首先想到的是，即使他拿到了郭祖金身，也势必会落到已跳进高墙的进犯者手中。那镶满珠宝光芒四射的郭祖金身，无疑会引来劫夺者的围攻，所谓好虎难敌群狼，何况携带着五六十斤重的物件呢？肯定落个得而复失令渔翁得利的结果。其次他又想到，这珍宝既然已决定归己所有，又怎能让它到别人手中呢？眼下，他正该使出全力叫进犯者不能接近珍宝，保证珍宝不被抢走，然后再作道理。留得青山在，不怕没柴烧，机会还会有嘛。

赵天弼这样一想，便把伸出的手变成了向对面与他一起保护郭祖金身的道士的示意，并飞快说道：“保护好郭祖金身，待我去迎战蟊贼！”声音和态度都显出大义凛然。

赵天弼说完，便回转身，高声喝道：“大胆蟊贼，看赵爷怎么收拾你们！”一纵身，早已飞出十数丈，直向来犯者迎上去了。

同时，左近听到报警的手持器械的道士纷纷围了过来，在十几个气势汹汹的歹徒面前形成一道屏障。

攻守双方很快交手对打起来。

郭租金身迎送仪式的规矩是：从起驾到安座之间不得停留，随在黄案后面的道众不得交头接耳、左顾右盼，更不得乱了队形。所以，几百名迎驾者虽然都听到左侧传过来愈来愈近的打斗声，整个队伍还是按部就班地缓缓行进，好像近在身边的打斗与他们了不相涉。

这样，在明朗的月光笼罩下的太清宫第五进宽阔的院落里，出现了两种截然不同的场面。一边是整齐严肃、慢条斯理的接驾队伍，伴着有条不紊、清朗悦耳的钟磬声；一边是乱作一团、刀光剑影的混战群体，伴着此伏彼起、沸反盈天的格斗声和喝骂声。这两种南辕北辙的气氛，相得益彰，静者愈静，乱者更乱，也实在是难得一睹的奇观。

迎战的道士愈聚愈多，个个贾勇，人人争先，竭尽全力不让歹徒接近迎

驾队伍。进攻的顽敌以一当十，锐气倍增，飞腿挥拳，得寸进尺，势在必得郭祖金身而后止。

战斗愈来愈激烈。

双方都有人倒地呻吟，却无一人败退。

但是，迎战者虽人数众多，会武功者毕竟屈指可数，又全是首次实战，只几个回合，就出现大厦将倾的趋势了。而进攻者，虽十数人，却个个身怀绝技、骁勇善战，又大都是置生死于度外的亡命之徒，更兼取胜心切，全使出浑身解数，大有席卷残敌之概。

攻击者终于占了上风。

赵天弼身手不凡是无可怀疑的。但是，让他对付三五个来犯者或许能游刃有余，迎战十几个武功高强的对手，获胜的希望也是微乎其微的。而且，一片混战中，他又如何能把十几个歹徒吸引到自己身边呢？他开始意识到自己过分低估对方的实力了。他的信心动摇了。他遂又生出退出战斗，返身黄案，夺过郭祖金身，乘机逃出太清宫的念头。

正在此时，他突然听到有人喊他："天弼！"声音如此熟悉，他竟不敢相信自己的耳朵了。

他循声看去，喊他的人虽然眼睛之下全被面罩遮盖着，但他还是立即认出，这人正是李彪！

赵天弼深感怪异，却又大喜过望。

两人摆脱了对手，跑到一起。

"你为什么在这儿？"两人几乎同时问道。

赵天弼飞快回顾了一眼说道："同我交手，跳到殿后阴影处说话。"

两个人交起手来。

赵天弼一使眼色，李彪心领神会，遂相对做了个跺地前扑，四掌相抵，一股向上的合力，使他们同时升空，只几旋便已落在殿后的阴影处了。

没有任何人注意到他们飞向何方置身何处。

"师兄，"赵天弼单刀直入地说道，"郭祖金身是无价之宝，咱们联手，必得无疑。我们远走高飞，共享富贵！"

"张作霖还在等着我。"

"你们在为天主教堂卖命？"

"这我不知道。"

“那你们替谁夺宝?”

“我们取道南关南下,碰到张作霖一个黑道上的朋友。他请我们帮忙,答应事成后重谢。我们确实需要一笔钱。”

“他给多少钱? 比这唾手可得的无价宝怎样?”

“好。我们干! 但不能丢下张作霖。”

“三一三十一好了。快! 你的同伙就要突破重围了!”

“干!”

李彪的同伙事实上已算是突破了重围、成功在即了。只是不时冲上来一些持械道士,其抵挡虽甚是无力,总还是使他们接近黄案的速度受到阻滞。

赵天弼和李彪是完全可以最先夺到郭祖金身的。

说也怪,就在这两人双腿运劲,准备旋到黄案的时候,冲在最前面的歹徒却纷纷地倒地狂叫起来。

进攻者和迎战者一个个目瞪口呆,以为定有神人介入。

赵天弼收住脚力,刹那间想起昨夜的遭遇,骇然说道:“又是他!”

李彪说道:“不错。我听到了那种声音。”

确实隐隐传来“嘤嘤”声,又有几个歹徒中丸倒地。

这弹丸竟长了眼睛一般,专找戴面罩的歹徒,无一颗误中太清宫的道士。

赵天弼看了看迎驾的队伍,黄案早已隐进玉皇殿右侧的过道之中了。那里到郭祖殿已近在咫尺,过道又堆满了迎驾的道众,劫夺郭祖金身是毫无希望了。

“该死!”赵天弼恨恨地骂道,“这不露面的人到底是谁?”

“怎么办?”李彪问道,“我可不想再挨一下了。”

“这人我们对付不了。你快逃吧!”

“你呢?”

“我们后会有期。”

李彪扯下面罩说道:“师弟多保重。我去了。”说完,纵上殿顶,逃之夭夭了。

赵天弼虽然没戴面罩,却也不敢马上从阴影处暴身于明亮的月光之下。他如惊弓之鸟一样四处张望,企图看看这神秘的投掷弹丸者究竟是人还是鬼。他什么也没看到,只听"嘤嘤"之声又起,几个奋力顽抗的歹徒便一个接一个滚地叫起娘来。

赵天弼见冲到前面的歹徒们已全部中弹,还有几个被道士们紧紧围在中间,虽然武功都还不错,令道士们近身不得,但三拳难敌四手,想冲决而出也不容易。而此刻再不见有弹丸飞来,显然是投掷弹丸者担心误中了道士。赵天弼想,为何不趁此机会投身战斗,以掩盖住刚才的行径呢?他也确信,制服那几个残余歹徒,凭他的武功是毫无问题的。所以,他不再犹豫,从阴影中跃出,一个燕子蹤便跳入混战的核心,如饿狼扑食一般,一拳就先击倒了一个歹徒,余下的几个恼羞成怒,联手向他袭来。赵天弼毫不畏惧,左一个马步冲拳,右一个蹬腿横砍,使出浑身解数,越战越勇。歹徒们也不甘示弱,左旋右转,刀劈棍戳,要将赵天弼啄为肉泥。这一场打斗,真如平地刮起一股旋风,几个人搅到一处,如风车般转来转去。那些道士们可曾有缘见过这种惊心掉胆的阵势,一个个驻足围观,瞠目结舌,呆若木鸡。待呼喝声倏然停止,尘土散去,人们这才看见,眼前威风凛凛站立着赵天弼,歹徒们全倒在他的脚前呻吟。

赵天弼一下子成了英雄。而且,那些道士确信,先前似乎无故跌倒唤娘的歹徒,也是这个赵天弼暗中所为。因为他们既未曾领教过神丸贯目功,也听不到那细微的"嘤嘤"声。

道士们看着他,像看着神人,像看着领袖。

赵天弼则乘势而上,嘿嘿一笑,高声说道:"只是一群青皮流氓,不堪赵爷一击!"顿了一下后,向道士们下起了命令,"把这些歹徒看好,等候发落。"说完,傲然走去。到了郭祖殿前,请出葛月潭。

郭祖金身既已安座,葛月潭提到喉咙口的心也自然放下去了。听说来犯的歹徒全部就擒,喜悦之情更是溢于言表。

"阁下为本宫院立下奇功,容明日禀过潘监院,定有重谢。"葛月潭这样说道。他和其他人一样,既没有耳闻"嘤嘤"之声,也没有目睹歹徒系中弹丸致伤而仆,毫不怀疑迎敌制胜的关键人物就是武功盖世的赵天弼。

"保卫宫院,张扬国教,乃在下义不容辞的天职,请道长万勿言谢。"赵天弼慷慨地说道。他当然不愿细谈迎敌过程,更不愿意牵扯出有人暗中相助的情节,便连忙改变了话题:"但不知所获歹徒如何处置?"

葛月潭略一思忖,说道:"他们也是受洋人差遣,与本宫院本无仇恨,其情可悲亦可谅，又都已伤残，更可悯。况本教以慈悲为怀，度人为本，就给他们一条生路吧。阁下以为如何？”

“葛道长所言极是。但愿他们洗心革面，重新做人。”

“贫道暂时还不便脱身，教训和释放歹徒之事，就请阁下代劳吧。”

赵天弼抱拳道：“在下愿意效劳。”

葛月潭一眼看到赵天弼左腕包扎着布片，关切地问道：“阁下的胳臂受伤了？”

赵天弼急忙掩饰道：“小事一段，不足道长挂虑。”

“天亮后定要查看一下。贫道在药学上倒略有专长。”

“不必了。只是点儿皮伤，自然会好的。”

“阁下送走俘虏请即返回。这后半夜还要劳阁下陪贫道巡查。阁下只好明晨休息了。真对不起。”

13

赵天弼是应葛月潭之邀,在太清宫用过早斋后返回古家小院的。他见上房关着门,窗幔也没有拉开,估计萧夫人和古竹韵都晨卧未起,便直接走进西厢房,一下子把身体抛到床上,再也不想动了。

他确实已筋疲力尽。从营口到盛京马不停蹄地奔波,到了小西关,还没睡上一个消停觉,又连续折腾了两天,铁打的身子也要累软了。这且不说,精神也一直处于超常的紧张之中,每一条神经似乎都要绷断。如果付出的这些代价能换回想望中的报偿,倒也罢了,可结果却一无所获!岂止一无所获,还险些赔上性命!这叫他如何不窝火?而在恒顺客栈和太清宫两次失手,全是因为那个神秘的显然掌握神丸贯目功的人!他在窝火之后,又怎能不燃起怒火呢?他恨不得立即找到这个人,把那只精于掷射弹丸的手吞进嘴里嚼个稀巴烂!

不过,退一步讲,他也不能不感到庆幸。短短两天里,他至少躲过了三次死神。两次在恒顺客栈,一次在太清宫。这一次尤其鸿运高照。他和李彪的行动只要提前一两秒钟,一切也就全完了。那势必要飞过来的可恶的弹丸说不定就会贯脑而出!这一幕悲剧总算没有演出。得不到郭祖金身固然令人抱恨终天,但毕竟性命还在,不一定永生永世再无发财机会。而且,由于他随机应变,在葛月潭和太清宫数百道士的心目中,他无疑已经成了盖世英雄,此后,萧夫人和古竹韵也会对他另眼相看。所谓不得已而求其次,暂时在这幽静的小院安下身来,总比无家可归和去当个剪径的蟊贼要略胜一筹,这也是不幸中的万幸嘛!

他们被赵尔巽放出恒顺客栈时,赵天弼曾想,三个人当死而不死,准有一个贵人在内。至于谁是贵人,不好肯定,可能是他,也可能是张作霖,但绝不会是李彪。有了这次在太清宫的一段经历,他终于明白了,这贵人不是别

个，正是他赵天弼。也就是说，冥冥之中早有定数，他有一天准会出人头地的，眼下的困厄，只能是天降大任之前的苦其心志、劳其筋骨而已。

躺在床上的赵天弼这么一想，也就安心多了，睡意随之袭来。他眼皮一合，便立即进入黑甜之中了。

这一觉好睡！

等他醒来时，已是金乌西坠、玉兔东升的傍晚时分了。

他想换换房间里污浊的空气，伸手推开了窗子。

不大一会儿，刘嫂端着一盆温水走了进来。

“赵爷，”刘嫂放下了水盆说道，态度和悦多了，“请洗脸。”

“谢谢刘嫂。”赵天弼说道，心里暗自好笑起来，怎么才时隔一日，那冷脸就变成笑脸，而且竟叫起“赵爷”？

刘嫂又说道：“萧夫人吩咐，请赵爷洗完脸后，到上房用饭。”

赵天弼明白了，刘嫂态度的变化原于萧夫人，而萧夫人宠幸有加则肯定是因为他不辱使命。那么说，在他沉睡于白昼之时，葛月潭已经来过了。

果然，在上房客厅里摆满珍馐的桌旁，萧夫人谈起了夜里的事。

“今天下午，葛道长来过了。见你睡得很沉，就没喊醒你。葛道长着实夸奖了你一番。”

“师母差遣，天弼怎敢不竭尽全力？我若败了，于师母脸上也无光啊！”

“难为你有这样一片孝心。不过，还是你功底深厚，又没有荒疏。否则……唉，想想还真有点后怕呢。”

“让师母担心，真是罪过。”

“你和那个粗壮的强手斗得很艰难吧？”

赵天弼一惊，问道：“粗壮的强手？”

“你和这个人不是斗了很长时间吗？”

“师母怎么知道？”

“这……唔，对了，这是葛道长讲的。”

“他哪里会看得到呢？”

“总有人看到的，还能不告诉葛道长吗？”

“我还以为那场恶斗没人看见呢。”

“所以你就没对葛道长讲起？”

“与人交往不可夸夸其谈，做了好事不要自我张扬。这是古爷在世时对

我们的教训,天弼怎敢忘记呢?”

“是呀,虚己待人,功成不居,这才是做人的本分。葛道长对你最赞赏的也正是这一点。”

“天弼愧不敢当。我只是努力按照古爷的教训去做。其实,师母是该知道的,我曾干了许多错事,常常陷入悔恨之中不能自拔……”

“人非圣贤,孰能无过?迷而知返,得道未远。你毕竟年轻,又严于律己,一定会成为古爷所期望的那种人的。”

“师母的话,我会牢记心上的。”

“不管怎么说,你这次对太清宫立下了大功。葛道长说,以你这不凡的身手,不愁没个进身机会。他打算同晋昌说一说,给你寻觅一个施展才干的职位。”

“晋昌?盛京副都统吗?”

“是的。葛道长同他有私交。葛道长说,这个人光明磊落,刚正不阿,一腔为国为民之心。他公开支持拳坛,发誓与拳坛一起保国土、逐洋人。因而,他的麾下很需要你这样武功超群和有勇有谋的年轻人。”

“国家兴亡,匹夫有责。如果晋昌副都统给我这个机会,我是不会叫葛道长和师母失望的。”

“我相信。”

“师母刚才提到拳坛,不知葛道长说没说今天上午的祭典……”

“哪能不说?上午寻衅的人更多,亏着拳坛的人出手,把他们打得丢盔卸甲,折臂断腿,没有一个能冲进山门。等葛道长在祭典结束后走出山门,连个尸首也没见着,清洗血迹却用十几个人干了整整两个时辰。”

“拳坛的人这么厉害!而且又干得这么利索!”

“显然个个是能人。”

“我该同他们认识认识。”

“这样的机会会有的。”

“但不知葛道长几时去见晋昌。”

“得让葛道长忙过这一阵。”

“我会度日如年的。”

“别那么性急。总要有个过程嘛。再说,你也该休息几天才是。”

一直默默坐一边连筷子也没动一下的古竹韵突然说道:“师兄这几天只

怕休息不了。”

“韵儿!”萧夫人制止道,心里已猜出古竹韵要说什么。

“妈妈,”古竹韵说道,语气和态度都很固执,“这是我和师兄之间的事,您就别管了。”

“可是……”

“师母,”赵天弼说道,“让师妹说完。——师妹,你有什么事要我做,就尽管说吧。”

“陪我去锦州。”

赵天弼心头一震。

“去……去锦州?”

“我以为你不该这么吃惊。”

“吃惊?”赵天弼说道,尽力掩饰着内心的慌乱,“是的,我很吃惊。”

“你不是说姜海山在锦州吗?”

“不错。姜海山在锦州确是事实。只是……我没料到师母这么快就告诉了你。”

萧夫人半后悔半惭愧地垂下眼帘,叹口气说道:“是呀,我不该告诉韵儿。都怪我心急,忘了韵儿的犟脾气。”

“我的意思绝不是埋怨师母。其实,这样……或许更好。这事迟早得让师妹知道啊!”

古竹韵说道:“总之,我已经知道了。”

“也就是说,师妹决定去找姜海山?”

“对。”

“什么时候?”

“今晚就走。”

“韵儿!”萧夫人叫道,“你不觉得有点儿太任性了吗?”

赵天弼没等古竹韵开口,抢先说道:“我理解师妹的心情。师妹的决定也无可非议。我愿陪师妹一行。”

“天弼!”萧夫人嗔怪道,“韵儿使性子,你也糊涂?”

“师母,这怪不得师妹。让姜海山这样的衣冠禽兽逍遥自在地活在世上,对师妹不是太不公平了吗?”

“姜海山毕竟是你们的师兄!”

“有这样卑鄙行径的人不配做我们的师兄。”

“天弼！……”

“放心,师母。我相信师妹会有分寸的。——不过,师妹,今晚就走大概不行。不可以缓几天吗?”

“为什么?”

“我怕太清宫还需要我。葛道长说,三天后还要为郭祖金身送驾呢。”

“郭祖金身已送回石塔了。”

“什么！师妹是说……”

“祭祀典礼一完,就举行了送驾仪式。”

“葛道长该知会我一声啊。”

“这也是临时决定。”

“提前送驾……”赵天弼沉吟道,“临时决定……看来,葛道长真是个精明绝顶的人,外人是料不到他会这样做的。”

“葛道长要在下午赶赴铁岭。”

“去铁岭?”

“去替一位有权势的人的亡母做法事。”

“这有权势的人是……”

“葛道长没说是谁。我也没心思问这些闲事。总之,他必须走。他一走,潘监院当然不放心,就决定提前送驾了……”

“是这样……”赵天弼说着,咬了咬嘴唇,心里免不了涌动起怨恨、失望和无奈之情。

“师兄,”古竹韵说道,语气中似乎带着讥诮,“你还有别的不便抽身的事情吗?”

“师妹误会了。我不是有意推托。既然葛道长那边不再需要我,还能有什么事情比陪师妹去锦州更重要呢?”

“那就好。你吃完饭,咱们就起程。”古竹韵说着,站起身来。

“等一等!”萧夫人抬头说道,脸上露出凄然的神色,“韵儿,你非要去,妈妈也拦不住。有天弼陪伴,妈妈也可以放心。可明天就是中秋节,你就忍心在这团圆之日丢下妈妈和刘嫂对月枯坐吗?”说着,眼泪簌簌落了下来。

古竹韵见状,心里一阵搐动,也忍不住汪然欲涕了。自从住进这座小院,整整三年的时间,她和母亲终日为伴,一天都未曾分离过。母亲正值盛

年失去感情笃深的丈夫，她则情窦乍开心上人一去不返，两颗落寞之心使她们在母女情深外又多了几分相依为命的内容。现在要她们骤然分开，且非一朝一夕，不要说感情脆弱的萧夫人，就是自认坚忍的古竹韵也是难以承受的。而且，她又猛然记起，刘成收租至今未归，发生了什么事尚不得而知，如果就这样丢下母亲甩手而去，不仅情理上说不过去，她的心里也不会踏实的。讨伐姜海山与母亲的安康哪个更重要呢？这是略作比较即可得出结论的。可她却一心想着去惩罚背叛誓言和爱情的姜海山，忘记了需要慰藉和保护的母亲，险些做出连她自己都不能原谅的荒唐事！她为什么不能把去锦州的时间推迟到刘成回来之后呢？难道锦州和马玉崑大营会在这几天内从世上消失不成？看来，姜海山在她心里依然占据着太重要的位置，而“讨伐”和“惩罚”也者，并非是她急如星火的锦州之行的唯一的和真正的出发点，其内里还隐藏某种希望，希望证实赵天弼是在编造谎言，希望证实姜海山不是无情无义的人。或许正是这种隐藏着的却又十分强烈的希望，掩盖住了对母亲的感情，丧失了她的理智。这是她不愿承认却不得不承认的。

古竹韵这样想着，羞愧地垂下头，自责地说道：“妈妈，都是女儿不好……我陪妈妈过节，等刘成回来我再走……”

刘成是在农历八月十八日夜里回来的。古竹韵决定第二天走。萧夫人没再说什么阻拦的话，只是一再叮咛他们，路上要小心，早些回来，别太难为姜海山。古竹韵连连点头，她说，她仔细计算过，加上各种可能出现的阻隔，往返也不会超过八天，请母亲放心。

算起来，他们的行期因为等刘成推迟了五天。这五天，对古竹韵无疑度日如年，而心怀鬼胎的赵天弼却巴不得再推迟五天甚至更长些。但不管古竹韵焦急也好，赵天弼心虚也好，于农历八月十九日清晨，他们终于骑马登程了……

14

葛月潭在铁岭赵府做了七天道场，于农历八月二十三日回到盛京太清宫。他见过潘监院后，走进自己的禅房，席未暇暖，便见知客道士把刘成引入。刘成说，萧夫人估计葛道长这两天回来，请他在方便时过府一晤。葛月潭在铁岭时，曾与赵尔巽几次详谈，正有些话要对萧夫人讲，当即随刘成来到古家小院。

当萧夫人告诉他，古竹韵和赵天弼在五天前去了锦州时，他感到异常惊讶，立刻觉察到自己先前的疏漏。

说起来，还是那天上午，他被萧夫人领进西厢房之前，便该猜出，姜海山的消息肯定是赵天弼提供的，因而该寻找个机会仔细追问一番，待问出个端的，再选择一个更为合适的途径，比如通过盛京副都统晋昌代为核实这一消息，然后再作区处。那样，也就不必由古竹韵亲自出马，贸然去锦州闯军营甚至可能惹出是非了。可当时，他一走出萧夫人的房间，脑海里就只剩下郭祖祭典这唯一的内容了，竟未能把姜海山的消息同赵天弼联系起来！在那之后，紧张的祭祀活动和匆匆北上铁岭，也未能再想起这件事。

但后悔何及？盛京到锦州只有两三天的路程，古竹韵早该置身锦州，该发生的事早就发生了。

“这都怪贫道……”葛月潭深感内疚地说道。

“要怪，也怪不到葛道长身上啊。”萧夫人说道。

“贫道是可以阻止他们这次轻率的举动的。”

“韵儿的脾气，葛道长不是不知道……”

“其实……我是可以通过官方很快证实这一消息是否确切的。”

“听葛道长的话，好像对这一消息抱有怀疑？”

葛月潭没有立即回答，但在他心里，对这一消息确实有点儿不以为然。

他多次听萧夫人说起姜海山,其间虽免不了有溢美之词,但这个年轻人绝非刁滑伪善之辈是错不了的。如果姜海山稍有邪念,势必会把古剑雄的遗产据为己有。要知道,关于这份遗产,连萧夫人和古竹韵都一无所知,而姜海山想得到那块刻有古竹韵生日的玉佩,也不是件难事。很难想象,一个对唾手可得的大笔财产毫不动心的人,竟会干出不仁不义的事来!说姜海山在锦州马玉崑麾下当标统且已娶妻生子,葛月潭是无论如何也不敢相信的。可是,他又拿不出否定这一消息的根据来。原来还有一个齐蓬莱可能是姜海山的猜测,见过齐蓬莱后,这一猜测已化为泡影。而且,姜海山的下落是赵天弼提供的。赵天弼在太清宫危难之际勇斗强敌而不惜身,勋劳卓著而不邀功。如此大义凛然的人,怎么会凭空编造谎言呢?何况,正是赵天弼陪着古竹韵去锦州的,显然对此事的确切性是心中有数的。萧夫人和古竹韵不是也都相信了吗?他葛月潭有什么理由怀疑赵天弼呢?不过话说回来,如果赵天弼所言不虚,那么姜海山究竟为什么要背叛萧夫人和古竹韵呢?他们之间一无仇隙,二无龃龉,唯一的可能就是姜海山根本不喜欢古竹韵,所谓去山东替古剑雄报仇和不同来盛京,只是为了摆脱古竹韵。这似乎更不可信。除非姜海山在古家镖局之前就有了意中人。果真如此,又没有任何隐瞒的必要。他同意做古家女婿时,古竹韵还是个情窦未开的少女,他也不是唯一的人选,完全可以婉谢这门婚事而不给自己制造麻烦也不给古竹韵带来痛苦。是的,这种事实在太令人费解了。但是,要说姜海山不可能做出泯灭天良和出尔反尔的事来,那么,必定是赵天弼无中生有,其目的无疑是企图乘虚而入,做古家上门女婿和继承古家财产。可赵天弼同样不像包藏祸心、伤天害理的小人,他至少应该明白,纸里包不住火,谎言迟早要被揭穿的,一旦证明他是心险而诈的人,又去何处找到退路呢?要编,他完全可以编一个姜海山客死他乡的故事嘛。是的,赵天弼不会这么蠢,更不会这么坏。在他葛月潭的心里,姜海山和赵天弼是难分轩轾的,而且,对姜海山是耳闻,对赵天弼是目睹。他不相信赵天弼会骗人。他甚至在从铁岭返回的路上曾想,要是再无姜海山的消息,劝古竹韵嫁给赵天弼倒是最好不过了。因为一个消失了三年的人,要么已命归地府,要么是有意与自己的过去彻底决裂,根本再无等待和寻找的必要。

葛月潭想到这里,没有直接回答萧夫人的问题,却突然问道:"姜海山在锦州,是赵天弼亲眼所见吗?"

“这……”萧夫人沉吟道，努力回忆着那天早晨同赵天弼谈话的情景，“他好像……好像只是说姜海山在锦州，没说是不是亲眼所见。但我想……”

“唔，这就有两种可能。”葛月潭抢过话头说道，“一是目睹，一是听闻。道听途说就未必准确。即使锦州军营真有一个叫姜海山的标统，又怎么肯定不会是同名同姓呢？”

“真是的。”萧夫人也意识到自己太不细心了，便自怨自艾地说道，“我怎么就没问问清楚呢？”

“而且，如果姜海山躲避夫人和小姐，他该走得远远的，为什么要在离盛京这么近的地方投军呢？”

“是啊，”萧夫人点头道，“这是有点儿不近情理。”

“还有，以萧夫人所见，姜海山是不是一个无情无义之徒呢？”

“不。不该是这种人。他跟韵儿爸爸十来年……天哪！我这是怎么了？我怎么就相信赵天弼的话了呢？”

“赵天弼也不会凭空编造，他是贫道所见到的最可信任的年轻人。所以，贫道说他可能是听闻。”

“可是，这姜海山究竟到哪里去了？”

“他已是三年杳无音信了？”

“是的，整整三年了。”

“他说去替师父报仇，对吗？”

“他发过誓。”

“这本身就隐藏着两种结局。”

萧夫人骇然道：“葛道长是说姜海山已经……”

“贫道原曾怀疑他还活着，且已更名换姓。但细细想想这个人，他要去办的事，以及整整三年不见踪影，还是成仁的面大些。”

“噢，老天爷！要是那样，我反倒希望锦州那个人真是他。”

“不过……”葛月潭见萧夫人痛入心扉的样子，便话题陡转地说道，“这些全部是推测。待古小姐——唔，萧夫人是说他们往返不超过八天？”

“这是韵儿亲口说的。”

“也就是说，三五天内就能回来。”

“是的。韵儿是不会在外耽搁的。”

“到时自会有个分晓的。我们就等一等吧。”

两人默坐了片刻后，葛月潭又问道：“萧夫人找贫道来，还有别的话要说吗？”

萧夫人从沉思中抬起头来，说道：“有的，有的……我想问问葛道长这次去铁岭……”

“这事萧夫人不问，贫道也是要说的。不过，萧夫人此刻心神不宁，或许以后再谈更好些。”

“是啊，脑袋里乱糟糟……刚才——唔，不瞒葛道长，我近来也时常想，姜海山一去不返，十之八九已不在人世了。但又不愿不敢相信这种可怕的预感。——刚才葛道长一分析，我也不得不相信，姜海山为了韵儿的爸爸可能早已丧身敌手。我这心……如何宁帖得了？那么个好孩子……”

“贫道说过，这也只是推测。”

“这打打杀杀的事，哪有个准儿？一失手就是一条命啊！我当初也不该同意他去报这个仇……但还是先不谈这事吧。我想问问葛道长，赵尔巽……他究竟是不是真心实意认韵儿做女儿？”

“萧夫人对此还有怀疑吗？”

“这关系到韵儿一生的幸福。这几天我不断在想，赵尔巽高官厚禄，妻妾成群。韵儿却一直生活在我们这样平民百姓家庭，又娇宠惯了。如果到赵府……”

“萧夫人的顾虑贫道能够理解。萧夫人尽可放心。赵尔巽和孙夫人喜欢小姐，这自不必说。他们的为人萧夫人也很清楚。赵府虽大，但赵尔巽系长房，在赵府的权威是不必怀疑的。而且，孙夫人容止汪洋、善气迎人，又出身名门、知书达理，深受赵府上下尊敬，在内眷中是事实上的执牛耳者。有这样两人的庇佑，小姐哪里会受到委屈呢？”

“葛道长这么一说，我的心就踏实多了。”

“赵兄还说，待服满开复后，将带着小姐同赴任所。”

“这就更好。否则，韵儿在赵府会感到孤立无援的。”

“考虑得如此周到，说明赵兄是有诚心的。”

“我相信了。只是韵儿……”

“萧夫人还有什么为难之处吗？”

“韵儿已是快二十的人了，婚事也是足堪忧虑的。”

“赵兄说,为了叫小姐在他后半生不离左右,要在身边找一个可信的年轻人为婿。”

“可是,韵儿好像对姜海山并不死心。”

“那是因为她认为姜海山还活着。”

“我也一直存在希望。否则,我也不会相信姜海山竟在锦州……”

“总之,不管那人是不是我们要找的姜海山,小姐也不必等待下去了。”

“是啊,一是移情别恋,一是命归黄泉……这……这哪一种结局都令人肝肠寸断!”

“却又是必须接受的事实。”

“但愿韵儿能承受得了这种打击。”

“小姐会渡过这一难关的。”

“到时,还得请葛道长多多开导才好。”

“当然。”葛月潭说道,深思了一会儿,“贫道有一个想法,不知当讲不当讲?”

“我们母女早已把葛道长当作家里人,不须有什么避讳的。”

“刚才萧夫人提到小姐的婚事,贫道倒觉得赵天弼是个合适的人选。萧夫人一定很了解这个人,他是否当萧夫人的意呢?”

“当年,韵儿的爸爸最器重的就是姜海山和赵天弼,既然姜海山……不过,我发现韵儿不是很喜欢赵天弼……而且,这事恐怕要由赵尔巽做主了。”

“贫道也想到这了一层,所以,推荐赵天弼去做赵兄的贴身护卫。赵兄也已慨允。”

“他也同意让韵儿嫁给赵天弼?”

“不。现在谈婚嫁为时尚早。这需要时间,需要小姐和赵天弼两心相悦才成。”

“贴身护卫……”萧夫人沉吟道,突然蛾眉一挑,露出惊骇的神色,“葛道长刚才是说让赵天弼做赵尔巽的贴身护卫?”

“贫道相信,赵天弼会赢得赵尔巽的欢心的。”

“不。这不行!”

“不行?”

“绝对不行!”

“有什么特殊的原因吗?”

“有的,只是请葛道长暂时不要追问。”

“好吧。贫道不问就是。”

“我真笨!这两个人,韵儿是不能兼得的。”

“萧夫人这话……”

“唔,等一等,等一等。”萧夫人紧蹙眉头,满腹怀疑地盯着葛月潭,“听葛道长的话,赵尔巽似乎对我们母女的事知道很多,甚至好像明天就要接韵儿去赵府……”

“这……”

“是不是葛道长……”

“不。不是。萧夫人知道恒顺客栈的钱老板吧?”

“是他?”

“他是赵兄的同乡和挚友。他不仅对萧夫人和古小姐的情况一清二楚,还知道贫道常来常往。”

“是啊,这原是应该料到的……那么,赵尔巽对葛道长一定很不满吧?”

“这却没有。他估计贫道守口如瓶一定别有缘故,因此,他再三考虑,还是没有在回铁岭前闯进这所宅子。”

“那是因为他自信已经得到了韵儿。”

“他希望得到的是两个人。”

“你说什么?”

“当贫道把萧夫人让小姐回到生身父亲身边的决定转达给他的时候,他深为感动。他说,既然古剑雄英年早逝,萧夫人又孀居多年,正该与小姐同归赵府,共享天伦之乐……”

“这是绝无可能的。”

“萧夫人为了小姐,应重新考虑……”

“我正是为了韵儿在我死后能有个依靠,才……”

“萧夫人这话言之过早。”

“葛道长应该清楚,我这病入膏肓之体,熬不了多久了……”

“总会有法调治的。”

“再说,我习惯了清静。失去了这种清静,我的生命也就完结了。”

“萧夫人……”

“请葛道长不要再劝我了。我决心已定,不会改变的。唔,还有,请葛道长得便时转告赵尔巽，暂时不要到这里来，容我慢慢劝说韵儿。他如急急跑来，不仅于事无补，还可能增加新的麻烦。欲速则不达呀。”

“贫道会转告的。贫道该告辞了。对了，小姐回来时，请打发刘成知会贫道一声。”

“那是自然的。”

15

萧夫人知道，这出门的事，有时会遇上意想不到的阻隔，并不指望古竹韵和赵天弼能提前回到身边，却也没料到他们会超过时限。因为按路程计算，八天的时间该是绰绰有余的。但十天过去了，还不见他们出现在门首，萧夫人的心就难免有点儿七上八下。在坐立不安和联翩的噩梦中熬到第十五天，依然没有这两个人的踪影，萧夫人是再也忍耐不住了，眼前不断幻化出种种恐怖的令她胆战心惊的场面。她感到末日将临，精神就要崩溃。刘成夫妇虽然目不交睫地竭力服侍和说了许许多多安慰的话，对她却丝毫不起作用。她急需见到葛月潭。在这种时候，除了葛月潭的点化，再没有任何别的外力能够使她支撑下去。而葛月潭已经十来天没进入这所院子了。她准备让刘成去请葛月潭，但略一犹豫，还是决定亲自去，不过，她没有拒绝刘成的扶持。

葛月潭当然不会忘记萧夫人和古竹韵，不会忘记这双母女正经历的和即将面临的种种难题。但从铁岭返回后，他太忙了。各地来的道士都等着和他讨论经文，同参佛理；义和团也因拳坛供奉诸神中有吕祖神位而时常派人来向他请教道教之精微；更有洋教堂雇用的流氓不断到太清宫滋扰而需他常备不懈和及时排解，因而他忙得不可开交，几次想去古家小院而不克分身。

当他骤然看见身体虚弱的萧夫人在刘成搀扶下走进他的禅房时，理所当然在他心里产生一阵愧疚。继而看清萧夫人不仅脸色苍白且惶恐不安和六神无主的样子，立即猜出其中的缘由，心房紧缩起来，不由得倒抽了一口冷气。

“小姐还没有回来?”他脱口问道，语气中充满了担心。

“半个月了!”萧夫人颤着声音无力地说道，“可说好……说好是八天啊……”

“是啊,早该回来了。”

“一定是出事了!”

“这倒未必。”

“未必?天啊!”

“别着急。先请坐下。”葛月潭说着,把目光转向刘成,“扶萧夫人坐下。”

刘成照办了。

“我没有一点主意了。”萧夫人边坐边说道,“请葛道长快想个办法吧。”

“会有办法的。让贫道想想,想想……”葛月潭沉吟着说,缓缓踱了两步,“按说,以小姐和赵天弼的武功,路途中是不会出事的……”

“世事难料啊。当年韵儿爸爸……”

“萧夫人不要尽往坏处想。”

“可是,整整十五天了!”

“也许……他们有什么事耽搁了。”

“有事?”

“贫道是说,他们可能办别的什么事。”

“不会的。除了找姜海山,没有别的事。”

“找姜海山……唔,对了!”

“对了?什么对了?”

“贫道一着急,竟忘了那个姜海山是个标统!”

“这有什么关系?”

“萧夫人请想,标统不是个低微的军职,是不容易见的。小姐又急于找到这个人,而且心怀怨恨,弄不好就会触忤了军营的规矩。所以,要说出事,只能假定他们在军营里惹出了麻烦。”

“葛道长说的有道理。可要真是这样,不是也很可怕吗?那是军营啊!”

“军营毕竟不是杀人越货的强盗,总要问明情由,查清来路才会处置的。看来,这事只能请晋昌出面了。”

“晋昌会帮忙吗?”

“贫道多少还有点儿面子。”

“那就只好有劳葛道长了。”

“事不宜迟。贫道这就进城。如果需要,贫道就陪晋昌同去锦州。”

“要是没有葛道长,我真不知道能不能挺过明天……”

“萧夫人一定要挺住。小姐不会有事的。走吧，贫道就便送萧夫人出山门。”

萧夫人虽然情绪已趋向稳定，但心知葛月潭预料的和将去进行的均为未知数，真正安下心来还是做不到。所以，她依然需要刘成的搀扶。

三个人很快走出太清宫山门。

在他们将要分手各自东西的时候，正有一辆华丽的马车朝山门驶来，并很快停在他们的眼前。

御者跳下座位，打开车门。有一个人踏着车门下的踏板，跳到地上。

不仅是葛月潭，连萧夫人也一眼便认出此人正是二十年未见面的赵尔巽。但事情太突然，两个人都怔住了，一时腿不能迈步，口不能出言。

赵尔巽也看到了在葛月潭旁边站着一个被搀扶着的妇人，他以为这一定是来太清宫问卜或求医的病妇，并未留意，而是径直走到葛月潭面前。

“贤弟是要出去吗?”赵尔巽问道，连抱拳的虚礼也省略掉了。

“贫道正要进城。”

“有急事?”

“很急的事。不过，兄台为什么匆匆大驾光临，不是说好……”

“说好静候贤弟的回音。可愚兄实在等不及了。既然已经知道韵儿母女……”赵尔巽说到这里，意识到不该让一个毫不相干的病妇听到关系自己隐私的话，便收住话头，并朝那个不识趣地站在那里动也不动的病妇看了看。这一看不打紧，他险些惊叫起来，这正盯着他的满脸病容且不知所措的女人，不正是他二十多年来念念不忘、新近又让他添上几分相思的萧五妹吗？他当即丢下葛月潭，一步跨了过去，想牢牢抓住那双同脸色一样苍白的手，但他犹豫了一下，还是有点不情愿又有点无奈地收回刚刚扬起的双臂，把双手交叉在一起很不自在地放在胸前，总算没有忘情到把朝廷重臣的气宇和风范顿失殆尽。

“五妹！你是……萧五妹！我不会认错，你就是萧五妹，对不对?”

他从萧夫人眼睛里看到了肯定的回答。

“已经二十年了！你并没有太大的变化。即使在大街上，在人群里，我也能一眼认出你来。可是，五妹，你好像……有病?”

萧夫人点点头，启齿说道：“病得很重……”那语气与其说是无奈的凄凉，不如说是认命的冷漠。

“你这二十年一定吃了很多苦吧?”

萧夫人摇了摇头。

“都怪我。”赵尔巽轻叹一声说道,“都怪我气度不够弘阔。我不该让你们远走塞外……”

“不怪你。”萧夫人说道,声音依然平静如水,“我也没曾后悔……”

“我明白,明白。如果当初你们……唉,过去的事,就不去提它了。今天……这也许是天意吧,我们终于又相逢了。看得出来,眼前对你最要紧的是调养好身体……”

“我已经不久于人世了。”

“说什么傻话!有我,有夫人,你会很快好起来的,你还年轻,不到四十岁吧?还有很长的日子呢。”

“我太累了。早就活得厌倦了……”

“五妹!你在说什么?”

“在说实话。赵老爷。”

“赵老爷!你怎么还这样称呼我?我这次来……”

“你不该来的,赵老爷。你不该这么急。”

“我怎么能不急?看到你……”

“赵老爷,我跟葛道长说过,我需要时间去劝说韵儿。”

“可听你的话,你连自己也没劝说好!”

“劝说好了。否则,我不会忍痛割爱的。二十年……韵儿跟我相依为命二十年啊!可我……还是决定把她还给你……”

“五妹!我要你也回到我的身边!”

“赵老爷,我不再是陪嫁娘。”

“我是在求你。让我们和韵儿一起商量商量吧。”

“你现在不能见韵儿。太急了只能增加困难。再说,韵儿不在家。”

“不在家?”

“而且,生死未卜。”

“什么!生死未卜?”

“我正是为了这件事来找葛道长的。赵老爷,你请回去吧,不要耽误了我们的时间,葛道长要尽快进城呢。”

“贤弟!”赵尔巽转向眉垂目合的葛月潭说道,“快告诉我,究竟发生了什

么事？韵儿在哪儿？怎么了？”

“这事三言两语很难说清。”葛月潭说着，略一思忖，“要不这样，请萧夫人先回府，兄台和贫道一起进城去见晋昌。路上，我再详细讲述。”

“见晋昌和韵儿的事有关吗？”

“是的。”

“那就快走吧！”赵尔巽说着又转向萧夫人，“五妹，我回来还要去看你。”

“不。”萧夫人说道，“千万不要去……”

“我一定要去的。你们母女该结束孤独寂寞的生活了。——明新贤弟，我们上车。”赵尔巽说完朝车门走去。

“走吧，有兄台的车，会快些。”

“可我真不明白。韵儿的事怎么要牵扯晋昌！”

“简单地说，小姐去锦州找一个人，怕是在军营惹出了麻烦。”

“锦州军营？”

“是的。”

“等一等。”赵尔巽把刚刚接触马车踏板的脚又放下来，回身盯着葛月潭，“贤弟是说韵儿在锦州军营惹出麻烦？”

“是的。”

“我们去请晋昌出面疏通？”

“是的。”

“贤弟该早说。我们不必进城了。”

“为什么？还有别的途径吗？”

“晋昌未必就在任所，在也未必立即出面，立即出面也不会日夜兼程赶往锦州……”

“兄台的意思是……”

“我亲自去。这最合适。”

“可是……这要不要征得萧夫人同意？”葛月潭说话的声音很低，显然是要赵尔巽亲自对萧夫人说，以便使这两个相别二十年的人以一个共同关心的问题为契机，感情迅速靠拢一些。

“韵儿是我们共同的女儿！”赵尔巽说道，虽然并未完全理解葛月潭的苦心，但却有意把声音提得很高，足以使萧夫人听得十分真切。然后，他又向萧夫人走了几步，“五妹，只有我能马不停蹄赶路，以最短的时间到达锦州。

你可以放心,我不会乘机强迫韵儿认我这个父亲的。"

萧夫人点头道:"你去吧。这样也许更好……"

赵尔巽又说道:"我和马玉崑有交情。这次丁忧返乡途经锦州,我们还曾把樽促膝作竟夜谈。不管韵儿惹了什么事,他也会给我个面子的。不过,你们为什么不告诉我,韵儿要找的是什么人?仇人吗?"

葛月潭代替萧夫人回答道:"小姐想要找一个名叫姜海山的标统,一个忘恩负义的薄幸小人。"

"明白了。"赵尔巽说道。他刚要转身举步,眼睛里却骤然出现了惶惶不安的神色,刹那后,他不无恐惧地叫了起来,"噢,天哪!"

"怎么了,次珊兄?"葛月潭问道。

"我记起来了。马玉崑曾说,他将奉旨南调,他的毅字军也要易帅换防!"

"这很重要吗?"

"岂止重要!军队换防前对一些遗留问题和偶发事件要大刀阔斧地处理,甚至不问情由也不顾及王法的!何况这事涉及一个标统!"

"天哪!"萧夫人叫道,"偏偏赶上这么个节骨眼!我的韵儿……"

"五妹,我会竭尽全力的。"

"那就快去吧!为了你的女儿……"

"我们的女儿!"赵尔巽大声说道,"五妹,你不要太焦虑。也许事情不会那么巧。我原打算到你现在的家里看看,明天再去。但事情太急了。时间就是一切。我必须立即动身。从此刻起,我的马车不到锦州是不会停下来的!"赵尔巽说完,果断地一挥手,大步朝马车走去。

恰在此时,传来一个少女的喊声:"妈妈!葛道长!"

赵尔巽倏然回过头来,见一男一女两个年轻人急匆匆跑过来,站到萧夫人和葛月潭面前了。这两个年轻人虽然满脸灰尘,但赵尔巽还是一眼认出,那少女正是他的女儿古竹韵!

16

古竹韵行前说往返只需八天时间,为什么足足用去了半个月呢?

这话得从头说起。

原来,他们按着对古竹韵来说太慢对赵天弼来说又太快的正常速度,于启程的第三天到达锦州时,驻扎在那里的毅字军大营,早已开拔到别处去了。他们只好找个客栈先住下。赵天弼跑东跑西地各处打听,两天后对古竹韵说,马玉崑总兵已擢调浙江提督,而其部下究竟换防到什么地方,却没人说得出。

其实,赵天弼在同李彪、张作霖离开营口之前,便已听说毅字军要在近期换防。至于换防的具体时间和去处,他作为一个下级军官,是无从知道的。他在东北无亲无故,孤身一人,也没有兴趣非要探听个清楚。当他在萧夫人面前自作聪明地编造一通姜海山的故事之后,曾一度后悔不迭。他担心古竹韵会要他同来锦州找姜海山撒气算账。要是到时马玉崑的毅字军仍驻扎在锦州未动,他的谎言不就败露了吗?果然不出所料,古竹韵真就提出了这样的要求,又不容他推脱和迟延。他不得不作出同情古竹韵和赴汤蹈火在所不辞的姿态,心里却不免犯起嘀咕,到了锦州怎么办?难道还要找军营里的熟人对古竹韵再虚构一个姜海山窃军饷携眷潜逃的故事吗?肯这样帮忙的熟人未必一个找不到,可古竹韵还能再一次轻信吗?如果古竹韵真的看穿了他的把戏,那他只剩下抽身遁去这可悲的最后一招了。看来,他又一次打错了主意。他决定留在古家小院的时候,曾对李彪说,他要让萧夫人和古竹韵相信姜海山已经不在人世。但他又怕编不出一个合情合理的故事。他不知道他离开张家口后,古家镖局经历的一切,不知道师母和师妹为何来到盛京小西关,更不知道姜海山为何离开师母和师妹孤身闯荡;让姜海山病死或被打死都无法自圆其说,说是传闻就没有让师母和师妹确信无疑的力量,说是眼见又有诸多连带的问题,比如患了什么病,凶手是谁,经历何处官府处理备案,葬于何地,等等,等等,都是必不可少的情节,都得说得有鼻子有眼才行;而且,他为什么能眼见,和姜海山的死有无关系,充当了怎样的角色,是否参与了后事处理,也须作出令人信服的解释。是的,这样的故事编得越细,越容易出现漏洞;编得越像,越容易把自己牵扯进去。如果他见过师母便一走了之,当然可以信口开河,也可以避而不谈姜海山;但他想留下,想取代姜海山,又必须说到姜海山,必须编造出叫师母和师妹相信又不会令自己陷入窘境的故事。这便在他的脑海里生了一个当了标统并娶妻生子的"姜海山"来。一开始,他自以为这个故事妙极了,足以使师母和师妹既恨且怒,又无可奈何,试想,一个背盟的薄幸人,还能等他来做上门女婿吗?但后来他又发现这故事还有不完美的地方,为什么要把"姜海山"安排在锦州,而不让他走得更遥远些呢?师母是个与世无争的柔弱妇人,固然不会因为路途近而去找姜海山,可师妹从小就脾气倔强,不言不动,不颦不笑,也会让人感到一股震慑的力量,这样的人做事常常是出人意料的,而且想做的事就一定要做到,她要去锦州,只怕师母也拦不住。

结果,真的出现了这样的局面。

他一路走一路后悔,却想不出任何可以应急的对策。

他万万没想到的是,在抵达锦州正打算找机会脱身的时候,他居然意外地得救了:马玉崑毅字军已经离开了锦州。而且,恰恰是中秋节和等待刘成的五天,使他们和毅字军终成参商,不得相逢。

这真是山重水复疑无路,柳暗花明又一村!

看起来,到底是他赵天弼福大命大造化大,要不,怎能几次遇难又几次呈祥呢?尤其这次锦州之行,事情奇巧得令他自己都不敢相信。这回好了,既然毅字军已是黄鹤一去不复返,他只要想办法延宕数日和永远打听不到毅字军的去向,古竹韵莫不成还要去寻遍大江南北、踏访三山五岳?那他暂时栖身古家小院甚至李代桃僵、鸠占鹊巢的计划就算实现了。

赵天弼如何不喜出望外呢?

但是,在既不肯甘休又恨恨不已的古竹韵面前,他是不能表现内心的欣喜的,而要做出替古竹韵焦急和不忿的样子,并说几句安慰的话。

"竟让他溜了!不过师妹万勿着急,他这种人,逃过我们,也躲不过上天的惩罚。"

“我不要上天帮忙!”

“可是……”

“官府准知道他们换防的地方。”

“这我也想过,但不行。”

“为什么?”

“师妹也该知道,换防是军事机密。我们贸然去询问不是自找麻烦吗?说不定会把我们抓起来的。”

“那我们就去追好了。”

“往哪里追?他们肯定已经进关。知道他们是西行了还是南下了?闯来闯去,不和大海捞针一样?再说,时间久了,我们吃喝成问题不说,师母还不急坏了?”

“那你说怎么办?”这是古竹韵第一次向赵天弼索取主意。

赵天弼说道:“让你就这么回去你肯定不干。但我们要想找到姜海山,首先必须知道毅字军的确切去向。锦州这个地方我们不能再停留了。我们到处打听有关军旅的消息,迟早要被官府的人注意的。我看,我们再去一趟营口。营口军营也归马玉崑管辖,这次也一定移防关内了。我原在营口军营里当过队官,认识一些当地人,求他们帮帮忙,或许能获得我们需要的消息。哪怕得到一点儿线索也好嘛。”

“我们就去营口吧。”

到了营口,他们先找了一家干净而僻静的客栈住下。没等喘口气,赵天弼便携银两急匆匆去找他的熟人了,返回客栈后,满脸喜色地对古竹韵说,几个朋友都答应竭尽全力代为打听毅字军移防何处了。从到营口的第二天开始,每天都有两三个人来见他们,头两天还能说一句“暂无收获,明天再探”这样给古竹韵多少剩点儿希望的话,但三四天后,一个个就只是“有负重托,抱歉抱歉”外加摇头叹息了。

结果,八天之期早已超时,他们依然两手空空,一无所获。

赵天弼急得团团转,一个劲儿骂自己是窝囊废。

古竹韵更是无可奈何。她觉得再在营口枯等下去已没有任何意义。而且,经过这一段奔波查询,她的心情也起了不小的变化。

首先,找不到姜海山,未能把酝酿已久的足以让对方无地自容的尖刻话一泄为快,但在设想中一次又一次手批其颊、口唾其面,姜海山已是狼狈不

堪，古竹韵心里的怒火毕竟不如初离盛京那么炽烈了。她甚至想，一旦见到了姜海山，真能刀枪相见吗？她有充分理由致姜海山于死地吗？如果只是发泄一通，除了使姜海山产生“此事终于了结”的轻松感外，还有别的什么作用呢？或许就让姜海山终生陷于良心谴责而不能自拔、提心吊胆而不得安宁之中，才是最残酷的惩罚。因此，找到姜海山的愿望也不像开始时那么强烈了。

其次，在她心里，也不再觉得赵天弼像癞皮狗那样令人讨厌了。她还记得，让刘嫂打开角门骤然看到门外站着赵天弼的刹那，她差点儿把那三个人全都拒之门外。第三天，她作出让赵天弼陪她到锦州的决定时，曾暗自打定主意，不管和姜海山的事情结果如何，也要在返回盛京前彻底甩掉赵天弼，并警告这个在当年镖局最困难的时候第一个违背誓言掉臂而去的人，如果再踏进小西关那座院落，必落个贯目而亡的结果。是的，她不相信赵天弼。她不相信赵天弼会说真话，更不相信赵天弼能舍身为人消灾。因此，她才在太清宫迎请郭祖金身时，带上满满一袋铅丸，跃上太清宫高墙，隐在树影中，准备一旦发现赵天弼有了乘机窃宝的迹象时，击伤其另一只手腕。但是，她在墙头看到的和她猜测的大相径庭，赵天弼竟十分卖力，打跑了那个唯一的强手后，又腾身而回，勇斗残敌。虽然是她古竹韵的神丸贯目功意外地发挥了关键作用，但在迎战歹徒的众多的人里，赵天弼无疑是功劳最大的一个。大概就是从这一刻开始，古竹韵怀疑自己对赵天弼的评价有欠公允。在锦州，特别是到营口后，她这一想法又得到了进一步证明。她发现，到客栈见赵天弼的全是正经人，从这些人谈话中听出，赵天弼不久前确实在营口军营里当过队官。也就是说，赵天弼若不是被李彪和张作霖胁迫也肯定是硬被拉来打劫赵尔巽的。赵天弼对母亲说的，除了把打劫赵尔巽改成做买卖，其他基本是实话。如此看来，赵天弼还不是黑道上的人，也并非满口谎言。而且，打劫未成，还失掉了官职，虽说自作自受，也总还叫人怜悯。这次同她出来寻找姜海山，更是煞费苦心、竭尽全力了，又不能不令她感动。

所以，古竹韵想，既然姜海山已经远走高飞，军队换防又是平民百姓难以探知的秘密，硬要赵天弼查出下落，真是有点儿强人所难了。而且，在外迁延日久，让母亲日夜担忧，也实在于心难安。

于是，她对赵天弼说道：“我们先回盛京吧。”

赵天弼早就盼望古竹韵说出这句话了。他就像一个临刑的人骤然听到免死令一样，心里一阵狂喜。这无疑说明他的骗局又一次获得了成功。而且，“我们去营口”和“我们回盛京”，在形式上几乎是相同的一句话，但这两个“我们”却有着截然不同的内涵。前者是“我”和“你”临时的甚至不得已的组合，其间“我”对“你”的不信任感是十分明显的；后者则是作为师妹的“我”对“你”这位师兄的重新接受，即使师兄妹间的关系暂时没有或永远不会有更深一层的发展，至少对师兄同回小西关表示了真心的欢迎。赵天弼听明白了古竹韵这句话，当然是大喜过望。他确信，他从此可以在古家小院安心住下去，不会再有人对他冷眼相待了。而且，在奔赴锦州前等待刘成的几天里，他了解到，古剑雄给妻子和女儿留下的不仅仅是一个院落、两个仆人和足用的银两，还有附近一个屯子的全部田产。这个屯子叫宝石沟，二十三户佃农种着古家五百亩良田，每年都有一笔可观的进项。当年，他竟对古剑雄为女儿备下这么一份丰厚的嫁资一无所知，否则，他定会在暗助德州刘镖师刺杀古剑雄后，与姜海山一决雌雄的。他和刘镖师讲下的条件便是由他提供古剑雄的行踪，刘镖师则只刺杀古剑雄，把古剑雄的财产和女儿留给他。古剑雄死后，他才知道，古家镖局除了十几间砖瓦房，别无所有。既然发财无望，古竹韵也就失去了诱惑力，与姜海山同室操戈、一争高下也就失去了意义。因而他才决定，把那个不谙风情的冷面小姑娘留给姜海山，自己携带刘镖师暗赠的银两，远离张家口，另寻出路。可是话说回来，即使当时他知道古剑雄在盛京小西关有如此一大宗产业，他就真能如愿以偿地夺到手中吗？要知道，姜海山的武功和机智都在他赵天弼之上。明争，他获胜的希望不大；暗斗，又难免留下痕迹，弄不好，反而会暴露自己为鬼为蜮的行藏。而眼下这种局面岂不更好？不管李彪所说姜海山就在附近是否属实，也不管姜海山为什么不来见萧夫人和古竹韵，反正在这母女二人的心目中，这个古剑雄选定的继承人已是一个忘恩负义、十恶不赦的恶棍了。他赵天弼恰恰在这个时候，被命运推到这双母女面前，并似有神助一样，三下五除二地塑造起完全可以取代姜海山的形象！只要他在日后的表演中不出现纰漏，他的形象就会越来越完美，在张家口失掉的机会也就会顺利地在盛京小西关得到完整的补偿了。当然，赵天弼不会看不出来，眼下，古竹韵只是感激他的义，还没有接受他的情的迹象，也许最终也不会嫁给他。如此俊俏的大姑娘不能弄到手，固属遗憾，但这有什么？待日后把古家产业控制在手里，再想办法摆脱师母和师妹，那时，什么样的漂亮女人买不到?！但眼下离

这个目标的实现还有很大距离,他必须在回到小西关后,进一步哄住师母和师妹,争取尽快取代刘成,管理起古家产业,然后待机而动。

赵天弼这么想着,在返回盛京的途中,当然要对古竹韵更加关怀备至,好好表现一番了。

就这样,他们在第十五天头上,又双双返回到盛京小西关古家小院。他们听刘嫂说,萧夫人担心他们出了事,让刘成扶着到太清宫找葛道长想办法去了。古竹韵感到很内疚,擦了一把倏然涌出的泪水,房门也没进,就和赵天弼飞步赶到太清宫……

17

萧夫人见古竹韵和赵天弼从天而降一样来到面前，而且完好无损，自然大喜过望，十几天的牵念和正在无限膨胀的恐惧霍然而除；她心头一阵热辣辣的搐动，喉头一哽，鼻子一酸，又引出两行泪水。

古竹韵也是热泪盈眶，她紧紧握住萧夫人冰冷的双手，凄楚地说道："妈妈，您又瘦了……"

"韵儿。"萧夫人呻吟般地唤道，身体依然颤抖不止，"妈妈……好害怕呀！"

"都怪女儿不孝顺……"

"是妈妈担不了事。"

"妈妈，我再也不离开您了。"

"这就好……唔，你……找到姜海山了？"

"不，没找到。军队换防了，不知去向。"

"这更好，更好……"

"妈妈说得对。也许我本来就多此一举。"

"事情总算过去了。你回来，大家都放心了。你知道，葛道长也很着急呀！"

"我们都很着急。"葛月潭说道，"小姐的父亲更着急。"

"父亲？"古竹韵看着葛月潭惊问道。

"你的生身父亲。"葛月潭说着，朝赵尔巽看了一眼，似在提醒对方不要放过眼前这个难得的机会，做出主动的姿态去培养父女感情。可赵尔巽正目不转睛地凝视着古竹韵，根本注意不到他的眼神。他只好重又转向古竹韵，替赵尔巽说出下面的话，"刚才，他正要坐马车亲自去锦州救你。"

"救我？"

古竹韵的惊讶变成了迷惑,多少还带点儿慌乱。她不自觉地朝赵尔巽看去,同时慢慢松开萧夫人的手。她刚才向萧夫人跑过来时,是看到了那辆马车的,也看到马车门口处站着一个人,当时她泪眼模糊,分辨不出那人的面目,也无心去分辨。但她无论如何也料想不到,在此时此地,她的生身父亲赵尔巽会同母亲和葛道长站在一起,而且,正准备去锦州救她！而且,那双慈祥的温和的充满爱意和激动的眼睛,正紧紧盯着她,眨也不眨一下,像在期待着什么。期待着什么呢？是期待她叫一声“爸爸”,还是期待她过去说一声“谢谢”？倏然间,她似乎明白赵尔巽出现在这里的因由了。可是,妈妈为什么要这样做？即使她和赵天弼真的在锦州出了事,也不一定非求助于赵尔巽呀！难道就想不出别的办法了吗？妈妈是知道她不认赵尔巽为父的决心的,为什么又要同这个人发生联系？如果这个对她陌生得犹如路人的赵尔巽,利用这次所谓“救女儿”为契机,闯进她和妈妈的生活,以后还会有平静的日子吗？

古竹韵想到这里,迅即转过脸来,把疑惑不解和抱怨的目光投向萧夫人,那样子分明在责问:“妈妈,您为什么要这样做？”

萧夫人预料到古竹韵一定会产生误解,因此,无须细加分析,就能破解出向她扑来的目光里的内容。她知道,她必须作出解释。

“韵儿,”萧夫人说道,声音足以让赵尔巽听到,“我们先后来找葛道长,偶然碰到一起。我和葛道长都以为你和天弼在军营闯下了祸……他……他认识马玉崑总兵,他说……他能救你。我不能拒绝他。他……他是你爸爸……”

“妈！我的爸爸叫古剑雄。”

“那是你的养父。”

“我只有一个爸爸。”

“韵儿！……”

“别说了,妈妈。您肯定没有请他来吗？”

“他觉得他有责任救你。你是他的……”

“妈妈！是我自己平安归来了。”

“可他……是真心要去救你。”

“现在不需要了。”

“因为你回来了。这是谁也没料到的。”

“也就是说,我们并不欠这个人什么。”

“韵儿,怎么可以这样说话!”

“事实如此,妈妈。”

站在车门口的赵尔巽,听着近在咫尺的一双母女的对话,觉得似有一股股寒流向他袭来,仅仅一两分钟前见到古竹韵突然出现面前产生的喜悦、庆幸,以及有可能就要和女儿相认的幻想带来的激动,顷刻间飞到了九霄云外。紧接着,他的心房又全被感情失落的空荡和被所爱的人抛弃的悲哀笼罩了。这种空荡和悲哀,他曾有过一次体验。那是二十年前萧五妹的出走。但这其间有着程度甚至本质上的不同。他固然喜欢萧五妹并曾同床共枕,但那毕竟开始于一个男人肉体的需要与一个女人(且不说是个少女吧)动人心魄的姿色的撞击,他也毕竟没对萧五妹迷恋到一旦失去了就会痛不欲生的地步。他不否认,萧五妹走后他有过强烈的思念;同样的,他也必须承认,时间久了,就淡忘了,不再想了。这次丁忧返乡,一个偶然事件使他意外地获悉,萧五妹就住在盛京小西关,且孀居多年,便暗下决心,一定要把萧五妹接到身边,其中未必没有旧情复萌渴望重效于飞的成分,更多的却是对萧五妹孤立无援和举目无亲的同情,希望这个他曾喜欢过、亲近过的女人能获得一个有人保护,有人关心的晚年。而眼前的古竹韵,对他完全是另一码事,完全是另一种感情了。萧五妹走时带着身孕,而且是他的骨血,他是知道的。但这个胎儿生没生下来,是男是女,长成了芝兰玉树还是朽木粪土,他无从知道,也设想不出来,更料不到有朝一日会骨肉相逢。当他看到几个儿子个个学业有成,均为国器,且纷纷远离故土去为国效力,意识到自己落寞的晚年将临时,曾希望有一个女儿守在身边,为他保留点儿天伦之乐。这时,他同样没能想到萧五妹会不会给他生个女儿。他越来越觉得不能生个女儿实在是人生最大的憾事,而他却没有生女儿的命!因而,在他突然获知自己真有女儿,这女儿正活生生站在面前时,如何不惊喜万分?不要说这女儿花容玉貌、我见犹怜,更不要说正是这身怀绝技的女儿在他生命和财产受到威胁时救了他,仅仅是血缘中永在的亲情也会使他的父爱燃烧得烈火般炽热。他意识到,从见到女儿这一刻起,他不能再没有女儿,这女儿将成为他生命的一部分,甚至是全部,失去这个女儿,就等于失去了生命。这父爱的爆发既迅猛又强烈,足以使他心灵震颤、热血沸腾;如果爱的对象拒绝给他以报偿,也足以使他的精神和肉体彻底崩溃。

因而,当古竹韵犹如利箭般的话刺向他的心房时,他险些昏厥过去。他

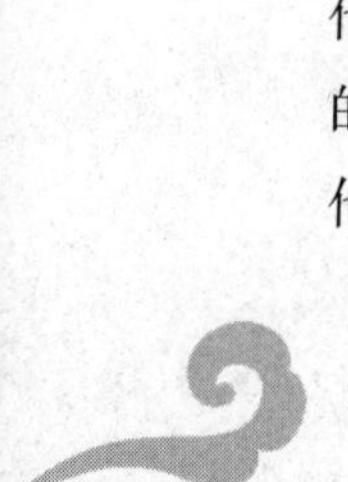

之所以没有昏厥,仅仅是因为他不认为古竹韵的话是对他的父爱的最后宣判。对结局的幻想在支撑着他。

赵尔巽毕竟阅历深厚,且已过了知天命的年龄。他不能不考虑到,女儿在母体中就离他而去,在一个完全不同的环境和人群中生活了二十年,在那个环境中,有母亲,也有“父亲”,母女爱、父女爱早已织就了一副难以攻破的亲情网络。期望女儿顷刻间就冲破这个网络,毫不犹豫地接受一个陌生人是生身父亲的事实,是不切实际的,也是不合情理的。女儿在获悉原来的父亲是养父,真正的父亲是他赵尔巽时,神情是那么恐惧,不愿相信,痛不欲生,说明不肯轻易冲破旧有的亲情网络,说明对养父的爱是深沉而牢固的。他赵尔巽需要的正是这种爱,而不仅仅是一个女儿的形体。他需要女儿像爱养父那样爱他,甚至有过之而无不及。他期望的是同女儿建立起不受任何人感情干扰的真正的父女深情。而这,是需要一个过程的。他可以经过努力缩短这个过程,却无法越过这个过程。他看得出,眼前,这个过程还远没完结。他要等待,他必须耐心地等待,虽然这是个极痛苦的过程。

赵尔巽这样想着,心情似乎也平稳了许多。所以,当他听到古竹韵说出“事实如此,妈妈”的时候,果断地大步走过来,同时说道:“韵儿说得对,事实的确如此。”

赵尔巽在此情此境中走过来并说出上面一句话,古竹韵感到意外,不由得侧过脸朝赵尔巽看去,旋即又垂下眼帘,心里一阵发慌,想拔腿跑开。是的,她害怕那双眼睛,害怕那双眼睛里流泻出来的渴望、凄恻、体谅和宽容,她害怕自己的感情和决心会被这双眼睛击破。这样,在说出下面的话时,声音显得十分软弱,就毫不奇怪了:“你不能这么称呼我。我叫古竹韵。”

赵尔巽体谅而略带苦涩地一笑,点头道:“当然,我暂时就称呼你古小姐吧。”他说着,转向萧夫人,“萧五妹,古小姐说得对,我确实没有去锦州救她。这很遗憾。”他的脸又转向古竹韵,“我很遗憾,非常遗憾。因为我失去了一个十分难得的机会。但我又非常高兴,因为看到你平安归来。这两者比较,你的安全归来要重要千百倍!”

古竹韵撩起眼皮看了看赵尔巽,说道:“您一开始就不应该想到要插手我的事情。”

“人是应该互相救助的。何况你救过我,更何况我已经知道你是我的女儿……”

“我并没有承认。”

“不错,你还没有承认。”

“我永远不会承认。”

“古小姐刚才说过,事实就是事实。”

“事实是我的父亲是古剑雄。”

“我承认,二十年来,是古剑雄替我承担了父亲的责任。但我是你的生身父亲,这也是无法否认的事实。我正满怀希望准备对过去作出补偿。”

“这没有必要。您高官厚禄、荣华富贵,我和妈妈也一直安居乐业、无忧无虑。您为什么非要同时破坏这两种截然不同的生活呢?”

“不是破坏,是要我们的生活恢复本来的面目。”

“这是不可能的。”

“我会等待的。”

“二十年的事实是改变不了的。您不必再说了。——妈妈,您已经支持不住了。我们回家吧。”

“你母亲确实累了,应该回去休息。不过,我希望古小姐先留一会儿,我很想和你单独说几句话。就算我求你吧,请你能答应。”

古竹韵略一思忖,说道:“我答应。我也不想让妈妈在场。”她说着,转向刘成和一直低垂着头的赵天弼,“师兄和刘成把妈妈扶回去吧。路上要小心。我随后就到。”

赵天弼在抬头的刹那,被赵尔巽看到了。

“请等一等。”赵尔巽说道,“这位年轻人我好像见过。”

萧夫人这时才突然想起赵天弼等人袭击赵尔巽的事,便连忙说道:“你怎么会见过他?一定认错人了。”

赵尔巽点头道:“是啊,我见过的人又多又杂,可能记混了。——唔,明新贤弟,他就是你提过的赵天弼吧?”

“是的。”葛月潭说道,“他就是替太清宫出了大力的赵天弼,是古小姐的师兄。”

“他是否答应跟我去?”

萧夫人又抢着说道:“他不能跟你去。我们很需要他。再说,他已经先答应去晋昌手下做事了。”

“晋昌吗?这样很好。晋昌是个知人善任的副都统,在他手下会有出息

的。”

萧夫人对赵天弼和刘成说道:“我们走吧。我的力量快耗尽了……”

待萧夫人在刘成和赵天弼搀扶下走出一段距离后,葛月潭说道:“贫道似乎也该告辞了。”

古竹韵说道:“正要请葛道长在场。”

赵尔巽说道:“我也这样想。明新贤弟就留下吧。”

古竹韵见萧夫人他们已经拐过墙角不见了,便回过头来,紧紧盯着赵尔巽,说道:“我答应留下来,并不是准备听您说什么,而是想对您说两句话。就算您是我的生身父亲,我也绝不会做您的女儿。我有我的家,有我的生活,我不会改变这一切。妈妈也不想跟您去。她甚至不想再见到您。请您再不要来纠缠了。妈妈的身体和精神都非常脆弱,您会害了她的。求求您,让妈妈多活几年吧!……”古竹韵说到这里,早已泪流满面。她猛地转过身,捂着脸,向萧夫人走的方向跑去,再也没有回过头来……

赵尔巽怔怔地看着古竹韵的背影,不知不觉地泪如泉涌……

18

对于盛京城，公元1900年（光绪二十六年）的春天来得太晚，也走得太慢了。论节令，已是夏至和小暑之间，早晚却依然很凉，除了孩子，人们都没把夹衣换成夏装，有时甚至还要加一件毛坎肩或披上外套。

往年这个时候，古家小院里，该是树展浓阴、花开满院和百鸟争鸣、彩蝶翻飞了。今年，枝条上的叶子才刚刚有铜板那么大，花坛里迟迟不肯长高的草本花茎上也刚刚见到骨朵儿。

一派早春景象。

好像时间跑得太累，想打个瞌睡，休息休息，不歇过乏来便不再迈步似的。

有人忧虑，比如农民，他们担心庄稼的生长和收成；有人着急，比如年轻人，他们早想穿上单衣去展示体魄和线条了。当然也有许多人感到无所谓，不管春天长短，对他的发财和发迹没有丝毫影响。

最无动于衷的大概只有萧夫人和古竹韵了。

是的，这半年多来，他们无论是对自己，还是对周围的一切，都变得愈来愈冷漠。似乎那春的花、夏的日、秋的天和冬的雪，都属于任何别的人，唯独不属于她们，似乎那高兴的笑、悲哀的哭、怨恨的骂和愤怒的打，都属于任何别的人，唯独不属于她们。她们的心好似一片死水。

过去，她们显然不这样。

她们的生活固然很平静，与人无涉，与世无争。但在那四堵高墙围起的小天地里，她们同样可以欣喜地接受造物主的全部赐予。叶芽的绽裂会使她们感受到不可遏制的生命的律动；鲜花的怒放会使她们感受到难以抗拒的对美好的追求。否则，萧夫人不会在看到女儿渐渐长大而喜上心头，不会把很少有人光顾的卧室收拾得清新雅致；古竹韵也不会在想到有一天同姜

海山同谐鱼水时心潮澎湃,不会把自然的斑斓色彩泼洒到宣纸上了。

单调是够单调了,也谈不上丰满,但很充实。因为她们不仅活着,而且是带着爱带着希望活着,虽然这爱并不多,这希望也并不大。

然而,就是这不多的爱和不大的希望,几乎仅仅是一个早晨,全部被击碎了!

赵尔巽闯入了她们的生活,加上姜海山娶妻生子的消息,这两件中的任何一件,都会给古家小院罩上巨大的阴影,而这两件事却接踵而至,这不是太残酷了吗?

萧夫人对命运的祈求很低微,只希望永远躲过赵尔巽,在看到女儿根据心愿实现自己的幸福后,她可以平静而安心地离开这个世界。因为她担心,一旦见到赵尔巽,她想隐藏的一切都不能继续隐藏下去。当年,赵尔巽占有她的肉体是无可非议的,她认为那只是自己的不幸,不是赵尔巽的罪过。而她同所爱的人的最后结合,又可以说是赵尔巽的恩赐。对这个人,她怎么能剥夺他做自己女儿的父亲的权力呢?那样,她势必失掉女儿,也势必把心灵的伤痕又深刻在女儿心灵上。这是可怕的,却又是她必须心甘情愿接受的。

结果,命运没有满足她的低微的祈求,而把她推向她最担心发生的情境之中!

尤有甚者,当她把充满痛苦悲凉和有违内心的决定付诸行动之后,事情并未朝着她预想的方向发展。她原以为,父女相认是顺理成章的事。可是,赵尔巽想认女儿,韵儿却不认父亲。太清宫山门外那次偶然大相逢之后,赵尔巽曾让葛月潭代为转达,不会到古家小院搅扰她们的平静生活,但要永远等候女儿回到身边那一天。赵尔巽一定要得到女儿的决心是不用怀疑的。韵儿却恰恰相反,坚决不认赵尔巽做父亲的话虽不多,但斩钉截铁,绝无回心转意的可能,她再劝说,只怕也是徒劳。

萧夫人糊涂了。

她做得不对吗?似乎没有理由说不对。她想促成一双亲生父女相认,而自己甘心退居一隅在孤寂中了却残生,不仅合乎情理,也是一种高尚的牺牲精神。这有什么不对?可她这样做带来的是什么呢?姑且把自己推到一边,给赵尔巽和韵儿带来的不全是痛苦吗?赵尔巽会在思念女儿中憔悴,韵儿也会因知道真正的出身而失去快乐。

她糊涂了。她不明白怎么做是对,怎么做是错。弄不清近四十年来她

做过的哪些是对的，哪些是错的。更不知道以后该做什么，不该做什么，还是什么都不去做。

痛苦之后是糊涂，糊涂之后便是麻木了。

萧夫人确实有点儿麻木了。吃、穿、宿、行，几乎成了她的机械运动，甚至在和女儿一起的时候，也常常忘了自己的存在。

和萧夫人比，古竹韵对生活的追求显然要多得多。她的武功既臻化境，绘画也已登堂入室。她有不带任何伤痕的纯真的爱情和对实现爱情的等待。她有人爱护，有人关怀，她对得起父母，对得起师兄们。除了父亲的夭亡，她的生命中几乎没有任何遗憾。虽说她不苟言笑，心海却是明澈而欢快的。她感受到命运对她的眷顾，感受到了幸福。她自信她获得这一切是极自然的，精神上没有一丝一毫负担，活得十分轻松，十分自在。

也许正因为如此，当那命运的打击向她扑来时，显得格外的突然，格外的残酷。

先是赵尔巽，接着便是姜海山。

如果说姜海山的消息使她又痛苦又愤怒，而恰恰是这愤怒在某种程度上可以冲淡她的痛苦的话，那么，赵尔巽的出现则足以使她的精神彻底崩溃。如果说她寻找姜海山未果而返回小西关后，只剩下对这个伪君子的鄙弃的话，那么，第二次见面的赵尔巽便成为她心灵中永远挥不去的魔影。如果说姜海山让她懂得了人的不可信任，那么，赵尔巽则让她看到了人生的虚枉。

难道不是吗？

二十年来，她从未怀疑过古剑雄是父亲，萧夫人是母亲，从未怀疑过自己的肉身是这两人感情的结晶。她爱父母，父母更爱她，这是一个完美到无可挑剔的家庭。父亲和母亲一直伴随着她，即使隐居到小西关，父爱事实上也在延续着。这感情是真实而牢固的，真实到纤尘不染，牢固到针插不进。这感情使她畅快，使她安然，使她甜蜜，使她自信。这感情使她确信生命的可贵和人生的美好。可是突然间，冒出了一个完全陌生的人，把她灵魂中精心建造的感情的辉煌大厦，一下子击得粉碎！原来，二十年的一切全是假的。原来，古剑雄不是她的父亲。原来，她是母亲和另外一个男人的女儿。说穿了，她原是一个男人强奸一个女人的偶然产物！她原是一个男子假借一个女人的身体无意间创造出来的一个可鄙的生命！

她的生命还有什么价值？她的躯壳里还剩下什么值得保留的内容？她的生命还有什么存在的意义？

可悲的是，她不能去死。她的母亲毕竟还是真实的。至少，她的躯壳对母亲来说还是赖以生存的象征性力量。更可悲的是，她想恨赵尔巽，却又恨不起来。这不是因为赵尔巽确实是她的生身之父，也不是因为她自知没有权力没有义务去过问生身父母当年的瓜葛，而是因为她觉得自己又可悲又可鄙，觉得赵尔巽比她更可悲更可怜。记得春节时葛月潭曾说，赵尔巽返回铁岭不到两个月时，险些遇刺。行刺的人声称姓陆，失手后逃出赵府时还扬言，不久还要去算账的。因此，赵尔巽不敢再离开家门半步，也就没有再到小西关来，虽说他极想来。古竹韵无由知道赵尔巽何时何地和因为什么结下了仇人，但却暗暗为赵尔巽担心起来，并莫名其妙地恨起那个陆某。

她为什么要继续依恋母亲，为什么竟怜悯起赵尔巽呢？她说不出任何理由。她甚至弄不清自己对母亲的依恋和对赵尔巽的怜悯是真的还是假的。

或许一切都是假的，犹如她本人就是假的一样。人生大约是一场梦，一场虚幻的梦。一旦从梦中醒来，一切都化为乌有，不复存在了。

萧夫人和古竹韵，就这样在各自的心境中度着一个个无生气无意义的日夜，又怎能感知到秋的凉、冬的冷，怎能留意到春的久驻不去和夏的姗姗来迟呢？

但是，在古家小院里，并非所有人都对季节的变换和时间的缓急无动于衷。赵天弼对此就异常敏感。

赵天弼自从侥幸渡过太清宫山门外那次难关后，心里已不再有什么负担。渡过这次难关至少说明两个问题：一是赵尔巽没认出他来，一是萧夫人想把他留在身边。前者是他曾非常担心的问题，后者则是他一直盼望的结果。加上他在太清宫赢得的声誉，在古竹韵心里赢得的好感，他是有充分理由为自己编织一幅美好的前景的。他甚至确信，这前景对他十分切近，因为在返回小西关不久，萧夫人就告诉他，安心住下去吧，待习惯下来，就帮助刘成管理田产和账目，一切都熟悉了之后，再把刘成替下来和刘嫂共同操持家务，就可以保证家里总有一个男人在了。这无疑在说，他赵天弼很快就要成为古家财产事实上的所有者了。但萧夫人这样说了之后，似乎很快又忘掉了，一直没向刘成交代，也就迟迟没能实行。又因萧夫人还说，她的生活有刘成夫妇照料，没有特殊的事不必往上房跑，请安等俗礼就全免了，他也就不好闯入萧夫人的房间。即使借故去见萧夫人，也不便对接管田产和账目的事作出提示，如果显得太急切了，反而会暴露心迹。时间拖得越长，他的心里也越着急。实在耐不住了，他只好主动出击，去找刘成，说自己闲得无聊，想帮助刘成清理清理账目之类。刘成是个忠厚人，也看出赵天弼同女主人的特殊关系，当然不能推挡，甚至把这看作是赵天弼代替女主人检查他的账目，便把全部账本和银票之类和盘托出了。这一看不打紧，赵天弼差点儿吓昏过去。原来，古家的财产数额之巨，远远超过他的想象。最为诱惑人的是那厚厚一沓银票。这些存在城内几家钱庄的随时可以兑换成现金的银票，足可以买下小西关的半条街！银票中大半是古剑雄在世时存的，小半是这些年田租的收入。古剑雄真是精明透顶，刘成也真是理财能手。可这两人谁曾想到，算计来算计去，都是在为他赵天弼作嫁衣！他越想越觉得留下来是太聪明了，也越来越急于把古家财产据为己有了。

古家的田产和古竹韵本人在赵天弼的头脑里渐渐淡化了。他的心思越来越集中到那令人垂涎三尺的银票上。但那银票全装在一只加锁的铁梨木小匣子里，小匣子又放在一只唯有刘成能打开的铁柜中。他想拿到手然后远走高飞，去实现为富一方的心愿，非取代刘成当上银票的管理人不可，否则，就只有杀死刘氏三口，砸开那只铁柜了。

眼下还没到必须杀人的时候。取代刘成却也是遥遥无期。萧夫人是忘了，还是反悔了？夜长梦多，他必须想出办法。

一个骤然热起来的下午，许久没有露面的萧夫人和古竹韵一前一后走出上房，慢步踱到院心和花坛前。在东厢房门口玩耍的唤弟立即跑过来，搂住萧夫人的大腿喊"奶奶"，刘嫂赶紧过来嗔道："唤弟，别胡闹！奶奶身体不好，架不住你搓贱的！"

"不要紧的，刘嫂。"萧夫人说道，一边爱抚着唤弟的脸蛋，一边努力作出一个微笑，"我还没娇贵到一碰就化的地步。你去忙吧，我和韵儿在这儿随便站站，就让唤弟留下好了。……这天气……一晃就热起来了。"

刘嫂道："可不是！天气一直很凉。今天说热就这么热了。也倒是该热了，都小暑了。"

"小暑了吗？那是该热了。你看我还穿着夹衣。唉，这日子过的，连季节都忘了。"

“小姐也还穿着夹衣。我该把夫人和小姐的单衣拿出来晒一晒,去去潮气,好换上。”

古竹韵说道:“不忙,过几天吧。反正屋子里还不热。”

“可每年这个时候,小姐早就穿上单衣骑着马跑到野外去了。”

“今年不去了。”

“小姐出去散散心也好嘛。”

“刘嫂说得对,韵儿年轻轻的,老把自己关在屋子里,会憋闷出病的。”

“那我去把小姐的单衣……”

“不必了。”古竹韵说道,“刘嫂去忙吧。要晒单衣时,我会叫你的。”

“是,小姐。”刘嫂见古竹韵已经不耐烦了,便轻轻说了一句,准备退去。

萧夫人又问道:“刘成呢?”

刘嫂回道:“今年春脖子又长,不少庄稼苗都冻回去了。佃户们少种缺粮。刘成去宝石沟开仓放粮去了。”

“这很好。他一个人去的?”

“是的,夫人。”

“赵天弼没去?”

“没有,夫人。”

萧夫人想了想说道:“你去把他请过来。”

“是,夫人。”

此刻,赵天弼正躲在西厢房窗子里朝花坛处张望。他知道,他必须去见萧夫人和古竹韵,这是一个很难得的机会。但是,那三个女人似在唠叨着什么闲嗑,作为一个大男人,贸然插进身去,实在有失体统,而且,刘嫂在场,还不好直白地把话题引到田产和账目的管理上。他想等到刘嫂退去,然后装作出门散步突然发现萧夫人和古竹韵的样子,跑过去问安,这样就得体多了。而事实上,刘嫂没有退去,却向西厢房走来。他立即猜出一定是萧夫人叫他,这当然正中下怀了。

果然是萧夫人叫他。

他克制着内心的激动,很快来到花坛前。

他跪下去,叫道:“师母!”

“快起来。无须行此大礼的。”

“天弼这么久没向师母请安了,理该如此的。”

赵天弼起来后，对古竹韵略一俯首说道："师妹好。"

古竹韵看了他一眼，淡然说道："师兄好。"

"师母和师妹脸色都很苍白……"

萧夫人轻叹一声说道："像蹲牢房……"

"其实，师母和师妹该把心放宽些。一切都会……"

"唔，天弼。"萧夫人不愿在此刻谈起涉及女儿的复杂且令人不快的家事，便抢过话头，"我叫你来，想谈谈你的事情。"

"我的事情？"

"是的。"

"请师母指教。"

"你来这里半年多了，还住得惯吗？"

"我打扰师母和师妹的时间确实够长了。"

"我不是这个意思。我是说，你愿意和我们长住一起吗？"

"那还用说？我原本无亲无故。只是……"

"只是什么？"

"我总这样吃闲饭心里很不踏实。"

"你也并没有吃闲饭。当然，年轻人待不住，你该有些事情做。你看——刘成当管家还可以吗？"

"这……师母，我不太了解他，很难做出评价。"

"你不是看过他的账目？"

赵天弼一怔，连忙说道："我原无此意。我说，我愿意帮他的忙，他就把账目全给我看了。我确实并无此意……"

"你这样做是无可指责的。我也说是要你帮助他的。那么，你看他的账目……"

"他的账目井井有条。所以，我就觉得我帮不上什么忙。"

"刘成是个值得信赖的人。——唔，唤弟，找妈妈去吧。过一会儿到我房间里来。"

唤弟答应一声跑走后，萧夫人接着说道："刘成是个难得的好管家，这些年，全靠他了。但他和你还不一样。他有妻子，有女儿，总不该让他们一辈子为古家效劳。再说，他也算报了你们古爷的大恩了。我一直在想，该找一个适当时机，给他点田产和银两，让他们自立门户。"

“师母真是菩萨心肠!”

“人总是要活得心安理得些方好。——所以我想,最好能由你来顶替刘成。”

“如果师母差遣……”

没等赵天弼说出“天弼愿效死力”的话,古竹韵突然盯着萧夫人问道:“妈妈,您是要师兄当管账先生?”

“这不对吗?”

“这该问问师兄。——师兄,你愿意吗?”

“这……我……”赵天弼支吾着,一时不知道该如何去回答古竹韵的话。

如果萧夫人的一段话,对赵天弼犹如天外飞来的福音,令他心花怒放,那么,古竹韵两个简短的问题,对他就恰似兜头泼下的冷水,使他凉透心脾。他恨死了古竹韵,真想一拳砸碎那张漂亮而冰冷的脸。但他不能这样做。他知道,在古家小院,萧夫人虽然是家长,古竹韵的决策却具有更大的权威性。特别是目前,母亲是无论如何不敢违背女儿的意愿行事的,母亲所有的设想和提议,全都为了顺女儿的心,让女儿高兴。既然古竹韵已透露出不同意萧夫人的决定,那这个决定便不可能实行。所以,他必须暂且放弃原来的念头,找到一个不露痕迹的以退为进的策略。

这时,萧夫人和古竹韵的对话仍在继续。

“妈妈,”古竹韵说道,“师兄是在外面闯荡惯了的人,怎能愿意把自己同算盘和账本捆在一起呢?您在强人所难,妈妈。”

赵天弼心里骂道:“该死的丫头片子!既堵住了我的口,使我寸步难行,又顾及萧夫人的面子,给她搭了退步的台阶!”

萧夫人果然退了回来。

“可除此而外,”她说道,“我们家还有什么事呢?”

“妈妈,师兄不是刘成。”

“天弼,你看……”萧夫人露出无奈的样子。

“师母,”赵天弼说道,“你和师妹都是为了我好。不怕师母生气,我想,也许师妹更对。”

“你是说……”

“其实,刘成是不必让我顶替的。让他们自立门户,也未必比现在过得快活。”

“你也总该有点儿事做呀，哪能一辈子闷在家里？”

“我倒有一个想法，对谁都有好处。”

“说说看。”

“刘成那里保管不少银票。放在那里虽然能生息，但极有限。为什么不兑换成现金，做做生意呢？”

“做生意？当商人？”

“所谓一本万利……”

“不。”这回却是萧夫人先摇头了，“那些银票……是呀，那是个很大的数目，这是不能动的。也许……这里不是我们久住之地。到时，我们会很需要这笔钱的……”萧夫人显然被自己的话勾出许多心事，眼睛里露出异常烦乱的神色，她又摇了摇头，但已不是对经商的否定，而是对命运中堆积起来的种种不幸的哀叹和无奈。

赵天弼当然听不出萧夫人对赵尔巽和古竹韵父女相认的矛盾心理和尚属模糊的自我反驳。但他却十分明确地意识到，他的好梦已是难成了。

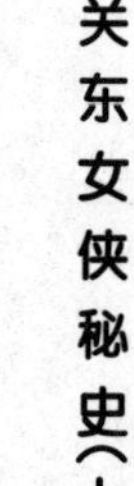

是的，这母女俩，合计好了一样，一个不同意他去管账，一个反对他去经商，总之是绝了他掌握那些银票的正常途径。他心里又气又恼，却不能发作，只好在心里叹息一声，收回自己的话：“我只是想为师母和师妹出点儿力。说到我本人，对经商也是没有兴趣的。”

他嘴上这么说，心里却在向自己索取获得那些银票的主意。看来巧取不行，只能硬夺了。但是，要刘成把银票再捧出来一次，找不到合适的理由；逼刘成打开铁柜，以刘成对古家的忠心，定会宁死不从。那么，也只剩下杀人越货这一招了。说到杀人，也不是件容易事，刘成年富力强，听说还多少会点武功，不是三拳两脚对付得了的，还有刘嫂和唤弟，有一个喊叫起来，就会惊动上房，古竹韵的花拳绣腿虽不可怕，撬柜取银票的目的却永远实现不了了。当然，杀三人和杀五人没太大区别，何况，早已帮助德州陆镖师杀了古剑雄，再杀师母和师妹，不存在心理障碍。这里却又必须考虑到时间问题，而且，若有一个从他的拳头下侥幸逃脱死亡，他的计划也会前功尽弃。手里能有一支枪就好了，瞬间就可以把五个人全打死，那就能保证有充分时间去撬开铁柜了。遗憾的是，他的短枪被赵尔巽没收了。是的，他必须先搞到一只短枪，然后才能动作。可这枪到哪里去弄呢？

赵天弼在说话的同时，想到了上面那些内容。他本想就此告退，回到西厢房去仔细琢磨琢磨搞枪的办法,没料到古竹韵这时又开口了。

“妈妈,”古竹韵说道,“对师兄最合适的是去晋昌手下做事。”

古竹韵的一句话,俨如对赵天弼的点化。他立即开了窍,险些击掌喊出“好”来。

萧夫人却很吃惊,问道:“让他从军?”

“葛道长不是早就同晋昌提过?”

“我又告诉葛道长,不想让天弼离开这个家。”

“妈妈想把师兄也关进这所牢笼吗?”

“韵儿,你该明白妈妈的苦心。”

“妈妈也该明白女儿的决心。而且……而且,师兄也不是个糊涂人。”

古竹韵说完,转身走回上房。

萧夫人叹口气,刚想对赵天弼说几句埋怨古竹韵的话,赵天弼却急忙张开嘴巴。

“师母,我这就去见葛道长,请他再去和晋昌副都统说一说。”

“怎么!你也……”

“师妹说得对。我该出去闯荡。这是为我好。我能在晋昌手下混出个样来,师母和师妹脸上也有光嘛。”

“可你要去军营!”

“军营也并非远在天边。我会常来看望师母和师妹的。”

“你是不是觉得韵儿不近人情?”

“不。师妹是个少有的好姑娘。”

“她的命很苦,却又太犟。她坚决不肯认赵尔巽。姜海山又是那么一个人。以后,她会孤苦伶仃的。所以我就想,你来得正好。你和韵儿都不小了,我希望有一天……”

“师母的厚爱,天弼永生不忘。可师妹有师妹的想法,不要难为她。这种事是不能急的。请师母放心,我赵天弼永远不会做出对不起师母和师妹的事来!”

“看来,也只有让你去晋昌手下做事了。”

“请师母回房休息。我这就去见葛道长。”

19

两天后的下午，葛月潭终于抽出空来，进城去见晋昌。

作为副都统，晋昌的官邸照例是戒备森严的。一般人求见晋昌，需要费一番周折，是极正常的事。可以例外的直趋正堂的人，除增祺将军，便只有晋昌的常来常往的几位私交了，葛月潭就是其中的一位。

可是，出乎葛月潭的预料，这次却被门人挡驾了。

说挡驾或许不确切，因为并没有赶走他。

门人带着歉意说，晋昌大人吩咐过，下午不见客，但葛道长求见，他还是要去禀告一声。他说，他知道葛道长同晋昌大人的关系，也许这“不见客”里并不包括葛道长，请葛道长委屈点候一候。

“好吧。”葛月潭点头道，“请对晋昌大人说，贫道没什么要紧事。如果不便，贫道改日再来。”

门人进去了，很快又跑出来。

“小的猜中了，晋昌大人说，正盼着葛道长大驾！”

“这么巧！”葛月潭微笑道，心里很纳闷。

“晋昌大人在后堂恭候。”

葛月潭愈感诧异。不见客是说明正有重要客人，不在正堂而在后堂，说明主客之间有秘事。这客人是谁，又为什么不回避他，甚至似乎还要他介入呢？

葛月潭一边独自往里走，一边琢磨。待他举步跨入后堂高高的门槛，才看到，和晋昌在一起的另一个人，竟是许久未见的齐蓬莱。

晋昌见葛月潭进来，从椅子上跳起，击掌大笑道：“我和蓬莱兄刚刚说到道长，便听门人报告说道长仙踪已临敝衙！真可谓无巧不成书，说曹操，曹操便到嘛！欢迎欢迎，快请上坐！”

晋昌五十岁左右,阔嘴方颐,目光如炬,一眼看去,便可断定是个武官。但了解他的人都知道,他是个学识极渊博的人,熟读经史,兼涉新学,堪称是位儒将。此人耿介拔俗,胸襟坦荡,满怀报国爱民之心,在和洋人交接中,有礼有节,不卑不亢,显示出中国人的铮铮铁骨,与奴颜婢膝的增祺将军正有天壤之别,因此很受人敬重;而且,他生性豪放,说话和办事都十分痛快,常常哈哈大笑,既无凌人的官架,也从不故作儒雅态,和他相处,令人感到如沐春风般的爽快和轻松。对这一切,葛月潭是知之甚深的。

所以,葛月潭对晋昌不合礼仪的动作和玩笑话,一点儿也不感到意外,甚至受了传染一样,也不拘小节地半开玩笑地抱拳道:"岂敢岂敢,俗语道,帅不离位嘛。贫道还是与齐二师兄联坐吧。"

早已起身恭立的齐蓬莱向正朝自己走来的葛月潭俯身道:"久违了。葛道长一向可好?"

"一如既往。"葛月潭说道,向齐蓬莱摆摆手,"请坐下,坐下。在副都统大人这里,原是无须客套的。"

晋昌双手一举说道:"说得对,对嘛!生我者父母,知我者葛道长也。"说完,又是一阵大笑。

葛月潭和齐蓬莱也忍不住笑了。

在十分和谐的气氛中,三人相继落座。

仆人献茶并退去后,晋昌问道:"葛道长光临敝衙,一定有什么事吧。"

"只是一件小事而已。"

"那我们就先谈大事。"晋昌说道,放下握在手里的茶碗,已是满脸严肃的表情了,"方才门人对葛道长说,我晋昌正盼望着葛道长大驾,葛道长知道我为什么这样说吗?"

"当然不仅仅是一句客套话。"

"根本不是客套话。我正同蓬莱兄商讨一件大事,而此事又正需葛道长臂助。"

"愿闻其详。"

"葛道长同刘大师兄、齐二师兄都有来往,对义和团宗旨知道得一定和我一样清楚。对此,我就不去啰唆。我们只谈具体的事。——不过,蓬莱兄,这事好像由阁下说才合适。"

"不。"齐蓬莱拱手道,"副都统大人会比在下陈述得更简洁更明了。"

“那就由我来说好了。而且感谢阁下的提示，我就长话短说。”晋昌说着，又把视线转向葛月潭，“义和团的精神深入人心，发展很快，连我手下的官兵也纷纷加入拳坛。刘大师兄和齐二师兄认为到了该具体行动的时候了。他们计划自六月底至七月初，捣毁盛京铁路公司，焚烧天主教堂，然后同俄国护路军展开决战。在此之前，拟于盛京南北两端炸毁铁路桥梁，一可示威鼓舞士气，二可切断护路军增援之路。这是人数不多却必须成功的行动。但据悉，俄国人早对义和团虎视眈眈，在拳坛周围遍布暗哨，无论从城里还是北关天后宫、三皇庙拳坛出发，肯定都会被发现并遭到伏击。想来想去，只有小西关是最合适的出发点……”

“贫道明白了。”葛月潭说道，“去炸桥的人要先藏身敝宫。是这样吧？”

“他们先扮成平民百姓，三三两两夹杂在求签进香的人群中进入太清宫。葛道长只需为他们备下一个僻静的食宿之所即可。我的弹药库也在小西关。他们所需炸药随时可取。这样，他们的行动就能万无一失了。”

“的确是个好主意。”

“那么，这是不是很难为葛道长呢？”

“恰恰相反。贫道是十分乐意为义和团效力的。”

“这事就这么定了？”

“贫道还须禀过潘监院。但请放心，潘监院深明大义，是不会反对的。副都统大人和齐二师兄都可以认为此事已确定无疑了。”

“痛快，痛快！”晋昌击掌叫道，“一拍即合嘛！难怪蓬莱兄说，见到葛道长准是一谈就成！”

齐蓬莱微笑道：“副都统大人不是也这么说吗？”

“所谓英雄所见略同嘛！”晋昌说完，又一阵大笑，显得兴奋而又轻松。

“不过，”齐蓬莱对葛月潭说道：“虽说这是料到的结果，但在下还是要代表刘大师兄，对葛道长慷慨援手表示谢意。”

“这倒不必。不要说敝宫上下对洋人也同样深恶痛绝，仅从贵坛对敝宫的大恩，敝宫也该投桃报李嘛。”

晋昌笑道：“二位又开始客套！”

葛月潭说道：“可不是！竟忘了副都统大人的规矩！”

“怎么样，我们该喝两盅？”

“贫道就免了吧。”葛月潭起身道，“此事很要紧，贫道这就回去准备准

备。”

“那就不强留了。——蓬莱兄定下时间后,就及时通知我和葛道长。”晋昌说完,离座而起。

“是的。”齐蓬莱也站起来,“我回去见过大师兄就可以确定行动时间了。”

“贫道告辞了。”

“我送送葛道长。”

“副都统大人也要客套一番?”

晋昌仰头大笑道:“好,好! 免了,免了!”

葛月潭刚要举步往外走,晋昌突然收住笑,说道:“等一等,等一等,葛道长不是说找我有事?”

葛月潭一怔,猛然记起赵天弼拜托他的事,摇头笑道:“可不是! 一兴奋,把此行的最初目的忘得一干二净!”

“是什么事? 唔,我们还是坐下谈吧。”

齐蓬莱说道:“葛道长和副都统大人有事,在下就先走一步吧。”

葛月潭说道:“阁下在场不妨事的。”

晋昌说道:“那就都坐下,反正都不是外人嘛。一会儿。我和蓬莱兄还有事要商量。”

三个人又都归座。

葛月潭说道:“其实,的确是件小事。贫道是想向副都统大人推荐个人。”

“什么人?”

“一个年轻人。有很高的武功,人品也极好。”

“这人在哪儿?”

“眼下寄食在小西关古家。”

“古家? 姓古的不多。该不是赵尔巽的亲生女儿古竹韵家吧?”

“正是古竹韵家。副都统大人也知道赵尔巽同古竹韵的事?”

“略有所闻。我去铁岭吊唁时,问过赵尔巽,但他除了摇头叹息,什么也不对我说。这个人,就是那么个脾气!”

“他也确实不好说。找到了亲生女儿,女儿又不肯认他。”

“是呀是呀,这话很不好对外人说。那个女儿,我是说,那个古小姐还没

嫁人吧？”

“暂时还没有。”

“暂时？”

“古小姐原是同一个叫姜海山的师兄定了亲的。可这姜海山一走四五年，音信全无。后听说姜海山在锦州军营当了标统，已娶妻生子。”

“可悲可叹，碰到一个薄幸人！——咦？葛道长是说，那个姜海山是马玉崑部下的标统？”

“是的。古小姐去找过。可马玉崑大营已换防到关内什么地方去了。”

“胡说！”

“胡说？”

“我是说，马玉崑奉旨南下，毅字军也只是换防到山海关附近。”

“没有去关内？”

“这我还不知道？而且，哪里有个叫姜海山的标统？标统是不低的军职，为数是有限的。马玉崑大营哪有这么个人？姜海山？不，就算我叫不出所有标统的名字，也可以肯定，绝没有一个叫姜海山的标统！这都是谁编出来的？”

“也许是传说有误吧。古小姐的师兄赵天弼也是听别人说的。”

“又一个师兄！”

“他就是贫道要荐举的年轻人。”

“赵天弼……嗯，名字不错。他有可能做古小姐的夫婿吧？”

“这是迟迟早早的事。”

“眼下不到瓜熟蒂落的时候？”

“古小姐还要作一番感情上的挣扎。”

“明白了。——不过，我们且不管这两代人的风月债，谈谈正事吧。赵天弼——咦？这名字好像什么时候听到过。”

“半年前，贫道曾向副都统大人提到他。”

“记起来了。既然是那个人，就更没说的了。让他来吧，我会给他个好差事的。”

“让他明天来见副都统大人？”

“明天不行。我最近要大忙一阵。十天吧，十天后让他来见我。”

“赵天弼听到这个消息，会非常高兴的。”

“能得到一位武功和人品俱佳的年轻人,我也高兴嘛。——蓬莱兄说是吗?”

坐在那里低头沉思的齐蓬莱突然一怔,作出一个微笑说道:“当然,当然。这样的人……有时是踏破铁鞋无觅处的。”

“可有时又是得来全不费功夫。”

“副都统大人说得好!”

“值得祝贺?”

“一万个值得祝贺。”

“一万个?”

“或者更多个!”

“好,好!”晋昌忍不住拊掌大笑。

20

住在古家小院的几个人，对晋昌慷慨允诺的反应，是各不相同的。

赵天弼当然很高兴，因为，获得那批银票的企图，算是实现了关键的第一步，美梦和现实之间不再那么遥远了。

但他又不全是高兴。十天的时间是太长、太难挨了。十天后能否立即得到一支短枪，会不会出现意外的变故，也是不好预料的。而且，他一旦怀里有了一支短枪，就意味着他要去杀人。不是杀一个，甚至不是三个。二十七年的生命史中，除了行镖的迫不得已，他从未有意地杀过一个人。古剑雄的死，固然同他有关，但起因在古剑雄而不在他。谁让古剑雄把镖头的继承权乃至小师妹一股脑儿送给了姜海山而冷落了他赵天弼呢？而且，那是陆庆宝动的手，他只是暗中帮忙而已，没有他赵天弼，陆庆宝照样要刺杀古剑雄的。这次就不一样了。他是蓄意杀人，是亲自动手！是杀三个甚至五个，其中四个是女人，四个女人中一个是师母，一个是师妹！这如何不使他产生心理上的不安和灵魂上的震颤呢？说他不存在心理障碍是不准确的，也是不合情理的。他不否认他恨过并且依然在恨古竹韵，古竹韵仅仅一句话，就使他失去了接管账目的机会。那是何等理想的机会！他不必杀人，不费吹灰之力就能成为那批银票的主人。但他同时也不能否认，他又很喜欢古竹韵，古竹韵的长相可说是百里挑一，成熟得令他心神缭乱，他渴望亲近那藏在衣服里的美妙的肉体，无数次沉湎在两个裸体搂抱一起在床上滚来滚去的幻想之中。要他埋葬这爱，只保留恨，不是件容易的事。至于师母，似乎更不该成为这场灾难的牺牲者。师母的心里除了善良，别无所有。对他更是如此，不计较他当年的不告而辞，多次回护他，还打算把女儿嫁给他。对这样极善良又极软弱的女人，他怎么动员自己，也是恨不起来的。是的，他不忍心杀害师妹和师母，但为了银票，又必须作出消灭这两个女人的准备，他的心里如何不矛盾重重呢?

所以,在葛月潭离去后,赵天弼便把自己关进西厢房,不肯出来了。他怕再见到古竹韵,更怕再见到萧夫人。

萧夫人却没有一丁点儿高兴的意思。在赵天弼决定暂时留在古家小院那刻起,她就产生了让赵天弼做上门女婿的想法。后来,劝说女儿认赵尔巽失败,这种想法就更强烈了。女人总要嫁,男人总要娶的。姜海山这名字已毫无意义,赵天弼不是最适合做女儿的丈夫吗?可一去军营,三天两头换防,行无定踪,也许还要打仗,生死难卜,这如何是好呢?她又如何了却此生最后一桩心愿呢?葛月潭为赵天弼的事不惮其烦地奔走,她不能不表示感谢。可葛月潭一走,她的心就陷入烦乱而难以开解了。她埋怨不到别人,只能埋怨女儿太任性。

对于古竹韵,这事既没有引起她的高兴,也没能造成心绪上的烦乱。她同赵天弼是师兄妹,仅此而已。当初她不反对赵天弼留下来,让赵天弼陪她去锦州,都是理所当然的,不存在谁欠谁和谁该感谢谁的问题。要说他们之间关系上有所变化,那就是她不再觉得赵天弼那么令她讨厌了。也正因为如此,她才主张赵天弼去晋昌手下做事。师兄是个男子汉,又有武功,还当过军营里的小头目,为什么不找个用武之地去显显身手呢?长住古家,对谁也没好处。让她嫁给赵天弼,是绝无可能的。她和赵天弼没有这个缘分,她不爱这个人,或者说,她的心已经碎了,死了,不会再爱上任何男人了。所以她认为,赵天弼去军营效力同样是顺理成章的事。她甚至在听说十天后赵天弼即可进城见晋昌时,什么也没有想,回到自己的房中便把这事忘了。她需要深思熟虑的是别的事,头脑里装的是不愿受到外界干扰的另外一个天地。

赵天弼和古竹韵能够而且应该把自己关进房中,去默默想自己的心事,萧夫人却做不到。她越想越不对劲儿,怎么也坐不住了。她必须和女儿好好谈谈。房里光线正在暗下来,太阳快落山了。再过一会儿,她要和女儿一起吃饭。但她等不到那个时候了。她站起身,向女儿房间走去。

古竹韵正站在桌前在宣纸上胡乱涂着,思想和笔下的墨迹显然是风马牛不相及,各自游离的。她听到开门声,虽然立即猜出是母亲,但回过头时,眼睛里那种受了惊扰的神色却依然没有退尽,而当她看到母亲脸上又急又气、有怨有恨的异乎寻常的表情时,心里不由得一阵紧缩。她扔下笔,走过

去把母亲扶坐到床上。

“妈妈,您这是怎么了?”

“韵儿……”萧夫人费了很大劲儿才说出话来,“你为什么非要赶走天弼?”

“赶走?我要赶走赵天弼?妈妈,您就是……就是因为这件事生气?”

“韵儿,你不认赵尔巽,我不强迫你去认。你毕竟还没出世就离开了他。可你二十岁了,婚姻大事就听妈妈一回吧。难道你对姜海山还不死心?……”

“不要再提这个名字,妈妈!我的婚姻和这个人已毫无关系!”

“那就让天弼留下。”

“做妈妈的上门女婿?”

“他是有点儿劣迹。可他不正往好里变吗?”

“就算他白璧无瑕,我也不会嫁他。”

“为什么?这是为什么?难道你一辈子……”

“是的,一辈子。我一辈子也不嫁人!”

“可妈妈死了以后……”

“我就去报仇!这是我剩下的唯一一件事。”

“你爸爸就是为了报仇才种下祸根的。你也要走这条路?再说,你连仇人是谁都不知道。”

“我会知道的。”

“韵儿,别再吓唬妈妈了。听妈妈一句话,不要再想报仇的事了。”

“我忘不了。妈妈,我永远忘不了。爸爸是被他们暗杀的。他们又要杀我,杀妈妈。您能忘得了吗?姜海山——哼,这个败类!我轻信了他,以为他能代替我去报仇。可他……是的,妈妈,这报仇的事,别人是代替不了的。”

“韵儿,你是个女孩家呀!”

“他们要来杀我的时候,我不同样是女孩家吗?这是一样的,妈妈,男孩女孩是没区别的。”

“妈妈求求你,打消这念头吧!”

“我做不到,妈妈。这仇不报,我愧对爸爸,生还不如死。”古竹韵说到这里突然一惊,“您听,妈妈,西厢房里有打斗声!”

萧夫人站起，惊道："有人袭击天弼？"

"肯定是。"

正在这时，刘嫂慌里慌张跑进来。

"夫人，小姐，不好了！有人闯进西厢房，和赵爷打起来了！"

"怎样个人？"古竹韵问道，早已把盛着铅丸的银袋挂在腰间。

"一个蒙面人。"刘嫂问道，"那人的力量可比赵爷大。"

"韵儿！……"

"放心，妈妈。"古竹韵说完，扔下焦急的萧夫人和惊魂未定的刘嫂，几步跑到门外。

此时，只听哗啦一声，随着西厢房窗棂和碎玻璃的四溅，一个人形物飞了出来。古竹韵依稀辨认出这飞出来的人是赵天弼。只见赵天弼仰面朝天摔到地上，那样子不像是自己跳出来，而是被人扔出来或踢出来的。

紧接着，又有一个蒙面大汉从窗口鱼跃而出，一个鹞子翻身，那右脚早已牢牢踏上赵天弼小腹，同时举起的右拳顷刻间就要砸向赵天弼的头颅。

已到了花坛处的古竹韵见形势已十分危急，一边猛收脚力，一边入手囊中，同时高声喝道："住手！"

蒙面汉闻声一震，拳头终于没有落下去，却朝古竹韵看了一眼，略一犹豫，像知道自己不是古竹韵的对手一样，在刹那间完成收拳、撤足、转身、踩步、腾身等一连串动作，反应之快，手脚之灵敏，古竹韵见所未见，正在她惊叹之际，那蒙面汉早已飞上高墙了，其轻功之出类拔萃，也是古竹韵闻所未闻的。

但是，蒙面汉的速度再快，也没有古竹韵的神丸飞得快。她不能让偷袭者就这么跑了。以这个人的身体和举拳的狠毒劲儿，如果活着跑掉，迟早会要了赵天弼的性命。赵天弼毕竟是她的师兄，她也不能不讲恩义，她还是不愿让师兄遭人暗算，特别是在她的家里。所以，蒙面人刚一接触墙头，她便觑定其后脑的部位，毫不犹豫地射出铅丸。

按说，这铅丸定会要了蒙面人的命，何况古竹韵也是下了死手的。可是，也许这人命不该绝，也许早有防备，也许恰巧在铅丸将至瞬间，他挺了挺脖颈，侧了侧身体，那铅丸竟仅仅击中了他的左肩。

古竹韵见蒙面人已跳出墙外，不由得对这个人和对自己一阵恼怒。过去，她不想杀人，却几次把人打残废甚至打死。这次她想杀人，却眼睁睁让

这个人跑掉，她如何忍得下这口气？她蛾眉耸动，目射怒火，手按弹囊，气沉丹田，准备施展轻功，追上那个人，看那个人还能不能躲过第二枚铅丸！

已经从地上爬起来的赵天弼，看古竹韵脚底生风般向大门奔去，猜她是不肯放过蒙面人，掩饰不住急切地喊道："师妹，千万不要去追他！"

"不能不追。"古竹韵说道，没有放慢脚步。

赵天弼忍住身体的疼痛，飞快向前，也不顾礼仪，硬是抓住古竹韵的胳臂。

"师妹！不能去呀……"

古竹韵不得不停下脚步，怪异地看着惶恐中的赵天弼。

"你好像是存心放过他。"

"不，不是。我发誓。"

"留下这个人，对你是个祸害。"

"这是小事一桩。"

"小事一桩？"

"是的，是的。是小事一桩。你想，师妹……天已经黑了，知道他藏在哪棵树后面？暗箭难防啊！有了这回事，我以后可以小心点儿。师妹要是追出去，一旦被那人……师妹是为了我，那我不是死有余辜吗？我会一辈子不能安宁的。那人的武功非同寻常啊！"

"两只胳臂尚且要逃，剩下一只胳臂还有什么可怕？"

"你是说……他受了伤？"

"而且不会太轻。"

"那……那师妹就更不能去了。所谓穷寇莫追嘛。那人受了伤，不会短时间内再来。我小心谨慎些，十天后我去城里，也就没事了。何必让师妹冒险出去呢？"

古竹韵想了想说道："师兄的话也有道理。只是便宜了那个人，竟让他躲过了我的铅丸。再撞在我手里，准让他贯目而亡！"

"铅丸！……贯目而亡！"赵天弼在心里惊叫道，骤然想起神丸贯目功，想起了恒顺客栈，想起了太清宫；同时也记起蒙面人出乎意料地逃走时依稀听到的"嘤"声。刚才古竹韵说那人受了伤，他还以为是那人跳墙时碰的呢。现在，他一下子全明白了。他下意识地看了看古竹韵腰间悬挂的银光闪闪的弹囊，以及随时即可探入囊中的那只纤巧的小手，似乎看到了弹囊中堆积如山的铅丸,似乎看到那只小手正抓起铅丸,一把把向他抛来,击打得他浑身上下全是窟窿。他的灵魂真的出了窍。他腿一软,扑通一声跪下去。

“师兄！你这是干什么?”

“师妹！我知罪了……知罪了呀！看在我们师兄妹分上,你就宽恕了我吧!”

古竹韵也憬然有悟,明白赵天弼此举的原因了。她有点儿后悔又有点儿无奈地轻叹一声说道:“我和妈妈都不想让你知道。可刚才事出突然,我别无选择……”

“师妹,我发誓我是被李彪逼出来的。我发誓我根本不知道赵大人是师妹的生身父亲啊！……”

“我的父亲是古剑雄!”

在刘嫂搀扶下走过来的萧夫人,听到了古竹韵和赵天弼的对话,内情当然也就明白了。她对跪在地上鼻青脸肿的赵天弼说道:“过去的事,就不要再提了。天弼,你就起来吧。”

“不。”赵天弼痛哭流涕地叫道,“师母,惩罚我吧！我欺骗了师母,欺骗了师妹。我该死呀!”

“年轻人哪有不犯错的？知过能改就好。你师妹也是谅解你的,要不,怎么会出手救你？——韵儿,你说是吗?”

古竹韵没有直接回答萧夫人的话,而是咬了咬嘴唇,对赵天弼说道:“师兄,跪在院子里好看吗?”

萧夫人说道:“天弼,师妹让你起来,你还不起来?”

赵天弼说道:“师母和师妹的大恩大德,天弼一定生死相报!”说完,这才站起身来。

古竹韵说道:“生死相报却不必。你以后活得有出息就行了。”

萧夫人点点头道:“人总要往高处走。看来……还是韵儿对了。天弼是该出去闯荡。在晋昌手下混个出身,后半生也就有了好归宿。那个人也不会去军营纠缠你,有再深的仇恨,时间久了,寻衅的劲头也会自消自灭的……”

“感谢师母的金玉良言。我赵天弼不会辜负师母和师妹的一片厚意的。”

古竹韵问道:“师兄,你认识那个人?”

“认识？不，不。我怎么会认识他？”

“看到他的脸了？”

“他一直蒙着脸。”

“听到他的声音没有？”

“他进屋就动手，连话也没搭一句。”

“你有仇人吗？你得罪过谁？”

“仇人……我好像没有什么仇人呀。——噢，想起来了，会不会是洋教堂派来的？我破坏了他们劫夺郭祖金身的计划，——当然，那次也是亏了师妹暗中相助。”

“说洋人报复，也有可能。但这个人似乎不像。他有许多让我觉得奇怪的地方……”

“奇怪？”

“比如，他好像知道神丸贯目功的厉害……”

“韵儿，”萧夫人打断古竹韵的话，“这种事哪里会一时半会儿就弄清？只求这十天别再出事就好。天弼也该去洗洗伤口……那人的手很黑呀！”

“妈妈说得对。师兄先去歇着吧。换个房间，反正西厢房全空着，一会儿让刘嫂给你送点红伤药。”

“那我就去了。”赵天弼说道，很快转身向西厢房走去。

“刘嫂，”古竹韵问道，“我那匹马还在乡下吗？”

“一开春，刘成就让人把小姐和赵爷的马带回来了。看小姐也不出门，刘成就把马送到西院郑家，一直由郑羊倌代放着。”

“明天早晨去牵回来。”

萧夫人惊问道：“韵儿！你要干什么？”

“妈妈，我发觉今天手劲儿差多了。要不，怎么也不能让那人跑掉。荒疏半年多了。再这么下去，功夫就全废了……”

“原来……你要去练功？”

“这神丸贯目功还是大有用途的。——刘嫂，你去吧，先给师兄送盆热水，然后到我房间拿药。我扶妈妈回房间。”

“明白了，小姐。”

“对了，刘嫂，明天午饭后，过来帮我晾晾单衣。”

“记住了，小姐。”

21

我们在前面讲过,李彪随张作霖离开古家前,曾写了一张字条,让刘嫂暗地里交给古竹韵。古竹韵当时正要去萧夫人房间,没有来得及看,便顺手揣入上衣口袋里。而后接二连三发生的事,使古竹韵再也没有记起这张小小的字条,它便随着古竹韵换下来的夏装在衣柜里躺了整整九个月!

现在,这张字条终于可以重见天日了。

刘嫂不识字。不识字的人对日常事物特别是细小物件的形状、特点都有一种超凡的记忆力。所以,当她从古竹韵的衣服里抖出一张纸片时,九个月之前的场面立即浮现在眼前。她毫不怀疑这就是李彪交给她的那张字条。她不知道字条上写的是什么,重要不重要,也不知道古竹韵看了没看,何以仍然在衣服口袋里,因而不敢轻易扔掉。她捡起来,想了想,走进上房,进入古竹韵的卧室。

古竹韵正在桌子前加工铅丸。这些铅丸还是古剑雄在世时求古竹韵的师傅偷偷制作的。它们还只能算是粗坯。这种弹丸非铅非铁,比铅硬,比铁软,置于指间,先就有一种类似箭控弦上跃跃欲飞的架势,其中究竟都有什么材料,连古剑雄也不知道。古竹韵的师傅说,把神丸贯目功传给古竹韵已经违背了先师遗训,制作弹丸的配方他是一定要带进坟墓的。我们称之为铅丸,是因为取不出一个准确的名字,并不说明它的原料是纯铅。真正成品的铅丸,要求是极严的。一是形体一定要圆,二是表面一定要光滑,三是重量一定要相等。形体圆可保证直线运行,表面光滑可保证运行速度,重量相等则有利于发弹时根据目标控制内力。特别是有时要在瞬间发射数弹,又要分别击中数个目标,这三个条件就更是缺一不可了。所以,古竹韵在使用那些铅丸之前,必须先研磨一遍。做起来倒也十分简便。她有一台有摇把和齿轮的研磨机,酷似后来人们使用的手动式铰肉刀。只需把铅丸的粗坯

捧进顶端的漏斗中,再摇动手柄,从侧面一个铁管中吐出来的,便是又圆又光滑而且重量相等的成品了。

刘嫂进来时,古竹韵做的就是这项工作。

“小姐,”刘嫂看着堆在宣纸上的光洁的铅丸说道,“干吗一次做这么多呀?”

古竹韵头也没回地说道:“反正没事干。”

“很累吧?为什么不叫赵爷来帮忙?我也可以做嘛。”

“劲儿大劲儿小要有分寸,别人一时半时干不来的。你有事吗,刘嫂?”

“我从小姐去年脱下来的单衣里抖出一张纸条。”

“一定是废纸吧?扔掉好了。”

“我想不是废纸。小姐是否还记得,李彪临走时曾让我交给小姐一张字条……”

“李彪?字条?”古竹韵疑惑地问道,侧过脸看了刘嫂一眼,努力追忆着往事。

“我认得这就是李彪写的那张字条。”

“想起来了,是有这么回事。”古竹韵说着,手里的摇把并没停下来,光洁的铅丸依然从那铁管中一个接一个地吐出来,“可是,”她接着说道,“李彪能写出什么有用的话来?这么久了,即使有用,只怕也时过境迁了。”

“小姐既然没看,我想还是看看的好。没有用再扔掉也不迟嘛。”

“先放桌子上吧。我做完这些就看。”

“可惜我不识字。要不,我念给小姐听,倒是两不耽误。”刘嫂边说边把仍然折叠着的字条放在桌角,“我去了,小姐。”她走了几步,又犹犹豫豫地停下来,想了想,还是决定补充几句,“小姐,你一定要看看。我越想越觉得李彪当时的表情很奇怪。也许他写的是很重要的话吧。”

“我说我要看的。要不……刘嫂你来把字条打开,我边做边看好了,省得你心里总像有事似的。其实这事也怪不得你。你没误事,是我忘了嘛。”

刘嫂看出是自己的絮叨惹小姐厌烦了,便有点自责地说道:“小姐是生我的气了吧?”

“没有。我哪儿那么多气?你过来把字条打开好了。我的手很脏。”

刘嫂咬咬嘴唇,又走回桌边,把字条打开并抚抚平。

古竹韵怎么也想不出李彪的字条在八九个月之后还有什么阅读的价

值。她只想应付差事地看上一眼,然后说一句“什么事也没有”,以便使担不了事的刘嫂安心离去。

她停下摇柄,顺手捏起两枚铅丸试了试光滑度,同时,不大经意地朝刘嫂按在指间的字条看去。

这一看不打紧,古竹韵当即浑身一抖,险些惊叫起来。她下意识地把两枚铅丸装进衣袋,一下子把那张字条夺了过来。刹那间,她的脸变得苍白,抖动的双唇失去血色,眼睛里跃动出惊讶、迷惘、急切、怨恨以及难以描述的内容。

她这副样子把刘嫂吓了一跳。

“小姐！你怎么了？这上面写的什么?”

“我不是在做梦吧?”古竹韵喃喃自语道,“这……这可能吗?”说着,把字条揣进怀里,抬步往外急走。

“小姐！……”

“告诉妈妈,我去太清宫。”

古竹韵边走边说,头也没回,不管双腿怎么颤抖,神经怎么疲软,只顾飞也似地闯出门去。

她刚跑到大门口,赵天弼追了上来。

听到赵天弼的声音,古竹韵猛然收住脚步,回过怒气冲冲的脸来。

“姜海山根本不在锦州!”

古竹韵的声音不大,而且说得十分艰难。但赵天弼还是立即就听出,那声音里有委屈的泪,有切齿的恨,有隐隐的杀机。他差点窒息过去。

“姜海山不在……不在锦州?”

连赵天弼自己也弄不清,说这话的是他还是别人。

“你是编出来的,对不?”

“师妹！这……”

“看你一会儿怎么向我解释吧!”

古竹韵说完,丢下魂飞魄散的赵天弼,径直朝太清宫奔去。

从古家小院到太清宫这段路并不长,可今天在古竹韵的脚下它却变得无限的长,好像永远跑不完似的。等她终于跨进葛月潭禅房的门槛,她觉得足足跑了半辈子,已经是筋疲力尽,就要瘫倒在地上了。

“葛道长!”她含泪费劲儿地喊道。

“古小姐！古施主……”回应她的是一个稚嫩的略显惊诧的声音。

古竹韵这才看清，禅房里只有一个似曾相识的小道童在清理案头，这时正向她作出合十鞠躬的欢迎动作。

“这……不是葛道长的禅房？”古竹韵蹙额问道，怀疑是闯错了禅房。

“施主，这正是葛道长的禅房。”

“葛道长呢？他去哪儿了？”

“古小姐，施主，古施主……小徒该怎么称呼您才是？”

“随你的便。”

“那我就称您……古小姐吧。”

“那就快说吧！”

“古小姐，真是抱歉。葛道长今天很忙，不见客的。请古小姐改日再光临敝宫吧。”

“我找他有很要紧的事！”

“比救人还要紧？”

“救人？”

“是的，古小姐。葛道长正给一个人疗伤。”

“原来是疗伤。在哪儿？为什么不在禅房？”

“那是个大人物呢，古小姐。”

“我不管他多大！我是一定要见到葛道长的。你告诉我，是在内院还是外院。”

“是内院。可葛道长是不让小徒说的。”

“你已经说了。”

“走嘴了。”小道童说道，伸了伸舌头。

“去告诉葛道长，说我要马上见到他。”

“小徒只能请古小姐宽谅了。”

“那我自己去找。”

“古小姐找不到。”

“我熟悉这里的每个房间。”

“看来古小姐找得到。”

“一定找得到。”

“可听说疗伤要脱光衣服的。这对古小姐不方便吧。”

“你看不出我有多急吗?”

“看出来了。”

“那还跟我耍贫嘴!”

“不敢。”

“那就快去！要不然我就自己去满院子喊他。”

“千万不要！——那么,好吧。小徒去代为转达就是。可丑话说在前头,葛道长要是不来,可别怪罪我。”

“哎呀,你就快去吧！你怎么这么啰唆!”

“小徒这就去,请古小姐安坐。”

小道童又向古竹韵鞠了一躬,这才迈开小腿,向外走去,速度要比古竹韵想象的快得多。

小道童一番不胜其烦的饶舌,对古竹韵无异于火上浇油,焦躁得几次想掴小道童几个耳光。但说也怪,那张字条在她心海搅起的狂涛,此刻却平复了许多。她终于可以平静下来,恢复到常态了。她确信小道童能描述出她的急切之状,确信葛道长会很快回到禅房见她。

果然不出所料,仅仅一刻钟后,葛月潭便随着小道童走了进来。

“古小姐久等了。”葛月潭说道。

“葛道长……”古竹韵轻声叫道,眼前涌出一汪泪水。

葛月潭看了看古竹韵脸上的汗迹泪痕,以及那双手上沾满的铅粉,转身对小道童说:“去洗一块热毛巾,给古小姐擦擦脸。”

“不用了。”古竹韵撩起衣襟擦了擦脸和手,又转向小道童,“小师傅请先出去一会儿。”

小道童询问地看着葛月潭。

葛月潭说道:“那你就出去吧。有事我会叫你的。”

小道童退出去后,葛月潭说道:“古小姐匆匆跑来,有很急的事?”

“是的。”

“请古小姐坐下谈吧。”

“不。”古竹韵说道,从怀里掏出那张已经揉皱的字条,递到葛月潭手中。

葛月潭展开字条。那上面只写有一句话:

拳坛齐蓬莱就是姜海山

古竹韵盯着葛月潭的表情,眉头微皱地问道:“葛道长好像并不感到惊

讶。”

“贫道已经知道了。”

“知道了？”古竹韵倒是十分惊讶。

“是的，知道了。”葛月潭说道，平静中带着愧悔，“我的猜测被推翻之后，却又意外获得了证实。”

“什么时候？”

“一刻钟前。”

“一刻钟前？一刻钟前葛道长正给人疗伤！”

“这个人就是齐蓬莱，或者说就是姜海山。”

“姜海山就在这里？在内院？”

“是的。”

“请葛道长……带我去见他！”古竹韵霎时紧张和激动得透不过气来，说这话时显得很吃力，也很难连贯。

“现在？”葛月潭问道。

“马上！”古竹韵这回说得很干脆。

葛月潭看出古竹韵眼里正迅速集聚着恨，便犹豫一下道：“古小姐这么急，怕是不适合立即见面。”

“我等得已经太久了！”

“古小姐……非常恨他？”

“我们之间的债该彻底清算了！”

“如果这样，古小姐更该先向贫道提几个问题。”

“提几个问题？向葛道长？”

“待贫道回答了这些问题，古小姐再去见姜海山就合适了。比如说，古小姐为什么不问问贫道，姜海山是否真的娶妻生子了？”

“他娶不娶妻，生没生子，和我已经毫无关系。”

“有关系的。这至少能证明他不是个薄幸人。”

“这我不想知道。”

“古小姐想知道的是父仇报没报。对吧？”

“姜海山是对着爸爸灵位发过誓的。”

“这个问题，贫道也能回答。——不过，贫道很累，我们坐下谈吧。看得出，你也很累。”

"葛道长请坐下好了。我不累。"

葛月潭摇摇头,缓缓走到椅子前,坐了下去,同时又说道:"是的,这个问题贫道能回答。"

"姜海山一定违背了誓言。"

"也可以这么说。"

"我料到了!"

"有些事是料不到的。姜海山找到了令尊的仇人,论武功,姜海山也有绝对取胜的把握。可是……"

"可他没有杀掉这个人!"

"他觉得不该杀掉这个人。"

"不该杀?这个人用极卑劣的手段暗杀了我的爸爸,还想对我,对妈妈也包括对他姜海山下毒手!"

"这的确是事实。"

"可姜海山却觉得这个人不该偿命!"

"说到偿命,古小姐的爸爸古剑雄也是抵偿不了他在德州欠下的命债的。"

"什么!"古竹韵骇然叫道,"葛道长是说爸爸……"

"是的。他为自己种下了仇恨。"

"不!我不信!"

"古小姐恐怕还不知道二十几年前在德州发生的那场惨案。但令堂萧夫人是肯定听说过的。那是以兴旺的古家镖局为一方,以断绝了活路的另外四家镖局为一方的仇杀。"

"我听妈妈讲过。是那四家镖局偷袭了古家镖局。爸爸侥幸逃出德州……"

"不错。纷争的起因固然不在古家,但后来的发展就很难说不是古家的责任了。古剑雄在古家镖局遭到袭击家毁父亡后只身逃出德州,巧遇赵尔巽。赵尔巽答应帮助他控官。官司打赢了。结果是,袭击古家镖局的四家镖局的局主以及会武功的子女全被砍了头,而被株连流放和判刑的有老小数十口之多。武林界并不鄙视复仇,但痛恨报官。因此,四家镖局幸存的四个后人共举会武功的刘宝清为首领,立誓要杀掉古剑雄和赵尔巽……"

"刘宝清?就是那个义和团的大师兄?"

“是的。”

“他就是杀害我爸爸的人!”

“古小姐,请听贫道说完。”

“不必了。我知道的已经足够了!”

“一定要报仇也不在这几分钟时间。”

“葛道长!……”

“只剩几句话。古小姐一定要让贫道说完。”葛月潭说着,站起身来,走到满眼怒火顷刻间就要冲出禅房的古竹韵面前,那样子像在警告古竹韵:我逼也要逼你听完!“不错。”葛月潭接着说道,“正是刘宝清亲手杀死了古剑雄。姜海山也正是要找到杀害古剑雄的人才去德州的。贫道就从姜海山到德州讲起吧。不要着急,三言两语而已……”

葛月潭当然不能三言两语就讲完。但此情此境中,他也不能滔滔不绝地作一番纤悉无遗的叙述。他只能用极简括的语言描绘一个概貌。而姜海山和刘宝清化干戈为玉帛的经过,在本文中绝非可有可无的情节。所以,为了使读者对这段故事有一个较完整的了解,我们还是把葛月潭的原话略去,按照原来的样子,作一番客观叙述,而且,单独成为下面一个章节……

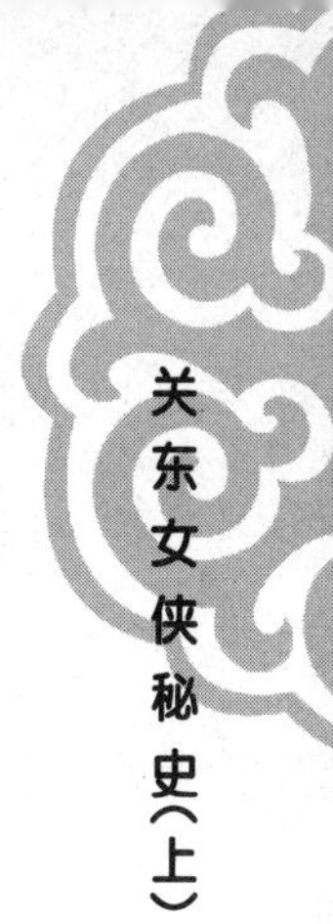

22

五年前,姜海山在张家口东郊送走萧夫人和古竹韵后,一路跟踪对古家镖局似有所图的四个山东人,很顺利地到了德州。但一进入德州城,那四个被跟踪者便消失得踪影全无了。他这时已经确信,那四个山东人肯定是古剑雄的仇人派遣的,找到他们就算找到了想找的人。可德州城那么大,那么繁华,而且拳坛正发展得如火如荼,到处是舞枪弄棍的拳民,想找到这四个人也确非易事。他在城里晃悠了四五天,仍然毫无结果,只好放弃原来计划而另辟蹊径了。古剑雄虽然始终没谈起有什么仇人,却说过古家前辈在德州开过镖局,红火了数十年。联系到古剑雄远离家乡到塞外谋生以及后来发生的一些事情,姜海山完全可以得出古剑雄的仇人在德州而且是镖业同行的结论。也就是说,能打听出德州各家镖局之间曾发生过什么较大的纠葛,事情就有了线索,然后顺藤摸瓜,准能查出究竟是谁对古剑雄下了毒手。姜海山认为自己想的很有道理,也就不再犹豫,随即开始了私查暗访。我们曾经讲过,古家镖局遭袭击是一场大械斗,经官后又是一桩大案,德州城里的人,只要上了年纪的,有谁不知道,有谁不记得呢?也就用了三天两后晌,姜海山就对德州历史上的这件轰动一时的案子了如指掌了。剩下的事,就是寻找被官府制裁的四家镖局的后人了。姜海山很兴奋。但他也知道,找到这四家镖局的后人不是件容易事,从这些人中查行刺者也要费一番周折,而且必须格外谨慎才行,也许需要一个较长的过程。他既然下决心要替古剑雄报仇,就不在乎这过程的长短,而且,那最后的时刻肯定会一天天接近。

姜海山怎么也想不到,他还没找到那个人,那个人却主动找他了。

一天,他正在街里闲逛,有一个拳民打扮的人突然走到他的面前。

“请问,”那人抱了抱拳说道,“阁下就是张家口古家镖局姜镖师吧?”

姜海山心里一惊,立即意识到自己的行迹早在敌人的掌握之中了,隐瞒或矢口否认自己的身份已是毫无意义。

“不错。在下就是姜海山。”

“请随我来。”

“我为什么要随你去?”

“有一个人想见你。”

“这人是谁?”

“你听说过刘宝清的名字吗?”

“赫赫有名的拳坛大师兄,哪个会不知道?”

“他正在四合义茶馆恭候大驾。”

“你能说出我必须见他的理由吗?”

“大师兄说,他能帮助你找到你想找的人。”

“他知道我要找谁? ——唔,等一等,阁下刚才是说四合义茶馆,四合义……这四合义莫不是……”

“别的你就不必问了,问了我也不会回答你。当然如果你害怕或者怀疑有诈,也可以不去。”

“害怕? 我为什么害怕? 请前面带路好了!”

四合义茶馆位于闹市区,是一座典雅的二层楼建筑。一楼是宽绰的敞厅,摆有十几张茶桌,紧里边一面大屏风下是略高于地面的平台,是卖艺人的用武之地。此刻,茶桌四周座无虚席,客官们正一面品茶一面听着西河大鼓。门里两侧都有楼梯,是通到二楼的。二楼共有十来间雅座,平日里也总是客满为患,今日却只有一间里坐着一位客人,其他全空着,清寥得与一楼的繁华有点儿不协调。

这唯一的客人无疑就是刘宝清。

姜海山正是被另外一个人领上楼梯,请进刘宝清独占的那间雅座的。

“刘某恭候多时了。”刘宝清欠欠身说道,同时指了指对面的座位,“请姜镖师就座。”

刘宝清的声音不大,但吐字十分清晰,似从丹田发出,显出有很深厚的内力,姜海山是听得出来的。他不由得凝视了刘宝清一眼。这人四十以往,身体清瘦,却精神抖擞,一眼便可断定是习武之人;而且,在那炯炯的目光中有严厉也有慈祥,在那线条清晰的嘴角上有坚毅也有宽容,亦可断定不是心怀叵测、使奸弄巧的那种卑劣小人。姜海山自然解除了原来的戒备之心。

但这人约见他,显然和他的报仇行为有关,这是找他的那个人明讲了的。按说,刘宝清和当年那件案子应该是没有牵涉的,因为四家镖局局主及其近亲中没有刘姓。那刘宝清为什么要如此热心地主动介入呢?看眼前的阵势,既不像要做和事佬,也不像要恐吓他。这葫芦里究竟卖的什么药,姜海山一时难以猜透。不过,有一点很清楚,这人肯定站在古爷的仇人一边,绝不会成为他姜海山的朋友。他必须保持头脑冷静,采取守势,见机行事。

所以,姜海山也不搭话,略一拱手,大大方方坐了下去。

刘宝清微微一笑,然后朝带领姜海山进来的人摆了摆手,说道:"你下去吧,告诉二老板,楼上不准任何人来打搅。"

那人答应一声,退了出去,顺手关上了门。

刘宝清伸手让了让茶,说道:"听说姜镖师到德州快一个月了,而且事情进行得不很顺利。"

姜海山扫了刘宝清一眼,觉得没有回答的必要,依然没有开口。

刘宝清又是微微一笑,似乎不大经意地说道:"阁下与两年前毫无变化。"

姜海山这回可有点惊讶了,忍不住问道:"两年前?"

"是的。阁下还是那样风采照人。"

"可是……我们好像从未谋面。"

"也可这么说。"

"也可?不不,肯定地说,我绝不认识您。"

"当然,当然。因为那时阁下在明处,我在暗处。"

"我在明处您在暗处?暗处!……难道……"

"不错。我就是阁下要找的人。我原姓陆。"

姜海山倏然跳起,怒目道:"陆庆宝!"

"正是在下。"

"是你刺杀了古爷!"

"坐下坐下。你我今天是文会,不是武会。"

"我不管什么文会武会,我要找的就是你!"

"眼下不是阁下动手的合适时机。"

"你以为我会怕有埋伏?"

"事实上并无埋伏。我是以礼相请。阁下总该知道先礼而后兵、礼尚往来的道理吧?阁下要动手,先就失礼了。力胜不如理胜嘛,为什么不先讲讲道理呢?"

"道理！你当年讲过什么道理吗？不过,我今天可以放过你,但不会有第二次了!"

姜海山说完,就要往外走。

"等一等!"刘宝清说道,仍坐在那里未动,"阁下为什么不问问我约见阁下的原因呢?"

"这对我没有意义。"

"至少阁下应该想一想,阁下要找到我有多大可能？没人认识陆庆宝,却都知道我叫刘宝清,而阁下是连刘宝清也没见过的,这是一。再说,即使有一天阁下查到了,以阁下一人的力量,去刺杀一个拳坛大师兄,有几分成功的把握？这是二。还有,阁下一到德州,我就接到报告,阁下是孤身一人,走街串巷,以拳坛的势力,想除掉阁下,只怕有一百个姜海山也都得去见阎王,这是三。可我没有派人杀你,却恭恭敬敬把你请来,并主动承认我就是当年刺杀古剑雄的人。这其中的原因阁下就不想知道,就不该知道吗?"

刘宝清这一席话,倒使姜海山走也走不了,要火也火不起来。不错,这里确实有许多难以理喻的地方。他没有理由不听个明白。他思忖了一下,说道:"好,我听你讲。"

"请坐下。也许我们要谈得很久。不过请放心,阁下今天绝不会受到骚扰。"

姜海山心想,即使有人来骚扰,拧断你刘宝清的脖子也来得及。所以也就毫无惧色地归座了。

刘宝清喝了一口茶,说道:"我感谢阁下给我这个机会。我想……我该从头讲讲四家镖局那场争斗……"

"我已经知道得非常详细。"

"如果这样,我们的谈话就能简短些了。是呀,我听说阁下是作了一番调查的。那么……阁下就该知道古剑雄报官是很卑劣的行为……"

"四家镖局偷袭古家就不是卑劣的行为？而且,连古家唯一的幸存者也不放过!"

"我不想为四家镖局的父辈们辩护。他们的死也是罪有应得。问题是不该株连这四家老小十几口人！唯一的理由是他们都会武功。当时,只要古剑雄和赵尔巽说一句话。这些无辜者就能幸免于难,而不至于或惨死狱中或流放得不知去向。可当时,古剑雄和赵尔巽谁也没有说这句话……"

“也许说了，你不知道。”

“听得出来，阁下也认为他们该说。是的，他们该说，却没有说。我当时在外学艺，回来时案子已经结束。那三家镖局也各剩下一个孩子，一男两女，因为他们从小就不习武功，被放了出来。这三个十几岁的孩子曾哭倒在古剑雄和赵尔巽脚下，求他们替亲人至少是无辜的母亲和兄弟姐妹说一句话。可被古剑雄和赵尔巽轰了出来！后来，我们四个人改名换姓，组成了两个家庭，变卖了所剩无几的家产，在这里开起了四合义茶馆。我们共同立誓，一定要找到古剑雄和赵尔巽，杀掉他们！我们四人中，只有我会武功，这誓言也只能由我去实现了。”

“所以你两年前去了张家口……”

“在那之前我去过京城，但找不到下手的机会。十几年后，从到茶馆来的外地商客口里获知，古剑雄在张家口开起了镖局。我意识到，报仇的机会终于来了！”

“可你，竟采取了暗杀的手段！”

“暗杀……是呀，这很不光彩。可是我知道，古剑雄的武功远在我之上。为了四家的仇恨，我也只好背上不光彩的名声了。”

“你很讲义气，又如此直率！”

“不管怎么说，我还是有愧于古剑雄的。所以，我决定，除了古剑雄，绝不枉杀一人。”

“可是，你却派人行刺古爷的女儿！”

“不是行刺。我偶然听说，古剑雄的女儿有绝世武功，做了镖局局主。我已经是拳坛大师兄，不希望有人来找我的麻烦。我派四个弟兄去刺探一下古小姐是否有打算报父仇的迹象。如果有，我当然要先下手。可那四个弟兄做事不利，反而把阁下引到了德州……”

“唔，等一等，我还想请教个问题。”

“请说。”

“你暗杀古爷时得到过别人帮助没有？对古爷的行踪，你怎么会知道得那么清楚？”

“这已经离开了我们的话题。”

“请回答我。”

“我的回答是：没有。阁下是不必找出个人来分担我的责任和分担阁下的仇恨的。一人做事一人当嘛。”

“我可以不追问,虽然你没说实话。但另一个问题你是应该回答我的。你既然知道我进了德州城,也猜出了我的目的,为什么不叫手下人除掉我?”

“我们四家的仇恨在古剑雄和赵尔巽身上,与他人无关。这仇我已经报了一半。另一半迟早也要报的。但我绝不去伤害无辜的人。我们四家冤死的人还不够多吗?另外,我已经说过,我是拳坛大师兄。对大师兄,威望比什么都重要。弟兄们是要在我的指挥下同洋人去拼杀的。如果有人当众揭穿我是陆家的后代,搞过不光彩的暗杀甚至同我交手,那会出现怎样的局面呢?我遭人唾弃事小,坏了拳坛事大。而我看得出来,阁下是不达目的不肯罢休的人。我等了这么久,也没发现阁下有打退堂鼓的迹象。或迟或早,你总会找到查清真相的线索的……”

“明白了……”

“我要说的话也全说了。现在请阁下作出决定,听了我的陈述后,是否还把我当作必须除掉的仇人?”

“当然,我必须承认,你不像我想象的那么坏,甚至可以说,你是一条真正的汉子,是令我不能不崇敬的前辈。如果我们早认识几年……是呀,一旦达到了目的,肯定会像你暗杀古爷后那样,愧对前辈的在天之灵的……”

“说得好!我无言以对了。这就是说,阁下并不想改变决心。”

“我对着师傅的灵位发过誓,向师母和师妹发过誓。尽管有一千条理由可以原谅你,尽管你活下去可能成就一番为国为民的大事业,但我还是不能违背誓言。”

“预料到阁下会这样。所以,我们四人中有三个人劝我取消这次会面……”

“但我不去暗杀你,也不去骚扰拳坛。我们就好汉对好汉,来一次公平决斗,让上天来判决我们两人谁死谁活。”

“看来,我今天约见阁下是个大错误。但我并不后悔。——好吧,我接受阁下的挑战。时间呢?”

“越早越好。”

“那就明天。我也希望尽快有个了结。地点呢?”

“由你决定。”

“应该选一个人迹罕至的僻静之处。具体地点么……今晚我派人通知阁下。还有,就是决斗方式……”

“陆家以拳脚闻世,古家剑法神龙十八盘又是独家武功。我们就不使器械,徒手好了。我也很想见识见识声名远扬的陆家拳。”

“阁下做了太多的让步。”

“遗憾的是,我不能做出更大的让步。”

“我能理解。换上我,也会这么做的。”

“我们就算谈定了?”

“谈定了。”

“那在下就告辞了。”

“我送阁下到门口……”

……

刘宝清选定的地点是城北十几里处一座废弃的桃树林。林间有一片足够两个人施展拳脚的平地。时值深秋,这里是不会有人光顾的,是个绝好的决斗场所。

姜海山先来到了这里。

上午九时整,是他们约定好的时间。刘宝清准时到了。他还带着五个随行人员,其中四个是姜海山在张家口见过的,另一个文质彬彬的人,大约就是四合义茶馆的二老板。

姜海山以为那四个会武功的人是来助战的,便冷笑了一声说道:“刘大师兄还带来了帮手!”

“阁下误会了。”刘宝清说道,“你我今天势必有一个人要死在对方手中。这个人是阁下还是我,都不应暴尸野外。我的几个弟兄就是为死者收尸的。”说完又转向他带来的五个弟兄,“我再重复一遍,我和姜镖师从未交过手,胜负难以料定。如果我不幸战败,不准你们任何人采取任何手段伤害姜镖师,连尸体也听凭他处置。因为这是公平决斗,而不是仇杀。你们现在对姜镖师发誓,只做善后,绝不介入决斗!”

那五个人虽说有点儿不情愿,但大师兄的命令不可违抗,只好齐声喊道:“我们发誓!……”

“现在可以了吧?”刘宝清问道。

“开始吧。”

“请出招吧。陆家拳历来以防为先。”

姜海山略一抱拳说道:“承让。姜某不客气了。”语音还没落,双脚已踏

地而起，猛虎扑食般冲过去，那挟着风声的拳头直向刘宝清的颜面飞出，正所谓迅雷不及掩耳。

早作好迎战准备的刘宝清不敢怠慢，一个蹲踞，巧妙躲过姜海山的拳头，然后就地一滚，紧接着一个鲤鱼打挺，竟飞起丈八高，在空中打了个旋子，早已轻轻落在姜海山身后，脚还没有触到地面，那贯满内力的右掌已到了姜海山脑后。

姜海山第一拳实是一种试探，知道打空后，已料到刘宝清会有这山后套虎一招跟上，便在掌风已扑到枕骨的瞬间，脖颈猝然一歪，自右肩处猛起双臂，恰巧握住了刘宝清的右腕，随即用力一拽，便要向前上方甩出……

这一拽一甩，加上袭击者向前冲，之间有两三千斤的力量，任你是钢打铁铸的汉子，在从空中被摔到地上时，筋骨和内脏也要四分五裂的。

可刘宝清毕竟非等闲之辈，明知姜海山这招十分厉害，却毫不紧张，他同样借助姜海山的力量，提足而起，径直向上挺去，身体在与地面垂直的一息，双腿叉开，又来了一个飞腿旋子的动作，内力却全部向右腕聚集，这时姜海山双掌的力量也恰值强弩之末，他竟轻轻挣脱了手腕，同时双腿并拢，利用旋子的余力，向斜上方飞起，加上一个空中翻腾，稳稳落到地上，和姜海山又成照面。

“好功夫！”两人同时赞道，算是结束了第一个回合。

这两个人虽各自仅出了两招，却都探明了对方的实力，知道遇上了最强的对手，丝毫大意不得。

拳脚功夫并不是姜海山的强项，也从未掌握一套完整的拳法。但他很聪明，又极有灵性，善取各家之长，融会贯通，加上行镖中遇敌常要速战速决，因而只取各路拳法中快捷刚猛的部分，几乎招招是杀手。而刘宝清使出的却是以防为先的陆家拳法。陆家拳套路完整，衔接细腻，以柔见长，缓中有疾，而且变化无穷，几招之间必自然带出一记令人猝不及防的八卦掌。

说时迟，那时快，两个人结束了第一回合刚刚站定，早已各逞神威，咄咄逼人地向对方冲过去。这一刚一柔两路拳法遂又交织出一场恶斗。

这场恶斗，从九时打到十时，从十时打到中午，却依然不见胜负。直看得五个旁观者眼花缭乱，目瞪口呆。

刘宝清既然看出姜海山招招不离刚猛，每招都势必消耗很大的内力，因而打定主意，充分发挥陆家拳的长处，先拖一段时间，待姜海山筋疲力尽时，

再伺机打击杀手。

但刘宝清想错了,他毕竟是结了婚的人,又已经四十多岁,而姜海山二十多岁,尚属童子身,体力饱满得取之不尽。还没等姜海山力怯,他自己先就气喘吁吁了。取胜之信心于是发生了动摇。

这也恰恰是姜海山等待的时刻。

只见姜海山突然的拳变掌,直朝刘宝清胸口击去。刘宝清虽有防备,知道这一拳变得奇崛,迅猛异常,不躲是不行的。但他躲避得还是太慢了,那一掌还是击到了胸前,他身体骤然离地,斜刺里朝后飞去。姜海山一个燕子踩随着一个空中翻腾,落地时,那右脚已牢牢踏到刘宝清的小腹上了。

五个旁观者大惊失色。

"我输了。"刘宝清闭了闭眼睛说道,语气很平静。

"如果你想继续打,我还可以给你一次机会。"

"不必了。请动手吧。阁下终于可以完成夙愿了。"

"我要取出前辈的心去祭奠师傅。不过,请站起来吧,我看出前辈是位真正的英雄。英雄是不该躺着去死的。"

"谢谢阁下给我这么大面子。"

刘宝清站起来,并抖抖了身上的尘土。

姜海山下意识地看了看那五个旁观者。

"他们发过誓。"刘宝清说道,"不会难为阁下。"

姜海山从靴筒里摸出匕首。

刘宝清自己扯开胸襟。

姜海山叹了口气说道:"对不起,我没有别的选择。"

刘宝清依然平静地说道:"我不会怨恨阁下的。"

姜海山举起匕首。

就在匕首即将刺下去的刹那,刘宝清的五个随行人员猛地冲了过来。姜海山和刘宝清的脸上同时现出惊讶和愤怒的表情。

但出乎他们的预料,这五个人不是来围攻姜海山救刘宝清的,却齐刷刷地跪到姜海山面前。

"姜爷,姜大侠!"五个人齐声哀告道,"放过我们的大师兄吧!……"

"如果我不放呢?"姜海山逼视着那五个说道,手中的匕首没有放下来,"你们是不是也想跟我斗一场?"

刘宝清也怒道:“我对你们说过,这是公平决斗,跟你们无关。快滚到一边去!”

那五个人没有走开。其中一个仰起脸来,乞求中又隐隐有一股凛然正气。“姜大侠!”他说道,声音厚重,凛然中带着凄惨,“刘爷过去有千种错万种错,可现在,他是拳坛的大师兄啊!两千多弟兄,需要他率领去打洋人。洋人是魔鬼,占我疆土,欺我百姓,不把他们斩尽杀绝,国恨难消,国仇难报啊!姜大侠如果杀了大师兄,两千弟兄群龙无首,拳坛就要土崩瓦解,姜大侠一定要做这亲者痛仇者快的事吗?国仇当前,姜大侠就不能把家仇先放一放,留待来日吗?我们可以发誓,报了国仇之后,我们和大师兄一起自缚去见姜大侠,听凭姜大侠处置……姜大侠,我说完了。大师兄有令,我们不敢阻拦姜大侠的行动。杀与不杀,就请姜大侠定夺吧!……”

如果是哀求,姜海山会鄙视;如是威胁,姜海山会愤怒。但这人既不是哀求,也不是威胁,而是晓之以义,喻之于理。这种口陈肝胆,不卑不亢的刚正之气,反而使他的心为之一动,不由得向自己问道:这匕首究竟该不该去豁开那袒露的胸膛呢?

这时,刘宝清又说道:“姜镖师,不要因为他们的请求而犹豫不决。你没有错。你的行为光明磊落。而且,你对我的让步已经太多,我再也承受不了你的情义了。但我临死前还有一个请求,请阁下一定答应我……”

“请前辈……说吧。”姜海山的嗓子已经嘶哑了。

“我对自己的拳脚功夫过于自信,而低估了阁下的实力。因而,我对身后事没有作出安排……”

“我可以给你足够的时间……”

“不,我不是这个意思。我是说,拳坛需要一位新大师兄。再没有比阁下更合适的人选了……”

“什么!你是说……”

“是的,你比我强。无论人品和武功,都比我强。阁下是能成为出类拔萃的大师兄的。有我的遗嘱,两千弟兄会绝对服从阁下的。我成全阁下对古剑雄的一片忠心,阁下也一定要成全我,替我承担起雪国耻报国仇的重任。这样,我就死而无憾了……”

23

葛月潭按着自己的方式,用极简括的语言讲述了上面那些情节后,舔了舔干燥的嘴唇,继续对古竹韵说道:“当时,姜海山的心里是异常矛盾的。如果不杀刘宝清,对不起古剑雄的在天之灵,甚至永生永世也不敢再见古小姐和萧夫人,一个温暖幸福的家对他将永成泡影;如果杀了刘宝清,势必毁掉拳坛驱洋人复国土的大业,在事实上帮助了洋人,而使自己陷入不仁不义的深渊,灵魂的谴责也会如影随身永生永世得不到解脱。一方面是家仇,一方面是国仇。他必须放弃其中的一个。这对姜海山是一次痛苦而又异常艰难的抉择。最后,他选择了国仇,放弃了家仇。他为此痛哭流涕,甚至想自杀。不是刘宝清和五个弟兄的奋力争夺,那匕首就刺入姜海山的心脏了……拳坛的弟兄无论如何不让他死,但他拒绝当大师兄,而成了拳坛二师兄……”

古竹韵听完了有关姜海山的这一段她怎么也想不到的特殊经历,看了看极有修为而此刻竟闪动着泪花的葛月潭,垂下头去,久久没有出声。是的,她原来是不想听的,她不想听葛月潭再去重复古剑雄过分残忍的报复,那无疑会动摇古剑雄在她心里的父亲形象;她也不想听姜海山违背誓言的具体细节,那肯定会使她怒火攻心、七窍生烟的。她一心想的是,既然杀害古剑雄的刘宝清和认敌为友的姜海山都近在咫尺,那么,为父亲报仇已责无旁贷地落在她这个女儿的肩上,她应该采取行动,而且自信能成功。她希望这单纯而高尚的复仇行为只受单纯而高尚的复仇心理的驱使,而不受其他可能削弱复仇心理的任何事物的干扰。但葛月潭显然不让她即刻离去,出乎意料地挡住了她的去路,她又不得不暂时留下。她总不能把葛月潭从眼前推开。而葛月潭的删繁就简的讲述,很快就把她带入故事情节之中。连她自己也记不得,是在哪一刻从似听非听,急于摆脱过渡到心甘情愿听下去的,甚至在听完之后,她的似乎游离于体外的魂魄依然飘浮在故事情节之

中。姜海山和刘宝清的故事无疑是很动人的,连转述者葛月潭都深受感动,古竹韵又怎能无动于衷呢?但古竹韵和葛月潭是不一样的。假如古竹韵也是完全客观地去听这段讲述,她会感动得泪如雨下,会对故事中的两个人物肃然起敬和赞叹不绝。而事实上她无法去当一个客观的听客。姜海山也好,刘宝清也好,都和她有着直接而特殊的关系,一个是她的未婚夫,一个是杀父仇人,未婚夫又主动接受了杀父仇人的重任,而结果,这两个人竟成了莫逆之交!仅仅作为故事,这两个人关系的陡变固然令人感叹,可作为实实在在的生活,这两个人在故事结尾时的握手言和,古竹韵是无论如何也无法容忍的。也许姜海山本人甚至与古家小院有非同一般关系的葛月潭,都认为这个结局有一千条理由,她古竹韵都不会接受其中任何一条理由。在父仇面前,任何理由都得毫无例外地退避三舍。当然,她听葛月潭赞赏地说起过义和团,能让葛月潭赞赏,就肯定有应该赞赏的道理,尽管她不明白。但是,赞赏是一码事,仇恨是另一码事,难道做了拳坛大师兄就可以不再承担杀人的罪责了吗?

古竹韵这样想着,突然抬起头来,盯着葛月潭问道:"葛道长,您为什么要对我讲这些?是不是想动摇我报仇的决心?"

"古小姐,贫道只是想让古小姐知道,姜海山为什么不敢见古小姐和萧夫人。"

"他没有杀掉爸爸的仇人,有什么脸来见我和妈妈?"

"原因确实如此。不过,古小姐现在也该明白,姜海山为什么没有杀刘宝清。"

"我不管他为什么,总之他没有杀!"

"那是因为姜海山掂量出国仇和家仇的分量是不一样的。换上古小姐,也会作出相同的选择。"

"不会!我只知道父仇必须报,国仇同我有什么关系?"

"有关系。古小姐会明白的。"

"我明白我不是姜海山。姜海山不是古剑雄的儿子。而我,是古剑雄的女儿。父仇子报,是天经地义的!"

"贫道相信古小姐会改变决心。"

"我想……我不会。"古竹韵说道,竟被自己的话吓了一跳。因为她自己也听得出,这句话和这句话的语气不是斩钉截铁,不是很坚定的。骤然回头

想想刚说过的几句话,也几乎有点儿软弱无力。她怎么了?是心底已被那故事偷偷打动了,还是本来就没有报仇的胆量和决心?她想立即从葛月潭面前逃开,摔到自己床上去对自己作一次检讨和审判。所以,她下面的话,就像在心灵的自我挣扎中艰难说出来的。“是的。”她继续费力地说道,“我不会改变决心。当然,不是现在……不是在这儿,不是在太清宫。但是……但是,我会……我会找到姜海山和刘宝清的!……”

“不必了。与其以后,莫如就在今天!”

随着这突然响起的说话声,从门口走进两个人来。古竹韵面对门口,一眼就认出一个是姜海山,另一个便是刚才说话的人,那当然是刘宝清了。

古竹韵没料到姜海山会在此刻出现。在没有任何精神准备的情况下,她感到惶惑和手足无措。刹那后,一股无限委屈的波涛在胸膛里涌起,并把一股无限辛酸的浊泪驱赶到眼眶当中。但这是短暂的,稍纵即逝了。下一刹那,她的意识复苏了。令她自己也感到奇怪的是,在这复苏的意识里,同时存在两种相反的内容,一种是仇恨的力量,一种是对抗仇恨的力量,这两种力量同时生长,交织一起,互不相让,古竹韵自己也不知道哪种力量更强些。结果她说出的第一句话,其中的意义就很难是明确的了。

“姜海山!你到底还是露面了!”

“是的,师妹。”姜海山站下后十分不自在地说道,努力抬起头,朝古竹韵看去。在他的眼睛里,有对古竹韵的爱和愧,也有对自己的怨和恨。“我也没想到我们会以这种方式见面。”说完,又赶紧垂下头去,一副甘愿受罚的样子。

葛月潭叹口气,埋怨地说道:“你们二位是不该来的。”

刘宝清说道:“蓬莱和我都觉得应该来见见古小姐。”

“你是谁?刘宝清?”古竹韵问道,语气中充满了仇恨。

“我就是刘宝清。原名陆庆宝。五年前,采取不光彩的手段,暗杀了古小姐的养父古剑雄。”

“不光彩?……那是卑鄙!”

“是卑鄙。”

“而且,数月前,你还想暗杀……暗杀……”

“赵尔巽。但是,姜海山获知赵尔巽是古小姐的生身父亲,叫我打消行刺的念头。我的命是姜海山给的,在某种意义上说,也是古剑雄和古小姐给的。我不能不听他的。”

“姜海山是姜海山。古剑雄和他的女儿是永远不会饶恕你的!”

“我随时准备还清这笔债务。”

“你就等着吧。如果有一天你贯脑而亡,请你今天就记住,这世上没有第二个人会这神丸贯目功!”

古竹韵说完,就往外走,刚走一步,又对姜海山说道:“还有你,姜海山!”

姜海山悲怆地说道:“是的,师妹。我是躲不过你的第二颗神丸的,我也不想再躲。但请师妹……”

“等等,你说什么?”古竹韵停下脚步,盯着姜海山,有点吃惊地问道,“第二颗神丸?第二颗?”

“昨天晚上我不想暴露自己,但又深知师妹神丸贯目功的厉害,只有逃走。但这左肩……”

“你……姜海山!”古竹韵这回对姜海山也只有愤怒了,“你违背誓言,背信弃义,这还不算,还向师兄下毒手!就算赵天弼不是个正人君子,可也没犯在你的手下,你为何要置他于死地?”她说着,右手已伸进衣袋捏住了铅丸。

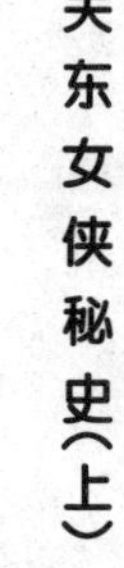

姜海山诧异地看着葛月潭问道:“葛道长没有告诉师妹?”

葛月潭说道:“没等我讲到赵天弼,你们就来了。”

“那就由我来讲吧。师妹,当年,古爷的行踪就是赵天弼向刘大师兄——他当时还叫陆庆宝——提供的。他的条件是,陆庆宝只杀古爷,而把古爷的财产和师妹留给他赵天弼……”

“赵天弼?竟会是……这样!”古竹韵震惊中带着疑惑,她又转向刘宝清,“姜海山说的是真的吗?他是不是编造?”

刘宝清说道:“这是没有必要编造的,我可以发誓。”

葛月潭说道:“古小姐,唯一不可谅解的就是赵天弼。”

“遗憾的是,”姜海山又说道,“这半年多,忙于拳坛事务,疏于对师妹家的防护。直到今天,才听说赵天弼同师妹和师母住在一起,而且又在施展骗术。我原是希望师妹忘掉我,嫁一个好人家,可绝容忍不了这个十恶不赦的罪恶灵魂来玷辱师妹。可更遗憾的是,我没能结果了他……”

刘宝清说道:“你犯了两个错误。一是不该一个人去干这种没有把握的事,二是不该直到葛道长取出你肩上的弹丸时才说出这件事。”

“我想亲手杀掉他……”

“不用说了!”古竹韵悲愤道,并将手从衣袋中撤了出来,“我全明白了！——葛道长，您一开始就该先讲这件事的。”

“那样，古小姐肯定会立即跑回家不听贫道讲下去了。贫道想，赵天弼是知道姜海山受了伤的。如果他昨晚没有畏罪潜逃，今天也不会离去。再有几天，他就要成为晋昌手下的人了。而且贫道确信，那张字条——不管那是谁写给古小姐的——古小姐是绝不会给赵天弼看的……”

“可他能猜出字条的内容。——噢，天哪！”古竹韵说着，突然异常惊恐地叫起来，“我的妈妈！……”这最后一句话的语音还没有落下，她就失魂落魄地夺门而去了……

古竹韵的担心是有道理的。作为杀害古剑雄凶手之一的赵天弼，在意识到罪行就要被揭穿的时候，什么事情干不出来！

赵天弼原来并没有想到要逃跑。既然已经知道姜海山受了伤，他就难免产生侥幸心理，以为姜海山不会很快采取第二次行动。只要挨过十来天，穿上军装有了枪，那原来的计划还是有实现的可能，为什么要空着手匆匆离去呢?

这一点，葛月潭也估计到了。

但是，赵天弼狗急跳墙则是葛月潭和古竹韵事前都没有料到的。古竹韵识破了赵天弼为了卑鄙目的编造了姜海山的故事，却不知道他曾为刺杀古剑雄的人当过内线；葛月潭获知了赵天弼当年出卖师傅的可耻行径，却想不到古竹韵在冲动和愤怒中竟向赵天弼透露出自己已找到姜海山的下落。而赵天弼，是清楚的，因为这两件事都是他一人干的。并且，他比任何人都更敏感，一点点迹象，哪怕是间接的，也会引起他的警觉。

所以，古竹韵在大门口的两句简短却带着怒火和威胁的话，无疑等于向赵天弼示警，而葛月潭有意先讲姜海山和刘宝清的故事，又无疑等于给赵天弼留下了肆虐的时间。

事实正是如此。

在古竹韵直奔太清宫而去的时候，做贼心虚的赵天弼立即明白了要彻底暴露了。而且，所剩时间已经不多，他必须孤注一掷，提前行动！

他不敢耽搁，返身跑进院子，关上大门并插上门闩，然后，直奔上房萧夫人卧室而去。

此时，刘嫂正在向萧夫人描述古竹韵冲出房间的情景。

萧夫人见赵天弼进来，从腿上挪开已经睡去的唤弟，边下床边说道：“天弼，你来得正好。刘嫂说，韵儿看了去年李彪临走时留下的字条，便疯了一样去太清宫了……”

没等萧夫人说完,赵天弼便不客气地追问道:“是李彪留下的字条?”

“真不知道李彪胡说了些什么。这几天韵儿刚刚稳下心来……天弼,你快追上她,问问究竟是什么事……”

“我看不必了。”

“不必了?你快说说,李彪写的是什么?”

“发生了昨晚的事,我才相信李彪没有对我说谎。”

“你说……昨晚的事?”

“昨晚袭击我的就是姜海山!”

“什么!”萧夫人惊骇中带着迷惘地叫道,“这是真的?姜海山不是换防……”

“师母,我没有时间跟你啰唆了。我不能等着师妹回来杀掉我。快把金柜的钥匙给我!”

“天弼!你这是怎么了?”

“我需要那些银票。立刻!”

“天弼!……”萧夫人瘫痪般跌坐到床上,脸色顿时一片惨白。“我明白了。”她咬牙切齿地说道,“你留下来的目的就是为了那些银票!姜海山在锦州是你胡编出来的。对不对?你说!”

“虚构姜海山的故事也是迫不得已。银票的事却是刚知道。师妹娶不成,银票是不能不要的。”

“你这个畜生!……”

“快把钥匙给我!”

“别说钥匙不在我手上,就是在我手上也不会给你。”

“师母别逼着我动手!”

“滚!马上滚出去!”

“我一定要先拿到银票!”

“你拿不到的!——刘嫂,快去把小姐找回来!”

“是,夫人。”刘嫂答应道,准备转身离去。

“刘嫂,”赵天弼冷笑一声说道,“老老实实待着,敢动一动,我就先砸碎你的脑袋!你说,金柜钥匙在哪儿?”

刘嫂魂飞魄散地说道:“刘成……刘成带走了……”

“我不信!”赵天弼说道,又恶狠狠地转向萧夫人,“师母,你肯定还有一把!”

“你……你这个忘恩负义的畜生！你休想拿到银票!”

“师母是不是活够了?”

刘嫂忍无可忍地喊道:“赵天弼！你敢动一动夫人,我就跟你拼了!”

“刘嫂不用管!”萧夫人说道,从床边猛地站起来,“让他动手。我看他赵天弼有没有这个胆量!”

“师母低估了我。我敢在当年欠下古爷一条命,今天再欠下师母一条命又有何妨?”

“你说什么！当年是你……”

“不错。现在已没有必要隐瞒了。”

“你！你……”萧夫人牙齿打战地说道,下面的话还没说出来,身体一挺,便昏了过去。

要不是刘嫂眼疾手快,萧夫人准会摔到地上。刘嫂把萧夫人扶躺到床上,回过头骂道:“赵天弼！你是个丧尽天良的畜生!”

赵天弼一把扯过刘嫂,劈手就是一个耳光,怒道:“你也敢骂赵爷!”

“救命啊!”刘嫂大声喊道,“快来人啊!”

“再喊,我就要你的命!”

睡在床上的唤弟被惊醒,见状大哭。

“该死的丫头蛋子!”赵天弼咬牙骂道,顺手从桌子上拿过抹布塞入刘嫂嘴里,也不管她怎样挣扎,连胳臂搂在胸前,拖着走到床上,朝着唤弟的太阳穴就是一掌。然后扯下幔帐,把半昏迷的刘嫂的手脚捆上,又系到桌腿上。

房间里已是一片死寂。

赵天弼想了想,知道找金柜钥匙是徒劳的,便大步朝外走去,见大门旁的墙角处立着一把镐头,跑过去操在手里,折转身冲进东厢房。

但那只铁柜子异常坚固。他也不敢使出太大的力量,怕敲击声传出院去,惊动了左邻右舍或路上的行人。结果,半个小时过去了,那镐头仍是奈何不了锁住的铁门。时间已不容他再拖下去。他恨恨不已地丢下镐头,狠狠砸了铁柜一拳,走出房门。

他不能就这么空手离去。

他又跑回上房。

萧夫人的嘴唇已开始有了血色,四肢也在微微蠕动,但眼睛尚未睁开,神志也没有完全清醒起来。刘嫂在地上徒然挣扎,泪流满面,已是半癫狂状态。而唤弟早已断了气，头上血还在流……

赵天弼发狠地踢了刘嫂一脚，先扑到桌前，打开首饰匣，把所有首饰抓出揣入怀里，又到床边扯下萧夫人的耳坠，然后，也不管骤然苏醒过来的萧夫人如何骂他“畜生”，折身跨出门去，又到古竹韵房间翻腾一阵，找到几件金银首饰，这才飞快蹿出上房，跑到后院，迅速拉上槽后的两匹坐骑，牵出后门，跳上马鞍，拐上大道，疾驰而去……

古竹韵一口气跑到家门口时，上面那些情节早已成为过去，赵天弼逃走至少有两刻钟了。

古竹韵推不开大门，便预感到她担心的事情已经发生，双腿顿时瘫软无力了。她勉强驱动内力跃上墙头，跳入院中，一眼看见妈妈正搀扶着刘嫂从房门口走出来，刘嫂怀抱着唤弟，步履异常艰难。她确信妈妈还活着。但她依然感到毛骨悚然，悬着的心难以落下。因为在她双脚落地的刹那，她看见了血，妈妈身上有血，刘嫂身上有更多的血，唤弟脸上则全是血！妈妈不像有伤的样子，刘嫂也不像。难道是唤弟？怎么会是唤弟？这可能吗？古竹韵这样想着，脚还没有站稳，便带着满脑袋的惊恐和疑惑，直向那老少三人扑了过去，嘴上凄惨地喊着：“妈妈！刘嫂！……”

萧夫人和刘嫂停下脚步。

“妈妈！唤弟怎么了？”古竹韵盯着纹丝不动的唤弟，骇然问道。

“是赵天弼那个畜生……”

“他……竟向唤弟下毒手！他在哪儿？”

“早就跑了。韵儿，你腿脚快，快抱唤弟去找葛道长，看还有没有救。”

满脸泪痕、表情木然的刘嫂，此刻似恢复了意识，直勾勾的眼睛闪动了一下，眼泪夺眶而出，她突然跪了下去，哭喊道：“小姐！救救唤弟吧……”

正在此时，传来叩门声和呼喊声。

“古小姐！请快开门。我是葛月潭！”

“是葛道长！”萧夫人说道，露出惊喜的神色。

“我去开门。”古竹韵收回准备接抱唤弟的手，回身几步跑到大门处，拉开门闩。

“葛道长来得正好。”古竹韵说道，“请快去看看唤弟能不能救活。”

“唤弟？怎么会是这样！”葛月潭一边匆匆走进院子，一边诧异地说道，“赵天弼他……”

"跑了。"

"都怪贫道……"

"这怪不得葛道长。"

"萧夫人……"葛月潭看着正把刘嫂扶起来的萧夫人说道,"她……没有事?"

"妈妈还好。"

古竹韵一边回答着葛月潭的问话,一边快步走回到萧夫人和刘嫂面前,根本没注意到跟在后边进来的姜海山和刘宝清。萧夫人一心全在唤弟身上,也没有看到这两个人。至于刘嫂,只怕连唤弟也看不清了。

葛月潭向萧夫人颔首示意后,对刘嫂说道:"刘嫂,把唤弟抱进屋去放在床上,贫道看一看。只要有一线希望,我就要尽力救活她。"

刘嫂哽咽着点点头,和葛月潭一起走进东厢房。

这时,萧夫人才突然发现有两个男人站在她面前不远的地方。她显得不满,甚至有点恼怒。可是,当她刚想说几句不客气的话,把这两个似乎有意来凑热闹的人赶出院子的时候,却猛然认出其中一个人正是姜海山!

"你……你是姜海山?"

背对着大门的古竹韵听到萧夫人的话,吃了一惊。她倏然回过身来。而姜海山也在这一瞬间噗的一声跪到地上。

"师母!"姜海山哭道,"海山该死啊!……"

"姜海山!"古竹韵抢在萧夫人之前怒喝道,"你来干什么?滚出去!"

"我会的,师妹。"姜海山扬起泪脸说道,"但我一定要来见见师母……"

"当着妈妈的面再把你忘恩负义的丑行美化一番?"

"不,师妹。我不是来请求宽恕,是来请求惩罚的。"

"你不来请求,我也要代替爸爸和妈妈去惩罚你的!你回去等着吧!"

"韵儿!"听得云山雾罩的萧夫人好不容易见缝插针地叫道,"你和海山见过面了?"

"何止见过面!但我没想到,这个违背誓言,更名换姓的人,竟能厚着脸皮来见妈妈!"

"什么话!他是你师兄啊,韵儿!"

"我不承认有他这个师兄!"

"你们几年没见面,传言又多,难免有些误解。你该听他……"

"误解?"古竹韵充满仇恨地说道,"站在他身后的就是杀害爸爸的凶手!

可如今,他们是生死之交!”

“你说什么!”萧夫人大惊道,“海山,韵儿说的是……是实情吗?”

“是的,师母。”姜海山垂首说道,“我对不起师母和师妹,愧对师傅的在天之灵。我是罪不容诛的。因此,我才来向师母请罪……”

萧夫人残留着疑惑转向刘宝清,颤动着苍白的嘴唇,咬着牙,断断续续地质问道:“你……是你……杀死了我的丈夫!是你……是你吗?”

“是的,萧夫人。”刘宝清说道,“是我暗杀了古剑雄,赵天弼帮助过我。但是,全部罪责理所当然应由我承担。”

“姜海山!”萧夫人又把悲愤的眼睛转向仍然跪着的姜海山,“你发誓要替古爷报仇。你发过誓,对不?”

“是的,师母。我发过誓。”

“你找到了这个人,却没有杀他!”

“是的,师母。我没有杀他。”

“今天呢?现在呢?”

“师母!……”

“回答我!”

“我不能杀他。师母,义和团不能没有大师兄。我可以死,但他不能。”

“他杀害了你的师傅,还要把我们赶尽杀绝!可你……可你却说他不能死!”

“师母……”

“住口!你这个……你这个……”萧夫人说着,猛听东厢房传来了刘嫂撕肝裂肺的哭声,知道唤弟已救不过来了,心头倏然一揪,“天哪!”她凄惨地叫道,“究竟是怎么了?有一个赵天弼还不够,又出了你这姜海山!我前世做了什么孽了,要你们一个个全来折磨我?……姜海山!你说你可以死,那你就去死吧,死吧!”萧夫人声嘶力竭地喊着,扬起手来向姜海山的脸猛打过去。

萧夫人原就是一个身体和神经都异常脆弱的女人,何况,刚刚被赵天弼气昏过一次,醒来后,又被唤弟的惨状吓得魂飞魄散,哪里还承受得了接踵而至的姜海山和刘宝清对她的刺激呢?毋庸讳言,她第一眼看到姜海山时,理所当然地在心里骤然一阵惊喜,尽管在精神恍惚中这惊喜很模糊,甚至带着迷惑。但恰恰因为有这一惊喜,才使她在知道姜海山背信弃义且与杀害她丈夫的仇人比肩携手时所产生的恼怒和愤恨变得更凶猛更强烈。所以,当她拼命扬起胳膊向姜海山挥过去的刹那,所剩无几的支撑身体和精神的力量,便一下子全都耗尽了。她只觉得眼前一片漆黑,觉得自己像山崩一样坍塌下去,再一刹那,就什么也不知道了。

“妈妈!”

古竹韵喊道,眼疾手快地抱住了向斜刺里倒下去的萧夫人。

姜海山也一跃而起,从旁帮助古竹韵扶住了萧夫人。

“放开手!”古竹韵喝道,“不准你碰妈妈!”

“师妹! ……”

“滚开!”

姜海山只好松开手,咬着嘴唇,红涨着脸,退后而立。

古竹韵半扶半抱着萧夫人,缓缓转过身去,准备走回上房。

刘宝清略一思忖,扫了姜海山一眼,对古竹韵说道:“古小姐,萧夫人是过于激动了,一会儿就会好的。请古小姐转告萧夫人,我刘宝清不会逃避惩罚。应该偿命的是我,而不是姜海山……”

“大师兄!”姜海山喊道。

“不要插嘴! 今天的话该由我来说。——古小姐,请听我说完。给我几天时间,最多五天……”

古竹韵怒目回首道:“我不要听! 你们出去!”

“古小姐,我的请求不是为了我,也不是为了姜海山,而是为了义和团。我们计划的第一次军事行动已进行到中途,我和姜海山都不能在这个时候退出。如果这次行动能顺利实施,我刘宝清又有幸不死的话,我会来见萧夫人,要杀要剐,一任萧夫人裁处。”

“出去!”古竹韵喊道,“不准你们再踏进这所院子! 我和妈妈不想再看到你们!”

“师妹……”姜海山似乎还有话要说。

一直在心里作着自我挣扎和角斗的古竹韵却不想再听了。她又气又恼又恨地跺着脚吼道:“你们走啊,走啊!”并随手掏出口袋里的两枚铅丸,分别击进姜海山和刘宝清脚前的地面,然后,猛地回过头去,眼泪泉水般奔涌而出……

24

萧夫人从昏睡中醒来，已是第二天的中午了。

对于刚刚睁开眼睛，却又被室内明亮的光线刺激得视物模糊的萧夫人，从昏厥到苏醒，只是一个极短暂的过程。期间发生的事，如葛月潭如何抢救她，古竹韵如何守在床边不敢须臾离去，以及刘嫂如何悲痛得难以自持、哭得死去活来，她是一无所知的。她觉得，除了依然困乏和犹在残梦中外，与往常一觉醒来没什么两样，脑子里渐渐记起的也只是梦中的情景而已。而且，她还不可能在这一刻记起梦的全部。但是，仅仅一两个骤现的互不连属的片断，已使她胆战心惊了。她想，这梦一定是太可怕了，她的困乏也一定是因为在噩梦中不断挣扎所致。她不愿也不敢再回到梦中，赶紧收住回忆的脚步。她努力朝两侧看了看，希望弄清自己是否已真正醒来。她明确地感到脖颈僵硬和疼痛。这回，她清醒了不少，并深感怪异地发现，女儿正倚在床头打着瞌睡。

"韵儿……"她轻声叫道。

这声音虽然细微得连她自己也勉强听到，但她毕竟启动了嘴唇，使她不能不突然咂出残留在口舌间的浓厚的汤药味。同时她也渐渐看清，女儿的头发异常散乱，半埋在乱发中的脸是那么苍白，那么憔悴，布满了新的和旧的泪痕，显然是在不短的时间里不止一次地哭过。

萧夫人的心不由得一抖。她立即明白了，她刚才绝不是从睡梦中而是从昏迷中醒来，女儿则在她昏迷的不知多长的时间里，一直守在床边，随时担心她再也活不过来，此刻一定是熬得再难支撑才不由自主地打起瞌睡来。同时她也立即明白了，她醒过来时忆起的可怕场面，绝不是一场噩梦中的情节，而是实实在在发生过的事情。她恐惧地在心里喊道："姜海山真的来过！唤弟真的惨遭杀害了！天哪！这些竟全是真的吗？……"

不知是因为萧夫人蠕动的双腿发出了窸窣声,还是母亲无声的呼喊会在女儿的心灵产生回响,古竹韵骤然惊醒过来。她直起身,掠掠头发,揉揉眼睛,当她确信看到的是母亲颤抖的嘴唇和颤动的目光,惊喜得一下子扑过去抓住了母亲的正痉挛地捏着被角的手,喊道:"妈妈!……"

萧夫人听得出来,女儿惊喜的声音是那么沙哑无力,也看得出来,女儿脸上的惊喜表情几乎同悲凉和疲惫毫无区别,那惊喜的眼睛干燥得在哽咽中竟提供不出一滴泪水来。这一切都在向她讲述着,在她昏厥前后所发生的事情,怎样肆虐地摧残了女儿的身心。一阵巨大的母爱连同一阵巨大的悲哀,相得益彰地袭上她的心头,并把一汪清泪推上她的眼眶。她伸过另一只手轻轻交叠在古竹韵的手上,本想说一句"韵儿,让你受苦了",可是肿胀的喉咙和抽搐的嘴唇却没能使她吐出一个有声的字来。

古竹韵惊喜地喊声"妈妈"之后,理所当然应紧跟一句"你醒来了?"这样表示庆幸和宽慰的在此情此景中毫无多余的问话。但由于哽咽,不得不略作停顿。恰恰在这停顿的瞬间,她明确地感到,她的整个灵魂都被母亲爆发的爱心和悲怆冲击得颤抖起来,而且只剩下了对母亲的爱和悲怆的回应。结果,她什么也没说出来,只是十分动情地含着热泪又轻叫一声"妈妈……"

萧夫人同样明确地感受到女儿心灵的回应,听懂了这一声"妈妈"的全部意义。她再也克制不住自己的感情,也不管体内还残存多少力量,一边喊着"韵儿,我的韵儿!"一边扬起双臂,使劲儿搂过古竹韵。古竹韵趁势努力扑到萧夫人怀里。两人紧紧搂抱在一起,同时令人揪心地大哭起来。

这一双相依为命的母女,平生第一次这样搂抱着毫无遮拦地毫无矫情地相对痛哭。此时此刻,任何语言都是多余的了,因为这哭声连同抽搐的胸脯传递给对方的信息太丰富了,它饱含着长期以来特别是最近几天积累起来的全部痛苦、全部委屈和全部悲愤。她们的哭声把这一切诉说得如此明白,对方也听得异常真切。无论是萧夫人也好,古竹韵也好,似乎都期望这哭声不断延续下去,而不使她们心灵的对话出现休止。

但古竹韵很快惊醒过来。她猛然记起,母亲刚刚从昏睡中睁开眼睛,过分的激动会使葛道长的精心医治以及她的悉心服侍前功尽弃。所以,她立即收住哭声,从萧夫人怀里挣脱出来,拭了一把眼泪,自责地说道:"我真不好,妈妈。"

"韵儿,"萧夫人抽泣着问道,"你……说什么?"

“我忘记了葛道长的嘱咐。”

“葛道长?”

“他在这儿整整忙了一夜,今早太清宫有急事把他叫回去了。他临行前说,你很快就会醒来,又说,您这次昏迷得不轻,醒来后不能受太大刺激,要慢慢静养才能恢复元气。可我,不知怎的,就打起了瞌睡,还惹您这么激动……”

“唉,真难为葛道长了……不过,我没事了。可你……韵儿,你却要累垮了。要不,你去睡一会儿吧。”

“不,妈妈。我倒一点儿也不觉得困了。”

萧夫人和古竹韵说的都是实话,但她们却没意识到,正是由于刚才的痛哭释放出了胸中的郁闷,才暂时变得轻松起来。她们同样想不到,这种痛哭带给她们的轻松是不会持续太久的。因为,这以传递母女之爱的温馨为基本内容的痛哭一经结束,那刚刚成为过去的惨剧势必顽固地一幕幕重现在眼前,而且,由于泪水的洗涤,记忆中的一切会更加清晰。萧夫人尤其如此。这将近一天的时间,对她几乎是不存在的,或者说,她清醒过来的时候,犹如置身在一天前,赵天弼的肆虐,姜海山的出现,只是刹那前发生的事情。因此,在母女相抱痛哭之后,她比经历了近一天目不交睫的忙碌、头脑里肯定充塞了许多新内容的古竹韵,更快地回到昨晚的情境中。

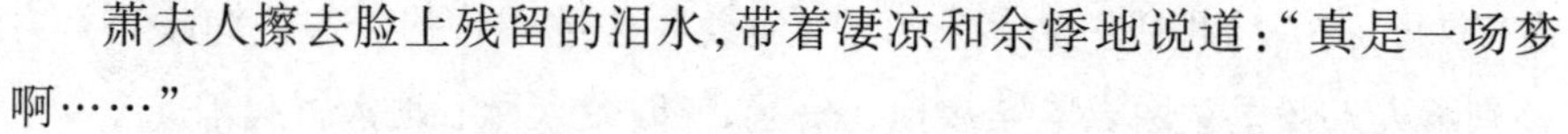

萧夫人擦去脸上残留的泪水,带着凄凉和余悸地说道:“真是一场梦啊……”

“梦?”古竹韵不解地问道,但她很快明白了萧夫人所说的“一场梦”指的是什么,“是的,妈妈。”她紧接着这样应和道,“的确是一场梦。”

“一场可怕的噩梦。”

“都已经过去了,您就忘掉它吧。”

“这是很难忘掉的梦。永远忘不掉的……”萧夫人说到这里,深深叹口气,眼睛注视着玻璃窗外毫无生气的庭院,问道,“刘嫂她……还好吗?”

“她和刘成去了宝石沟。去埋葬唤弟。刘成原是不让她去的。”

“是呀,眼睁睁看着可爱的唤弟被埋进土里,她如何受得了啊?”

“可她非要去不行。连我也劝不住她。”

“她是一个……比我们还不幸的女人。”

“是的,妈妈。”

“而且……都怪我。”

“您当时正在昏迷中,妈妈。要说怪,只能怪我。”

“不管怎么说,我推卸不了责任,我们无法补偿他们的损失。但不能因为无法补偿就什么也不做。韵儿,你刚才是说把唤弟葬在宝石沟了?”

“是的,妈妈。”

“……韵儿,这些年,刘成两口严守对你爸爸的誓言,对我们母女一片忠心。他们获得宝石沟的田产是当之无愧的。你说是吗?”

“您说得很对,妈妈。”

“只是你爸爸当初……”

“如果爸爸地下有知,也会赞成我们的决定的。”

“我想也是的。那么……过个三五天,等他们平稳下来,就告诉他们,宝石沟属于他们了。他们可以到那里去过独立生活。也许……也许他们还会生个一男半女的……”

可是后来,当萧夫人和古竹韵宣布这一决定时,刘成夫妇却双双跪在萧夫人面前,痛哭流涕,怎么也不肯接受宝石沟的田产。他们说,他们一家人的生命全属于夫人和小姐,在狂悖的赵天弼掌下,萧夫人没受到伤害,唤弟的死就是死得其所,他们夫妇也随时准备为夫人和小姐去死。他们绝不会违背向古爷立下的这一誓言。他们说,他们不能接受任何赠与,并保证从此从恍惚和悲痛中挣脱出来,全心全意地服侍夫人和小姐。他们甚至说,如果夫人和小姐一定要赶走他们,他们就双双去投河自尽。他们这番话里表达出来的认命的可怜和忠心的悲壮,使萧夫人忍不住潸然泪下,并只能收回成命了。这是后话,暂且打住。

当下,这双母女对刘成夫妇的不幸唏嘘慨叹了一阵并作出一个后来未实行得了的决定后,这个话题似乎也算结束了。接着,她们的脑海自然而然地涌动起比唤弟对她们更切近的内容。这内容无疑就是姜海山的出现。

按说,萧夫人醒来的瞬间,应该最先想到姜海山。因为她昏厥前的最后情节是举手向姜海山打去,这是应该首先在记忆里复苏的。

事实上也正是如此。

但是,当她看到女儿堪怜的疲惫样,心头骤然升起的母爱暂时把姜海山排斥开了,而当她和女儿为了各种各样的不幸相抱痛哭后,那屋里屋外的奇特的寂静就不能不使她想起唤弟这个在以往的古家小院里最活泼的因素,

因而首先谈起不幸的刘成夫妇。

这会儿当然就轮到了姜海山。

古竹韵心里十分清楚，妈妈醒来后迟早要问起姜海山的事。而从此刻妈妈凝视着她的隐含着怨恨和责难的目光里，预感到眼下就要谈到这个问题了。她甚至能猜出妈妈的第一句话肯定是单刀直入地向她发难。

果然不出所料。

“韵儿，”萧夫人开口道，声音失去了往日的温柔，“你把姜海山放走了，对吗？”

古竹韵点点头。她确实放走了姜海山。她也放走了刘宝清。她那带着难消的遗恨击进地面的两颗铅丸，无疑向这两个人宣布了这一决定。

“为什么？”萧夫人又问道，语气有点儿愤然，“你为什么要放走他？”

虽说古竹韵同样能猜出，妈妈的第二句话准会是这样的质问，但她还是像毫无思想准备一样，陷入一阵恐慌。这不是一个用点头或摇头就能作出回答的问题，更无法用语言来表述这样做的原因。因为她本人也没有一个明确的答案，尽管在妈妈醒来之前，她曾无数次这样向自己发问。

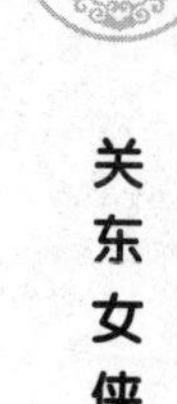

对一个人采取某种行动，总是基于对这个人的评价。

古竹韵却难以对姜海山作出评价。

在古竹韵的心里，姜海山绝非一个非此即彼的单纯的人物。她无法将过去的姜海山，想象中的姜海山以及突然见到的姜海山糅合成一个整体，而这三个姜海山又总是以各自不同的面目顽固地纠结到一起，幻化成一个模糊而怪异的形象，搅得她心乱如麻，无所适从。

她深爱着过去的姜海山，这是她不能不承认的；她痛恨想象中的姜海山，这也是她不能否认的。她曾无数次设想在不同情况下同姜海山相逢的场面。

在赵天弼意外来到古家小院之前，她在渺茫的希望中，在心灵所创造的朦胧的幻象里，一次又一次地把自己战栗的疲软的身体投进姜海山雄健的怀抱里，让自己尽情抛洒的清泪洇湿她将之作为生命依托的心里唯一的男人的胸脯，并喃喃告诉他，他属于她，只属于她，绝不让他再离开半步。

在始而怀疑继而半信半疑终至于确信了赵天弼编造的故事后，那渺茫的希望和朦胧的幻象成了真正的海市蜃楼，她从绝望的痛苦中挣扎出来时，心里的深沉的爱已变成了切齿的恨。从此，她又一次次地在同样是心灵创造的幻象里与姜海山狭路相逢,一次次口唾其面手批其颊,把无数恶毒的语言连同一颗颗致命的铅丸投掷过去,让这个人面兽心的不逞之徒在她脚前滚来滚去,喊爹叫娘……

可是,这些设想都未能成为现实。

当他们终于站到了各自的对面时,完全是出乎预料的另外一种情景。

出乎预料的既不是见面的时间、地点和方式,也不是姜海山的认敌为友和依然打着单身。前者只是事情的偶然性,无关大局,后者是见面之前便已经知道了。

真正出乎预料的是,古竹韵发现她骤然见到的绝不是原来的那个姜海山,更不是想象中的姜海山,而是几乎完全生疏的另一个人!

那么,这个并非记忆上更非想象中的姜海山究竟是怎样一个人呢?让此刻的古竹韵作出确切的回答是困难的。

对一个人作出评价,首先或者至少要有能说服自己的充分根据。古竹韵似乎还拿不出这样的根据。她甚至不能在简单的好与坏中作出选择。

所以,古竹韵对姜海山的评价,暂时还无法形成。

但是,她恨这个人。这是毋庸置疑的,是毫不犹豫的。正是这个她曾日夜思念的姜海山,找到并打败了杀害爸爸的仇人,却反而心甘情愿做了这个生死仇人的奴仆,而且就在昨天晚上,和这个仇人一起险些气死了可怜的妈妈。是的,让古竹韵不恨姜海山是不可能的,也是不合情理的。但是(我们不得不再一次使用这个转折词。假如生活中没有这些"但是"标志的转折,必然会使人们的思索走向偏颇,使人们个个都变得固执起来。)正像任何问题只要稍作延伸,就会得出新的甚至完全相反的结论一样,当古竹韵以对姜海山的恨为基点,派生出"这恨是否达到必欲置其于死地的程度"这一问题时,连她自己也感到惊讶、慌乱乃至恐惧了。因为她得出的结论是否定的。她无论怎样奋力同自己分辩,无论怎样强迫自己像和赵天弼同赴锦州前那样,把这恨酝酿成一种不受干扰的杀机,却再也说服不了自己,再也鼓动不起让神丸贯目功在姜海山的头颅一展神威的决心。难道姜海山真的罪不容诛吗?难道有充足的理由去惩罚姜海山吗?不错,姜海山背叛了爸爸,有负于她古竹韵。背叛爸爸是不义,有负于她是绝情。不义和绝情,只要占上一条,这个人就是可杀不可留的,何况姜海山全占了呢?这正是去年秋天古竹韵决定去锦州找姜海山算账的原因。她如果真的见到了"娶妻生子的姜标统”，是绝不会留情，更不会手软的。但是，只怕连她自己也无法否认，她那时的恨发轫于姜海山的绝情，而且，同姜海山的不义相比，是占着压倒性优势的。这种复杂感情中各种成分的微妙的难以言传的比例关系，究竟持续了多久，古竹韵自己也弄不清。她只记得，在漫长的冬季过去后，她才基本上能够自持了。她似乎说服了自己，不再把姜海山作为未婚夫或心目中的恋人去考虑，甚至认为，姜海山不配得到她的爱，她为被一个薄情人抛弃而痛苦，实在是太不值得了，她没有过早地把自己的童贞献给这个人，反而应该感到庆幸才对。如果她这时见到了姜海山，同样也会不留情，更不会手软的。但是，只有她自己明白，她这时的恨更加纯洁，更加高尚，她弹射出的铅丸绝不是为了自己，而完全是为了爸爸。然而，恰恰在这个时候，她发现了李彪留下的字条，紧接着又获悉了姜海山这几年的经历，并出乎预料地见到了怀罪的请求她惩罚的姜海山。结果，她的决心在刹那间动摇了。首先，姜海山没有移情别恋，这不能不使她已经封锁起来的爱发生复苏的波动；其次，姜海山找到并且击败了杀害爸爸的仇人，这又或多或少减轻了姜海山理应承担的忘恩负义的罪过。那么，对古竹韵来说，剩下来的可以继续怨恨的理由，只是姜海山没有杀掉刘宝清这一点了。仅仅因为这一点，姜海山就应该付出生命的代价吗？古竹韵当然还不能对“爸爸的仇人”和“义和团大师兄”之间作一个理智的权衡，但是，刘宝清以及其他几个家庭的遭遇这个因素，总不能在思考中完全排除掉。“如果是我呢？”古竹韵自问道，“如果把刘宝清打翻在地的是我呢？我会不会忍心对这个被爸爸的过火的报复弄得家破人亡的人痛下杀手呢？”她实在难以作出肯定的回答。如此说来，有什么理由要求姜海山非杀死刘宝清不可呢？

是的，她无法作出姜海山罪不容诛的结论。

也许这就是妈妈昏厥后她却放走情愿接受惩罚的姜海山的理由。

但这理由是无可非议的吗？她有没有再一次不自觉地让复苏的恋情掩盖住父仇呢？她同样不能作出肯定的回答。

古竹韵在听到妈妈的质问后，胡乱地想到上面那些内容，一时未能作出回答。而且，她抵挡不住妈妈的逼人的注视，慢慢垂下眼帘。

萧夫人见古竹韵面有难色的样子，便又紧蹙了一下额头，问道：“韵儿，你觉得这很难回答，是吗？”

“妈妈，”古竹韵说道，似在哀求，“我们不能以后再谈他吗？等您好起

来,也让我……好好想一想。”

“好好……想一想?听你的话,好像已经忘记了父仇。”

“没有,妈妈。我没有忘记父仇。”

“那还有什么好想?姜海山放过了你爸爸的仇人,他也就成了我们的仇人!”

“可是……”

“可是,你就在眼皮底下放走了他们!”

“您是让我……让我杀死这两个人。是这样吗?妈妈?”

“你做得到。你当时是做得到的。”

“当然,如果必须这样……”

“难道这不是天经地义吗?”

“妈妈,您还不知道姜海山为什么放过刘宝清。”

“我想知道的是你为什么放弃报仇的机会。”

“这两者之间是有联系的,妈妈。”

“我不管它们有没有联系。我只想听听你的回答:你为什么不杀死他们?”

“妈妈,您怎么突然变得这样……这样……”

“这样冷酷。对吗?”

“这叫我非常吃惊,妈妈。”

“刘宝清暗杀了你爸爸,发誓要替你爸爸报仇的姜海山成了刘宝清的同伙。你说,究竟谁冷酷?”

“我能理解妈妈的心情。”

“你没有理解。”

“我理解。您这样恨刘宝清和姜海山,是因为您太爱爸爸,和爸爸的感情太深了。”

“我好像听明白你的意思了。是不是因为被人暗杀的并不是你的生身之父,因而减弱了你对刘宝清的仇恨?”

“不!妈妈,”古竹韵猛然站起来抗辩道,“我心里只有一个爸爸。我永远是古家的女儿。我的决心您是知道的。”

“如果真是这样,你的行为就只能说明一个问题,你对姜海山仍然……”

“妈妈!”古竹韵猜出萧夫人要说什么,这无疑是她想尽量回避的问题,

因而赶快抢过话头,“您对爸爸的感情束缚住了您的思想,使您不愿意去追究那些根本的原因。”

“根本的原因?那你就来说说这根本的原因是什么?”

“请您先回忆一下,爸爸当年为什么离开德州?”

“我不是对你讲过了?”

“您只是说爸爸在赵尔巽帮助下打赢了官司。您并没有说到事情的结果。”

“打赢官司就是结果。还要什么结果?”

“不这么简单,妈妈。那场官司死了多少人,爸爸没跟您说过?”

“这,他倒没说过。可这和今天的事有什么关系?况且,这也是那四家镖局罪有应得。”

“那些孩子呢?那些十来岁的孩子也是罪有应得吗?”

“孩子?十来岁的孩子?怎么会有孩子?”

“那四家镖局所有习武的孩子,全被砍了头。”

“有这种事!……”

“请妈妈想一想那个场面:一个个孩子被砍下脑袋……”

“不要说了!这……让人听了真受不了……”

“是的,妈妈。这太惨了。”

“的确够惨了。”萧夫人垂下眼帘,轻声叹道,“可是,”片刻后,她又抬起头来,紧蹙额头说道:“那是官府的事吧?不该是你爸爸的责任,对不?”

“爸爸是原告,妈妈。他是能够救那些孩子的。”

“是啊,他也有责任。不过……说到你爸爸告状,他那时……那时被害得家破人亡,走投无路……对他这样悲痛欲绝的人,不能要求他事事都考虑得周全……我们应该……应该谅解他才是……”

“这对我们也许并不困难。但是,我们能指望刘宝清也谅解爸爸吗?”

“刘宝清——唔,等一等,他好像也是自幼习武的人。他怎么没有死?”

“他当时不在德州。否则,也避免不了被砍头。”

“如果那样……如果那样,你爸爸会一直活到今天的,对不?”

“从这个意义上讲,您是不希望刘宝清在当年漏网的,哪怕他那时仅仅是十几岁的孩子。是这样吗?妈妈。”

“韵儿,你别忘了,恰恰是这个幸存者成了你爸爸的克星!他是我们不

共戴天的仇人!"

"妈妈,您为什么不能像谅解爸爸那样谅解他呢?"

"你说什么!"萧夫人被骤发的恼怒鼓动得倏然坐起。一阵眩晕过后,她推开古竹韵扶持她的双手,"韵儿,你今天是怎么了?"她的声音虽说不高,却充满了怨恨。

古竹韵手足无措地问道:"我怎么了,妈妈?"

"你……你鬼迷心窍了!"

"我说什么错话了吗?"

"你在替仇人说话!你口口声声说自己是古剑雄的女儿,却字字句句都在替刘宝清辩护。你分明在说,刘宝清杀死你爸爸是无可指责的,你爸爸死得活该……"

"妈妈!"古竹韵急切而慌乱地说道,"我……我不是这个意思。"

"你不是别的意思!"萧夫人说道,愈加激动起来,"我听得懂的,你就是这个意思。否则,你就不会跟我讲什么十来岁的孩子被处死的事。"

在古竹韵的记忆里,妈妈从未这样朝她大喊大叫过,也从未说过如此激烈的言辞。这使她的心里难免生出恐惧。她甚至忘了刚才都胡说了些什么惹妈妈大动肝火的话,弄不清那些话究竟想要说明什么。她的脑海在被妈妈破天荒的暴怒震惊得出现瞬间空白之后,变得再难理出头绪,乱糟糟一团。结果,她的话就更加语无伦次。

"妈妈",她怯生生地看着满脸怒气的萧夫人,结结巴巴地说道,"我只想……只想……只是想请妈妈站在……站在旁观者的角度……"

"可我不是旁观者!你也不是。你是古剑雄的女儿!而且,做错事致人于死和蓄意谋杀能是一样的罪过吗?你爸爸是做错了事,刘宝清是蓄意谋杀。你爸爸和刘宝清怎么能相提并论呢?"

古竹韵能料到,妈妈在感情上肯定要倾向于爸爸,这是人之常情,她当然理解。但她怎么也没想到,在她讲述了四家镖局的无辜孩子们也在当年那场官司中惨遭杀戮后,妈妈对爸爸和刘宝清仍旧作出如此有欠公允的评判!她惊讶得目瞪口呆,竟不知自己该说什么才好,心里却在高声呼喊着:"妈妈呀,妈妈!您怎么可以对无辜受戮的孩子们如此冷酷呢?……"

也许古竹韵自己也没认识到,她对妈妈的了解并不彻底。

萧夫人无疑是一个异常善良的人,温柔得有如夏日的清流。但她又绝非一个在理性支配下生活的人。或者说,她不需要理智。她的漫长人生的每一步,都跟随在别人的后面。幼年自不必说,少女时她听小姐的,作了陪嫁娘,她服从赵尔巽,成了妻子后,她依附丈夫,守寡以来,又顺着女儿。她不用动脑去想这想那,什么事都不用她拿主意。四十几年的生活,没有给她创造培育理智的条件。理智对于她,已经成为可有可无或似有若无的东西,这就不能不使她的好恶十分模糊而爱憎又十分单纯。她的感情一旦受到伤害,没有也不允许几近泯灭的理智来干扰和克制,因而使她的好恶向更加模糊,使她的爱憎向更加单纯的方向无限制地发展下去。

眼下就出现了这种局面。

萧夫人爱自己的丈夫,这是无可怀疑的。她怀念自己的丈夫,这也是不可动摇的。她切齿痛恨暗杀了丈夫的人,这同样是无法改变的。她的丈夫已经作古,她的爱和怀念只能封锁和保存在心里,唯一准备时时发泄的便只剩下了对暗杀者的恨。

现在,竟有人把她的丈夫和暗杀者相提并论,企图让她谅解这个仇人,这不是在无情地伤害她的感情吗?这个伤害她感情的人竟是她的亲生女儿,她又如何容忍得了呢?

而此刻,在古竹韵凝视她的眼睛里,不仅有不理解,还有责备!

“我说得不对吗?”萧夫人盯着古竹韵,又问道。她对下面的话是否会刺伤女儿已在所不计了:“你怎么不说话?你刚才不是让我谅解刘宝清吗?你到底不是古剑雄的亲生女儿!”

“妈妈!”古竹韵叫道,心里感到十分委屈。她恨刘宝清和姜海山,她昨天晚上没有在那个有利的时机对这两个人下手,是因为她在那之前知道了事情的真相,认为这两个人虽然可恨却还没到可杀的程度。当时,只要她把那两颗铅丸掷向这两个人的眼睛而不是他们脚前的地面,父仇也就算彻底报了,别说他们根本不想逃跑,想逃跑也是来不及的。那样的结果能令她古竹韵心安理得吗?显然不能。爸爸当年报仇就报过了头,屈死了一些孩子,又给自己留下了后患。难道要她也来步爸爸的后尘吗?这道理是明摆着的,她所作的解释也十分清楚,可妈妈想都不愿想,听都不愿听!而且,竟说她放过仇人是因为她不是古剑雄的亲生女儿!她心里清楚,她爱爸爸,这爱的分量绝不亚于妈妈爱爸爸,即使她在知道她的生身父亲是赵尔巽后,这爱也没减弱分毫。但是,能因为有这份感情,就连爸爸的过错也视而不见吗?

看起来,对妈妈来说,的确是除了对爸爸的感情,其他一切都不在意了。她怎么说,怎么做,才能改变妈妈的狭隘心理呢?她感到无能为力,特别是眼下。而且,妈妈两次说到她不是古剑雄的亲生女儿,又不能不使她向自己发问:"我和妈妈的看法如此大相径庭,难道真的是血缘关系在偷偷起作用吗?"尽管她的回答是否定的,但她还是惊恐地意识到,从此以后,这个问题势必会久久萦回在脑际啮食她的心灵。

总之,委屈、无措加上对自己的模糊的怀疑,使古竹韵的头脑混乱不堪,再难作出有条理的思考了。她必须立即结束这场为时过早的谈话,然后去彻底清理一下自己的思绪。

"妈妈,"她又颤着嘴唇叫道,"您别再说下去了。我的心……乱极了。您就给我一段时间,让我……让我想一想吧!……"

萧夫人却不想结束谈话,她觉得她的话远没说完。

"韵儿,"她说道,"我来告诉你,你的心为什么乱极了,说到底,你是不愿失去姜海山。你维护刘宝清,目的是开脱姜海山。我没说错吧?"

"不对,妈妈。不是这样的。"

古竹韵对萧夫人的话作出了否定的回答,语气却是软弱无力的。因为她无法否认,在客观上她确实是在回护刘宝清,而结果也正是开脱姜海山。虽然她不认为她的回护和开脱毫无道理,但其间是否掺杂"不愿失去姜海山"这个因素,她不仅说不清,她也没想明白。她的思绪确实需要认真清理一番了。

她说完后,便转过身,准备从萧夫人面前逃开了。

"你先别走!"萧夫人叫道,根本没有注意古竹韵的语气。她只需听到肯定或否定的回答,然后就让自己的思想按既定的方向继续发展下去,并把这发展的结果毫无保留地表达出来。"我告诉你,韵儿。"她看着古竹韵的背影说道,"如果你放弃父仇不报,如果你对姜海山还不死心,我就死给你看!"

古竹韵回过泪脸说道:"妈妈!您别逼我……给我点儿时间。您也……您也好好想一想吧!"

25

这以后的十天，萧夫人和古竹韵都深深陷入懊悔之中。因为那场争吵无疑是对她们母女间二十年和谐关系的一次破坏性的冲击。这是她们最不愿意接受的局面。

但是，让他们任何一方主动承认自己有什么错误，以便创造一个能恢复往日气氛的契机，似乎又绝无可能。如果要她们检讨自己有什么不对，萧夫人只觉得千不该万不该，不该用血缘关系来刺伤女儿的心灵；而古竹韵则认为，自己尚未想明白就要去说服妈妈，实在有点“以其昏昏，使人昭昭”之嫌。至于争吵的内容，却都相信自己才是剀切中理的一方。

因而，十天来，在这对母女之间，虽说不见有谁想重新引发争吵的迹象，但也难以找到能打破僵局的契机。

时间对于她们变得太悠长了，悠长到几乎度日如年！

这对她们简直是残酷的心理折磨。

处于这种难堪的窘境，她们实在太需要而且事实上也不约而同地盼望能有第三者介入到她们生活中来。就像突然造访的客人，会缓解吵闹不休的夫妻之间的矛盾一样，有第三者在场，她们母女间也就有了交谈的可能，即使是被动的、迫不得已的，也毕竟是一个突破和开端嘛。

但是，这第三者却迟迟不肯到来。

那么，谁能成为这救星一般的第三者呢？

刘成作为男仆，不听传唤是从不到上房的；刘嫂则正沉湎于丧女之痛而不能自拔，哪里会注意到两代女主人之间的尴尬局面呢？况且，她终日失魂落魄的，你问东，她答西，根本做不了谈话伙伴。

能充任这个角色的，只有葛月潭了。

可是，不知葛月潭在忙着什么，自从萧夫人醒来的当晚来探视一次，开

了两副药方便匆匆离去后，就再没到古家小院来过。

这样，母女俩在懊悔和难堪之外，又增添了焦急和等待。

就在她们争吵后的第十天下午，终于响起叩击门环的声音。

枯坐在各自卧室里的母女俩，精神都为之一振，并兴奋和多少有点儿紧张地朝窗外看去。她们希望被刘成让进院子的人正是急于见到的葛月潭。

然而，令她们异常惊疑和无措的是，跨进大门的不是葛月潭，而是赵尔巽！

自从去年秋天在太清宫山门外那次偶然相遇后，赵尔巽一直没在小西关露过面，也没有以任何方式打扰她们母女的生活，今天为什么像突然袭击一样来到古家小院呢？

这是在她们认出赵尔巽的刹那，同时撞进脑海的问题。

古竹韵当然知道，十个月来赵尔巽没有丝毫动静，绝不会是放弃了父女相认的希望，而是因为有刘宝清行刺未遂后的威胁，不敢轻易走出赵府的深宅大院。赵尔巽虽然不大可能知道，那个声称陆庆宝的蒙面人就是奉天城里名声煊赫的刘宝清，但他不能不顾及要找他报仇的人就藏身附近，随时随地都可能突起而攻之。而且，刘宝清也不会向赵尔巽宣布因她古竹韵之故而放弃复仇的决心。那么，赵尔巽此行，不是明知冒着生命危险吗？知道有生命危险，为什么还要独自出游呢？（不知为什么，在古竹韵的想象中，赵尔巽是孤身一人乘坐马车奔驰在铁岭到奉天的危机四伏的官道上。）

古竹韵这样想的时候，自己也意识到，在她心灵深处对赵尔巽的出乎预料的来访，是同情而感动的。也就是说，天然的父女间的骨肉之情，即使还没有根深蒂固，至少已不是虚无缥缈的身外之物了。

这反而使她更加焦躁不安了。

这种极其新颖的心灵上的波动，是不是对做了她二十年爸爸的古剑雄的背叛呢？难道真像妈妈说的那样，在她获知古剑雄只是她的养父后，考虑一切问题的基点全变了！

古竹韵骤然间觉得疑雾重重，不由得害怕起来。

她尤其害怕见到赵尔巽。她害怕赵尔巽眼里的忠厚、寂寞和凄凉。她害怕自己的决心会崩溃，会真的去做这个人的女儿！

那么，见还是不见？

这个人正大步向上房走来。知道事情底细的刘成似在劝阻，却不见有丝毫作用。

看来，赵尔巽是决心闯进上房了。是不是由妈妈一个人去见他呢？

可古竹韵哪里知道，萧夫人比她还不愿见到赵尔巽。

萧夫人不愿见赵尔巽，并不是因为过去的事，而是因为未来的事。她确实曾想把女儿还给赵尔巽，并答应赵尔巽，一定说服女儿承认生身父亲，使他们父女团聚。可她这种出于至诚的热心，在经过一个秋冬的冷却后，彻底变了。她再也不想交出女儿。她离不开女儿。这种想法是在古竹韵去锦州时，从她心底萌发，此后日甚一日，近十天来变得更加强烈的。此刻的萧夫人，甚至不敢想象失去女儿后能否多活一天！既然她宁死也不会去赵府，那她就决不肯让女儿从身边走开。

可眼下，赵尔巽正一步步向她靠近。

不用说，赵尔巽一定认为十个月时间够长了，她也一定说服了古竹韵，因而要来领回女儿了！

如果赵尔巽真为此而来，她怎么回答呢？说女儿的决心没变，还是说自己反悔了？

所以，与其说不愿见，毋宁说不敢见。

总之，这母女俩基于不同的考虑，对即将到来的显然无法回避的见面都有点儿担心。

事实上，这对她们反而更好。

因为，在这一刻，她们不得不暂且丢开母女间的矛盾，而且，肯定要在不知如何是好的情况下，向对方讨个主意。

结果，她们几乎同时走出自己的卧室，在堂屋里四目相对了。

“妈妈。”

“韵儿。”

她们同时惊讶地轻声叫道。

古竹韵稍事停顿后，问道：“您也看到了？”

“是的。”萧夫人答案道，“真是太意外了！”

“看样子，来得很急。但不知为了什么事？”

“他……是想把你带走吧？”

“他的头脑不会那么简单的，妈妈。”

“但是，如果……他就是为了这个……”

“我说过,我不离开妈妈。”

“真的?”

“真的。”

“那就好。那我就……放心了。”

古竹韵诧异地挑了挑眼皮。

萧夫人又说道:“我们……就见见他吧。”

“也许妈妈一个人见他更好些。”

“不。我们一起见。你不在身边,我会很紧张的。”

古竹韵心里说道:“您哪里知道啊,即使有您在身边,我也照样很紧张的。”

但是,母女俩同见赵尔巽已成定局,古竹韵是无法回避了。何况,她自己也弄不清,是真想回避呢,抑或正好相反。所以,她什么也没有说,只是意思含混地看了萧夫人一眼,下意识地理了理头发,十分被动地等待事情的发展。

在她们说话间,外面的脚步声已停在台阶下,并听刘成说道:“既然赵老爷一定要见夫人和小姐,就请稍候片刻,容小的进去禀报一声。”

“好吧,我等着。”赵尔巽这样答道,声音稍显嘶哑。

母女俩交换了一下难以破译的目光。

这时,房门终于被打开。

跨进门槛的刘成见夫人和小姐都站在堂屋,感到很意外,连忙施礼道:“夫人,小姐……”

萧夫人说道:“刘成,就请赵老爷进来吧。”

“是,夫人。”

由于光线的原因,在房门打开的瞬间,赵尔巽是不能一下子看清堂屋的情景的,更感觉不到正有两双眼睛在盯着他。但萧夫人的话,他是听得明明白白的。他没等刘成转身来请,便拾级而上,径直踏进堂屋了。

萧夫人对躲过一边的刘成说道:“去叫刘嫂送过一壶开水来。”

“是,夫人。”刘成说完,退了出去。

以这三个人的关系和目前的实际状况,是不便见礼的。因而,他们也就没有见礼,只是你看看我,我看看你,便都心情复杂地垂下眼帘。

静场片刻后,赵尔巽最先说道:“我这样突然闯进来,实在有点儿唐突。”

萧夫人口齿有欠伶俐地说道:“不……这……请,请坐下吧。”

赵尔巽见圆桌旁摆着几把椅子,便走过去,随意拣了一把坐下去。

“五妹,你也坐下吧。还有——”赵尔巽说着,询问地盯着古竹韵,似在为称呼感到为难。

古竹韵当然能明白,便随口说道:“还是叫我古竹韵好了。”

赵尔巽却没听出来“还是”两个字已暗含着些许让步,他苦笑了一下说道:“那么,古小姐也坐下吧。”

古竹韵见妈妈依然迟疑着没有落座,走过去把她扶坐在椅子上,自己则站立在妈妈身边。

赵尔巽赞许地看了古竹韵一眼,心想,古剑雄只是一介武夫,萧五妹出身也很低微,而古竹韵却不失大家闺秀的风范,实在难得。然后,他把目光移到萧夫人脸上,说道:“五妹,我想……我该开门见山地讲出我此行的目的了。我这次……”

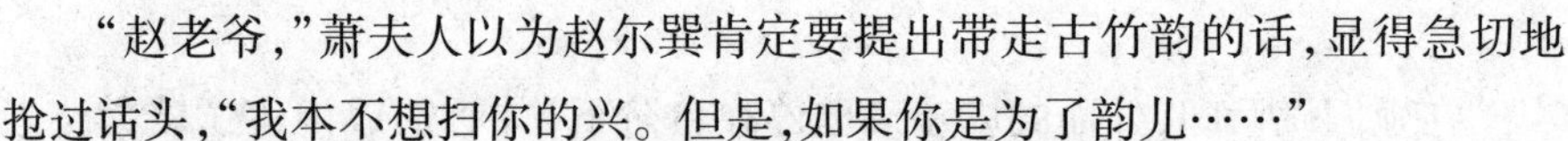

“赵老爷,”萧夫人以为赵尔巽肯定要提出带走古竹韵的话,显得急切地抢过话头,“我本不想扫你的兴。但是,如果你是为了韵儿……”

“不,五妹。你是猜不出来的。虽然我比你们想象的更加急于得到女儿,但我又不能不遗憾地看出,”说着,他带着内心痛苦地飞快扫了古竹韵一眼,“这事对我还十分遥远。我再着急也没有用,只能等待……是的,五妹,我不是为这件事来的。”

萧夫人扬起惊讶万分的眼睛看了看古竹韵,见古竹韵似乎无动于衷地垂挂着眼帘,便又疑惑地盯着赵尔巽问道:“那您驾临寒舍有何贵干呢?”

“一两句话是很难把我的目的说清的。我说我要接你们或者邀请你们去铁岭住一段,你们肯定会产生误会……”

“您说什么!”萧夫人的惊讶已经变成了惊恐,“要我和韵儿去赵府?”

“我当然要作一番解释。”

听到赵尔巽的话猛然挑起眼帘的古竹韵,刚想说话,见端着茶盘的刘嫂走了进来,几步迎上去接过来说道:“你回去吧,刘嫂。这里有我。”

刘嫂点点头,退了出去。

古竹韵把茶盘放到桌子上,拿起茶壶斟上两碗水,分别放在赵尔巽和萧夫人面前。

“请用茶。”古竹韵说完,又站回到萧夫人身边。

赵尔巽确实渴了,端起茶碗啜了一口,然后看着古竹韵说道:“古小姐今天对我这样客气,我很感动。”

“今天您是客人,是在我家里。”

“我希望有一天……不过,我还是先来解释一下我为什么请你们去铁岭吧。”

“其实,您的话已经说得很明白了。您同样能够明白,妈妈和我是不会接受您的邀请的。”

“那是因为你并不知道,我这样做的唯一目的,是为了你们母女的安全。”

“为了我们的……安全?”

“我保证绝对没掺杂别的用意。”

“我和妈妈没有什么不安全感。即使有……”

“无须去作假设。我有充分的理由推测,这危险正在大步走来。当然,受到威胁的不只你们母女。但我的能力不能庇护所有的人。”

古竹韵以为,赵尔巽所说的“危险”“威胁”“庇护”之类,实在是故弄玄虚,其企图也更加欲盖弥彰。看起来,赵尔巽把她和妈妈都当成单纯的容易上当受骗的孩子了。否则为什么不直话直说,非要用这种自作聪明的迂回战术呢?这不能不使古竹韵又生出反感。所以,她说出下面的话时,语气中就不能不带上冷淡和讥诮了:“您是想让妈妈和我对您感恩戴德吧?”

赵尔巽令人难以觉察地蹙了一下眉头,说道:“我说过,除了要确保你们母女安全,我绝无别的用意。”

古竹韵本待要说“那么,我和妈妈也算作了最后回答”,但略一思忖,却改成了下面一句话:“您大概还要说,您为此专程赶来,是甘愿冒着生命危险吧?”

古竹韵说完,自己也吓了一跳,因为有了这样一句问话,势必会使本可结束的谈话能继续下去,而且,也足以说明她对赵尔巽此举中表现的忘我精神耿耿于怀。这同她刚才对赵尔巽产生的反感不是很矛盾吗?

赵尔巽却不能一下子悟出古竹韵问话的含义,他疑惑地看着古竹韵说道:“不,我没想这样说。我实在没有必要虚构情节来标榜我对你们的关心。因为事实上,我此行并不存在生命危险。”

听了赵尔巽的话,古竹韵反倒大惑不解了,结果,她又不能不脱口说出第二个疑问句："难道您忘了，那个去年秋天行刺您的人还活着？"

还没等赵尔巽回答，萧夫人便急切地问道："有人要刺杀您？这个人……"

"五妹，这已经是过去的事了。"赵尔巽说道，似乎感觉出，眼前这双与他有着特殊关系的母女，对他的生死并非漠不关心和无动于衷。这使他的胸膛骤然翻滚起一阵热浪，他需要尽力克制，才没使喉头哽咽起来。"是的，"他稍作停顿，又说道，"这的确是过去的事了。"然后，将温柔的目光缓缓转移到古竹韵的脸上。"古小姐，"他微微一笑说道，"和你谈话不仅需要非凡的口才，更需要超常的机敏。否则，会被你甩到十万八千里的。我这会儿才算明白了你那句话的意思，但……据我所知，古小姐应该更早知道我的危险已经解除了……"

听了赵尔巽的话，古竹韵一怔，脸上顿时泛起红晕。原来，赵尔巽不仅获悉了刘宝清已放弃复仇计划，也知道她古竹韵是个知情人。怎么会是这样呢？而且，赵尔巽会怎么想？不用说，肯定要把她的两句问话误认为有意地试探，也肯定要顺着这一想法的指向，得出她渴望更多地了解生身父亲的结论。那么，她究竟是不是在试探呢？如果是，想试探的是什么呢？是想知道赵尔巽能不能为她们母女舍生忘死？她自以为本意绝非如此。但又为什么鬼使神差地提出那么两个问题呢？古竹韵在瞬间这样想着。脑海里一片混乱，既难以理清头绪对自己的真正意图作出明确的评判，也找不到此时此刻顺理成章的应对语言。

赵尔巽见古竹韵茫然无措的样子，意识到是自己的话使她难堪，便赶忙接着说道："而且，我还要由衷地感谢古小姐。因为恰恰是你又一次把我从难卜生死的困厄中拯救了出来。"

但是，这话使古竹韵愈加不自在。"天哪！"她在心里叫道，"我真是太蠢了。他一定以为我有意引起这个话题，是为了赢得他的感谢呢！"她必须让赵尔巽知道，她根本没有这个意思。所以，她没有好气又十分果断地说道："这和我毫无关系。"

赵尔巽说道："你可以这样说，我却不能这样想。要刺杀我的人是在获知我是你的生父后，才决定留我一命的。"

"这都是谁告诉你的？刘宝清吗？"古竹韵提出这样一个问题后，才突然觉得轻松了许多，因为总算可以把谈话内容从父与女这一问题上引开了。

“不。是葛月潭道长告诉我的。”赵尔巽答道,“但我在刘宝清那里获得了证实。”

古竹韵很惊讶。

“您见过刘宝清?”她问道。

赵尔巽点点头,说道:“八天前,葛道长到铁岭见过我,今天,也就是到这里之前,我在北关天后宫和刘宝清见了面。我向他捐赠了一千两白银。”

“一千两白银?”古竹韵问道,惊讶中又侵进了鄙夷,“是感恩还是补过?”

“这都不够。”赵尔巽说道,他显然听懂了古竹韵的话,“是的,远远不够。”他又重复了一遍,语气中已带有悔过的沉痛了。

“如果我是刘宝清,就不会接受这一千两白银。”

“义和团并非刘宝清一个人。他们急需大量银两购买衣食弹药。特别是在成功地炸毁了奉天南北两端铁路桥梁,正准备干出一番大事业的时候。”

赵尔巽用极简单而又很含蓄的语言,说明了自己既非感恩也非补过,而是对义和团的赞助。但此刻的古竹韵对这一千两白银的真正意义,似已无暇继续追究下去。因为赵尔巽提到炸桥梁一事,不能不使她怦然心动,而且,竟没提到姜海山的名字,更令她不自觉地产生一种担心。她知道,姜海山是带着肩头创伤去执行任务的,和刘宝清又分别去了南北两个方向。义和团成功地炸毁了桥梁并不能说明姜海山也安全返回了。而这,正是她急于听到的,但是,这种她自己也讲不明白有多少合理成分的对姜海山命运的关注,能在眼前这两个人面前表露出来吗?当然不能。她必须找到这样一句话:既使赵尔巽能顺着炸桥梁的题目讲下去,又不泄露自己心中的隐秘。

其实,这是一句很现成的话。只是由于她有重重顾虑,却费了不少劲儿才调动出来。而且,当她说出这句在当时场合十分自然的话时,显得很不自然,脸上也出现了发烧的迹象。

“您是说……他们成功地炸毁了桥梁?”

“是的。”赵尔巽只作了两个字的回答。

“那么……”古竹韵不满足又有点犹豫地问道,“他们没遇到俄国人的反击?”

“当那些护路的哥萨克从梦中惊醒的时候,他们早已撤离了现场。”

“义和团的人没有伤亡?”

“当然没有。刘宝清和姜海山的两支人马都是全师而还。这件事传遍了盛京城,被惹恼的俄国人也正在同增祺交涉。这样一件十分轰动的大事件,你们竟毫无所闻吗?”

“我和妈妈足不出户,哪里会知道这些事?再说,和我们也无关。”古竹韵说道,整个身心已显得很轻松了。

赵尔巽在心里匿笑道:“既然无关,为什么还穷追不舍地问下去?”接着又在心里慨叹一声,“看起来,对韵儿来说,最关心和最不愿失掉的还是姜海山啊!”但他嘴上却只是问道:“古小姐还有什么要问我吗?”

“不。没有。”古竹韵说道。她甚至希望立即结束这场谈话。她实在难以再平心静气地听什么或者说什么了。

赵尔巽则觉得谈话刚刚开了头,正想滔滔不绝地讲下去。他又喝了一口水,说道:“话说到这里,我想,我该回到正题了。我曾说我要对此行的目的作一番解释。既然谈到了刘宝清,我就从义和团可能带来的后果讲起吧……”

赵尔巽此刻的情绪不能说不好。他明确地感到,虽说古竹韵没有表现出他所期望的那种亲近,却也没像他担心的那样拒他于千里之外。特别是经过方才的一段问答,气氛着实缓和了不少。在这种情况下,他完全可以顺畅地、条理清晰地把自己的来意阐述明白,或许真能说服这双母女随他去铁岭暂避一下旦夕可至的灾难。但他没想到,在古竹韵固执地拒绝听他解释之后,萧夫人也不容置辩地打断他的思路。

一直像旁观者一样静坐不动的萧夫人,思想并不平静,或者说她的心情相当复杂。首先,她感到委屈,女儿知道的事情比她多得多,应该让她知道的却全没告诉她;其次,她感到恐慌,这父女之间的谈话,不仅没有出现预料中的僵持,而且,感情有迅速靠拢的趋势;再者,她感到气愤,父女俩几次提到刘宝清,竟谁也没表示出应有的痛恨。而现在,赵尔巽又一次平静地说出刘宝清的名字,正在委屈、恐慌和气愤中难以解脱的萧夫人,如何能甘心继续沉默下去呢?

“等一等。”萧夫人说道,苍白的嘴唇在颤抖,“刘宝清是谁,你知道吗?”

赵尔巽刚想说“刘宝清是义和团大师兄”,但随即领悟了萧夫人的意思,并无奈地预感到,他将面临一场对他十分艰难的谈话,而且,是回避不开的。他只好撂开自己刚刚开头的话题,暗自叹口气,回答道:“他原名陆庆宝,是当年德州陆家镖局的后人。”

“那你也知道他为什么在刺杀了古剑雄后又企图刺杀你了？”

“是的，知道。”

“可你，却赠送他一千两白银！”

“不错。虽然我是资助义和团，却也包括我对他放弃行刺的感谢。所谓‘投之以木瓜，报之以琼瑶’……”

“可他投给我们的不是什么木瓜，而是古剑雄的惨死和我们孤儿寡母的痛苦！”萧夫人说着，一股热泪猛然从眼眶中涌出。

赵尔巽说道：“对古剑雄的死，我心里也很难过，更感到内疚。这都怪我……”

“怪你？”萧夫人拭了一把眼泪说道，“我可没有怪你的意思。”

“但我必须承认，当年，我可能犯了两个错误。一是不该把事情办得那么绝，一是既然办绝了就不该有疏漏。我那时只是一心想把古剑雄收为己用，不想给他留下祸根和给我带来麻烦。结果是，在枉杀了一些无辜孩子的同时，漏掉了陆庆宝……”

“我不管你们过去的是非曲直。常言道：冤有头，债有主。陆庆宝杀了古剑雄，他就应该偿命！我和韵儿苦苦等了这么些年，不就是要等到报仇的这一天吗？”

“我劝五妹就放他一马吧。”

“放他一马？”萧夫人说着，转向同她刚才一样也成了旁观者的古竹韵，“听见了吗，韵儿？你们父女真是同声相应啊！一个让我谅解仇人，一个劝我放此人一马！看来，我谁也指望不上了，只能我去找他拼命！对不对？”

赵尔巽听说古竹韵对报仇的事同他有相同的看法，心里不由得一动。但他知道，在当下的场合，他不能问个究竟，古竹韵也不好当萧夫人面作出回答。所以，他接过话茬儿说道：“五妹的意思是让我怎么办呢？”

“杀了他！”

“杀了他？我？”

“你是朝廷大官，他是杀人凶手。这对你不是难办的事。就算你不能亲手杀他，至少可以把他绳之以法嘛。”

“五妹，事情不像你说的那么简单。我虽是朝廷命官，但持服期间不能过问政事，连这次离开铁岭到这里来，也是有悖于孝道的。退一步说，就算没有这些束缚，就算陆庆宝罪在不赦，我照样奈何不了他。他现在不是陆庆宝，而是刘宝清，义和团的大师兄！不管以什么理由和方式处置了他，上会

触忤了慈禧太后，下要惹恼万千拳民，其后果可不是我赵尔巽一条性命抵挡得了的。”

“我……明白了！”

“真的？”

“是的，我明白了！”萧夫人说着，猛然抬起头，怨恨地看了看古竹韵，又看了看赵尔巽，“我明白了！”她又重复了一遍，“说来说去，你们都怕连累了自己。说来说去，这仇恨并不在你们身上。看来，我到死也只能眼睁睁看着仇人逍遥法外了！”

“五妹，”赵尔巽站起来说道，“对此，我不想再作更多的解释。我只想说，我不能替古剑雄报仇，是终身憾事。不管怎么说，他曾为我效力，还代替我抚养了女儿……”赵尔巽说到这里，见萧夫人又要张口，便制止地扬起了右手，“请不要打断我，听我说完。我看得出来，我此行是徒劳了。我不能强行把你们带到铁岭。但我必须告诉你们，你们将面临怎样的现实。刚才说过，义和团炸毁了俄国人的铁路桥梁，而且不会就此住手。俄国人也决不会善罢甘休。战争可说是迫在眉睫、一触即发。尽管难以预料谁胜谁负，但兵燹一起，遭殃的还是平民百姓。这小西关是进出盛京城的必由之路，更是首当其冲。到时兵连祸结，玉石俱焚，谁能确保无虞？而我在铁岭的住宅要安全得多。我官品不低，又值居丧期间，官军、义和团以及俄国人都不会去骚扰我。所以，我请你们千万记住，枪炮一旦响起，我的住宅便是你们最好的藏身之所。我随时等着你们，并保证你们去留自由。至此，我已把来意说得明明白白，也该告辞了。”

就在赵尔巽转过身，正待举步向外走去的时候，传来大门被突然推开的吱呀声。

堂屋里的三个人同时看到，匆匆走进院子的是和他们都有着特殊关系的葛月潭……

26

葛月潭急急忙忙来到古家小院,是肩负一件刻不容缓的重要使命的。这使命能否完成,说轻了决定着姜海山的生死,说重了关系到义和团的存亡。

这事须追溯到两天前,即6月28日。

那时,辽阳和铁岭附近两处铁路桥梁被炸事件,已沸沸扬扬传遍了奉天省。人们在耳接口传的过程,免不了添枝加叶,说得神乎其神。甚至有人说,他正在夜里观天象,突然红光耀眼,只见天门大开,高坐龙辇的玉皇大帝举起右手,又举起左手,便有两道紫气分扑南北;第二天传出铁路桥梁被炸飞的消息。讲到最后,当然还要补充一句:"洋人气数已尽,方有义和神团出世。天意不可违呀!"

创造这样一个神话的人,与拳坛乃至刘宝清大师兄有什么关系,已无从考查。我们只知道,这人所说的玉皇大帝,恰在拳坛供奉的诸神中高居首位。这种巧合(如果确系巧合的话)无疑会给义和团的声威和发展带来巨大的好处。因为,当这个神话一旦成为街谈巷议的题目,将会有多少人确信不疑并拜伏到刘宝清的拳坛下呢?

事实也正是如此。

仅仅6月27日一天,报名参加义和团的就将近一千人!

面对拳坛名声大噪和拳民队伍的迅速扩大,刘宝清和姜海山都十分兴奋。他们认为,在盛京城大干一场的时机已经成熟。因而决定,在7月1日,把奉天铁路公司、火车站以及所有耶稣教堂和天主教堂一举捣毁;同时,胁迫增祺将军以官府名义发布檄文,召各地义和团即赴省城挂号。这样,在俄国人修复了铁路桥梁可以对他们施行报复的时候,他们的一支统一指挥统一行动的大队伍早已形成,有足够的力量同哥萨克骑兵周旋和最终实现"逐洋人,复国土”之目的了。

但是,正如赵尔巽所说,俄国人对中长铁路刚刚合龙而桥梁屡屡被炸,是不会善罢甘休的。就在刘宝清和姜海山他们紧锣密鼓作着战前准备和到处张贴旨在煽起仇俄情绪的揭帖的时候,俄国驻东北军总司令阿列克赛耶夫的特使也急如星火地赶到盛京,闯进将军衙门,向增祺呈递了俄国的照会。照会中对铁路桥梁被炸提出了强烈抗议,并严词勒令增祺将军立即取缔义和团,惩办首恶分子,否则,俄国就要增派护路哥萨克甚至出兵东北,到时,龙兴重地的盛京也难保不变成一片废墟云云。

增祺将军客客气气送走俄国特使之后,把刘宝清拟就的召集各地神团赴省的檄文摊开在俄国照会旁边,又分别浏览了一遍。两相对照,真可谓针尖对麦芒,有如水火之不相容。俄国人斩钉截铁地要他解散义和团,义和团则不容置辩地要他对抗俄国人。而且,两篇文章都有一种“执掌乾坤者,舍我其谁欤”的赫赫威焰。他究竟听谁的好呢?听义和团吗?这似乎是大势所趋,连慈禧太后都把义和团请进京师了嘛。可在他看来,这义和团毕竟是乌合之众,一旦败在俄国人手下,星离云散是小事,他作为盛京将军,以何面目去见俄国人呢?那么,听俄国人的?俄国人曾给他不少好处,这自不必细说。俄国人武装精良,哥萨克勇如猛兽,他也是一清二楚的。但如果义和团真像人们说的那样,刀枪不入,甚至有各种神仙助战,俄国人武装再精良,哥萨克再勇猛,又有什么用呢?俄国人一旦失利败北,他就更难自处了。而且,上边如果获知他曾帮助过俄国人,他就更难自处了,不要说头上的乌纱帽,只怕性命也保不住。

增祺将军着实为难起来。

无论是对俄国人,还是对义和团,他都必须尽快表示出一个明确态度,而且要拿出具体行动。他只能支持其中一方,这是不能含糊的。可是,支持哪一方才算是聪明和正确的抉择呢?

增祺将军想来想去,终于排除了盘旋在脑海里的各种干扰,找到了双方最关键的对比因素:实力。当今强梁世界,胜负在力不在理。他只有支持或者说投靠实力较强的一方,才不至使自己陷于难以自拔的窘境。那么,俄国人和义和团,哪一方是真正的强者呢?俄罗斯人有铁路、兵舰和最现代化的枪炮,这无疑要百倍胜过义和团的拳脚功夫和大刀长矛;而义和团有神仙附体,刀枪不入,可令对方枪炮失灵!两者的实力可说是一在地下,一在天上,一看得见，一看不见，又如何进行对比呢？假如义和团能焚符降神是真的，那么，俄国人和义和团之间将是一场人神之战，人怎么能同可以呼风唤雨、撒豆成兵甚至向全人类降下灾异的神较量呢？这岂不是“战事未起，胜负可判”了吗？

“但是……”增祺想着想着，脑海里陡然又冒出个转折词，并似有所悟地拧起了眉头。他刚才两次思考的结果，都是基于对义和团神力的正面假设，只这一个“但是”，却把他引向假设的另一面。“是的，”他继续暗自沉吟道，“俄国人的实力是看得见的，义和团的神力是看不见的。看得见的是真的，看不见的会不会是假的呢？”

想到这里，他的眼睛突然一亮，觉得自己真的开了窍。而且，一个绝妙到无与伦比的计策油然而生。说起来，他的计策很简单，就是亲自试一试义和团的神力是真是假。如果是真，就将檄文发出，由着他们干去，活该俄国人倒霉，论功时他增祺也可拔头筹；如果是假，也就有了解散义和团的理由，不仅对俄国人有了交代，对上边也可以“奉天拳坛实非正宗，乃鸡鸣狗盗之徒，假神团之名，图谋不轨。侦之既详，依法取缔”为词，替自己开脱。

这真是老谋深算！

增祺将军当然十分兴奋，并且，立即派人去请来同义和团来往甚密的晋昌副都统。

两人见礼落座后，晋昌问道：“将军大人传标下来，不知有何见教？”

“请先看看这个。”增祺说道，拿起俄国人的照会递了过去。他决定把这次谈话自然地引向主题。

晋昌走到案前接过照会文本看了一遍，说道：“这是情理之中的事。我们可以不予理睬。”说完，把照会放回案上，重又归座。

“可是，你不认为那些恫吓之词有可能变成行动吗？”

“他们随时都可能在东三省挑起一场战争。我们想躲也躲不开。”

“你最近忙于操练军队，就是准备迎接这场战争了？”

“是的，将军大人。”

“秣马厉兵固然是军队的本分，但要说战争在即，却也未必。”

“将军大人不是也说俄国人的恫吓之词有可能变成行动吗？”

“是有可能而已。只要不再发生炸毁铁路桥梁或者类似事件，中俄关系还是可以弥合的。”

“将军大人，”晋昌站起来说道，他这个人一激动起来是坐不住椅子的，“俄国人和其他列强一样，是迟早要对中国动武的。至于借口，那还不是俯拾即是，根本不需要什么事件。而且，义和团既然已经炸毁了铁路桥梁，就不会再有任何退让。因为他们的宗旨就是‘逐洋人，复国土’。”

“他们的宗旨无可非议，精神也十分可嘉。可是战衅一开，便是武力和武力的较量，宗旨呀精神什么的还有什么意义呢？”

“宗旨和精神是武力的一部分，将军大人。”

“不一样。是的，晋昌副都统，这是不一样的。义和团的刀矛棍棒加上宗旨和精神，去对付俄国人的洋枪洋炮，以我看来，恐怕连侥幸取胜的可能也没有。你我都是朝廷的边疆重臣，他们把事情闹坏，还不是得你我承担罪责。”

“将军大人，请恕我直言，如果我们这些边疆重臣考虑的只是头上的乌纱帽……”

“又来了，又来了，你根本没听懂我的意思。我是说面对复杂的局势，我们不能一时心血来潮地意气用事。不仅要看到眼前，更要考虑后果。我们必须得确信有绝对胜利的把握，否则，就不该怂恿义和团去点燃战争的导火线。”

“将军大人是不是要说慈禧太后把义和团请进京城也是错误的呢？”

“我绝无此意。不过，自太后奖掖义和团后，各地拳坛有如雨后春笋，难免鱼龙混杂，真假难辨。太后也并没说奉天拳坛是不是正宗。”

“难道这也要太后甄别吗？”

“当然不。但你我心里必须清楚。这也是做臣子的应尽的职责。”

“以标下看，只要宗旨一样，便无真假之别。”

“你看，我们又回到原来的题目了。而且，所谓宗旨也者，还不是谁都可以说，就像谁都可以打出义和团旗号一样？”

“标下明白了，将军大人是不相信刘宝清他们是真的义和团。”

“我不敢说他们是假的。但也不能人云亦云地说他们是真的。据我所知，慈禧太后请进京师的义和团，不仅有刀矛棍棒，更有灭洋人的神术的。”

“刘宝清他们也有。”

“我倒也听说过。”

“标下亲眼见过。”

“你是说,你见过他们请下神仙,见过他们刀枪不入?”

“神仙是附体而不现身,我们这些凡夫俗子是看不见的。但我却见过他们赤膊接受刀砍矛刺而了无伤痕。”

“俄国人枪膛里装的是子弹而不是刀矛。”

“标下相信,子弹当也不在话下。”

“不能想当然,晋昌副都统。这需要证明。”

“将军大人是要亲眼看一看才能放心了?”

“如果他们真是奇术在身,灭洋人确也并非难事,我们有什么理由不让他们为国效力呢?”

“我可以请他们做给将军大人看。”

“这样会不会是难为他们呢?”

“释将军之疑,振民众之心,他们何乐而不为呢?”

“说的倒也是。”增祺说道,微微一笑,“我们就见识见识义和团能避枪炮的神术吧。”

“将军大人不妨也检阅一下他们其他方面的功夫。”

“那就更好。”

“不过……”晋昌说道,沉吟了片刻,“义和团建坛时日尚浅,并非所有人都能练成避弹之体……”

“当然,当然。”增祺显得十分宽厚地说道,“这岂是一日之功呢?其实,只让一两个人——比如大师兄、二师兄——试试就可以了。”

“那就这么定了。请将军大人于后天,即6月30日傍晚6点钟,带枪手率众官驾临太清宫。逛宙会的人很多,正好也让百姓们开开眼界。”

“这真是个好主意。就按你安排的办吧。”

“标下这就去天后宫见刘宝清,请他们作好准备。”

“请便。”

晋昌略一拱手,转身走出将军衙门,跳上马车,直奔北关天后宫而去。

在天后宫,晋昌见到了正领着拳民操练的刘宝清和齐蓬莱(此时的晋昌还不知道姜海山的离奇故事,姜海山也还没有公开恢复原名,只是在极有限的范围内,才有人知道齐蓬莱是姜海山的化名)。他就在马车旁重述了一遍同增祺将军见面的情况和他的决定。他没看出这两人有胆怯或犹豫的表现,心里就更有了底。

他最后说道："我估计，增祺将军会带领许多官兵前去，太清宫内外逛庙会的人也不会少。你们的神术会让这些人大吃一惊。增祺将军也没理由再滞留召集各地神团赴省的檄文了——我方才看见那份檄文依然在增祺将军的案上，说明他还在犹豫之中。总之，此举对贵坛声名远播和未来的事业，有种种意想不到的好处。请大师兄、二师兄一定要全力以赴，向世人一展奇功，令怀疑者钳口而使我等扬眉。——你们很忙，不便继续打扰，就此告辞，后晚6点太清宫山门外见。"

晋昌说完，又跳上马车，离开了天后宫。

说话已到了6月30日上午。

时值农历六月四日，正是太清宫开山始祖郭守真于二百三十七年前，为久旱无雨的盛京祈雨成功的纪念日，太清宫当然要举行法事和庙会，到太清宫的人可说是络绎不绝。

可是卧床已有十天的潘监院病情又有所加重，葛月潭只好双倍劳碌了。早斋后，他要给潘监院切脉、开药，接着要接待一些有身份的客人。好不容易有了点空闲，他便踅回禅房，打算略作休息。他刚刚坐定，水还没喝一口，就见小道童让进兴冲冲的晋昌副都统。

晋昌不拘礼仪地举手示意后，微笑着说道："葛道长近日可好？"

葛月潭也只是欠欠身很随便地说道："一团忙乱而已。请坐，请坐。"

晋昌边落座边说道："贵宫今天真够热闹了。"

葛月潭说道："的确有点儿出乎预料。"

"如果今晚在山门前有另一番大热闹，葛道长会不会高兴呢？"

"另一番大热闹？看副都统大人满脸喜色，不像是想告诉我又要有人来捣乱……"

"当然不是。洋教堂惶惶不可终日，自顾尚且不暇，哪有精神来捣乱呢？"

"贫道想不出来还有什么热闹的事。"

"我来告诉葛道长……"晋昌说着，接过小道童呈上的茶碗，喝了一口又放置于案角。然后，兴致盎然地告诉葛月潭，今晚，将有义和团二师兄齐蓬莱在太清宫山门前表演枪弹不能伤身的神术，希望太清宫的道士以及各地来的香客们届时一饱眼福。

葛月潭听完晋昌的讲述后，十分惊讶地问道："齐蓬莱竟有枪弹不能伤

身的神术?”

“葛道长也不相信吗? 难怪增祺将军满腹怀疑了。”

“副都统大人是说,这是增祺将军的主意?”

“是我的主意。我想让增祺将军开开眼界。”

“原来如此……那么,齐蓬莱是痛痛快快地答应这次表演了?”

“这对他并非难事嘛。原来是他和刘宝清都要表演的,但他们明天有大行动,刘宝清要连夜祈神相助,就只能由齐蓬莱一人前来了。”

“贫道明白了……”

“葛道长不认为这是一件有意义的大好事吗?”

“当然。如果确实能成功的话。”

“会成功的。请葛道长放心好了。”

“副都统大人是说今晚……”

“6 点钟。”

“那么,副都统大人还有别的事吗?”

“我是专为此事而来。”晋昌说着,站起身来,心里对葛月潭竟向他下起逐客令感到纳闷,“我知道葛道长很忙,就不再打扰了。”

葛月潭也随后站起来,双手合十道:“恕贫道不能远送。”

晋昌走后,葛月潭又沉思了片刻,然后急切地命小道童为他准备马车。

大约四十分钟后,他已身在天后宫了。

刘宝清迎了上来。

“葛道长好!”

“大师兄好!”

“葛道长在途中没遇到赵尔巽?”

“赵尔巽? 他来过这里?”

“他刚走不到一刻钟。”

“也许他会去太清宫的……”

“我还以为……那么,葛道长辱临敝坛……”

“贫道想见见姜海山。他在哪里?”

“他正在殿后一间僻静的禅房练功。”

“练功? 是避弹神功吗?”

“看来,晋昌副都统已对道长说过了?”

“可是，贫道却……”

“葛道长，此地不便说话。请随我来，我们边走边谈。”

“你是想带我去见姜海山吗？”

“我们说好不去打扰他的。但葛道长来了，他还是应该见见的。”

说着，两人向殿后走去。

天后宫殿后杂草丛生，只有一条隐约可见的石板铺成的小径，迂回地通到一间绿荫覆盖的石砌小房。这间石屋原是天后宫几代住持的密室，有过许多神奇的传说。但后来，人们觉得这间密室除了僻静和阴冷外，别无特异之处，便无人问津了，天后宫也只把它作为临时停放住持圆寂的法体之所了。自从义和团在这里建起总坛之后，这间密室就成了姜海山的练功之所。

这两人踏上被杂草掩埋的石板小径后，刘宝清开口说道：“前天，晋昌副都统来见我和姜海山，说增祺将军要试试我们可避枪炮是真是假，然后才能决定是否支持义和团去打洋人。”

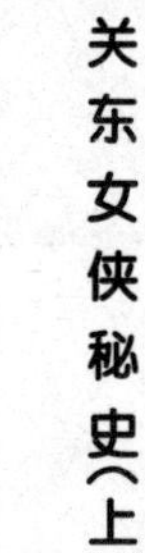

“因而你们就答应去作一次表演？”

“我们没有理由不答应。”

“没有理由？这话怎么讲？”

“晋昌副都统是我们的朋友。他决心同洋人决一死战，不仅因为他爱国忧民，也因为他相信义和团能成大事。我们不能让他在如此关键的时刻，对义和团失去信心。”

“但这需要你们先有信心。可听你的话，你们对这次表演并没有信心。”

“对葛道长不敢说假话。的确是这样。”

“如果现在找晋昌讲了实情呢？”

“太晚了。晋昌怎么向增祺交代？甚至……不用增祺，晋昌也会立即解散义和团的。”

“我想……不会吧？”

“我不能拿义和团去冒险。”

“可今晚姜海山却要用身体去试真枪实弹！”

“对此，我原也很犹豫。”

“可你还是决定拿姜海山去做赌注！”

“这事怪我。我想，这次表演既然不能拒绝，而且，十之八九要倒在枪弹下，那么就该由我去迎接这个灾难。但姜海山不干，他说，他的内力比我深厚,再静心聚集两天精气,即使躲避不了一死,也不至于当场流血僵仆。那时,我们可以尽快给他裹上红斗篷,抬上椅子,簇拥而去,也足可以震慑增祺将军了。"

"也就是说,姜海山本人也知道必死无疑!"

"所以,我仍旧不答应。我们争持不下,又不能找第三者仲裁,便只好私下抓阄。结果是他赢了。"

"你认为这种牺牲值得吗?"

"姜海山和我,不管谁死,对义和团都是巨大损失。但是,只要我们的死对义和团有利,谁也不会皱一下眉头。"

"就想不出一个两全的办法吗?"

"要么姜海山饮弹身亡,要么我去承认避弹、请神是义和团的骗术。没有第三条路可走。——您看,面对葛道长这样的高人,我是不敢说一句假话的。"

"可是……承认义和团的神术是骗术,贵坛的部众不是要一哄而散,贵坛的事业不是要付之东流了吗?"

"所以,姜海山的牺牲是值得的。"

"他这样的年轻人,在义和团可是凤毛麟角般可贵呀!"

"我如果能有子弹穿胸而直立不倒的功夫,也决不会去执行抓阄的结果的。是的,只有他能拯救义和团。"

"贫道真希望他拯救了义和团,又能不死。"

"除非增祺取消这次表演,或者,那些枪手枪膛里的子弹没有弹头……"

"你说什么?"葛月潭突然收住脚步问道,若有所思地盯住随后站住的刘宝清,"枪膛里的子弹不装弹头?"

刘宝清苦笑了一下说道:"这是绝不可能的,我只是打个比方而已。那些枪手,肯定全是增祺的亲信。"

"要是……要是枪膛里装有子弹却又打不出来呢? 比如……"

刘宝清摇头道:"这种也许是几万分之一的偶然,怎么会可巧让我们碰上? 再说,枪手也不可能是一个……"

"如果这种情况能出现呢?"

"那可真是神仙相助了。"

"贫道倒知道有一个人能创造出这种局面。也许只有这个人才是姜海

山的救星！”

“此人现在何处？我刘宝清愿携重金当面叩请。”

“此人只能贫道去请。”

“我知道了。”刘宝清眼里突现的光芒又暗淡下去，“葛道长说的是古小姐……”

“正是她。”

“遗憾的是，没有第二个人会这种神丸贯目功……是的，我和姜海山曾想到古小姐，但这没有意义。古小姐对我和姜海山也都充满仇恨，是不可能出手相救的。”

“这也未必。当然，事情很复杂，有一定难度，贫道也不敢说究竟有几分把握。但是，在姜海山的生死关头，总该去试一试。能成则皆大欢喜，不成，阁下和姜海山也不要怪罪贫道。”葛月潭说着，看了看那间石砌小房，突然蹙了下眉头，似乎想起了什么，接着又四外巡视了一遍，确信地点点头，“是的，肯定是这间密室。”

“葛道长说什么？”

“唔，贫道曾听先辈讲过，天后宫有一间不甚起眼的石砌密室，密室下面有一条宽阔的暗道，直通十里以外的林莽之间。五年前，天后宫的住持还曾企图找到暗道的入口，却毫无结果。后来觉得找到入口也没什么大意义，且怕中了机关，也就作罢了。”

“我多次进过这间密室，不像有什么机关暗道之类。”

“是呀，也许是以讹传讹吧。——现在已时近中午，我们剩下的时间不算很充足。贫道这就去见古小姐，就不去打扰姜海山练功了……”

就这样，葛月潭在当天下午，匆匆跨进古家小院……

27

在古家正房堂屋里的三个人,同时看到了直冲他们走来的葛月潭,而赵尔巽离门口最近,理所当然该由他先打招呼了。

他一步跨出门外,抱拳道:"明新贤弟别来无恙!"

刚刚绕过花坛离正房的台阶尚有几丈远的葛月潭,听出了赵尔巽的声音,并明明白白看见赵尔巽其人站在门口,一时感到惊诧万分,猛然停下脚步,迷惘地四下看了一遭,以为自己是梦中或走错了地方。但他随即忆起和刘宝清刚见面时的对话,这才意识到,赵尔巽此刻在古家是合情合理的。赵尔巽既然知道自己已无生命之虞,且敢于面见刘宝清,以其居高临下的身份和这身份决定的一切都不在话下的胆量,怎能放过来见女儿和萧夫人的机会呢?同时,在这惊诧的瞬间过后,葛月潭又感到很高兴,因为有赵尔巽在场,他和古竹韵以及萧夫人的谈话就容易多了,他甚至可以利用同赵尔巽的谈话,间接地把自己的意图巧妙地传达给古竹韵。但转念一想,觉得事情或许因赵尔巽的提前到来变得更加难办。赵尔巽肯定会说不久前他葛月潭去过铁岭,并报告了这里发生的一切。那么,古竹韵会不会因为他不遗余力地帮助赵尔巽而产生反感呢?如果这样,他请求古竹韵的话不是更难启齿更难有收效了吗?

葛月潭这样颠三倒四想着的时候,见赵尔巽已走下台阶。在他看来,停下脚步的这一两秒钟是一段不短的时间,总不能继续傻站着等赵尔巽走过来,便叫了一声"次珊兄",快步迎上前去,听凭事情的自然发展了。

两个人面对面在台阶下站定后,葛月潭说道:"怎么也没想到今天在这里遇见尊驾。"

"我也感到意外。原打算一会儿去太清宫拜见呢。"

"不过……兄台也忒快了!刚刚还在天后宫,这会儿就在小西关了。"

"怎么？贤弟也见过刘宝清了？"

"只晚于兄台一刻钟。"

"我们好像走了同一条路线。"

"可不是，真够巧了！"

"不巧的是，你我竟失之交臂；而且，终于见面时，我却正要离去。"

"兄台这就要走吗？"

"我已向萧夫人和小姐道过别……"

赵尔巽称萧夫人而不称萧五妹，称小姐而不称古小姐，葛月潭不能不产生某种疑惑。这种称呼上的变化，如果不是偶然失于斟酌，便只能说明赵尔巽同古竹韵的感情有所接近，同萧夫人反而加大了距离。葛月潭并不清楚赵尔巽来见萧夫人和古竹韵的用意，也无从猜测他到来之前在堂屋里那场谈话的内容和气氛，因而，对这三人感情上逆转的原因，就更加不得而知了。而且，赵尔巽的话显然还有另一层意思，那就是：我已经道过别了，再一次走进堂屋就要你葛月潭来挽留了。那么，究竟是请赵尔巽去太清宫等候好呢，还是邀请他同到堂屋里坐一会儿好呢？葛月潭实在难以作出决断。

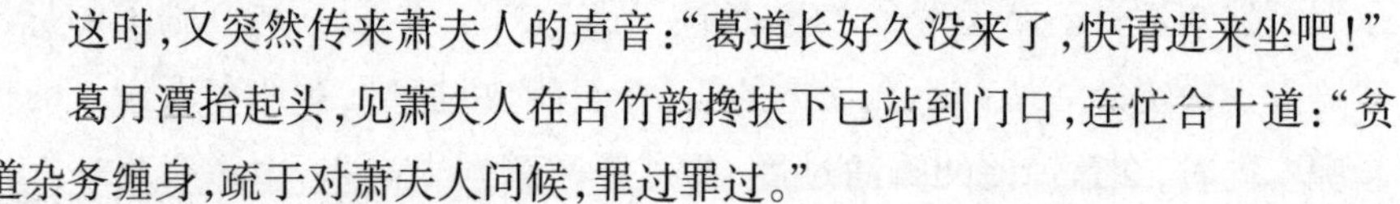

这时，又突然传来萧夫人的声音："葛道长好久没来了，快请进来坐吧！"

葛月潭抬起头，见萧夫人在古竹韵搀扶下已站到门口，连忙合十道："贫道杂务缠身，疏于对萧夫人问候，罪过罪过。"

"葛道长言重了。说起来，我的身体能这么快复原，多亏了葛道长救治。我感谢还感谢不过来呢。葛道长快请进来说话吧。"

葛月潭觉得把赵尔巽扔在外面不合适，又不知该不该邀他同进堂屋，便既犹豫又有点应景地说道："那么，次珊兄……"

还没等葛月潭把本来就没设计好的话说完，萧夫人便抢过话头："赵老爷很忙，还急于赶路，就不挽留他了。"

葛月潭更没想到，赵尔巽会毛遂自荐地自己要求留下。

"说实话，"赵尔巽转身对萧夫人说道，"我并不忙。而且，原也没打算今天返回铁岭，而是要住在太清宫的。"

葛月潭不得不打起圆场说道："萧夫人，就请次珊兄再陪贫道坐一会儿吧。然后我们一起回太清宫。"

萧夫人满脸不快地说道："那就都请进来吧。"

赵尔巽回头对葛月潭小声说道："谢谢你，我只想同女儿多待一会儿。"

“贫道理解,理解……”

片刻后,他们都已在堂屋内了。

因为是圆桌,座次没什么讲究,坐起来倒也容易。萧夫人坐在右手,两个男人坐在左手,古竹韵依然站在萧夫人身后。

但四个各怀心腹事的人在一起,谈话就异常困难了。

四个人都低垂着眼睛,好像都觉得在此刻看谁也不合适。

最后,还是女主人先开了口。

“葛道长近来很忙?”

“是呀,非常忙。”

“我知道葛道长会非常忙的。”萧夫人似乎找不到别的话可说。

“也是太凑巧了。去铁岭,潘监院病情加重,筹备庙会,等等事情,一下子全堆到了一起。”

萧夫人只对葛月潭说话,多多少少是有意冷落赵尔巽。可刚刚说了这么两句,赵尔巽就找到了插话的机会。

“其实,”赵尔巽说道,“有些事情,明新贤弟是没有必要也不该介入的。”

“兄台指的是什么呢?”

“比如前些天,你替义和团把炸药运到铁岭,如果让俄国人知道,肯定要招来许多麻烦的。”

葛月潭看了看同时露出惊讶表情的萧夫人和古竹韵,又把脸转向赵尔巽,微微一笑,说道:“这也是形势所逼,因当时听说铁岭一带护路军对来往人盘查很紧,贫道只好勉为其难了。而且,贫道做事谨小慎微,又是偶一为之,再加上太清宫总算还有点儿名气,是不会出事的。事实上也是如此。贫道不是安然无恙吗?”

“贤弟是个聪明人,不可能看不出这里隐藏着危险。”

“谢谢兄台关照,贫道自会掌握分寸的。”

萧夫人问道:“葛道长在帮助义和团?”

“是的。”葛道长说道,“他们也帮助过太清宫。”

“像刘宝清他们那样可杀不可留的人,能干什么好事?能成什么大事?葛道长万不可拿错主意呀!”

葛月潭略一犹豫,说道:“且不说他们以‘扶清灭洋’号召天下,是顺乎民心的;只就贫道已同他们有近一年的交往,又怎能做出有失信义的事呢?”

"刘宝清、姜海山讲过什么信义了?正该以其人之道还治其人之身。"

葛月潭心里明白,赵尔巽也好,萧夫人也好,都是站在各自的角度反对他同义和团搅到一起。前者是出于对他安全的关心,后者则出于对刘宝清和姜海山的仇恨。他也能预料到,他一旦提出请古竹韵去拯救姜海山和义和团,这两个人同样会一致坚决反对的。眼下唯一难以琢磨的是古竹韵的态度。葛月潭突然觉得,没有打发人把古竹韵请到太清宫却自己找上门来,是忙中出错;而在这里巧遇赵尔巽则实在是不幸。再想同古竹韵单独面谈显然已无可能,赵尔巽说要住在太清宫,哪里还有这样的机会呢?看起来,不管结果如何,他只有当着这三个人的面摊牌了。

我们知道,在萧夫人说完上面那句话时,无论是赵尔巽,还是古竹韵,都是不便插嘴的,同意还是不同意的话,只能由葛月潭去说。而表面上,当葛月潭又开口说话时,也只像是迟疑片刻而已。

"萧夫人,"葛月潭说道,同时飞快地扫了古竹韵一眼,"贫道不想也不能对古家以往的恩恩怨怨作出自认公允的评论,因而且不去说它。贫道只想说,洋人侮我国,欺我民,与我不共戴天。而义和团正是要消灭洋人,洗国耻,雪民恨。贫道相信,当萧夫人对这样的仁义之师有了进一步了解,会比贫道更热心地帮助他们的。"

萧夫人此刻的情绪肯定不会好的。因为眼前这三个人,与她仇恨刘宝清和姜海山的心理全部背道而驰。尤有甚者,葛月潭竟提出要她帮助义和团!去帮助杀害丈夫的仇人?去帮助认敌为友的姜海山?不!这她绝对做不到。但是,她可以和女儿吵,同赵尔巽争,却不能与她既信任又尊敬的葛月潭唇枪舌剑地辩论。所以,她斟酌了一下,尽量把表明自己和葛月潭相左的话说得不至于太尖刻:

"如果我不知道率领这支仁义之师的是刘宝清和姜海山,也许我真会倾家荡产去帮助他们的……"

"萧夫人,有一句古话说得好,'兄弟阋于墙而御侮于外',目前国难当头……"

"请等一等。"萧夫人打断了葛月潭的话。因为她突然感到有点儿不对劲儿。这一年来,葛月潭偶尔向她提到过义和团,也只是三言两语而已,从未像今天这样不厌其烦地讲起什么"仁义之师"、"御侮于外"之类的大道理。难道葛月潭不仅仅像女儿要她"宽谅",像赵尔巽劝她"放过一马",却有别的

什么意图吗?她这样想着,紧紧蹙起了额头,询问地凝视起葛月潭。“葛道长……”她接着说道,“葛道长今天来寒舍,有什么特殊用意吧?”

古竹韵觉得妈妈的态度和问话都有点失礼,便带着焦急和埋怨地叫道:“妈妈!葛道长只不过……”

“不,古小姐。”葛月潭抢着说道,并站起身来,显然决心要揭题了,“萧夫人说对了。贫道从天后宫拳坛直接赶到这里,是来求助萧夫人和古小姐的。”

萧夫人问道:“要我们像赵老爷那样,资助义和团?”

“比这要重要千百倍!贫道……就直话直说吧:姜海山的生死,全寄托在古小姐身上了。”

“姜海山!”

那三个人同时叫道。当然,三个人的惊讶中都含有各自不同的内容。

“是的,姜海山。”葛月潭以肯定的语气回答了三个人。

赵尔巽看了看脸色苍白欲言复止的古竹韵以及懵懂得不知所以的萧夫人,有点儿怪异地向葛月潭说道:“姜海山怎么了?上午还听刘宝清说,他在闭关练功嘛。”

“兄台可知道他为什么要闭关练功吗?”

“对武林中人,这似乎十分正常。”

“不,这不是正常的练功。因为他的胸膛要在今晚迎接子弹的挑战。”

“子弹?”

“贫道还是说得明白点吧。贫道方才说过了,义和团是仁义之师。但有人,比如说增祺将军,并不支持他们,认为他们只能惹祸而成不了大事。也怪义和团一再宣扬在拳坛可练成枪弹不能伤害的金刚之体。据贫道所知,渴望练成金刚之体者,历朝历代皆不乏其人,但从未听说有谁练成。事实上,义和团也无此神功。可是,就在今晚,增祺将军却要在太清宫山门外聚众试一试人的身体是否真能抵挡得住子弹的射击。”

赵尔巽问道:“这被试的人就是姜海山?”

“是的。他可能站立不倒,但活命的可能几乎没有。”

“这都怪义和团好大喜功、虚张声势。为什么非要以妖言惑众呢?而且……明新贤弟,对此,萧夫人和古小姐能帮什么忙?她们孤儿寡母,自己的安全尚无保证啊!”

还没等葛月潭回答，萧夫人便气息短促地问道："那个刘宝清呢？他为什么不去试一试？"

葛月潭疑惑地看着萧夫人，说道："萧夫人是希望……"

"我希望他们一块去见阎王！"

"可是……"

"葛道长不必再说了。我懂了。我知道葛道长是想让韵儿去救姜海山！"

赵尔巽询问地盯着葛月潭问道："是这样吗？"

"那还用问？"萧夫人不客气地说道，"赵老爷当不会忘记是怎样从劫匪手中获救的吧？"

"原来是这样！"赵尔巽说道，又转向葛月潭，眼睛里不仅有疑惑，且有了责备，"明新贤弟是想让古小姐用神丸贯目功去射杀增祺的枪手？"

葛月潭点头说道："这是拯救姜海山的唯一办法。只要举枪的人在勾动扳机之前就无声无息地倒下，就不会再有人敢把枪口对准姜海山的胸膛。"

萧夫人说道："我不会让韵儿去的。这没有商量的余地。刘宝清、姜海山活该有此一劫的！"

赵尔巽附和道："五妹说得对。"把"萧夫人"又改成"五妹"，说明在同一问题上有同一看法而在感情上的迅速接近。"且不管姜海山是否该有此一劫，古小姐是绝对不能去的。——明新贤弟，你怎么会想出这么个鬼主意。你没有替她们母女想想这样做的后果吗？"

"贫道想过。但以古小姐的功夫，是能轻易做到神不知鬼不觉的。况且，知道神丸贯目功的人是极有限的，又全是我们自己人。"

"古小姐的神丸贯目功固然厉害，却难保万无一失。古小姐一旦露出行迹，明新贤弟如何承担起这个责任？"

"而且，韵儿也不会去的。"萧夫人坚定地说道，又把视线很快转移到古竹韵的脸上，"韵儿，你说，你想去救姜海山吗？"

古竹韵心绪复杂地看着葛月潭说道："我不能去的，葛道长。我不能去。十天前，我放过了他们，这已经够了。我不能……不能再伤妈妈的心了……"说到最后，她的声音颤抖了起来，且已带着泪水了。

"贫道能理解的，古小姐。"葛月潭说道，不无悲哀和歉疚地垂下头去。

萧夫人问道："葛道长是不是……生气了？"

“不,哪里会呢?这样的结果原也是意料之中的。”

“如果是葛道长的事,韵儿和我即使粉身碎骨也不会有一丁点儿犹豫的。”

“贫道相信,相信的。你们是对的,贫道今天确实有欠斟酌……”

赵尔巽俨然以主人身份说道:“明新贤弟不必感到不安,你也是受人之托嘛。”

“哪里是受人之托。是贫道在情急之中主动作出的承诺。”

“你同样可以对刘宝清作出交代,因为你尽力了。”

“他当然不会怪罪任何人,因为他早就认识到这事是绝无可能的。——不过,时间不早,贫道该回去了。”葛月潭说话的同时也在想着,应该尽快去告诉刘宝清,不要指望古竹韵出手相救了,原来怎么计划就怎么做吧。

赵尔巽在第二次进入堂屋前,已说好要和葛月潭同去太清宫的。所以,葛月潭大失所望地说出告别话时,他也就找不到继续留下的理由了,只能随着葛月潭走了出来。但到了大门外,他却改变了主意,决定当晚不去太清宫而要在恒顺客栈下榻。因为他突然对古竹韵的决心产生了怀疑。古竹韵说不去救姜海山会不会是稳定萧夫人的假话呢?他是古竹韵的生身父亲,保证女儿的安全是责无旁贷的。他绝不能让他爱得愈来愈深的女儿拿生命去冒险。他当然也并不希望姜海山死于非命。但是,如果避免不了,姜海山的死也未必不是好事。不用说女儿回到身边的可能会更大,他甚至还可以亲自择婿,给女儿创造一个安定的无忧虑的未来。那么,他怎样才能防止古竹韵在今晚做出蠢事呢?再回古家小院已没有合情合理的因由,恒顺客栈便成了最合适的地方了。他坐在二楼的窗前,古家小院一目了然,只要古竹韵走出门来,他就会看到和立即尾随过去,不管是否发生争吵和不快,他也要把古竹韵挟持回来,一直看管到太清宫山门外的表演结束。总之,在眼下,除了确保女儿的安全外,其他的一切都显得不那么重要了。

葛月潭正陷于对当晚可怕场面的设想中,哪里会细心琢磨赵尔巽要住在恒顺客栈的真正原因呢?而且,他有许许多多事情要做,也实在分不出精力陪伴赵尔巽,他反倒认为赵尔巽不去太清宫是通情达理的。

“那么,兄台今晚是要住在恒顺客栈了?”

“是的。”赵尔巽回答道,并为了不使葛月潭多心,临时编造了几条理由,“我的马车已在恒顺客栈,你今晚又一定很忙。我可以明天再去叨扰。而

且,我不愿看到举枪射击的场面,更不想同增祺见面。”

“也好,也好。那就明天恭候大驾了。”

“明天早茶后,我就去太清宫。”

“是呀,我们可以明天再见,可姜海山……却没有明天了……”

“我劝明新贤弟不必为此过分忧伤。人的生死是有定数的。”

“也许是吧。谁知道呢?”葛月潭悲哀且有点儿恍惚地说道,抬腿跨上车门,重重叹息了一声,像自言自语地留下了一句话:

“姜海山这回是死定了!”

28

同往年一样,盛京城6月30日的白昼是相当长的,已时近傍晚6点钟了,太阳依然高挂在西边天空,向大地显示着它的余威。

太清宫的琉璃瓦顶,以及山门外宽阔大道两侧高大的枝繁叶茂的樟松,垂柳的树冠,都在太阳的斜射下,闪动着犹如粼粼碧波的耀人眼目的光点。

山门外渐渐长起来的阴影里,早就一字摆开了十几把椅子。此刻,增祺将军、晋昌副都统和盛京八部侍郎,已随喜过太清宫神殿,分别就座了。他们身后是一溜荷枪实弹的兵弁,承担着对这些朝廷命官们的保卫工作。在椅子的左右隔一段距离的地方,是被请来观看表演的盛京城内外的豪绅巨贾以及太清宫和各方云游到此地的道士们,葛月潭也在其间。

参加表演的义和团的近二百名战士,一律青衣青裤红头巾,分四个方阵,面朝里站在离山门约十丈远的道路两侧。右侧的两队,一队徒手,一队刀悬右腕,他们将分别表演拳术和刀术;左侧的两队,一队长棍戳地,一队亦为徒手,他们则分别作棍术和搏击表演。

准备以一死挽救义和团的姜海山,在四名面涂朱砂手持黄旗的法师簇拥下,正对着山门,矗立于四个方阵当中的路面上。他今天红巾扎额,身披鹤氅,腰缠宽带,脚登软靴,上穿紫色紧身衣,下着青缎灯笼裤,一派威风凛凛英气袭人的气概。

正如晋昌预料的那样,观看表演的民众相当多。不仅进香求签的人不肯失去一饱眼福的机会,更有城里城外的许多男女老幼,闻信后纷纷跑来,想一睹为快。表演还没开始,山门外道路两侧的树木间早已是人头攒动拥挤不堪了。那些挤不到前面的孩子们,顾不得太清宫的规矩,一个个攀缘到树上,骑跨高枝向红头巾瞪起好奇的眼睛。

人们虽然不像看秧歌那样放浪形骸,但密密麻麻的看客,你碰我,我挤

你，免不了会有嘈杂之声。在场的所有人，谁也无法再体会到太清宫山门外的神圣、肃穆和清静了。

端坐在椅子上的增祺将军对嘈杂的人声一点儿也没感到厌烦，或者可以说，他很高兴有这样热闹的场面。在过去的两天里，他私下同许多有学识的以及会武功的人谈过枪弹不能伤身的神术，这些人几乎异口同声地说："这，这纯属无稽之谈。"他还请教过天主教堂的纪隆主教，得到了相同的回答。他已确信义和团的神术其实是骗术。他对义和团竟敢于当众进行注定失败的表演，感到奇怪。但表演的结果会对他增祺有利则是无可怀疑的。他总算可以从首鼠两端、难下决断的困境中解脱出来，彻底舍弃义和团而继续维持同俄国的友好关系了。他在离开将军衙门来太清宫之前，已草拟了一封给阿列克赛耶夫的信函，表明他已"大刀阔斧地剪除了拳匪"。这封信，将在当晚宣布遣散义和团后，派专人送到旅顺口。总之，在他的想象中，义和团的二师兄已经倒在血泊中而引起一片哗然了。盛京八部侍郎都在场，还有那么多道士和民众，看你晋昌还有何话要说！

坐在增祺旁边的晋昌却显得相当兴奋。他支持义和团，多方帮助过义和团，也相信义和团的武功和神术。虽说进行最后也是最震撼人心的表演的只有齐蓬莱一人，不如有刘宝清和更多的人一同表演更有说服力，但这至少可以证明义和团的神术是存在的。人们一传俩，俩传仨，还是能大长义和团的威风，也定会给俄国人一种威慑力的，其作用远远超过口头宣传。

心情最复杂且感到十分悲哀的当然是葛月潭。他既不像增祺以为今晚义和团表演失败而被取缔，也不像晋昌确信义和团的枪炮不能伤身的神术会取得令世人赞叹的成功。他知道义和团能存在下去并获得发展，更知道，姜海山要为此献出生命。他也知道，只要古竹韵出手相救，姜海山就可以不死。他更知道，是由于他未能请动古竹韵，才造成姜海山的悲剧。他是在场的所有人里，最了解底细和最清醒的人，也是唯一不盼望时间尽快走到6点钟的人。他替即将命归黄泉的姜海山惋惜，也为自己的回天乏术感到惭愧。他的心无法安宁，对周围的一切似乎失去了感知的能力，甚至有点儿麻木，对蔑视庙规而纷纷爬上树去的孩子们也视而不见，听之任之了。

看热闹的人依然纷至沓来，不断加入已经十分庞大的围观者的队伍，一个个跷足引颈，死死盯着将要发生奇迹或者悲剧的地方。盼望那一时刻尽快到来。

不管葛月潭觉得6点前的时间跑得太快也好，也不管葛月潭之外的人觉得这段时间太慢也好，6点钟还是照旧在该到来的时候到了太清宫山门外。

增祺掏出怀表看了看，向晋昌点了点头。

晋昌站起身来，走到姜海山面前，问道："齐二师兄，可以开始了吗？"

"可以。"姜海山答道。

"那就下命令吧。"

"请副都统大人归座。"

"今天最精彩和最关键的是齐二师兄的表演，希望能小心在意。"

"请放心，不会有问题的。"

"祝你成功。"

姜海山目送晋昌并等他坐好后，朝正前方及两侧抱了抱拳，高声说道："诸位。我盛京拳坛七千弟兄，怀赤子之心，得神人之助，志在灭洋扶清，澄清宇内。此心此志，天地可鉴。然世人虽恨洋人之凶残，又惮洋人之武力。即使同情我辈灭洋之心之志，亦未必深信拳坛灭洋之力之术。今天，拳坛二百弟兄，在此献艺，意在消除诸位之疑虑，与我同心灭洋，共展宏图。诸位请了。"

姜海山刚一说完，便同四位法师腾身而起，离地足有两丈高。这五人在空中穿插翻飞，四面小黄旗舞得呼呼声响。正在人们惊讶万分、眼花缭乱之际，声音戛然而止，却见四位法师已分别伫立于四个方阵之前，而姜海山早已稳稳坐在更远处道路中间的一把高背靠椅上了。

"好！"看客们兴奋地呼喊起来，他们的情绪一下子被引向高潮。

人们的喊声还没落下，只见第一方阵前的法师一个侧身腾跃，无声无息地飞至增祺面前，单腿跪地说道："请看拳术。"然后起立转身，将手中的小黄旗向斜上方用力抛去，他自己则一串长跟头接着一个空中翻腾，左手握住黄旗后又来了个空中旋子，快得像在空中划出一个黄色圆圈，这才轻飘飘落下。他的脚刚刚沾地，右手便作出紧握太极剑的样子，仰脸向天，口中念念有词道："快马一鞭。西山老君。一指天门动。一指地门开。要学武艺请仙师来。"说着，猛地一挥黄旗，"上！"

第一方阵闻声呼地跑到路面上脸朝山门散开，行距和间距几乎绝对相等。小黄旗又挥动了一下。

这四十九个人犹如轰然山倒一般，在同一刹那全都直挺挺扑向前去。

这酷似京戏里的摔僵尸，只是脸朝下而已。

法师又一次念动咒语："天灵灵。地灵灵。奉请祖师来显圣。起！"

霎时，四十九个人像被牵线一样，同时紧握双拳在呐喊声中一跃而起。令人目瞪口呆的是，这四十九个人，一下子全都变成红脸大汉了，好似四十九个不握大刀的神勇的关羽。

紧接着，这四十九个红脸大汉，随着小黄旗上下左右的指划，打出了一套怪异有力令人胆战心寒的八卦掌。说它怪异，是因为明眼人很容易看出它的一招一式并非皆合法度，却又衔接得天衣无缝；说它有力，是因为每一招式之间全无过渡，却又无一不是杀手，那呼呼生风的左右长拳，只怕是挨着臂臂断，碰着头头碎，连铁板也会击穿的。看他们个个杀气腾腾，人人如虎生翼，忽而拔地而起，快似流星，忽而泰山压顶、落地生根，向左则左边树动，向右则右边枝摇，伴着一阵阵惊天动地的呼声，又如何不令人胆战心寒呢？在场的人，没谁能看明白这是哪门哪派的武功，拳坛的人都称它为齐派八卦拳。其实，这是姜海山行镖时自悟自创的一套拳法。当年，姜海山就是使用这套拳法打赢了陆家拳传人刘宝清。后来，姜海山又参照各家拳法，融会贯通，整理出一套快拳拳谱，传授给了拳坛的弟兄们。至于起式前的猝然前仆和暗涂朱砂脸，则是刘宝清专为这次表演临时加上的，意在创造一种神秘气氛。姜海山除齐派八卦拳外，也传授刀法和棍术，但他最得意的还是他独创的拳法。他认为，义和团与洋人对阵，主要还得靠近身战甚至徒手肉搏，掌握拳术的人能占很大便宜。今天，他特意把拳术安排为第一个表演项目，也是想认真检阅一番自己的成绩，然后，他就要收心养气，准备迎接枪弹的挑战了。

拳术表演在人们叫好声中结束后，大刀队的四十九名壮士，随着第二位法师的指挥，裹着满身寒光，飞旋着跳入场内，同时拉开了横竖相等的距离。表演尚未开始，已是满场寒气逼人、阴风飒飒了。

增祺将军今天是准备以义和团神术不灵为借口遣散义和团的，根本没有观看拳脚功夫和舞刀弄棍的兴致。但他既然已随口答应晋昌要全面检阅一番，就只好耐着性子坐下去了。在看拳术表演时，那见所未见的怪异路数和风驰电掣般的迅猛强劲，他未必没有耳目一新的感觉，甚至赞赏地点了几次头。及至看完刀术表演，眼前又出现四十几条长棍时，他已觉得索然无味、恹恹欲睡了。在他看来，义和团的刀术也好，棍术也好，都是常见的路

数,只不过是几个基本招式的反复穿插而已,并无新奇之处。这些招式,对他不仅司空见惯,他在年轻混迹赌场时,为了赖账,还不止一次使用过。所以,他坐在那里不能不产生活受罪的感觉。要不是时不时有震耳欲聋的喝彩声袭入耳鼓,他早就进入梦乡了;要不是受着最后目的约束,他也早就离席而去了。他觉得这几项纯属多余的表演,时间拖得实在太长了。

表演的时间确实太长了点儿。

其实,四个项目最多不过一个小时即可结束,而按着眼前的速度,却至少要两个小时才能完成。这是姜海山和刘宝清有意安排的。姜海山中弹后,短时间内不会倒下去,以他的功力是不会出现意外的。中弹后,迅速闭合伤口,不在现场流出血来,他也能做到。他有过被长矛刺透肚腹而遏制流血的经历。但他也有顾虑。如果朝他射击的不是一杆枪,而第一颗子弹又恰中要害,那么他能不能使第二个第三个伤口也能迅速闭合呢?他没有试过,心里也就没有底。要是当场流出血来,就等于失败,他也就白白作了牺牲。他和刘宝清绞尽脑汁,想来想去,也只能在时间上做文章了。开始表演的时间是晚 6 点,太阳落山的时间是晚 8 点左右,只要姜海山能挨到太阳落山再出场,就好办了。太清宫的山门在东侧,落日的余晖是照射不到的,光线肯定很暗淡,姜海山穿着紫色上衣,黑色的披风衬上红里,那么,胸前即使有血涌出,人们也不会看清的。主意应该是不错的。

但是,姜海山的出场时间能不能挨到太阳落山呢?

坐在路边高背椅上,与山门遥遥相对的姜海山,此刻已无暇考虑对他至为关键的时间因素究竟能否遂心所愿,更无心去观察那些官员和看客们的情绪有什么变化。对于他,身外的一切早已不复存在,或者说,他的灵魂已飞出躯壳,正在神游他一生走过的道路。他并非不能控制自己的感情,也并非对生命还有留恋,他是很自觉的自我放纵。因为他不需要过早地收神养气,他确信自己能在极短的时间里把多年练就的深厚的内力驱策到双腿和胸膛,去圆满完成此生中最后一次使命。他是为了让刘宝清放心,才决定闭关练功两昼夜和在今天出场前对着夕阳坐在高背椅上提前聚集内力的。那么,他的灵魂的翅膀把他带往何处了呢?这是不难猜测的。一个静静等待死亡的人,自然而然要回忆起全部经历中那些深刻在心底的最具人生价值的内容,那些辉煌的、暗淡的、惬意的和悲哀的过往;他也会自然而然地对自己的整个生命作出最终的总结和评判。不用说,他对自己是很满意的,虽然

他曾在痛苦和矛盾中挣扎过,踌躇过,但最后的选择都是正确的。他没有做过有愧于心的事情。当然,他没有实践对着古剑雄的灵位立下的誓言,但是,报私仇这个小节是无法同报国仇这个大义抗衡的,古剑雄的在天之灵没理由怪罪他,后世也定然自有公论。要说他此生还有什么憾事,那便是没能实现对古竹韵的爱。他爱古竹韵,这是没有任何疑问的,即使古竹韵把他当成了仇人,他也没有丝毫改变这种深藏心底的爱。他的爱的确是深藏心底的。他的感情同样是炽热似火的,但他不善于表达自己的感情,更不允许放任自己的感情去做越格的事情。早在张家口,古竹韵已众所周知地成了他对她的未婚妻的时候,他也未能对古竹韵表示他对她的爱,连一次暗示也没有过。那时古竹韵还是个小姑娘,他必须等待,等古竹韵长大,能自主地而不是遵父母之命去决定终身大事的时候。只有古竹韵懂得什么是爱并同样热烈地爱上他,他们的结合才是甜蜜的。然而,在他到了德州之后,事情发生了变化。他知道,古竹韵肯定长大了,他却因为做了刘宝清的同志,不得不放弃向心爱的姑娘表达爱的权力和机会,甚至不能让古竹韵以为他还活在世上而隐姓埋名。更可悲的是,在万般无奈地同古竹韵见面和讲出实情后,他一下子从失踪的未婚夫变成了古家的仇人!萧夫人的昏厥,古竹韵驱赶他离开古家小院,都在说明这双母女对他恨到了咬牙切齿的程度,今天,古竹韵拒绝出手相救,更说明了这恨的不可动摇。他终于要被枪弹遣送到另一个世界了,在义和团他固然是个英雄,是为事业献身的好汉,对萧夫人和古竹韵来说不也是额手称庆的快事吗?想到这些,他不能不感到委屈和遗憾。但细细琢磨一番,似乎又不尽然。因为,对他是憾事,对萧夫人和古竹韵未必不是幸事。既然他注定要死,那么,留给最亲最爱的人的是痛恨好呢,还是痛苦好呢?当然是前者更好。要知道,痛苦会使人丧失生的乐趣,而痛恨则可以治疗心灵的创伤啊!这么一想,他倒觉得此生已没有什么应该遗憾的事了,反而更加平静,只盼那实现全部人生价值的时刻尽快到来。

有两个人内心是无法平静的。一个是前面提到的葛月潭,另一个是刘宝清。

按照原来的计划,刘宝清是要留在天后宫准备明天攻打铁路公司和天主教堂的行动的,但他临时改变了主意。他对这次表演虽作了周密安排,却总有点放心不下,他常说“不怕一万,就怕万一”,做事从来都异常谨慎。他担心姜海山万一漏出破绽,不仅姜海山的死失去了意义,在场的二百多位弟兄也会因群龙无首乱了营,增祺将军就得了把柄了。有他在,虽说不能让姜海山起死回生,至少可以压住阵脚,采取应急措施。哪怕要拼命,也要迅即挟持住增祺将军,逼他发出檄文;把明天的行动提前到当晚进行,然后,连夜把人马拉到远离盛京的地方再作道理。这虽是不得已的下策,对义和团的声誉也会造成严重影响,但总可以保存住义和团的实力,不至使整个事业付之东流。他当然最希望表演完全成功而不出现这种威胁义和团的局面,他只是为了预防不测才与姜海山同来太清宫的。不过,他已说好因事不能前来的,这就不能在现场露出真身,只能化装成红脸法师,率领第一方阵的四十九名弟兄作拳术表演。

此刻,刘宝清就站在拳术队的前面。

说他不能安心不能平静,并非因为他的生死朋友姜海山要永远离去,也不是因为他突然发觉计划中有什么漏洞。要说他对姜海山的赴难不感到悲痛,是不可能的,他们的感情远远超过亲兄弟,如果他能代替,就不会忍心看着姜海山死,早就挺身而出了。但那痛苦既是强烈的,也是短暂的。他知道,从明天向洋人正式挑战起,他也会每时每刻地面对死亡。对于他,生死早已置之度外了。这一点,姜海山也是清楚的。要说计划,更是十分周密的,又有应变和应急措施,不会有更完美的计划了。他不必为这些事不安心和不平静。

他的不安心和不平静来自增祺将军。

他站在那里,看似不言不动,眼睛却一刻也没有消闲过。他要细心观察太阳西坠的速度和那些官员们的情绪变化。而增祺将军的不耐烦终于引起他的注意和不安。

在棍术表演进行到一半的时候,他轻移脚步,走到姜海山面前。

“大哥,”姜海山依然直视前方地说道,“恕我不便起立相迎。”

“你坐,你坐。我现在是你手下的法师。”刘宝清说着,行了个抱拳礼,然后转过身,脸朝山门退到姜海山左侧。

“你不该过来。”姜海山说道。

“没谁能认出我的。”刘宝清说道,“包括晋昌和葛道长。”

“大哥一定有什么话说吧?”

“二弟方才在想什么?”

“该想的都想完了,我的心已静如止水。”

"想没想到时间会提前?"

"时间?"

"我发现增祺将军很不耐烦,他也许耐不到太阳落山。"

"他会提出取消搏击表演?"

"我担心的就是这种可能。"

"那就听其自然好了。"

"听其自然?"

"我们没有理由拒绝增祺将军的要求。"

"可是……"

"放心,大哥。我从未如此刻这样心情平静、气血冲和。我确信会成功的。"

"即使是马上?"

"即使是马上。"

"真的?"

"我不会拿义和团的事业开玩笑。"

"当然。大哥放心了。"

"还有什么嘱咐吗?"

"没有了。只是……"

"只是什么?"

"想一想,心里真不是滋味。想大哭一场,却又不能。我的胸膛都要炸开了……"

"为什么会这样?大哥不是个软弱的人。"

"记得吗?当年,你给了我第二次生命,今天,我却要把你送给死神。你我的友谊以我的重生为起点,却要以你的献身结尾……"

"我们都没有错。何况,你我的友谊永远不会结尾。你不会忘记我的,对不?"

"不会。不仅我,义和团的弟兄们都不会忘记你的。"

"人固有一死,我是死得其所的。"

"我感谢你,二弟。你挽救了义和团。"

"我们不能再谈下去了。大哥。看来,你估计对了,晋昌副都统已离座而起,一定是来传达增祺将军的命令。"

"那就请二弟做好准备吧。"

"我有充分的信心。请大哥速回原来的位置上去吧。"

"二弟再没什么话要说了吗?"

"如果要说最后一句话,那就是请大哥原谅我。"

"原谅? 我原谅你? 你……"

"我很抱歉,不能和大哥一起去驰骋冲杀了。"

"二弟! 你会永驻我心里,永在我身边的。"

"谢谢大哥。"

"我……去了。"刘宝清说完,强忍热泪,向原来伫立的地方走去。

……

与此同时,晋昌副都统已拐到右侧,正经过道士们队伍的前面,他满脸不痛快和无奈的表情。

"副都统大人,请留步。"

晋昌副都统听有人叫他,一怔后停下脚步并侧过脸来,发现叫他的人是葛月潭。

"是葛道长叫我?"

"正是贫道。"

"有什么指教吗?"

"贫道想和副都统大人私下里说几句话。"

"葛道长不能等到表演结束吗?"

"这……"

"要不了多久的,最多一刻钟。"

"一刻钟?"葛月潭大惊道,"可他们还……"

"增祺将军要提前结束。我这就去通知齐蓬莱,取消搏击表演。"

"天哪! 这下……更糟了!"

"葛道长说什么?"

"贫道必须……必须立刻和副都统大人谈谈!"

"很紧要?"

"相当紧要。"

"那……好吧。我们边走边谈。"

"请到人群外面去。"

“人群外面?”

“必须这样。”

晋昌副都统虽然感到莫名其妙,但还是点了点头。他知道葛月潭不是那种不知轻重缓急的人。

“请先走。”葛月潭又说道,“贫道会很快跟上的。”

两人一前一后挤到人群外面。所有人都集中精力和兴趣观看表演,没谁去注意他俩。他俩也无心去观察周围的人。

“请谈吧。葛道长。但一定要简单,直截了当。”

“贫道没有时间啰唆。因为死神正迅速向齐蓬莱靠近。”

“死神? 齐蓬莱?”

“副都统是唯一能救他的人。”

“不不,我不明白。”

“世上并不存在避弹神术。”

“齐蓬莱……”

“也不能例外。”

“但他一会儿就要证明他能。”

“他自己也肯定知道,他不免一死。”

“不可能,不可能。怎么会呢? 这次表演是他和刘宝清亲口答应的。”

“也许……他们不愿看到副都统大人对义和团失去信心。”

“那就该找个借口让我取消这次表演。”

“他们又担心副教统大人无法向增祺将军交代。”

“不,这解释不通。葛道长你想,如果表演注定要失败,那结局不是更糟吗?”

“表面上也许不会失败。”

“表面上?”

“据贫道所知,齐蓬莱的功力可以做到中弹不倒。”

“仅仅不倒就行了吗? 他还要有走尸的功夫!”

“他们肯定有掩饰的办法。”

“我还是不能相信。这是不是葛道长因为不相信有这种神功而主观想象出来的呢?”

“副都统大人不能不知道,道家对有关人体的各种神功是参之甚详的。”

“的确不存在这种神功?”

“贫道不是人云亦云、信口开河的人。”

“也就是说,拳坛所谓的避弹神功是假的了?”

“所以,齐蓬莱危在旦夕。他的生死就悬在副都统大人手上了。”

“可是,真令人费解。他们为什么……唔,葛道长,你这些话是他们让你转告我的吗?”

“当然不是。”

“肯定不是?”

“贫道何时打过诳语?贫道只是觉得齐蓬莱是个难得的人才,再三犹豫,觉得再沉默下去就是罪过了……”

“我……明白了。”

“那么,副都统大人……”

“请回吧,葛道长。我这就去见齐蓬莱。”

“恳请副都统大人……”

“时间不多了。让我想想。只怕……只怕这退堂鼓……”

晋昌副都统没说完,便叹了口气,丢下心事重重的葛月潭,快步在人墙外向东走去。

片刻后,他已站到姜海山面前了。

姜海山站起身来抱拳道:“给副都统大人请安。”

“齐蓬莱!”晋昌副都统单刀直入地开口道,声音不高,却愤然有余,“你和刘宝清犯了个大错误!”

姜海山惊问道:“错误?什么错误?”

“你们不信任我,没把我当作朋友。”

“这话从何说起?”

“你们即使告诉我义和团的神术是假的,我晋昌照样会和你们站在一起。虽然……我也许不再指望你们去打败洋人。”

“阁下在说什么?神术是假的?”

“你一会儿就要中弹身亡,对不?”

姜海山愈感惊讶,并立即意识到,晋昌副都统已获知了他的底细,一时竟说不出话来。

晋昌副都统又说道:“你今天的死是完全可以避免的。”

“死？阁下怎么断定我会死？”姜海山反问道，语气和表情虽然没显露出秘密被揭穿的惶悚和沮丧，心里却已乱了阵脚。他十分清楚，让晋昌副都统相信避弹神术和骗过增祺将军几乎同等重要。刚才晋昌副都统不是明明说，如果神术是假的，便不指望义和团去打败洋人吗？那样的话，他们又怎能实现聚集各地义和团并与官军一起去对抗洋人的计划呢？

姜海山本待进一步琢磨琢磨晋昌副都统何以知道他必死无疑以及怎样应付才不至使这次表演半途而废，可晋昌副都统却不容许他想下去，早已气愤地挥了挥胳膊，更加不客气地回答他的反问了：“死到临头，还要跟我演戏！你们应该想到，并非所有人都不知道这世上根本不存在什么金刚不坏之体！比如葛道长……”

“什么！”姜海山又大吃一惊，“是葛道长对阁下说的？”

“是的，正是葛道长。”

听到晋昌副都统十分肯定的回答，姜海山不由得叫起苦来。知道他将以一死挽救义和团的人，除了刘宝清，便只有葛月潭了。如果葛月潭已将这次骗局向晋昌副都统和盘托出，他姜海山作何辩解也是无济于事的。看来，今天的表演是彻底砸了，义和团也势必因此名声扫地并从此一蹶不振的！这葛月潭是怎么了？还是在今天下午，他姜海山获知古竹韵拒绝出手相救后，曾一再向葛月潭申明他赴死的决心以及重大意义，葛月潭虽然异常悲哀和惋惜，却也表示了理解和赞赏，甚至还说，待他死后，将以姜海山之名，为他作七七四十九天道场，其英灵永留太清宫内。可是，仅仅几个小时之后，这同一个葛月潭，却在最关键的时候，向晋昌副都统揭了义和团的底儿！当然，葛月潭与他的私交至厚至密，不忍心目睹他饮弹身亡，他是能够理解的，但这毕竟是个人之间的感情，怎么能与整个义和团的利益相比呢？

“他……真太糊涂了！”

这句话本是姜海山在刹那间思考的结尾，却不知怎的，竟不自觉地脱口而出了。当他明确地听到了自己的声音后，他自己也吓了一跳。这不明明是在承认今天的表演确实是一场骗局吗？但他无论如何也没想到，恰恰是这句几乎等于自供的错话，使事情有了意想不到的转机。

“糊涂的是你们！”晋昌副都统愤然斥责道，“是的，是你和刘宝清。当然……还有我。要不是葛月潭识破了你们的骗局，我此刻还被蒙在鼓里！”

"识破……骗局?"姜海山眼睛一亮,说道,"葛道长是说他……识破了我们的骗局?"

"遗憾的是,葛道长的决心下得太晚了。否则,我定会在事前就阻止你们的愚蠢行为,我也不至陷入眼下进退维谷的窘境了。"

"等一等,阁下。"姜海山说道,心里已感到十分沉稳了,并迅速调整一番混乱的思绪,寻找着挣扎出困境的路径,"阁下一再说我们的表演是骗局,一再说我会死。可是阁下的根据……仅仅是葛道长的几句望风捕影的话!"

"什么什么!望风捕影?"

"是望风捕影,甚至是自作聪明!"

"你也忒小看葛道长了。他对人体的各种神功是素有研究的。"

"阁下和葛道长都小看了义和团!须知人上有人,天外有天,葛道长不知道的事情还多着呢!当然,葛道长与我情义笃深,是出于对我的爱护,这我能理解。但是,也许恰恰是他的真诚的关心,掩盖住了他的孤陋寡闻。"

看着眼前那张自信且带着愤怒的面孔,听着那坚定的不容辩驳的话,晋昌副都统反而没了主意,感到无所适从,竟一时无言以对了。

姜海山继续说道:"而且,阁下试想,如果这避弹神功是假的,岂不等于我既要作出无谓的牺牲,又要授增祺解散义和团以柄吗?那可是正如阁下所说,太愚蠢了!"

晋昌副都统紧蹙眉头,犹犹豫豫地说道:"你说的……倒也在理。"

"而且,我一会还要做给阁下看。"

"也就是说……你真有避弹神功?"

"请相信我。我是不会拿自己的生命以及义和团的前途开玩笑的。我更不会丢了阁下的面子。"

"看来,是葛道长瞎操心了?"

"这一点,马上会得到证明。"

"如果……如果时间提前呢?"

"提前?"

"你看,棍术马上就表演完了。增祺将军要你取消搏击表演。"

"那我就马上出场。"姜海山说着,看了看拳术表演队,然后向晋昌副都统抱了抱拳,"请阁下速回,给我留下收神养气的时间。否则,我真会白白送死呢。对不起,我打坐的时间已不太充足,请代在下下达取消搏击表演的命令，然后就去回复增祺将军吧。”姜海山说完，坐到椅子上，闭起双目。

晋昌副都统说了一句“祝你成功”，回过身，在棍术表演结束的喊声中，走到被取消了表演资格的搏击队跟前，对那法师说道：“不必表演了。”然后，顺着道路的边缘，向西走去。当他经过葛月潭面前时，带着气愤地说道：“瞎操心！”

“天哪！”葛月潭压抑着声音叫道，“大人错了！”

“什么？错了？”晋昌副都统问道，停下脚步。

“大人会后悔的！”

“可是……”

“贫道实话实说吧，今天……”

葛月潭的话还没说完，便听增祺将军喊道：“晋昌副都统！”

晋昌副都统带着疑惑、愤恨和无奈朝葛月潭挥了挥胳臂，说道：“什么实话也来不及了！”然后，像骤然陷入梦境一般，心绪繁杂地走到座位前，坐了下去。

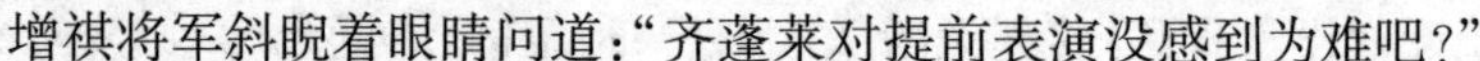

增祺将军斜睨着眼睛问道：“齐蓬莱对提前表演没感到为难吧？”

“没有。当然……没有。”

“你们好像谈了好一会儿。”

“是的。”

“谈了些什么呢？”

“明天的事。”

“明天？”增祺窃笑道，“但愿他真能活到明天。”

“他……会的。”

“那就让我们一起看看这最精彩一幕吧。”

增祺将军说完，举起右手挥动了一下。立即有八名手拎步枪的士兵，在一军官的带领下，齐刷刷从椅子后面跑入场内，四人一排，面对姜海山的方向，前后站定。

一直想着葛月潭的表情和语气的晋昌副都统，见状大吃一惊，倏然站了起来。

“将军大人！”他愤然说道，“为什么要这么多人？您要对齐蓬莱进行排射吗？”

增祺将军微眯双眼似笑非笑地说道：“这才能证明避弹神功的厉害嘛。

不过,你为什么如此害怕?”

“我? 我为什么害怕?”

“是嘛,你为什么害怕? 好像要挨子弹的是你的胸膛。”

“不管是谁的胸膛,将军大人也不能做得太过分。”

“过分? 不,不不。齐蓬莱既然有避弹神功,一支枪单射和四支枪齐射是没有区别的。当然,你可再去问问齐蓬莱,他要说这样做过分,就取消这次表演好了。”

“当真?”

“当真。但他必须当众承认所谓避弹神功是说来骗人的,并立即解散他们的乌合之众。”

“将军大人! ……”

“你还让我怎么让步? 让我怎么向皇上和世人交代?”

“将军大人无非是想扼杀义和团!”

“简直一派胡言! ……”

恰在此时,无论是增祺还是晋昌,也无论是围观者还是义和团的二百名弟兄,都觉得有一道黑光拔地而起。原来是姜海山连人带椅腾到空中。那散开的披风犹如雄鹰的双翅,在飞行中呼啦啦一阵响亮。在人们惊讶之际,那椅子倏然落地,姜海山也稳稳站立在椅子前面了。他的位置正好在靠前的两个方阵之间。与此同时,那四名法师急趋到姜海山两侧,分别远远站定。

方才,姜海山对增祺将军摆下的阵势是看得明明白白的。他原就料到不会只有一支枪对准他的胸膛的。他在从空中落地的刹那,体内的功力会迅即聚集到双腿,双脚也会同地面结为一体。只要两次排射的间隔不超过五分钟,他稳住身体的功力就不会消失殆尽。因此,他并不像晋昌副都统那样对出场八名枪手感到震惊和担心。让他害怕的是晋昌副都统和增祺将军的争吵。他能猜得出,晋昌副都统对他的表演未必有百分之百的信心,肯定对枪手的数量提出了异议,看样子,言词也肯定相当激烈。他不能让这两人继续争吵下去。以晋昌副都统的火暴脾气,一急眼,是什么事情都干得出来的,甚至会有意搅黄这最后也是最关键的表演项目。那结果对义和团,对晋昌副都统都是相当不利的。所以,姜海山没有等到晋昌副都统向他做出出场的手势,抢先纵身跳到预定表演的地方。

姜海山一等双脚触地，便已将七窍和许多关键穴位紧紧封锁住了。从这一瞬间起，直到子弹穿进肌肤，他必须确保急剧下沉的内力不造成丝毫泄漏，尤其不能张口说话。他只能先举起右手表明他准备好了，然后拍拍胸脯，意思分明在说：朝这里瞄准开枪吧！

愤怒的晋昌副都统和被激怒的增祺将军，见状后都不由得一怔，前者目瞪口呆，后者瞠目结舌，心里也惊呼着同样一句话："看这齐蓬莱毫无惧色的样子，真像确有神功一般！"

他们的争吵因此不能不宣告暂停。

增祺将军沉吟了一下说道："晋昌副都统，你还是坐下吧。也许……唔，你看，这齐蓬莱可并不像你那么害怕。"

晋昌副都统不好再说什么，慢慢坐了下来，心里却在嘀咕着："究竟是葛道长瞎说还是齐蓬莱在冒充英雄呢？"

那指挥八名枪手的军官一直待命地盯着增祺将军。

增祺将军点点头，示意可以开始了。

那军官侧身而立，高声喊道："子弹上膛！"

一阵掰动枪栓的嘁里咔嚓声。

"举枪！"

四支枪同时举起。

"瞄准！"

四支枪筒分别指向姜海山的头颅和胸膛。

那军官举起右手，精神抖擞地喊道："预备——"

人们知道，只要那军官的右手挥下来并喊出一个"放"字，便会有四颗子弹同时飞出。那迎着枪口站立的年轻人，有无神功，是死是活，立时可判。

在场的人无一不屏气息声，悬心吊胆地等着那激动人心的瞬间。

但是，谁也没看到这惊人的一幕。

说时迟，那时快。就在军官刚刚举起右手，拉长声喊出的"备"字尚未完结，一个大大出乎人们预料的奇迹发生了。只见那军官猛然惨叫一声，双手紧捂右眼，仰面朝天躺了下去。人们还没来得及作出或惊或疑的反应，那四名正待勾动扳机的枪手也几乎同时弃枪在地，几乎同时惨叫一声，几乎同时捂住右眼，几乎同时仰面朝天倒到地面上。

这五个人痉挛地蜷起身体，但又迅即挺直，双臂也收回到体侧，一动不动了。

这同样是一瞬间的事。但谁也没料到会是如此这般的惊人的一幕!

增祺将军和晋昌副都统一下子从椅子上跳起。这两人同其他人一样,都感到莫名其妙。他们又不约而同地走到安静地横陈地面的五具尸体前,只见那五个人的五只右眼都变成了很深的黑洞,竟没有一滴血流出,就像他们的眼珠被一只看不见的利爪一下子攫了出去。

那些围观的民众在惊定之后,顿时喧哗起来,纷纷议论和猜测何以发生如此不可思议的事情,而几乎百分之百的人都断定,义和团是真有神人护佑的。

在人们的喧哗声中,增祺将军沉思地摇头道:"奇怪,真是怪事……"

晋昌副都统对眼前的局面也不知所以。但他显然在疑惑中又油然而生出兴奋和快慰来。他想,这齐蓬莱即使没有神功,但有神助则是无可怀疑的。所以,在听到增祺将军的话后,他有点儿得理不让人地问道:"将军大人不想亲自试一试吗?"

"开什么玩笑!"增祺将军怒道,并下意识地摸了摸自己的右眼,随即觉得这动作有失尊严,赶忙放下手来,十分尴尬地看了晋昌副都统一眼,然后猛地转过身,朝那四名待命的早已吓得魂不附体的士兵没好气地喝道:"退下!"

那四名士兵像听到大赦令一样,拎着枪飞似的逃开了。

晋昌副都统又说道:"将军大人,看来这齐蓬莱真有神助啊!您不信也不行,对不?"

增祺将军本想回敬一句粗话,但到了嘴边,又咽了回去。在这一刻,他也许真相信义和团是能降神的。至少,他是宁可信其有,不敢信其无了。他怕真有神,怕那神正在窥视他,怕他的不敬的言行会惹恼了神也会在瞬间被攫去右眼而倒地身亡。他不敢多想,更不敢多说。他只想立刻收兵,尽快逃离这块被神霸占的地方。

谁也没注意到,刘宝清、葛月潭以及疲惫地坐到椅子上的姜海山的眼睛里,此刻都噙满了热泪。因为,只有他们三人心里清楚,制造眼前奇迹的不是哪方神仙,而是不知何时到来又藏身哪棵树上的古竹韵……

29

古竹韵是在看到增祺将军已打轿离开了太清宫山门,才从树上轻轻滑落地面的。

她完全是一副男童打扮。

谁也没有注意到她。那些不肯离去的围观者们,眼睛全盯在姜海山身上,以为在看着一位神人,分不出精力去探讨一番这清秀的少年何以在全场情绪高涨的时候从树上下来头也不回地走了。

姜海山得救了。这是古竹韵在树上施展神丸贯目功的结果。她曾感到轻松,她做了她认为应该做的事。但这轻松感停留的时间是异常短暂的。她想到了妈妈。妈妈迟早会知道她今晚的行动,等待她的肯定又是一场风波。她甚至担心妈妈会气得一病不起。她必须尽快返回家中,至少在今晚不让妈妈知道她曾偷偷跑到太清宫山门外。

但是,她刚走出十来丈远,便听到身后传来急匆匆追过来的脚步声。她推测这个人不会是姜海山,肯定是葛月潭和刘宝清之中的一个。她本想不见,又不得不回过头来。

恰恰出乎古竹韵的预料,这人不是葛月潭,也不是刘宝清,而是赵尔巽!

古竹韵感到很惊讶。

"是您!"古竹韵说道,同时站了下来。

赵尔巽紧走几步,站到古竹韵对面,赞赏地说道:"你这一身男童装束,显得越发英俊了。我刚才差点儿认不出来。"

"您一直在看义和团表演?"

"我在人群外徘徊了一个多小时。但我不知道你在哪棵树上。"

"您估计我会来?"

"甚至知道你早就来了。"

“是吗?”

“是的。”

“那么……您想制止我?”

“我想在有了危机时出面救你。”

“您已经看到了,并没出现您所说的危机。”

“我高兴。更为你庆幸。”

“那就请回吧。”

“请回?……唔,不不,我今晚住在恒顺客栈。”

“您不是说要同葛道长……”

“我临时改变了主意。我想,我们为什么不边走边谈呢?我们是同路。”

“我怕是没有时间了。我要尽快回到家中。同时……请您不要把刚才看到的事告诉妈妈……”

“她知道你来救姜海山。”

“什么!”古竹韵骇然叫道,“妈妈知道?”

“你还没动身,她就知道了。”

古竹韵越发感到疑惑了。

她像询问更像自问地喃喃说道:“这……怎么可能?怎么会呢?”

对于古竹韵,这确实是难以理喻的事。她自信从决定救姜海山到完成这次行动,是没有任何疏漏的。

当然,她必须承认,在她的头脑里,那些与姜海山有关联的问题,始终未能得出明确结论,但是,当葛月潭提到姜海山危难在即的时候,她还是立即作出出手相救的决定。她知道妈妈不会同意。她不能让自己的心迹在妈妈面前有丝毫泄露,甚至不能让妈妈怀疑她有可能暗度陈仓。所以,她当场用一句合情合理又十分决然的话,拒绝了葛月潭的请求。她看得出来,不仅妈妈信了,连葛月潭也信了。在葛月潭和赵尔巽走后,她把妈妈扶进东间,并陪着妈妈坐了好一会儿。她这时的心是平静的,即使妈妈对她察言观色,也不会在她脸上读到与姜海山有关的内容。这之后,古竹韵把自己关在卧室里思索了很久。她确信,救下姜海山,又不暴露自己,绝不是一件难事,她可以轻而易举地做到。至为关键的是如何躲过妈妈的视线。六点钟是她同妈妈共进晚餐的时间,而她却必须在六点前后到达太清宫山门。这几乎是个无法解决的难题。她需要编造一个怎样的理由离开古家小院而又不使妈妈

产生怀疑呢？任她如何绞尽脑汁，也想不出这样的理由。时间毫不留情地走到五点半。看来，她在葛月潭面前的不露声色和后来在妈妈面前的故作镇静全都失去了意义，她必须在妈妈的喝骂声中去救姜海山了。妈妈有可能再次气昏，甚至……天哪！她实在不敢想下去了。可是，如果真出现这样的局面，她还能在铅丸出手时保持稳定的情绪吗？略有失手便可能功败垂成啊！那结果不是双倍的不幸吗？古竹韵万没想到，正在她焦躁万分的时候，刘嫂走了进来，并给她带来了喜讯。刘嫂说，她方才去问夫人晚上想吃什么，可夫人说，什么也不吃，只是觉得太累，就想睡觉。刘嫂还说，她已帮助夫人脱去了衣服，夫人已经躺下，这会儿怕是已经睡着了，因为她看到夫人连眼睛也睁不开了。这一消息对古竹韵来说无异于大赦令，而且，她相信这是真的，因为这一天的事，一定把妈妈折腾得心力交瘁了，此刻如果不渴望睡一觉反而不近情理了。古竹韵抑制着内心的兴奋，对刘嫂说，她也不想吃晚饭了，并让刘嫂早些关门休息，从此刻起到明天早晨都不必过上房来招呼了。刘嫂默然退去后，古竹韵简单而迅速地整理一番，揣上足够的铅丸，轻轻走出卧室，到东间门外伏身细听了一会儿，没有一点儿声音，妈妈显然已睡熟了。她这才蹑手蹑脚向正门走去。为了不使刘成夫妇有所觉察，她只打开小小一隙门缝，缩身挤了出来，并在关合房门的瞬间，纵身跃上房檐，双脚如蜻蜓点水般轻触房瓦后，紧接着一个鹞子翻身，向东飞去，轻轻落在东墙外面了。她在墙外站了片刻，没听到院内有任何动静，这才拐到大路上，快步向太清宫奔去。

古竹韵在刹那间回忆起离开古家小院的经过，实在找不出有什么破绽。然而，妈妈却知道了她的行动，而且，是在她动身前便知道了。这就是说，妈妈根本没有睡觉，而在暗中观察她。可是，既然发觉了要来救姜海山，当时为什么不出来阻拦？而且——古竹韵想到这里，突然一怔，一个更加迷惑难解的问题涌上心头——眼前的赵尔巽又是如何知道妈妈的事呢？所以，她暂且放下对这次行动过程的推敲，紧接着上面的话问道："而且……您怎么知道妈妈发觉了我的行动呢？"

"准确地说，她不是发觉，而是猜出的。"

"猜出！您说妈妈是猜出我要来？"

"这不是一句话两句话能说得清的。我想，我们也该走了。路上，我会慢慢讲给你的。"

古竹韵看了一眼开始出现松动迹象的人群,认为尽快离开太清宫是对的,便点点头,同赵尔巽顺着太清宫的围墙,向南走去,不一会儿,他们就踏上那条行人已显寥寥的东西大道了。

在向古家小院走去的路上,赵尔巽如约讲了事情的大致经过:

赵尔巽和葛月潭在古家大门分手后,便去了恒顺客栈,住进了二楼那套位于中间的豪华客房。他叫钱恒顺派人把桌椅搬到门外靠护栏的地方,他坐在那里,一边慢慢品茶,一边密切注视着古家小院里的动静。虽说因距离太远又加上树木的干扰,他不能看得十分真切,但有人进出正房或大门,还是能分辨得出来的。大约五点半钟的时候,他看到有人走进正房,过一会儿又走出来,并在关上大门后又走进东厢房。他知道这人一定是刘嫂。他估计,假如古竹韵确实下了救姜海山的决心,那么,这以后的半个小时,将是最关键的时刻,他绝对不能有任何疏忽。六点钟的时候,他曾觉得那正房门口处有一个影子闪动了一下,倏忽间又毫无踪迹了。他猛然跳起。但再仔细看那门,却依然严严关合着。他蹙额想了想,以为一定是自己看花了眼。他重又坐下,开始对自己的行为产生了怀疑,或许古竹韵根本不想去救姜海山,他的推测和担心纯属杞人忧天。否则,时值六点,姜海山就要进行表演了,古竹韵为什么还没有行动?这当然是他所期望的。虽说他白白坐了几个小时,但让他就此放心,还是做不到。他还要继续观察一段时间,否则,他不会安心回到客房休息的。仅仅三两分钟后,赵尔巽突然看到正房的门开了,走出一个人来。这人在门口稍作停留,便向东厢房走去。从走路艰难的样子,赵尔巽确信这人不是古竹韵,而是萧夫人。萧夫人走进东厢房不久,又见一个男人从东厢房走出,匆匆走向大门,很快跨出小便门。这男人毫无疑问是刘成。刘成走上大道,快步向东奔去。赵尔巽的心突然一抖,知道事情糟了,刚才看到上房门口一闪而逝的人影,一定是古竹韵!刘成也一定是应萧夫人之命去追赶古竹韵了。他不能多想,更不能怠慢,起身迅即下楼,也不管钱恒顺如何惊讶,飞也似地跑出客栈大门,朝刘成猛追过去。仗着他当年向古剑雄学习的功夫,很快赶上了刘成,却也是气喘吁吁了。

“刘成。”他喊道。

刘成停下脚步并回过身来。

“是您?赵老爷!”刘成说道,很觉诧异。

赵尔巽问道:“你去太清宫?”

“是的。赵老爷。”

“古小姐她……”

“古小姐去救姜海山了。”

“夫人让你把她追回来?”

“追回来？不。”

“不？这话怎么讲?”

“夫人说,随她去吧。”

“随她去吧?”

“夫人就是这么说的。”

“可是……”

“夫人还说,不能让小姐看到我。”

“刘成,你都把我给说糊涂了!”

“小的说得够明白了,赵老爷。古小姐是背着夫人去救姜海山的,如果她看到我,就会猜出夫人已经知道了,她就可能分神……”

“也就是说,萧夫人默许了小姐的行动!”

“小的想,是这样。”

“她这是怎么了？不,这不行。我要去制止小姐!”

“赵老爷要去制止小姐?”刘成问道,扬臂拦住了赵尔巽。

“你要干什么!”赵尔巽喝道。

“赵老爷要那样做,夫人和小姐都会生气的。”

“我不管!”

“可小的要管。”

“你?”

“是的。小的是夫人和小姐的仆人,必须执行她们的任何命令。”

“我不是她们的仆人!”

“当然不是。但赵老爷一定要去,小的就抱住赵老爷不放。小的比赵老爷年轻有力。”

“你没有必要这样。”

“小的一定要这样。”

“天哪,你们要害了小姐的！可是……那么好吧,我们一起去见萧夫人,这就去！否则,你也无法去执行夫人的命令。”

刘成想了想说道:“好吧,我们这就去见萧夫人。”

两个人很快回到古家小院。

在刘嫂搀扶下正向正房走去的萧夫人听到便门开合的声音,回过头来。

“萧夫人!”刘成喊道。

“你怎么回来了?”萧夫人问道,声音十分无力,“唔,赵老爷,你怎么也来了?你碰到韵儿了?”

“五妹!”赵尔巽几步走到萧夫人面前急切地说道,“你是不该让她去的。”

“不。不是我让她去的……”

“至少你料到她要去。”

“是的。你和葛道长刚走,我就预感到韵儿是不会对姜海山的死袖手旁观的。”

“你那么早就预料到了!那你就该想方设法阻拦她。”

“这是阻拦不住的,赵老爷。我也年轻过……既然……既然明白阻拦不住,为什么不让她安心地去呢?”

“也就是说,你装作没有看到!”

“是的,对于韵儿,我眼下正在睡梦中。”

“你是否意识到,你这等于眼睁睁看着她去冒险!”

“不。我心里有数,韵儿是不会有危险的。”

“那你为什么派刘成尾随而去呢?”

“这……我想,一旦发生意外,刘成可以及时找葛道长想个应急的办法。这可能……可能是没有必要的担心。”

“可你在担心!”

“我是母亲,赵老爷!”

“看来,必须由我制止她!”

“谁也制止不了她。而且,我不允许你这样做。”

“为什么?”

“你那是害她!”

“害她?你说是害她?”

“你去制止她,就是害她。这还需要我作过多的解释吗?”

“是的,我不明白。”

“赵老爷，当年你如果制止了我和古剑雄，那你即使看不到两具尸体，至少也为自己制造了两个仇人。你希望韵儿也这样吗？”

赵尔巽怔怔地沉吟片刻后，带着矛盾和痛苦，摇头说道：“噢，天哪！也许……你是对的……”

“不是也许。这事我考虑了再三，除了让她去，别无办法。”

“那好吧。我不制止她就是。但我还是要去太清宫。”

“那又何必呢？”

“我忍受不了这提心吊胆等待的煎熬。而且，如果出现了你说的那种可怕的局面，我会比刘成更有用。”

“确实如此。但是……”

“我保证不去干扰她。”

“我能相信你的保证吗？”

“我是她的生身父亲！我和你一样关心她的安全。”

“你这么说，我就放心了。但请你记住，太清宫山门外有许多高大的树木……”

“树木？你是说她会藏身某一棵树上？”

“不管你怎么着急，也不可朝树上看。”

“当然，我明白了。”

“那你就快去吧。我在堂屋里等着。”

……

赵尔巽讲完上面一段经过，看了一眼已十分接近的古家小院，舔了舔干燥的嘴唇，接着说道：“我匆匆赶到太清宫山门外。我怎么也没料到整个表演会持续这么长时间！在这一个多小时里，我矛盾、痛苦、烦躁不安。我想知道你在哪棵树上，又怕被你发现。种种可怕的设想，使我胆战心惊。要不是曾见过你的功夫，要不是时时想起你母亲的叮嘱和我的保证，我说不上会做出什么傻事来……现在好了，总算过去了。一切都如你母亲预料的那样。我的忍耐力也经受了一次难以描述的考验……”

赵尔巽讲述的过程，古竹韵没插一句话，但她的心海却愈来愈没法平静。初时的骇然，惊讶和疑惑早已荡然无存，代之而起的是按捺不住的感动和激动。她觉得妈妈不仅善解人意，而且具有甘心受难的伟大。和妈妈相比她实在太渺小了！她甚至认为，她虽然不会因为救了姜海山而后悔，但她

行为本身也并非正确得无可指责。对于她,妈妈和姜海山哪一个更宝贵呢?妈妈始终和她相依为命,姜海山却把她一丢就是几年,感情的厚薄是不待细言的。可她却为了救姜海山伤了妈妈的心!这哪里符合孝道呢?何况她的行动是有意背着妈妈,更何况,妈妈猜出了她的打算又在感情的压抑中暗地里帮助她去实现心愿。在以后的日子里,她能不陷入深深地自责之中吗?而且,尽管葛月潭几次赞誉义和团,但她还是弄不明白这义和团究竟要追求什么,为什么非要去打破一个相安无事的清平世界!就算义和团'扶清灭洋'的宗旨是对的,又为什么要借助于骗术呢?让人们相信能练成刀枪不入的金刚之体,除了使更多的人稀里糊涂地死在枪弹下,还有什么别的意义呢?如此看来,她成功地救下姜海山,不是也在帮助义和团宣传和施展骗术吗?日后有人因这骗术丧生,她古竹韵如何摆脱罪责呢?这么一想,她反而为今天的行为不安起来。

古竹韵越是怀疑自己行为的正确性,在感情上越是靠近妈妈。这越来越汹涌的感情的狂涛,似要在顷刻间从眼眶里迸溅出来。此刻,她唯一的愿望就是尽快回到家中,尽快见到妈妈,扑到妈妈怀里大哭一场,并告诉妈妈,她不是个好女儿,却有一位世上最好的妈妈……

恰在此时,古竹韵一眼看到妈妈在刘成夫妇搀扶下,走出自家的大门。她立即猜出,妈妈一定耐不住这一个多小时的等待,担心她出事,因而亲自跑了来看个究竟。

古竹韵热泪涌流,抽咽着轻叫了一声"妈妈",丢下赵尔巽,朝萧夫人飞扑过去……

30

现在,我们该回过头来讲讲逃出古家小院的赵天弼了。

我们知道,赵天弼曾不止一次领教过神丸贯目功的厉害。他不能不担心,古竹韵一旦摸着他的踪影,他的脑袋准会被那小小的铅丸穿个透亮。所以,行凶后的赵天弼是绝不敢在古家小院久留的。为了不被古竹韵追上,他逃跑时,又毫不犹豫地带上了古竹韵的坐骑。他一溜烟跑出小西关,并选择了基本正南的方向,马不停蹄地狂奔起来。只一夜,他就跑到离盛京一百六七十里地的辽阳城了。一路上可说是丧魂落魄、草木皆兵,直到化名张彪住进一条僻巷的小客栈,那索命的铅丸依然在眼前飞来飞去,叫他无法安下心来。他原想在客栈略事休息,第二天便南下海城去投奔张作霖和李彪。此时的赵天弼觉得自己山穷水尽、前途茫然,只有落草为寇这一条路了。但是,当他睡足吃饱攒够了精神后,心情却完全变了。他想,古竹韵哪里就会追上来?追上来哪里就会追到辽阳城?追到辽阳城,在茫茫人海中哪里就会狭路相逢?他身在辽阳城,却去担心盛京小西关的小小铅丸,岂不是多余的自寻烦恼吗?于是,他在心里嘲笑了自己一通后,尽力挥去了眼前的古竹韵愤怒的眼睛以及和这双眼睛一样亮晶晶的铅丸。安全感一经产生,头脑也便恢复了正常的思考能力。他开始推敲去找张作霖和李彪入伙当流寇是否算是正确的抉择。他不能不承认,他是极想发财的。他羡慕那些腰缠万贯的富豪花天酒地的生活,幻想自己有一天也成为其中的一员。而处于当今乱世,拉起杆子去打家劫舍,也未始不是一条致富的捷径。但他心里清楚,他更想出人头地、光宗耀祖,更羡慕那些高官显宦耀武扬威的气派,渴望自己有一天也成为这样的人物。他知道,对于他这样既无靠山又无奥援的一介武夫,走这条路较之杀人越货发横财要艰难得多。不过,也并非绝无可能。事实上,他离开张家口古家镖局来到奉天省毅然投军,便踏上了这条路，且在短短数年中就迈出了关键性一步——当上了队官，步步高升是完全可以期望的。哪里料到，他架不住李彪的威胁和赵尔巽财宝的诱惑，结果在盛京小西关彻底丢掉了自己的前程。后来虽然曾一度出现转机，晋昌副都统准备收用他，但当时，他鬼迷心窍，眼睛全盯在古家的银票上，没有努力加快促成这件事。夜长梦多，半路杀出了姜海山，使这一希望也归于破灭。他如果仍想走这条路，只能重打鼓另开张了。

总之，对于落魄的赵天弼，面前只有两条路供他选择。一是落草为寇，二是再度投军。

不难想象，一心想做人上人且有过一段惬意的军官经历的赵天弼，是决不甘心选择前者的。当强盗，固然像李彪说的那样，自由自在，大碗喝酒，大把花钱，有时甚至如不冠的天子那样随心所欲。但这种并不稳固的自由，恰恰说明失去了自由。哪一个强盗敢在花红柳绿的人世间坦然地到处招摇和张扬呢？一旦身陷绿林，无非面临两种结局，或吃喝嫖赌了却一生，或横尸草野湮没无闻，岂不等于白来世上走一遭？以他赵天弼过人的才干和机智，不困窘到走投无路，是决不肯去做这种虚掷年华的混世魔王的。

那么，赵天弼是否已是走投无路了呢？他自信还没有狼狈到这步田地。他承认这次在盛京小西关跌的一跤不算轻，但他的头毕竟还在颈上，四肢完好无损，依然仪表堂堂，一副男子汉气概，穿上官服，戴上官帽，定是威风凛凛，令那些平头百姓侧目而视、艳羡不已。当然，这一跤跌去了他的队官之职和整整十个月时间，不能不感到遗憾。可这算得了什么？同整个人生以及他追求的目标相比，毕竟是微不足道的。只要有机会重起炉灶，他会让生活双倍补偿他的损失的。他有这个信心，也有这个耐心。他知道，机会不会自己找上门了，当务之急，是自己去寻找这样的机会。

经过这样一番思考，赵天弼决定暂时放弃南下海城的打算，在辽阳碰碰运气。好在他有两匹马和不少金银首饰可以变卖，维持三五个月的吃住是没有问题的。如果到了床头金尽仍然晋身无门，再考虑是否去投奔张作霖和李彪也不迟。

实际上哪里需要三五个月，仅仅二十几天，这机会就来了。

我们在前面讲到，在 6 月 30 日义和团在太清宫山门前那场表演中，由于古竹韵暗中出手，不仅救了姜海山的命，更使义和团声威大振。拳民们愈加确信，他们的大师兄、二师兄当真能请下神仙助战，如何不个个精神振奋和在7月1日开始的战斗中奋勇争先呢？仅两天的时间，他们便轻而易举地捣毁了奉天铁路公司和几乎所有的耶稣教堂，拆毁了大段大段的路轨和电线，还在晋昌副都统亲自指挥的清军协助下，摧毁了防守甚严的小南关天主教盛京总堂，使主教纪隆葬身火海，甚至打得奉天车站的俄国护路军抱头鼠窜。义和团一下子成了人们心目中名副其实的神团。更兼增祺将军不得不相信义和团确有神助，连忙发出令各地拳民赶赴盛京集结的檄文，在事实上帮助义和团实现了与朝廷联合对付洋人的初衷。可以说，一个以义和团为中坚的"扶清灭洋"的大规模群众运动已是水到渠成。

屡屡受到义和团公开挑战的俄国人当然不会善罢甘休，或者，他们正希望找到借口，武装占领东三省以实现其"黄俄罗斯"计划呢。

7月9日，俄国十几万大军分六路先后攻入东北。

随即发生了惨绝人寰的海兰泡和江东六十四屯大惨案。

东北各地的爱国军民纷纷投身到抗俄运动的洪流。

中国和俄国在东北的一场大战，事实上已揭开序幕。

这场战争如果全面打起来，胜负固然是未定之数。但晋昌副都统有充分理由相信，只要东三省的官军全部投入战斗，加上广大爱国民众特别是有诸路神仙助战的义和团，消灭十几万俄军并非难事。他对俄军的动向侦之甚详，知道奉天省首先面临从旅顺登陆的俄国第六路军的进攻，这路俄军将北犯盖平，进逼海城、辽阳，矛头直指盛京。他还获悉，俄国已开始集中京津一带的俄军，准备组成第七路军，在必要的时候，取道锦州投入战斗。他据此制定了一个无懈可击的计划。辽阳和海城历来是攻守盛京的要冲。他要在这一带建立一条牢固的防线，待敌深入后，同义和团联手，一举全歼之。然后，一面扼住俄国可能派出的第七路军北攻锦州的道路，一面与吉黑二省呼应对付另五路俄军，夺取最终胜利是完全可以期望的。因此，他在各地义和团向盛京集结的同时，把他统率的育字军部署在辽南一线，他自己则于7月20日移驻辽阳，以便坐镇指挥。

晋昌副都统在到达辽阳的当天，就张贴出安民告示，晓喻已有些惶惶然的民众尽可以放心，他和他的军队以及有神护佑的义和团，定会把来犯之敌消灭在辽南，并鼓励热血男儿莫失报效国家良机，踊跃投军，允文允武者将破格录用，即有前愆亦一概不予追究云云。

辽阳城这下可热闹起来了。

早已走出客栈,四处寻觅晋身机会的赵天弼,对上面那些消息哪有充耳不闻的道理呢?他听到最多的便是义和团在太清宫山门外的表演和勇斗纪隆的传说。一个有口皆碑的名字便是齐蓬莱。什么齐蓬莱身罩霞光,那些准备向他射击的枪手全被霞光刺瞎了双目;什么齐蓬莱祈下天火,焚毁了天主教堂,举手挥出震雷,劈碎了纪隆主教,等等。说得神乎其神,玄之又玄。此时的赵天弼早已从十个月前李彪的几句闪烁其词的话以及不久前古竹韵对他的最后的责问中,推断出这齐蓬莱就是姜海山。姜海山哪里会有招神奇术?这只是人们传说之间的添枝加叶罢了。赵天弼听后深不以为意,一笑置之而已。

但是,晋昌副都统驻跸辽阳且要招兵买马却是实实在在的事情。因为他亲眼看到了那张告示。

赵天弼心里高兴得一阵悸动。他确信,东山再起的机会终于让他等来了!

他没什么可担心的。在盛京小西关近十个月的时间里,不仅晋昌本人,其手下也没有一个见过他的面。没见过面,事情就好办。就算晋昌副都统会从葛月潭那里获知他的劣迹,也不可能把他这个化名张彪的人同赵天弼联系起来。何况,正值国家用人之际而晋昌副都统又公开声称不咎既往呢?只要他顺利通过报名这一关,他定会很快在那些只怕连枪都没摸过的新兵里露出峥嵘的,所谓锥处囊中,出头的日子还会遥远吗?

他也不担心打仗。没有盛京之行和因此丢掉队官之职,他照样避免不了去冲锋陷阵。如果去当强盗,那更是把脑袋别在裤带上的行当,背后时时会有黑枪打来。当兵和当强盗相比,还是当兵更好些。而且,以他绝好的枪法和绝好的轻功,杀敌立功和躲避死亡的机会肯定比别人多得多。

主意打定,赵天弼便在7月22日招兵开始的日子,毫不犹豫地来到招兵站,精神抖擞地排在长长的报名者队伍的后面了。

如果赵天弼真的报了名,无疑会成为新兵营里的佼佼者,抗俄队伍也无疑增加了一名勇猛的斗士。甚至,他的名字会像姜海山一样彪炳史册也未可知。他的那些令人唾弃的劣迹也定会因此淹没不传的。

但事情偏偏没有朝这个方向发展。

说来也太巧了。

当赵天弼前边已有十几人注册后被领走,身后也增加了十几个排队者的时候,他才看到,在伏案登记新兵的军官后面,有一个身穿便服的人坐在一把太师椅上,正用炯炯的目光挨个儿审视着排队的报名者。看那人气宇不凡,左右又恭立着几名侍从。显然是个职位不低的官员。赵天弼深知获得一个权柄人物的青睐意味着什么,更深知第一印象至为关键。他有意挺了挺腰板,使他在原本鹤立鸡群的轩昂外,又增加了几分凛然。他希望他的仪表和气质引起那位官员的注意。可是,正当那目光已充分接近,就要停到他的身上时,突然有一位身着文官补服的人直趋那人面前,抱拳高声叫道:"晋昌兄!"

那些排队的人和赵天弼一样惊讶万分,眼神齐刷刷向晋昌副都统攒射过去,继而发出嗡嗡的议论之声。

赵天弼心想,原来此人竟是赫赫有名的盛京副都统晋昌大人!如果报名时就获得晋昌副都统的好感,可是非同小可的事,说不定当场就任命他为新兵营的小头目呢。这不是天赐良机吗?而且,在盛京小西关的十个月里,他是有几次能见到晋昌副都统的机会的,竟全让他避开了,这不也是命运之神的有意安排吗?

他看到,已收回目光的晋昌副都统一下子从座位上跳起,和那拜访者又是握手又是拍肩,并嘻嘻哈哈交谈起来。看得出来,这两人是许久未见的挚友。赵天弼透过人们的议论声,只能捕捉到这两人的只言片语,却也能大致听出,晋昌副都统一到辽阳,便全心投到防务上,尚未抽出余暇访朋拜友,而今天是招兵第一天,他不能不来坐镇,以查民心是否可用,见这么多人来投军,他很兴奋等等一些无关紧要的废话。

赵天弼既然知道晋昌副都统在场,心中那种跃跃欲试,露才扬己之情也就愈加强烈。他真希望这两人那些无关紧要的废话尽快结束,那个不合时宜的拜访者尽快离去,晋昌副都统尽快归座把视线投向他赵天弼。

他前面报名的人在一个个减少。他离那条登记注册的长案已经不远了。

可那两个人依然谈得兴致勃勃、指手画脚,一副旁若无人的样子,而且,似乎还要没完没了地谈下去。

赵天弼恨恨不已,一阵焦躁。他甚至想暂时退出队伍,躲到一旁,待那个讨厌的拜访者滚蛋后,再从后边重新排起。

正在这时,一个他切齿痛恨,不愿听到,近日却屡屡听到的名字,从晋昌副都统响亮的喉咙传到他的耳畔。

这个名字便是齐蓬莱。

这齐蓬莱无疑就是姜海山。

赵天弼听人讲过，姜海山表演什么避弹神术时，晋昌副都统和增祺将军都是亲临现场的。此刻莫非要向那拜访者讲讲当时的场面？他也想弄清人们何以造出那么多神奇的传说，也相信晋昌副都统是不会虚构情节的。因此，他倒想仔细听一听。

果然不出所料，在顷刻间变得鸦雀无声的招兵站，晋昌副都统绘声绘色地讲起了6月30日发生在太清宫山门外的一幕，尤其津津乐道、啧啧不已的是那些枪手举枪的瞬间被一只凡人无法看见的神爪攫去右眼倒地身亡的情节。

听了晋昌副都统的讲述，赵天弼不必细想，便可立即断定，攫去枪手眼目的绝不是什么神爪，而是小小的铅丸！要不是人们传说得太离谱，他早该猜得出来的。

但是，看那晋昌副都统的样子，是根本不知道有什么神丸贯目功的。

赵天弼真想走上前去大声喊："你受骗了，副都统大人！"但他随即打消了这个念头。他刚才不能听不出来，晋昌副都统和姜海山相交莫逆，不久还要并肩作战。他岂能因一时冲动，轻易在晋昌副都统面前暴露同姜海山的过节儿呢？而且，他也隐约听出，晋昌副都统和增祺将军政见不合，对待义和团的态度南辕北辙，在太清宫山门外的表演中，一个想让义和团扬名，一个想置义和团于死地。两人却同时被姜海山和古竹韵骗过了。如此看来，与其投靠晋昌副都统而冒着与姜海山狭路相逢的危险，莫如去向增祺将军告密。那样，增祺将军不仅会替他除掉姜海山和古竹韵，说不定还会赏赐他一个晋昌副都统都给不了的美差呢！

想到此，赵天弼当机立断下了决心。

于是，他在谁也不可能注意到他的情况下，离开招兵站，返回客栈，跳上坐骑，以比他逃跑还快的速度，追风逐电般朝盛京城奔去……

31

盛京北关的天后宫与其紧邻的三皇庙，是义和团集结的中心营地。进入七月下旬，已有辽阳等地就近的四路神团前来报到，拳民总数增加到六千上下。在这里，宫内宫外，帐篷相望；庙前庙后，旌旗蔽日；到处都有一队队持矛握刀的拳民在操练，尘烟四起，呼声震天。

面对义和团红红火火，人欢马叫的一派兴旺，刘宝清异常兴奋。

而且，在昨天，即7月23日深夜，他得到了一个确切的消息：海龙和通化两地很有声势且训练有素的神团，也在经过一段犹豫之后决定投到他的麾下，不日即可赴奉。只待这两路人马到齐，以他刘宝清为总坛主的万余人的义和团队伍，便可开赴辽阳、海城，同晋昌副都统的育字军并肩，与入侵的俄国军队展开一场生死拼搏了。

想到即将在对俄国人的战斗中大展经纶、报效国家的刘宝清，又如何能克制得了内心的激动呢？

在兴奋和激动的同时，他又感到疲惫不堪。

以往，有武功卓著、能力超群的姜海山做左右手，他只需集中精力思考义和团的大事，拳民的操训、给养等具体事务是用不着他操心的。而眼下，人马陡增一倍，义和团里里外外诸般事务全都压在他一人肩上。他并非不敢信任手下人，旧有的部众和新到的四路神团中也不乏武林高手和智谋之士，但与姜海山相比，却都是相形见绌的平庸之辈了。刘宝清原就是一个谨小慎微的人，在义和团即将赴战的前夕，怎肯在用人上掉以轻心呢？既然暂时缺少了珠联璧合的伙伴，又找不到一个可以替代姜海山的人，刘宝清便只好单枪匹马支撑局面，处处操心事事过问了，怎能不感到疲于奔命呢？

看到义和团如日中天，想到万千志士报国有日，刘宝清自然而然希望姜海山能分享他心中的快乐；在夜深人静他疲惫得难以成眠之时，同样盼望姜海山能生龙活虎地站在身边。而每次想到姜海山,眼前便会浮现出7月2日攻打小南关天主教堂的那场战斗。

那是一场真正的战斗,一场义和团在盛京建坛以来初试锋芒的战斗,一场在近代史上显得怪异的以刀矛棍棒对钢枪铁炮的攻守战。在这场持续了整整一天的激战中,天主教堂虽然被荡为平地,义和团也付出了十分沉重的代价。

那座天主教堂,在当时的盛京城,无疑是最坚固的建筑。作为天主教盛京总堂堂主的纪隆主教,也不愧为宗教界之翘楚。此人不仅传道有方,备受教民的崇敬,而且,精通西方的剑术和东方的武功。同时,他又深谙军务,留意政局,懂得未雨绸缪和有备无患的道理。还是在义和团初起之时,他便蓄养起一批忠勇的斗士,私下购置了足以固守教堂的枪炮弹药。当他获悉清朝政府已向八国联军宣战的消息,立即在天主教堂作了严密的布防,准备迎接势所难免的义和团的进攻。

所以,刘宝清和姜海山在率领部众攻打天主教堂时,遇到了纪隆主教的枪炮的顽强反抗,死伤惨重而又久攻不下。

战斗从7月2日凌晨打响,相持到深夜依然未分胜负。教堂里似乎储备了用不完的弹药,纪隆主教也肯定下了死守到底的决心,而且,大有将义和团一举荡平之概。

几次率队冲击又几次被密集的火力顶回来的姜海山,意识到这样硬拼下去,除了增加伤亡之外,不会有别的结果。他把战士们约束在可以躲避枪炮的地方,带着满脸满身的灰尘,跑到刘宝清身边。刘宝清虽不像姜海山那样显得急躁和忧虑,却也不见了稳操胜券的自信。

“怎么办,大师兄?”姜海山问道,扬袖揩了一把脸。

“没想到这纪隆这么难对付!”刘宝清说道,事实上对姜海山的问题没有作出回答。

“我们先撤回去吗?”

“撤? 不! 这一仗是不能输掉的。”

“那我们只有求助于晋昌副都统的炮队了。”

“我已经派人去向晋昌副都统求援。但现在是深夜,他们是需要很长一段时间才能到达的。我所虑者,如果我们静等援军,纪隆有可能反守为攻,我们就更加被动了。”

“大师兄的意思是我们不能停止进攻?”

“虽然会增加伤亡,但别无办法。”

姜海山想了想说道:“我想,我们可以不再作出牺牲,又让他们不敢进攻。”

“哪有这么便宜的事?”

“方才借着大炮的闪光,我看见纪隆在钟楼上指挥。所谓擒贼先擒王,我去把他干掉,教堂里群龙无首,我们就好对付了。”

“这太危险。纪隆是个智勇兼备的人。”

“我不信胜不了他!”

“可是……”

“大师兄,我们没有多少时间可以耽搁了。请您让弟兄们虚张声势,给我助威,并吸引纪隆的注意力。大师兄,祝我成功吧!”姜海山说完,借着夜色的掩护,直奔教堂的高墙而去。

事已至此,刘宝清想拦住姜海山已绝无可能。他无可奈何地叹了口气,立即命令隐蔽中的弟兄们奋力呐喊,造成一种全线进攻的声势。

教堂的枪炮又一次吐出炽烈的火舌。

在惊天动地的喊声和枪炮声中,姜海山凭着精湛的轻功,左旋右转,闪转腾挪,很快置身高墙下。只见他纵身一跳,飞上墙头,脚尖一点,跟着一连串的团身空翻,眨眼之间,已飞落在钟楼里,同大吃一惊的纪隆交上手了。

这两人棋逢对手,将遇良才,好一场恶斗!

钟楼下的人只顾打枪放炮,哪里会注意到钟楼里的一场厮杀?钟楼里的人,只看见两个黑影飞速往还,根本分不清哪是纪隆哪是偷袭者,虽握着长剑短枪,却不敢贸然动手,一个个傻瞪着眼睛,手足无措地听着拳掌的噼啪声。

交手的两个人却互相看得十分分明。姜海山看出纪隆脸上不动声色的自信,纪隆也认出来犯者是刚毅勇猛的姜海山。这两人神交已久,早已在心里把对方当作死敌了。他们虽曾打过一次照面,却无由过招,这次骤然对打,如何不下死手,斗得异常凶残呢?

只见这两人一会儿踏得楼板山响,拳来脚往;一会儿飞到空中,掌声噼啪,打得不可开交。

在交手中,姜海山觉出纪隆内力十分深厚,而且对中国武功能举一反三，融会贯通，虽然肯定摸不清他独创的这套快拳的路数，却像胸有成竹一样招招接得十分贴切，而且游刃有余，反击得顺畅有力。姜海山想取胜绝非易事。纪隆也感到姜海山的拳脚迅猛异常，是从未在拳谱中见过的怪拳，他虽然能应付自如，却也时时担心姜海山会突然打出奇崛的变化，自己会在思索之间出现破绽。

事实上，姜海山的拳路已打了几个反复，再也生不出更奇崛的变化了。而纪隆也终于摸透了姜海山的拳路，越打越顺手，始终未出现破绽。

一个小时过去了。两个人始终是平手，难分雌雄。

打成平手，姜海山就得自认是输家。因为从哪个角度说，他都是进攻者。

但他不能输。他输了，纪隆就会在得胜后发现义和团只是在空喊而未敢进攻，哪有不命令枪手们反扑的道理呢？如果那样，义和团可就惨了。

他必须取胜，而且必须尽快取胜。

姜海山一面搜索枯肠琢磨取胜的办法，一面出拳，那力量显然要弱多了。纪隆看出这是一个难得的机会，猝然举掌击了过来。从扑面如飚的掌风，姜海山知道纪隆下了死手，他如以掌相拼，准会震断双臂，他只能用双掌蜻蜓点水般一迎，然后借着双方的掌力，来个鲤鱼打挺，空翻后拉开距离，再运气发起进攻。可是哪里料到，纪隆双掌发力甚大，速度又太快，他还没来得及收力，整个身体便直朝斜上方飞去。在飞起的瞬间，他看到头顶有一个圆形的庞然大物，显然是口大钟。他心中不由得大叫："大事不好！"因为他知道，他正向那口大钟飞去，不管他的头撞到大钟的哪个部位，他都会脑浆迸溅而亡。说时迟，那时快，只见他猛舒双臂，把全身的内力驱向掌心，向大钟推去。亏得他反应和动作都异常神速，总算避免了一场悲剧。他这双掌倏然一推，足有千斤之力，那口数百斤重的大钟哪能不被推开？而且，姜海山的双脚刚一着地，那大钟正好荡回，内壁撞到钟锤上，发出巨大的轰鸣。

这骤起的且势必要连续不断的钟声，不仅使姜海山为之一震，纪隆主教也大吃一惊。姜海山担心钟声一响，下面的人定能猜出纪隆主教出了事，肯定会有一些人奋不顾身冲上来救援，钟楼里的面积本来就不大，人一多，如何能施展开手脚？那局面对他这个进攻者是相当不利的，只怕连逃跑的可能都没有。而纪隆曾向枪手们约定，以钟声作为宣告胜利和停止射击的信号。如果枪手们听到钟声而停止射击，义和团的人马能不趁势冲进教堂吗？

一旦攻守战变成肉搏，抢手们是敌不过义和团的大刀片的。

同时受到钟声惊扰的姜海山和纪隆，也同时下了速战速决的决心，并同时如饿狼扑食般向对方冲过去。

事实上，从姜海山被对方掌力震飞，到他们再一次搅到一起，也只是数秒间的事。这时，大钟正好响到第二声。

这次，两个人都运足了气力，使出了浑身解数，一招一式，迅猛异常，两人都被对方的杀机所笼罩。

纪隆主教故伎重演，又以泰山压顶之势，将双掌向姜海山的颜面全力扑去。这回，姜海山不再虚迎一招，而是发力对抗。四掌相抵的力量，何止几千斤？他们掌间如果有一根铁棍，也会被挤扁的。两人谁也没有后退半步，却在掌心相抵的瞬间，同时凌空飞起，这是两人反向力量抵消后的余威所致。这一局面倒成全了姜海山，因为他的轻功和在空中制动的能力都胜纪隆一筹。只见姜海山趁势打了一个空中旋子，早已旋到纪隆身后，他舒展右臂，伸手抓住纪隆的长发，拽着那脑袋朝钟壁上猛撞过去。姜海山意识到，纪隆的脑袋再硬，也经不起这么一撞，他已经是胜利者了。他不敢怠慢，双臂搂着纪隆的肯定已断气的身体，在落地后，飞快奔出钟楼的拱门。

此时，晋昌派来增援义和团的炮兵已经到达，打出的第一颗炮弹恰中钟楼下的一间木屋，立即腾起大火。

姜海山见状，毫不犹豫地把纪隆的尸体抛进火海，他自己则纵身而起，直向高墙外的地面飞跃而下。

姜海山在往下飞跃的中途，身体像是被人打了几拳，一阵震动，脊背上有火烧火燎的感觉。他知道他身后中了几弹。在他双脚接触地面时，感到了疼痛，眼睛也有些模糊。这时，他还明白必须尽快返回本阵，还能飞快奔跑，还能听到炮声和钟鸣，可是，当他到了刘宝清跟前，却一下子扑到地上，人事不省了。

刘宝清见姜海山身负重伤，昏死在地，一阵巨大的悲哀猛袭心头，他跪下去，抱起姜海山的上身，把脸伏在那仍然汩汩流血的脊背上，泪如泉涌。他不敢把姜海山身中数弹的消息告诉部下。为了稳住军心和民心，他不能让人们知道号称有避弹神功的二师兄也会中弹甚至可能身亡。他立即找来几个心腹，让他们乘着夜色速速将姜海山送回天后宫那间石砌的密室中，同时，派人去请葛月潭即刻赶赴天后宫为姜海山疗伤。然后，他擦去脸上的泪和血,对部下们高呼道:“齐二师兄已祈下神雷震杀了纪隆,弟兄们奋勇冲杀,把教堂夷为平地!”

既有晋昌的增援,又有雷公的神助,义和团的战士们信心倍增,如虎贲般猛打猛冲呢。在他们大刀阔斧并伴着高声呐喊的砍杀下,刘宝清的号召在凌晨三点钟终于得以实现。

战斗结束并凯旋天后宫后,刘宝清急不可待地立即潜往宫后那间密室,免不了有点提心吊胆地去探视姜海山的状况。

此时的姜海山,由于葛月潭的全力抢救,已经苏醒过来,正忍着脊背的剧痛,趴在禅床上。

刘宝清放心了。

葛月潭对刘宝清说,姜海山背部中了五弹,放在常人身上,不死也定然终生残疾,姜海山靠着未损的元气和充沛的内力,虽然不会那么悲惨,却也需一个月左右方能独立行走,要恢复全部功力,则至少需三个月时间。

这结果也远远超过了刘宝清的期望,他再三向葛月潭表示感谢。

最后,刘宝清劝姜海山安心养伤,一个月内万不可走出密室,对外他只说齐二师兄在闭关练功;他还请求葛月潭把前来治疗姜海山的时间定在深夜,由他刘宝清亲自接送。姜海山和葛月潭都理解他的用心,点头答应了。

……

这件事已经过去了二十二个昼夜。可是,每当刘宝清忆起那场鏖战和姜海山冒险跃出钟楼的情节,还是心有余悸。而且,常常被自己不自觉虚构出的更可怕的结果,吓得失魂落魄。

是的,他担心失去姜海山。

几年的合作经历,使他确信,他此生再也找不到比姜海山更好的助手和伴当了。他已经习惯于同姜海山共事,想象不出没有姜海山的配合默契,他能否成就一番事业。

不能说他已失去了姜海山。姜海山不仅活了下来,还提前独立行走了,恢复功力也只需三个月时间而已。

一个月可以独立行走,三个月恢复全部功力,这对于一个身中五弹的人,应该说是神速了。

然而,义和团的行动却不能等三个月。几天后,他们就要奔赴同俄国正规军交锋的战场。他不能让姜海山在恢复功力前就同他一起去出谋划策以及冲锋陷阵。

刘宝清在率领义和团赴战前夕，如何能不产生独木难支的孤独感呢？

所以，他在兴奋、激动和疲惫的同时，心中也难免有一种隐隐的忧虑。

无论是兴奋还是激动，抑或是忧虑，这只是刘宝清情绪上的波动而已；至于疲于奔命的劳累，不仅是正常的，也是暂时的，只要那日益切近的战斗打起来，这一切就全都不在话下了，是不足以影响到义和团“扶清灭洋”的大业的。

对此，刘宝清本人也是十分清楚的。

然而，他却怎么也没料到，恰恰此时，一个由国人摧毁义和团的计划已经形成，而死神正向他迅速逼近。

这天下午，他巡视了一遍各处操训的情况后，想去密室探望姜海山。他刚要举步，却见手下人带着一个身穿标统官服的人走了过来。他认识这个在将军衙门供职的标统，也猜出肯定有什么紧要的事要向他转达。他不能不见。

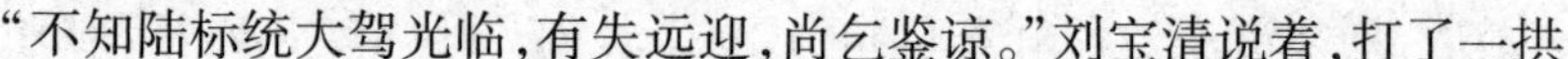

“不知陆标统大驾光临，有失远迎，尚乞鉴谅。”刘宝清说着，打了一拱。

“客气，客气。”陆标统一边还礼一边说道。

“不知标统大人有何指教？”

“陆某奉增祺将军大人之命，请刘大师兄、齐二师兄并各位法师前往将军衙门商议军务。”

“商议军务？”

“而且，事不宜迟。”

刘宝清心里好生奇怪。他早就知道增祺将军是不支持义和团的，在太清宫门外那场表演，就是增祺将军企图取缔义和团的精心安排。那以后，增祺将军虽然未再难为义和团，但也从不和义和团往来，关系十分冷淡。只有晋昌副都统一如既往，处处关照义和团，经常同他研究对付洋人的谋略。可今天，一向把义和团视为敌人的增祺将军，却主动找上门来，要义和团的首领们去同他商议什么军务！而且，认真到“事不宜迟”。这里会不会隐藏着什么阴谋呢？可他转念一想，觉得自己似乎有点杯弓蛇影的多疑和投鼠忌器的胆怯了。姜海山的“避弹神功”，增祺将军是亲眼所见，不会这么快就忘记枪手们惨死的一幕，哪里敢再对义和团的首领下毒手呢？再说，召集各路神团赴奉的檄文是增祺将军发出的，义和团正值方兴未艾、日益强大，得罪了几个首领,不是等于得罪了千万义和团战士吗?增祺将军哪里会这么蠢呢?增祺将军不会不知道,眼下不是六月份,中俄战争尚处于酝酿阶段,而是正式开战了,俄国的第六路军正向海城、辽阳推进,矛头直指盛京,俄国人一旦占领盛京,他增祺将军头上那顶乌纱帽还保得住吗?此时如果不支持决心抗击俄人的义和团,反而不合情理了。至于商议军务,因晋昌副都统坐镇辽阳,当然非增祺将军莫属了,这也是情理之中的事嘛。

刘宝清这么一想,一切疑虑顿时冰释了。

"好吧,"刘宝清点头道,"请陆标统先行一步,我立即召集所有大师兄、二师兄以及法师,随后就到。"

刘宝清说"所有的大师兄、二师兄以及法师",是因为各路神团报到后,虽在总体上归他这个总坛主节制,却又各自保持着相对独立性,各团的组织不变,称呼也一仍其旧,这样,仅大师兄便有五位。刘宝清以为,既然是同将军大人商议军务,还是把所有大师兄、二师兄以及法师带上为好,可以表明他平等待人和对各神团的一体尊重。虽说这么些人或因病或因事不可能全去,但至少毫无遗漏地知会到才是。

一个小时后,包括刘宝清本人在内的四位大师兄、三位二师兄和五位法师的义和团首领队伍,昂首阔步地走进了盛京衙门的大堂。

32

义和团的首领自称代表着下自散仙上至玉皇的所有神祇，是从不向朝廷官吏行跪拜礼的。所以，进入将军衙门大堂的刘宝清，只是朝长案后正襟危坐的增祺将军抱了抱拳，高声说道："刘宝清率各神团大师兄、二师兄以及法师参见将军大人！"

他身后的十一人如法炮制，抱拳齐声重复道："参见将军大人！"

"免礼了。"增祺将军略略抬了抬右手说道，然后眯起双眼，紧紧盯住刘宝清，"刘大师兄精神饱满，神色不错嘛。"

刘宝清微蹙了一下眉头，心想，自己的脸色一定很憔悴，可增祺将军为什么要作出虚伪的赞誉呢？他嘴上却不失礼地回答道："托将军大人洪福，在下身体尚佳。"

"贵坛的人马已经大增了吧？"

"是的，将军大人。截至目前，已有四路神团报到。"

"看来，我发出的檄文很管用啊！"

"对此，刘某代表拳坛感谢将军大人的合作与关照。"

"听说……海龙、通化两地的拳坛仍在犹豫之中？"

"昨天获得消息，他们已决定遵将军大人之命，就要启程来奉了。"

"消息准确吗？"

"十分准确，将军大人。他们的先行官已到盛京。"

"唔，够快了。那么，大队人马呢？他们的大队人马要走几天的路吧？"

"因都是步行，要三五天吧。"

"三五天吗？嗯……还来得及。"

"来得及？将军大人是说……"

"唔，请大师兄等一等。"增祺将军突然朝洞开的门外看去，并举起右手，

示意刘宝清暂莫说下去,“我见王管带正急匆匆向大堂走来,一定有极重要的事向我报告。——王管带,快进来吧,不必通禀了!”他这最后一句话,声音提得很高,似乎在尽力压抑的兴奋中还隐藏着某种期待。

被称作王管带的军官,略一惊讶和犹豫之后,快步跨进大堂,急趋案前。

“不必行礼了。”增祺将军又免去了一道程序。

王管带虽然有点儿惶悚,但终于没有跪下去。他又向案边靠近了一步,把握在掌中的一个显然极小的物件递给增祺将军,并低声说了一句什么。增祺将军把那个在场的其他人谁也无法看清的小物件放在案上,似乎细心研究了一番,然后朝王管带赞许地点点头,说道:“先退下,在门外候命。”王管带答应一声,躬身退了出去。

刘宝清虽然对眼前的小插曲很纳闷,但又确信那一定是同义和团无关的内容,也就毫无兴趣去猜测其间有何奥妙了。何况他刚才被增祺将军只谈闲话不涉军务的闲适以及居高临下的狂傲惹得满肚子气,正在极力劝说自己强忍怒火,以期使这次会见在和谐的气氛中进行呢?

然而,此刻,即王管带退去后,他又见增祺将军久久不开口,却仰靠在椅背上,双臂交叠胸前,眼睛闪动着戏谑的目光凝视着他,他是无论如何也忍耐不下去了。

他拱了拱手,不客气地高声说道:“既然将军大人唤我等来议事,请即赐座并速谈军务!”

“赐座?”增祺将军双手扶案反问道,紧接着仰天一阵大笑,笑毕,说出一句令义和团首领们大惑不解却又有点儿悚然的话来,“只怕我赐座你们也坐不安席的。”

刘宝清一怔后问道:“将军大人此话怎讲?”

“不明白吗?”增祺将军讥诮地说道,然后扬起右手,对着门外高喊一句,“带古竹韵!”同时击了三掌。

听到古竹韵的名字,刘宝清已是大吃一惊,又见随着增祺将军的掌声,两厢格子门开处,一瞬间有无数枪口对准了他们,他立刻明白发生了什么事,而且知道逃出将军衙门的可能性是太小了,小到几乎没有。他努力镇定了一下,慢慢回过头去,只见被牢牢捆住双臂的古竹韵在王管带看押下走进大堂。

古竹韵似乎已经料到,姜海山和刘宝清等人早就成了增祺将军的阶下

囚，所以，见义和团的首领们在无数枪口的威逼下站在将军衙门的大堂上，她一点也不感到惊讶。但是，令她万分疑惑和骇然的是，那群人里竟不见姜海山的身影！

她突然听到刘宝清说道："对不起，古小姐，是我们连累了你……"

古竹韵走到刘宝清身边停下脚步，刚想说话，却又更紧地闭起嘴唇，只是迅速看了刘宝清一眼，那意思分明是在问："姜海山为什么没在这里？"

刘宝清当然理解古竹韵的眼神。他本待告诉古竹韵，姜海山身负重伤，却避免了今天的厄运。但没等他说出声来，便听增祺将军喊道："王管带，让古竹韵靠近点儿，我倒要仔细看看这位身手不凡的奇女子！"

王管带遵命把古竹韵向增祺将军的长案推了过去。

增祺将军眯着双眼看了古竹韵一会儿，然后带着惋惜地轻轻摇摇头并"啧啧"两声说道："如此年轻貌美，又身怀绝世武功，怎么偏偏同拳坛的乌合之众搅到一起呢？一旦看到你香消玉殒，我会感到心疼的。"

刘宝清不仅清醒地意识到他自己已绝无生理，也确信古竹韵难逃厄运。但当他听了增祺将军那句对古竹韵充满杀机的话，还是心头猛然一震，忍不住高声叫道："将军大人，义和团的事情与古竹韵无关！"

增祺将军冷然一笑，说道："听得出来，刘大师兄对眼前的场面心如明镜，且不想为贵坛的欺世欺君的罪行辩解。阁下到底是个痛快人，佩服佩服。至于义和团的事与这位古小姐有关无关，我是清楚的。"他说着，从案前拿起两枚铅丸，抛了两下又放回案上，"说心里话，太清宫山门外的场面，我是记忆犹新而且至今尚有余悸的。所以，有人向我密告是古竹韵的神丸贯目功帮助了齐蓬莱，我也不敢贸然相信。可是，确实从那些枪手尸体的眼窝里抠出了铅丸，且和王管带从古家搜出的铅丸一模一样，这我就不能不信了。"说完，又一次凝神端详起站在案前的古竹韵。

"增祺将军，骗局是我设的，我愿承担一切后果，请把古小姐放了！"

"真是大义凛然。更难得你自顾不暇之际还如此关心解救过义和团的古竹韵。不过，我觉得，在此刻，该有一个人比你更关心这位古小姐……"增祺将军说着，依次看了一遍义和团的首领们，不由得"咦"了一声，"你们之中好像没有齐蓬莱？唔，对了，这齐蓬莱的真实姓名应该是姜海山而且与古小姐是师兄妹兼情侣吧？"

刘宝清说道："既然知道，为什么还要问？"

增祺将军笑道:“的确多此一问。不过……”增祺将军说到这里,拧眉思考了片刻,“我们还是先说说这位古小姐吧。我看这古小姐,娴静文雅,也确实不像惯于弄奸使巧的姑娘。这次助纣为虐,也是偶然失足,而且定是尔等蛊惑所致。所以嘛,我倒想赦她不死。但她必须从此洗心革面,把她的绝世武功用到当处。——来人,把古竹韵带到后堂,严加看管!”

待古竹韵被强行带走后,增祺将军又问道:“刘宝清,齐蓬莱因何没来?”

刘宝清冷笑一声,没有回答。

“他现在何处?说出来,你可减罪一等。”

“休要做梦!你是抓不到他的。”

增祺将军轻蔑地“哼”了一声,厉声叫道:“陆标统!”

陆标统答应一声,从门外跑到案前,打千道:“标下在。”

“盛京留守部队有多少马?”

“回将军大人,共两千人马。”

“命你统领这两千人马,火速包围天后宫和三皇庙,缉拿要犯齐蓬莱,解除拳民武装,违抗者杀无赦!”

陆标统答应一声,飞快退出大堂去执行命令了。

“增祺将军!”刘宝清喊道,“你不能这么做!”

“这就由不得你了。等着吧,刘大师兄,不出一个小时,你苦心经营的拳坛就要土崩瓦解了!”

“你……真卑鄙!”

“这却怪不得我。要不是你们妖言惑众且又恰恰被人揭了底儿,就是我存心取缔你们也是找不到理由的。”

“告诉我,这告密的人是谁?”

“你不问,我也要告诉你。而且,你这会儿就能见到他。——赵天弼!”

随着增祺将军的喊声,在两名荷枪的卫士挟持下的赵天弼从侧厅昂然走出站到了案前。

“赵天弼!”刘宝清咬牙切齿地喊道,“原来是你这个败类!”

赵天弼回头道:“今天的事,实出无奈。而且,小弟也刚刚知道刘大师兄即是陆兄。所谓不知者不为罪,万望陆兄宽谅是幸。”

“呸!你这个畜生!你知道你今天葬送的是什么?不是某一个人,而是整个的义和团!”

“这我不知道。而且,也不想知道。”

“好了,好了,赵天弼。”增祺将军制止道,“是本官叫你来,无须同罪犯争论的。”

“是,”赵天弼俯首道,“请将军大人恕罪。”

增祺将军示意挟持赵天弼的卫士退下。

赵天弼微微一笑,说道:“将军大人已经相信赵某了?”

“当然,当然,那还用说吗?”增祺将军畅快地说道,并优雅地摇头轻叹一声,“当前时局暧昧,刁民四起,正所谓泥沙俱下,鱼龙混杂,我不得不慎之又慎……”

“小人理解的,将军大人。”

“这样好。现在,你说的一切都获得了证实,我的疑虑也就涣然冰释。因此,我也该实践前言,称你为赵管带了……”

赵天弼闻言大喜,当即伏地叩谢道:“谢将军大人恩典。”

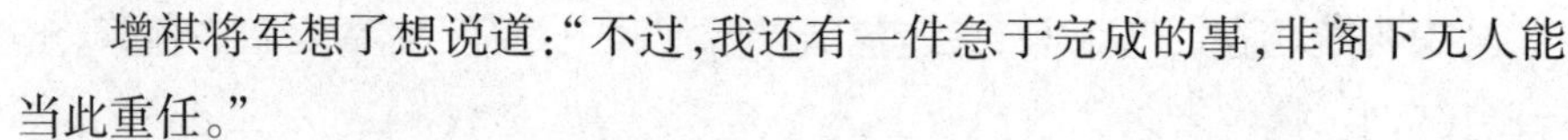

增祺将军想了想说道:“不过,我还有一件急于完成的事,非阁下无人能当此重任。”

“请将军大人明示,小人愿效犬马之劳。”

“你今晚就须启程,星夜赶往海龙,去见依凌阿总管。他会拨给你一支马队。你的使命是,率领这支要事先换上拳民装束的人马,火速截杀海龙、通化两地正向盛京行进的义和团。事成后,另有重赏。”

“将军大人差遣,在下敢不奉命!”

“你先去侧厅休息。一会儿我派人给你送去官服和我给依凌阿总管的信函。”

“遵命,将军大人。”

赵天弼起身退回侧厅。这回,他虽不再是昂首阔步,脸上得意的神情却是显而易见的。对刘宝清和那些义和团的首领们,他则看也没看一眼,是不屑于看,还是不敢看,就只有他自己心中清楚了。

刘宝清早已气得七窍生烟,但又无可奈何,只能朝着赵天弼的背影怒骂:“赵天弼,你这个畜生,你会得到报应的!”

“刘宝清!”增祺将军喝道,讥诮地笑了笑,“可惜你们没有这个机会了!”

“你说吧,增祺将军,究竟要把我们怎么样?”

“很简单。我要试一试,你们这些大师兄、二师兄和法师,在没有古小姐

神丸贯目功暗中相助的情况下,避弹神功还灵也不灵!”

“增祺!你作为朝廷命官,边疆大吏,不思收复失地,抗击洋人,却要绞杀义和团的爱国志士,天理难容!”

“爱国志士?哼!何等崇高的名号!可是,靠你们的刀矛棍棒和所谓的避弹神功去爱国吗?真是异想天开!与其纵容尔等白白送死又开罪洋人,就莫如先把你们铲除掉,或许还可以结欢洋人,化干戈为玉帛。”

“你这样做,皇上和太后也不会饶恕你的!”

“是吗?我倒想让你们死也死个明白。”增祺将军说着,从案上拿起一张黄色的纸来,“我今天刚刚收到太后密旨,不妨念两句给你们听听:‘……现在中外开衅,将来收束地步,亦不能不为之筹计。……至此次衅端,本由拳民而起。拳民首先拆毁铁路,我仍可作弹压不及之势,以明其衅不自我开。各该省如有战事,仍应令拳民作为前驱,我则不必明张旗帜,至于后来筹办机宜无可窒碍……’”他念到这里,又把密旨放回案上,挑起眼皮,嘲弄地盯着义和团的首领们,“诸位可听得懂太后密旨的用意吗?”

“借刀杀人!”刘宝清愤然道,“我不信太后会说出这等话来!”

“信不信由你了。当然,太后没说要先剿灭义和团,虽说迟早是这样的结果。但奉天省情况很特殊,在朝廷命官中偏偏出了个晋昌,不听我的节制和劝告,下决心要和你们同赴战阵,这更有悖于太后懿旨,对整个东三省的局势都相当不利。所以,晋昌也没几天闹腾头了。诸位,到此该明白为什么会出现今天的局面了吧?”

刘宝清预感到他和他带来的十一位弟兄已临近生命的终点,特别是他自己,更是难逃一死的。因此,反而希望眼前的场面尽快结束。他向前跨了一步,扬臂瞪目地吼道:“增祺!今天算我刘宝清失策,误中了你的奸计。你可以命令手下人向我们开枪,但我的十一位弟兄全是武林高手,未必全被你们打死。只要有一个人逃出去,就会把你这个误国奸贼的卑劣行径公之于世,让你落个千载骂名!……”

“说我误国?真是一派胡言!而且,你们还想逃出去吗?更是异想天开!”

“听着,增祺!你想抓住姜海山、绞杀义和团才是白日做梦!姜海山会从暗道把弟兄们带到安全地方。有姜海山在,你增祺老贼休想再睡个安稳觉了!”

增祺将军听说有什么暗道,不由得一惊,下意识地问道:“暗道?在哪里?”

“将军大人想知道吗?”刘宝清讥诮地问道,“我现在就来告诉你!”说着,陡然举步,直向案前冲去,显然要挑起一场混战了。

那十一位弟兄,完全明白刘宝清意图,也都听懂他那些话不仅仅是痛骂增祺将军,更是提示他们在拼斗中争取有人逃出去,尽快返回天后宫把这里发生的事情通知给姜海山,以便挽救义和团的厄运。

因此,在刘宝清向增祺将军冲过去的时候,他们同时跺地腾身,准备在人们惊愕和眼花缭乱之际觑准机会逃出门去。

增祺将军恼羞成怒地倏然跳起,一面飞快握过袖珍手枪,一面大声喝道:“快开枪!把他们通通打死!”与此同时,他朝着已逼近案前的刘宝清接连开了三枪。

那些枪手们或亲眼看见或听人讲过准备射杀齐蓬莱的那些枪手惨死的场面,虽说增祺将军捕获了一个所谓以神丸贯目功帮助义和团的姑娘,他们也很难一下子相信和从恐惧中解脱出来,哪个敢贸然第一个扣动扳机呢?他们的犹豫和观望,恰好给那十一位义和团首领创造了回旋的余地。及至他们看到胸口中了三弹的刘宝清口吐鲜血倒在案前,这才放开胆子开枪射击。

结果,正朝门外退去的十一位义和团首领中相继有人中弹而死,但毕竟有两位武功高强的法师躲过了枪弹,身带同伴溅上的鲜血,活着冲了出去,飞身跃上屋脊,逃之夭夭了……

由于陆标统去军营要跑很长一段路,集合队伍和部署任务也需费去不少时间,待他们终于排着严整的队形向北关“跑步走”,已是一个小时以后了。

因而,侥幸逃出将军衙门的两位法师,靠着非凡的轻功和一股急劲儿,反而在陆标统对义和团形成包围圈之前返回到天后宫。

这两位法师,一个姓胡,名叫云飞,一个姓高,名叫鸿绪,都是刘宝清和姜海山的老部下。他们曾目睹刘宝清和姜海山在德州桃林那场决斗,对姜海山的情况了如指掌,但却不知道姜海山受了重伤,一直以为这位二师兄闭关练功。

他们不敢怠慢,直奔宫后的密室,敲响了那扇异常坚固的铁门。

已经能够自由活动且恢复了一部分功力的姜海山,闻声打开铁门,走了出来。他见两位法师满脸汗污、浑身血迹,惊问道:“发生了什么事?快说!”

“我们被包围了!”高鸿绪说道。

“谁?谁把我们包围了?”

两位法师你一言我一语简单讲述了一遍事变的过程。

听说天后宫和三皇庙被陆标统团团围住,姜海山已是大惊失色、不寒而栗,及至听说是赵天弼告的密,不由得一阵怒火中烧、发指眦裂;又获知刘宝清惨遭杀害、古竹韵生死未卜,更加震悚莫名,心胆俱碎。这一恐,一怒,一悲,在他胸膛里交叉碰撞,汇聚成一声恚恨和凄惨的大叫。登时,他后背上刚刚愈合的枪伤全部崩裂,头脑里轰然一声变得一片空白,身体像被猛推了一下,往后便倒。

亏得两位法师急忙从两侧将他抱住,否则,这一摔,准会气绝身亡!

姜海山总算在昏厥前的一刹那,又强行把自己拉回到充满恐怖和痛苦的现实。他努力睁开带着迷惘和悲凉的眼睛,歉疚地说道:“我……真不中用……”

这时,两位法师感到托着姜海山后背的手有点儿黏糊糊的,见姜海山已经站稳,撤回手掌看了看,那上面全是血了!

“二师兄!你……”两位法师同时惊恐并带着询问地叫道。

“我在攻打天主教堂时受了伤……”

“这可怎么办?”高鸿绪焦急地说道,“你伤得这么厉害!还有谁来指挥义和团?陆标统的人马已经把我们包围,我们这种时候可不能群龙无首啊!”

姜海山稳定了一下说道:“我可以支持。——你们是说,天后宫和三皇庙已在包围圈里了?”

“是的。”高鸿绪说道。

“这增祺是要把我们赶尽杀绝?”

“显然是这样。”

正说着,有两个义和团战士押着一个清军管带装束的人走了过来。

待他们走近后,义和团的战士还没开口,那管带便抢先问道:“请问哪位是齐蓬莱或者姜海山?”

“我就是。你是陆标统派来的?”

“是的。”

“有什么话,讲吧!”

“陆标统让我转告阁下,你们已被两千火枪手团团围住,反抗是徒劳的。所有拳民必须立即解除武装,举手走出营地,阁下则须自缚去见陆标统,这样尚可保证一律免死。如心存侥幸,拒不投降,则陆标统一声令下,顷刻间,你们的营地定要玉石俱焚、血流成河!是投降谢罪,还是负隅顽抗,请阁下速速作个选择!”

姜海山思忖片刻后说道:“我可以考虑,但需要点儿时间……”

“缓兵之计吗?陆标统早就估计到了!”

“缓兵之计?”姜海山反问道,突然转过身去,让那哨官清清楚楚看到正渗出鲜血的后背,然后又转回身,“你看到了吗?我身负重伤,功力尽失,刘大师兄又死在将军衙门,义和团已是群龙无首,缓兵之计对我们还有什么意义?”

“那就不要拖延时间,马上投降!”

“你把事情看得太简单了!我们是六千人。还有不少活着的首领,光我有投降之意顶个屁用!我得有时间去劝说,让他们心服口服才行。如果你的陆标统不给我这个机会,让他进攻好了。反正我也是要死的人了!”

“阁下的伤那么严重吗?”

“你想再看个仔细吗?”姜海山说着,转过身撩起上衣的后襟,“你来看看吧,看吧!”

那管带看见姜海山脊背的惨状,惊得目瞪口呆。

姜海山把衣服放下后,又说道:“我不敢再夸海口,说我还可以去和陆标统较量一番。让我的弟兄们在生和死之间作一个选择,他们也肯定选择生。但是,如果陆标统非把我们逼上绝路,在一场混战中,他也未必能占多大便宜!”

那管带想了想说道:“我回去把阁下的意思和你们的情况转告陆标统。不过我想,陆标统不会给你们很长时间的。”

“如果二十分钟我们还没有竖起白旗,就让他下令开火好了!”

“那么,我就告辞了。”

姜海山对那两名义和团战士说道:“把这位管带护送出营地。然后立即返回这里,找人给我做一副担架。”

管带在两个义和团战士陪同下走了之后,胡云飞迟疑了一下问道:"二师兄真的需要担架吗?"

"不。"姜海山说道,"我还没有惨到那步田地。"

"明白了。"胡云飞点头道,"那么刚才那些话……"

"事出突然,我们不能不争取点时间。——好了,事不宜迟,我们这就去集合队伍,准备迎战突围!"

"二师兄是否考虑到我们周围是两千火枪手,而且有取之不尽的枪弹!"

"我们除了硬拼,别无出路。"

"可是,刘大师兄赴难前曾暗示我们,你能把弟兄们从暗道带向安全地带……"

"暗道？天哪!"姜海山扬拳击了一下太阳穴叫道,"我这是怎么了？胡法师,谢谢你提醒了我。"

"也就是说,真有一条暗道?"

"是的。"姜海山说道,立时精神了不少,"只有刘大师兄和我知道这条暗道,可我怎么也没想到它会在今天派上如此至关重要的用场！义和团有救了！让我想想,我们该如何行动。"

因为这些天,姜海山天天同刘宝清见面,对义和团的人数、编制以及驻扎情况十分清楚,所以,他只是略一斟酌,便有了一个通盘的周密计划。

"胡法师,"他胸有成竹地说道,"立即集合一至八营除老弱病残外的全部弟兄,每营配备五十名火枪手,由原管带节制,命令他们按八卦方位,火速在天后宫和三皇庙周围形成一个环形防线,要尽量和营地拉开距离。同时,派几个弟兄通知剩下的各营,丢掉一切细软,每百人准备一支火把,尽快向天后宫后院集中,从暗道撤退。——唔,对了,要特别关照一至八营的管带,他们只能死守,不得反攻。能把陆标统的人马顶住一个小时,便算立了头功。一个小时后,向东突围,到摩里红山同大队人马会合。胡法师,我们能否用这两千弟兄的苦战和牺牲保证四千弟兄安全转移,全靠你办事的效率了。快去吧!"

胡云飞答应一声,飞奔而去。

"高法师。"姜海山对高鸿绪法师说道,"请随我进入密室,帮我包扎一下伤口,然后开启暗道入口。近处的弟兄会很快到来的。"

说着,两人走进密室。

密室不大,大约两丈见方。四壁光洁如削,只有顶部正中有一个八角形天窗,室内光线还不算暗。正面离墙壁约五尺处,有一张似与石头地面连成一体的石头禅床,此外别无余物,使室内也显得很宽敞。

姜海山坐上禅床,脱去上衣,拿起一卷白布递给高鸿绪。

“来吧,”他说道,“包扎得越紧越好。”

高鸿绪接过白布,看着姜海山的脊背,压抑地轻声叫道:“天哪!你中了这么些枪!”

“是呀。几乎可以说已经死了一回了。——上手吧,要快!”

“有必要太紧吗?你会疼的。”

“别啰唆了!一定要用劲儿!”

高鸿绪无奈地摇摇头:“那么,好吧。”

在包扎时,姜海山气沉丹田,用力收缩上身。待包扎完毕,他站起来吸进一口气后,已觉得那绷带裹得相当紧了。随后,他左右放了几掌,又翻了两个跟头,并不见绷带有松动迹象。他一边穿起上衣,一边连声说:“很好,很好。我们来开启暗道吧。”

姜海山说着,走到禅床的西端,蹲下去,顺时针旋动了一下床头正中看似浮雕的莲花。

只听哗的一声,石头禅床便向墙壁退去,露出了下连台阶的洞口。

姜海山直起身见门外尚无人到来,便接着说道:“这座暗道设计得相当精妙。坐在禅床上便可轻易开启,再往回旋动一下那朵莲花,又能在瞬息间关合。而且,在洞口下边还另设一个手柄,扳动一下,石床和莲花也能回到原位。”

高鸿绪赞叹道:“这该动用多少心思啊!”

“工程也相当浩大。”

“看来,我们真是有神助啊。”

“其实,亏着葛道长曾无意间提起过这条传说中的暗道,也亏着我背部受伤,需长时间趴在床上,得以细细观察床头的浮雕。否则,是怎么也看不出更想不到其中一朵莲花是开启暗道的机关……”

他们正说着,胡云飞气喘吁吁地跑进来,后面还跟着一个虎背熊腰的中年汉子。

“怎么样?”姜海山向胡云飞迎上一步问道。

“行了。”

“行了?”

“防线已经形成且与陆标统的人马交上了火。撤退的四千弟兄这就要陆续来到。时间刚刚来得及。”

“谢天谢地,更要谢胡法师!”

“可是,我们只有四百火枪手,弹药又极有限。我担心顶不住一个小时。”

“也只能这样了。能顶多久就顶多久,能撤多少就撤多少。这总比投降和全军覆没要强。”姜海山说着,转向那位素未谋面的中年人,“这位仁兄是……”

没等胡云飞介绍,那人便抱拳开口说道:“在下是原海城义和团大师兄,名叫……”

“你是鹤松兄!”

“在下正是崔鹤松。”

“你来得正好,我们来商量一下……”

“商量就不必了。我既然率队来投贵坛,我们就是祸福与共的弟兄。而且,您是总坛二师兄,自然是我的上级。你让我怎么干,就直截了当说吧,我崔某绝无二话。”

“那我就不客气了。——崔大师兄和胡法师,你们两人带领弟兄从暗道撤退。出去后不可停留,尽速东去。如遇到海龙和通化两路义和团,向他们说明情况,合兵一处,同去摩里红山落脚,以图后举。如他们正被假义和团围杀,你们能救则救,不能救则避。你们如果到了摩里红山而我又没能及时赶到,那么,义和团的总指挥就由崔大师兄担当。——就这样。”

崔鹤松说道:“我是来请战的。您却给了我一个太过安全的任务。”

“恰恰相反。你现在的任务比参战重要百倍。”

“听说你重伤未愈,为什么不先撤退呢?”

“我自有安排。弟兄们已经到了,你们快点吧!”

“看来,我只有遵命了。——胡法师,我们走吧。”崔鹤松说着,又朝停在门口的弟兄们挥了挥手,“快进来,点燃火把,紧紧跟上!”

门口的人听到命令,依次奔入密室,跟着崔鹤松和胡法师,迅速进入暗道。

姜海山看着接连不断进入暗道的弟兄们，放心地舒了口气，然后对高鸿绪说道："你必须等到最后再进入暗道，并把入口关闭。如果我们的防线提前崩溃，你一定要在陆标统的人马杀进来之前在里面关死铁门，退进暗道，从下面关闭入口。密室里不能留下一人，门外剩下的弟兄，只能放弃，让他们听天由命了。"

"那么，你呢？"

"我要立即杀出去，必须在城门下关前赶进城里。"

"去救你的师妹古小姐？"

"是的。她是因为帮助义和团才被捕的。"

"按情理，你是应该救她的。但你想过没有，齐二师兄——唔，对了，增祺已经知道你叫姜海山……"

"是啊，我再无必要隐姓埋名了。"

"那么，我叫你姜二师兄吧。你想过没有，你此举的每一步都充满危险。即使你侥幸杀出重围，也可能落在增祺手上，因为留下古竹韵或许正是这老贼设下的圈套……"

"这些我都想过，但我别无选择。否则，我会悔恨一辈子，生不如死的。"

"我理解。但你为什么不从暗道出去呢？那不是比突围安全得多吗？"

"我需要的时间比我的安全更重要。你不知道那条暗道有多复杂，而且又通到很远处的一带没有道路的丛林。失去了时间，我的安全还有什么意义？——好了，太阳已快落山，我不能再耽搁了。——祝你们好运。"

姜海山说完，迈开大步，从铁门的边缘挤了出去……

〈下〉

姜兆文 著

内蒙古文化出版社

33

姜海山决定骑马冲出包围圈。

他飞步来到左偏殿的后身,在马厩里仅有的十几匹马中,轻易地找到他的久违的坐骑,三下五除二地鞴好鞍鞯,跃上马背,驰出天后宫大门。

进攻者和反击者的密集的枪声从四面八方传进他的耳鼓。

他似乎被这枪声震醒,猝然勒住马缰,随即意识到,想单枪匹马冲出包围纯属白日做梦。他暗问自己:如果他的这个行动只能让他在乱枪的攒射下进入冥府,那么,不仅时间对他失去了意义,他的死又会有什么价值呢?

是的,能否救出古竹韵,与他的生死是紧密相连的。他死了,还有谁能去救古竹韵?也就是说,他突然明白了一个异常简单的道理:在救古竹韵之前,他必须保证自己活着才行。

企图冲出的想法是愚蠢的。他不能这么干。

要是这时出现一场混战就好了。只有在混战中,他才有可能寻找到逃出去的机会。

可眼下,因为迎战的义和团的战士在数量上并不少于对方,且有四百支火枪,攻守双方才得以呈现暂时对峙的局面。这是他在部署这次战斗时预料到的,也是保证义和团主力安全撤退所需要的。也许正是进攻者有计划,迎战者有准备,整个战斗才几乎是秩序井然、按部就班地进行着。攻者怕中了埋伏,不敢轻易在局部打一个突破;守者事先也被告知,为确保整个防线不出缺口,不到万不得已,绝不能离开阵地。因而,姜海山需要的混战,是一时半会儿难以形成的。

他当然可以发动起一部分人,在环形战线上的某一点制造一场混战。但那样无异于打开一扇大门,任凭陆标统的人马冲向天后宫去枪杀义和团正在撤退的弟兄,也无异于他亲手破坏了自己制定的计划,亲手葬送了义和

团!

他同样不能这么干。

至少在一个小时内不能走这步险棋,如果他的两千弟兄可以顶住一个小时的话。

想到这里,一个令他胆战心骇的问题骤然袭进脑海:如果在一个小时甚至半个小时内,由于意想不到的原因,意外地出现局部混战,那可怎么办?要知道,局部混战会很快扩展到全局混战,义和团不是要彻底完蛋吗?

与此同时,他也猛可省悟到,他部署的这次战斗,存在一个本不该存在的致命的缺点:他只在环形防线上安排八个管带,却没有任命一个总指挥!这势必造成无法统一调度,不能互相救助的各自为战的局面。而这种局面恰恰是使防线出现破绽和发生混战的温床。这岂不是比他被乱枪射死更可怕的事吗?

姜海山一面在心里痛骂自己糊涂,一面当机立断,决定在救古竹韵之前,先担当起这场阻击战的总指挥,竭尽全力延长牵制敌人的时间,使弟兄们尽量多的撤出去。不这样,就无法弥补他失职的罪愆。

于是,他屏弃各种杂念,不再犹豫,腾身飞上马背,去尽总指挥应尽的职责了。

在不到半小时的时间里,他在整个防线里侧整整奔驰了一周。在巡视各处战斗情况的同时,还协助管带们挽救了几次险情。他又让八个管带各派一名传令兵,跟在他的身边。他想起马厩里的马,便叫两个传令兵速去牵来八匹马,每个传令兵一匹,以便加快联系和传达命令的速度。

战斗中的义和团弟兄们,见“神通广大的齐二师兄”亲自督战,精神倍增,已开始浮动的军心又趋于稳定。

看来,这场关系到义和团命运的战斗,是缺少不了他这个总指挥的。

但是,暂时稳定并不能使姜海山心里踏实。他很快记起,他的绝大多数部下的手里只有刀矛棍棒,非近战混战不能发挥作用。他在巡视防线过程中也看到,两千弟兄中至少有四五百人已经阵亡,战斗力四停去了一停。仅靠三四百支火枪和有限的弹药,企图较长时间维持防线的稳固是不可能的。而且,他的心里很明白,如果陆标统痛下决心,攻破防线可以说易如反掌。陆标统之所以没这么干,唯一的原因是,他比姜海山更担心出现混战局面,只要有一处形成混战,义和团就有可能在这一点上打突围,彻底消灭义和团

的目的就实现不了。这固然对义和团有利,但毕竟是意外的侥幸。如果陆标统一旦从义和团这种死守却不突围又不派增援的打法上产生疑惑且开动脑筋,肯定会猜出其间的缘由,识破义和团“明修栈道,暗度陈仓”的计谋,甚至有可能猜出——假如增祺没有及时通告他的话——天后宫里有一条可以使义和团主力撤退的秘密暗道!那样,早已被姜海山的缓兵之计气得要死的陆标统,势必要发动一次猛攻,突破防线,那些尚未进入暗道的弟兄就要惨遭屠戮!

果然不出所料,正当姜海山站在防线的核心,思考着战局和对策的时候,四周的枪声渐渐稀落并终于停了下来。

姜海山心里清楚,战场的暂时寂静对义和团绝非好兆头。不用说,这肯定是陆标统醒悟后要部署一次全线的强攻而改变了对义和团围困逼降的初衷了。

义和团的厄运就要降临。

姜海山紧锁眉头,向自己索取着主意。

八个传令兵面对突然寂静下来的战场,虽也觉得事情不妙,却猜不出何以会再出现如此令人迷惑不解的变化,但他们确信,姜海山肯定对战局变化的原因和即将发生的事情了然于胸,并肯定要有新的命令让他们去传达。于是,他们不约而同地从四周向姜海山围了过来。

姜海山正苦无对策,见传令兵围过来,更觉透不过气,真想把他们喝退。但他刚刚举起右手,那不客气的话正要冲出喉咙之际,却突然眼睛一闪,灵机一动,骤然从越围越近的传令兵身上想出一个对策来。他兴奋而且毫不犹豫地把右手挥下,向八个传令兵命令道:“听着!飞马去转告你们的管带,陆标统很快要发动一次强攻。速让弟兄们后退十五丈,准备以更密集的火力顶住敌人。只有敌人充分接近我方阵地,枪手以外的人方可出击,展开肉搏。去吧。传达完命令,立即返回!”

姜海山确信他对战局作出的判断和收缩战线的决策是错不了的,也确信那些管带会分毫不差地执行他的命令。

但他却没有稳操胜券的信心,因为他有理由推测,被骗了两次的陆标统的进攻会相当猛烈,突破防线杀进天后宫也许就是十几分钟之内的事!

在此情此境中,他当然要想到正在撤退中的弟兄们,他急需知道还有多少弟兄滞留在暗道入口的外边。

所以,在八个传令兵纵马驰去后,姜海山也跳上马背,驰进天后宫大门,径直来到宫后的草地上。

眼前的情景令他惊讶不已。草地上整整齐齐列着四个方阵,每个方阵前都有一人手擎尚未点燃的火把。

一支正向密室行进的排成双行的队伍,留在铁门外的部分也只有七八十人。

姜海山只看一眼便计算出,尚未进入暗道的,最多不超过五百人!撤退速度之快,秩序之井然,实在出人意料!他知道,这全是高鸿绪的功劳。他刚想在心里赞誉高鸿绪两句,却突然发现,铁门外的双行队伍几乎一动不动!

他有点疑惑。

这时,高鸿绪向他跑过来。

“二师兄,你没有突围而是在指挥战斗,对吗?”

“先不谈这个。他们,”姜海山说着指了指铁门外的队伍,“为什么进得这样慢?”

“我想,一定是前面的人受到阻隔。”

“阻隔?什么阻隔?”

“你不是说里面的情形很复杂吗?”

“天哪,看我这脑袋!”姜海山恍然大悟道,“前面的人一定全堆在最难走的那一段了!那是需要一步步爬行的!”

“通过那段暗道,要走多久?”

“来不及了!”

“你是说这外面的人……”

“听着,高法师,”姜海山举手打断高鸿绪的话头,“我们撤了三千五百人已经不错了。请你听好我下面的话:第一,让没进入暗道的弟兄全到天后宫大门外集合待命;第二,立即关闭暗道口和密室铁门;第三,找几个弟兄把大殿佛案下藏的炸药都扛过来堆在密室四周,用导火索统统连到一起。——这一切做完要多长时间?”

“十分钟足够了。”

“不行,五分钟!”

“好,就五分钟。”

"这一切做完后,你立即点燃导火索。导火索不要太长,能保证你安全离开现场即可。再给你两分钟。我一定要在七分钟内听到爆炸声。开始干吧!——唔,对了,马厩里还有几匹马,找人给你鞴上一匹牵到山门外。

姜海山说完,飞身上马,又驰回到防线的核心处。

恰在此时,陆标统强攻的号角吹响了。

八个传令兵相继返回复命,并带回来一个令姜海山不寒而栗的消息:火枪手们的弹药即将告罄!

上帝真是太吝啬了,连七分钟的时间都舍不得给他!

如此火烧眉毛的紧急情况下,已不容姜海山细想。他咬了一下嘴唇,作出打一场真正的混战的决定:"上马!"他对传令兵们喊道,"以最快的速度向你们管带传达我的命令:打完剩余子弹后,所有弟兄立即正面冲进敌阵,展开混战和肉搏。几分钟后,天后宫内将发生爆炸。听到爆炸声,一律往东突围!快去快回,不得有误!"

传令兵飞马而去。

姜海山也随即握鞍上马,向天后宫山门奔去。

五百名没能进入暗道的弟兄刚好走出大门。

姜海山一边拢住乱蹦乱跳的坐骑,一边高声喊道:"你们从此刻起,使足力气高声呐喊,爆炸声不起便不可以停下来。在响起爆炸声后,随着我的马头所指,向东杀开一条突围的血线!喊吧!"

五百人同时发出的喊杀声是惊天动地的。

现在,只待那更加惊天动地的爆炸声了。

姜海山又拨转马头,到防线的核心处等待传令兵。他需要知道混战开始的时间,以便估计一下能带出多少弟兄。

由于防线收缩,传令兵们很快都回到他的身边,并告诉他,敌我双方的混战已全面开始。

姜海山估计,再有一两分钟,突围就可在爆炸声中开始。在他们逃离火枪的射程之前,肯定会有不少弟兄背后中弹,但带出千八百人还是可以做到的。

看来,一切都同他预料的一样。

"跟我来!"姜海山朝传令兵们挥挥手,第一个向那正呐喊的五百人纵马驰去。

八个传令兵催马紧跟其后。

他们刚刚驰到五百人的队伍前，便听到从天后宫里传来一声骤起的震雷一般的巨响。

姜海山在奔跑中一边扯转马头，一边朝那五百人挥手喊道："跟着我往东突围！"

九匹马在前，五百名喊到兴头上的弟兄在后，犹如千军万马，向东席卷而去……

大约跑出十几里地之后，姜海山和高法师停下马来，经过近一个小时的等待，收拢突围的残部竟有一千五百人之多！

这结果已大大超过预料。

但姜海山没有一丝一毫的胜利者的感觉。这不仅因为前后损失了一千多名弟兄令人内心惨痛，更因为他心里异常清楚，能最终保住五千人马，全靠一些偶然因素。

下一步他要救古竹韵。还会有什么偶然因素帮他的忙吗？上天还会像护佑义和团那样护佑他吗？他不禁毛骨悚然起来……

34

增祺将军是在上灯时分得到陆标统报告的。

陆标统当然要把自己的战绩加倍渲染一番。但是，对姜海山带领一部分拳民向东逃窜的事实，他还是不敢隐瞒不报的。

“果然让这小子跑掉了！”增祺将军说道。

“小人该死……”

“不。我不是责怪你。我估计到，抓住他是很不容易的。何况他又不是一个人。”

“谢大人的宽宥！”

“你是说……他们往东跑了？”

“是的，将军大人。”

“我倒以为他们很快就会改变方向。”

“将军大人是说他们会投奔晋昌副都统？”

“陆标统，此事不能耽搁，你要亲自飞马赶往辽阳，把太后这封密旨交晋昌开读。”增祺将军说着，拿起已加封的函件递给陆标统，“而且，”他接着说道，“还要告诉他，必须按兵不动。如依然固执己见，接纳逃窜的拳民并对俄国人搞什么联合作战，我就参他一本，叫他吃不了兜着走！还有，这太后密旨还要加封拿回，万不可丢失和泄露，出个一差二错，是要掉脑袋的！”

“标下知道这件事的分量，一定小心在意。”

“去吧。”

打发走陆标统后，增祺将军终于感到疲惫了。他伸了一个懒腰，朝侍立两侧的手下人挥挥手，命令他们离去，这才站起身，离开大堂，独自向后堂款步走去。

他要去看看古竹韵。

实话说,增祺将军早已恨透了古竹韵。要不是这个少女的神丸贯目功,他哪里会在二十多天里,时时担心有神谴降落头上?哪里会违心发出召集义和团的檄文?哪里会让义和团一下子发展成难以尽数剿灭的庞大队伍?哪里会使晋昌副都统气焰万丈竟不听他的指挥?尤其是,哪里会让他在对待俄国人的态度上左右为难且同阿列克赛耶夫总督的友好关系出现致命的裂痕呢?想到这些,他真恨不得立即把那个面容姣好的少女撕咬得七零八碎!

但他还是把古竹韵留下了。他曾在大堂上当众说,可以免古竹韵一死,但须从此洗心革面,把武功用到当处。他心里清楚,他说的是假话。在这假话里隐藏着一个恶毒的阴谋。既然他已经知道自投罗网的义和团的首领中没有姜海山,他也预料到,去包围义和团营地的陆标统未必能捉住武功高强且狡猾异常的姜海山,那么,何不暂且留下古竹韵做钓饵,引诱姜海山上钩呢?只要姜海山听到师妹兼情侣的古竹韵关押在将军衙门,势必会舍命前来相救的。不过,竟有两名法师在枪弹中活着逃出将军衙门,他是怎么也没料到的。但是,正因为出现了这一节外生枝的局面,又看出那两位法师轻功十分了得,肯定要比陆标统更早些跑回天后宫,却也无须等到确知姜海山逃出包围圈以及去向后,再想什么别的办法,让姜海山知道古竹韵正关押在将军衙门的后堂了。

结果,一切都被增祺将军猜中了。

现在,他只剩下静候猎物露头了。

要说增祺将军在决定暂时留下古竹韵的瞬间,除了诱捕姜海山而丝毫没有别的念头,那是不可能的。

当时,古竹韵的美貌曾令他十分惊讶。

增祺将军年轻时是个赌棍,中年以后则变成了色鬼。他的出身高贵的夫人早已人老珠黄,几个小妾又不甚当意。虽然时不时开堂会、叫条子,也只是满足耳目之娱而已,那些妓女以及同妓女没什么区别的戏子,是不敢轻易沾身的。在大堂之上,骤然见到一位白如凝脂、清似秋水般楚楚可怜的少女,如何不引起他的淫念?他在等待陆标统复命的闲隙中,曾无数次设想同这个标致的小美人淫戏的场面,引起下体一阵阵躁动,巴不得立即将心里强烈的欲火变为强烈的行动。

此刻,当他终于可以退堂后,便是在被自己虚构的销魂的情节煽得越来

越炽烈的欲火驱动下,向关押着古竹韵的后堂走去的。他想好好利用一下姜海山到来之前的一段时间,让这诱饵先成为他口中的"尝鼎一脔",细细地品味一番。因为他根据姜海山突围的时间计算,姜海山潜入将军衙门最早也要到后半夜。他有充分的时间把古竹韵哄到或胁迫到床上,任他随心所欲地摆布。

所谓后堂,并非是增祺将军的寝食之所。他和他的夫人以及小妾们全住在衙门的第二进院落里。在大堂后身和第二进院落之间,原是很大一片空地。增祺受任盛京将军并带着眷属住进衙门之后,为了临时休息时的清静以及商议机密事的安全,便在这片空地上加盖了一座便殿。这座便殿不算高大,却很坚固,和任何建筑都没有联结点。为了防患未然,这座便殿的门口总有两名荷枪的卫兵守护,没有增祺将军的允许,任何人都不得随便进入。

话说增祺将军走进灯火通明的后堂,先看了一眼仍捆着双手坐在椅子上的古竹韵,然后对看守在古竹韵两旁的卫兵说道:"古小姐是个明白人,知道反抗是没有用的。哪里还需要你们在这里看守?都到外面去,让古小姐清静清静。"

四名卫兵唯唯而退。

增祺将军缓步走到古竹韵面前,摇头轻叹了一声,说道:"你这样如花似玉的良家少女,好好的怎么就和那些乱民搅到一起了呢?"

古竹韵警惕地看着增祺将军,没有说话。

增祺将军接着说道:"不过,悟以往之不谏,来者尚可追嘛。人总要从善如流才好嘛。只要你弃旧图新,我可以保证你的未来是错不了的。"

古竹韵仍旧一言不发,脸上冰冷如雪。

"其实,你心里明白。"增祺将军又说道,向前靠近了一步,"你和姜海山都是罪不容诛的。姜海山我是绝不会放过的。你就不同了。怪我生来怜香惜玉,看你如此清秀可人,我怎能不生出恻隐之心,对你格外开恩呢?但是……我可不能白白放了你……你明白我的意思吗?"

古竹韵还是紧紧闭着双唇。

"看来……"增祺将军说道,呼吸已显得有些急促了,"你是逼着我打开天窗说亮话嘛。那我就直说吧,只要你答应给我片刻之欢,我就亲自把你送出将军衙门……"

还没等他把话说完，古竹韵便倏然跳起，虽未出一声，但那两只圆瞪的亮晶晶的秀目立即使增祺想到了要命的铅丸。

增祺将军轻“哼”了一声，拉下脸说道：“看来，你是敬酒不吃吃罚酒了！你除了神丸贯目功还有什么招数？别以为我年老力怯，你这样的姑娘，我可以一下子制服两个！可那样，你付出的代价不会得到任何报偿的！”

他说着，伸手想去摸古竹韵的脸蛋。

只见古竹韵卷起舌头“噗”地吐了一口，同时飞腿踢了过去。

增祺将军先是觉得脑袋里爆炸一样轰然一响，接着小腹破裂一般疼痛难忍。他一边往后倒，一边高声喊道：“来人！”

四名卫兵闻声飞步跑了进来，见古竹韵又要飞脚向增祺将军踢去，一拥而上，把古竹韵挟持住了。

增祺将军忍着剧痛，从地上爬了起来，恼羞成怒地叫道：“把她的手脚全捆到椅子上！”

四名卫兵赶紧照办。

这时，满脑子淫念已惊吓得荡然无存但总算镇定下来的增祺将军，觉得额头发麻且似有异物，伸手摸了摸，竟抠出一枚陷入一半的小小的铅丸！

原来，古竹韵被捕时，已料到绝无生还可能。“助刁民行骗作乱，欺君罔上”不正是死罪一条吗？她想，与其让刽子手拉到街口或杀或绞，供人观赏，莫如在牢房里自行了断。但她同样料到，既然大家都知道神丸贯目功的厉害，抓捕者不仅不会给她松绑，还要加强防范，很难有自杀机会的，恰巧那几个逮捕她的人怕她反抗，是把她的上身按到桌面上反缚双手的。这使她一眼看到那枚平素练指所用刚刚放在宣纸上的铅丸就在嘴边，她突然想到“吞金而死”的故事，便趁人不注意，咬入口中，压在舌下，以备紧急时所用。铅丸很小，对说话并无大碍。但为谨慎，她一直不开口。直到眼前，增祺将军要对她非礼，一怒之下，便把这枚铅丸提前派上违背初衷的用场了。

也是古竹韵用唇舌吐发铅丸的功夫不到家，更碰着这增祺将军自幼习武及在赌场殴斗成癖，练就了一副硬脑壳，使这个注定要寿终正寝的老色鬼侥幸捡了一条命。

增祺将军一手捂着流血的额头，一手捏着险些把他遣送到冥府的小铅丸，愈加怒气冲天。此时的增祺将军不仅确信让古竹韵就范是枉费心机，而且，也再无“尝鼎一脔”的兴致了。剩下来的，当然是再想出一个恶毒的点子和说几句足以解恨的话,去发泄对这个不知好歹的少女的熊熊怒火了。但他又不能不担心在那张紧闭的小嘴里甚至喉咙处仍藏有随时可发的铅丸,便先对四名卫兵喊道:"把她的嘴塞上!"

待增祺将军确信古竹韵再也无处可以发射铅丸,才咬牙切齿地说道:"古竹韵!别梦想你还有活的机会,也休想痛痛快快地去死!我现在不杀你,是想用你给我钓上一条大鱼!你等着吧,用不了多久,我埋伏在周围的身强力壮的勇士就会逮住肯定要来救你的姜海山!到那时,我会让这些勇士扒光你的衣服,当着姜海山的面轮流玩你,直到把你玩死!"

增祺将军说完,吐了口唾沫,一扭身走了出去。

他离开后堂,刚刚踏上通往第二进院门的石板甬道,就听到有人在身后喊了一声"将军大人",他猛然收步回首,却见葛月潭正快步向他走来。

"葛道长!"他惊疑参半地叫道,并转过身来。

葛月潭走到增祺将军跟前,双手合十道:"将军大人,贫道原以为要到后宅求见呢,没想到竟在这里巧遇尊驾。"

增祺将军皱起眉头问道:"葛道长是怎么进来的呢?门人没有告诉道长,本官退堂后,除紧急军务是不见客的吗?"

"贫道对门人讲,是将军大人请贫道来议事的。"

"哪有此事?道长是在欺骗门人!"

"出家人是不打诳语的。"

"可本官何时请过道长?分明是假话嘛!"

"待贫道说完,将军大人就不会作此论断了。今天,将军大人派兵驱散了义和团,枪杀了一两千名拳民。这显然不仅仅是传闻吧?将军获此战绩,固然是志得意满。但贫道也素知将军大人慈悲为怀、爱民如子,定在高兴之余垂怜那些无人收尸的拳民,让贫道为他们超度亡灵的。所谓心灵感应,贫道坐在禅床,便听到了将军大人的心声,因而急急赶来。这不是应将军之命吗?"

增祺将军知道这葛月潭修为极高,且与京城的许多高官显宦都有交情。但对他增祺一直是敬而远之,却与晋昌副都统以及刘宝清、姜海山等人来往至密,他对葛月潭早就生出恨意。此时他正在气头上,又听葛月潭说了那么一通明褒实贬、软中带刺的话,如何忍受得了?便张口说了一句十分不客气的粗话:"你要超度就超度去好了,关我屁事!我倒想把他们咒入地狱永远不得翻身呢!”

葛月潭不急不躁地缓声说道:“这才分明是假话呢。将军大人哪里会这么想呢?——不过,将军大人的头……”

“我的头?”增祺将军反问道,骤然想起他的头肯定还在流血,赶紧伸手去抹了一把,并下意识地看了看手中的铅丸,随即揣入怀里。“我的头嘛……”他又说道,自我解嘲地冷冷一笑,“小事一桩。”

“恰恰伤及印堂,外面又有风,是不可大意的。恰好贫道随身带有红伤奇药,用上后可立见功效。”葛月潭说着,从怀里摸出一个极精致的木盒,打开盖捏出一些抿在增祺将军的伤口上,“将军大人感觉如何?”

增祺将军早就听说葛月潭医术高明,善配各种秘药。此刻,那药面儿刚刚接触伤口,立即便觉得轻爽多了,嘴上不说,心里着实佩服起来。虽说他明明知道葛月潭向他献此殷勤肯定隐藏着什么用意,但心里的怒气还是消去了不少。

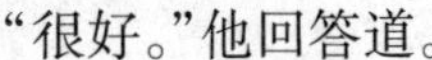

“很好。”他回答道。

“几天就会复原的。如日后还有需要,贫道是随叫随到的。”

增祺将军刚想说他的小腹被古竹韵踢了一脚,仍觉疼痛,但沉吟了一下,终于没好意思说出来,却问道:“葛道长降趾敝衙,不仅仅是为了超度什么亡灵吧?”用词和语气都客气多了。

葛月潭说道:“将军大人慧心慧眼,的确说中了。除超度亡灵外,贫道还有所求。”

增祺将军突然记起,这葛月潭与姜海山往来甚密,肯定知道姜海山与古竹韵的关系,而且,古竹韵的家离太清宫甚近,也许早就与葛月潭相识,甚至有什么深交也未可知。这葛月潭难道是冲着古竹韵来的不成?

“也许我又能猜中。”增祺将军说道,态度开始变冷,“葛道长是来替古竹韵说情的吧?”

葛月潭说道:“如果是,将军会不会给贫道这个面子呢?”

“绝对不会!”

“将军大人!……”

“葛道长,你是出家人,何必要来掺和俗家事呢?何况这古竹韵罪在不赦,更怙恶不悛,刚才……哼,此事不再提了!如果葛道长没有别的事……”

“将军大人!”葛月潭抢过话头说道,“贫道估计到将军大人是不会宽宥

古竹韵的。但将军大人或许不知道,这其中别有隐情,有罪也不在古竹韵一人身上,而且,她是受人指使的……”

“这人是谁?刘宝清还是姜海山?那还不是一样!”

“不一样。因为指使她的人是贫道。”

“是你?”

“不错。所以,贫道应承担死罪,而古竹韵是情有可原的。”

“你是有意开脱古竹韵!”

“贫道说的千真万确。”

“我不信。即使果真如此,也是共犯,同是死罪!可惜你是朝廷录名的道长,本官还不能把你绳之以法。否则……”

“将军大人是不肯放过古竹韵了?”

“除非姜海山神通广大把她救走!”

“贫道明白了……那么,贫道还有最后一个不情之请:请将军大人格外开恩,让古竹韵临死前和她的母亲见上一面。”

“她的母亲?”

“古竹韵被捕后,她的母亲昏倒过去。贫道勉强把她救活。她的身体素来多病,怎经得起相依为命的爱女突遭祸患的打击?生命已是朝不保夕了。所以恳请将军大人……”

“让她们母女见上一面?”

“将军大人能答应吗?”

“答应了。让她来吧!”增祺将军说着,指了指后堂,“古竹韵就关押在那里!”

“可是,古竹韵的母亲已是站不起来的人了!”

“那就抬来好了。别的都休想!我答应她来,极欢迎她来。她还可以一直陪在古竹韵身边。等我抓住姜海山,让她也一起欣赏欣赏她的宝贝女儿被我那些大兵轮奸的场面!”

“将军大人!你……”

“好了!”增祺将军怒吼道,“我接见了你,又站着听你啰唆了半天,已是很破例了!——来人,”他朝后堂门口处的卫兵喊了一声,“把葛月潭送出大门,并告诉门人,今晚不得放任何人进来!”

葛月潭早已气得哆嗦成一团。他费了好大劲儿,才从牙齿中挤出一句

“你……禽兽不如!”

“疯老道!闭上你的臭嘴!要不是看在你的红伤药分上,我会命令手下人把你乱棍打出衙门!快滚吧,滚吧!”

……

走出将军衙门,并被身后大门关合的响声震得一抖的葛月潭,已完全不是那位极有修为的葛道长了。

他失魂落魄。

而且,他的整个身心全被人世间普通的感情所统摄了。

是的,他爱古竹韵。这种极无私的爱,比父女之爱犹有过之。

可恰恰是他,把古竹韵送进一场灾难!

他自己也无法否认,他是出于一番好意,是为了拯救义和团和姜海山,才去说服古竹韵暗中出手的。那么,他的这番好意换回来的是什么呢?是义和团一千多名战士的惨遭屠戮,是古竹韵比惨遭屠戮恐怖百倍的厄运!

归根到底,不正是他害了义和团、害了古竹韵吗?

死者已登鬼录,是无法让他们活转来了。古竹韵却是活着被带进将军衙门的,能眼睁睁等着她兰摧玉折的噩耗吗?即使好不容易苏醒的萧夫人不央求他,他也要尽全力救出古竹韵的。

他知道这比登天还难。

增祺将军把义和团视为仇寇,之所以未敢及早铲除,是因为目睹了姜海山的降神避弹之术。当他获悉所谓神术实为骗术,又恰恰是古竹韵帮助义和团制造了骗局,使他像傻瓜一样着实被愚弄了一番,且险些葬送了他的前程,他要不把古竹韵恨入骨髓才怪,哪里会有格外垂怜、网开一面的可能呢?

更何况,他葛月潭和增祺将军素来不甚相得,他出面求情,只怕更是缘木求鱼。

不管有没有希望,他也必须试一试。而且,在必要的时候,把自己端出来。能用自己的死,换回古竹韵的生,他是心甘情愿的,也是责无旁贷的。

他在走出古家小院时,就是这么想的。

他在走进将军衙门后,也是这么做的。

可是,恰如所料,在增祺将军面前,他的努力丝毫未能奏效。

尤有甚者,增祺将军还毫不隐讳地告诉他,古竹韵在死前,还要受到那些大兵的凌辱!

这对纯洁无瑕的古竹韵将是何等残酷的折磨!

这叫他葛月潭如何受得了啊!

所以,在他走出将军衙门时,不仅方寸已乱、恍如梦中,甚至像着了魔一样,一会儿垂目看地,一会儿举首望天,一会儿东走几步,一会儿西走几步,竟至于手足无措,不知所往了。

他在将军衙门前幽灵般荡来荡去,究竟过去了多少时间,他自己也记不清了。后来,他总算恢复了意识,从鬼迷心窍、物我俱失的沉迷中回到了现实。

是的,在将军衙门前逛来逛去有什么意义?难道指望出现奇迹吗?难道这样能救出古竹韵吗?此刻他必须把痛苦和烦乱变成制止那场惨剧发生的行动。

清醒过来的葛月潭,知道自己要有行动,却又不知如何行动。而且,谈何容易!如果除了"劫狱"再无别的途径,只怕像姜海山那样武功高超的人,在那些四处埋伏的荷枪实弹的卫兵面前,也只能束手就擒!

"天哪!"在他想到姜海山的刹那,突然在心里恍然大悟且异常恐怖地大叫一声。他的思路也在这一刹那异常清晰起来。

增祺将军恨恨不已说出的话,无疑在告诉他姜海山已逃出包围,而且势必要来救古竹韵。把古竹韵关押在后堂,目的是诱捕姜海山,然后,当着姜海山的面……

也就是说,在捕获姜海山之前,古竹韵的惨剧还不会发生。

葛月潭终于明白了,他急需做的不是自己如何救古竹韵,而是阻止姜海山去救古竹韵。能阻止姜海山去自投罗网,还可以从容地想出救古竹韵的万全之策,否则就全完了!

姜海山何时来,是难以预料的。也许很快会来,也许现在就来了!姜海山不会从前面闯入将军衙门是可以肯定的,他只能从另外三堵高墙特别是靠近后堂的部分跳进去。

重伤未愈的姜海山,一旦跳入墙内,就算跳进了陷阱,古竹韵也再无获救的希望了!

葛月潭不能再耽搁了。他必须立即离开将军衙门的正门,到东西两侧往复等待。

他拔开腿,先拐到将军衙门的西侧。

大门处鹄立的卫兵并非没有看到葛月潭在附近癫狂一样走来走去，但都知道他是被增祺将军辱骂后轰出来的，大概已经气昏了头，也知道他不过是一个会念经能治病的老道，对他们的警戒是无大妨碍的，因而不甚留意，过了一阵，连看也懒得去看了。后来，对葛月潭何时消失，走向何处，当然同样没能放在心上……

35

将军衙门的东西两侧,离封有琉璃瓦顶的高墙丈把远的地方都植有一溜青松。这些青松虽尚未长成参天大树,但那刚刚高过墙脊的树冠,被风吹动,仍是沙沙作响,在漆黑的深夜显得阴森可怖。

葛月潭先走到西侧。他之所以这样,只是因为他当时离西侧较近,并非是有明确意识的选择。事实上,他也根本无法推测姜海山会出现在哪一个方向上。

他要绕过每一棵树。因为任何一棵树干的后面都可能正隐藏着姜海山。他和姜海山都有超常的眼力,互相又十分熟悉,只要瞄着边,再黑的夜晚,也能一眼认出对方。而且,姜海山想躲避谁,也不会躲避他葛月潭。姜海山只要见到他,听他陈述利害,是绝不会明知要害了古竹韵还坚持贸然跳入高墙之内的。

但是,他绕过西侧的每一棵树,也没有见到姜海山的踪影。

他不敢停留,很快经过北墙,来到东侧。

他万万没想到,他刚向南走出几步,只见眼前一晃,一个人形黑影直朝高墙飞去。

"坏了!"葛月潭心里叫苦不迭。这向高墙飞去的除了姜海山还会是别人吗?怎么就鬼使神差地先去了西侧呢?怎么只差这一步就没有赶上呢?而且,这姜海山为什么要从后宅翻入呢?

情况的紧急已不容他多想。

他使出平生气力,一个箭步冲了过去。他明知冒着风险,也要高声告诉姜海山:里面有埋伏!

可是,他仅仅喊出一个"姜"字,就觉得身后一阵风猛扑而来,脖颈早被箍进一只有力的胳膊中,嘴巴也同时被一只大手紧紧捂住了。

他还来不及挣扎，便听身后的人说道："葛道长，千万不要喊！"

声音虽然压得极低，像是耳语，他还是一下便听出，这说话的人正是姜海山！

姜海山随即松开手臂。

葛月潭飞快回转身，猛然抓住姜海山的双臂，十分惊讶又多少带着宽慰地轻叫道："姜海山！是你？"

"是我……"姜海山说道。他本想问问葛月潭何以深夜到此以及是否知道古竹韵的情况，但这话还没问出来，便在骤起的巨痛的猛烈袭击下，爆发出一阵压抑的呻吟。他紧紧咬住牙关，也遏制不住身体的剧烈颤抖。

"你……怎么了？"

"刚才……我刚才一定是用力过猛……"

"你的伤！天哪，全怪我。你的伤口一定迸裂了！"

"不。这怪不得葛道长的……"

"走，到树后去。让我看看你的伤口。"

"现在，现在不要……"姜海山嘴上这样说，却还是在葛月潭搀扶下，拖着右腿走到树后。他靠在树干上，汗流不止。

"你的腿也伤了？"

"其实，"姜海山忍住呻吟说道，"我枪伤早就迸裂了……从城墙跳下时又摔坏了腿……"

"什么！你带着伤竟敢从城墙上跳下来？"

"没有别的办法。赶到城下时，城门早已下关。我们只好……"

"你们？你是说……"

"是的，还有高法师。"

葛月潭一惊，说道："也就是说，刚才不是我眼岔！"

"当然不是。只是那人本该是我而不该是……高法师。"

"天哪！多亏你摔坏了腿……"

"您说……什么？"

"唔，等一等。你们是来救古小姐的，对不？"

"是的。"

"你们不知道古竹韵关押在后堂吗？"

"知道。但我们再三考虑，企图直接救出古竹韵是不可能的。我几乎是个废人……”

“所以……你让高法师潜入后堂去……绑架增祺将军!”

“这是唯一可行的办法。”

“这照样要失败的!”

“也许……”

“没有什么‘也许’。既然增祺将军估计你要只身来救古竹韵,就不能不考虑你可能选择的各种方式而作好充分防范的!”

像似应和葛月潭的话,只听将军衙门后宅传出“噹噹”的锣声,接着是一片呐喊。

葛月潭和姜海山同时向后宅看去。院里闪动起一片红光,显然是亮起了火把。

同时,传来激烈的打斗声。

只经过数秒钟,一切又都归于寂静。

随着呐喊的停止,隐约传出高鸿绪的喊声:“二师兄啊! 快跑!”这分明在告诉姜海山,他已经被捕了。

姜海山悲痛欲绝地挥拳砸了一下树干,呻吟般低吼道:“完了,完了! 该死的增祺! ……”

葛月潭说道:“我们必须立即离开这里。增祺将军知道落网的不是你,会把墙里墙外搜个遍的!”

“还用等他来搜吗? 我这就去投降好了!”

“你疯了!”

“不,葛道长。死对我已不再是可怕的事。但是,我绝不能既救不出古竹韵,又让朋友替我送死。我……认了!”

“你这样做,反而会害了你朋友! 而且,你一旦落入增祺将军手上,他就会驱使那些大兵轮流糟蹋古小姐!”

“你说……什么?”

“这是增祺将军亲口对我说的。”

“天哪,天哪!”姜海山悲惨地叫道,两只攥得紧紧的拳头不住地砸向树干,“是我……是我害了她!”

“还有我。所以,我们不能再害她了。为了她,你必须从这里逃开!”

“什么! 逃开? 那还不如让我去死!”

“你死了还有谁来救她?”

“我活着也救不了她!”

“我们会有办法救出她的。”

姜海山一把抓住葛月潭的双手,像抓住了救世主。他焦急且乞求地问道:“葛道长,我们……还有办法救她?”

“肯定会有办法的。但首先你得活着,其次,你要给我点儿时间,让我好好想想。”

“我听您的,葛道长。只要能救出古竹韵,我一切都听您的。”

“那就忍住疼痛,跟我快跑吧!”

姜海山即使不走不动,那背上迸裂的枪伤和震裂的脚踝骨也足以使他疼痛难忍了,放在常人身上,或许早就躺下再也不肯动一下了;而眼下,他不仅不能躺下,不能依着树干站在那里,却要不顾一切地深一脚浅一脚地向前猛跑!那每一次脚和地面的冲撞,都会带来周身被钝刀乱砍一样的钻心的疼痛,都有可能使他昏倒在地。但他不能停下,不敢呻吟,只能咬牙坚持。他刚跑出十几步,便已是浑身汗水淋漓了。

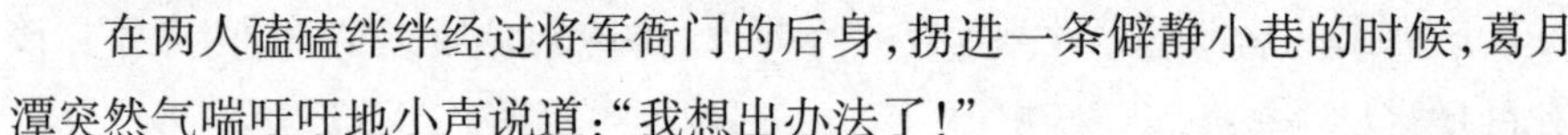

在两人磕磕绊绊经过将军衙门的后身,拐进一条僻静小巷的时候,葛月潭突然气喘吁吁地小声说道:“我想出办法了!”

“真……真的?”

“而且,万无一失。”

“什么办法?快告诉我。”

“我早该想到的。一情急什么都忘了!——可是,我们得快跑。到了安全的地方,我会详细讲给你。而且,天亮前,我们就可以实行。”

“您是说,天亮前就能救出古竹韵?”

“不会有问题的,先不要问了,我们快跑!”

姜海山听到葛月潭的话,异常兴奋。他已不再感觉到踝骨和后背的疼痛了。

两个人越跑越快。

葛月潭并非仅仅为了使姜海山从兴奋中暂忘疼痛,以便加快逃跑速度,才说出上面那一番话的。他确实是急中生智,偶然想出了一个拯救古竹韵的主意,也确实决定在当夜付诸实施。

要实施这个办法,需要尽快去太清宫作一些必要的准备。要是姜海山

好好的,带着他从城墙翻出翻入,事情会便当和快捷得多。眼下,姜海山已是指望不上,只能由他自己去干了。

他找到一个离城墙不远处废弃的异常肮脏的地窖,把姜海山藏到里面以后,简单说明了一下他的办法,又叮嘱道:“此举需要我们两人共同完成,你必须在这里耐心等待。虽说增祺将军不至在深夜挨门挨户搜查,你也还是不可大意。不是我叫你,千万不要出声,更不要走出来。”

“明白。”姜海山一边擦汗一边点头道,“可您怎么出城呢?”

“只能走小西门。”

“城门已经下关了。”

“那些卫兵都认识我。”

“回来呢? 再叫关吗?”

“那当然不行。我会带一条有倒钩的绳索,从城墙爬上垂下就不困难了。这绳索在救古小姐时还用得着。”

“我放心了,葛道长。您去吧,我等着。”

“唔,对了。”葛月潭说着,从怀里摸出药盒,递给姜海山,“这是红伤药,你知道怎么用的。”说完,躬身走出地窖,消失在夜色中了……

36

姜海山在充满恶臭和腐朽气味的地窖里足足熬了两个小时，才见葛月潭手持绳索、身挎背包匆匆钻了进来。他赶紧迎上去，接过绳索，小声问道："葛道长，怎么去了这么久？一切顺利吗？"

葛月潭一边取下背包，一边说道："顺利倒是很顺利，只是做药需要新棉花，不得不去萧夫人那里找。"

"师母她……还好吗？"

"不太好。但听说我们能救出古竹韵，总算有了点精神。"

"师母还在恨我吗？"

"这种时候，谁还有闲心追究过去的事？——来，先把这个吃下去。"葛月潭说着，从怀里掏出一粒药丸，"它至少能保证你在一个小时内感觉不到踝骨和伤口的疼痛。不过，你的枪伤免不了因此恶化。"

姜海山接过药丸说道："能把师妹送回师母身边，我死了也心甘。"说着，一仰脖吞下药丸。

"死还不至于。待完事后，我再给你疗伤，尽量不让你变成残废。"

"葛道长大恩，如同再造。我姜海山永生永世也不敢忘记。"

"此刻说这话为时尚早。再说，我不仅仅为了你。"

"我明白，葛道长。但是……"

"好了。——你身上还有疼痛的感觉吗？"

姜海山踢了踢腿，惊喜地说道："一点儿也不疼了，真是奇药！"

"从现在起，我们只有一个小时的时间。药力一过，你会疼痛难忍，什么也干不成了！"

"那我们就马上行动吧！"

"拿上背包和绳索，我们这就走。每分每秒都是十分宝贵的。"葛月潭边

说边往外走。

姜海山紧紧跟在后面,小声说道:“葛道长,您还没告诉我们行动的步骤呀!”

“其实非常简单。我边走边跟你讲吧。”

说着,两人已走出地窖。他们深深吸了一口凉丝丝的新鲜空气,觉得清爽多了,特别是姜海山,身体轻松得有点飘飘然了。

葛月潭在地窖口警觉地站了一霎。

整个世界依然笼罩在漆黑如墨的夜色中。时值后半夜,所有高的、矮的、远的、近的房舍里,人们都正沉于酣梦之中,周围一片寂静,只能听到风吹树叶的沙沙声和远处传来的一两声懒洋洋的狗吠。

看来,他们没有被人发觉。

葛月潭掩饰不住兴奋地说道:“我们已经成功一半了!”

“您说什么！我们已经成功一半?”姜海山诧异地问道。

“我是说这风……”

“风?”

“这微弱的东风正是我们所需要的。而且,又没人跟踪我们。只要我们顺利走到将军衙门的东墙下,古竹韵就算得救了!”

“真的?”

“那还用说!”

“听了您的话,真叫人振奋!”

“走!”葛月潭精神抖擞地挥了挥手。

两人这才迈开又轻又快的步子,朝将军衙门的方向走去。

他们默默走出一段路之后,葛月潭发现两侧长长的篱笆里面都是大片菜地,是不必担心会有人听到他们的谈话的,便开口说道:“使用迷药救人的办法虽说极简单,却丝毫马虎不得。任何一步出了差错,都会前功尽弃。你如果在墙里有了闪失,我在墙外也只能望洋兴叹而已。所以,你务必仔细听好并牢牢记住我下面的话,尤其是,要分毫不差地按着我的话去做。”

“我会的。请说吧。”

“听着。在背包里有五个用胶皮盖密封的竹筒和三只口罩,加上那条绳索,便是我们的全部武器和工具了。我们一到后堂东侧的高墙,就须分秒必争地开始动作。你要先拿出四个竹筒。竹筒都缠绕着一条细绳,绳端还有

木坠，把它们搭在墙头，竹筒就会悬在墙内而不致掉下去发出响动。要切记，一定要在打开竹筒封盖的瞬间，把它们搭上墙头，每隔丈把远搭一个。这用得着你的轻功。竹筒里的棉花浸有迷药，一接触空气就会放出淡淡的烟雾。有今夜这样的微风，烟雾定能转眼间弥漫在院内又不被吹散。这种迷药虽不会令人致死，但内力再强的人也是一闻便倒。在你投放那四个竹筒时，我则把三只口罩涂上解药。这解药的药力只能维持一刻钟，所以只能在行动开始时涂上。也就是说，你在墙内的活动时间只有一刻钟。四个竹筒全部搭上墙脊后，你立即返回戴上口罩，揣好剩下的一个竹筒和两只口罩，利用绳索攀入墙内，再把绳索反挂在墙脊，以备返回时使用。以上这些大约要用去十秒钟时间。你在墙内挂好绳索后，便要飞步跑向后堂。此时，后堂门口的卫兵肯定已昏睡在地。但我估计，房间里也会有看守。为了把握起见，如果你发现门窗全关着，也就是说，房间里的人还没有闻到迷药，你就先隐在门外，轻轻打开一条门缝，把备用的竹筒取下封盖投进去。再等个三五秒钟，你就可以放胆进去了。这时，古竹韵和高法师无疑也中了迷药。但不要紧。只要你把口罩给他们戴上，也只需三五秒钟就会苏醒过来。如果直到此刻你还没有出现任何差错，那么，我们就算大功告成。因为剩下来只是跑出后堂和从墙里跳到墙外了。——我说的这些，你听明白了吗？”

“是的，我听明白了。”

“你自己在心里再复述一遍，有不清楚的地方现在就问。一旦行动起来，我是没有时间再给你解释的。”

姜海山虽然自信不仅听得明白，也记得很牢，但还是遵命把葛月潭的精细安排在心里从头至尾默念了一遍。

过了一会儿，姜海山犹犹豫豫地问道：“葛道长，您说这迷药……”

葛月潭明白姜海山想说什么，便抢过话头说道：“你是怀疑这迷药的力量，对吧？”

“也许……我不该问……”

“不。你应该问。有怀疑就会缺少自信，没有自信怎么保证行动的成功呢？实话对你说吧，这迷药的配方是太清宫各代监院单传下来的。而且屡试不爽。潘监院自知坐化在即，才提前传授给我。潘监院再三讲，这迷药只能在太清宫出现危难且万不得已时方可偶一用之。这不仅是各代监院一体的遗训，也是极严的寺规。今天也是不忍让古竹韵陷入磨难，贫道才宁可遭

到神谴,犯下有违寺规和先师遗训的大罪过……"

姜海山非常感动地说道:"我懂了,葛道长。您为人肝肠似火,举动昂藏磊落,人神的谴责都不会落到您身上的。"

"谁知道呢? 不过,事已至此,也不必去管那些了。那么,你对这迷药……"

"是的,我坚信不疑了。"

"你还有什么问题吗?"

姜海山略微迟疑了一下,说道:"不瞒葛道长,我确实还有疑问。"

"请说。"

"比如说,我们在墙外遇见巡逻队伍怎么办? 您给我的药丸只有一个小时的效力呀!"

葛月潭微微一笑,随口反问道:"如果你是增祺将军,你会在墙外放上巡逻队伍?"

"唔,您说得对。我可真蠢!"姜海山憬然有悟地说道,"增祺想不到姜海山今晚会有第二次行动,更不能在姜海山万一有第二次行动时把他吓跑。"

"所以,我们在墙外不会受到阻隔。一个小时的药力足够你使用了。"

"还有,葛道长要我去的地方只有后堂。葛道长怎么能肯定高法师也关押在后堂呢?"

"将军衙门不是监狱。增祺将军总不能把深夜捕获的犯人关进后宅或大堂。"

"可万一……"

"那就只能救古竹韵! 难道让我先去关照增祺将军一定把高法师和古竹韵关押在一起吗?"

葛月潭的声音虽然依旧很低,却明显带着恼怒了。

"葛道长,"姜海山怀罪地问道,"您……生气了?"

"听着,姜海山。"葛月潭说道,声音很严厉,且有不容反驳的坚定,"除了斟酌和牢记我说的每一个步骤,不能为别的事分心。临场时你稍有迟疑或犹豫,就可能功败垂成。你的唯一目标就是后堂。而且,只能行动一次。有两个救两个,有一个救一个。高法师能不能同时获救,那就看他的造化了!"

"记住了,葛道长。请原谅我……"

"你关心朋友的心情我理解,特别是此人是因你才被捕的。但有些事往

往出乎预料,未必全能如愿以偿。今天救不出高法师,还可以另想办法。抓不到你,又跑了古竹韵,增祺将军更是不会急于处死他的。”

“葛道长,我明白了。我保证分毫不差地按照您的话去做。请葛道长放心。”

“这才对。——唔,你看,我们这么快就走到将军衙门的后身了。从现在起,我们不能再说一句话!把脚步放轻些,快走!”

在夜色的掩护下,两个人异常谨慎又异常迅速地走到将军衙门东侧高墙外,在东墙与后宅南墙的联结处停了下来。

他们果然没有遇到巡逻兵。

大墙内外一片寂静。

葛月潭果断地挥挥手,作出开始行动的命令。

姜海山不敢怠慢,把背包放到地上,十分麻利地摸出四只竹筒,三只揣入怀里,一个握在手中。只见他轻轻一蹲一纵,便如虎跳般平地而起,在他的身体升到丈把高,头部刚刚超出墙脊时,他迅即抖开竹筒身上的细绳,打开胶皮封盖,准确无误且毫无声息地把竹筒搭在琉璃瓦顶上了。在同一瞬间,他十指趁势轻按琉璃瓦顶,已抵到墙身的脚尖往下一蹬,随即扭动腰盘,身体便如弹射出去一般,顺着墙身飞出丈把远,在到达第二个投放点前,第二只竹筒早已拿在手中作好准备了。

姜海山顺利地放好四只竹筒后,返回葛月潭身边,戴上口罩,拿上一切应该拿上的物件,毫不犹豫地翻身跳入墙内。

正如葛月潭估计的那样,前后恰好用去了十秒钟。

剩下来的,只是等待在墙头上出现两个——也许是三个人影了,如果不发生意外的话。

葛月潭不敢在墙下久留,他拿起背包,蹑手蹑脚闪入最近一棵树后。虽说大墙内的鸦雀无声告诉他姜海山已接近成功,但他依然紧张地屏住了呼吸,并在心里默默祈祷起来。

时间在焦急的等待中是会变得十分漫长的。

对于在黑暗中紧紧盯着墙脊、震跳的心几乎要迸出喉咙口的葛月潭,尤其如此。

是的,他知道今天的举动和此刻的等待意味着什么,知道他要艰难熬过的一刻钟意味着什么。这意味着,墙里的三个人特别是古竹韵究竟是福还

是祸，是生还是死！一刻钟的终点，这一切便会露出端倪。尽管他认为自己的计划无懈可击，但他心里清楚，再完美无缺的计划，也可能被一个意外的偶然因素彻底破坏掉！而在耸立的高墙内，这样的偶然因素不知隐藏着多少！那么，一旦失败了，又意味着什么呢？毫无疑问，这不仅意味着他白费了一片心血，也意味着他把姜海山送进了地狱，更意味着他亲自促成了古竹韵的悲剧！想到这些，他骤生恐惧之感，一个明知是自己虚构却遏制不住的噩梦般的可怕场面，伴着魔鬼的狂笑，拥挤着，交错着，一发向他袭来。

他的心不再震跳，却像被攥进一只无形的掌中，在迅速收缩，收缩得不见了踪迹，整个胸膛里也变成了“无何有之乡”。他甚至觉得，他的肉体已经寂灭，只剩下了在寒冷的夜空中瑟瑟发抖的灵魂。

这种失掉自我的状态究竟持续了多久，他自己也不清楚，只是在他的眼前又能现出那堵峭壁般的黑黝黝的高墙，心脏又开始激烈震跳时，他才意识到，在此前不久，他的生命曾有过一段空白。

葛月潭在四十六年生涯中，有过忧虑，有过焦急，也有过恐惧，却从未有过今天这样思想烦乱无绪，不断自相惊扰，像似灵肉被一条条撕碎的记录。

在为了今晚的行动，争分夺秒的准备过程中，他的眼前只是在刹那间浮现过古竹韵获救时的笑脸，对可能出现的另一种结果，连想也没有机会去想。他只感到他的使命的神圣，却丝毫没去考虑失败的可怕。

如果他刚才随着姜海山一同跳入墙内而不是躲在树后，面对高墙，那么，他的脑海里除了紧张就不会浸入别的内容。

但是，偏偏有这一刻钟甚至更长的等待！

而且，这一刻钟甚至超过一刻钟的每一秒，都被无情地拉到了无限长！

对于常人，一刻钟是个很短的时间，对于睡梦中的人，只是一瞬而已，可对于此刻的葛月潭，这一刻钟几乎等于一年，几乎等于一生！

在这几乎等于一年、几乎等于一生的一刻钟里，葛月潭的心血如何不被一滴滴熬干啊！

直到他终于看到从墙头上跳出三个人，他梦境般带领这三个人拼命奔跑，相继从城墙爬过去，并把他们带进太清宫，暂时藏进内院的一个房间后，他才发现，他的头发有一半变白了！

这还是古竹韵首先注意到并惊叫地指出来的。

葛月潭从姜海山和高鸿绪同样惊讶的眼神中确信，古竹韵的话是真实的。

“值得，值得的。”葛月潭抚着突然半白的头发，凄然一笑，这样说道。

“葛道长！”古竹韵动情地叫道，泪如雨下。

热泪盈眶的姜海山刚想对葛月潭说一句由衷感谢的话，却陡然感到浑身上下无一处不暴发起难忍的钻心的剧痛。顷刻间，他脸色泛青，额头汗涌，无法克制地咬牙呻吟起来，并伴随着一阵昏天黑地的晕眩。

葛月潭扶住姜海山，很平静地说道：“你会挺过这半小时的。——高法师，帮我把他扶到床上。”

姜海山在葛月潭和高鸿绪扶持下躺到床上的刹那，还忆起不久前他肩头中了古竹韵的铅丸，就躺在这张床上请葛月潭疗伤；再一刹那，他就神志混沌，不知身在何处了。从他身体不断蜷缩，不断抖动和紧握的手指骨节的咯咯声，就能猜出他正经受着怎样的痛苦。

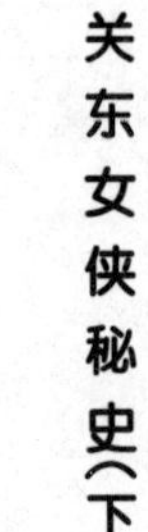

古竹韵揩去因葛月潭而涌出的泪珠，疑惑中掩饰不住关切地问道：“他……怎么了？”

葛月潭摸了摸姜海山的额头，转过身来对古竹韵说道：“药力消失，他的枪伤又发作了。”

“药力？枪伤？”古竹韵愈加大惑不解了。

“唔，看我糊涂的！”葛月潭带着歉意地摇头道，“我忘了你并不知道这些事……姜海山二十几天前攻打天主教堂时，背部中了五枪，枪伤刚刚愈合，就发生了昨天的事，伤口全迸裂了。今天，唔，应该说是昨天了，他想和高法师去救你，不料从城墙跳下时又震裂了脚踝骨。后来，为了让他临时恢复功力，救出你和高法师，我给他服了一丸药。这种有剧毒的药丸，能使他在一个小时内感觉不到疼痛，但药力过后，毒气难以一时散尽，他身上的伤会同时发作并出现恶化。”

“他会……死吗？”

“也许不会。”

“也许！”

“只要他是未坏的童身，靠他残存的内力，是可以驱散毒气的。”

“您就没有解药？”

“没有。他必须靠自身的力量熬过这半小时的剧痛。”

古竹韵听完，咬住嘴唇不再说什么，只是忍不住又看了姜海山一眼。但在此情此景中,未必不是别有一番滋味涌上心头。

葛月潭略一思索,紧接着说道:“古小姐,我们该在等待姜海山稳定下来之前的半小时里,商量商量下一步行动了。”

“一切听您的,葛道长。我已经没有任何主意了。”

“以贫道所见,你们虽然侥幸逃出将军衙门,但危险还没有过去。增祺将军不会善罢甘休。也许转眼之间,他就会派人来追捕。无论是你家还是太清宫,都不是你们的久留之地。所以,你们必须在天亮前离开盛京,找一个安全地方躲避起来。古小姐想没想过这样的去处呢?”

“是的,想过。”古竹韵说道,“我和妈妈去宝石沟。”

“宝石沟?不。你们在那里躲过了三天,躲不过五后晌。增祺将军在小西关扑个空,势必要去搜索宝石沟。他会很快获知那里是你家的田产的。宝石沟去不得。”

“宝石沟去不得,我和妈妈就别无去处了。我可以萍踪浪迹、四海为家,只怕妈妈的身体……”

“不错。萧夫人极需一个能安心静养的环境。”

“古小姐,”高鸿绪在一旁插言道,“你和姜二师兄是师兄妹,又有婚约。现在刘宝清大师兄不幸作古,姜海山肯定要接任大师兄之职。古小姐何不跟我们同去摩里红山?以古小姐的旷世奇功和姜海山联手,是可以干出一番大事业的。至于师母,我们会安排一个清静之所,像对自己的母亲一样,加意保护的。”

古竹韵疑惑地蹙额道:“高法师怎么知道我和姜海山的事?”

“五年前,我去过张家口,又是姜海山和刘宝清那场决斗的见证人之一。从那以后,我们亲如兄弟。”

“那我就实话对你说,为了二十天前我帮助你们干的那件蠢事,我已经后悔不迭。我是不会再跟你们去胡闹的。”

“胡闹!”高鸿绪吃惊地叫道,“古小姐竟以为我们光明正大的爱国行为是胡闹?”

“既然光明正大,又为什么以骗术行世?”

“古小姐指的是避弹神功吧?说实话,我们谁也没料到会出现后来那惊人的场面。我原是被指定抬走姜海山坐在椅子上的尸体的人。可后来……是的,我也以为姜海山真有神助……”

“看来,这骗术欺骗的不仅仅是增祺,还有你们数千弟兄,甚至你们这些法师！不幸的是,正是我……促成了这个骗局的恶果……”

“你没有错,古小姐。义和团这场悲剧同你无关。恰恰相反,正是由于古小姐暗中援手,姜海山才得以不死,义和团才得以迅速发展。如果不是赵天弼告密……”

“赵天弼!”古竹韵惊问道,“你是说……赵天弼?”

“如果不是他向增祺说是古小姐的神丸贯目功帮助了姜海山,我们是本可以带着对神仙相助的深信不疑,气焰万丈地杀向战场的。”

“可是……你怎么肯定这告密的人是赵天弼?”

“在古小姐被押出将军大堂之后,增祺当着我们的面唤出赵天弼,赞扬了他的告密行为,并以管带之职对他进行了奖赏。”

“那么说,赵天弼一直没离开盛京?”

“但眼下肯定离开了盛京。”

“眼下?”

“是的。增祺命他带领人马星夜东去,截杀通化、海龙两地赶赴盛京的义和团。”

古竹韵吃惊地问道:“你是不是说,还会有许许多多义和团的弟兄要死于非命?”

“他们不会有任何防备。因为他们不可能知道昨天北郊发生的悲剧。更何况,赵天弼的人马是要化装成义和团的模样的。”

“这个畜生!”

“所以,请古小姐不必自责,也不要因为自责而否定义和团的策略……”

沉思中的葛月潭打断两人的对话,说道:“好了,好了。眼下急需的不是讨论义和团的策略和赵天弼的卑鄙,而是尽快离开盛京。以贫道所见,高法师的提议是不现实的。不仅古小姐和萧夫人不能跟你去摩里红山,姜海山也不能去,至少三两个月内不行。”说着,他紧紧盯住古竹韵,“古小姐,我方才也再三踌躇,但事到如今,你们也只能去铁岭了……”

“去铁岭？去赵府?”古竹韵显得惊慌地反问道。

“对于你们,赵府是唯一安全的去处。特别是萧夫人,她是非常需要赵府那样没有纷扰的安静环境的。否则,她怕是很难熬过这个秋天了……”

古竹韵惊恐地问道:“妈妈病得这么厉害?”

“她气血两亏,又屡受惊吓,坚持到目前已是不易了。要是再四处颠沛或受到刺激……”

“可是,”古竹韵焦急地说道,“妈妈说过,她是不进赵府的。”

“这种时候,她就不会再固执己见了。何况,她知道,赵尔巽和孙夫人都是希望她去的。更重要的,为了你,她也会去的。”

“为了我?”

“当然,必须让她明白,在目前,只有赵府才能庇护你。至于……至于你们父女是否相认,你是否在赵府长住,贫道不便多说,还要由你自己决定。我相信,赵尔巽也不会勉强你的。眼下,你就算为了母亲,勉为其难吧……”

古竹韵异常艰难地思考了一会儿,终于点头道:“我听从葛道长的安排就是。但我不能勉强妈妈。我这就回去同她商量商量。”

“你不必回去了。我估计增祺将军要搜也是先搜你家,所以,我一进宫门,便命小道童去接萧夫人和刘成夫妇过来,并让他们只带细软,把门锁上,做好出走的精神准备。想是这会儿也快到太清宫大门了。”

“葛道长想得这么周到!”

“唔,还有,姜海山也需与你同去。”

“他?”古竹韵不由得望了姜海山一眼,心潮一阵翻滚,满脸顿时涨得通红,“这……这怎么可以! 怎么可以……”

“他最好是留在太清宫,我替他疗伤也方便。但你也知道,这不行。一旦被增祺将军查出,姜海山必死无疑,太清宫也要遭殃。而增祺将军是肯定要派人来搜查太清宫的。在赵府,姜海山就安全多了。我可以给他带点儿药,以后抽空去看他。不管怎么说,今天是他救了你。至于赵尔巽那里,我写封信给他,他会格外关照的。”

“我不是说我,也不是说……也不是说……我是说妈妈……”

“萧夫人毕竟是一位极宽厚的慈母。她知道是姜海山舍命救了她的女儿,心里那些本来就不牢固的恨自然就冰消瓦解了。”

古竹韵不再说什么。或许她心里正希望如此。

高鸿绪见葛月潭和古竹韵该说的似乎都已说完,便趁机说道:“既然葛道长已作出周密安排,姜海山有葛道长疗伤和古小姐照料,我也就完全放心了。我留下无事可干,葛道长可否允许我立即告辞,赶往摩里红山呢?”

“不。”葛月潭说道,“你现在还不能走。他们北去的路上,一旦遇到麻

烦，古小姐一个人难以招架，还需要你作个帮手，把他们护送到铁岭。”

“我听从葛道长吩咐。”

正说着，萧夫人便在刘成夫妇搀扶下走了进来。

虽然萧夫人早就知道葛月潭和姜海山要去救古竹韵，方才又听小道童说古竹韵已回到太清宫，且毫发无损，一颗倒悬的心终于落了下来，但母女骤然相见之际，仍免不了悲喜交加，凄然唤了一声“韵儿”，涌出两行热泪。

古竹韵也同样泣不成声。

此时，姜海山的剧痛已开始减轻，只是还没有完全清醒，有一种似在残梦中的感觉。但萧夫人呼唤女儿的声音，还是游丝般飘进他的耳鼓。他慢慢睁开迷惘的眼睛。当他终于看清烛光下站着的确实是萧夫人时，立即嘶哑地喊道：“师母！”并要挣扎跳下床来。

萧夫人见状，说了一声“不要动”。自己移步走到床前。她紧紧握住姜海山汗淋淋的手，闪着泪花，心疼地叫道：“海山……你怎么……怎么伤成这样啊！”

只这一句话，便立即驱散了笼罩在她和古竹韵以及姜海山头顶的全部阴云，同时也牵引出他们再也无法遏制的泪水……

过了一会儿，刘嫂轻轻拉了拉古竹韵的衣袖。

古竹韵转过脸，向刘嫂投去疑问的目光。

“小姐，你该换换衣服才是。”

古竹韵这才发现，她身上的衣服已破烂得零零碎碎，有几处竟袒露出莹白的肌肤，她脸上不由得飞起红晕。

刘嫂递过一个包裹，说道：“这里全是小姐的衣服。去到外面换上一套吧。”

古竹韵接过包裹，不由得皱眉问道：“怎么这么沉？”

刘嫂说道：“里面有小姐那套剑装。还有一袋铅丸。”

“铅丸？怎么还会有铅丸？”

刘嫂答道：“这是我平日偷偷替小姐加工的。怕小姐不满意，便藏了起来。刚才夫人让我带上一些，说小姐可能用得着。剩下的让我埋在花坛里了。”

“谢谢你，刘嫂。”古竹韵激动地说道，拎着包袱几步跨出门去。待她又回到烛光高照的房间时，已完全是当年那个白衣侠女的打扮了。

房间里的人都很惊讶。

“韵儿!”萧夫人叫道,“你这是要干什么?”

“我要去除掉赵天弼!”

萧夫人茫然地看着古竹韵:“你怎么突然想到这个畜生! 眼下这个时候……”

“眼下这个时候,会有成百成千的无辜的人死在这个畜生手上。悲剧是我和义和团共同造成的,我有责任制止它发展下去。”

“你把我说糊涂了,韵儿!”

“我没有时间解释了。一会儿,让葛道长和高法师讲给您吧。”

“古小姐,”高鸿绪说道,“如果你非去不可,高某愿做你的帮手。”

“高法师还是替我护送妈妈去铁岭吧。”

“什么!”萧夫人惊问道,“让我去铁岭,去赵府?”说着,她把疑惑的目光转向葛月潭,“葛道长,这是你的意思吗?”

“萧夫人,”葛月潭带着劝慰的神情说道,“没有第二个地方可以保证你们的安全。”

“也许是这样。可是……韵儿,你刚才说……”

“妈妈,三五天内我也会赶去的。”

萧夫人又犹犹豫豫地看了葛月潭一眼,终于垂下眼帘,不再说什么。

古竹韵刚要举步跨出房间,却又在刹那间的犹豫后挥了挥手:“我陪妈妈走一程,中途再分手吧。”说完,搀住萧夫人走出房门,跨进漆黑的夜色中了……

37

还是在夜幕刚刚落下，天后宫一带的战斗尚未结束的时候，身穿崭新的管带官服的赵天弼，便带上增祺将军的令牌，骑上快马，出了抚近门（大东门），顺着宽阔平坦的驿路，朝东疾驰而去了。赵天弼知道，他此次东行，对朝廷，对增祺将军，乃至对他本人，意义都非同寻常。而且，时间特别紧迫，不容他浪费一分一秒。每驰抵一个驿站，他都异常坚定地拒绝了凭他的官服和令牌可以享受的饮食等方面的服务，只要求尽快换上最好的坐骑。可以说，他几乎以八百里驰递的速度马不停蹄地朝东狂奔。所以，不消一夜，他便跑完四百多里的路程，于第二天早晨，站在海龙厅总管依凌阿的面前了。他显得疲惫不堪。

依凌阿拆读了增祺将军的信函，沉吟片刻后问道："那么，这回是真的了？"

赵天弼不解地反问道："总管大人指的什么？"

依凌阿没有直接回答赵天弼的问题，径自说下去："哼！我原就不相信有什么避弹神术，如果真有，他们早就跑到北京抢夺皇上宝座去了，还会空喊什么'驱洋人，复国土'吗？"

"大人说得对。"赵天弼领悟后应和道，"义和团的人大都是一些野心勃勃的不逞之徒，没什么大本事。"说着，忍不住打了个哈欠。

依凌阿又拿起增祺的信函看了看，突然问："这神丸贯目功是什么功？"

赵天弼答道："这是一种以指弹射铅丸使人贯目而亡的绝世武功。"

"是一种暗器？"

"是的，是一种暗器。"

"很厉害？"

"非常厉害。"

“比火枪如何?”

赵天弼想了想说道:“如果突然对阵,即使有个十支八支火枪,也全相当于拨火棍而已。等你举枪瞄准,拉动枪栓之际,早就铅丸贯目,纷纷倒地了。”

“这么厉害!”

“值得庆幸的是,全国武林界大概只有古竹韵一人会这种奇功。而她,现在正关押在增祺将军衙门中。”

“增祺应该处死她才对。”

“会的。这是毫无疑问的。——不过,总管大人,增祺将军所说人马之事……”

“这支人马还要扎上义和团的红头巾、打上义和团的旗帜,对吗?”

“是的,大人。”

“这也是增祺将军的主意?”

“是的,大人。”

“的确是个好主意。这里的义和团对官军一直存有戒心。就连前天中午向西开拔时,也只让我带领几名随员去郊外送行。”

“前天!”赵天弼惊叫道,困意顿消,“大人是说,他们走了两天了?”

“准确地说,是一天半。你在途中没有遇上他们?”

“连他们的影子也没看到。”

“这就对了。”

“对了?大人是说……”

“你是马不停蹄跑了一夜,对不?”

“是的,大人。”

“这就是说,这一夜,义和团的队伍正在某个驿站附近的僻静处睡大觉……”

“但是,他们也可能避开驿站,昼夜不停地……”

“放心吧,赵管带。我对他们的情况了如指掌。他们与通化的义和团约好今晚在一个叫苍石的地方会齐,然后编队西行,没有必要日夜兼程赶路。再说,他们想快也快不了,一无车,二无马,走在前面的又全是十几岁甚至不到十岁的少年。”

“少年?”

“少说也有五六百名吧。你想，一个步行的庞大队伍，又带着一群小崽子，再快能走多快？而我准备拨给你的是一支五百人的久经战阵的骑兵！”

刚刚被义和团启行的消息惊得失去了困意的赵天弼，听了依凌阿上面一番话，顿时变得兴奋起来。他确信，率领一支五百人的骑兵，去追赶和围剿走走停停且带着一大群少年的义和团队伍，那是轻而易举的事。看来，他大功告成有望，飞黄腾达可期了！

但是，依凌阿没让赵天弼在即将大功告成的喜悦中浮沉，话头陡然一转说道：“当然，时间是够紧迫了。而且，这行军打仗的事，又常有出乎预料的变化。特别是，你还要跑到他们前面去打埋伏，稍有差池，就会失去战机……”

“小人明白。”

“你明白？”

“小人不休息了，立刻出发。”

“按说，该让你去睡一觉，另外派人……”

“不！总管大人……”

“是啊，你在这件奇功的路上只差最后一步了。我也希望你能善始善终。”

“肯定会的，小人发誓。”

“既然如此——不过，饭总是要吃的。我看这样，你去吃饭，我立即派人准备义和团的旗帜和红头巾。你吃完饭，一切就能备齐了。”

“如能这样，我们的时间还是非常充裕的。”

“这也未必。”

“未必？大人刚才不是说……”

“不错，我刚才说过，你是来得及追上他们的。如果你连取胜的信心都没有，不是没等行动就先输掉一半了吗？但具体行动起来，就完全是另外一回事了。你要想游刃有余，就必须跑到时间的前面。何况，你需要绕道而行，还要抓住两地义和团合兵不久队形密集的好时机……”

“小人明白了。”

“你又明白了？”

“小人明白，不仅要有取胜的信心，还不能浪费一分一秒的时间，抢先到苍石西面不远处打好埋伏。”

依凌阿笑了笑,说道:“我够絮烦了,是不?”

“不,小人明白大人的苦心。”

“那么,事不宜迟,我们开始行动吧。”

……

事情果然如依凌阿预料的那样,当赵天弼率领五百骑兵,经过艰难的跋涉,终于在当天下午四点钟前后,在苍石西边大约五里的驿路上列好队伍时,便远远看见义和团的庞大队伍从苍石方面向他们缓缓走来。

赵天弼命令手下人立即扎上红头巾,打起义和团的旗帜,把火枪隐在鞍旁。

正如依凌阿说的那样,义和团的队伍全是步行。

以五百名骑着骏马的火枪手去围剿眼前这样一支基本上只有大刀长矛的异常密集的步行队伍,那岂不是举手之劳吗?赵天弼很是兴奋。

赵天弼在海龙出发前,曾向依凌阿要了一名号角手,并和五百名骑兵约定,进攻将以他的枪声为号,战斗打响后,他将在身边立起帅旗,只有听到号角声,方可返回帅旗处集合。

义和团的队伍愈来愈近了。

稳坐雕鞍的赵天弼已能隐约看清走在义和团长蛇队伍前面的全是一些少年。在少年队伍的后面,是一簇各色的旗幡,旗幡下走着几个仗剑的壮汉,显然是那些号称能呼风唤雨、撒豆成兵的大师兄和法师,在他们身边还有几匹披红挂彩、鞴有鞍鞯的坐骑,大约也为那些大师兄和法师专用。

义和团的队伍显然也看见了赵天弼的列队于当途的骑兵以及那十几面迎风招展的义和团的大旗。他们确信那一定是盛京义和团总坛派来迎接和慰问他们的队伍。他们很激动,走得越发精神起来。

突然,义和团队伍的旗幡下有一个人跳上马背,直向赵天弼的人马驰来。

赵天弼猜测,这人一定是代表海龙和通化的义和团来见总坛的首领并请教如何见礼的。他知道,义和团的队伍是顶着阳光向他走来,难以看清他的假义和团的旗帜原是用糨糊粘贴且有部分剥落,但一到了跟前,就不难看出破绽了。与其等这人到了眼前发现中计后向义和团发出信号,莫如立即冲过去杀他个措手不及。

于是赵天弼拔出手枪,朝那个驰马而来的人扣动了扳机。

随着这声枪响，五百名骑兵迅即扯下头上的红巾，握起火枪，分成左右两路，直向义和团队伍两侧纵马飞驰过去。

只一两分钟，绵延足有二里长的义和团队伍，便被夹在清军当中，并随着愈来愈密集的枪声，纷纷倒在平坦的驿路上。

被枪声和枪声带来的死亡惊醒的义和团队伍开始反抗。但是，靠着手中的刀矛和原本不多且又在不断减少的火枪以及近于崩溃的精神，这种反抗是软弱无力的。准确地说，这几乎是一种无意识的挣扎。他们很快便只有躲避枪弹和死亡的分了，同时伴随着汇成一片的惨叫声和呼救声。

坐在马鞍上的赵天弼，在他的五百骑手呼喊着向义和团的队伍冲过去的刹那，心头曾涌起一股兴奋和自豪的狂涛。他差一点儿狂笑起来。他清楚地记得，他自涉世以来除在营口军营带领几十个大头兵操练外，从未有过指挥别人的记录，都是不断地受人左右。也就是说，他一直是而且仅仅是别人棋盘中一枚无足轻重的小卒子而已。可眼下，他骤然间成了棋盘中的老帅！他几乎动也没动，只是轻轻扣动了一下扳机，那五百名骁勇的骑手便毫不犹豫地冲杀过去。他相信，他只要命令站在身边的号角手吹响号角，那五百名魁梧而凶猛的骑手同样会立即驰向本阵。这就是力量，这就是权威。这种凌驾于人的力量和权威，是他一直渴望获得的。他为此多年孜孜以求，想脚踏实地一步步接近它，却始终离这目标甚远，始终遥遥无期。他怎么也料不到，在他对前途几近绝望甚至萌生落草为寇的想法时，这力量和权威却不招自来了。这说明不了别的，只能说明他赵天弼命中注定要成为非凡的人物，而眼下，恰恰到了他时来运转的时候了。从此，他不会再是东躲西藏的丧家犬，而是耀武扬威的赵管带，甚至是赵标统、赵协统了！

想到这儿，赵天弼如何能抑制住心中的兴奋和自豪呢？他潇洒地打了一声口哨，并一把扯下罩在身上的黑布褂，赫然露出那身崭新的闪闪发光的官服。

但是，像他的人马迅即从本阵飞驰而去一样，他的兴奋和自豪也稍纵即逝了。当他看到那五百骑兵在瞬息间已在义和团队伍两侧拉开距离，骤然枪声大作，毫无戒备或者说来不及组织反击的义和团队伍乱作一团并纷纷有人倒地，尤其是那数百名少年在枪声和死亡中乱跑乱叫的时候，他突然感到头晕目眩，甚至恐惧。他见过死亡，也杀死过人，但眼前这样以五百支火枪朝着几千人组成的十分密集且毫无戒备的人墙攒射的场面，则是他见所未见,闻所未闻的。确切地说,这不是战斗,也不是围剿,而是屠杀。虽说设计这场屠杀的不是他,而是增祺将军和依凌阿总管,但他是执行者和直接指挥者,却是无可怀疑的。而且,他过去杀人,都是事出有因的,连挥拳砸死唤弟也是因为唤弟的哭声可能给他带来祸患。可眼前这些已死或将死的人和他毫无瓜葛,更不要说仇恨了。这些人要设立拳坛,要驱逐洋人,闹去好了,是成是败,是死是活,与他赵天弼有什么关系?至于他想置姜海山和古竹韵于死地,那是因为这两人活着对他不利,而绝不是因为他们一个是义和团二师兄一个帮助了义和团。然而,不正是他赵天弼驱使那五百名枪手去屠杀那些与他了不相涉的义和团战士特别是那些不更世事的少年吗?他为什么允许自己去制造成百上千的冤魂呢?这岂不等于把乱杀无辜的罪名和天谴揽到自己头上吗?曾有那么一刹那,他真想命令身边的号角手把五百名战士招回本阵,立即结束这场血肉横飞的屠戮,然后逃到深山老林,永远忘记眼前的场面。

然而,这种说明良知尚未泯灭殆尽的恐惧、怀罪感和自责,在赵天弼脑海里停留的时间,比他刚才瞬息消失的兴奋和自豪还要短暂。他的整个灵魂,随即被几乎同时产生的另一种无比强大的想法统摄了。说“同时产生”似乎是不确切的。因为这种想法早就在他灵魂深处潜滋暗长,只是在眼前的情境中被骤然诱发出来而已。是的——他想——为什么要恐惧,为什么产生怀罪感,又为什么要自责呢?试看古今,无论中外,可曾有过为他人的利益而来到世界的生命吗?所谓“人不为己,天诛地灭”,他赵天弼为什么非要考虑别人死得是否冤枉呢?而且,有道是“一将功成万骨枯”,那些名垂青史的文官武将,有几人不是双手沾满了鲜血?他赵天弼为什么不可以踏着义和团的尸骨走上人生的巅峰呢?如此看来,他驱使五百骑兵去屠杀几千义和团战士,与他当初帮助陆庆宝暗杀古剑雄以及挥拳打死唤弟一样,都是无可指责的。如果他突发悲天悯人之想,放弃这场屠杀,岂不等于让妇人之忍葬送了自己的前程吗?

赵天弼这么一想,他灵魂中曾一度亮起的良知的火花,终于彻底熄灭了。

他重新或者说愈加兴奋起来。

他甚至产生了亲手杀人的渴望。

他只有手枪,去射杀义和团的首领们显然射程不够,但射杀那些乱喊乱叫甚至向他这里连滚带爬跑过来的少年是没有问题的。于是他举起枪来，向离他最近的一个少年瞄准。

但是，就在他扣动扳机前的一瞬，他的手腕陡然震了一下，手枪当即脱手而去，啪的一声掉到地上。

赵天弼大吃一惊，他下意识地刚刚喊出一个“古”字，就见左侧路边的树丛后面跃起一道白光，只一眨眼的工夫，古竹韵已站在他的眼前了。

“古竹韵，又是你！”赵天弼怒不可遏却又胆战心惊地叫道。此刻，他已无暇去探究古竹韵怎么会逃出将军衙门，以及何以会突然飞到眼前了。

“赵天弼！”古竹韵厉声道，“命令你的人马停止射击，立即退回来！”

“什么！这……这怎么行？”

“快下令！”

“师妹！这事与你无关啊！”

“不准啰唆！你该知道神丸贯目功的厉害！”

“知道，知道。可我……可我……”

“我看你是活够了！”古竹韵说着，扬起右臂。

“别，别！等一等！”赵天弼下意识地举手遮住双目，“我下令，下令就是。”

“如果你再啰唆……”

“不敢，不敢。”赵天弼说道。他知道挣扎和反抗都没有用，只好对身边的号角手下达了命令，“快吹号角，把人马招回来！”

号角声嘟嘟响起。

枪声渐渐稀落并终于停了下来。骑手们莫名其妙地向本阵驰回。

古竹韵又说道：“听着，赵天弼！命令你的人把枪扔到路边，下马到你身后集合，如有一人敢于妄动，我就先叫你贯目而亡！”

赵天弼无奈，只好照办。

只消几分钟，近五百名骑手便在赵天弼身后列起了整齐的队伍，而在他眼前一段驿路的两侧，杂乱地躺着近五百支余热犹存的火枪，五百匹坐骑则乘机下到路边进食去了。

刚刚还在狂呼乱叫、连滚带爬、左冲右突地挣扎在死亡线的义和团战士们，面对眼前局面的骤变，都感到莫名其妙，甚至以为自己只是魇入了一场噩梦，而此刻，正从噩梦中渐渐醒来。但他们很快意识到，这绝不是一场噩梦而已。躺在他们脚前脚后已死的和将死的同伴是真实的,他们衣襟上溅满的鲜血是真实的,那些刚刚还在恣意向他们射击,眼下却丢弃了火枪,正在清军帅旗后面聚集的骑兵也是真实的。

然而,这些惊魂甫定的人,对已经发生和正在发生的一切依然感到不可思议。明明看到的义和团的旗帜和红头巾,何以突然变成清军的旗帜和黑辫子?这些朝廷的骑兵为什么竟朝他们义和团开枪?更为什么攒射一阵后驰回本阵帅旗下且丢下火枪和坐骑作出投降的姿态?

事实上,这些疑问在他们脑海里只是涌动了一下而已,随即飞散得无影无踪了。也许他们根本就没有追究事情原委的愿望。他们只想确认一点,那就是,枪声是否真停了下来,他们是否真的逃脱了死亡,其他的一切根本无暇顾及了。

他们调整和稳定了一下听觉,果然已没有了枪声。他们下意识地朝两边看了看,朝廷的骑兵们果然已在帅旗后列队,那些索命的枪支果然横躺竖卧在路边。

他们终于确信,他们得救了,并在心里跃动起幸存者理应跃动起的死里逃生的庆幸和喜悦,尽管他们仍不知道发生这场灾难的原因。

于是他们开始有了活气,并带着庆幸和喜悦互相看了看,然后,跨过同伴的尸体,渐渐聚集到驿路上,重又组成依然很庞大的队伍。

同时,有两名骑着骏马的首领模样的人,离开队伍,朝清军的队伍走来,想看个究竟和确定一下是否可以继续向西挺进。

当这两人走近清军帅旗,看清赵天弼两手空空,满脸恨恨不已又无可奈何的表情时,才终于明白,救了义和团的不是别人,而是威严站在路边逼视着清军管带的银装少女!

这两人二话没说,滚鞍下马,朝古竹韵纳头便拜。

一个说道:“感谢菩萨大慈大悲……”

另一个说道:“仙姑出手相救,我等没齿不忘。”

古竹韵厌恶地微蹙了一下眉头,开口说道:“我不是菩萨,也不是仙姑。请你们站起来说话。”

这两个人同时说道“谢菩萨”、“谢仙姑”,又虔诚地叩了一个响头,这才慢慢站起身来,却依然觳觫不止。他们随后又向赵天弼轻蔑地扫了一眼,希望可以表达得到菩萨或仙姑青睐的自豪。

古竹韵无暇彻底纠正两位义和团首领心理上的错觉，骤然问道：“你们死了多少弟兄？”

一个道：“大概有一千吧。”

“一千！”古竹韵惊叫道。

另一个说道：“只怕不止一千！”

古竹韵怒视着赵天弼，说道：“赵天弼！你又杀死了一千多无辜的人！”

赵天弼战栗了一下说道：“师妹，这怪不得我呀！这是增祺将军和依凌阿总管的命令啊！”

古竹韵不再搭理赵天弼，却望着两位义和团首领，面带愧悔地说道：“都怪我来得太晚了。”

听说竟是增祺将军和依凌阿总管下令屠杀义和团，两位义和团首领已感到费解，听了古竹韵自责的话，他们愈加莫名其妙了。他们只是互相看了一眼，什么也没能说出来。

古竹韵又问道：“你们打算怎么处理那些尸体？”

“这……”其中一个说道，显得很犹豫，“一下子死了这么多弟兄……只能……只能……”

“只能让他们抛尸原野？”

“我们没有别的办法。”

“为什么不置棺掩埋？”

“置棺掩埋？天哪，哪里弄得到那么多银两去买棺木？”

“银两的事好办。”古竹韵说着，又转向赵天弼，“赵天弼，你的人马属于依凌阿总管，对不？”

赵天弼答道：“是的。”

“总管是多大的官职？”

“这……大概和将军差不多。”

“那他就肯定有我们需要的银两。”

“师妹！你想让依凌阿总管出钱盛敛这些逆贼？”

“而且，还需要你把我领到依凌阿的大堂！”

“师妹！你……太过分了！”

“你想拒绝？”

“我……”

“哼,谅你也不敢!”古竹韵厉声说道,随即又将目光投向两位义和团首领,“你们听好,立即选出五百名能骑马会用火枪的人,拿上火枪,骑上马,由你们当中一个人率领,跟在我和这位赵管带后面,全速驰向海龙厅。你们只需在城外等候,我会让依凌阿总管乖乖把银两送到你们手中的。要切记,拿到银两只能用来置办棺木,盛敛你们死难的弟兄。至于那五百名官军,可让他们帮助留下的人挖坟造墓,待你们掩埋好已死的人,再放走他们。你们以后去哪里,自己决定吧。我只能告诉你们,刘宝清和姜海山的队伍也遭到官军围杀,其残部正向摩里红山转移。——唔,对了,给我派两名武功和骑术都很高强的人,帮我看押这位赵管带。——事不宜迟,立即行动吧!”

尽管两位义和团首领已确信这位银装少女既不是菩萨,也不是仙姑,因而心中的虔敬和神圣感随之荡然无存;尽管他们也知道了这少女和清军管带原是师兄妹,却又猜不出这两人何故而成敌人,他们还是当即决定分毫不差地去执行这位少女的俨然是在命令的话。因为眼前的事实和古竹韵脸上的表情,都在告诉他们,这个少女是值得信赖的。

所以,他们毫不迟延地向同伴们招手,让他们过来持枪上马。同时,指派两名武师做古竹韵的帮手。

古竹韵见义和团的战士们一发跑过来哄抢马匹和枪支,担心赵天弼会乘乱蹿入人群中逃跑,便命令道:“听着,赵天弼。立即离开驿路,避开人群,朝海龙方向快马加鞭!记住,我会一直跟在你身后的!”

正在犹豫之中的赵天弼,还没来得及想一想是否可以乘机逃跑,却只见古竹韵倏然跃起,一个空中翻腾后,早已稳坐在路边一匹坐骑的鞍间了。同时,在那双秀目里直向他刺来不容反抗的目光,令他猛然一抖。再加上那两名持枪的武师,使他立即意识到,无论是拒绝东去还是寻隙逃跑都是枉然的……

38

铁岭赵府的深宅大院，迎纳主动寄食的萧夫人、姜海山以及刘成夫妇，倏忽间已是十个昼夜了。

萧夫人的意外到来，无疑给赵尔巽带来了强烈的激动和巨大的喜悦。但这激动和喜悦在他心里停留的时间是极短暂的，甚至可以说，几乎在这激动和喜悦的同时，他的心便立即转向对古竹韵的担忧了。他当然知道古竹韵的神丸贯目功非同凡响，曾拔他于危难，救姜海山于将死，对付赵天弼可说是举手之劳，连萧夫人也说“韵儿东去是不会出事的”，但他还是难以放下心来。要知道，古竹韵这次不是隐迹房檐上，不是藏身树枝间，而是在官道上去追杀赵天弼！这赵天弼可能不是一个人，而是率领成百成千的人，而且，这成百成千的人又肯定都是手握长短火枪的。果然如此的话，那神丸贯目功还有什么威力可言？古竹韵如何躲得了千百支火枪的攒射呢？也就是说，古竹韵贸然东去，不仅胜负难定，生死亦是难料的。因此，虽说萧夫人给他带来了父女相认的希望，同时又有了一个令他胆战心骇的可能的不幸形影相随，这叫他如何能安下心来呢？

事情还不仅仅如此。

萧夫人意外到来的第三天，竟意外地突然卧床不起。而且，病情急剧加重，连日来在高烧中谵语联翩。

也就是说，从第三天开始，赵尔巽在为古竹韵命运担惊受怕的同时，又陡然增加了一分对萧夫人身体状况的忧心忡忡。如果说，他对古竹韵的担心中，还多少带点儿突然峰回路转的幻想的话，那么，如此切近的日甚一日的萧夫人的沉疴则不容他有丝毫乐观了，特别是在接连请了几位医界名宿却都摇头叹息而去之后。

赵尔巽觉得好生奇怪，萧夫人的病为什么来得如此突然，如此来势汹

汹,而且,又没有一位大夫能查出病因呢?

按说,他赵尔巽的热诚接待以及赵府的毫无纷扰、养尊处优和几乎与大墙外的世界完全隔绝的生活,无疑会使箫夫人从死里逃生的惊恐中渐渐松弛下来,对她的由于种种原因变得虚弱的肉体,也该是一剂难得的良药。事实上,萧夫人进入赵府的头两天,也证明了这一点。虽说一开始萧夫人免不了有些拘谨和尴尬,但身体状况一直很好,没有丝毫发病的迹象啊!也就是说,除非她突然受到了某种异常强烈的精神刺激,否则,绝不会毫无来由且突如其来地病入膏肓。可是,她在发病前的两天多时间里,似乎又没有可能受到什么精神刺激。还是在她刚刚被迎进赵府的时候,赵尔巽就对她讲,赵府对于她已无长辈,除到赵母灵堂参拜进香外,只需在自己的房间里接受晚辈和下人的拜见即可。这种纯属礼仪上的拜见,时间都极短,只是说几句客气话而已。别说这些人根本不知道她与赵尔巽和孙夫人当年的瓜葛,即使知道或有所猜测,也没有表露臧否的时间和机会。与她有较长时间接触的,只有孙夫人。这两个女人从见面那一刻开始,除了吃睡,便几乎没有分开过。她们之间似乎有谈不完的话。但是,以孙夫人谨言慎行的涵养、方寸海纳的气度以及同萧夫人情同姐妹的关系,也是绝不会允许自己出现丝毫有可能刺伤有难来投的萧夫人的言行的。这一点,赵尔巽不必去问,便可确信无疑。

“可是,萧五妹的病因究竟在哪儿呢?”在当地的名医都表示束手无策之后,赵尔巽面对同样迷惑和焦虑的孙夫人,似自言自语地这样问道。

孙夫人想了想,不甚自信地说道:“会不会因为韵儿……”

“韵儿?”

“从谈话中听得出来,韵儿的存在是她生命的唯一支撑力。”

“这是不难猜测的,也是理所当然的。不过……你的意思是说,她担心韵儿出了问题?”

“你想,五妹多年来与韵儿相依为命,除了韵儿的安危,还有什么能如此牵动她的心呢?”

“可是,在我指出韵儿不该冒险东去时,正是她十分自信地说,韵儿是绝对不会出事的呀!——唔,天哪!”赵尔巽说着,这样叫道,似乎骤然间省悟到了什么,稍许停顿思索后,又接着说下去,“也许你说对了……是的,你肯定说对了。当她突然意识到,那神丸贯目功难以同火枪对抗,韵儿可能发生不测，因而陷入与韵儿幽明两隔的恐惧之中的时候，她的精神如何能不当即崩溃呢？肯定是这么回事！而且，这全怪我！”

“怪你？”

“我必须立即采取补救措施！”

“你是说……”

“除非韵儿活灵活现地站在眼前，五妹的身体是绝不会有起色的。我必须用行动促使这一时刻尽快到来！”

“你要亲自东去？”

“这也是韵儿需要的。我早该去，是的，我早该去的！”

赵尔巽说完，匆匆走出房门。他唤来管家，准备让管家去找人给他套车。

恰在此时，突然传来叩击门环的叮咚声。

赵尔巽的精神为之一振。

尽管这叩击门环的声音又重又急，有些反常，但他还是宁愿幻想这叩响门环的人恰恰是古竹韵。他这骤发的几乎是自我欺骗的兴奋，使他甚至忘了命令近在身边的管家去开门，自己先就快步朝大门奔去，同时，在脑海里闪现出古竹韵向他快步奔过来的一幕。

然而，当他亲手拉开门闩并在跟过来的管家帮助下打开大门时，看到的却不是古竹韵，而是一个身体彪壮气势汹汹的军官。在这军官的身后，是一顶已落地的官轿，官轿的后边是一队身挎火枪的骑兵。

赵尔巽在惊疑的瞬间意识到：这一定是来追捕姜海山和古竹韵的；那些骑兵将一蜂窝冲进院内；伤势沉重的姜海山将被拉下床来，铁索加身，押出赵府；古竹韵东去迟归恰恰避免了这场灾难；而他赵尔巽，将从此因窝藏逃犯丧失掉大半辈子的清名……就在这些几乎同时产生的有形的场面和无形的想法在脑海里纷然无序地乱作一团，还来不及细想是否立即关合大门的时候，却见眼前轿帘一闪，躬身跨出一个人来。

这人竟是增祺将军！

赵尔巽愈发觉得悲哀和绝望了。换个别人，或许会因为他赵尔巽的官阶、人品、备受皇上恩宠以及正值丁忧的特殊情况而给予格外的关照，甚至私下里采取个从权的办法，比如责令他把姜海山暗中送到盛京，使他不至在官军闯入院内押走姜海山后而成为街谈巷议甚至横遭奚落的人物。但增祺将军是绝不会给他这个面子的,他与人联名弹劾过增祺将军,增祺将军对他怀有极深的仇恨,又怎能放过眼前这个千载难逢的报复机会呢?他恐惧而悲哀地预料,顷刻间,增祺将军就会命令那些兵痞们冲进大门!

但不管怎么想,怎么担心和怎么恐惧,赵尔巽是既不能关门,也不能回避了。而且,论官阶,他为从二品,增祺将军为从一品,所谓官大一级压死人,须由他先见礼才合礼仪,何况又是在他的家门口呢?更何况,此刻增祺将军毕竟还没说明来意嘛。所以,赵尔巽只好提起衣襟,步下台阶,站到增祺将军面前,拱手俯身道:"不知将军大驾光临,有失远迎,尚乞鉴谅是幸!"

"客气,客气。"增祺将军马马虎虎抱了抱拳说道,"久闻令堂仙逝,未能亲来吊唁,今日因公叨扰,仍不能灵前拜祭,所以么,倒是愚兄应先告罪才是。"

赵尔巽一边为增祺将军居然舍得一句客气话而纳闷,一边说道:"瑞堂兄言重了。况小弟刚入家门,便获知瑞堂兄派人送来了奠仪。小弟正为未及拜谢而心中惶惶呢。"

"区区小事,何足挂齿。"

"但不知将军今日因何公务辱临寒门?"

"这个么……说起来,也是区区小事而已。其实,你已经猜出来了,对不?"

"赵某愚钝,请将军明示。"

"非要我先说不可?"

"请赐教。赵某洗耳恭听。"

"故作糊涂之状,是没有意义的。"

"将军的话倒使赵某愈加糊涂了。"

"听着,赵尔巽!"增祺将军直呼其名地说道,声音虽不大,但已明显带着威吓的语气了,"我本可以立即执行公务而不与你啰唆的。而且,你在两司任上多年,当深谙刑名之学,也无须我来向你解释敬酒不吃吃罚酒的严重后果。但你我毕竟同为朝廷重臣,即无挚友深情,总还有同僚之谊,还不愿看到你一失足而成千古之恨。因而,我奉劝你采取主动态度,否则,对你是十分不利的。"

听了增祺将军这番似威胁更似开导和回护的话,赵尔巽感到难以理解甚至不胜惊讶。这个对他无疑恨入骨髓的家伙,只怕是巴不得立即置他于死地呢，哪里会突发善心，主动给他打开一扇可以摆脱“窝藏逃犯、隐匿不报”这一重罪的大门呢？是的，如果认为存在这种可能，他赵尔巽岂不是太单纯太愚蠢了吗？那么，这个手握权柄、心狠手辣且心胸狭窄的家伙，为什么在理应分秒必争的关键时刻，却似乎有意浪费时间，表演这样一出悲天悯人的假戏呢？难道他就能确信赵府这样的深宅大院中没有机关暗道？就能确信藏身赵府的逃犯不会在他给创造的机会中从这暗道逃之夭夭？难道他竟猜不出，这赵尔巽深受皇帝恩宠，仕途依然坦荡，绝非那种几句威吓或几句甜言蜜语便能轻易就范的市井小儿？也就是说，如果增祺将军这种惺惺作态，只是为了在精神上折磨赵尔巽，这增祺将军不同样太单纯太愚蠢了吗？总之，赵尔巽确信，只要增祺将军确知姜海山等人藏身于赵府，就绝对不会对他赵尔巽客气，而要打他个措手不及，不会给姜海山等人逃跑的机会和时间的。——“且慢！”赵尔巽想到这里，突然在心里这样叫道，“难道这增祺并没有获得确切的情报，只是根据蛛丝马迹望风捕影地猜测吗？”这个想法一经进入脑际，赵尔巽顿时兴奋不已，“是的，肯定是这么回事！”他在心里又这样鼓励自己说道，似乎已无须再去寻找更充分的根据，便立即把一个侥幸心理变成了坚定的信念，并作出如下决定：先以强硬态度动摇甚至瓦解增祺将军的信心，加上他赵尔巽的官位和众所周知的皇帝的宠幸，增祺将军未必就敢贸然闯进门去。

这时，他又听增祺将军问道：“你怎么不说话？”

赵尔巽轻蔑地一笑说道：“我正在琢磨将军的这番宏论。”

“那么，你琢磨得怎样呢？”

“将军希望我说实话吗？”

“当然。这是你最聪明的选择。”

“那就恕我冒昧了。你猜怎么着？听了将军一通云山雾罩的话，赵某在糊涂之外，更觉惊诧莫名了。”

“赵尔巽！”增祺将军怒喝道，“你太不知好歹了！”

“这话就愈加可笑。”

“可笑？”

“非常可笑。”

“好，赵尔巽，算你有骨头。咱们就来看一看，等我在你的院子里抓到了逃犯，你是不是还笑得出来！”增祺将军说着，转向敬候一旁的军官，“王管带,给我进去搜!"

"哪个敢!"赵尔巽高声喝道。

那个王管带肯定知道赵尔巽的官品,居然被震惊得犹豫起来。

赵尔巽又转向增祺将军说道:"增祺!我总算明白你的来意了。"

"明白了?"增祺将军讥讽地嘿嘿一笑说道,并朝那王管带挥挥手,表示取消了刚才的命令,眼睛却一直盯着赵尔巽,"其实,你早就明白了。"

"但我还有一点不懂,你既然在追捕逃犯,而且似乎认定这逃犯藏在我赵家院内,为什么不痛痛快快明说,却非要故弄玄虚地闪烁其词呢?"

"你说我是……故弄玄虚?"

"你这一通并不高明的表演,只能让我认为,你听说的逃犯也者,只是个借口,真正的目的无非是企图掩盖你乘我丁忧以及眼下兵荒马乱之机对我挟嫌报复的伎俩!"

"什么!你说我是……挟嫌报复!"

"要我对那些士兵讲讲将军阁下为什么对我挟嫌报复吗?弹劾阁下的那篇奏章,赵某至今还能倒背如流。"

增祺将军又羞又恼地喝道:"赵尔巽!你故意拖延时间是没有用的。想让几个逃犯乘机溜走吗?休想!在围墙四周,到处有我埋伏的人马!"

"等一等,等一等。"赵尔巽扬手道,并故意拧眉作出思忖之状,"将军是说,在敲响我的大门之前,在围墙四围部署了暗哨?如果我赵府院内有逃犯,是没有丝毫逃出去的可能,对不?"

"你一定很失望吧?"

"失望?不。你猜我怎么想?我不仅高兴,还要感谢将军呢。"

"什么意思?"

"将军的严密布防……唔,我是说,如果将军有意疏于防范,而最终诬我以纵放逃犯的罪名,虽说事实上并无什么逃犯,我赵某也是难以为自己辩解的。"

增祺将军冷笑道:"其实,你心里正在为我的严密防范叫苦不迭。因为,藏在你院中的逃犯已是瓮中之鳖,插翅难逃了!而且,我还要告诉你,你没有辩解的机会了!"

"听将军的话,好像已经认定我赵府院子里藏匿着所谓什么逃犯了?"

"你该把'好像'、'所谓'去掉,把'认定'换成'肯定'!"

“将军这么自信?”

“废话!”

“将军就不怕诬陷反坐吗?”

“赵尔巽！我劝你把所有侥幸心理全抛弃掉吧!”

“这话应该我说。”

“那就说吧,说吧！我现在反而不着急了。你来看,这围观的人可是愈来愈多了。再过一会儿,全铁岭的人都会来给你送行呢。”

“将军就没想到会有另外一种结局吗?”

“另外一种结局。”

“你该心如明镜,将军。你知道,我赵尔巽也是当朝重臣,且屡受皇恩。如果朝廷要犯竟然投我门下求得庇护,岂不是滑天下之大稽吗？所以,我奉劝将军,速速解我赵府之围,率领人马去追索你的逃犯,如果真有什么逃犯的话。这才是正理。否则,纵放逃犯且贻误追捕的双重渎职罪,只怕将军担待不起。”

“是吗?”增祺将军眯起眼睛讥诮地说道,“看来,我增祺倒要感谢阁下的一番厚意了。嗯?”说着,忍不住一阵大笑,笑毕后,随即放下脸来,“赵尔巽!”他提高声音继续说道,“‘心如明镜’这个词儿,该我说给你听！但是,有这么些士兵和百姓在场,我还是想把你心如明镜的事重复一遍。你可要稳住架子听好！一个叫古竹韵的姑娘,因帮助拳匪制造避弹神功的骗局,被我打入死牢。十天前,拳匪二师兄齐蓬莱即姜海山,居然劫狱成功,潜出盛京城,并同古竹韵的母亲及男女仆人逃至铁岭,被你迎入院内,至今没有走出大门。这原本是一个很长的故事,眼下,我只能删繁就简,撮其大要而已。——等我说完！要紧的话还在下头。”他举手制止住要开口说话的赵尔巽,然后又接着说下去,“是的,下面的话才关键。不瞒你说,我原以为那几个逃犯是抓不到了。可是,就在昨天,我突然记起,一个叫赵天弼的人曾对我说,那个叫古竹韵的姑娘,是你赵尔巽的亲生女儿！尽管你们还没有相认,但对于走投无路的古竹韵,赵府仍然是她最好的避风港。而且,我昨天曾派人来铁岭调查,获知正是十天前,曾有一辆马车停在你家门口,并有男女五人被你迎进院内,至今没有走出大门。赵尔巽,你对这些一定心如明镜吧？不过,请你先当众回答我一个问题:古竹韵是不是你赵尔巽的亲生女儿?”

“我的……女儿?”听了增祺将军最后几句话,精神几乎崩溃的赵尔巽,下意识地这样说道,像反问,更像自问。他心里十分清楚,增祺将军讲述的内容,除古竹韵尚未到来之外,全都是无法否认的事实。而且,在这一刻,他也骤然意识到自己先前的疏忽。萧夫人刚到时,曾提到古竹韵是因赵天弼告密才被捕的。那时他便应该想到,赵天弼不能不向增祺将军提到古竹韵同他赵尔巽的关系,因而也应该预料到,增祺将军最终肯定要来赵府搜捕的。这一点葛月潭也该料到啊!如果说他赵尔巽一开始便陷入对古竹韵冒险东去的担心,继而又增加了对萧夫人病情的忧虑,整个身心全部局限在对这两个人生与死的悬念中,因而再也顾及不到别的危险,那么,葛月潭呢?这个对上述几个人的特殊关系比他赵尔巽更清楚而且基本是局外人的葛月潭,那料事周全的精明劲儿跑到哪里去了?为什么竟没想到这赵府是那几个人万万来不得的呢?但此时此刻,他有意无意地谅解自己也好,有理没理地埋怨葛月潭也好,全都没有意义了。因为眼前的增祺将军,显然是带着确切的根据和充分的自信而来的,而且,一会儿势必要带人冲进大门,在这一刻,他的侥幸心理已经荡然无存,只剩下对接下来要发生的事情的恐惧了。不仅如此,增祺将军还接连两次毫不含混地说,古竹韵是他赵尔巽的亲生女儿!这更使他的心里在恐惧之外又产生了一阵剧烈的骚动。他甚至在无数个不相连属的瞬间,忘记了面临的灾难,而希望增祺将军的话是一句吉言,使古竹韵真能认他这个生身父亲。正因为他的心里骤然间堆满了这些各自独立又互相交叉的念头,当他说出上面那句远离对答主旨的话时,就显得不那么有力和果断了。

而且,他那句话是在士兵和围观的百姓们骤起的十分亢奋的议论声中说出来的,只怕是除了他自己,谁也没有听到。

增祺将军也没有听清。

“你说什么?”增祺将军问道。

赵尔巽心头一震,顷刻间从混乱的思绪中清醒过来。

“我说……什么?”赵尔巽反问道,眼睛里还残留着迷惘。

“是啊,你说什么?”增祺将军蹙额问道,“你好像说‘女儿……’你不否认古竹韵是你的女儿吧?”

“我有女儿?古竹韵是我的女儿?”

赵尔巽的声音有些颤抖。

虽说在场的士兵们对赵府眷属情况并不了然，但围观的百姓们却大都听说过赵尔巽是没有女儿的。所以，且不论士兵们对赵尔巽的态度作何理解，那些赵尔巽的同乡们却都误以为赵尔巽的反问是对增祺将军的有力回击，而那颤抖的声音恰恰说明赵尔巽的极大愤慨。

自信掌握了全部可靠情报和即将大获全胜的增祺将军，则以为赵尔巽的精神已彻底崩溃，便微微一笑，穷追猛打地说道："赵尔巽，我相信你不至于说不是你而是另外一个男人同萧夫人共同创造了古竹韵的形体吧？"

赵尔巽听了增祺将军充满戏谑的话，与其说是怒火中烧，莫如说是不寒而栗。因为，增祺将军无意提醒了他。尽管古竹韵没在他的府上，侥幸逃过了厄运，这固然使他庆幸；但正因为如此，肯定要带人进院搜查的增祺将军，除了姜海山也不会放过萧夫人。萧夫人正值病重，哪里还经得起一场严重的精神打击和肉体折腾啊！退一步讲，就算萧夫人幸免一死，增祺将军搜不到古竹韵，也势必要把她带走的。也就是说，除非增祺将军放弃搜查或能阻止他搜查，事情便只能有两种结局：萧夫人要么是命丧黄泉，要么是铁索加身。这两种结局，都是异常可怕的。试想，古竹韵一旦来到面前，他如何交代？只怕古竹韵要恨他终生，更不必期望有朝一日会认他这个生身之父了。但是，指望增祺放弃搜查，无异于白日做梦；既能抓住切齿痛恨的"逃犯"，又能参倒切齿痛恨的"政敌"，增祺将军怎肯放弃这千载难逢的机会呢？阻止增祺将军进院搜查，更加无计可施，增祺将军追捕逃犯，出师有名，他有什么理由挡驾呢？如此看来，萧夫人和姜海山已是在劫难逃，他赵尔巽也保不住顶戴花翎了。但是，让他在原本不屑一顾此刻又一脸狂傲的增祺将军面前轻易就范，他是绝不甘心的。他尤其不能让增祺将军像眼前这样面带讥诮的微笑走进大门！而且，增祺将军刚才说什么？"另一个男人"！这是对他，对萧夫人，更是对古竹韵的污辱。他能容忍得了吗？他该作出针锋相对的回答才是。然而，他又一时找不到这样的词句。他说什么呢？说"是"还是"不是"？恐怕怎么说也是不聪明的。他恨透了增祺将军，竟微笑着向他展开了一次即无法躲避又难以回击的进攻！那么，沉默是不是办法呢？不，这也许更不聪明，尽管在场的士兵和百姓会作出各自不同的猜测，甚至认为他不屑于回答增祺将军的戏弄，但增祺将军本人则肯定认为他赵尔巽已是山穷水尽、无言以对了，更会为击中了他赵尔巽的要害而自鸣得意呢。

是的，他不能张口结舌，更不能沉默不语。

结果,赵尔巽在刹那间由担忧、绝望、听天由命乃至恼怒和恚恨交织起来的思维混乱后,突然冒出一句并非深思熟虑而且只能加速灾难到来的话来:

“有屎就拉,有屁就放!少跟我胡说八道!”

自信即将大获全胜因而企图乘机把赵尔巽当众戏弄一番的增祺将军,当然无心去解读赵尔巽表情复杂变化的真正内涵,因此也就猜不出赵尔巽的精神已接近崩溃。但是,他也同样没料到,赵尔巽竟突然说了这么一句十分粗俗纯属辱骂他的话来。他不由得勃然大怒。

“好,赵尔巽!”他咬牙切齿地说道,“天堂有路你不走,地狱无门你偏来。你会为你的狂悖后悔的。现在,你就别怪我增祺心狠手辣了!”

“你要怎样?逮捕我?还是冲进我的住宅?”

“两样都要,只是变一下顺序。”

“先冲进我的住宅?”

“准确地说,是搜捕逃犯!”

赵尔巽心里明知理在增祺将军手上,也明知阻挡不住增祺将军进院搜查,更明知他恣意抗拒的结果不仅挽救不了萧夫人、姜海山的厄运,还会加重自己的罪名。按说,事情的结局似乎可以更好一些。如果他痛痛快快承认萧夫人和姜海山就住在他的院中的话。那样,除姜海山难免一死,其他人都会从轻处理的,至于他赵尔巽本人,以官品和出首的行为,即使增祺将军再想拘捕治罪,也得掂量掂量。据他观察,姜海山是个晓畅事理的明白人,不会因他迫不得已的行为而产生怨恨的。但是,现在改变策略还来得及吗?看那增祺将军气势汹汹和幸灾乐祸的样子,只怕是不会给他这个机会了。可是……“天哪!”他突然在心里这样叫道,“我这是怎么了?竟变得这么愚蠢!增祺抓不住古竹韵会甘心吗?即使我一开始便拱手交出萧夫人和姜海山,他也会给我留下限期交出古竹韵的!而且,古竹韵也肯定会主动投案去换回她母亲的!”是的,赵尔巽终于明白了,不管他怎么做,那结果都是一样的。即使增祺将军给他主动交出“逃犯”的机会,他也不能要了。为什么要给增祺将军和围观者们留下笑柄呢?他赵尔巽可是个身份极高、声名显赫的人啊!与其先倨而后恭遭人笑骂,莫如强硬到底尚可表现自己的骨气。

赵尔巽这么一想,也就不再瞻前顾后、二乎其心了,而且,态度变得愈加狂傲,甚至不管有理没理、有据无据,任凭思想和嘴巴像脱缰的野马去恣意驰骋了。

“你是说要带人进我的院子搜查?”他问道。

“除非你让逃犯自己走出来!”

“听着,增祺,我院子里没有你的逃犯!”

增祺将军一眼瞥见赵府围墙上露出了一些人头和枪筒,轻蔑地一笑,说道:“你想大动干戈吗？那会让你全家跟着遭殃的!”

赵尔巽不由得回头看看,但他对管家组织家丁示威的做法深不以为然。他微微摇摇头,却没有命令家丁撤去。然后,他又面对增祺将军说道:“你在我家搜不出逃犯的!”

“那我就把脑袋给你留下。”

“按说我应该挥退家丁让你去搜查,既能证明我无罪,又能得到尊驾的头颅。可是……”

“怎么样?”

“你得先出示搜捕令!”

“我是盛京将军!”

“将军也无权私闯民宅!”

“搜捕令我现写也来得及。”

“可惜你写的搜捕令不管用。”

“什么！不管用?”

“你真无知！我也是当朝二品官。要搜查我的住宅,需有圣旨才行。你一个小小的将军开的搜捕令顶个屁用!”

“胡扯!”

“是我还是皇上?”

“就算真有这样的律例,对你也不适用!”

“为什么?”

“你离职丁忧,同庶民无异。”

“你这就孤陋寡闻了。承蒙圣恩,恰恰准我居丧期间保留顶戴花翎。你想不想跪听一下圣旨啊?”

赵尔巽这样信口开河了一通之后,自己先吓了一跳。别说他从未听说过有带职丁忧的先例,即使有,这种宠幸也轮不到他这个出身汉八旗者的头上。再怎么不着边际地胡诌八扯,也不能把皇上编排进来呀！说轻了,这是对皇上不恭，说重了，是假传圣旨，可都是祸灭九族的大罪呀！

可巧赌徒出身的增祺，虽在年轻习武时兼攻举子业，幸进后，特别是得授都统乃至将军以来，便极少读书，更不要说那些烦琐无味的朝廷律例了。因此，心里虽然觉得赵尔巽所说的“圣旨”有点儿蹊跷，嘴上却不敢指斥这是妄言妄语。但是，正是他的将信将疑中还有信的成分，他的妒心又容不得赵尔巽受宠优渥，所以，赵尔巽所说“带职丁忧”的“圣旨”只能煽旺他心中的妒火。这妒火彻底掩盖住了他对“圣旨”的畏惧，反而使他的怒火愈加炽烈。

“那么好吧，赵尔巽！”增祺杀气腾腾地说道，“我们就来看一看，‘带职丁忧’的圣旨能不能保住你吧！”说着，他转向恭立轿旁的王管带，准备第二次下达进院搜捕的命令。

正在这时，骤然传来一阵急促的马蹄声，增祺将军疑惑之时，一匹快马早已冲开人群，把一个拉着长音高喊“报——”的军官带到他的面前。

这人拢住嘶叫的坐骑，滚鞍下马，单腿跪在增祺将军脚前。

“紧急……密……密报，大人。”那人喘息着说，声音压得很低。

“站起来讲！”增祺将军命令道。

那人当即站起，把嘴凑近增祺将军有意侧向他的耳朵，低声说了几句。

“知道了。再探。”增祺将军说道，态度很平静。

探马答应一声，跳上马背，挥鞭驰去了。

增祺将军盯着赵尔巽，微微一笑，问道：“你知道探马向我报告了一个什么消息吗？”

赵尔巽没回答。事实上，他也没听到。

增祺将军说道：“俄国人已逼近辽阳，盛京危在旦夕。”

“这么快！”赵尔巽下意识地惊道，他随即从盛京的危机中似乎见到自己的一线希望，便紧接着又补充了一句，“增祺将军，这盛京可是龙兴重镇啊！”

“但是，还来得及。”增祺将军冷然一笑说道，“我是说，在我回守盛京之前，逮捕逃犯的时间还是绰有余裕的。”

“增祺！丢掉盛京，可是死罪呀！”

“这却不劳阁下关照了。——王管带！”

王管带还没来得及答应，又响起迅速驰来的马蹄声。

这使所有在场的人都感到惊诧莫名。

在人们的脑海依然一片混沌，连胡乱的猜测还未形成之际，已见六匹汗淋淋的骏马首尾相接地驰进人群的核心并前二后四地相继停了下来。

在前两匹坐骑上，一个是全身银装、面容姣好的妙龄少女，一个是身穿管带官服、相貌堂堂的青年男子。

你道这两人是谁？原来这青年男子是赵天弼，而这妙龄少女正是古竹韵。

39

虽说增祺将军未曾见过一身银装的古竹韵,赵尔巽也未曾见过管带装束的赵天弼,却还是在两匹嘶鸣着的骏马从天而降停在眼前的瞬间,同时认出了这两个人。

事情太突然,完全出乎预料,增祺将军和赵尔巽都惊讶得目瞪口呆。他们都看得出来,那未戴官帽且一脸苦相的赵天弼显然是在古竹韵和另四人的挟持下。因此,在增祺将军的惊讶中,不能不隐现出流水落花、大势已去的悲哀,而在赵尔巽的惊讶中,也不能不跃动起化险为夷、柳暗花明的喜悦。

但是,最先说出话来的不是增祺将军,也不是赵尔巽,而是紧拢马缰、动也不敢动一下的赵天弼。

"将军救我!"他叫道,声音很凄惨,或多或少带点儿绝处逢生的欣喜。

"赵天弼!"总算缓过一口气来的增祺将军怒喝道。他本想接着说"见了本将军,还不下马跪拜!"或者"本将军差遣你的事,是不办砸了?"但他随即意识到,在此情此境中,他的将军威风已失去了价值,对赵天弼的质问也属明知故问,而且,无论是前者,还是后者,一旦冲口而出,换回来的也只能是众人特别是赵尔巽的嘲笑。所以,他只是抖了几下嘴唇,什么也没说出来。

高声怒喝后却再无下文,增祺将军感到很尴尬。

叫他陷入尴尬的不仅仅是赵天弼,更是古竹韵。

而此刻,赵天弼的狼狈相更衬托出古竹韵的飒爽英姿。

于是,增祺将军的怒气立即转移到古竹韵身上。

"古竹韵!"他紧接着怒喝道,"你又一次帮助了拳匪,是不是?"

"等一等!"赵尔巽突然扬手叫道,并把紧盯着古竹韵的视线转射到增祺将军脸上,"将军是说,这银装素裹、貌美如仙的小侠便是古竹韵?"

"小侠？哼!"增祺将军恨恨地说道。

“可是将军，”赵尔巽又说道，“这小侠不像是从我赵某院子里飞出来的吧？你刚才说什么来着？用脑袋打赌的话还算数吗？”

增祺将军无言以对，恼怒和窘迫同时袭上心头，且在他脸上相得益彰，交织出难以发泄的切齿痛恨。

赵尔巽继续说道：“将军，你猜我怎么想？和尊驾的脑袋相比，我倒更希望得到这位天仙般的小侠做女儿，甚至为此搭上官职，我也是心甘情愿的。”

经过十来天在生死线上的颠沛和苦斗，此刻又和唯一能给她安宁的赵府近在咫尺的古竹韵，听了赵尔巽显然是说给她听的由衷的话，心里不能不油然而生一阵热乎乎的感动。这心头的热浪迅速冲向双眼，烧灼她长期积累起来的泪水。但她不仅在冲进人群收住马缰的瞬间便对赵府门前发生的事情了然于胸，而且随即意识到，眼前的场面对她对赵尔巽未必有利，特别是，她一走神，赵天弼就会乘机跑进增祺的队伍里，到那时，不仅难解赵府之围，她古竹韵怕是只能在混战中送命。所以，她很快克制住心头的激动，终于没让热泪奔涌而出，又全神贯注在事态的发展中了。

赵天弼果然曾企图乘那双父女交流感情时溜走，但他斜瞄了一眼依然紧紧盯着他的古竹韵后，还是警告自己：且莫轻举妄动。

增祺将军当然猜不出赵尔巽那番话的来由和用意，更猜不出古竹韵和赵天弼此刻的心理活动。他只觉得自己横遭奚落，心头的怒火也愈烧愈烈。他愤然朝赵尔巽使劲儿挥了挥胳臂，分明在说“我且不理你”，然后狠狠盯住古竹韵，咬牙切齿地说道：“古竹韵！你屡屡助纣为虐，与朝廷为敌，已是罪在不赦。今天是你自投罗网，还不速速下马受缚！”

古竹韵微微一笑说道：“听了赵大人和将军的话，我倒明白了。你兵围赵府是想搜捕我。对不？”

“是又怎样？”

“立解赵府之围？”

“什么！立解赵府之围！”

“你长着眼睛，应该看到我并非从赵府出来。”

“你就这么急于替赵尔巽开脱？”

“一人做事一人当。这事和赵大人毫无关系。”

“可惜的是，你的这点儿小聪明远远不够用。你越回护赵尔巽，赵尔巽就越难脱干系！”

“你真不讲理。”

“我是太讲理了，虽然没有必要。”

“你是不是说，肯定不解赵府之围？”

“还有你，也休想再逃走！”

“那我就明明白白告诉你，你一样也实现不了！”

“小丫头，别太狂妄。我身后这些人手里拿的可不是拨火棒！”

“是火枪。我知道。”

“仔细数数，有多少？”

“很多。”

“当然很多。只要我一声令下，他们会在顷刻间把你这娇小身躯打得七零八落！”

“我相信会的。但我更相信，你是看不到这个场面的。”

“什么什么？我看不到？”

“何止你，还有你的赵管带！”

“哼！我知道你会什么神丸贯目功。可我告诉你，我增祺也是自幼习武之人，还怕你那小小的铅丸不成？”

“那我们就来试试吧！我可以让你用手枪。”

“试试就试试！”

虽说增祺将军只是喊喊，没去摸那腰间的手枪，也没有举手向他的兵们作出下令的姿态，那赵天弼还是早早就沉不住气了。他大声喊道：“不能试呀，将军大人！你我都会丧命的呀！”

“浑蛋！胆小鬼！”

增祺将军嘴上这样喝骂，心里却在说：“傻瓜！我可会愚蠢到去同神丸贯目功较量？”

他接着又怒骂下去：“事情坏就坏在你这个窝囊废手里！你即使躲过古竹韵的神丸，我也不会饶过你的！”

“将军大人，这不能怪我呀！”

“怪谁？不是你把这个小女妖引来的吗？”

“可她原是关在将军衙门的呀！她不越狱东去，我也不会功败垂成呀！”

古竹韵越狱的确是增祺将军的责任，他不好当众再强词夺理，只好顺水推舟，赶快转移到别的问题。

"你说什么?"他问道,"功败垂成?"

"是的,大人。如果不是古竹韵从天而降一样挟持了我,我会把那些拳匪杀光的。"

"你杀了多少?"

"少说也有两千人啊!"

"当真?"

"小人还敢说谎吗?"

"那么……谁来证明?"

"古师妹。——不不……依凌阿,依凌阿总管可以证明的。"

"一派胡言!依凌阿总管会去观战不成?"

"他倒没去观战。但古竹韵曾逼他拿出两千名拳匪的丧葬费。"

"竟有这种事!是不是你现编出来的谎话?"

"将军,这是什么时候了,小人还敢瞎编吗?"

"我会查清的!"增祺将军说道,显然已是宽恕了赵天弼。稍一停顿后,他又将视线射向古竹韵,"好啊,小女妖!依凌阿总管的竹杠你也敢敲!"

古竹韵暗自一笑,没有作答。

增祺将军看了看赵尔巽,又看了看赵天弼,同时挑了挑眼皮,用视线的余光瞄了瞄太阳的位置,然后觑定古竹韵说道:"听着,古竹韵。本将军要不是想救下赵管带和有更紧急的公务,是绝不会放过你的!"

"你不想下令开枪了?也不想搜查赵府了?"

"这是有条件的。"

"放了赵天弼?"

"这太便宜你了,对不?"

"是太便宜赵天弼了。"

"也许吧。谁让他碰上了我这样体恤部下的将军呢?"

"但是,我也有条件。"

"你不要贪得无厌,小姑娘!"

"我的条件很简单。你先撤兵,我就还你赵天弼。"

增祺将军略一思忖,点头道:"好,我可以接受这个条件,但你必须保证不背后下手。"

"我保证。"

增祺将军对伫立一旁的王管带命令道:“立即撤兵!”

只有三两分钟,撤围的官兵们已在王管带率领下,迅速离开了赵尔巽府第门前的小广场。

增祺将军身边只剩下八名轿夫和几个贴身保镖。

“古竹韵,”增祺将军说道,“现在轮到你执行协议了。”

听到增祺将军把这场只几句话便拍定的交易竟冠以如此庄重的官话,古竹韵心里觉得十分好笑。但一想到就要把赵天弼交出去,她是无论如何也笑不出来了。她原想把赵天弼挟持到赵府,当着萧夫人、刘成夫妇和姜海山的面处死的。可眼下,却必须执行“协议”,把这个死有余辜的仇人完好无缺地交还增祺将军,报仇雪恨的机会更不知要等到何时,心里当然不是滋味。所以,她先是恨恨不已地低声说道:“赵天弼,我还会找你算账的!”然后才高声喝道,“还不快滚过去!”

直到此刻,赵天弼才算确信自己真的死里逃生了。

他迅即滚鞍落马,直趋增祺将军脚前,双膝跪地,带着哭声喊道:“感谢将军救命之恩!”

“起来!”

“谢将军。”

“赵天弼! 你既然知道是本将军救了你的命,就该知恩图报。”

“我赵天弼发誓:生当牵马坠镫,死当结草衔环,以报将军大恩。”

“死后的事且不去说它。眼下却有一事要你去办。这是你立功赎罪的唯一机会,干好了,仍会重用你的。附过耳来。”

赵天弼伸颈递过耳朵。

增祺将军如此这般的低声说了一阵,赵天弼连连点头。

“去吧!”增祺将军最后说道。

“遵命!”赵天弼答应一声,抖擞精神,飞身上马,一抖缰绳,飞也似的驰去了。

读者诸君读到这里,势必会产生种种疑问。比如说,来势汹汹的增祺将军何以如此轻易地撤了赵府之围? 为什么要救下第一仗即溃败被俘的赵天弼呢? 这当然是有原因的。我们在前面讲到,增祺将军就要下令冲击赵府时,曾来了一个飞马哨探。这哨探低声报告了一个令增祺将军大吃一惊的消息:俄国南路大军已攻陷海城,正向辽阳城迅速逼近。增祺将军知道,辽阳一失，盛京难保。他必须尽快结束搜捕逃犯之举，回师盛京，想个自保之策。没想到恰在此时，古竹韵挟持着赵天弼突然来到眼前，使他冲进赵府速战速决的想法也难以实现了。但异常精明的增祺将军能够想到，他可以以救赵天弼的幌子，为自己铺设一条比较体面的撤军之路。同时他还想到，这赵天弼虽是败军之将，但不仅情有可原，且余勇可贾，下一步计划正用得着。那么，他随即诡秘地命令赵天弼去做什么呢？原来增祺将军估计到辽阳城很快会失陷，他也不想死守盛京，却打算在俄国人进城前，窃取内库金宝，然后焚城逃遁。这种监守自盗、弃城与敌的行径，是不好与他人合谋和留下痕迹的，一旦泄露机密，他增祺势必身败名裂。替他办这事，还有比赵天弼更合适的人选吗？赵天弼武功不错，且对他增祺将军感恩戴德，能不竭尽全力和守口如瓶吗？赵天弼又非注册军官，鲜为人知，事成后除掉既容易又不会留下后患。所以，他命令赵天弼速回盛京，先征集运金宝的马车，待他回去后再下达第二步命令。赵天弼的确卖力，只一天时间，便强行从民间征集到近百辆马车。此后的两天，赵天弼便根据增祺将军的指示，偷运金宝。增祺将军在出城前，又命赵天弼带着几个亲信在内库以及另几处官家设施放了几把火，造成俄军已经进城且举火焚掠的假象。事实上，在这几把火燃烧了四天后，俄军始至城下。至于赵天弼，则很快觉察出要遭增祺将军毒手，便逃之夭夭，投奔气焰正盛的俄国人，而成了“花膀子队”的队官。这些都是后话，且放下不表。

却说赵天弼领命驰去后，增祺将军看了看赵尔巽，又看了看古竹韵，然后说道：“古竹韵，我已如约撤围，你也要守约才行。”

古竹韵说道：“我已放了赵天弼，你就快走吧！”

“我自然是要走的。但我还要告诉你，我这么轻易撤兵，既不是因为你的神丸贯目功，更不是为了救下赵天弼，而是因为俄国人已逼近盛京，有比追捕逃犯重要千百倍的事情要我去做。而且——请你记住，我迟早是要收拾你的！”说完，嘿嘿一笑，回身向轿门走去。

“那么，我也请你记住！”古竹韵咬牙说道，猛然扬起右臂。

增祺将军只听得头顶一连串的“嘤嘤”声，抬头一看，却见轿门的横楣上，等距离地镶嵌上一溜闪闪发光的铅丸，犹如一排珍珠。他回过霎时变得苍白的脸，恨恨地瞪了古竹韵一眼，随即钻进轿子，颤声喝道：“起轿——”

40

也许只有古竹韵自己心里清楚,远在她南寻姜海山未果又返回盛京西郊而第二次见到赵尔巽时,同赵尔巽之间的父女之情,便开始在她心里潜滋暗长了。但那时,她还怀疑这种感情的变化的合理性,不断同自己抗争,企图压抑这种感情的发展。由于她在此后和赵尔巽见面机会不多,对话又极有限,父女相认的感情铺垫远没完成,除了有时心烦意乱,在内心同自己抗争的力量还是绰有余裕的。

但这回,她意外吓跑了增祺将军而被迎进赵府之后,情况就大不相同了。她要时时面对赵尔巽的慈祥面孔和悉心照顾,时时听到赵尔巽的和悦声音和风雅谈吐。这几乎成了她生活中必不可少的内容,即使想回避也回避不了。一开始,她还有所担心和戒备,下意识地企图保住内心的抗争力量,直到母亲病愈离开赵府。但她很快看出来,母亲主动求上门来,特别是她古竹韵的到来,给这个渴望做她父亲的人带来的亢奋是多么经久不衰!尽管赵尔巽重孝在身,尽管为母亲的病和姜海山的伤要耗费他许多精力和心血,但他还是常常以舒心的笑来表达由衷的喜悦。这无疑在说明,赵尔巽把她们母女看得很重。赵尔巽不仅对她们母女宽厚仁和,对姜海山和刘成夫妇也照顾周全。这些,古竹韵只在先父(准确地说是养父)身上见到过和体验过。渐渐地,在自觉不自觉中,已在心里把赵尔巽和古剑雄摆在同等地位上了。更兼赵府上下,包括孙夫人以及回府拜祭祖母的赵尔巽的儿子们,无一不对她的母亲关心尊重,对她爱护备至,使她因母亲没有名分对赵府产生的隔膜,因身为私生女对自己产生的鄙视,全被赵府这种和和乐乐、充满仁爱和尊重的氛围淹没掉了。这样,她不再认为赵尔巽的慈祥和悦是对她以往感情的威胁和冲击,反而心甘情愿接受这种和煦春风般的父爱的沐浴,希望自己融化在赵府的令她感到舒畅的氛围中了。

正因为古竹韵在赵府的一片关心爱护中，有了轻松感和安全感，之前被她埋葬的天真的童心和少女的娇羞，一下子全复苏了。作为古家小院强者的古竹韵不见了，赵府多了一位矜持中带几分天真几分娇羞的俏小姐。与此同时，她心里奄奄一息的爱情，也枯木逢春般生机盎然起来。那个牵动起她春心的人，当然是姜海山。古竹韵不再把自己关在赵尔巽特意为她安排的闺房中，虽说更多的时间是守在重病中的母亲床前，但有时忍不住要到前院姜海山的房间坐坐。尽管她和姜海山在一起时，要尽量回避"报仇"这个话题，尽量回避会引起联想的"刘宝清"这个名字，因而都显得小心翼翼，而且姜海山一直难以从对古竹韵的怀罪感中挣脱出来。但是，这种频繁的带着渴望的接触，势必要把古竹韵心里屡遭风吹雨打的爱火煽得炽烈起来。

总之，赵府的环境和氛围，既培养起古竹韵对赵尔巽的父女之情，也复苏了她对姜海山的男女之爱。

她感到，她虽然住进赵府还不到一个月，但对赵尔巽的父女之情和对姜海山的男女之爱都已臻于成熟，只待有一天妈妈身体康复，她对赵尔巽张口喊一声"爸爸"和与姜海山携手走进洞房了。

这样的结局，一定也是赵尔巽和姜海山热切期望的。

这样的结局，也应该是水到渠成，很容易实现的。

如果古竹韵真的对赵尔巽喊了声"爸爸"，真的同姜海山喜结良缘，那么，古竹韵肯定会在充满爱的海洋中，以孝女贤妻的形象，幸福安逸地度过一生，而不会成为名声显赫、震惊中外的关东第一女侠了。

然而，出乎预料的，正是赵尔巽和姜海山仅仅在数分钟内先后击碎了古竹韵的幻梦，或者毋宁说，正是这两个人客观上促成了古竹韵向生命的巅峰走去。

那是一个下午。

古竹韵午睡醒来梳洗完毕后，走到窗前，望着寂静的庭院，心里在琢磨这一下午该干些什么。

此时的节令已近寒露。天气虽未见凉爽，院内那些杏树、李树枝条上茂密的叶子却隐约透出了即将枯黄的迹象，曾经万紫千红的各种花卉更是早已憔悴甚至一派凋零了。古竹韵自幼喜爱花草，尤其偏爱小巧的娇艳中透着单纯的蝴蝶梅和金丝荷叶，在古家小院，每年都要播种一些。可巧的是，眼下，在窗前摆满有生命或无生命的盆景的游廊外面，那一个个形状各异的极精致的小花坛里,几乎全是这两种花。看来,赵府的主人与她有相同的爱好。

古竹韵看着那一簇簇萎黄了的蝴蝶梅和金丝荷叶,心想,何不趁此庭院无人之际,去采集一些成熟了的花籽,以备来春栽种呢?

她刚要举步走出闺房,却一眼看见葛月潭从对面萧夫人居住的房间走了出来。她陡然记起,赵尔巽曾说,妈妈病势沉重,当地名医束手无策,几次派刘成专程去请葛月潭,而葛月潭却因俄国人占领了盛京城且盗贼四起,一时不敢离开太清宫,几次推迟了来铁岭的时间。看来,今天在她午睡时,葛月潭终于到了。但是,令她感到骇然的是,从葛月潭此刻垂头丧气的样子,说明妈妈肯定病入膏肓、难以好转了。

古竹韵的脑袋轰然响了一下,险些晕倒,她顿时把蝴蝶梅和金丝荷叶忘得精光,拔腿跑出闺房,直向西侧房奔去。

葛月潭原是由赵尔巽陪进萧夫人房间的。但赵尔巽想到男女之大防以及守孝期间的种种忌讳,便当即告退,回到他暂时独居的正房东侧的小跨院去了。此刻,葛月潭已诊视完毕,正想去向赵尔巽报告萧夫人的病况,却见古竹韵从对面跑过来,便停下脚步,轻声打招呼道:“古小姐!”随后又快步迎了过来,显然有阻止古竹韵进入萧夫人房间的意思。

“葛道长,”古竹韵站在葛月潭面前,神态显得十分焦急,“妈妈她……”

“小声点儿!萧夫人刚刚睡着。”

古竹韵点点头,又问道:“妈妈还……还有救吗?”

葛月潭没料到古竹韵问得如此直截了当,一时难以作答。

“请如实告诉我,葛道长。”古竹韵又说道,恳切而固执。

葛月潭犹豫了一下,态度有点儿茫然地说道:“你别着急。也许……是我医道不精……”

像兜头泼了一桶冷水,古竹韵猛然一抖,怔了一霎后才颤着苍白的嘴唇说道:“我……明白了……”随即眼睛一酸,泪水夺眶而出。

葛月潭凄然地盯着失魂落魄的古竹韵,摇头叹息了一声。这几乎等于用明确的语言证实了古竹韵的猜测。

古竹韵双手捂着泪眼说道:“是我……害了妈妈……”

葛月潭说道:“不能这么说。因为,古小姐没做错什么事。令堂原就体弱多病,心思又极重,对这一年来接二连三发生的事如何承受得了?没有古

小姐做她的精神支柱，她也许早就弃世而去了……请古小姐不要过分苛责自己……”

“可是……”古竹韵擦了一把眼泪说道，“妈妈是为我耗尽了心血，我是不能宽恕自己的。”她说着，抬起泪眼，带着恳求地看着葛月潭，“请告诉我，葛道长，妈妈她……还能……还能活多久？”

葛月潭略一犹豫后说道：“以贫道看，多则三五个月，少则十天八天，这要看……”

没等葛月潭说完，古竹韵便凄惨地低叫道：“天哪！我就要没有妈妈了！妈妈就要离我而去了！”说着，眼泪又奔涌而出。

“古小姐，”葛月潭劝慰道，“生老病死是谁也抗拒不了的。请古小姐想开些。”

“可是，妈妈还这么年轻！……她本该……本该有很长一段路要走啊……”

“其实……”

“葛道长，为什么不说下去？‘其实’什么？”

“唉……说起来……是啊，当初，贫道真不该主张你们到铁岭来……”

“葛道长是不是说……妈妈不到赵府来，就不会病得如此沉重？”

“那也只能活一年……”

“一年！”

“或略长一些。”

“原来，葛道长早就看出妈妈不久于人世了……”

“是的。贫道确信不会看错的。”

“是……这样！那么，妈妈是因为赵府的人对她……”

“不不。赵府的人，上上下下对令堂都很尊重。”

“我不明白，葛道长。赵府的环境对妈妈不是很合适吗？”

“也许……正是因为赵府的环境太安静，太令人松弛了。”葛月潭见古竹韵依然是一脸疑惑不解的神色，便紧接着说下去，“现在说这些已为时过晚。不管怎么说，是贫道在情急中铸成了大错……”

古竹韵显得不满地蹙额说道：“你对我瞒着什么，葛道长。”

“要不……这样：等贫道先去见过赵尔巽……”

“为什么？我是妈妈的女儿！”

葛月潭无奈地叹口气,又沉吟了片刻,这才说道:"贫道原本是不打算告诉古小姐的,至少在见到赵尔巽前。但……还是说了吧。这话说起来很长,还是在古小姐被捕的那天,令堂从昏迷中醒来后,贫道便从她的脉象上看出,她的生命就要走到尽头了。当时她问,她还能活多久?贫道如实告诉了她。她一点也不感到突然和惊恐。后来,她求贫道一定要把古小姐救出来。贫道答应了她。接着她又说,从你被捕这件事上,她突然明白了,她是无力保护你的。她必须在离开这个世界前,把你托付给一个可靠的人。这个人只能是你的生父赵尔巽。而且,她已经看出,你是不会拒绝这一安排的。她让贫道成全她这最后的愿望。贫道也答应了。所以,贫道当初提议你们到赵府来避祸,而不主张也许更安全的远走他乡。贫道以为这样安排是对的,尽管有点儿冒险。两天前,赵尔巽派刘成见我,说令堂病危,多方求医无效,原以为是对古小姐东去冒险而忧虑成疾,但古小姐已平安归来这么久,其病势反而急剧加重,定有他故,让贫道速来诊视。尽管进驻盛京的俄军近日有出城骚扰的迹象,贫道还是赶忙赶来。方才为令堂诊视,也一时难解病因。后来,令堂神志略显清醒,并认出了贫道,颤动的嘴唇还没出一言,早已是浊泪涌流了……"

"那么,妈妈说话了吗?"

"是的。在贫道的劝慰下,令堂终于平稳下来后,很费力地说道:'我……真傻!我和韵儿是不该来赵府的。至少……我不该来……'贫道问她,这是为什么?她说:'我进入赵府的第二天晚上,孙夫人曾对我说,等老爷服满后,她就劝说老爷确立我的名分,我和韵儿就可以名正言顺在赵府长住了。我当时脑袋轰然一响,差点儿晕过去。因为这一瞬我终于意识到,来赵府避祸是多么错误!'……"

"原来……原来妈妈是为这事……"

"听了她这番话,贫道也就明白了。因为她知道,她活不到赵尔巽服满那一天了。"

"妈妈怎么如此看重这事!"

"她不放心的是古小姐的未来。"

"我明白了。妈妈也真是……不过,这非等到什么服满那一天吗?"

"令堂也以为没有别的可能。赵府毕竟是礼仪之家呀,当然……这主意须赵尔巽来拿。"

“所以葛道长才要先去见赵老爷。”

“正是如此。”

“葛道长,如果妈妈这个愿望得到满足……”

“那样,她可能多活几天,至少可以含笑九泉。”

“可怜的……可怜的妈妈……”古竹韵凄然说道,又早已是泪流满面了,“她的愿望是应该得到满足的……谁也没有理由不满足妈妈的最后愿望……”

“但愿如此。古小姐的话使贫道也轻松了不少。”

“您快去吧,葛道长。我该去……陪陪妈妈……”

“还有,”葛月潭说道,“你们父女相认的事……”

“一切遵照妈妈的意愿。我已经把妈妈害得这样惨了,还能看着她带着遗恨离去吗?”

“谢谢你。”

“谢谢我?”

“是的,为了你的亲生父母。——去陪妈妈吧,贫道这就去见赵尔巽。”

大约半小时以后,葛月潭返回西侧房,招手叫出坐在萧夫人床边的古竹韵。

古竹韵一边拭去脸上的泪水,一边轻手轻脚走出西侧房。她看到赵尔巽正站在院心的甬道上。但模糊的泪眼却很难看清那张脸上的表情。

“到你的房间去吧。”葛月潭说道。

古竹韵点点头。

不大一会儿,这三人已坐在古竹韵的闺房里了。

沉默了片刻后,葛月潭说道:“次珊兄,你说吧。”

赵尔巽想了想,点头道:“也好。”

“贫道想,”葛月潭又说道,“贫道留在这里也没有什么意义,不如借此机会去看看姜海山。次珊兄以为如何?”

“当然可以,请便好了。”

葛月潭走出房间后,赵尔巽慢慢将视线投向古竹韵苍白的脸上,缓声说道:“葛道长对我说,你已答应认我为父。所以,我就改称你为韵儿吧。不用说你也猜得出,听到这个消息,我有多高兴!刚才在书房里,我都忍不住……哭了。你信吗?”

古竹韵没有回答。但她信,因为此刻在赵尔巽的眼里正有泪花闪动。

“韵儿,”赵尔巽这样叫道,显得十分动情,“我感谢上天对我的眷顾。我终于得偿夙愿了……我发誓,我会让你比任何人家的女儿都活得好,活得愉快的。”

古竹韵突然问道:“那么……妈妈呢?”

赵尔巽举起手掌,拭了拭潮湿的眼睛,就便平服了一下激动的心情,然后说道:“是的,还有你的妈妈萧五妹,萧夫人……实话对你说吧,韵儿,我很敬重她,不怕你笑话,我也……也十分爱她。你大概并不知道,在她怀着你离开我之前,我曾决定立她为四房……”

“我是说现如今。”

“提到过去,也是想说明我是不会改变初衷的。”

“您的意思是不是说决定给妈妈一个名分?”

“给她个名分是没问题的。而且,她也当之无愧。不过……”

“不过?”

“听我说完,韵儿。给你妈妈一个名分,不算个问题,也是顺理成章的事。”

“那还有什么‘不过’?”古竹韵说着,站起身来。

“别急,我来说给你。我说这‘不算问题’、‘顺理成章’,是想告诉你,我肯定会给你妈妈一个名分,你对此可以完全放心。但这又不是一件小事,不是我说一句‘可以’就能被世人承认的事。这要举行仪式,要大宴宾客,要张灯结彩,要鼓乐齐鸣。你想,韵儿,眼下要我这么操办,合适吗?——唔,让我说完。——我说不合适,不是说我害怕费事,害怕烦琐。再费事,再烦琐,我也会高高兴兴去做的。我的意思是说,眼下有些不合适举行这种仪式的障碍。第一,我正值居丧期间,办喜事有悖孝道;第二,你妈妈正值病中;第三,那增祺尽管在俄国人开进盛京前便已逃出城去,但据我所知,他跟俄国人早就私通关节,要不了多久,还会返回盛京的。我们大肆张扬,增祺又耳目甚多,会很快知道你们母女成了赵家的人,他怎肯善罢甘休?到那时,岂不要造成更大的悲剧吗?总之,我的意思是,册立你妈妈的事,须先缓一缓。”

“缓一缓?”古竹韵问道,态度已经很不冷静了,“缓到什么时候?缓到妈妈千秋之后?”

“韵儿,我知道你妈妈病得很重。我不正竭尽全力请人医治吗?我派人

携重金去北京请的名医这几天就要到了。而且,她才四十岁的人,寿命还长着呢。”

“其实你心里明明知道,妈妈没几天活头了。”

“这……怎么会呢？葛道长也未必……”

“你不用说了。我……全懂了!”

“韵儿！……”

“是的,我全懂了。赵府永远不会成为我和妈妈的家!”

“你怎么能……这样说!”赵尔巽说着,也倏然站起身来。

“我真傻。”古竹韵说道,垂下头来,“我比妈妈还傻。我早该料到会是这样的……”

听了古竹韵自怨自艾更主要是对他赵尔巽失去信任甚至怨恨的话,他心里感到万分委屈。事实上,他还是在古竹韵刚刚进入赵府时便想到了这双母女的名分问题。他知道,这绝不是多余的或可有可无的问题。他也知道,在目前情况下他做不到这一点,更知道,做不到这一点,在这以后相当长的时间内,这双母女肯定要陷于异常尴尬的境地,他自己则更要双倍的尴尬,甚至,以古竹韵的脾气,是否能在这种尴尬中继续留在赵府也是难以预料的。为此,他绞尽了脑汁,终于想出了一个无疑是唯一可以两全的解决办法:缩短为母守孝的时间,同孙夫人一起,尽早带着萧夫人和古竹韵离开铁岭,到远在甘肃的任所,再择日名正言顺地立萧夫人为四房姨太太。这样,萧夫人母女的后顾之忧自然提前解除,而且,也算彻底摆脱开了增祺将军的纠缠,可说是一举两得。尽管提前除孝免不了受到世人的訾议,但总还可以拿“忠孝不能两全”为自己开脱。只要致仕前平安无事,他是完全可以回到家乡度过愉快晚年的。当然,要实现这一切,至关紧要的是获得当今皇上准他提前复职的圣旨。因此,他不敢怠慢,很快拟就了一通请求提前复职的奏折,恭楷誊清后,派心腹人带往京城,求友人代为尽快呈递皇上御览。然而,皇上开复他的圣旨迟迟未见来到,萧夫人的名分问题却早早提到了日程!那么,要不要把他提前除服的计划讲给古竹韵,以求这双母女再耐心等一等呢？他觉得还不能这么做。他眼下能说的,毕竟仅仅是个计划,况且,他对这个计划的实现,也随着时日的增加,信心越来越不足。要知道当今皇上是一直标榜“以孝治天下”的,没有极特殊的国事的需要,哪里会准一个大臣提前除服复职呢？对于一个必须由皇上决定而他本人毫无信心的事,他又怎

能轻易地向古竹韵作出许诺呢？所以,他终于没有提及这个计划,与此同时,他对古竹韵产生了一股无名的恼怒。根据他的观察,尽管古竹韵是在一个武师家庭长大,没有受到良好教育,有时显得放纵和过分的倔强,但毕竟不是胸无点墨的粗俗女子,是应该懂得百德孝为先的道理的,却为什么非逼他这个生身父亲做有悖孝道的事情呢？要知道,他赵尔巽可绝非普通黎庶,而是二品顶戴的边疆大吏啊！当然萧夫人病得很重,他是心知肚明的,但未必如葛月潭说的已到弥留之际那种程度,他也正在竭力求医救治嘛。而且,作为陪嫁娘的萧夫人怎能与仙逝的老母相比呢？让他为了萧夫人的名分而触忤了老母的在天之灵,他是无论如何也做不到的。古竹韵有什么理由为了自己的孝心而让他赵尔巽成为不孝的人呢？

赵尔巽在瞬息间想到上面那些内容,使他的心海在委屈和焦躁外,不能不涌起一股怨恨和恼怒的狂涛。但他毕竟不是动辄怒形于色的人,更不希望在眼前情势下同古竹韵争论个面红耳赤。他想先稳住古竹韵,待古竹韵稍稍平静之后,再心平气和地进行详谈,不信她古竹韵连天经地义的道理也听不进去。

所以,赵尔巽轻轻叹口气,算作对前面一段谈话作了小结。然后,盯着低头思索中的古竹韵,尽力使声音平和地说道:“你误解了我,韵儿。但我能理解……我只求你先忍耐一会儿,等我们送走了葛道长,我再向你进行详细的解释……”

此刻的古竹韵正陷于对下一步行动的思考中,既无兴趣去猜测赵尔巽的心理活动,更无余力去观察赵尔巽的表情的细微变化。但赵尔巽要向她“详细解释”的话,还是隐约听到了的。

“解释？”她猛地扬起脸说道,声音中有讥诮,更多的则是恼怒,“你解释的已经足够了！”

“韵儿！……”

“别这样叫我,也请别再说了！”

这回,赵尔巽也只剩下了恼怒。

“你想……怎么样？”

“回家。回我和妈妈的家。”

“你妈妈经不起折腾了。我不会让你胡来的！”

“你还没有成为丈夫和爸爸！”

"我是的！我是的！"

"曾经有过这种可能……好了，赵老爷。我的主意已定，你再说什么也是白费。"古竹韵边说边走到梳妆台前，打开首饰合，抓出几张银票，放在台面上并朝赵尔巽推了推，"麻烦赵老爷派人到盛京兑换成银两。就算对你损失的补偿吧。"然后，也不管赵尔巽如何气冲斗牛和茫然无措，又抓起几张银票，自顾向外走去……

古竹韵刚走出游廊，踏上甬道，便见姜海山在葛月潭和刘成的陪伴下，略显艰难地从二门处跨进内院。古竹韵快步迎了上去。

"师妹！"

"海山哥！"

两人打过招呼后，古竹韵很快转向刘成，把银票递过去，说道："不管赔多少也要换出现金，并立即买一挂马车。不管多少钱，但一定要快！"

刘成也不问个因由，接过银票，转身走去。

"古小姐，"葛月潭问道，"你这是要……"

"回家。"

"贫道……预料到了……"说完，又深深叹息了一声。

古竹韵盯着姜海山问道："海山哥，想不想跟我回去？"

刚才，葛月潭也把事情的原委详细讲给了姜海山，姜海山也和葛月潭一样猜出了赵尔巽父女谈话的结果以及古竹韵的最后的决定。但对古竹韵提出的问题，依然感到突如其来。所以，他在一怔之后，不由得反问道："回去？回盛京西郊吗？"

"跟不跟我去？"古竹韵又紧逼着追问。

姜海山沉吟着说道："师妹，我想……我去摩里红山更合适……"

"随你的便吧。"古竹韵恨恨地说道，一转身，朝西侧房大步走去……

41

尽管远离铁岭赵府的古家小院可以使萧夫人暂时解除名分问题造成的心理负担,尽管有葛月潭引见的事实上是赵尔巽以重金从北京请来的两位名医的联手诊治,但她那几近熬干的生命力和病入膏肓的身体,是再难恢复了。

对此,不仅葛月潭和两位名医心如明镜,连古竹韵也看出来了,虽然她不愿也不敢承认这一点。

在他们重返古家小院的第八天,已进入弥留之际的萧夫人突然睁开眼睛,用她那残余的力量紧紧盯住一直守在床边的古竹韵,颤动着早已失去血色的嘴唇,似要有什么重要的话想说。

古竹韵骤然意识到,萧夫人已到了生命的最后时刻。她直觉得一股寒流倏然涌遍全身。她竭力抑制住就要奔涌而出的热泪,用力握过萧夫人冰冷的手,哽咽了一下,说:“妈妈,有什么话,您就……说吧。”

“韵儿……”萧夫人说道,显得异常吃力,“别再难为他……去认他吧……”

古竹韵一怔。但随即明白了萧夫人的意思。她在心里悲愤地叫道:“妈妈!您怎么能……谅解这个人啊!”

是的,让此时的古竹韵谅解赵尔巽,是无论如何做不到的。要知道,仅仅八天前,才离开赵府离开赵尔巽,而离开的原因是,赵尔巽太冷酷太无情了。当时,处于病危中的可怜的萧夫人是把姨太太的名分看得比生命还重要的。而且,古竹韵也十分清楚,萧夫人这不幸的一生中有可能是最后一个愿望,完全是为了她这个女儿!她感动得心都在哭。她的整个身心全被母爱和爱母亲的感情所笼罩所封锁了。她这时的希望是,所有人,特别是赵尔巽,必须和她古竹韵一样,把考虑问题的基点放在满足萧夫人的最后要求上,而不是任何别的什么。然而,恰恰是这个赵尔巽,没有做到这一点!难道她古竹韵能让这样的人来做妈妈的丈夫做自己的父亲吗？也许在离开赵府前的一两个刹那，古竹韵也曾对自己的断然的决定产生过疑问：逼迫赵尔巽在重孝期间解决萧夫人的名分是否合乎情理。但这一可能促使自己作出检讨的疑问，几乎在头脑里未作任何停留，便完全消弭到九霄云外去了。而且，一经踏上紧张的归途，特别是返回小西关古家小院后，萧夫人病情日甚一日，她就更没有丝毫余力去审视以往的言行了。而眼下，面对被赵尔巽伤害的生命力正在迅速弥散的生身母亲，她古竹韵又怎能去评判八天前的行为的对与错，又怎能不对罪魁祸首赵尔巽恨上加恨呢？

是的，让此时的古竹韵谅解赵尔巽，是无论如何做不到的。

但是，这毕竟是萧夫人的临终嘱咐，毕竟是妈妈的最后愿望啊！难道她可以让可怜的妈妈带着遗恨走向另一个世界吗？不！她不能也不该这样做。她从未欺骗过妈妈，从未对妈妈说一句假话，可今天，她必须打破这个纪录了！

所以，古竹韵在迟疑片刻后，终于勉强说道："妈妈，我听您的……"

萧夫人听到了。因为在她那几乎僵化的嘴角现出一丝带着苦涩的微笑。也许她还想说什么，但终于未能说出。紧接着，她便手握古竹韵温软的手，轻轻呼出最后一口气，带着人生的种种遗恨，永远闭上了眼睛……

尽管古竹韵已料到萧夫人死期在即，但事到临头，她还是觉得母亲去得太突兀，对她的打击太大了。她手握着母亲的手，脸贴着母亲的脸，泣不成声……

闻声跑进来的刘成夫妇，双双跪在萧夫人床前，更是哭得死去活来。

连一直陪着古竹韵守在萧夫人病床前的葛月潭，也忍不住潸然泪下。

大约在哭声持续了十分钟后，葛月潭最先拭了一把眼泪，轻声唤起古竹韵，劝她节哀顺变，并说该早早合计一下萧夫人的殡葬之事了。古竹韵茫然点点头，一边拭泪一边抽咽，失魂落魄地跟着葛月潭走到西间她自己的卧室。

葛月潭说，萧夫人生前一心向道，且为太清宫最大施主之一，他一会儿就回太清宫带来一班道士，为萧夫人日夜诵经，超度萧夫人早登仙界。但他又说，目前正值中俄交战，世情混乱，俄军虽和平开进被增祺放弃的盛京城，烧杀掳掠一阵后，也势必要出城寻衅。所以，萧夫人的殡葬应从速从简，以免遭到俄国兵的骚扰。古竹韵觉得葛月潭言之有理，便点头表示同意。但她又说,出殡时,吹鼓手、诵经班、供品桌以及纸人纸马等,定要齐备,否则,就太冷落了妈妈。葛月潭说,这些当然一样也缺不得。最后,两人商定:一、萧夫人既然在赵家并未取得名分,也就无须通知赵尔巽了;古家在西郊除邻里外没有亲朋,因而,报丧之礼可免,只在大门外贴一“古门不幸,恕报不周”的条幅即可;二、当晚盛殓,从当天算起的第三天上午起灵送葬;三、墓地定在宝石沟,当夜便派人飞骑去宝石沟通知佃户们开凿;四、所需一应人和物,均由葛月潭和刘成置办。

话休絮繁,一眨眼就到了萧夫人出葬的日子了。

说是从速从简,速度是够快了,简却未必。无论是庞大的鼓乐队、诵经班,也无论是数十幅黄的和白的挽幛以及多得令人咋舌的供品桌和纸人纸马,都在向世人显示,这是一次大出丧。如此庞大的送葬队伍,又是在极短的时间匆匆置办起来,要不是经验丰富的葛月潭悉心指导和里外奔忙,准会乱成一锅粥。他先以有吹鼓手列坐两旁的洞开的大门为界,把送葬队伍分作两部分,门外的大道上诵经班、供品桌、纸人纸马以及横和竖的挽幛,向西依次排列,各派专人约束;大门里,则只准赶来吊唁者进入,吊唁后即有专人领进东西厢房进餐和饮茶,除决定随队伍送葬的人,均须在启灵后方可离去。葛月潭德高望重,没谁肯违背他的旨意,因此,大门内外,始终秩序井然,一派肃穆。

启灵前,随着低音喇叭一声长鸣,钱恒顺老板匆匆走进古家小院,依礼在萧夫人灵前哭拜上香后,代表赵尔巽向古竹韵送上奠仪白银三百两。古竹韵本待拒收,但看到葛月潭显然不希望她拒绝的眼神,还是勉强拜受了。

时间已将近上午九时,启灵的时刻就要到了。

古竹韵跪到萧夫人棺椁前,双手轻轻握住焚烧纸钱的瓦盆,只待司仪高呼“启灵”,便要以女代子,摔碎瓦盆,哭送母亲亡灵了。

恰在此时,角门外骤起一阵嘈杂声,在这嘈杂声中,一直守在大门口的刘成慌里慌张跑了进来,大叫:“葛道长,不好了!”

葛月潭急切问道:“什么事? 快说!”

刘成回道:“俄国兵冲散了送葬的队伍!”

“岂有此理!”葛月潭大怒道,“快去约束住送葬队伍,待我去喝退俄国人!”

“来不及了,葛道长。连诵经班的师傅们都跑光了!”

刚刚从东西厢房走出来的送葬客们，听到刘成的话，用不着谁去鼓动，霎时惊恐地散去，大都向后院园门奔去，有的甚至翻墙而出，逃之夭夭了。

葛月潭意识到局面已再难收拾，气得浑身发抖，眼看着人们纷纷散去，只留下一座空寥寥的院子，连话也说不出来了。

古竹韵松开握着瓦盆的手，倏然站起，满眼的泪水霎时被怒火烧光。她猛然转过身，凝视着大门外影影绰绰、晃来晃去的俄国兵们，脸色顿时白如素绢。她恨恨不已地咬牙说道："我去和他们拼了！"

"不行！"葛月潭瞥了一眼大门外，说道，"我们还是……还是避避俄国人的锋芒，改个日子吧。"

"不能改！"古竹韵斩钉截铁地说道，一股又羞又恼的热血直冲面颊，"我不能眼睁睁看着妈妈的游魂被这群外国佬冲击得飘荡无依！"

"古小姐，我昨天进过城，见过他们。同这群野蛮人是无理可讲的。我们还是从长计议吧。"

古竹韵没有回答葛月潭的话，却转向刘成夫妇说道："刘哥刘嫂，带葛道长去躲一躲，必要时从后门逃走。我去见识见识这些大鼻子们是三头还是六臂！"

早已惊恐得六神无主的刘嫂突然说道："要不要把弹囊给小姐拿来？"

古竹韵说道："来不及了。也用不着。——刘成，我出去后，立即插上大门，千万要保护好葛道长。"说完，也不管葛月潭如何焦急地要制止她，使出轻功，只一瞬，便已身在门外了。

古竹韵刚站定，便一眼看到，那些身挎长枪、鹞眼鹰鼻、服装却不统一的俄国兵少说也有二三百人，他们正十个一伙、五个一帮地或者站在供品桌旁叽里呱啦地乱摸乱动，或者围着纸人纸马指手画脚地又说又笑。对于古竹韵，这些供品以及纸人纸马，都是敬献给亡母的神圣之物，哪里容得这些外国兵们的脏手和臭嘴去恣意亵渎？她不由得蛾眉倒竖，厉声喝道："滚开！肮脏的俄国猪们！"

古竹韵的喝骂并非是声嘶力竭地狂吼，听声音，就像她此刻面对的并非二三百人的乱哄哄的队伍，而只是说给站在眼前的三五个听众。但古竹韵的内力十分丰盈，声音发自丹田，她的喝骂声依然在一瞬间震进那二三百名俄国兵的耳鼓，使这二三百名俄国兵在同一瞬间把视线猝然投向古竹韵。

与此同时，古竹韵发现，正有一个年轻英俊的军官模样的人朝她快步走过来。他也是唯一目睹古竹韵从大门里“飞”出来的人。

当这年轻军官站到古竹韵面前时,眼睛火辣辣一闪,万分惊讶地喃喃自语道:“天哪,维纳斯? 莲娜?”

眼下,我们还无由推测这“莲娜”所指何人,但对她惊呼维纳斯,却觉得十分确切。因为,此刻的古竹韵,由于几天来寝食俱废,面容苍白如玉,原来又大又深的眼睛显得更大更深,原来就又高又直的鼻梁显得更高更直,使她在中国少女的娇柔之外又增添了几分西方少女的秀丽,更兼她身穿洁白的孝服,紧系的宽腰带更扎出她胸脯的丰满,而且不言不动,的确令人想见夺人心魄的维纳斯雕像。

不过,古竹韵既不可能知道莲娜竟是一个少女的名字,更无从知道维纳斯所指何物。在她听来,这无非是一句她听不懂的外国话,也许是对她的恫吓也未可知。

但这显然不是外国话,更不是对她的恫吓。

那年轻军官看出古竹韵对他的话毫无反应。事实上,他也没想让对方听到他的自言自语,更未期望获得回答。

但他似乎仍然对自己很不满意,脸上令人难以觉察地飞起一阵红晕。他咬了咬嘴唇,很快用一种关切的柔光掩盖住眼里直想跃动的烈火,声调很温和地问道:“姑娘,你对我们的好奇很生气?”

古竹韵一惊,问道:“你会说中国话?”

“是的。我们可以友好地交谈。”

“友好地交谈! 可你们……干了些什么?”

“你是说……”

“你们破坏了我的丧事!”

“丧事……丧事?”年轻军官歪着头重复道,似乎不明白什么叫丧事。

“我的妈妈死了。我在为她办丧事! 懂吗?”

“死了……唔,明白了。”

“可你们这群野蛮人,把我妈妈的丧事全给毁了!”

“对不起,姑娘。我们不知道是妈妈的……妈妈的丧事。”

“现在呢? 现在知道了吧?”

“是的,现在知道了。”

“那就赶快把你的部下带走,从这里滚开!”

"我很抱歉,姑娘。我只是个小小的中尉,而且是波兰人……"

"波兰人?你们不是……"

"这并不重要。我是说,他们是不会听我约束的。所以,我劝姑娘还是赶快逃走吧。"

"逃走?怎么倒是我逃走?"

"现在是战争时期!"

"战争时期又怎样?那是你们跟朝廷的事,与我们平民百姓有何关系?同今天的事有何关系?"

"他们是军人,一直在打仗。你是个女人,又……又这么美!——天哪,你还不懂吗?"那个年轻军官显得异常焦躁,又怕说不明白,急得直想跺脚。

古竹韵这回听明白了。她不由得朝那些离她也只有两步远的俄国兵看去。那些在听到她的喊声猝然转过脸来的俄国兵们,此刻的眼睛里已不仅仅是好奇,而是万分惊讶了。他们似乎对那些在他们看来异常新奇的供品以及纸人纸马顿然失去了兴趣,全神贯注在一身雪白的夺人心魄的东方美女身上了。尤有甚者,一些面貌狰狞的军人,霎时生出淫邪之心,一双双蓝眼睛闪着可怖的光,像扑食的饿狼,准备随时扑向古竹韵。

古竹韵的心抽搐般猛地一抖。

她立即理解了那年轻军官的一番好意。

那么,要不要在这群大睁着骇人的蓝眼睛的俄国兵们聚到她周围前拔腿逃开呢?

她觉得还没有必要。

看那些斜挎着火枪、摇晃着身躯、嬉皮笑脸、挤眉弄眼准备向她扑来的俄国兵们,显然想也没想到眼前的少女身怀绝世武功,以为她已成了他们的砧上肉,无须丝毫防备之心。而她古竹韵确信,她随时都可以跺地升空,霎时逃得无影无踪,令那些俄国兵大吃一惊,傻呵呵地面面相觑的。

但她还是由衷感谢那位波兰籍军官对她的真心回护。

她又一次把目光投向那年轻军官。

年轻军官以为古竹韵仍然没有听懂他的警告,一时又找不到能明确表达用意的中国话,又气又急地挥了挥胳膊,抻着脖子朝古竹韵吼道:"傻瓜!你是个傻瓜!"随后转过身,朝着正向古竹韵走过来的叽里呱啦说的肯定是些淫词的俄国兵们举起双臂,分明是想试试能否替古竹韵解围了。

"Не проходим мимо, все немедленно берёмся за задачу!"

"(不要过来! 立即整队去执行任务!)"

他的话只换回来一阵猥亵的笑声和恼怒的骂声。

一个同样是中尉衔的军官一步跨到他眼前,怒喝道:

"Польский дурак, катись отсюда!"

("波兰猪,滚开!")

看样子,这是一个俄罗斯籍的军官。

"Лейтенант Мадалдов..."

("马德里托夫中尉……")

"Драться со мной хочешь, Велно?"

("想打架吗? 魏尔诺!")

被称作魏尔诺的波兰籍中尉,似乎迷了心窍,真的作出拼斗的姿势,虽然他明明知道这样不仅救不了那个中国姑娘,自己也会被那些俄国籍的官兵们打成肉酱。

俄罗斯籍的马德里托夫中尉,同样不甘示弱,一边拿出应战的姿态,一边朝身后的士兵举起手,示意他们暂停向中国姑娘围攻,等他先收拾了这个自讨苦吃的魏尔诺。

恰在此时,传来一阵马蹄声,还夹杂着大声喝骂。

像准备斗架的公鸡一样的两名中尉和那些准备朝古竹韵扑过去的士兵们不由得一怔,扬起脸来朝东边看去。

一匹高头大马驮着一个身穿将军服的满脸红光的俄国人,已近在眼前了。

两名中尉立即收回决斗的姿势。士兵们也都仰脸立定,动也不敢动一下了。

魏尔诺中尉略一思忖,急速回过头对古竹韵说道:"柴皮尔斯基将军会说你们的话,我不能再同你交谈和发出警告了。我去和他谈谈,但未必能救得了你。我看出你精通东方武功。求求你,赶快趁机逃跑吧!"说完,朝着柴皮尔斯基将军大步走去。

古竹韵这回又不明白了。

她想,既然一个小小中尉都如此懂得礼仪,那么,作为将军,肯定应该是个更加文明的长者。她为什么反而要逃跑呢? 何况,那将军还懂中国话,不

是正可以告那些士兵破坏妈妈丧事的状吗？那将军或许能替她出一口气也未可知。

古竹韵以为自己想对了。因为她分明看到，坐在马鞍上的柴皮尔斯基将军，在听完魏尔诺中尉的报告后，显得异常生气，举起马鞭冲着那些直眉瞪眼的士兵们大吼了一阵，那无疑是在痛骂他的部下的无礼和无耻的行径，虽然她一句也听不懂。

那些士兵们，果然在挨了一通喝骂后，一个个缩起脖子开始列队了。

柴皮尔斯基将军用靴跟后的马刺压了压马腹，轻抖缰绳，朝古竹韵缓缓走过来，脸上还略带微笑和得意的神色，分明在说："算你走运，姑娘。不是我凑巧出城，谁能救得了你呀！"

古竹韵扬起一双湿润的双眸，紧紧盯着柴皮尔斯基将军的白里透红剃得光滑洁净的脸，心里琢磨着状告士兵无礼的措辞。在她的想象中，这位将军已怒不可遏地朝着那些士兵们挥起了马鞭。

然而，骤然间她发现，已经勒停坐骑的柴皮尔斯基将军脸上的微笑一下子消失了，深陷在高额头下的两只蓝眼顿时冒出两柱淫邪的火来。她的心猛地一抖，脑袋里爆炸一样轰响起来。在这一瞬，她终于意识到，她对这个将军寄予期望是大错特错了，也明白了魏尔诺中尉何以要对她发出警告了。

古竹韵明确觉出，又羞又恼的怒火在猛烈攻击着她的心房。她知道正是自己的执拗给自己招惹了祸事。但她却没想纵身逃走，反倒横下一条心，要和这个比那些士兵更可恶更可怕的将军周旋一番了。

话说这位柴皮尔斯基将军，在他的近视眼模模糊糊看到古竹韵出奇秀美的姿容时，立即露出异常惊讶的神色，心里也倏然燃起熊熊的欲火。他一面颤着嘴唇嘟囔着"他妈的，这么美！"一面甩镫下马，顺手把缰绳甩给身边的马德里托夫中尉，用微抖的手从口袋里摸出近视镜，戴上后，围着古竹韵缓缓走了一圈，似在品鉴一件稀罕物，不断摇头咂舌。

最后，他停在了古竹韵的对面。

"小姑娘"，他操着比魏尔诺还要熟练的中国话说道，顺便伸手扶住险些滑落的眼镜，"我终于明白了我的那些士兵为什么会忘了出城的任务了。"

古竹韵听懂了，却抿着嘴唇没有作声。

柴皮尔斯基将军淫亵地挤挤眼睛又说道："你猜我要怎么着？我要把你带进城去，放在我的身边，以免你把我的部下们弄得神魂颠倒，甚至贻误了战机。我当然不会让你吃苦,相反你会得到许多优待。怎么样,小姑娘,跟我乖乖上马吧,嗯?”说着,向古竹韵接近了半步,同时伸出手去。

古竹韵只轻轻一拨,柴皮尔斯基将军险些侧身倒地。

柴皮尔斯基将军是看见古竹韵一边躲闪一边伸出胳膊的,但他无论如何也不会意识到,眼前这个清秀甚至显得柔弱的少女竟有超过常人十数倍的内功,还以为这一趔趄是因自己太过急切,偶然失去平衡所致呢。但他同时也确信,这少女的确对他作出了反抗的表示。于是他在稳住脚跟后,半恼怒半戏谑地说道:“嗬嗬,马驹子一样,还想尥蹶子呢!看来,是要我把你抱到马鞍上了。”说着,伸出双臂,就要去搂抱古竹韵。

古竹韵举手道:“等一等!”

“等一等?为什么?”

“我们为什么不先打个赌呢?”

“打赌?打什么赌?”

“你方才说,要把我抱上马鞍,对吧?”

“是的,不错。那又怎样?”

“咱们就打这个赌好了。你要能抱住我,我就乖乖跟你进城;否则,你们就痛痛快快从我家门前滚蛋!”

“嗯?嗯。这很有意思。是的,非常有趣。但是,小姑娘。”柴皮尔斯基将军歪头说着,伸出一个指头,“咱们可得说话算数。”

“当然。你也不能当着你的部下自食其言。”

“那还用说?但我要告诉你,小姑娘,别以为所有的胖人都蠢笨如猪!像你这样的窈窕……窈窕小女子,我一手能抓俩!”

“试试吧,将军。可不要反悔。”

“很好,太妙了!我就来陪你玩一玩吧。这会双倍增加我在床上的乐趣呢!”

柴皮尔斯基将军话音未落,早已跨出一个前弓步,双臂如铁钳般向古竹韵的纤腰箍去。

古竹韵这回没有去拨柴皮尔斯基将军的双臂,而是倏然送出右掌,直迎对方飞速逼近的高额头轻轻一击,然后急速收掌,做出一副连动也没动的样子。

自信就要把古竹韵箍到胸前的柴皮尔斯基将军,只觉得一阵冷风骤然朝颜面袭来，还没弄明白这冷风从何而起，脑袋里便轰然一声巨响，整个身体像被猛地推了一下，颠出数步，往后便倒。要不是马德里托夫中尉从背后托了一把，他准会仰面摔倒。

好不容易才站稳的柴皮尔斯基将军，没好气地推开马德里托夫中尉的手，回过头去狠狠瞪了一眼窃笑不已的部下们，然后，一边抖晃依然轰响的头颅，一边在心里对刚才陡起的一股邪风纳闷。

事实上，古竹韵的一掌，也只是使出一二成力量，但求这位将军识趣些，尽快带着部下滚蛋，也就算达到了目的。否则，再添个三五成力量，那个又高又亮的额头，早就在她掌心接触的瞬间裂成碎块了。

但看样子，柴皮尔斯基将军尚未意识到已吃了对方一掌，还在琢磨着令自己险些跌倒的邪风发轫何处，何以只吹向他的天灵盖？而且，似乎打定主意，要作第二次进攻。他最后晃了一下脑袋，向古竹韵走去。

古竹韵这回真的怒不可遏了。

“不要脸的将军！”她咬牙怒骂道，“还想再挨一掌吗？我会叫你的脑袋开花！”

柴皮尔斯基将军一怔，停下脚步。在这一刹那，他终于明白了，刚才让他在几百名部下面前丢脸的不是什么邪风，而是挨了对方一掌。柴皮尔斯基将军是深知中国武功的厉害的。但是，面前这个看似文弱娴静的且肌肤莹白细腻的小姑娘，居然也会武功，而且，从出掌收掌之快捷得令人难以置信，更说明其功夫绝不会在一流以下，则是他怎么也没料到的。是的，柴皮尔斯基将军要是不知就里，也就罢了，反正他自信下一次进攻定能手到擒来，部下们的讪笑自会消灭，胜利和快乐依然属于他；可一旦知道是被一个中国小姑娘轻轻一掌便险些四脚朝天，而且肯定抵挡不住这小姑娘预约给他的第二掌，那心情可就完全不一样了。只一息间，他的脑海里已不再是渴望获得眼前这美妙的身体，而是决心消灭这个身体了。

“好哇，小姑娘！”柴皮尔斯基将军猛然扬起右臂，怒吼道。待他的胳膊挥下时，右手恰好握住腰间手枪的把柄，随即把黑亮的手枪拔出：“你居然用中国武功对付我！那咱们就看看，你的中国功夫能不能抵挡住我的枪子儿！”

一直在提心吊胆做看客的魏尔诺中尉突然叫道：“将军，不能开枪！”

柴皮尔斯基将军侧过脸去喝骂道：“闭上你的臭嘴！”然后，倏然回过脸来，怒视着古竹韵，慢慢举起手枪，一面用拇指压开保险锁，一面恨恨不已又多少带点儿遗憾地嘟囔道，“这可是你自找的……”

古竹韵蔑视地撇撇嘴问道：“将军，你想打死我？”

“怎么？”柴皮尔斯基将军反问道，语气中带着明显的讥诮，“你想留下什么遗言吗？”

“我们可没说要用枪。”

“你是害怕了，对不？”

“为什么要害怕？可咱们得把话说在前头，你如果用枪，我就要把条件加码。”

“条件……加码？”柴皮尔斯基将军疑惑地歪头问道，但他很快明白了古竹韵的意思，并忍不住哈哈大笑了一阵，“好，好。”待他笑毕又说道，“加码吧，小姑娘，随你什么条件。可是，只怕你……”他说着，食指已开始勾向扳机，“只怕你要到上帝那里提你的条件了！”说完，那已弯成弧状的食指向扳机冷然压下去。

说时迟，那时快。就在枪声响起的瞬间，只见古竹韵的身体轻轻一扭，瞬间一团白光拔地而起。人们还没看清腾空而起的古竹韵做何动作，便只听柴皮尔斯基将军大叫一声，四肢平扑地上；再一瞬，空中的一团白光不见了，却见握着手枪的古竹韵一脚踏着柴皮尔斯基将军的脊背，连大气也没喘一下地站在那里，俨然一尊洁白的雕像。

从士兵的队伍里传来枪支下肩的哗啦声。

古竹韵仰脸喝道：“有谁敢向我举起枪来，我就先送你们的将军下地狱！”

柴皮尔斯基将军只觉得脊背上似有一座山压着，动也动不得。但脑袋还可以转动。听到古竹韵的喊声，他把脸转向部下们，喝骂道：“Не стреляйте, болваны!”

（“混蛋们！不能开枪！”）

士兵们遂又把枪收回到肩上，怔怔看着眼前的场面，弄不明白将军何以把手枪交给那姑娘且趴到地上任那姑娘的脚踏到脊梁上。

正在这时，只听墙上有人喊道：“小姐接剑！”

原来刘成知道古竹韵没使过手枪，怕她再吃亏，便把古家家传的宝剑拿来抛给古竹韵。

古竹韵明知刘成此举毫无意义，但也不能去搭话，只是轻舒猿臂，稳稳把劈空飞来的宝剑握进左掌，并用剑尖轻轻抵在柴皮尔斯基将军的后脖颈，举起右手，以枪筒虚指那些泥塑木雕般的士兵们。

柴皮尔斯基将军明确感到剑尖的冰冷，越发不敢动了，他告饶地哀声说道："放了我吧，姑娘……"

古竹韵想了想说道："我可以放了你，但有条件。"

"条件？……好好，你说吧，我全答应。"

"可我又信不过你。"

"我是将军啊，姑娘！"

"你是元帅我也信不过。你必须找一个我能信得过的人。"

"那么……那么……"柴皮尔斯基将军无措地喃喃道，一眼瞥见远处的两双马靴，他知道这两人一个是马德里托夫中尉，一个是魏尔诺中尉。刚才魏尔诺中尉似乎曾回护那中国姑娘，又会说中国话，看来，只有求助魏尔诺了。"魏尔诺中尉！"他喊道。

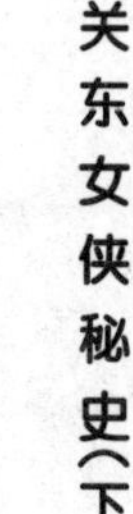

魏尔诺中尉向前走了两步，俯下身问道："将军大人有何吩咐？"

柴皮尔斯基将军改用俄国话说道："поручик, ты должен меня спасти!"

（"中尉，你可要救救我呀！"）

魏尔诺中尉带着埋怨说道："Я говорил не стрелять, а вы меня не слушали……"

（"我告诫过您，不能动枪的。可您不听……"）

"Чего сейчас говорить!"

（"现在别说这些！"）

"Скажите, что мне делать?"

（"您让我做什么？"）

"Эта девушка хотела обсудить со мной условия, но онане доверяет. Вы можете выступить посредником?"

（"这个姑娘要和我讲条件，却又信不过。你来做个中间人吧？"）

"Я – посредником? Нет – нет, генерал, я всеголишь скромный поручик, эта девушка не сможет доверять。"

（"让我做中间人？不不，将军，我只是个小小的中尉，那姑娘不会相信的。”)

“Что же делать тогда, что же делать?”

(“那怎么办？那怎么办?”)

魏尔诺中尉拧眉沉思片刻后,眼睛突然一亮,说道:“请忍耐一下,我去去就来。”

魏尔诺中尉在这时改说了中国话,显然不仅仅是说给柴皮尔斯基将军的,也是说给古竹韵听的。他说完,急速回转身,劈手夺过握在马德里托夫中尉手里的缰绳,飞身上马,朝盛京城小西关疾驰而去。

柴皮尔斯基将军一时还闹不清魏尔诺中尉“去去就来”是什么意思,但必须趴在地上继续“忍耐”,却是再明白不过了。这叫他羞惭难当,真想大哭一场。

古竹韵似乎也明白了对她来说半是请求半是忠告的话。她觉得魏尔诺中尉很怪,但又是个可信的人,而且,在围观者越来越多的情况下,让眼前的场面保持原状持续一阵,对她未必不是一件惬意的事。所以,她决定暂且“忍耐”一下。

十分钟后,魏尔诺中尉偕同一个俄罗斯女人,双双飞骑而来。两人在古竹韵跟前跳下马来。

魏尔诺中尉请来的不是别人,正是随军同来中国的柴皮尔斯基将军的夫人卡婕林娜。

卡婕林娜年约四十以往,因善于保养,又极会修饰,冷眼看去,也就是三十几岁的样子。她与丈夫同来中国的原因是,将军可以携带家眷,而她又极想看看神秘的东方古国究竟是什么样子。她当然可以只做“夫人”,养尊处优,享受种种优待。但她又过不惯饱食终日、无所事事的日子,便主动请缨,去管理随军的看护妇们。她出身高贵,为人却极谦和,从不摆将军夫人的架子。所有人都喜欢她、尊敬她,她也喜欢和尊敬军队里所有男男女女,与做看护妇的魏尔诺中尉的母亲安琪柯娃尤为相得。这些都是闲话,放下不表。

且说卡婕林娜虽然从魏尔诺中尉三言两语的报告中,已约略猜出了事情的原委,但当她一眼看到柴皮尔斯基将军在一个俊俏的中国姑娘脚下马趴地上、哼哼唧唧的既可悲又可怜更可鄙的惨状时,还是克制不住浑身发抖,气得一时说不出话来。

她的气无疑有一部分针对古竹韵,但更多的则是冲着柴皮尔斯基将军。

费劲儿地挺着脖颈扬着脸的柴皮尔斯基将军，眼睁睁看着跳下马背的卡婕林娜向他喷射过来的又气又恨，又恼又怒的目光，心里真如打翻了五味瓶，再难品鉴出是何种滋味。在这一瞬，他真想跳起来，狠狠打魏尔诺一记耳光！遗憾的是，他的脊背上像压着一座山，无论如何也是跳不起来了。但是，他有充分理由恨魏尔诺中尉吗？假如被请来做中人的不是卡婕林娜，而是另外的什么人，比如说是军阶相当的同事或其他会说中国话的女人，不是会叫他更加出丑吗？这么一想，反而觉得把卡婕林娜请来是魏尔诺中尉的聪明选择了。

不管怎么说，顶顶要紧的是尽快从中国小姑娘的脚下解脱出来。

按说，应该是魏尔诺中尉先开口，以便使古竹韵、柴皮尔斯基将军以及卡婕林娜正式进入谈判程序。事实上，魏尔诺中尉也确实想这么做。但也许是柴皮尔斯基将军已经晕头转向或者是太着急了，反而先张开了嘴巴。

只见他费劲地转动着脖颈，尽量使眼角的余光能瞥见古竹韵的白色衣袍，气息不怎么通畅地说道："我说姑娘……这是我的……我的夫人，由她作保总……总可以了吧？"

"她真是你的夫人？"

"那……那还有假！你可以……问魏尔诺中尉嘛。"

魏尔诺中尉证实道："姑娘，我请来的确实是将军夫人。她的名字叫卡婕林娜。"

"我相信了。"古竹韵说道，"但是，她会说中国话吗？"

魏尔诺中尉说道："我可以做翻译。"

"这不行。"古竹韵不容置辩地说道，"要将军自己做翻译！"

"这不合适！"

"最合适了。"

"姑娘！……"

"听着，中尉。"古竹韵异常坚定地说道，"我同意由将军夫人作保，已经作了太大的让步。而且，由将军自己翻译，他可以把自己的保证记得更扎实些。"

没等魏尔诺中尉再反驳，柴皮尔斯基将军急不可待地说话了："好好，就我……就我来翻译好了……"

于是，谈判正式开始。

为了减少叙述上的麻烦,也为了多少照顾点儿在日后还有良好表现的柴皮尔斯基将军的面子,我们暂且把整个谈判过程改为用中国话交谈的方式,作出如下记录。但无论如何,请不要忘记,我们所作的记录,在当时是经过柴皮尔斯基将军分别用两种语言叙述的。这种由谈判的一方充当翻译的场面也许十分可笑,甚至是独一无二的创举,更甚至会引起人们的怀疑,认为是作者向壁虚构的噱头,但事实如此,《清朝野史大观》上就是这么记载的,作者也不好回避。

我们且打住这些不必要的饶舌,把这次奇特的谈判,以古竹韵同将军夫妇交谈的方式披露如下:

"你是柴皮尔斯基将军的夫人?"古竹韵问道。

"是的。"卡婕林娜答道。

"您叫卡婕林娜?"

"是的。请问小姐芳名?"

"我叫古竹韵。"

"这名字听起来很古怪。"

"夫人的名字在我听来也很古怪。"

"我们互相会慢慢习惯的。"

"也许吧。我想,我们还是谈正事吧。"

"当然。不过,我的丈夫好像喘不过气来,小姐可不可以挪开芳足呢?我可以保证他……"

"不,不行。至少现在不行。但我可以收回一部分力量。"

古竹韵说完,确实收回了一部分力量,柴皮尔斯基将军虽然还是站不起来,但一定会感到轻松不少。

"谢谢。"卡婕林娜说道,无奈地轻叹一声,"开始吧。"

古竹韵微微皱了一下眉头,说道:"请夫人记住,谈判的双方是我和您的丈夫。"

"请放心,古小姐。我只想听明白你们谈判的条件,绝不会暗中干扰。"

"听着,柴皮尔斯基将军。你要原原本本地把我们的谈话翻译给你的夫人。"古竹韵略带恐吓地说道。

"我发誓。"

"你刚才说过,只要我放了你,可以答应我提出的任何条件。"

“是的，我是这样说的。”

“这话还算数吗？”

“当然，算数。那还用说吗？但是……不能涉及国家利益。”

“那好吧。你听着，看在魏尔诺中尉和你夫人的面上，我还不想太难为你。但是，我提出的条件，你必须全部答应并全部实现才行。”

“没问题。只求你快说吧。”

“第一，立即叫你的部下从我家门前滚开，永远不得再到小西关门外来寻衅闹事；第二，从这里去西北十里地宝石沟是我的私产，不准你的人马踏入一步；第三，你们的人不得以任何理由进入太清宫捣乱。”

柴皮尔斯基将军在仔细问明白了小西关门外、宝石沟和太清宫的准确位置后，很痛快地说道：“三个条件我全答应了。”

正式谈判到此也就算基本结束。

古竹韵略一思忖，突然将目光转向魏尔诺中尉，问道：“中尉，您能证明刚才将军把我们的谈判如实向卡婕林娜夫人作了翻译吗？”

魏尔诺中尉说道：“将军是何等身份的人？怎么会骗你呢？请姑娘务必相信才好。还有，也请姑娘如约放了将军。”

“好吧。”古竹韵点头道，同时撤回了自己的脚，想了想，又说了下面的话，“将军的脊梁可能受点儿伤，请魏尔诺中尉扶他一把。”

魏尔诺中尉当即照办了。

好不容易直起身的柴皮尔斯基将军难为情地溜了卡婕林娜一眼，却因一扭身，那受伤的脊梁疼得他大声叫了起来。

古竹韵略一犹豫后又说道：“魏尔诺中尉，我想同卡婕林娜夫人说几句话。将军受了伤，也累了，请您代为翻译吧。”

“愿意效劳，古小姐。”

以下对话，我们依然略去翻译过程。

“卡婕林娜夫人，我还估计不出将军的脊梁伤得多重。但是，如果到了明天这个时候，依然疼痛难忍，就请夫人派人来，我会给一些特效药。”

“非常感谢，古小姐。”

“还有，我很为今天的事感到抱歉。”

“不。倒是我该向古小姐表示道歉。何况，古小姐并未提出任何苛刻的条件。”

“说到条件，还望夫人随时提醒柴皮尔斯基将军。”

“我的丈夫虽说常办错事，但也是个言而有信的人。不过，我还是会常常提醒他，叫他别忘了今天说的话。”

“谢谢夫人。”

“古小姐太客气了。”

“今天的事就到此为止吧。家母病故，停柩待葬，不便请夫人屈尊寒舍，还请宽谅是幸。”

“是我的丈夫和他的部下滋扰了令堂的葬礼，我深感愧疚。移日我定要登门谢罪。”

“这却不必了。”

古竹韵等魏尔诺把她最后一句话翻译完，将手枪递给卡婕林娜夫人，回转身，拎着宝剑朝古家小院的已被刘成打开的大门走去。

在这一刻，她突然意识到，她并不讨厌卡婕林娜夫人，甚至陡升一股怜悯之情……

42

古竹韵和葛月潭都认为，既然在俄军退去后，鼓乐手、诵经班以及送葬客们又都返回古家小院，时间也没误到一个时辰，葬礼是可以继续进行而无须延期的。于是，葛月潭又重整旗鼓，门里门外张罗了一阵，终于诸事如仪地把萧夫人的灵柩送到宝石沟墓地安葬。

望着眼前新起的坟茔，想到母亲短促而不幸的一生，特别是想到母亲死后又受到俄国人的骚扰，灵魂不得安宁，古竹韵如何不椎心泣血，哭得昏天黑地、死去活来。这自不必细说。

时光荏苒，一晃间已过了头七。

古竹韵依礼至墓前哭祭后，仍留下刘成夫妇守墓，她则在专程到宝石沟诵经的葛月潭陪伴下，返回盛京西郊。此后，除七七她要去墓地哭拜外，期间的一个月便只需在设于堂屋的萧夫人灵位前祭拜即可了。这当然是葛月潭的主意，其用意无疑是怕古竹韵守在墓地会哭坏了身体。

且说古竹韵从宝石沟回古家小院的第二天下午，有人叩响了大门的门环。

满院只有古竹韵一人，只有她亲自去开门。

令她感到吃惊的是，叩响门环的竟是卡婕林娜夫人和魏尔诺中尉。这两人身后，是一辆豪华的俄式马车。

古竹韵一时猜不出在发生了七天前的事情后，卡婕林娜的突然拜访有何目的，但却能肯定，魏尔诺中尉是专为做翻译而来。

古竹韵作为主人，理应先开口。

"魏尔诺中尉，"古竹韵说道，"你和卡婕林娜夫人辱临寒舍有何指教？"

魏尔诺中尉一怔后说道："将军夫人来拜访古小姐。我是来做翻译的。所以……"

古竹韵随口说道:“那就把我的话翻译给将军夫人好了。”

“对不起,我说了一句废话。”魏尔诺中尉红着脸表示歉意后,便把古竹韵的问话翻译给了卡婕林娜。

以下谈话,我们仍然省去翻译过程。

“古小姐,”卡婕林娜说道,“在发生了七天前的事情后,我内心一直感到不安,早想亲至令堂灵前谢罪。但我在请教了当地一些老人后,方知头七天只能由亡故人近亲设祭,故等到今日。不知古小姐可否允许我灵前成礼,以了我的心愿?”

古竹韵略一思忖后说道:“夫人只知其一,不知其二。虽然已过了头七,其他忌讳依然很多。夫人是外国人,同家母又无一面之交,势必会惊扰了家母刚刚得安的亡灵。所以,还是免礼吧。”

“既然如此,我也不便强求。但我对古小姐还有个不情之请。”

“请说。”

“古小姐姿容超凡,言谈不俗,且又身怀绝世武功,不愧为女流中之豪杰,令我七日前便一见倾心。七天来,我一直在想,如能同古小姐结为密友,也算我没白来中国一趟。不知古小姐是否舍得给我这个荣幸?”

“夫人言重了。”古竹韵说道,“中国有句古话,‘嘤其鸣矣,求其友声’,算上今天,你我只有两次短暂接触,语言又不通,此时谈结交,不仅为时过早,也不具备条件。”

“我理解。但是,条件会具备的,时间我也可以等待,我只希望古小姐不再对我怀有敌意。”

“怕是我说没有敌意,夫人也未必相信。”

“我也相信你我之间的敌意会消除的。”

古竹韵沉吟一下后说道:“夫人还有别的指教吗?”

“不敢。”

“那么……”

卡婕林娜见古竹韵就要转身离去,连忙说道:“请等一等,古小姐。”

古竹韵又复站定,态度依然十分冷淡。

“古小姐,”卡婕林娜紧接着说道,“不管我们何时能倾心结交,总该有个开始。或者说,至少给我一个机会。”

“机会?不,我不明白。”

"比如说,我不便至令堂灵前拜祭,古小姐可否在今晚去城里与我一聚呢?"

"谢谢夫人的盛情。但我不能接受您的邀请。我正在守孝,您知道的。"

"古小姐误会了。贵国礼仪之重,我是知道的。但我所说的'城里一聚',只是一起吃吃饭说说话而已,绝非古小姐理解的歌舞宴饮。守孝也是要吃饭的嘛,这并不违背孝道。请问古小姐,连这样的面子也舍不得给我吗?"

"这……"古竹韵说道。紧蹙的额头说明她对卡婕林娜的邀请,既感到疑惑,又觉得不好回答。

卡婕林娜又说道:"我以名誉担保,古小姐会绝对安全。当然……如果古小姐怀有戒心,也不必太勉强。"

卡婕林娜说完,曾一度很后悔,因为她最后一句话,远远超过了客套的范围,俨然是以言相激了。这实在有悖于她寻求友谊的初衷。但她没料到,恰恰是她本人也没意识到的激将法,搅起了古竹韵同样并非自觉的自尊和傲气。而且,从古竹韵深层的心理来讲,她也并不想拒绝卡婕林娜这样高贵女人的友情,只是碍着这女人是俄国人,而俄国人曾骚扰过她以及妈妈的葬礼,因而不愿也不能把这种模糊的愿望太直露太主动地表现出来。也就是说,在与卡婕林娜进一步结交上,古竹韵虽说存在心理障碍,但这障碍并不牢固,因卡婕林娜的话而激起的自尊和傲气,足以掩盖住这一心理障碍,促使她决心作一次新的冒险。

所以,古竹韵在片刻的沉吟后,语气十分果断地说道:"好。我准时叨扰就是。"

卡婕林娜异常兴奋地说道:"谢谢古小姐如此赏脸。我真是太高兴了。那么……古小姐可否与我同车进城呢?"

"现在?"

"你看,我真是得寸进尺了,是不?"

"这没什么。我遵命就是。请稍候片刻,我换装即出。"

"谢谢。请便。"

古竹韵迅即返回房中,只几分钟,便快步走了出来。此刻的古竹韵已换上了墨绿色的闺中常服,只在发际结扎了一条白绫,显得愈加清秀和楚楚动人。

还是在柴皮尔斯基将军不受任何抵抗率军进入盛京城的当天,便选定了在诸多王府中并非最豪华的庄亲王府作为他的临时住所兼司令部。原因是,庄亲王府在故皇宫围墙以外的建筑中,最接近于市中心的位置,而且,其后身又紧对着故皇宫的西便门(据传,这西便门系柴皮尔斯基将军入城的当天,连夜开凿的);其次,与他确定的城西北角的兵营也极近。不用说,这是有许许多多能公开和不能公开的方便之处的。这座建筑方位系坐东朝西的王府,门前是一条纵贯南北的大道,顺这条大道北行十数丈离建有牌楼的路口不远处的路西,原有一间由增祺将军的近亲经营的大饭店,名叫天香酒楼,是一座中西合璧的两层建筑。柴皮尔斯基将军觉得,他的部下在经过长时间的海上颠簸和登陆以来的连续战斗后,实在极需要一个饮宴玩乐之所,便出资重新装潢了这间酒楼,桌椅摆设自不必说,连墙壁也尽量挂上了西洋的油画。按照柴皮尔斯基将军的规定,只有具备少尉以上军衔的人方可进入这间名为俄罗斯饭店的酒楼,所以,它又相当于俄军军官俱乐部。

卡婕林娜便是在这间饭店二楼的豪华的雅间里与古竹韵共进晚餐。

还是她们乘坐的马车刚刚驶入城中后,由于时间尚早,卡婕林娜便问古竹韵是否进入过故皇宫,古竹韵说,她只是个平民百姓,虽与故皇宫只是城里城外,近在咫尺,却从无机会涉足其间。卡婕林娜提议带她进去看看,古竹韵表示愿意遵命。于是,她们从南侧正中的大清门进入了故皇宫,先穿过东七间楼浏览了东路的十王亭和大政殿,再返回中路,经崇政殿,北行登凤凰楼眺望盛京城全景,下楼后继续北行,在清宁宫略事休息,然后拐到西路,参观了大戏台和其他建筑后,从文渊阁附近的西便门走出皇宫大墙。虽说是走马观花,前后也用去了近三个小时。整个参观过程,先是由深谙中西建筑的卡婕林娜作简要讲解,古竹韵只作态度冷淡的听客。但渐渐地,十分熟悉太清宫建筑且在学画过程中酷爱上中国古典的楼台殿阁的古竹韵,对见所未见的故皇宫的宏伟豪华、精湛细腻的建筑群产生了浓厚的兴趣,并投入了整个身心。她不再沉默,也不甘心只做听客,最后竟是她成了讲解员,卡婕林娜成了偶尔插话的参观者了。但是,她们这种专业性极强的讲解和交谈,却大大苦了担当翻译的魏尔诺中尉。诸如藻井啊、斗拱啊、须弥座什么的,他怎么也找不到对应的词,即使连说带比画也表达不明白,逗得卡婕林娜时常笑得直不起腰,连古竹韵也有时忍俊不禁,几次都险些笑出声来。

总之,经过近三小时的联袂游览,古竹韵同卡婕林娜的感情距离有了大幅度的缩短。当她们进入庄王府，坐在卡婕林娜的小客厅，端起加糖的热咖啡时，两人你一言我一语地谈起一路的观感，已是老相识一般随便了。这无疑证明了卡婕林娜非凡的外交能力。

不用说，卡婕林娜也一定会把当晚的便餐安排得妥妥当当，无可挑剔。我们且不去描述备餐的全过程，只作如下两点说明，便可看出卡婕林娜何等精明和煞费苦心了。第一，虽说是便餐，席面却很丰盛，而且一律是中式菜肴和中式餐具；第二，卡婕林娜特意请来魏尔诺中尉的母亲安琪柯娃作陪，这位相貌不俗、举止端庄受过高等教育的波兰籍中年女人，中国话说得比魏尔诺中尉还要顺畅。这理所当然地消除了古竹韵在饮食上与女主人的隔膜感以及在交谈时有一个男人在场的拘谨。古竹韵觉得这场面很随便，甚至很亲切。而且，那位兼通波、俄、中三种语言的安琪柯娃，很快赢得了古竹韵的敬重和好感，古竹韵甚至觉得，这温顺、和悦、不苟言笑的波兰女人，有点像自己的妈妈。

结果，就餐尚未结束，这三个不同国籍、不同民族、不同年龄的女人，关系已是十分融洽了。她们相约，以后一定要常见面、常来往。

一句话，当晚的会面十分成功，主人和客人全部满意。

两天后，卡婕林娜在安琪柯娃的陪同下，回访了古竹韵。这回，古竹韵允许两位外国女人在萧夫人灵位前献香致礼，表示哀悼。她又为服丧期间不便宴请客人表示歉意。卡婕林娜说，姐妹间以诚相交，正不必有太多虚礼，一杯茶，说说知心话，胜似满桌珍馐。令古竹韵愈感惊奇的是，安琪柯娃竟把她和卡婕林娜交谈中的一些异常生僻的词汇，全都即时翻译出来，而且十分准确。

“夫人，”古竹韵羡慕地看着安琪柯娃说道，“您兼通波、俄、中三国语言，有多方便？我真羡慕您。”

“古小姐也能做到的，甚至比我更好。”

“那我可不敢企及。但我真想学会，哪怕只学会俄国话！”

安琪柯娃见卡婕林娜对她同古竹韵单独交谈很纳闷，便用俄语作了解释。

卡婕林娜笑着对古竹韵说了一通俄国话。

安琪柯娃翻译道：“将军夫人说，古小姐有这个愿望真是太好了！这样，就无须她这个老太婆费出吃奶的劲儿去啃中国话这块硬骨头了。”

古竹韵要不是重孝在身，且与母亲灵堂近在咫尺，那么，在听了安琪柯娃上面一段掺杂着方言俚语的翻译后，准会大笑起来。

尽管古竹韵没有大笑，谈话的气氛毕竟更加活跃了。

三个人又闲谈了一阵后，卡婕林娜突然说道："趁着古小姐高兴，我可要得寸进尺，向古小姐提出个要求了。"

"请说吧。"古竹韵很痛快地说道，"只要我能做到。"

"当然能。而且，唯古小姐方能做到。"

"夫人不妨直说。"

"那我就不客气了。古小姐肯定不会忘记使你我得以相识的那件事。其实，进入中国以来，不止一次发生过同类事件，但能如古小姐那样躲过灾难，据我所知，是绝无仅有的。不瞒古小姐，就连我和安琪柯娃，有时也免不了受到士兵们的骚扰。虽然安琪柯娃是中尉的母亲而我是将军夫人，但中尉和将军也有鞭长莫及的时候，况且我们又终日与士兵们打交道呢？所以我就想，如果能像古小姐一样，会点儿防身的功夫，那就不一样了。"

"我明白了。"古竹韵说道，"夫人是想学点儿防身术。"

"古小姐肯教吗？"

"如果夫人……唔，还有安琪柯娃夫人——我是说，两位夫人常备短枪防身，不是更好吗？"

"短枪并非任何情况下都有用。何况，像我和安琪柯娃这样可以携带枪支的女人不多。有些人，是连匕首也没有的。"

"夫人是说，需要防身术的不止您和安琪柯娃……"

"随军的女人有近百名，又大都很年轻。她们不像中国女人，可以躲藏起来。比如，盛京城里的年轻的中国女人，几乎都跑了。可我们那些看护妇，却不能避开军人。古小姐和我都是女人，知道一旦摊上那种祸事，对一个女人意味着什么。"

"原来……夫人心里惦记着所有女人！"

"所有女人都是我的姐妹。姐妹间需要互助。我心里不能不惦记她们。但也仅此而已。光惦记有什么用？如果我会分身术，日夜守在所有女人身边，就不会像今天这样忧心忡忡了。"说到这里，她轻叹一声，"唉，可恶的战争！"

古竹韵略一思忖后说道："夫人的精神感动了我。我答应了。"

"真的？"

"真的。"

"古小姐,你真是太好了！我该如何表达我的谢意呢?"

"那就请夫人答应我一件事。"

"什么事我都会答应的。说吧,什么事?"

"如果……如果两件呢?"

"多少件都没问题的。"

"第一,我想让我的中国姐妹们也来学习防身术。"

"这……当然。是的,当然可以。"

"第二,我想很快学会你们的语言。"

"这容易。我现在就决定让安琪柯娃做你的老师,并从此免去她在军中一切劳务。而且……由魏尔诺中尉亲自驾车迎送二位。不过……这对我可有点太便宜了。"

"夫人的慷慨对我却十分贵重!"

"古小姐这么重情义,又这么会说话。我是越发喜欢你了。但是,我由此不能不产生一个极大的忧虑……"

"忧虑?"古竹韵诧异地问道。

"是的。"卡婕林娜说道,重重叹息一声,"我们迟早会分别的。因为有消息说,我的丈夫有可能调回彼得堡……我怕到时我会受不了。"

古竹韵的情绪显然愈来愈好,便半开玩笑地说道:"那我们现在就冷淡些好了。"

"不!"卡婕林娜喊道,"天哪,绝不！那我会更受不了的!"

"夫人,我是开玩笑。"

卡婕林娜举手故作威胁地说道:"可我要警告你,再这么吓唬我,我是饶不过你的!"

她的话和她的看似异常认真的表情,逗得古竹韵忍不住笑出声来。接着安琪柯娃和卡婕林娜本人也笑了起来。但她们很快意识到在与萧夫人灵堂仅一门之隔的房间里大笑是不合礼仪的,便又都怀罪地朝门外看了看,连忙收住笑声……

从此,古竹韵或去城里向俄军军营中的女人们教授武功,或在家中同安琪柯娃学习俄语,加上为萧夫人做过七七之后,刘嫂回来给她做伴和操持家务,使她不再有孤独寂寥之感,日子也变得不那么悠长了。

43

时间的脚步对于姜海山却缓慢多了。

还是在铁岭赵府门前辞别了去日无多的师母和突然间憔悴起来的师妹,忍着伤痛,单骑奔往摩里红山的途中,姜海山得以不受干扰地回忆起在赵府的日子里同古竹韵接触的诸般情景。从交叉往复涌进脑际的各种场面,特别是古竹韵绝口不谈父仇、见面时眼中流盼的柔光和嘴上温软的细语以及临别前那句显然包含丰富暗示的“海山哥,跟不跟我回去”的问话,使他骤然间得出一个结论:古竹韵理解并原谅了他的过去,对他仇敌般的痛恨和路人般的冷漠已消失得无影无踪,甚至愿意与他和好如初和重续前缘。这不正是他几年来昼思夜想又以为永无可能的幻梦吗?可是,他在赵府时居然傻呵呵地对此视而不见,或者干脆说,他不敢相信这会是真的。结果,他白白错过了一个异常难得、尤难再现的机会。而且,师母已近天年,本该由他和古竹韵一同尽孝和一同承担的重负,全落在古竹韵一人肩上,尤其是,从此以后,古竹韵要一人孤零零苦熬岁月,这样的未来,对于一个年仅二十岁的少女不是太悲凉太可怕了吗?如果他在离开赵府前便能理解古竹韵心意的话,那些可怕的后果便都是可以避免的,他和古竹韵一定会有一个美好的前景。

那么,他当时如果完全明白了古竹韵心理,他会不会放弃摩里红山而永远留在铁岭或盛京呢?似乎也不能。自从他跟随刘宝清成为义和团二师兄后,便发誓为义和团的事业奋斗终生了。在刘宝清遇难义和团处于危机之时,他让弟兄们从暗道撤退而他和高鸿绪潜入盛京城,也是打算救出古竹韵后,再去带领那些弟兄们杀上抗俄的战场。后来,只是因为创巨痛深,难以行动,才不得已随师母和师妹暂避铁岭养伤。只要他伤势好转,功力略有恢复,还是要回到弟兄们中间,去实现自己的誓言的。也就是说,即使他与古

竹韵共结连理的条件完全成熟,他也不能丢下目前肯定是群龙无首的几千弟兄而留在古竹韵身边的。至少,他要在义和团又有了众人拥护的领袖之后,才能以一个自由人的身份,去与古竹韵共建美满的家庭。

如此说来,姜海山反而不为在赵府时的愚钝后悔了。而且,他觉得,这样对古竹韵或许更好,既无分别之难,也无牵念之苦。

但不管怎么说,姜海山既然确信古竹韵仍然钟情于他,前缘尚可重续,心情也就变得轻松多了。他决定,尽快赶到摩里红山,待义和团一切就绪后,便飞马驰回盛京,到时,肯定会给师妹一个惊喜的。

然而,当他到了摩里红山后才大吃一惊地获悉,唯一可以接替刘宝清担当义和团统帅的崔鹤松早已率原部南下辽阳,投奔晋昌副都统去了。剩下的弟兄,算上老弱病残,也不足五百之数。高鸿绪和胡云翼两位法师告诉姜海山,这五百弟兄,已获知刘宝清遇难,是死心塌地等他姜海山痊愈后来带领他们闯天下的。面对这忠心耿耿的五百弟兄,姜海山不忍心批评他们不跟崔鹤松南下抗俄的错误决定,更不能丢下他们甩手而去。他决定当即整顿队伍,南下投奔晋昌副都统。但是,他们一边躲避官军,一边躲避俄军,迂回着向南行进的第四天,姜海山异常震惊和悲哀地获悉,晋昌副都统和义和团的联军已被俄军打散,崔鹤松阵亡,其残部虽仍在坚持战斗,但已难于合兵一处,其势已是强弩之末。随后他又听说,晋昌副都统率军退至新民厅后已被朝廷解了兵权罢了官。姜海山心里清楚,他既无力去收拢崔鹤松的残部,靠他手下的只有半数可以应战的人马,也是不可能有什么作为的。于是,他只好领着这五百弟兄改道东行,去通化投奔了已很有声势的刘永和的抗俄队伍——忠义军。

姜海山的五百弟兄,有一半要吃闲饭,他本人又没有名气,且带着满身伤病,刘永和只给了他一个帮带的头衔,并让他仍统领原班人马。他没有理由计较,更不能丢下弟兄孤身引退,便心甘情愿当上了这寄人篱下又无足轻重的小头目。

事实上,凭姜海山的才干,是可以指挥千军万马的。让他当一名只需执行命令的帮带,一多半的精力都可以闲置起来,这倒使他身体的创伤在清闲中得以迅速康复。一个月后,他便可以纵马驰骋了。这时,元旦已过,春节在即,各地的清军和俄军都加紧了对反俄军民的围捕。根据忠义军总统刘永和的命令,姜海山部执行了几次单独与俄军战斗的任务。这几次战斗,刘永和的本意只是让姜海山这个“外来户”对俄军的实力作一下试探,然后决定本部是迎战还是撤退,对姜海山及其手下的五百人的生死存亡,是不在意的。但刘永和没想到,姜海山每次战斗,都指挥若定,他不仅善用地形,更善用计谋,尤能体恤部下、身先士卒,每次战斗都大获全胜且能全师而返。从此,不仅刘永和不敢小觑他,俄国人也对那“姜”字大旗唯恐避之而不远了。他和他的已迅速扩展到一千多的人马,终于在忠义军中有了稳固的地位,他本人也成了忠义军最高首领会议的参加者之一。没有多久,在东三省的中国人和俄国人中便没谁不知道在通化和海龙一带活动着一支声势浩大的抗俄队伍忠义军,在忠义军里有一位智勇双全、每战必胜的首领姜海山了。时仅数月,他已同刘永和齐名,甚至在俄军和官府张贴的通缉拳匪首领的赏格中,姜海山竟与刘永和同列榜首。有人把这一消息告诉他,他听后,只是微微一笑而已。

可是,当有一天,他的部下拿来这样一张通缉令给他看时,他是再也笑不起来了。

因为,那通缉令的落款处,赫然写着增祺的大名!

“天哪!”他心里惊恐地叫道,脸色变得惨白,“这增祺老贼又官复原职了,他能放过师妹吗?即使他预料不到师妹竟会返回盛京西郊,但纸里包不住火,迟早会被他知道的。从此,师妹不是时时处于危险之中吗?甚至眼下那悲剧已经发生也未可知……”

姜海山在刹那间想到上面那些,倏然从案边跳起。他决定,立即去见刘永和,请假去盛京,看看师母和师妹。他一定要说服师母和师妹,离开充满危险的盛京,同他到通化来。他只企盼在他到盛京前,师母和师妹不至于出事。

他刚想喊来传令兵给他鞴马,却见高鸿绪从外面拉开了帐篷的门,并恭恭敬敬让进来一位在任何情况下他也必须立即接见的人。

此人正是忠义军总统刘永和。

姜海山一怔之后,极力掩饰此刻的焦急情绪,连忙施礼道:“不知总统驾到,有失远迎,死罪死罪。”

“不必客气。”刘永和边说边脱下狐裘和水獭帽,交给恭候一边的随从,然后朝几案对面专为客人准备的椅子走过去,“来得如此突然,尚乞鉴谅。”他继续说着,待他坐下后,一眼看到几案上的通缉令,“你也看到了?”他一笑

问道："看来，这增祺很看重你呀！"

"这……其实……"姜海山有点惶惑，一时不知说什么才好。

"其实……"刘永和说道，"他看得很准确。"说着又微微一笑，"所以，我才希望你做我的左右手，出任忠义军副帅。但你为什么不接受呢？"

"总统……"姜海山支吾道，"姜某入伙时间尚短，而且……前面还有许多资历较深的首领……"

事实上，即使姜海山已经是一位功劳卓著和资历较深的首领，他也不想出任忠义军副帅之职。因为他觉得，这刘永和不像刘宝清那样大度和坦诚，且听说与海龙厅总管依凌阿有来往，难与共事，与其日后闹出不睦甚至矛盾，不如继续保持距离更好些。所以，他宁愿继续做一名在忠义军不甚起眼却可以率领自己的人马独立作战的小首领。

刘永和见姜海山说话的艰难样子，第三次笑了笑，轻轻挥挥手说道："我们暂且不谈它，尽管各首领乃至我本人，早已把你看成了义军的副帅。"

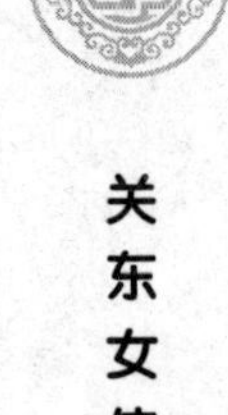

"总统！……"

"我说过，我们暂且不谈它。再说，我今天也并非为此事而来。——不过，你别站着呀。来，坐下，坐下。"

姜海山莫名其妙地蹙起额头。他犹豫了一下，有点儿不情愿地坐回到自己的座位上。

刘永和示意高鸿绪也可以坐下，然后，看着姜海山，似乎很随便地问道："海山，你在俄国人方面有朋友吗？"

"不。绝对没有。"姜海山一怔后，很坚定地答道。尽管他看了刘永和说话时的态度不甚经意，一时也猜不出其间的用意，但他心里仍然感到一阵骇然。因为他知道，刘永和不仅恨俄国人，也同样恨与俄国人有来往的人。他甚至亲眼见过刘永和处决一个救助了俄军伤兵的义军战士。所以，他在作出否定的回答后，又赶紧追问一句："总统为什么会提出这样一个问题？是不是怀疑……"

"不不。我随便问问而已。——唔，对了，我进来时，你好像正要出去。你要去办什么事情吗？"

"是的。我想找总统告假。"

"告假？"

"我有一件急需办的事情。"

“很重要?”

“相当重要。”

“我相信。但是,海山,我必须遗憾地告诉你……”

“总统!您的意思是……”

“是的。海山,在忠义军面临生死存亡的关头,你的事情只好暂且放一放了。”

“您说……什么?生死存亡的关头?”

“是的,眼下正是我们生死存亡的关头。现在,我们就来谈谈正题吧。你来看,”刘永和说着,把几案上的通缉令翻了过来,拿起案边的一支蜡笔,在那张纸的中间画了一个小圆圈,“这是通化,”他抬头看了迷惘中的姜海山一眼,说道,“我们的人马现在都集中在通化西北大约二十里地处,即我们脚下这块地方。”说着,他又低下头,在通化北边和西边各画了一个小圆圈,嘴上同时作着说明,“通化北边的海龙驻守着依凌阿的五千清军,再往北——大约是东北吧——是吉林,这里驻守着俄军高里巴尔斯将军的人马;通化两边是新宾堡,这里有守卫永陵的三千清军;再往西是盛京,驻守着俄国柴皮尔斯基将军的人马。”说到这里,刘永和抬起头来,手中的蜡笔却没有放下,“前不久,盛京将军增祺和俄军总司令阿列克赛耶夫商定,拟于近日各派精锐部队,联合清剿忠义军。增祺已命依凌阿总管投入全部驻军,包括永陵的守军,阿列克赛耶夫则派驻盛京以及驻吉林的两位将军各率五千骑兵到通化与清军协同作战,现已集结完毕。而且,”他说着,拿蜡笔从盛京画一条弧线直到通化南边,又从吉林画一条弧线直到通化东边,“两部俄军已在我们没有留意的情况下,开到了我们的东边和南边,两部清军拟于明后日进入我们的西侧和北侧……”

姜海山听到这里,暂时忘却了盛京西郊的古竹韵,异常骇然地问道:“您是说,这包围圈已经形成?”

“只是尚未收缩合拢。”

“也就是说,我们已在包围圈中。俄清联军是下决心必欲铲除我忠义军而后止了!”

“所以,形势对我们十分危急。”

“我们不能束手就擒!”

“当然不能。”

"您今天来,是打算向我下达什么命令吧?"

"不瞒你说,直到此刻,我还不知道该下达一个什么样的命令。"

"这怎么可能!"姜海山说道,并对下面要说的话稍事斟酌,"总统说过,面对敌人,或战或走而已,别无他途。"

"是的,我是这样说过。"

"而且,我相信总统一定作出了迎战的决定。"

"说实话——唔,等一等。海山,你是不是说,我们只能迎战而不能寻隙逃避?"

"难道总统不这么看吗?"

"请说你的看法。"

姜海山深思了一下说道:"是的。我认为我们只能迎战而不能逃避。"

"可你要知道,我们迎战的是数万敌军,而且是四面八方而来!"

"这对我们的确不利。但我们毕竟也是近万人的队伍,摆布和指挥得当,也未必不存在获胜的可能。"

"这可能性恐怕是异常之小,甚至……"

"但是,如果……如果我们寻隙逃避,那么,我们只能全军覆没。"

"全军覆没?"

"不会有别的结果。"

"海山,你能否对你方才的话作一番说明?"

"如果总统想听。"

"我当然想听。"

姜海山犹豫了片刻后说道:"总统说,我们事实上已在俄清联军的包围之中。这消息……肯定无误吧?"

"你对此有怀疑吗?"

"请恕我直言,总统。我突然意识到,这消息中的某些细节,应该是很难刺探到的。比如……"

"你不必说了,你的怀疑是有道理的。我来告诉你吧,对于这消息的来源,我也曾大费猜疑。我尤其不相信朝廷军队会与俄军联合行动。为了弄清真伪,我当即派人去打探,竟证明这消息是十分可靠的。虽然我此刻还不能把全部细节讲给你,但你对这一消息尽可绝对相信。"

"那么……好吧。我就来谈谈我的想法好了。"

“说吧,说吧。我听着。”

“如总统所说,我们已处于俄清联军的包围圈中,而且,这包围圈很快要开始收缩。如果是别的季节,我们当然应该选择突围转移。但眼下正是冬季,到处是厚厚的积雪,我们近万人的队伍,有一半人要步行,而且,我们每走一步,都要留下明显的痕迹。总统试想,既然俄清联军下决心要剿灭我们,我们留下的痕迹不恰恰给他们准备了追击的路标吗?他们如何能放我们去寻找安营扎寨的地方呢?所以我说我们不能突围转移。总统以为我说的是否有道理呢?”

刘永和点头道:“这一点,我也想到了。但是,我们这不足万人的队伍,迎战四面围来的数万强敌,不更是死路一条吗?”

“正所谓置之死地而后生。而且……力战不行,我们可以智取。”

“你是说用计?”

“是的。我们有用计的有利条件。”

“请你具体说说。”

姜海山兴奋地站起来,盯着刘永和问道:“总统,如果您是俄清联军的统帅,当如何估计我们在迎战和突围之间的选择呢?”

“突围。那还用说吗?”

“突围的方向呢?”

“当然是东面。”

“我想也是的。”姜海山说道,看了一眼刘永和画的形势图,“因而,朝廷军队也就不会在海龙和永陵留下太多的守军。而海龙厅是朝廷的边防重镇,永陵又是皇上的祖陵,对于朝廷,都是万万丢不得的。”

“你是说,我们作出向东突围的假象,却派出一部人马从间道去袭击海龙和永陵?”

“是的,总统。海龙和永陵告急,朝廷的两部人马肯定回师救援。这样,敌人的包围便不能最后合拢和收缩,我们也就有了回旋的余地。”

“这就叫声东而击西!天哪,你我又想到了一起!”

“这不是总统常用的计谋吗?”

“的确如此。”刘永和略显骄矜地说道,但他很快又蹙起了额头,沉吟了片刻,“可是……这里还有足堪忧虑的地方……”

“总统是指那两部俄军吧?”

“这两部俄军如果联起手来……”

“我们既可以不让他们联起手来,又不能去支援清军。”

“有这样的办法吗?”

“有。我们的主力东去迎着高里巴尔斯一部扎营,作出突围架势,却又引而不发,这肯定能牵制住高里巴尔斯;我们这里的大本营则留下少量烧火点灯的人,且仍旧竖立帅旗,这无疑会吸引住柴皮尔斯基将军的队伍。这样,至少在一个短时间内,两部俄军既不能联手,又不敢单独同我军主力开战。等他们明白过来,两部清军早已撤回,他们的信心便会动摇。然后,我们的主力分成几部,便可将俄军也分割开,那时,我们便可利用熟悉地理的优势,同俄军周旋,并最终拖垮他们!”

听了姜海山剀切中理的分析,刘永和点了点头。片刻后,他说道:“谢谢你,海山。”

“总统是说……”

“我是说,尽管这些我都想到了,但是,你的话毕竟坚定了我的决心。”

“原来是……这样。”姜海山声音含混地说道,心里很不是滋味,但他深知刘永和其人贪人功为己功的脾性,且又面临目前这种紧张而危险的局面,也就不想去计较了。

“海山,”刘永和又突然说道,“我们虽有了迎战敌人的计划和策略,但还有一个具体实施的问题。眼下的形势对我们很不利,需要各部人马协同作战。但是……”他说到这里,迟疑并斟酌了一会儿,“也许你还不知道,我们有一些首领正想拉出自己的人马,另立山头。这——你不知道吧?”

姜海山骇然说道:“竟有这事!我的确毫无所知!我们现在分裂,不是等于自杀吗?”

“所以,我还得烦请你去说服各部首领,一定不要另立山头,尤其是目前。我知道,各部首领都很佩服你,你的话,他们会听的。”

“可是……总统,这是为什么?他们为什么要这样?”

刘永和叹口气说道:“好吧,事到如今,我也不再瞒你了。两个月前,经依凌阿引见,我去盛京同增祺将军谈判受抚条件……”

“受抚!”姜海山叫道,“您是说……受抚?”

“但因条件上分歧太大而没谈成。我也就此打消了这个念头,决心带领弟兄们继续干下去。后来,有人知道了我曾有过盛京之行,怀疑我要出卖义军,因而便私下里酝酿拉出自己的人马……"

"原来是这样!"姜海山藐视地看着刘永和说道,"您和增祺没有谈成的原因——唔,等一等!"说到这里,他突然想起了什么,并从座位上跳了起来,"您刚才是说,两个月前见过增祺?"

"是啊,是两个月前。"

"也就是说,增祺已复职两个多月!"

"何止两个月? 已经……"

"天哪!"姜海山呻吟般地低声叫道。

"海山! 你这是……怎么了?"

"我的师妹!"

"师妹?"

姜海山也不管刘永和如何惊讶,急速向外走去,并招手让高鸿绪随他出去。

到了门外,他对高鸿绪说道:"好兄弟,眼下我不能离开通化,请你代我速去盛京看看师妹。如果……她还活着,一定带她立即到通化来,还有师母……我的话,你听明白了吗?"

"听明白了,二师兄。我这就起程。"

姜海山刚想走回帐篷,却见刘永和穿戴好走了出来,看得出,在那张脸上有愧色,有焦虑,也有失望。他一定以为姜海山因鄙弃他也要与他分道扬镳。

姜海山盯着他,冷冷说道:"总统请回。我这就鞴马游说各部首领。这次,我估计能说服他们在总统统一指挥下迎战俄清联军。但以后……我就不敢保证,只能请总统好自为之了。"说完,猛地扭回头,朝拴在旁边的坐骑快步走去,留下了怔怔的但总算舒出口气的刘永和……

这以后的情节,我们无须细述,因为"眼下分裂无异于自杀"的道理是众首领都能接受的,而且,整个战事的发展几乎和姜海山预料的完全一样。

我们只概要地讲讲姜海山。

姜海山承担的正是偷袭海龙和永陵的任务。因为一部人马要在极短的时间内袭击两个地方,非姜海山这支能征惯战、行动迅速的骑兵不可。他先是率领他的一千弟兄,乘夜出山谷,过冰河,直奔海龙,三下五除二地击败海龙的几百守军,未作片刻停留,便马不停蹄地朝离永陵仅十里之遥的新宾堡袭去,留守新宾堡的清军不战而溃,弃城而走。姜海山也不追赶,却故作欲攻毁永陵之势,暗中运出新宾堡的粮草辎重,在新宾堡与永陵之间据险设伏,以逸待劳,轻而易举地击败了撤出包围圈赶回救援的清军。没有军队来援助永陵清军,因为海龙一部返回城中再不敢动,高里巴尔斯的人马也早已被刘永和等分割得七零八落,而柴皮尔斯基的数千骑兵在通化扑了一座空营后,既不敢参加东面的混战,也不愿北去支援清军,却在略作犹豫后顺原路班师盛京了。

半月后,战斗结束了。俄清联军除柴皮尔斯基一部和海龙一部基本全师而还外,其他两部死伤异常惨重。忠义军虽说也付出了沉重代价,但毕竟取得了反围剿的胜利,而且,此后的一段时间内,不会再有这样的大规模围剿了。

忠义军各部陆续向通化的大本营返回。

姜海山率领本部人马刚一返回大本营,便见到了前来迎接他的高鸿绪。

姜海山飞身跳下马背,一把拉过高鸿绪,劈头第一句便是:“师妹她……来了吗?”

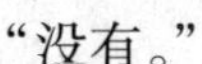

“没有。”

“那她……怎么样?”

“她很好。”

“很好!可你为什么不把她带来?她怎么说?”

“其实,我根本没有见着她。”

“什么什么?你连见都没见着?”

“但我可以肯定地说,她活得比你自在得多!”

“你这话……究竟是什么意思嘛!”

“你别着急,我这就告诉你。古小姐已成了俄国人的大红人,进出城有俄国军官接送。”

“我不信。”

“不亲眼看到,我也不信。”

“你没去问问葛道长?”

“我说了,我亲眼看到了。”

“可是,天哪,这是怎么了?我真像在做梦。”姜海山呻吟般地说道,跌跌撞撞地朝刚刚为他搭起的帐篷走去。

一个小时后,他又找来高鸿绪,简单吩咐了几句,便跳上马背,直向盛京飞奔而去。

44

在前面我们曾讲到,魏尔诺中尉在骤然见到古竹韵时,曾惊讶却不自觉地轻叫出两个名字:维纳斯和莲娜。古竹韵很快就从葛月潭那里获知了维纳斯的来历。至于莲娜乃是一个波兰少女的名字,却是整整五个月之后,安琪柯娃眼含泪水向她说明的。

那时,俄军随军妇女的防身术训练已经中止,古竹韵也被告知从此不必再进城了。据卡婕林娜讲,这是因为战事频仍,伤员与日俱增,而看护妇又极有限,不得不全力投入工作。何时恢复训练,则要看形势发展而定。但古竹韵的俄语学习却未受到战事的影响,反而增加了许多时间,因为安琪柯娃被特准每日到西郊去做古竹韵的辅导教师。也就是说,古竹韵和安琪柯娃每天都要共度七八个小时。又因安琪柯娃出城和进城都是魏尔诺中尉驾车接送,古竹韵和魏尔诺中尉也是几乎每天都有见面的机会。时间久了,关系自然越来越密切。在古竹韵眼里,这对波兰籍母子,无疑是她接触到的最好的外国人,她们的和善与真诚使她感到温馨,她们绝非有意透露出的高贵与学识令她倾倒。她甚至认为,这对母子介入她的生活,乃是上天对她屡遭不幸的一种补偿。她暗自祝祷,祈求神灵千万别再摧毁她在心中意外建立起的美好的殿堂。

但是,古竹韵渐渐觉得事情有点不对劲儿。魏尔诺中尉脸上的笑容在迅速消失,说话越来越少,常常魂不守舍;有时又显得很焦躁,整个人在明显地日见消瘦。安琪柯娃也变得少言寡语、忧心忡忡,且常常盯着古竹韵,似有非同一般的话要讲,而对方向她扬起询问的眼睛时,又很快垂下眼帘,一副难以启齿、欲言复止的窘态。

古竹韵感到十分纳闷。

有一天,她终于忍不住了,便问道:“夫人,究竟发生了什么事?”

安琪柯娃一惊,反问道:“你说……什么?”

“您瞒不过我,夫人。”古竹韵说道,“您和魏尔诺中尉一定遇到了什么难题。”

安琪柯娃凝视着古竹韵真诚中带着少许天真的眼睛,沉吟片刻后,突然问道:“古小姐能猜出这是什么难题吗?”

“不。”古竹韵摇头道,“这我就猜不出了。”

“那么……古小姐想不想知道呢?”

“想知道。当然,如果夫人不便讲……”

“不不!”安琪柯娃连忙说道,好像担心会失去眼前这一难得的机会。但她似乎很快又犹豫起来,终于叹口气,摇摇头,“不过……我还是不讲更好些……”

古竹韵带着歉意地说道:“看来,夫人还是不便讲。那就不讲好了。请原谅我,夫人,我真不该追问。”

“不,我怎能怪罪古小姐? 再说……这事和古小姐……和古小姐…”

“和我有关!”古竹韵十分惊讶地叫道,“是吗?”

“是的。”安琪柯娃肯定地说道,但她立即又为自己脱口而出的回答后悔起来,“天哪!”她自怨自艾地叫道,“我今天是怎么了? 古小姐,”她的眼神和声音中又充满了恐惧和乞求,“请你别再问下去了,好吗?”

“不,夫人。”古竹韵固执地说道,在这一瞬,她觉得自己已明白了安琪柯娃吞吞吐吐间隐藏的内情,“既然和我有关,我是不能不问个清楚的。”

“可是,魏尔诺再三叮嘱过我……”

“是魏尔诺不让您告诉我?”

“是的。”

“这事和他也有关,对不?”

“的确和他有关。”

“魏尔诺正陷在忧虑之中,而夫人您,也在时时替他担心。是这样吗?”

“难道……古小姐已经……”

“是的。我猜出来了。”

“你……猜出来了?”

“但是,请夫人如实告诉我,魏尔诺已经暴露了吗?”

“什么! 暴露?”安琪柯娃骤然变得迷惑不解,“古小姐是说……”

“我是说,如果魏尔诺已经暴露,万不可承认。我会主动投案而不让他替我承担罪责的。”

“投案？——唔，天哪，你是说……”

“是的，夫人。当卡婕林娜宣布中止防身术训练并告诉我不必再进城的时候，我就意识到，他们已经怀疑那些奸淫中国妇女的俄国兵中毒镖而死系我所为，但他们拿不到证据。如果此后我被限制在西郊，而城里再无毒镖出现，他们便可确定那毒镖属于我而将我逮捕归案了。卡婕林娜让你整日陪我学习俄语，使我无法分身，也是他们计划的一部分。是这样吧，安琪柯娃夫人？”

“你分析得很对，古小姐，可是……”

“听我说完，夫人。——他们怀疑射发毒镖的人是我，那是不错的。夫人大概还记得，卡婕林娜曾答应我，也允许中国女人一起学习防身术，但事实上，没有一个中国女人参加。尽管卡婕林娜向我作过解释，但我绝不相信中国女人都不愿意参加训练。能学到防身术，而且和俄国女人一起相处的本身便是最好的防身术，她们何乐而不为。后来，我多次听说俄国兵在城里奸污中国妇女的事情，为此我找过卡婕林娜，她答应过问此事，但事实上这类事件一直没减少。我终于明白了，她要保护的只是随军的俄国妇女，而不包括中国妇女。我一怒之下，偷偷做了一批毒镖，去为我的同胞姐妹们报仇雪恨。我知道这样做很冒险，但我想不出更好的办法。当我意识到，我不仅受到怀疑，且时时处于被监视的情况下而难以脱身，便确信死期已近。可是，就在我绝望甚至准备服毒而死的时候，从城里又接连传出俄国兵中毒镖而死的消息，而且，那毒镖同样系有白色布条，布条上同样写有‘奸淫妇女者戒’的字样。我感到惊讶和迷惑不解，是谁在跟我干着同一样事，且又使用着同样的毒镖呢？我的灾难算是解除了，心里的疑团却久久难以解开。直到几天前，我的心陡然一动，猛然记起藏在便所墙洞中的毒镖。果然不出所料，那毒镖被人动过，而且少了二十多枚。我一下子明白了，冒死替我解除危难的，正是夫人您和魏乐尔诺中尉！夫人，是这样吧？”

“是这样，古小姐。”安琪柯娃点头道，“既然你已猜出，我就跟你实说了吧。魏尔诺求我一定要偷出一些毒镖。可是，找到你的毒镖真是太不容易了。”

“我也没想到会有人发现藏毒镖的地方。可是，夫人，你们为什么要那么干？这是很危险的。”

“古小姐，我的儿子魏尔诺是宁愿为你去死的。”

古竹韵感动得热泪盈眶，她深情地抓住安琪柯娃的手，颤着嘴唇说道：“谢谢您，谢谢魏尔诺。”说着，她突然跳了起来，“夫人！”她充满恐惧地大声叫道，“你是不是说，魏尔诺他……”

“不，古小姐。”安琪柯娃平静地说道，“谁也没发现和怀疑是魏尔诺在暗中帮助你。”

“可您刚才说他……”

“是的，古小姐。魏尔诺的确宁愿为你去死。——唔，你坐下，古小姐。”

古竹韵坐下来，脸上的恐惧又被疑惑取代，在她看来，安琪柯娃母子同她尽管十分友好，但还达不到以死相许的程度。

“请古小姐放心，”安琪柯娃安慰地说道，“魏尔诺很安全，而且，柴皮尔斯基将军最近还要提拔他呢。”

“真的？”

“我怎么会骗你？”

“可是，夫人，您刚才承认您和魏尔诺遇到了难题，而且同我有关。除了毒镖又会是什么事呢？”

安琪柯娃沉思了片刻，慢慢抬起头，凝视着古竹韵，声音有点儿干燥地说道，“话说到这儿，我也不好向你隐瞒了。但是……在我终于下决心实话实说之前，还要向古小姐提出一个请求……”

“请求？对我？”

“是的，请古小姐答应我，听我讲出实情之后，不管古小姐是否恼怒，也不要因此中断我们的友谊。”

“这怎么会影响到我们的友谊呢？特别是当我证实了正是您和魏尔诺在帮助我摆脱了厄运之后！”

在这一瞬，古竹韵对安琪柯娃可能讲出的事情作了种种推测，但任何一种推测似乎都没有道理，最后竟愈加迷惘起来。她想，既然安琪柯娃说要讲出“实情”，为什么要绞尽脑汁去猜谜呢？何况方才已猜错了一次。所以，她屏弃了满脑子的乱糟糟的内容，盯着安琪柯娃既有疑虑又不乏期待的眼睛，赶紧补充一句：“讲吧，夫人。”

“我脑子里很乱。”安琪柯娃说道，轻叹一声，“又不知从哪儿说起。所以，请古小姐不要打断我。否则，我不知所云，什么也讲不清的……”

“请放心,夫人。我保证不打断您的讲述。”

“谢谢。”安琪柯娃说道,舔了舔干燥的嘴唇,略作停顿后,讲出下面一番话,“在波兰,曾有两家名门望族。他们世代联姻,处得一家人一般。近世,虽都家道败落,却依然互不相舍。魏尔诺和莲娜便是这两家的后代……”

“莲娜?”古竹韵不由自主地问道,隐约记起曾听过这个名字。她本想再问一问,又猛然记起刚才的许诺,连忙抱歉地闭上了嘴。

“一个少女的名字。”安琪柯娃解释道,没有怪罪古竹韵的意思,略作停顿后,又继续讲下去,“她美丽可爱,聪明伶俐,与魏尔诺青梅竹马,情投意合,并一同去柏林求学。当他们学成回国,正准备举行婚礼的时候,他们的爸爸同时被……被俄国人逮捕,几天后被绞死。莲娜受不了这个打击,自尽而死,死时刚满十八岁……”

古竹韵见安琪柯娃潸然落泪,免不了也对莲娜产生悲悯之心,又一次不由自主地叹息道:“真可怜。”但她刚说完这三个字,便倏然忆起,正是魏尔诺中尉刚刚见到她时,轻声且惊讶地念出“莲娜”这个名字的。难道自己的相貌和一个波兰少女那么相似,竟使魏尔诺中尉在她的脸上看到了莲娜的影子?想到这里,她似乎多少猜出点内情,没待她细想,那脸上已火辣辣地发起烧来。

安琪柯娃没有看到古竹韵脸上飞起的红晕,否则,定会赞叹地说,那张秀美的脸像朝阳一样鲜艳。安琪柯娃的眼里已全被泪水占据了,她掏出手帕擦了擦颤动着的泪珠,稍稍平静了一下,说道:“是的,非常可怜。但是,莲娜不会知道,她的死,给活着的人带来的同样是肝肠寸断。我们两家差一点儿在莲娜葬礼后紧接着为魏尔诺的灵魂祈祷。魏尔诺坚持活下来的唯一动力,是他觉得,他的祖父和父亲没干完的事业需要他来继承。我曾劝他娶妻生子,他说,除非莲娜活转来,否则,他就独身一辈子。他说,他的心已是一汪死水,不会掀起涟漪了。然而……然而,他自从认识了古小姐,他的整个人全变了!——唔,古小姐,我知道你已经猜出我要说什么了。但请古小姐千万忍耐一下,让我把话讲完。求求你了!——是的,古小姐,魏尔诺爱上了你。一开始,我并不相信。我不希望他因为思念莲娜而伤害一个和莲娜面貌相仿的中国姑娘。他对自己感情的真实性也有怀疑。可渐渐地,我发现他变了,他那么渴望见到你,见到你又不知所措。我担心他会对古小姐干出什么蠢事,再三对他发出警告。他也再三向我保证,绝不做伤害古小姐的事情,让自己慢慢平静下来。在他看来,有机会为古小姐出力甚至去死,都是上帝对他的恩赐。我发现,他确信为你冒险且获得成功之后,很兴奋,也似乎平静了许多。可是,半月前,他突然跪在我的脚前,热泪涌流地对我说:'妈妈,我不能再欺骗自己了。我真的爱上了古小姐。如果说,刚一开始,我确实是在古小姐身上看到了莲娜的影子,那么,现在,这个影子不见了。是的,妈妈,我爱上的是完完全全的古小姐。我知道,这对不起莲娜,但这是真实的,莲娜会谅解我的……我说的是实话,妈妈,请相信我吧!……'我擦去他满脸的泪水,说道:'我相信,我相信的。'说完这句话,连我也吓了一跳。因为我突然意识到,我也是一直盼望他爱上古小姐的。是的,他若不爱上古小姐,反而不合情理了。于是,我对他说:'既然你确信自己感情的真实性,为什么不去向古小姐求婚呢?你如果觉得不便启齿,我可以替你去求婚。我以为魏尔诺向我哭诉他对古小姐的爱,是为了获得我的理解、应允和支持,而我这句话,无疑包括了这些内容。但是,令我大惑不解的是,他听了我这句话,却像听到晴空骤起的一声震雷,双手紧紧抓住我的膝盖,恐惧地喊道:'求婚?不!不!''为什么,我的儿子?'我问道,双手紧紧抓住他的肩膀,他的身体在颤抖,我看着他恐惧和痛苦并存的眼睛,担心他的神经出了毛病,'魏尔诺,'我接着问道,'不是你自己说你爱古小姐吗?'他盯着我的眼睛说道:'我爱她!是的,妈妈,我爱她。可是……可是……''可是什么?'我追问道。'妈妈,'他说道,他的泪眼似在我的脸上搜寻明知搜寻不到的救援,'古小姐她……古小姐她已经订婚了!'他似乎看出了我的疑问,没等我问,便紧接着不容置疑地说道,'是的,妈妈。古小姐早就有了未婚夫。当我知道了……知道了……'他说到这里,再也说不下去了。他悲痛欲绝地喊了一声'妈妈',便一头扎到我的怀里,号啕痛哭起来。我找不到能安慰他的话,只能陪着他落泪和等他平静下来。过了许久,他终于不再哭了,他站了起来,凄然中带着愧疚地说道:'妈妈,我现在好多了。请妈妈……原谅我……'说完,便走了出去。我这才明白,他向我坦白这件事,只是想痛痛快快哭一场……"

安琪柯娃讲完上面一段情由,稍许平静之后,接着说道:"古小姐,我向你讲述这一切,不仅仅因为我是魏尔诺的母亲,也因为你是我的朋友。我不愿让我儿子的一片真情被埋没,也希望古小姐能知道获得了一个波兰青年怎样刻骨铭心的爱慕。但是……我还是不甘心,想替儿子问一句:古小姐真的已经订婚？魏尔诺还有没有一线希望？”

对于古竹韵，在用心听完安琪柯娃非常简略却不断有泪水作补充的讲述后，觉得发生的一切不仅新颖，而且有点怪异。还是在乍见魏尔诺中尉的时候，在那双清澈的蓝眼睛里，她发觉了有一股跳跃的火焰。但当时，她确信那股火焰同那一群俄国兵眼里的淫邪的光没有区别。后来，她改变了这种看法。特别是，在魏尔诺中尉承担了接送她和安琪柯娃的任务后，两人每天都能见面，魏尔诺中尉的文雅和腼腆，给她留下了极美好的印象。在她看来，彬彬有礼的魏尔诺中尉与那些粗野的俄国兵有截然区别。她喜欢魏尔诺中尉。但这种喜欢，有点儿像面对绘画中或舞台上的人物，永远摆脱不了并非同一世界的隔离感。也就是说，让她和魏尔诺中尉交谈、交友，她会很高兴，也会觉得轻松，甚至不会产生因性别不同而造成的拘谨。但是，如果让她嫁给魏尔诺，让她与一个头发卷曲、鹞眼鹰鼻的外国人同床而眠，生儿育女，那就不仅觉得滑稽可笑，简直要令她作呕了。不要说她心里还装着姜海山，即使没有姜海山这个人，她也不会做外国人的妻子的。

但这样的心里话，不能对安琪柯娃直说。安琪柯娃也好，魏尔诺中尉也好，想创造一个“海陆缔婚”的故事，无疑基于对她古竹韵的好感，且都因意识到希望渺茫而陷入苦恼之中，再用那些足以刺伤他们自尊心的话去火上浇油，就有点儿太残忍了。何况，她刚刚证实，正是这双母子冒险把她从厄运中救了出来。所以，必须想出比较委婉的话，让他们既断绝了希望，又能走下台阶保住面子。

想出这样的话，对古竹韵并不困难。因为，安琪柯娃刚才那一段足以令一个芳龄少女的心海翻波舞浪的讲述，对于古竹韵直如静听一个与己无关的故事，始终是很冷静很清醒的。

“夫人，”古竹韵抬起明澈的眼睛，迎着安琪柯娃期待且伴着忧惧的目光，声音委婉地说道，“我非常感谢您和魏尔诺中尉给我的荣耀。但我必须十分遗憾地告诉夫人，属于我自己并能给予夫人和魏尔诺中尉的，只有友谊……”

“古小姐是说……”

“是的，夫人。尽管我猜不出魏尔诺中尉是如何知道的，但我已有了未婚夫的确是事实。”

“他是谁？在哪儿？——唔，对不起，古小姐，我是不该问的。”

"您不必为此道歉,夫人。至于他是谁,在哪儿,这并不重要(但事实上,这对我很重要。——古竹韵在心里同时这样说道——在铁岭,他决然离我而去。虽说眼下到处传说着他的名字,但又无法预料在魏尔诺中尉透露出的俄清联军的围剿中他能否幸存,我们究竟能不能终成眷属也是未定之数!)是的,夫人,问题是,我已经订婚。这不仅是父母之命,我也喜欢这个人,就像魏尔诺喜欢莲娜……"

"我明白了,古小姐。"安琪柯娃点头道,叹息了一声。

沉默片刻后,古竹韵又说道:"夫人,希望我们能忘掉今天的谈话,并请转告魏尔诺中尉,我愿意同他保持目前的友谊,也祝愿他早日获得幸福。"

"谢谢,谢谢古小姐的宽谅。"

"我也谢谢夫人对我的理解。"

两人又相对无言地枯坐了一会儿,安琪柯娃起身告别,时间要比往日早得多。古竹韵明白安琪柯娃的意思,如果等到魏尔诺中尉来接,一定会出现一个异常难堪的场面,所以也不去挽留,站起身,默默地随安琪柯娃走出房门。她看到外面依然飘扬的雪花,对跑过来的刘嫂说,快去穿好外衣送安琪柯娃夫人进城。安琪柯娃说,只几步路,不会出事的,而且,她也想一个人在雪中走一走。古竹韵也就不再坚持,把安琪柯娃送出大门,然后关门上闩,同刘嫂一同返回上房。

两人在西间刚刚坐定,古竹韵便一眼瞥见窗外人影一闪,接着便听到风门的开启声。她立即意识到可能有人偷袭,她倏然跳起,扯过床头的宝剑,一步跨出西间,却见一个人扑通一声跪到萧夫人灵牌前,口唤"师母",号啕痛哭起来。

此人正是姜海山。

手握宝剑的古竹韵一时惊骇得如堕入梦中,怔怔地瞪着眼睛,再也说不出话、动不得腿了。瞬息之后,却又不知怎么,一阵委屈的浪潮从心海涌起,并化作热泪奔腾而出。

姜海山也瞥见了古竹韵。

过了一会儿,姜海山慢慢收住哭声,又朝萧夫人灵牌拜了三拜,这才站起来,转向古竹韵,带着愧疚垂下泪眼,轻声问道:"师妹还好吗?"

古竹韵抽咽着点点头,似乎不由自主地回问了一句:"你也……好吗?"

姜海山也点点头。

这两人分别问了一句明知没有意义也明知无须回答的话,似乎再也找不到第二句话了。一阵相对无言的难堪后,又都垂下眼帘。

其实,他们有许多话可以说,也渴望说。且不说在五个多月的时间里不断思念古竹韵的姜海山,曾无数次在设想的各种不同的相逢场面里预演过;就是一直忙碌得不遑暇食的古竹韵,在同安琪柯娃刚刚结束的谈话中,也因涉及她的婚姻而不能不想起在本不该离去时离去的姜海山,不能不在眼前演出一幕幕向姜海山发泄幽怨的幻象。但当他们不期然而然地站到了各自的对面,那些曾感动了自己也势必会感动对方的话,却一下子跑得无影无踪了。而且,在这一刻,他们对自己的信念也骤然产生了怀疑。他们之间的隔阂是否真的已彻底消失?他们还会成为心心相印不存丝毫芥蒂的情侣吗?他们甚至不敢预测这次见面的结果。

站在古竹韵身边的刘嫂,虽然猜不出两个年轻人此刻的复杂心理,但能看出他们的尴尬和不自在,便在略一犹豫后说道:"小姐和姜爷到里屋坐吧。"

古竹韵像被解救了一样,呼出一口气,说道:"师兄,请进屋坐吧。——刘嫂,去准备点儿酒菜。"

刘嫂答应一声,走出正门。

古竹韵和姜海山则走进西间。

"请坐吧。"古竹韵指着桌旁的椅子说道,她自己则坐到床边,并顺手放好宝剑。

"师妹刚才……"

"没想到会是师兄。"

一两句话后,两人又找不到新的话题和新的开头语了,只好垂首枯坐。

过了一会儿,古竹韵打破沉默说道:"茶壶里的水是刘嫂刚沏好的,想喝就自己倒吧。"

姜海山应听得出,古竹韵说这话时的用词和态度都很随便,即使并非完全有意识,至少是向他透露了一个信息:他依然被古竹韵当成自家人。而眼前,除了茶水,也确实再无其他身外物可以介入其间,去冲淡他们之间的拘谨了。如果姜海山理解并利用了这一点,比如,他顺水推舟地为自己倒一杯茶水,随口说一句"我正喝得紧""这茶很香"甚至进一步给古竹韵斟上一杯递过去并说"师妹也喝一杯吧",那么,两个人之间本不牢固的生疏感和相对无言的难堪就会涣然冰释,并以此为契机,十分顺畅地进入他们渴望已久的感情交流。

但可惜的是，姜海山偏偏是一个连必要和善意的谎言都不肯说一句的人。他没给自己更没给古竹韵倒水，只是用手指不经意地碰了碰茶杯，说道：“我刚刚喝过了。”

“喝过了？”古竹韵惊讶地问道。

“喝过了。”

“在葛道长那里？”

“是的。”

一经获悉姜海山来见她之前曾去太清宫见葛月潭，古竹韵刚刚隐约现出霁色的脸又布上了阴云。这不仅因为她理所当然地骤生一丝遭到冷落的感觉，而且预感到她和姜海山的见面不会有一个融洽和愉快的开头。这几个月来，葛月潭曾多次来看她，她也去过太清宫，交谈中，葛月潭不乏对她使太清宫免遭劫难赞誉和感谢，对她与俄国人的来往也屡有微词。而她，为了不使葛月潭担心，从未讲起制作毒镖惩治俄国兵的事。姜海山既然先去了太清宫，对她这几个月的经历势必已是了如指掌。所谓先入为主，只怕早就酝酿对她进行一次激烈的批评了。她对葛月潭的旁敲侧击可故作不解状，对姜海山肯定是直言不讳的责备能不置一词吗？假使他们真的谈起这个题目，且不说对俄国人恨之入骨、正真枪实弹与俄国人较量的姜海山不会让步，就是她本人也不会退避三舍的，因为她不认为自己做错了什么事。

然而，出乎她的预料，在两人沉默了一会儿之后，姜海山并没有问起她同俄国女人们的交往，却突然说道：“我刚才在墙外的树干后见师妹送出一个外国女人。她就是波兰人安琪柯娃吧？”

“是的。”古竹韵随口说道，丝毫不为姜海山准确地叫出安琪柯娃的名字而感到奇怪，并且，紧接着又补充了一句，“她在教我俄国话。”

“学得不错了吧？”

“俄国话很容易学。”

“看来，葛道长并没有夸张。”

“他怎么说？”

“他说师妹已说得和俄国人一样好了。”

“他还说了什么？”

“葛道长还说……安琪柯娃有个儿子，也会说中国话。”

“是的。他叫魏尔诺,是个中尉。”

“他……也常来吗?”

“几乎每天都来。要不是今天安琪柯娃夫人提前回去,你也会见到他的。”

姜海山握起水杯,却又很快放下,显得有点儿迟疑地说道:“师妹,我有一句话,不知该说不该说……”

“有什么话,就直说好了。”古竹韵说道,微微皱起了眉头。

“葛道长很担心你。”

“葛道长?他……他担心我什么?”

“也许葛道长太多虑了。但我想,他的担心也有一定道理。”

“也就是说,你同样担心我。是不?”

“可以这么说。”

“那么,你和葛道长担心什么呢?我只是教俄国女人们一些防身之术,再说,眼下已经停止了。”

“可是,安琪柯娃和魏尔诺依然在盯着你……”

“什么!你这话……”

“这么说吧,师妹。我也好,葛道长也好,都不愿看到你被他们欺骗。”

“师兄!”古竹韵扬起脸说道,已多少有点儿又羞又恼的样子了,“有话不妨明说,你和葛道长是不是担心我会嫁给魏尔诺中尉?”

听了古竹韵的话,姜海山反而有点儿惊愕了。

“嫁给魏尔诺中尉?不,不。我连想也没这么想过。”

“实话对你说吧,师兄。安琪柯娃刚刚替他儿子向我求过婚。”

“真的?”

“真的。我虽然没有……但是,我正考虑,也许……”

姜海山知道古竹韵是在说气话,但心里却对魏尔诺的求婚感到蹊跷。他略一思忖后说道:“我当然确信师妹不会答应魏尔诺中尉的求婚。但以我看,这里或许另有文章……”

“另有文章?什么文章?”

“这可能是他们阴谋的一部分。”

“阴谋?你这是在借题发挥吧?”

“他们是企图从你这里套出甚至发现我的踪迹。”

“他们根本不知道你同我有什么关系,而且,事实上,我也不知道你的踪迹。”

“他们可能知道我们的关系，猜测我迟早会在这里出现。”

“你这也只是猜测吧？”

“就算是猜测吧。可师妹你想，增祺官复原职已有几个月了，会对你住在这里一无所知吗？”

“不，增祺知道我住在这里。”

“他知道？”

“是的。”

“可他却一直没来找你的麻烦！”

“这是因为……”

“这是因为，增祺知道，而且会让俄国人相信，他们悬重赏通缉的姜海山迟早会到这里来！”

姜海山的话音刚落，刘嫂便一边喊着“小姐，不好了”，一边气喘吁吁地闯进屋来。

古竹韵和姜海山同时跳起身。

“刘嫂！发生了什么事？”古竹韵问道。

“小姐！俄国人……俄国兵……他们包围了咱们的院子！……”

姜海山咬牙切齿地说道：“可恶的波兰女人！”

古竹韵疑惑地问道：“你是说安琪柯娃？”

“她刚才一定看见了我。”

“她根本不认识你。再说，她此刻还没到城门。”

“师妹，我们来不及分析这些细节了。我们必须冲出去逃走。”姜海山说着，从怀里摸出手枪，“师妹，快戴上你的弹囊，我们跳上房顶冲出去，再犹豫就来不及了！”

可事实上，已经来不及了。

古竹韵犹豫中伸出的手还没摸到挂在床头的弹囊，却见屋门被猛然推开，一个黑洞洞的枪口早已对准姜海山的胸口了。在这手持短枪的人的身后，还有两个端着长枪的人。

姜海山的手枪同样指向对方的胸口。

古竹韵怔了一下，迅速看了来人和姜海山一眼，骇然喊道：“不！不要……都不要开枪！”说着，一步跨到两个人中间，“魏尔诺中尉，海山哥，求求你们，都不要开枪！”

姜海山恶狠狠地问道:“你就是魏尔诺中尉?——唔,已经是大尉了!升得好快呀!”

“你的眼睛好尖呀!”魏尔诺说道,挺了挺戴着大尉肩章的肩膀,“可你是谁?——唔,等一等,海山哥,海山哥……”他拧起眉头,沉吟地重复着这三个字,似在品味着什么,最后恍然大悟地挑了挑眉毛,“姜海山!阁下就是大名鼎鼎的姜海山!”他说这话时,眼睛里闪出一股兴奋的光,同时也有一丝痛苦的阴影掠过。

姜海山是无暇去分析魏尔诺大尉的眼神中包含的内容的。他依然保持着顷刻间就要展开一场拼杀的警惕,毫不客气地说道:“你没必要作戏!”

“作戏?作戏是什么意思?”

“装憨!”

“装憨?”

“少啰唆!你不是奉命来抓我的吗?听着,大尉。今天我突然到这里来,是来拜祭师母的,同师妹无关。你要能向我保证放过她,我就跟你走。你会立一大功的!”

“立功?”魏尔诺大尉反问道,突然意识到自己还举着手枪,连忙放下并插回枪套中,眼睛却一直凝视着姜海山,“姜海山,”他接着说道,“我替你庆幸,柴皮尔斯基将军不知道你在这里。否则,他给我的任务就不是来保护古小姐而是围捕阁下了。”说完,又回头示意另两个同伴放下枪。

魏尔诺大尉出乎意料的举动和更加出乎意料的话,不仅使姜海山大惑不解,也使古竹韵莫名其妙。

“不过,”魏尔诺大尉又说道,“我真替古小姐捏了一把汗。当家母告诉我,在古家大门外的树干后,隐着一个彪形大汗时,我真吓了一跳。我还以为是赵天弼会见柴皮尔斯基将军的同时,派人来绑架古小姐呢!”

“赵天弼!”姜海山和古竹韵同时惊叫着。

“是赵天弼。——可是,姜海山,你的枪也该收起来才是。”

姜海山略一迟疑,终于收枪入怀,然后带着歉意地说道:“看来,倒真是我误会了。”说着又瞥了古竹韵一眼,“大尉,你方才是说赵天弼正在城中?”

“请放心,他这会来不了。即使来了,也不敢同我的骑兵较量的。但是,二位该让我坐下来。这其中有些情节,需要慢慢地细讲才行……”

45

赵天弼跟随增祺逃出盛京隐居新民厅一所大宅院之后，很快发觉他投靠错了主子。尽管增祺再三许诺，在重返盛京后提他为标统，他依然无法安下心来。因为此时的增祺早已失去了往日的赫赫威严，终日拥姬于怀，笙歌宴舞，哪里有一丝一毫东山再起的样子？而且，每当有朝廷大臣或俄国使者前来造访，他那种低三下四和奴颜婢膝的可怜相，不仅令人作呕，尤其令赵天弼心冷。在赵天弼看来，增祺所说“重返盛京”也者，纯属梦呓，也就是说，提拔他为标统的前提条件，是永远实现不了的。既然明知前途无望，又为什么要死心塌地为增祺这具行尸走肉做殉葬品呢？

于是，有一天，赵天弼乘机偷了几件他替增祺从内库中运出的金宝、重蹈巫臣窃逃之迹了。

他先到了海城，在一个叫三叉沟的地方找到了张作霖和李彪。但此时张作霖只是号称“包打洋人”的杜立三手下的一名不起眼的小头目，权势不大，难以关照他，更兼杜立三也不大喜欢他，他便决定离去，另找靠山。张作霖也不挽留，把他送出芦苇塘，洒泪而别。

他自知在奉天一带认识他的人太多，难寻落脚之地，便避开战火，到了吉林。经人辗转介绍，拜见了俄将高里巴尔斯。高里巴尔斯将军接受了赵天弼的厚礼，又见他人高马大，且有武功，便把他安插到刚刚组建起的花膀子队当了一名中尉衔的小队长，并许他日后有功时破格提拔。

数月后，便有俄清联军合剿忠义军之役。

作为俄军的别动队，以汉奸为主要成员的花膀子队也受命参加了围剿。他们也如俄清正规军一样，被忠义军的声东击西战术搞得晕头转向，而且死伤惨重。当赵天弼知道了组织忠义军粉碎了俄清联军围剿的人乃是几次死里逃生的姜海山时，他恨得咬牙切齿，带领残兵败将退回吉林不久，想出了一条既能铲除姜海山又可取悦俄将的妙计。高里巴尔斯将军听了他的陈述后,对他的精明和忠心大加赞许,命他带领只剩三十人的花膀子队残部,星夜赶往盛京,找柴皮尔斯基将军协助行动。

就这样,赵天弼来到了盛京,走进柴皮尔斯基将军的司令部。

柴皮尔斯基将军读完了赵天弼呈上的高里巴尔斯将军的信件,挑起眼皮,从眼镜框上盯着赵天弼问道:“阁下就是赵天弼?”

赵天弼一怔,问道:“将军大人会说中国话?”

柴皮尔斯基将军说道:“你奇怪吗?你看,我那位副官魏尔诺大尉不仅会说中国话,还会写一手好汉字呢。”

赵天弼不由得朝坐在屋角一张写字台后面的魏尔诺大尉看了一眼。后者朝他微笑着点点头,又埋头文件之中了。

柴皮尔斯基将军又说道:“这样,我们之间的谈话就不必找人翻译了,你也不必担心我们的谈话会有失密的可能了。”

“是的,将军,这样最好。”

“那么,你就放心大胆地说说,高里巴尔斯将军信中提到的‘极机密’的事是什么事?——唔,对了。请坐,请坐下说。”

赵天弼抖了抖皮帽子上残留的雪,稍显拘谨地坐在一张长沙发上。

柴皮尔斯基将军斜睄着赵天弼问道:“阁下不想喝点什么吗?咖啡、茶水还是白兰地?”

“不。——谢谢将军。——我什么也不想喝。”

“那么,”柴皮尔斯基将军落座后说道,“就请讲吧,阁下。”

赵天弼随手把皮帽放在身后,略一斟酌后说道:“想必将军不会忘记不久前对忠义军的围剿吧?”

“刚刚结束,哪里会忘记?正所谓如同昨日嘛!”

“将军也知道是谁组织了忠义军的反围剿吧?”

“是姜海山。整个东三省都知道嘛。——唔,请等一等!阁下的雅讳是……”他说着,又拿起高里巴尔斯将军的那封信,“赵天弼!”

赵天弼拧眉沉思了一下,说道:“将军好像从我的名字上想起了什么?”

柴皮尔斯基将军放下那封信,又凝视了赵天弼一眼,微微一笑说道:“不不,没什么。请继续说下去。”

“是的,将军。”赵天弼莫名其妙地看着柴皮尔斯基将军似乎依然在回忆的眼睛，说道，“我猜想……将军一定和高里巴尔斯将军一样，非常痛恨姜海山这个人。”

“一点儿不错。我恨不得把他撕成碎片！”

“您有这个机会，将军。”

“你说……什么？”

“这么说吧，将军。我这次从吉林马不停蹄跑来，就是想禀报将军，您是可以不费吹灰之力活捉姜海山的！”

“活捉姜海山？而且——不费吹灰之力？”

“事实正是如此。将军不信吗？”

“说得太容易了，不过，阁下可以说得更具体些。”

“好吧，将军。据我所知，将军认识一个名叫古竹韵的中国姑娘。”

“不错。你怎么知道的呢？”

“许多人都知道的……将军。”

柴皮尔斯基将军脸一红，连忙说道：“请说下去——认识古竹韵又怎样？”

赵天弼瞄了一眼倏然抬起头来的魏尔诺大尉，又盯住柴皮尔斯基将军说道：“只怕将军未必知道，这位古小姐正是姜海山的未婚妻。”

赵天弼说完这句话，并没有从柴皮尔斯基将军的脸上看到他期待的惊讶，他反而大感不解了，不由得颤着眼中诧异的目光，试探地问道：“将军……知道？”

“是的，我知道。”柴皮尔斯基将军说道，看了看魏尔诺大尉，“我的副官也知道。——唔，请等一等，让我猜一猜，猜一猜……”他眯着眼睛紧紧凝视着又要说话的赵天弼沉吟了片刻，才接着说下去，“我想，我猜出来了。阁下是想说，用古竹韵去诱捕姜海山……”

“是的，将军。”赵天弼说道，欠了欠屁股，显得很兴奋，“您可以虚构任何理由逮捕古竹韵，押进城里待决，并广为宣传。姜海山势必冒险来救，他会自己走进您的埋伏圈的。将军，这不是不费吹灰之力便可大功告成的妙计吗？”

“的确是条妙计。”柴皮尔斯基将军说道，仰靠在椅背上，双手枕在脑后，“不过，”他又慢悠悠地说下去，“不过……我有点不明白。如此唾手可得的奇功，你为什么不自己去干？而且，增祺将军也能助你一臂之力——为什么来找我呢?"

"这毫不奇怪。谁都知道,整个奉天是将军您的天下。"

"这或许是个原因。但肯定不是唯一的原因。"

"将军的意思是……"

"你该实话实说。比如说——唔,阁下好像带来了一些人马,对吗?"

"是的。我带了三十个人。"

"按说,用三十个全副武装的大男人去袭击一个没有外援的少女,该是——这叫什么?——探囊……对,该是探囊取物一般。对吧?"

"可是……"

"可是,你没有成功的把握。你担心你的三十个人特别是你自己会在古竹韵的神丸贯目功下送命,落一个——用你们中国一句俗话——赔了夫人又折兵。"

"天哪!"赵天弼叫道,"将军全知道!"

"所以你就想,既然要活捉古竹韵就势必遇到神丸贯目功的反抗,为什么不让柴皮尔斯基手下的俄国佬去打头阵呢?"

"将军……"

"当然,能抓住可以诱捕姜海山的人质,牺牲几个甚至几十个战士,是很值得的。"

赵天弼眨了眨眼睛,一时难以捉摸透柴皮尔斯基将军说这番话的用意何在,便试探地说道:"其实……说到底,我赵天弼以及我的手下人还不是为……为贵国效力吗?"

"但愿是真心的。"

"将军这话怎么讲?"

"我们需要朋友,需要很多很多真正的朋友。——不过,先不谈这个。我们再来说说,阁下为什么不去找增祺将军?增祺将军是奉天省最高地方长官,他去搜查民宅比我更加名正言顺。"

"话虽这么讲,但是,第一,只怕将军也不愿把这一件唾手可得的奇功拱手送给别人;第二,增祺将军也曾用过此计,却失败了;第三,也是最重要的,姜海山不更是俄国的敌人吗?"

"不错,你说的很有道理。只是,这不是阁下越过增祺将军直接来找我的真正原因。"

“那么……将军以为真正的原因是什么呢?”

“简单地说,阁下不敢去见增祺将军。——请听我说完。”柴皮尔斯基将军举手制止住欠欠屁股想说话的赵天弼,然后继续说下去,“你能猜出,增祺将军对阁下的窃逃是耿耿于怀的。在他拟定的处死者的名单里,便有阁下的大名。”

赵天弼倏然跳起来说道:“将军!我不明白,这些话同我们商谈的问题有什么关系?”

“有关系的,阁下。”柴皮尔斯基将军说道,不仅依然平静,且又微微一笑,弄得赵天弼愈加不知所措,“是的,有关系的。”柴皮尔斯基将军接着说道,没有请赵天弼落座,“第一,阁下有那么多次出卖朋友和背叛主子的记录,让我相信阁下是困难的;第二,你除掉姜海山是出于私仇,并非真正为了俄国的利益……”

“将军!”赵天弼强压恼怒地说道,“就算这一切都是事实,我也不想辩解,可这与将军抓获一个姜海山这样的强敌相比,哪个更重要?哪个对贵国更有意义?这不是明摆着的事吗?”

“客观上讲,的确如此。而且,如果阁下在日后有更好的表现,我甚至会劝说增祺将军不计前嫌,在世态平定之后,给阁下一个升官发财的机会。”

赵天弼冷冷一笑,说道:“将军,此刻不必为我的未来操心,还是想想怎样利用眼前的机会,消灭将军的劲敌姜海山吧!”

“姜海山嘛,我迟早会消灭的,尽管我会因此付出很大的代价。不过,我也不会让阁下白跑一趟。高里巴尔斯将军的信中,还明确提到了另外一件事,让我派出一些人同阁下的残部组成一支别动队,去伏击或分化瓦解忠义军。我可以答应。一会儿,我就命令马德里托夫大尉带一百人同阁下一齐走。你们可以独立活动,招兵买马。因此,阁下是有机会捕杀姜海山的。如果有一天我接到了这样的战报,我会亲自授予阁下大尉军衔的。”

“也就是说,”赵天弼说道,愤怒中隐藏着疑惑,“将军是决定放弃消灭姜海山的捷径了?”

“简单地说,就是如此。”

“你会后悔的,将军!”

“也许会。但我的决心不能变。”

“将军!”赵天弼咬牙切齿地说道,“你猜我最后要对您说一句什么?您

让我想起一句中国古话:英雄难过美人关!”

“放肆!”柴皮尔斯基将军跳起来怒道,“我就实话对你说吧。别说你这个被我们任命的小小中尉,就是高里巴尔斯将军亲自来,我也不会答应用古竹韵去诱捕姜海山,增祺将军怎么样?比你的身份如何?他重返盛京不久,便要逮捕古竹韵,可他直到今天也没敢动手!为什么?因为我不允许!看你目瞪口呆的样子,一定感到大惑不解,对不?那你就听好,我来告诉你。我们要最终打赢这场战争靠什么?一靠武力,二靠信义。有时,信义比武力还重要。我曾当众答应过古竹韵,要确保她的人身安全。我说过的话,必须做到才行。拿你们中国的话说,这叫‘一言既出,驷马难追’。至于姜海山——我刚才说过——他的末日在即,是张扬不了几天的,根本无须设计捕捉。而且……我不会愚蠢到为了一个姜海山而把忠义军的主力引到我的门口!这回,你该明白了吧?”

赵天弼恨恨地说道:“我明白的比将军想象的还要多!而且,我最后还要告诉将军,我的三十个弟兄虽然是为贵国效力,却不归将军管辖!再见!”说完,扭头朝外走去。

“等一等!”柴皮尔斯基将军一边拉开抽屉一边喊道。

赵天弼停下脚步并回过头来。

柴皮尔斯基将军用下颏指了指沙发说道:“阁下忘戴帽子了。”

赵天弼气哼哼走回到沙发前,拿起皮帽。当他直起腰抬起眼时,却见柴皮尔斯基将军正朝他举起手枪。

“将军!您……”

“放心。我不会杀你。但你必须再待一会儿。——魏尔诺大尉!”

魏尔诺大尉闻声起立,问道:“将军有什么吩咐?”

“立即带一连骑兵去保护古小姐,没我的命令不准撤回。顺便叫马德里托夫大尉速来见我!”

“是,将军。”

魏尔诺大尉很痛快地答应一声,扯过身后衣架上的大衣,飞快跑出去执行命令了……

魏尔诺大尉讲完了上面一段经过后,呷了一口茶,接着说道:“我出城后,遇见了妈妈。她听说我是奉命来保护古小姐的,十分惊恐地告诉我,她离开这里时,似乎瞥见大门外的树后隐藏着一个人,担心是赵天弼派来袭击古小姐，让我赶快来救援。”

古竹韵下意识地瞥了姜海山一眼，然后向魏尔诺大尉问道：“安琪柯娃夫人她……”

“妈妈当然不会放心。”魏尔诺大尉说道，“她说她暂不进城，就在城门外的一家饭馆等候消息。唔，对了。”他说着，朝站立一旁的两名部下说了几句波兰话，那两人答应一声，转身跑了出去。

魏尔诺大尉解释道：“我让他们去把妈妈接来。我想，妈妈不仅会为古小姐安然无恙而高兴，还会为一睹大名鼎鼎的忠义军首领姜海山而感到荣幸的。”

姜海山笑了笑说道：“大名鼎鼎？其实，在忠义军里，我只是个小小的帮带。”

“帮带？”

“比阁下的大尉衔要低得多。”

“可是，据我所知，柴皮尔斯基将军甚至阿列克赛耶夫总司令却不这么看。为了一个姜海山，他们是宁可牺牲十个大尉的。”

姜海山沉思一下，点头道：“我明白阁下的意思。”

“您这次的确太冒险了。”魏尔诺大尉说道，看了看坐在床头的古竹韵，“虽然连我也认为您这样冒险是值的。”

古竹韵听懂了魏尔诺大尉的话，脸上不由得飞起了红晕。但她随即稳住心海里就要涌起的波涛，突然问道：“魏尔诺大尉，那赵天弼还在城里吗？”

“我想是的。”魏尔诺大尉带着询问的口气盯着古竹韵的脸，说道：“古小姐是想……”

“海山哥，”古竹韵很快转向姜海山说道，“赵天弼离我们近在咫尺！”

姜海山说道：“我也正在想，这是个十分难得的机会。但是……”

“但是？”

“我们不能不考虑到，不管成功与否，我们的行动也会给魏尔诺大尉带来严重的后患。”

古竹韵怔了一下，憬然有悟地叫道：“天哪，我真笨！”

“放心吧，师妹。”姜海山安慰道，“赵天弼不会活得太久的。我保证。”

古竹韵点点头，又转向魏尔诺大尉赔罪道：“对不起，魏尔诺大尉。我只想到自己的仇恨……”

魏尔诺大尉宽谅地说道："我理解。我知道赵天弼欠下你们许多血债。"

"您知道？"

"我知道，尽管未必是全部。我同情你们。如果需要，我愿付出生命的代价帮助你们。但这次不行。我说不行，绝非因为会给我带来麻烦。即使你们不是冒险进城，而是去野外伏击，也同样没有成功的希望。赵天弼不是一个人，而是一百多人的一支队伍，马德里托夫更是一个异常凶残的神枪手。你们中国有句古话，'君子报仇，三年不晚'，为什么非要进行一次毫无把握的行动而不忍耐一下寻找一个更好的机会呢？"

古竹韵点头道："您和海山哥说得对。"

稍许沉默后，姜海山突然问道："魏尔诺大尉，我有一事不明，却又不知该问不该问？"

"阁下应该看出，我是你们的朋友。朋友之间应该是无话不谈的。——不过，阁下是否认为我是朋友呢？"

"我想问的恰恰是这个问题。"

"那么，我可以作出肯定的回答：我是你们的朋友。但是，阁下在怀疑我的真诚。我没猜错吧？"

"这……"

"阁下不必感到为难。因为，阁下对我产生怀疑是情理之中的事。"

"按说，我是不该对阁下产生疑心的。且不说在过去的时间里阁下对我师妹的回护，只看今天的事，我就应该承认，阁下确实在帮助我们，不仅……不仅帮助我的师妹，也在帮助我，甚至可以说，在客观上帮助了忠义军。既然这些事实不可否认，也就没有理由怀疑阁下的真诚。但是……"

"'但是'？……唔，我听懂了。"

"阁下……听懂了？"

"是的。我听懂了。"

"那么，阁下能说说为什么吗？要知道，我是俄国人的死对头，而阁下是俄国军队的大尉。"

"表面上是这样。"

"表面上？"

"表面上我确实站在你们敌对的营垒。但敌对营垒中未必没有你的朋友。作个不恰当的比喻，赵天弼不是阁下的老乡和师兄弟吗？而他，却在为

您的敌人效力。是的,阁下,我是你们的朋友,并且为此感到光荣,特别是当我确信——唔,等一等!"魏尔诺大尉说着,突然中断了自己的话,紧蹙眉头思索了片刻,"阁下刚才是说……客观上帮助了忠义军。'客观上'……阁下是这么说的吗?"

"是的,阁下以为这么说不确切吗?"

"按阁下的说法,阁下和我之间,除了今天的事,再无别的……比如说,阁下没收到我的一封密信?"

"密信?"姜海山讶然问道,"一封密信?"

"请问阁下,忠义军是如何获悉俄清联合围剿的消息而提前作出迎战的部署呢?要知道,这消息是绝密的,即在俄清的高级官员中,也只有极有限的人才知道……"

姜海山倏然跳起说道:"也就是说,阁下派人给我送了一封密信!"

"可阁下并没有收到,是吗?"

"那封密信中详细披露了俄清联军秘密布署的路线和时间,是这样吧?"

"看来,阁下还是收到了。"

"虽然我没有收到那封密信,但却正是阁下那封密信救了忠义军。谢谢您,魏尔诺大尉!"

"可是……阁下的话令我迷惑不解。"

"我也是刚刚明白。"

"阁下的意思是……"

"截获那封密信的不是别人,而是刘永和!"

"刘永和?你们的总统?"

"但他却对我说了谎。——唔,请问,阁下派去送信的人回来了吗?"

"不。至今没有回来。"

"他……"

"他怎么样?"

"也许他永远不会回来了。"

"您说……什么?"

"有人告诉我,就在刘永和找我商量如何迎战的那天,他亲手枪杀了一个被部下抓获的俄国中尉。"

魏尔诺大尉也跳起来问道:"中尉!是中尉吗?"

"是的。"

"天哪!"魏尔诺凄惨地叫道:"那是波兰人,是我的好兄弟呀!"说着,眼里已涌出泪水,且耀动着一股愤怒之光。

姜海山紧紧握住魏尔诺大尉抖动的双手,遗憾而愧疚地说道:"对不起,魏尔诺大尉。"

魏尔诺大尉慢慢抽回自己的手,揩了一把泪水,强忍悲痛地凄然一笑,说道:"你看我,真是太脆弱了。牺牲是避免不了的。"说着又坐回到椅子上,"是的,我们都有可能随时迎接死亡。"

"可是……"

"可是,我的好兄弟契卡中尉竟死在……不过,他毕竟完成了使命。他的死还是有价值的。"

"我们不会忘记他的。请相信我,魏尔诺大尉。"

"我相信的。您也请坐下吧。"

沉默片刻后,姜海山盯着痛苦的魏尔诺大尉,迟疑了一下后问道:"你能告诉我,你们为什么要……帮助我们?"

"因为,"魏尔诺大尉恨恨地说道,"俄国人同样是我们的敌人!"

"俄国人是阁下的……敌人?"

"您知道我是波兰人……"

"是的,我知道。"

"但有些事,您未必知道。不妨直说吧。我们波兰原也同贵国一样,是一个独立国家。但在近世,她遭受到欧洲列强两次瓜分。在瓜分波兰的列强中,就有俄罗斯帝国。我们的人民,包括我的父亲、母亲和我,都成了俄国人的奴隶。我的父亲和女友的父亲都是为了解放波兰人民而被俄国人绞死的……"

"因而你们痛恨俄国人!"

"是的。这仇恨是不共戴天的!"

"可是……您来中国不正是替他们打仗吗?"

"是这样。他们不仅把我们当奴隶,还逼我们来当炮灰。但是,我们心里是不希望你们国家也遭受同波兰一样的命运的……"

"我明白了。"

"而且……"魏尔诺大尉紧接着说道,且略显犹豫地停顿了一下,似在斟酌该不该说出下面的话，“我相信您，就不妨对您全说了吧。我原是有机会逃避俄国人的兵役的，但我没有逃避。甚至可以说，我是主动参加俄国军队的。——听我这么说，您感到很惊讶，是吗？”

“不可理喻。但我猜想，其中一定隐藏着什么特殊的原因。”

“的确隐藏着特殊的原因。简单地说，我同您一样，立志把俄国人从我的家乡赶出去。但我们又有不同。您可以振臂一呼，应者如云，很快建立起与俄国人对抗的军队。可在我们波兰，不要说拉起队伍，即使对俄国人的奴役稍稍流露不满，便要被立即送上绞架。因为不仅俄国人的统治如铁板一块，还到处隐藏着比俄国人更可恶的内奸。我方才曾说到我和我女友的父亲，他们便是因为内奸的出卖而死在俄国人手中的。所以，我参加了俄国侵略贵国的军队。我希望在军人中寻找自己的同志，建立起秘密组织。待我们回国后，拉出一支被俄国武装起来的队伍，去和俄国人周旋，最终把他们赶出我们的家乡……”

“明白了。”姜海山又重复了一遍刚才说过的话，表情异常深沉，“是的，我全明白了。不过……”他说到这里，眼中现出掺杂着关切的疑惑，“在俄国军队中能有多少波兰人？而且，他们全都可信吗？”

“在俄国军队中，不仅有波兰人，还有犹太人和芬兰人。他们是全都带着亡国之恨的。他们和我一样，不甘心在外族压迫中苟延残喘，是宁愿为国家独立去死的。只要我们为着同一个目标联合起来，将会是一股强大的力量。当然，这期间不能没有甘心当俄国人奴隶的人，所以，我们异常谨慎，眼下，也只能做一些秘密宣传工作，而且，尽管心里希望为贵国的抗俄斗争出力，却又难以作出具体的行动。”

“不。”姜海山慨然说道，“您事实上已经做了很多，还有你的朋友的……牺牲。”他说着又站起身来，向魏尔诺大尉伸出双手，“没说的，您确实是我们的朋友。”

魏尔诺大尉站起来，紧紧握住姜海山的手，激动地说道：“谢谢您理解并给了我友谊。”

“我更应该谢谢您。”

魏尔诺大尉略一犹豫，又说道：“但是……我还要得寸进尺，向您提出一个请求。”

“请说。”

“您知道，我是时刻处于危险之中。如果有一天，我不幸被柴皮尔斯基将军识破而又能逃出盛京，希望您能接受我为一名战士。”

“那还用说吗！”姜海山说道，表情很激动。

“谢谢！”魏尔诺大尉说道，用力摇了摇姜海山的手。

“可您千万要打听清楚，不可错投了刘永和那样的人。”

“您是说……”

“他是容不得任何外国人的。”

“我听说过，也……理解。”

“不过，我倒更希望您的事业有成。”

“谢谢。当然！”

姜海山慢慢松开魏尔诺大尉的手，沉思地在地上走了两个来回，然后，看了看古竹韵，又转向魏尔诺大尉说道：“您肯定猜不出，我这次回盛京，是打算在师妹没有……没有发生意外的情况下，同她远走他乡，不再回通化了。可现在……我又改变了主意，我还要回去。”

“是的，您不能放弃您的事业。”

“不能放弃，绝对不能。”姜海山说着，转向古竹韵，“师妹，你能原谅我吗？”

方才静听两个男人交谈而此刻正陷入沉思中的古竹韵，一怔后说道：“什么？原谅你？……”

恰在此时，安琪柯娃在两名波兰籍士兵的搀扶下走了进来。于是，一阵必要的寒暄和闲话打断了姜海山和古竹韵之间的话题。

但是，对这四个人，闲话毕竟是极有限的。姜海山和魏尔诺大尉又很快回到民族压迫和国家独立这个话题。当然，他们不能不谈起轰动盛京城内外的毒镖事件。

直到时近午夜，魏尔诺大尉才奉命撤回城里，姜海山则在稍后一些时候告别了古竹韵，又去太清宫见了葛月潭，这才驱马驰回通化……

46

在发生了前面讲到的那件事情之后不久，卡婕林娜曾专程拜访过古竹韵。她说，眼下，战事越来越频繁，无论是南线还是东线，每天都有大批伤员运抵盛京，即使特别照顾安琪柯娃，可以不去战场，至少也要留在城里做看护妇，而古竹韵的俄国话已说得相当好，似已不需要安琪柯娃辅导，因此，在近期一段时间里，安琪柯娃很难再来古家了；至于魏尔诺大尉，作为将军的副官，在目前形势下，是更难以获得离开司令部的空闲的。“当然，”卡婕林娜最后保证说，“我和柴皮尔斯基将军仍会时时关心古小姐的安全的。请古小姐务必放心。”

古竹韵心里当然十分清楚，卡婕林娜说的那些并非真正的原因，至少不是唯一的原因。如果不是她的行动被限制在小西关之后，城里继续有俄国兵死于毒镖，因而证明投掷毒镖另有其人，就是战事再频繁，也是不会轻易撤回安琪柯娃母子的。

这无疑也在告诉古竹韵，她的危险已宣告解除，而安琪柯娃母子也没有暴露，且依然受到柴皮尔斯基将军和卡婕林娜的信任。

对此，古竹韵当然很高兴。

但是，从此，安琪柯娃便很少在古家小院露面了，即使偶尔来访，也只是闲谈几句便起身告辞。魏尔诺大尉更几乎从此绝迹了。

不过，古竹韵觉得，这样或许更好。事实上，她也害怕同安琪柯娃以及魏尔诺大尉见面。一旦面对这双母子掩饰不住的痛苦、失望，更多是歉疚的眼神，她自己也会很尴尬和很不自在的。这种理所当然的尴尬和不自在何时能消除，她心里也没数，或许永远消除不了也未可知。所以对这种交往上的疏远，她不认为是一种应该惊讶和苦恼的事，甚至从此不再见面才好，虽然她心里多少有点儿遗憾。

但是，不管古竹韵是否愿意，也不管她有多大分量的遗憾，古家小院又恢复了昔日的寂寥却是明摆着的事实。

她消闲得几乎无所事事。

身体的消闲，势必带来思想的繁忙。

古竹韵也是如此。

她想得最多的，当然是姜海山。

她过去也常常思念姜海山，特别是安葬了母亲之后，她无数次因梦见姜海山在铁岭赵府门前绝情东去而哭湿了枕畔。但那时，进入她脑海和梦境的只是姜海山这个人，是不愿关联也从未关联过把姜海山从她身边夺走的义和团的。在她看来，义和团是义和团，姜海山是姜海山，本身就是毫无关联的两码事。姜海山被搅进义和团，完全是刘宝清的过错。不错，她拯救过义和团，还因此险些丧命，她也并不后悔。但她心里明白，她不是为了帮助义和团，如果那时不是姜海山而是另外什么人去做避弹神功的牺牲品，她是肯定不会暗中出手的。而且，如果她和姜海山在赵府共处的时间再长些，她也肯定要劝说姜海山摆脱义和团那愚蠢的一群的，她甚至会情愿为此抛却小西关和宝石沟的全部家产，与姜海山去寻找一个可以摆脱尘世纷扰的山林隐居起来。一句话，随着姜海山越来越成为她心灵王国的唯一臣民，义和团也越来越成为一股临时罩在姜海山身上的随时都可以驱散的妖氛而已。

但是，在听了魏尔诺大尉和姜海山在她房间的那次谈话之后，她的思想完全变了。

事实上，在此以前，葛月潭曾不止一次地同她讲起义和团，且充满了溢美之词。那时，她正因获知了自己的身世，处于迷惘、彷徨、矛盾和苦恼之中，无暇去思索葛月潭那些新奇、费解而且同她毫无关系的话。当她继而获悉义和团的首领正是她的杀父仇人，这个杀父仇人又不知用什么招数迷惑住了她的师兄兼未婚夫姜海山，那么，和这个杀父仇人紧密相连的义和团便再难被她接受了，即使她想如以前相信葛月潭那样，相信葛月潭对义和团的评价，感情上也是无法通过的。在她得知义和团竟以骗术欺世盗名，姜海山又险些成了这个骗术的牺牲品，她的感情中能与义和团联系起来的内容，便只有鄙视和憎恶了。

可眼下，却完全不同了。

尽管古竹韵知道，义和团和忠义军是不同的两个名字，但在她看来，既然这两支队伍都与姜海山联系到一起，宗旨又都是与洋人为敌，那么，这两支队伍便没有区别，只是一个组织的两种称呼而已。也就是说，在她心里忠义军便是义和团。而眼下，这个叫忠义军的义和团的形象，在她心里已发生了翻天覆地的变化。她的鄙视和憎恶，一下子被崇敬和佩服取代了。而且，她再也无法把姜海山同义和团截然分开。在她看来，姜海山和义和团不再是各自独立的形象，而是密不可分的统一体了。她想到姜海山，势必同时看到义和团的旗帜，想到义和团，也肯定有姜海山从中突现出来。

这种感情上或者说是思想上的变化，是突然的，而且是巨大的，突然和巨大到连古竹韵自己也觉得奇怪。尤其令她奇怪的是，使她产生如此突然和巨大变化的仅仅是魏尔诺大尉和姜海山的一席长谈！准确地说，仅仅是魏尔诺大尉的几句话！

古竹韵没法不感到奇怪。

她不能听不出，魏尔诺大尉同姜海山的交谈中，除了“民族压迫”、“国家独立”这样一些不甚明了的生僻词儿，几乎只是重复了一遍葛月潭多次讲过的话。可是，葛月潭那些话，没有在她心海搅起一丝涟漪，魏尔诺大尉同样的话，却使她产生了意想不到的大震动！

为什么会这样呢？难道仅仅因为她看到姜海山不断点头，抑或因为魏尔诺大尉是一个外国人？

当然不会这么简单。

如前所述，古竹韵在思念姜海山时，曾尽量把义和团排斥开。想尽量排斥开的内容，往往是最难排斥开的内容。而且，在一年多的时间里，她的几次冒险行为，无一不是在事实上帮助了义和团。人总是希望自己的行为是无可非议的，古竹韵也希望为自己的行为找到至少能被自己接受的理由。也就是说，长期以来，她不能不常常把攫住了姜海山整个身心的义和团的宗旨引进自己的思想，尽管这是不自觉的甚至是不甘心的，更甚至是连她自己也没意识到的。

总之，用一句文学作品最忌使用的哲学语言来说，古竹韵对义和团的认识，是有个量变和积累的，而魏尔诺大尉和姜海山的长谈，只是促成了她思想的一次飞跃而已。

古竹韵认识不到这一点，至少当时不能。

但不管怎么说，古竹韵是变了。她不仅不认为姜海山毅然返回通化山

寨是对她的绝情,她甚至想,假如再有机会,她还会帮助义和团的,而且是真心实意的帮助。

因此,自那天分手后,她不仅时时刻刻盼望姜海山再次出现在古家小院,而且盼望姜海山带来需要她帮忙的消息。

然而,正如人们不愿发生的事情常常不招自来,盼望中的事情总是杳如黄鹤。古竹韵从冬末等到春深,却再没见姜海山到来。她不会忘记,魏尔诺大尉忠告姜海山,再来看古竹韵时,一定要避开危机四伏的白昼,选择比较安全的黑夜;而三天两头要出去采购菜蔬的刘嫂又总能带回来俄清联军合剿忠义军的消息。因而,几乎每一个漫长的夜晚,她都是在盼望和焦虑中艰难进入梦乡的。

公元1901年(光绪二十七年)初夏的一个漆黑的夜晚,照例在盼望和焦虑中艰难进入梦乡的古竹韵,终于等来了用力不重却显得很急迫的敲击玻璃窗的声音。

她一骨碌坐了起来,心想,在如此漆黑的深夜跳进古家小院,又如此准确地敲响她卧室的玻璃窗,这人不是姜海山还会是谁呢?

她一阵惊喜。

她倏然跳下床来,一步跨到窗前,刚想问一声"是海山哥吗?"却从窗外传来一个女人的呼唤声:"古小姐……"

虽然这是被有意压低的呼唤声,又受到她心房激烈震荡的干扰,她还是立即分辨出,那是安琪柯娃的声音。

她的惊喜变成了惊讶。

"你是……安琪柯娃夫人?"她不由自主地问道,心里充满了疑惑。她甚至怀疑刚才是自己的耳朵出了毛病,希望再次传到耳鼓的是姜海山浑重的男中音。

然而,回答她的是更加不容怀疑的安琪柯娃的声音。

"是我,古小姐。请快开门,我有急事。"

那声音明显透露出内心的焦急。

古竹韵尽管有点儿不甘心,却不得不把姜海山的形象从脑海里排斥开,而且她立即猜出,一定是魏尔诺大尉出了事,否则,安琪柯娃是不会在如此漆黑的深夜一个人来找她的。

她一面迅速回转身捻亮了煤油灯,一面掩饰不住恐惧地说道:"安琪柯

娃夫人,我马上开门,马上……”然后,几步跑到外间,打开房门,一把拉过安琪柯娃冰冷的手。

“天哪!”古竹韵打了个冷战,说道,“您的手这么凉!快,快进来。”

到了里间,借着保险灯的幽光,古竹韵看到了安琪柯娃满脸的泪痕。她一边扯过毛巾递过去,一边关切中带着疑惑地问道:“您哭了?”

安琪柯娃擦了擦脸,但那毛巾却又牵出畅流的泪水。

“究竟发生了什么事?”古竹韵问道,并伸手握住安琪柯娃的胳臂,“坐下说。”

安琪柯娃没有落座,却用力抓住古竹韵的手,热泪飞溅地哭道:“古小姐,救救魏尔诺吧!”

果然是魏尔诺大尉出了事。

“他……怎么了?”古竹韵问道。

“柴皮尔斯基将军逮捕了他!”

“什么时候?”

“五天前。”

“已经五天了!”

“是的。”

“为什么?柴皮尔斯基将军不是很喜欢他吗?”

“即使真这样,怕也宽恕不了他。因为,魏尔诺他犯下的是不可宽恕的罪。”

“不可宽恕的罪?”

“是的,他不会得到宽恕的。”

“能说得具体点儿吗?”

“古小姐可能已经知道,魏尔诺参加俄国军队,是为了有一天把波兰人民从俄国的奴役中解放出来。”

“是的。但我也知道,魏尔诺大尉是个很谨慎的人,是不会轻易暴露自己的思想的,除非……除非柴皮尔斯基将军查到了实据。可是……”

“可怕的是,柴皮尔斯基将军恰恰查到了实据,而且,魏尔诺也没有否认。”

“什么!您是说……”

“古小姐恐怕并不知道,魏尔诺是虚无党的最高领袖之一……”

“虚无党?”

“那是波兰人求解放的组织……”

“请说下去。”

“魏尔诺还主办了一份报纸,是在同志们间秘密传阅的小报纸。近几个月来,经常刊载姜海山抗击俄国人的消息……”

“您是说,他和姜海山一直有联系?”

“是的。他们不愿让古小姐受到牵连,因而,他们或他们的信使是在另外一个地方见面的。”

“是这样……”

“最近,魏尔诺还连续写了几篇号召虚无党人不要为俄国人卖命,而要在暗中帮助忠义军的文章。可是……就在五天前,这份报纸被发现了……”

“有人出卖了魏尔诺?”

“也许是,也许不是。我……不知道。”

“当然,这已经不重要。那么……”

“你想,古小姐,柴皮尔斯基将军会宽恕他吗?”

“可能……不会。”

“肯定不会的!”

“您估计柴皮尔斯基将军会把他怎样呢?”

“十分确切的消息是:明天早上要开军事审判会,中午就要把他送上绞架。”

“他要被处死?”

“是的。”

“天哪!”古竹韵呻吟般地低叫道,“黑夜一过,就只有半天时间了!”

“是的,古小姐。我就要失去儿子了! ……”

古竹韵看着悲痛欲绝的安琪柯娃,对即将发生的惨剧的恐惧、对自己束手无策的愧疚以及对没有及时来报信的安琪柯娃的抱怨,一发涌上心头。她拉过安琪柯娃随着身体的摇动而颤抖不已的双手,隐约带着责备地说道:“这么严重的事情,您该早来告诉我。就算我救不了他,还可以去通化找姜海山嘛!”

“我也是今天下午才知道……要不是魏尔诺的朋友冒死相助,只怕我现在也出不了城。这几天,城里整夜都是戒严……”

“是这样……看来，柴皮尔斯基将军也在担心会有人救他。”

“肯定是这样。可他的那些同志谁也救不了他。”

“也许……柴皮尔斯基将军担心的不是他的那些同志……”

“古小姐是说……”

“魏尔诺被关押在什么地方？”

“在军营东北角的一座石砌的空房子里。”

“离牌楼最近的那座空房子？”

“是的。”

“有几个看守？”

“每四个小时一班，每班三十人。”

“看守得这么紧！”

“不仅人多，柴皮尔斯基将军还让人在那座房子周围立起了木栅，都是很粗很粗的原木，木栅上拉起了铁丝网，看守们进出木栅要用梯子……”安琪柯娃说到这里突然停了下来，脸色顿时一片苍白，并明显露出恐惧和自责的神色。

古竹韵怪异地看着安琪柯娃，期待着她说下去。

过了片刻，安琪柯娃才呻吟般地叫道：“天哪，我真糊涂！”

“你说什么？糊涂？”

“我太糊涂了！我本该想到，柴皮尔斯基将军是没给魏尔诺留下一丝一毫逃跑的可能的！”

“可是，您来找我，不是希望我出手相救吗？”

“我现在明白了，这是不实际的。”安琪柯娃说着，无奈地叹口气，“是的，我想得太简单了。即使古小姐有再高的武功，能轻易进出木栅，也无论如何应付不了三十名看守的！”

“也许……我真该冒险去试一试。”

“不！”安琪柯娃叫道，这回是她紧紧握住了古竹韵的双手，“这绝对不行！那肯定会给我留下更多悔恨的！”

“能救出魏尔诺，我就是为此而死也是心甘情愿的！”

“我相信，相信的。但我既然确信魏尔诺已难逃一死，怎么能让你再去白白送命呢？再说，魏尔诺也不会同意的。他那么爱你……我们就别让他带着遗憾和怨恨去迎接死亡了……”

古竹韵相信安琪柯娃说的是心里话,也明白自己去劫狱确实没有一点儿成功的可能。她即使能顺利潜入木栅,也很难逃出木栅;逃出木栅,也难以抵挡三十颗火枪的攒射;侥幸逃过三十颗火枪的攒射,也躲不过大队俄国兵围攻,因为她知道,囚禁魏尔诺的房子离俄军军营仅有十数丈的距离。也就是说,她真的贸然前去的话,除了白白送死,是不会有第二种结果的。所以,她只能无可奈何地放弃情急中产生的冒险一试的念头,同时,也为自己在魏尔诺危难之际束手无策而羞愧难当。

看来,除了表示歉疚和安慰即将失去爱子的安琪柯娃,她再也无话可说了。

"您说得对,安琪柯娃夫人。"古竹韵在心里一阵烦乱之后泄气地说道,慢慢垂下眼帘,并更紧地握住了对方的手,"我确实救不了他。我……真没用……"

"别这么说,"安琪柯娃说道,似乎已从一开始的悲痛、焦急和因悲痛、焦急而产生的幻想中平静下来,"我和魏尔诺都会为有古小姐这样的朋友而感到欣慰的。"

两个人都不知道此时此刻还该说些什么话,只能相看泪眼而已。

过了一会儿,古竹韵说道:"安琪柯娃夫人,您坐下歇一歇吧。"

安琪柯娃似被从梦中惊醒一般,浑身颤抖了一下。

"我该走了……"她幽幽地说道,抽回手拭了一把眼泪。

"您是想……再去看看魏尔诺?"

"没有这个机会了。再相见,只能在另一个世界了。"安琪柯娃说着,似乎想起了什么,又突然用力抓住了古竹韵的手,"古小姐,我还有……还有一事相求……"

"请说吧。"

"请古小姐一定答应我。"

"只要我能做到。"

"你能的。"安琪柯娃说道,稍事停顿,态度变得坚定而庄重,"我和魏尔诺远离家乡,在中国,除古小姐再无朋友。请古小姐在我和魏尔诺死后,按照中国的习俗,置棺埋葬……"

"您说什么!"古竹韵大惊道,"您和魏尔诺?难道柴皮尔斯基将军连您也不放过吗?"

"我即使不被处死,没有了魏尔诺,我活下去还有什么意义?"

“您不能这样,安琪柯娃夫人!”

“古小姐,我只有这么一点遗愿……”

“夫人!”

“你一定要答应我。”

“可是……”

“求你了,古小姐!”

古竹韵不知所措地看着安琪柯娃决然中带着乞求的眼睛,找不到劝解的话,也知道再劝解也没用,便一把搂过安琪柯娃,泪水泉涌地说道:“我……答应就是。”接着便失声痛哭起来,“可是……这究竟是为什么,为什么呀!……”

安琪柯娃也用力拥抱住古竹韵,边哭边说道:“谢谢古小姐,我的……好朋友……”

两个人在幽暗的煤油灯下抱头痛哭了一阵后,安琪柯娃终于记起她必须尽快赶回城中了,便轻轻挣脱了古竹韵的双臂,扬袖揩了一把泪水说道:“我们来生还做朋友,好吗?”

“是的,是的……”古竹韵说道,猛然捂住双眼,愈加悲哀地大哭起来。

安琪柯娃凄然一笑,点点头,转身向外走去……

古竹韵放下双手,透过畅流的泪水,怔怔地且带着愧疚地望着安琪柯娃收缩着双肩缓缓向门口走去的背影,陡然升起一股怜悯和悲愤的心情,她觉得这世界太不公道了,越是好人,越是不幸。安琪柯娃和魏尔诺,无疑都是好人,且对她有过恩义。可恰恰是这双母子,明天却要一个被送上绞架,一个要自杀,双双走向永远黑暗的未知世界。如果她能够,她也宁愿用自己的死换回这双母子的生的。在这一瞬,她甚至陡生一个幻想,希望自己变成一把天火,把包围魏尔诺的木栅烧个精光,或者降下一位天神,用定身法将那些卫兵定住,使魏尔诺得出樊笼。

令古竹韵自己也感到万分惊异的是,就在她不自觉地幻想出天火和天神的一瞬,去年她被葛月潭和姜海山从将军衙门救出的一幕,骤然重现在眼前。

她在心里自怨自艾和大喜过望地叫道:“古竹韵啊古竹韵!你这是怎么了?这会使‘定身法’的‘天神’,不近在咫尺吗?——是的,安琪柯娃母子是命不该绝的!”

古竹韵此时不敢怠慢,擦了一把泪水,飞快冲向门口,一把拉住安琪柯娃的胳臂,激动地喊道:“请等一等!”

已经拉开房门的安琪柯娃回头问道:“古小姐还有什么吩咐吗?”

古竹韵哽咽了一下说道:“魏尔诺有救了!”

“什么?你说什么?”安琪柯娃有点儿不相信自己的耳朵,惊讶中混合着疑惑地叫道。

被她突然松开的房门吱嘎一声又自动关合了。

“我能救魏尔诺。”古竹韵重复道。

“古小姐能……能救魏尔诺?”

“是的。”

“真的?”安琪柯娃颤声问道,并差点儿晕过去。

古竹韵扶住了她,同时说道:“放心吧,您一会儿就能见到儿子了!”

“真的?”安琪柯娃又一次问道,已是满眼泪水了,“可是……天哪,我是在做梦吧?”

“我也像在做梦。但这是真的。不过,时间很紧,还有一番必要的准备。我看……您就等在这里吧,反正您也不能再进城了。我这里正好有两匹马,等我救出魏尔诺,你们就一同逃走吧!”

古竹韵说着,回身从床头扯下弹囊,拴到腰间。

安琪柯娃见状,突然一惊,好像猜到了什么。

“不!”她扑过去紧握住古竹韵的手叫道,“我是绝不会放你去冒险的!”

“放心,安琪柯娃夫人。我带上弹囊是以备不时之需。救魏尔诺要靠葛道长的迷药。”

“葛道长?迷药?”

“我回来再详细解释吧!”

古竹韵说完,挣脱了安琪柯娃的手,几步跑出门外,消失在夜色之中了……

我们有充分的理由猜测,古竹韵肯定能异常顺利地在葛月潭那里弄到迷药。

但是,正如前文所述,使用这种迷药,而且要同时迷倒三十名剽壮的俄国兵,葛月潭是要作一番比搭救她古竹韵那次更加烦琐的准备的。所以,古竹韵须在葛月潭身边待一段时间并帮助干一些打下手的事情。

“不要着急,古小姐。”葛月潭一边忙碌一边说道,“离午夜还有一段时间,贫道保证你来得及。”

“谢谢葛道长。”古竹韵说道，并拿起毛巾擦去葛月潭脸上的汗水，用力十分轻柔，“我总是麻烦葛道长，此生已是难以报答。这次又为了……”

“不要这么说，古小姐。”葛月潭说道，对古竹韵替他拭汗这一细小的举动骤生一股激动之情，“说心里话，”他接着说道，并充满爱意地看了古竹韵一眼，“我是一直把古小姐当女儿的。我这么说，不知道古小姐是否高兴。”

古竹韵深情地看着苍老的葛月潭，忍不住热泪盈眶地说道：“在我心里，您早就是慈祥的父亲了。”

“谢谢古小姐。你这么说，我真高兴。”

葛月潭激动地说完上面的话，似乎突然想起了什么，便又盯着古竹韵，紧接着说道：“唔，对了，古小姐，你救出魏尔诺之后，你自己怎么办？”

“我自己？”

“俄国人很快会想到你的。你想，你同安琪柯娃母子来往至密；安琪柯娃去过你家，也未必无人知道。柴皮尔斯基会很容易猜出是你救了魏尔诺的！”

古竹韵沉吟着说道：“葛道长说得对……我还没想到这一层……但是，我是想把他们母子送出国界的……”

“送出国界？”

“是的。至于这以后……只能到时再说了……”

“到时再说吗？”

“以葛道长看，我该怎么办？”

葛月潭沉思片刻后说道：“我想，让你放弃这次成败可能并存的行动，你肯定不肯。”

“我不能打退堂鼓。我答应过安琪柯娃。而且，魏尔诺还有一番事业要干。他不能死。他说过，他要像姜海山一样，去拯救自己的国家。”

“是呀，姜海山同我说过。所以嘛……古小姐，你必须有一个安全的藏身之所。我想，你不能跟安琪柯娃母子一起去国外吧？”

“当然不能。”

“那么，你是否考虑……去铁岭？”

“这……”

“你是否因令堂名分一事仍对赵老爷耿耿于怀？”

“说起那件事……说句实话，妈妈死后不久，我就意识到，我当时做得太

过分了。”

“你……真是这样想？”

“是的。让赵老爷在守制期间给妈妈一个名分，是强人所难。我要做个孝女，为什么要以赵老爷做个不孝子为代价呢？而且，赵老爷的母亲毕竟是……毕竟是我的祖母嘛。我当时……当时真有点儿蛮不讲理了。如果不是我一时失去了理智，害得妈妈一路颠簸回到盛京，她或许不会那么早就离开人世……”

“不，古小姐。”葛月潭说道，仍没有停下手中的活计，“你不必为令堂的去世责备自己。依我看，也许正是因为她离开赵府而不再为她自己特别是你的名分忧虑，才多活了一些天。当然，我不是说当时古小姐离开赵府的决定是对的。这完全是两码事。我相信古小姐会明白我的意思……”

“我明白的，葛道长。我更明白，妈妈是为了我才要那个名分的，以妈妈的本意，是绝不想有第二个丈夫的。”

“我也看出来了，的确是这样。——对于说到你坚持带着令堂离开赵府，赵老爷当时的确很生气。但他很快便理解并原谅了你。他当时对我说，古小姐的决定虽然很草率，但却出于对生母的一片至孝之心，是情有可原的，更不该受到责备。他还说，他相信古小姐迟早也能理解并原谅他的。”

很受感动的古竹韵轻轻叹口气说道：“其实……其实全怪我。赵老爷……他是一位难得的好父亲……”

葛月潭很激动地说道：“你这么想真让我高兴！看来，古小姐是可以去赵府的。”

“也许……可以。我也很喜欢那个家庭。而且，我答应过妈妈……”

“这真是太好了！赵老爷会喜出望外，萧夫人也会含笑九泉的。是的，这真是太好了！——你看，古小姐。”葛月潭一边高兴地搓手，一边激动地说道，“我这活也做完了。我们这就走。救出魏尔诺后，我明天一早就去铁岭，让我那位可怜的仁兄提前高兴高兴！”

古竹韵疑惑地问道：“葛道长要同我一起进城？”

“这不是一个人能干得了的事情。”

“不！葛道长。您不能去。您刚才说过，干这种事，成与败是并存的。我怎能让您帮了大忙后再去冒这个险？”

“正因为有危险，我才不能让你一个人去。——不要再说了，我们行动

吧!”

“而且,”古竹韵接着刚才自己的话头说道,“我也不能去铁岭了……”

“不能！为什么?”

“葛道长还记得增祺兵围赵府的事吧?”

“当然,怎么会忘?”

“我不能让那种事重演。赵老爷年事已高,为我的事费了那么多心血,不能再让他陷入恐惧和惊扰之中了。”

葛月潭一边往背兜里小心翼翼地装那些竹筒口罩等物件,一边沉吟着说道:“也许……你的担心是有道理的。特别是还有那个可恶的增祺！可是,你这一去,可不是三天两晌……”

“放心吧,葛道长。我不会出事的。”古竹韵说道,见葛道长已拎起背兜,想伸手去拿,“您不能去。我一个人行的。”

“不亲眼看到你获得成功,我是无法安下心来的。而且,我不是多余的人。我们走吧。”葛月潭说着,往外便走。

古竹韵欲言复止。她知道难以说服葛月潭,只好轻叹一声,跟着葛月潭走出禅房……

我们同样有充分的理由猜测,有葛月潭的帮助,即使迷倒那三十名卫兵要费一番周折,最终也肯定能救出魏尔诺的。所以,在古竹韵离开古家小院两个小时以后,她和魏尔诺一同站到安琪柯娃面前时,我们一点儿也不感到惊讶。

但是,在焦急万端的状态中足足等了两个多小时的安琪柯娃,却很难一下子就相信眼前的事实,甚至当魏尔诺的身体实实在在投入她的怀抱时,她依然以为是梦境。

古竹韵看得出来,让安琪柯娃从激动中恢复常态需要一段时间,有魏尔诺,也无须她把刚才的经过向安琪柯娃作一番讲述,而且,这双死里逃生的母子,在稍许平静下来之后,还要踏上充满险恶的逃跑之路,需要她代为准备一些食物和必要的旅资。所以,她把这双母子留在她的房间,任凭他们在巨大的感情漩涡中沉浮,她则去唤醒刘嫂,一齐鞴马和准备食物金钱等必需的一切。

半个小时后,一切都准备妥当了,古竹韵和刘嫂把两匹坐骑从后院牵到前院,把一应物品和银两都拴在马鞍上,便返回正房,想催促安琪柯娃母子尽快上路。

她们刚走进外间，便猛然听见魏尔诺异常凄惨地“妈妈”的喊声。古竹韵大吃一惊，几步冲进西间，却见安琪柯娃软绵绵地躺在魏尔诺的肘间，魏尔诺则把脸伏在安琪柯娃胸前，失声痛哭。

古竹韵跑过去，双手托起安琪柯娃向后仰去的头，骇然问道：“你……怎么了？”

魏尔诺哭着说道：“妈妈服毒了……”

“服毒！为什么？”

安琪柯娃在弥留之际，听到了古竹韵的声音，便挣扎着睁开已经混浊的眼睛，费劲儿地说道：“古小姐……”

“是我，安琪柯娃夫人。您这是怎么了？您为什么要这么干？”

“我……不能……不能做你们的……累赘……”

“累赘？我们的累赘？”

“是的。古小姐，你也……必须逃跑。可我们……只有两匹马……你和魏尔诺又不知……不知要逃多久！我留下来，只能是……只能是累赘……”

“您真傻！我没有马也可以逃的。——魏尔诺，你把她放到床上，我去找葛道长，或许还有救。”

“没有用的，古小姐。”魏尔诺说道，表情异常凄惨，“这种毒药虽然不能让妈妈在瞬间死去，却没有任何能解救的药。”

“你知道她服的是什么毒药？你知道她备有毒药？”

“是的，我知道。”

“你为什么不制止她？”

“来不及的，古小姐。那毒药就缝在妈妈的衣领上……”

“这你也知道！”

“是的。我和我的同志们的衣领上全缝有这种毒药。”

“什么什么！你们都准备自杀吗？”

“如果需要，我们都会这么做的。”

“为什么？”

“我们知道我们在干什么。更知道随时都有可能被俄国人逮捕。但我们又不甘心被俄国人绞死或者枪毙。”

“你们……你们是一群愚蠢的疯子！”古竹韵咬牙切齿地喊道。但是，她还没来得及考虑一番自己这样怒骂是否有道理,却已感到安琪柯娃的身体一阵剧烈的抽搐。她慌忙垂下眼去,只见安琪柯娃的脸已在痛苦中扭曲了。眼睛里的光也在迅速散去。

古竹韵热泪涌流。她悲痛地颤着声音说道:“安琪柯娃夫人,您是可以不走这一步的。但我知道您为什么这么做,您放心去吧,我会舍出生命把魏尔诺送出中国国境的。我发誓!我发誓……”

也许安琪柯娃听到了,也许她忍着难挨的痛楚等待的就是这句话,当古竹韵说完后,她终于停止了抽搐,在她那紫黑色的唇角分明留下一丝微笑……

安琪柯娃的尸身被抬放到古竹韵床上……

黑夜即将过去,他们没有时间处理安琪柯娃的后事了。

“我们怎么办?”古竹韵对魏尔诺问道,“我把你护送出国境吗?”

魏尔诺擦了把泪水说道:“我逃不出去的。俄国人会很快全面封锁住我逃离中国的道路的。”

“那么……我们去找海山哥?”

“我想,也只有这一条路了。”

“那好,我就陪你去吧。”古竹韵说着,转向刘嫂,“刘嫂,把我的弹囊装满铅丸,剩下的找个地方藏好。唔,对了,顺便把刘哥的衣服给魏尔诺找来一套。”

刘嫂答应一声跑出去以后,古竹韵为自己选了几件衣服打入包裹,又把所有银票拢到一起,放在桌子上。待刘嫂返回并把刘成的衣服交给魏尔诺之后,古竹韵说道:“刘嫂,你也不能在这里住下去了。先去太清宫躲一躲,天亮后请葛道长派人把你送到宝石沟。那些银票全归你和刘成了。”

“小姐!”

“什么也不要说了,就这么办。一会儿,你如果看见这里着起了火,就知道我和魏尔诺已经逃走了。你马上走吧!”

刘嫂接过古竹韵塞给她的银票,泪如泉涌地退了出去。

接下来,古竹韵和魏尔诺便从后院把干草一捆捆抱进房内,把所有能助燃的东西全部都洒到干草上。

两人各自拜别了自己的母亲。他们走出房间前,点燃了干草……

47

柴皮尔斯基将军获悉魏尔诺逃跑的消息,已是黑夜褪尽、天光大明的清晨了。

他勃然大怒,差一点晕倒过去。

要知道,波兰虚无党的存在,早就让沙皇陛下切齿痛恨和枕席难安了。而他,竟轻易地抓到了虚无党党魁之一的魏尔诺,摘去了沙皇陛下在军队中的赘疣,这是何等补天浴日的奇功,是何等令人羡慕的邀功请赏的巨大筹码啊! 在想象中,他已不再是远离故土、栉风沐雨的将军,而是可以傲然进出皇宫的沙皇陛下的宠臣了。

然而,一觉醒来,这个可以倒计时迅速走来的美梦,像飞起的肥皂泡,顷刻间破灭得踪影全无了。

而且,他自信在监押魏尔诺这个至关重要的一环,是没有丝毫疏漏的。关押被捆住手脚的魏尔诺的房子的门窗是加了锁的,包围这所石头房子的木栅里,时刻都"游弋"着三十名全副武装的身强力壮的看守。这本该是万无一失的。可这魏尔诺恰恰在这严密到无以复加的防范中逃之夭夭了。这太令人难以置信了!

尤有甚者。他在逮捕魏尔诺当天,便急不可待地把这个令人振奋的消息电禀阿列克赛耶夫总司令和沙皇陛下了。沙皇陛下当即回电表示祝贺和赞赏,并说明如果押解回俄国,恐中途出现意外,就在当地处决好了。而阿列克赛那夫总司令则说,如果交通上允许,他本人一定前来参加军事审判和监刑。现在怎么办? 沙皇陛下远在彼得堡,还可以虚词搪塞,这阿列克赛耶夫总司令驾临奉天怎么办? 他如何解释? 弄不好,他不仅邀功不成,还会因看押不力纵放要犯而受到严惩的。

想到这些,柴皮尔斯基将军如何不气急败坏、暴跳如雷呢? 于是,他在瞬间的惊讶和震怒之后立即下了两道命令:一、速将当夜值勤的三十名看守囚进关押魏尔诺的牢房;二、把安琪柯娃看守起来。

他这样做的原因和目的是显而易见的。

随后,他很快来到关押魏尔诺的地方,踏着木梯进入木栅。他要亲自审讯可能混有魏尔诺同党的三十名看守。

木栅里有一个绞架,是昨晚立起的;对着绞架有一排桌椅,是准备今天开审判会和监刑用的。

柴皮尔斯基将军坐在桌子后面的一把椅子上。

他没审判成魏尔诺,却要审讯看押魏尔诺的三十名看守。

三十名本无失职之过的看守,全被皮鞭抽得皮开肉绽。

令柴皮尔斯基将军大惑不解的是,皮鞭没能抽出魏尔诺的同党,却抽出一个众口一词的供述。他们说:

那是他们在午夜一切正常的情况下接班后一个小时左右,他们正在木栅里端枪巡逻,突然有一股香气袭入鼻孔,这香气如兰如麝,令人痴迷。正在惊疑之际,骤感四肢无力,顷刻间枪支脱落,他们虽能看见一个白衣人闪电一样冲向牢房,四肢却再也动不得,口舌也发不出声音来,就像魇入噩梦一样。这一切,仅仅是一刹那间的事。之后,他们就什么也不知道了。直到早晨相继醒来,看到牢门大开,才知道大事不好了。

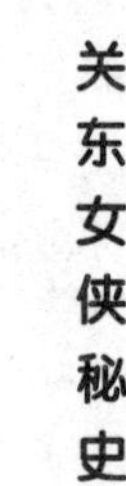

柴皮尔斯基将军紧蹙额头看着躺在地上呻吟之声一片的三十名倒霉的看守,觉得不像事先串通好了集体来欺骗他。但这白衣人的故事却叫他感到怪异得难以相信。难道在中国的大地上真的存在鬼怪神灵?这鬼怪神灵又为什么偏偏帮助同是外国人的魏尔诺而找他柴皮尔斯基的麻烦呢?

正在纳闷和考虑是否要继续拷问那三十名倒霉的看守的时候,有人来向他报告:安琪柯娃昨夜离开住所,至今未回。

"有人知道她去哪里了吗?"

"有人看见她向小西门走去。"

"小西门!"柴皮尔斯基将军叫道,瞬间,他似乎全明白了。他一下从椅子上跳起,朝那三十个血肉模糊的看守们没好气地喊道:"没你们的事了。滚吧,快滚吧!"喊完后,他自己先向木栅冲去,踏上吱嘎乱响的木梯……

几分钟后,他便亲自率领五十名骑兵驰出小西关,朝古家小院全速奔去。

柴皮尔斯基将军的猜测获得了证实,但已经晚了。他只在古家小院正房的废墟处,找到了已被大火烧焦的安琪柯娃的遗体。

他恨恨不已地咬着嘴唇思忖了片刻。然后,他什么也没有说,更没有命令骑兵们去追击,只是猛挥了一下胳膊,掉转马头,向城里奔去,其速度一点儿不比出城时慢。

在小西门外不远的地方,一顶迎面而来的官轿挡住了柴皮尔斯基将军的去路。他无心去细看那官轿的品位,一面紧拢嘶叫的坐骑,一面怒吼道:“何人敢挡住本帅去路! 还不快滚到一边去!”

那顶轿子却没有滚到路边去,而是原地落在路中央,轿帘掀处,躬身走出一个人来。

此人乃是增祺将军。

增祺将军朝着满脸躁怒的柴皮尔斯基将军草草抱了抱拳,隐约带着讥诮地问道:“将军如此气冲牛斗,想是没能抓住古竹韵和魏尔诺?”

柴皮尔斯基将军怒气犹盛地说道:“此事不劳阁下操心。你最好把轿子抬到路边,让我的人马过去!”

“将军急于进城,不会是以为古竹韵和魏尔诺藏在城里的什么地方吧?”

“我说过,本帅的事不要阁下来管!”

“我确实不想管,而且,以将军对待古竹韵的态度,我也不该来多管闲事。阁下是自作自受嘛。但我刚刚获知,这魏尔诺是个非同小可的人物,现在又与古竹韵联璧,怕是隐藏着更大的后患。我毕竟是贵国的忠实朋友,总不能因为阁下的过错而放弃交友之道嘛。更何况,我也是希望那古竹韵被逮捕处死的嘛。阁下为什么想不到,我可是不仅仅可以陪着阁下着急的呀!”

柴皮尔斯基将军本待对增祺将军带刺的啰唣大发雷霆,但终于强忍住了怒火。因为,他从增祺将军最后一句话中,似乎听出点弦外之音。而且,他这么急如星火地赶回城中,为了什么? 无非是想作出追捕魏尔诺和古竹韵的部署。可他竟在情急之中忘了是在中国,忘了在某些事情上是不能缺少了中国官员的帮助的。要知道,对脚下这片土地和这片土地上的民众,增祺将军是更加了如指掌的,至少眼前是如此。而且,这增祺将军恨透了古竹韵,早就想把这个少女置于死地了。也就是说,在追捕魏尔诺和古竹韵这件事上,增祺将军不仅能够起到无法替代的作用,而且会心甘情愿尽心尽力的。这样一些细节，这样一个人物，居然被他忽略，甚至抛到一边连想也没想，实在是太愚蠢了。

柴皮尔斯基将军这样想着，终于将差一点儿脱口而出的不客气话吞了回去。接着，他毫不犹豫且异常麻利地跳下马来，把马缰抛给随后也跳下马来的副官，向增祺将军走了两步，拱手说道："增祺将军，我实在是被今天的事气昏了头。方才失礼之处，尚请海涵。"

"没什么。我能理解的。"增祺将军说道，一副冷冰冰的样子。

"听阁下刚才的话，是已经知道了发生的事情。"

"可是 ，这魏尔诺对将军真是那么重要吗？"

"重要？天哪，他抵得上整个东三省！"

"将军太夸张了吧？"

"一点儿也不。是的，一点儿也没有夸张。"

"竟是这样！"增祺将军略显惊讶地说道，稍事停顿后，才接着说下去，已俨然一副训诫晚辈的架势了，"说起来嘛……今天的事情，是将军一连串错误的必然结果。当初，阁下在古家门前受辱和脱险后，是不该留下古竹韵的；留下她，也不该让她教授贵军中女人们什么防身术；让她教防身术也不该让一对波兰籍母子终日同她混在一起。我再三跟阁下讲，这古竹韵乃我朝廷重犯，应立即收捕正法，可阁下却执意不允，说什么不能违背当众立下的誓言，尤有甚者，当城内屡有贵军兵士中毒镖而死，阁下也开始怀疑系古竹韵暗中所为时，我曾劝阁下当机立断逮捕古竹韵，可阁下又以证据不足为由放虎归山！所谓'誓言'、'证据'也者，均乃小节。中国有句古话，叫'成大事者不拘小节'，将军阁下恰恰因这些小节而误了大事！"

"等一等，增祺将军！"柴皮尔斯基将军举起右手说道。他的眼睛和嘴唇都在不停地颤抖，说明他的胸膛里对增祺将军的教训口吻正有一股怒火在冲荡。他心里明白，增祺将军的一番话，不仅剀切中理，且入木三分。剀切中理，他就无言以对；入木三分，他就更羞愧得无地自容。他此刻的感觉，犹如当初在古家小院门前被踏在古竹韵脚下一般。他恨透了眼前这个黑紫脸膛儿的中国将军，明明知道他此刻焦躁的原因不在古竹韵，而在魏尔诺，却又偏偏喋喋不休地拿古竹韵来揭他的疮疤！可是话说回来，增祺将军说的难道不对吗？即以魏尔诺的逃跑而论，如果没有古竹韵，那是无论如何也不会发生的。恰恰是自己对古竹韵的过分宽容，才为今天的事情种下了祸根！

如此说来,增祺将军的话是不错的,他没有理由发火;而且,即使增祺将军有意羞辱他,他也不能发火。正如增祺将军方才所说,“成大事者不拘小节”,为了尽快抓住魏尔诺和古竹韵,权且忍受一次小小的屈辱还是值得的,也是必需的。他这样想着,又慢慢放下左手,脸上的恼怒也变成了谦恭。

增祺将军对柴皮尔斯基将军动作和表情的变化看得清清楚楚,而这种变化的原因,他心里也明明白白。他为两人交往中他这唯一一次占上风的场面而异常欣喜。他原以为,他的话肯定会激怒柴皮尔斯基将军,甚至对他大吼大叫,那样,他便有许许多多酝酿已久的刻薄话可以一吐为快,让这位骄横而刚愎的俄国将军当众大出其丑。但看到眼前的柴皮尔斯基将军骤然由倨变恭、欲言复止的可怜相,虽说窃笑不已,却也觉得此时此刻再进一步发泄,不仅让柴皮尔斯基将军难以下台,也有失自己的身份。弄得太僵,以后就更难合作。要知道,他以后的仕途,毕竟在很大程度上要仰仗这位俄国将军。而且,尽快捕捉到魏尔诺特别是古竹韵,也是他增祺将军的愿望嘛。所以,他没有顺着原来的话题说下去,只是以胜利者的姿态微微一笑,说道:“将军阁下以为我说得不对吗?”

“不。”柴皮尔斯基将军说道,态度显得很谦卑,“阁下的话很有道理。”他说着,飞快环顾了一下四周,确信远远站定的中国观众听不到他的声音,身后的部下也无人听得懂他说的中国话,这才又接着说下去,“对于古竹韵,我的确犯了太过宽容的错误。但是……”

“但是?”

“但是,眼下不是讨论以往过错的时机。当务之急,是必须尽快地把魏尔诺和古竹韵抓获归案。——唔,我是说,以后,我会找一个合适的时间,向阁下表示歉意,并努力使我们合作得更加融洽。而现在,我希望你我之间携起手来,尽快抓住这两个逃犯……”

“将军阁下说得不错。”增祺将军说道,心里也觉得,与搜捕魏尔诺和古竹韵相比,两人之间的旧有的矛盾毕竟是第二位的,而且,以柴皮尔斯基将军的地位,能当众向他承认以往的过错,也实在是很不容易了。他应该见好就收,不能把两人终于可以平等站到一起的机会破坏掉嘛。他这样想着,略一停顿后,又说下去,“是的,将军阁下确实说得不错。——不过,我还要请将军阁下理解我刚才的一番话。我并非有意指责将军阁下以往的过错。我想说的是,没有古竹韵,您的魏尔诺是逃不出牢笼的,而现在,有了古竹韵,您的魏尔诺也就如虎添翼……”

“的确如此。这古竹韵给我带来了太大的麻烦!”

“可是,世上的事情常常是利弊相当的。有古竹韵与魏尔诺狼狈为奸,固然增加了追捕的难度,但是——唔,等一等,方才见将军阁下风风火火急于进城,是不是已经想出了行动方案?”

“ 这个嘛……我只是想尽快向沙皇陛下和阿列克赛耶夫总司令作出报告,并请求获准在东三省全面通缉。”

“您以为有必要这样操之过急吗?”

“阁下是说……”

“既然魏尔诺如您说的那么重要,他的逃跑便势必涉及一个承担责任的问题。您为什么如此急于向皇上和总司令坦白自己的过失呢?”

“以阁下看,我该怎么做才是呢?”

“我刚才说过,有了古竹韵,增加了事情的难度。但也正因为有了古竹韵,也为我们提供了一些线索。”

“线索?阁下……阁下能向我提供这样的线索吗?——唔,等一等,阁下是不是说,他们可能逃往宝石沟?”

“宝石沟吗?当然,您有的是人马,可以派一些人去细细搜查一番。但以我看,这种可能性几乎没有。古竹韵不会那么蠢的。”

“那么……躲进太清宫有没有可能?这也是古竹韵要求我给予保护的地方。——不不,”柴皮尔斯基将军说着,自己先摇起头来,“这比逃往宝石沟更蠢……”

“是的,”增祺将军点头道,“他们躲进太清宫的可能性也极小。但不妨也去看一看。您甚至可以乘机捣毁太清宫。”

“捣毁!捣毁太清宫?”

“为什么不呢?我早就怀疑葛月潭与姜海山有某种特殊的关系。我甚至怀疑,挂在魏尔诺囚室周围木栅上和当年搭在将军衙门高墙上的盛有迷药的竹筒均出自葛月潭之手!”

“有证据吗?”

“又是证据!”

“当然,这并不重要。但是,我可以眼也不眨一下地把一百个宝石沟夷为平地,也不能轻易地捣毁太清宫,至少眼前不能。阁下应该知道,这小小的太清宫,牵连着贵国无数的官员和平民百姓。至于葛月潭,我会细细查证一番的。”

增祺将军心有不甘又无可奈何地摇摇头说道:“您真是个固执的人。不过,随您的便好了。”

“那么……阁下所说的线索究竟是什么呢?”

“线索嘛……其实,您自己也能想到,您应该当机立断且争分夺秒地赶往铁岭。”

“铁岭? 去搜查赵尔巽的府邸?”

“是的。”

“据我所知,古竹韵并没认赵尔巽这个生身之父啊!”

“那他们也照样是父女。而且,正因为几乎全奉天的人甚至包括将军阁下,都知道这双父女并没相认,他们去那里暂避风头的可能也就更大。”

柴皮尔斯基将军歪头思索片刻后,突然点头道:“我……明白了。阁下可真是老谋深算啊!”

“当然,”增祺将军又补充道,“事情也可能完全出乎我们的预料。到那时,您再向贵国皇上和总司令报告也不迟嘛。”

“好! 我决定完全接受阁下的高见。我这就回城作出部署,然后就直赴铁岭!”说完,柴皮尔斯基将军朝增祺将军拱拱手,回身扯过马缰,飞身上马,率先绕过增祺将军的官轿,朝城里驰去……

48

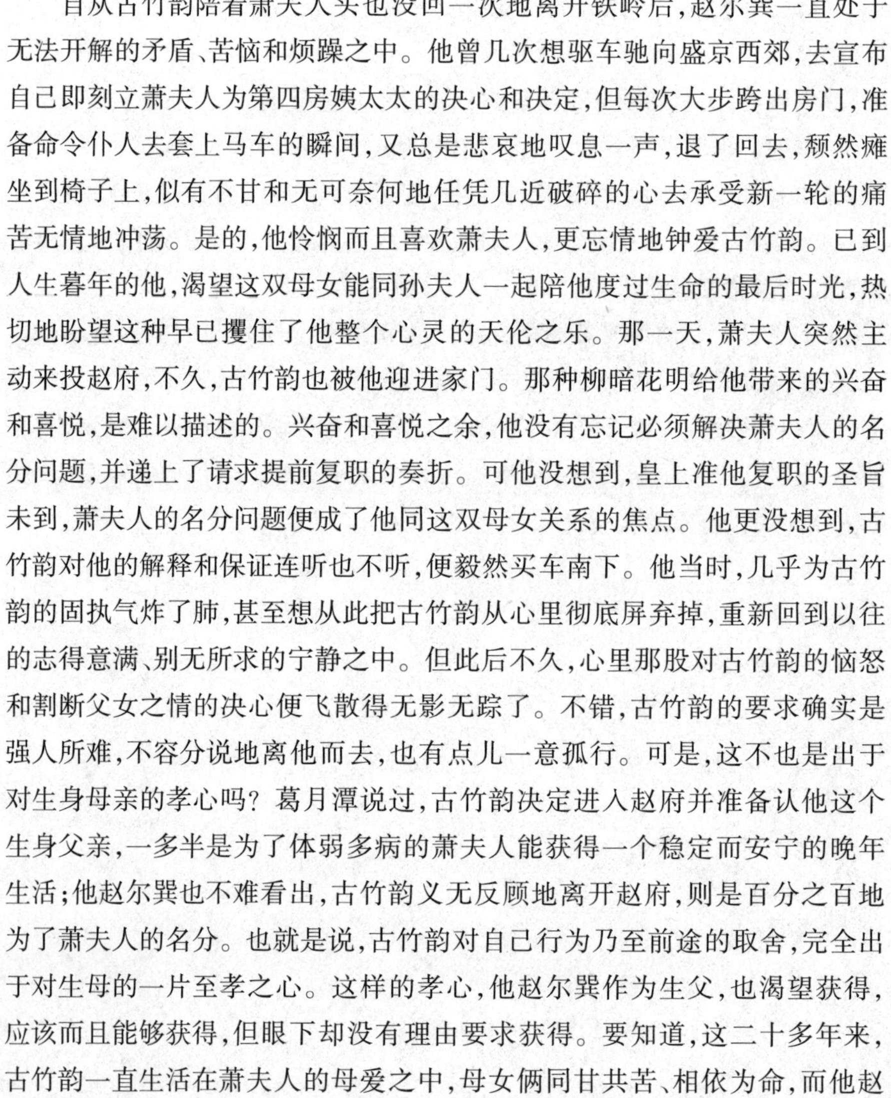

自从古竹韵陪着萧夫人头也没回一次地离开铁岭后,赵尔巽一直处于无法开解的矛盾、苦恼和烦躁之中。他曾几次想驱车驰向盛京西郊,去宣布自己即刻立萧夫人为第四房姨太太的决心和决定,但每次大步跨出房门,准备命令仆人去套上马车的瞬间,又总是悲哀地叹息一声,退了回去,颓然瘫坐到椅子上,似有不甘和无可奈何地任凭几近破碎的心去承受新一轮的痛苦无情地冲荡。是的,他怜悯而且喜欢萧夫人,更忘情地钟爱古竹韵。已到人生暮年的他,渴望这双母女能同孙夫人一起陪他度过生命的最后时光,热切地盼望这种早已攫住了他整个心灵的天伦之乐。那一天,萧夫人突然主动来投赵府,不久,古竹韵也被他迎进家门。那种柳暗花明给他带来的兴奋和喜悦,是难以描述的。兴奋和喜悦之余,他没有忘记必须解决萧夫人的名分问题,并递上了请求提前复职的奏折。可他没想到,皇上准他复职的圣旨未到,萧夫人的名分问题便成了他同这双母女关系的焦点。他更没想到,古竹韵对他的解释和保证连听也不听,便毅然买车南下。他当时,几乎为古竹韵的固执气炸了肺,甚至想从此把古竹韵从心里彻底屏弃掉,重新回到以往的志得意满、别无所求的宁静之中。但此后不久,心里那股对古竹韵的恼怒和割断父女之情的决心便飞散得无影无踪了。不错,古竹韵的要求确实是强人所难,不容分说地离他而去,也有点儿一意孤行。可是,这不也是出于对生身母亲的孝心吗?葛月潭说过,古竹韵决定进入赵府并准备认他这个生身父亲,一多半是为了体弱多病的萧夫人能获得一个稳定而安宁的晚年生活;他赵尔巽也不难看出,古竹韵义无反顾地离开赵府,则是百分之百地为了萧夫人的名分。也就是说,古竹韵对自己行为乃至前途的取舍,完全出于对生母的一片至孝之心。这样的孝心,他赵尔巽作为生父,也渴望获得,应该而且能够获得,但眼下却没有理由要求获得。要知道,这二十多年来,古竹韵一直生活在萧夫人的母爱之中,母女俩同甘共苦、相依为命,而他赵尔巽,却如陌路人一样,没有尽到一丝一毫作为父亲应尽的责任,有什么权力要求古竹韵像对待萧夫人那样给他以一个女儿的孝心呢?他确信,如果古竹韵在他膝前长大,他会付出比萧夫人多得多的爱和关心,那样,对母亲如此尽孝的女儿,肯定会把同样的孝心给予他这个父亲的。那么,他赵尔巽是否毫无希望了呢?恐怕还不能这么悲观。既然已经看出古竹韵的心思全在萧夫人身上,就该继续在萧夫人身上做文章。只要尽快解决萧夫人的名分问题并努力治好萧夫人的病,古竹韵最终还是会来到他身边的。因此,他立刻做了两件事。一是命人把从北京来的两位名医送至盛京,求葛月潭引见给萧夫人,一是派人再携重金二度进京,求友人在他提前复职一事上给予疏通。然而十分不幸的是,北京的两位名医去盛京仅仅五天,皇上的圣旨还未到,却传来了萧夫人的死讯!这骤然而至的噩耗,险些要了赵尔巽的命。他知道,他的心血全部白费了!没有了萧夫人,再企望古竹韵回到身边,要难上加难。而且,由于他不能奔丧,无法去述说自己为萧夫人所做的一切,古竹韵会把萧夫人的死全部归咎到他赵尔巽身上,因而恨他一辈子!震惊后又几近绝望的赵尔巽,一下子病倒在床,精神恍惚得如梦境中人。直到数月后,才在闻信赶来的葛月潭医治下恢复了元气,那须发却已大半变白。从葛月潭口中,他终于获知古竹韵靠着武功和机智,保住了性命、贞操及萧夫人的葬礼,并成了被俄国将军保护的连增祺也奈何不得的幸运儿,总算舒出一口气。而且,当葛月潭告诉他,古竹韵并没有拒绝他赵尔巽请的名医为萧夫人诊治以及经钱恒顺之手送呈的奠仪后,他心中又隐约产生了一线希望,觉得与古竹韵父女相认,还没有到山穷水尽的地步,只要锲而不舍地努力下去,事情还会有转机的。但他也十分清楚,这转机不可能在短期内出现,须有铁杵磨成针的耐心才行。而眼下最要紧的,是要保证古竹韵的安全。他不相信虎狼之心的俄国人真能一言九鼎。而且,增祺也不会甘心看着古竹韵安然无恙地活在世上的。为此,他派心腹人常住恒顺客栈,时刻关注古竹韵的行止,一旦发现异常情况,立即飞马来报。那时,他会拼却老命去救助古竹韵的。说也怪,在此时的赵尔巽的心里,除了希望古竹韵平安无事,还隐约产生了另一种想法,希望出现需要他亲自去救助古竹韵的机会。他暗问自己,如果说前者是出于一个父亲对女儿的关心和爱护,那么,后者是什么呢?对此,他难以作出回答,或者说,他不情愿作出回答,因为,那肯定会让他感到羞愧的。但事实上,需要他去救助古竹韵的机会一直没有出现,不断从盛京传来的消息，全在告诉他古竹韵平安无恙。他甚至听说，古竹韵同俄国将军夫人过从甚密，还学会了俄国话。赵尔巽不想对古竹韵的行为作出是与非的评价，但有一点他是确信无疑的，那便是，古竹韵至少在近期内不会出事。这样的局面能持续到他服孝期满就好了，到那时，他便可以正式追认萧夫人为四房姨太太了。到时，他一定要搞一个隆重而热闹的仪式，以表明他对萧夫人的真诚与尊重。他相信，古竹韵定会因此受到感动，并对他重孝期间不能为萧夫人正名的不得已给予理解和原谅的。而且，仔细算来，离他服孝期满也只有七八个月了，服孝期满办喜事，比提前除服办喜事，是更容易被亲友和世人所接受的。所以，如果说在萧夫人弃世前，他曾异常焦急地盼望皇上提前开复他的圣旨，那么，事到如今，他反而希望皇上忘记他提前复职的奏折了。

然而，世事总是波谲云诡，难以预料。朝思夜盼的往往迟迟不来，不愿发生的却又常常骤然而至。

就在赵尔巽满怀希望地等待服满那一天到来的时候，一位从天而降的锦衣使者向他宣读了皇上特准他提前复职的圣谕。那圣谕中明明写道："……自古忠孝难两全，况忠君爱国亦至孝也。特准赵尔巽即除母孝，品升一级，擢任湖南巡抚。望刻日赴任，勿负朕意。"云云。

赵尔巽恭送走钦差后，又捧读了一遍圣谕，怨恨之情油然而生。这圣谕为什么在该来的时候不来，不该来的时候偏偏到来呢？如果它在萧夫人和古竹韵未离开赵府时到来，这母女俩肯定不会毅然离去；即使迟到萧夫人亡故前到来，这母女俩也是会重返赵府，萧夫人甚至还会多活些时候嘛！那样，他和古竹韵父女相认的问题，势必早已迎刃而解了。可眼下，萧夫人已登鬼录，而他离按律除服也只有七八个月了，这圣谕还有什么意义！

不过，要说赵尔巽对这迟到的圣谕只有怨恨，那是不合情理的。皇上毕竟特准了他的请求，这本身就是一种特殊恩典，何况又"甚为嘉许"、"品升一级，擢任湖南巡抚"呢？而且，有圣谕在，总可以让古竹韵明白，他赵尔巽为了她们母女名分和未来，曾作出了多大的努力啊！他不信古竹韵获知这一切会丝毫不受到感动！

赵尔巽这么一想，终于觉得，抛开时间问题，这圣谕的有和没有，还是不一样的。正所谓"有略胜于无"嘛。也就是说，让古竹韵理解他，谅解他，以及重返赵府，并在举办追认萧夫人为四房姨太太的仪式后，最终认他这个生

身父亲,还是极有可能的。那样,古竹韵便可以名正言顺地以赵氏小姐的身份在数天之内同他一起远赴湖南了。这与原来的计划相比,除了无法挽回的萧夫人的天夺其魂,亦无更多的差别嘛!

他向孙夫人讲了自己的想法。孙夫人当即表示赞同,并让他明晨便启程,说服古竹韵来铁岭,尽早举行追认萧夫人的仪式,尽早同赴湖南。

孙夫人如此支持他,他非常高兴。但他比孙夫人要急得多。他说,有圣谕在,此事必须赶早不赶晚,何况时间尚未到中午,如果午饭后上路,途中又不受阻隔,明天这个时候便可抵达盛京了。孙夫人理解赵尔巽的急切心情,也就不再说什么,便着手为赵尔巽作行前准备去了。

就这样,赵尔巽匆匆用过午饭,把圣谕小心翼翼藏入怀中,便有点儿飘飘然地走出大门,在管家的搀扶下踏进马车车厢,命车夫全速向盛京驰去……

第二天上午,疲惫不堪的马车载着疲惫不堪的赵尔巽,终于到了盛京北关。

赵尔巽略一思忖,命车夫先去太清宫。他觉得,请葛月潭陪他同去古家小院会更好些。

没用一刻钟,赵尔巽已晃悠悠地闯进葛月潭的禅房了。

对赵尔巽的不期而至,葛月潭甚感惊讶。他慌忙起身,一边让座命茶,一边说道:“次珊兄!怎么也没想到……难道……不,这……不可能啊……”

赵尔巽对葛月潭的慌乱和语无伦次感到茫然和怪异。他接过小道童手中的茶碗,喝了一口,却没有落座,喉咙仍显很干燥地问道:“你在说什么啊,明新贤弟?什么没想到,什么不可能啊?”

葛月潭稍许稳定了一下说道:“看来,次珊兄刚才……没去古家……”

“当然没去。我想邀明新贤弟同去。”赵尔巽说道,陡然意识到葛月潭的态度和话语中隐藏着什么可怕的内容,他一步跨过去,用力抓住葛月潭的胳膊,“快告诉我,古家怎么了?韵儿她……”

“请放心,次珊兄。古家只烧掉了正房……”

“失火了!天哪!那么,韵儿呢?”

“她没事。她同魏尔诺大尉逃跑了……”

“你把我说糊涂了!怎么失的火?魏尔诺又是何人?韵儿为什么和他一起逃跑?逃到哪儿去了?”

“看我,真是乱了性情了!”葛月潭自怨自艾地说道,“请次珊兄先坐下,我详细讲讲事情的经过……”

"详细!"赵尔巽焦躁地叫道,并没有落座,"你就拣紧要处说吧!"

"好,好。那就撮其大要,撮其大要。——昨天夜里,贫道帮助古小姐救了要在今天被俄军司令部处以绞刑的魏尔诺大尉。今天凌晨,刘嫂来到敝宫,对贫道说,魏尔诺的母亲已服毒自杀,古小姐和魏尔诺一起逃走了。这两人逃走前,在正房放了一把火。"

"是这样……"赵尔巽沉吟着说道,并有一股怒火在他的焦躁中渐渐燃起,"原来是你明新贤弟……是你帮助韵儿干了一件蠢事!这魏尔诺是谁?韵儿为什么要救他?他们之间有什么关系?——唔,不说这些!请你告诉我,他们逃到哪里去了?"

"不知道。也许……"

"不要'也许'了!我们放开别的不说,明新贤弟,你至少应该劝说韵儿去铁岭啊!"

"贫道的确曾这样劝过她。一开始,她也表示同意,但后来她又突然改变了主意。她说,如果她去铁岭,会给次珊兄带去麻烦,因为增祺肯定会怂恿俄国人去搜查贵府的……"

"因而你就没有再劝说她!"

"贫道以为古小姐的担心是有道理的。"

"可你要知道,我是可以立即带她还有那个……那个什么魏尔诺远走湖南的!"

"湖南?贫道不明白。而且,次珊兄还在服孝啊!"

"皇上已准我提前除服,并升任湖南巡抚!"

"竟是这样!贫道哪里知道啊!"

"我也是昨天才接到圣旨。可是,说这个还有什么用?不说它了!"赵尔巽说道,悲愤地挥了挥胳膊,"这是怎么了?这究竟是怎么了?我赵尔巽怎么就碰不上一件顺心事儿?你说,明新贤弟,这是为什么?"

"次珊兄,望你不要太过焦急。"

"不焦急!我做得到吗?我是为了她们母女才请求提前复职的。可结果怎么样?一个死了,一个跑了!一切一切全白费了!"

"那么,次珊兄打算怎么办呢?"

"是啊,我怎么办?怎么办呢?"

"依贫道所见,次珊兄该暂不去湖南。"

“暂不去湖南？我的天！让我违抗圣旨？”

“据贫道所知,这魏尔诺是俄国沙皇的一名要犯,俄国人会不惜代价全力追捕的。古小姐说,要把魏尔诺送出国境。这一点,柴皮尔斯基将军也会想到的。”

“也就是说,他们逃不出国界!”

“肯定逃不出。”

“你说得对。几乎国境线的所有通道全在俄国人手中。”赵尔巽说着,略停片刻,“可是……韵儿究竟为什么去冒这个危险？她太傻了,真是太傻了！——唔,请你告诉我,韵儿和这魏尔诺究竟是什么关系？”

“他们仅仅是朋友。”

“仅仅是……朋友吗？”

“魏尔诺一直在暗中帮助姜海山。”

“是这样……姜海山……对！姜海山是能够而且应该向小女和魏尔诺伸出援手的……”

“次珊兄的意思是……”

“让姜海山尽快知道这里发生的事!”

“他会知道的。俄国人会很快发出通缉令的。”

“这通缉令未必已经发出,即使发出,姜海山也未必很快看到。是的,不能拖,不能等。正好我有一个保镖住在恒顺客栈。我现在就去找他——咦？按说,古家发生了昨天的事,他该马不停蹄地去向我报告啊！为什么没在途中见到他？”

“你的那个保镖烧伤了。”

“烧伤了？救火烧伤的吗？”

“他可不知道那火是古小姐自己放的。”

“他没做错。我会再找个人的。”

“那么,是不是说,次珊兄决定去湖南赴任而不留下了？”

“我留下又有什么用？”

“留下和不留下是不一样的。”

“可是……明新贤弟,我提前除服已是不孝,还让我违抗圣旨做一个不忠的人吗？明新贤弟,别再逼我了!”

“随你好了。”葛月潭说道,轻叹一声,“次珊兄去恒顺客栈看看那个保镖吧,贫道早晨给他上过药,估计骑马奔跑还是可以的……”

49

柴皮尔斯基将军在小西门外辞别了增祺将军飞返城里的司令部后,很快意识到,古竹韵和魏尔诺逃往铁岭同藏身太清宫和宝石沟一样,其可能性也是微乎其微的,增祺将军那么热心追出城外,向他郑重其事地提出赵尔巽这个线索,若不是头脑简单,便只能是出于同赵尔巽和古竹韵的私仇。古竹韵和赵尔巽的关系,他是听说一些的。也就是说,这两人的关系只能有两种前途,一是可能相认,一是永远不相认;前者说明他们之间还存在着父女亲情,后者则说明他们之间有解不开的仇恨。无论是何种前途,古竹韵也不会逃往铁岭赵府。试想,古竹韵能去投靠有仇恨的赵尔巽吗?不可能;她能把灾难带给尚有父女亲情的赵尔巽吗?同样不可能。

是的,古竹韵和魏尔诺是不会去铁岭的。

当然,常理认为最无可能的去处,也许恰恰是最安全的所在。这一点,柴皮尔斯基将军是知道的。而且,反正有的是人马,即使往返徒劳也算不上大损失嘛。

因此,柴皮尔斯基将军决定,一方面派出人马去搜查太清宫、宝石沟和铁岭赵府,一方面立即向沙皇和阿列克赛耶夫总司令报告以便取得全面通缉的命令。至于这样做会对自己的前途和命运产生何种影响,面对眼前这样关系重大的事情,已经不能考虑了。

于是,他在派出人马后,立即抓起笔来飞快草拟了两份电报稿,一份给沙皇陛下,一份给总司令大人。

在稍后一些时候以特急拍发出去的电报中,他开门见山地简述了一下魏尔诺被一位武功非凡的中国女侠劫走的经过,接着提出一个不容否决的要求:立即以俄军最高司令部的名义,通电东三省以及西伯利亚所有驻军,派得力人马封锁所有道路,对过往行人严加盘查,有可疑者,即行拘禁,不获元凶不得放走。最后他说,如蒙电允,他将越俎代庖,赶印带有魏尔诺和古竹韵照片的通缉令,发往各地。

仅数小时后,他便接连收到沙皇和总司令的复电。电文基本相同,大概的意思是:电悉。可行。速办。沙皇的复电中还有一句:获元凶者,赏以万金。

通缉令当夜便上了印刷机。虽然系匆匆付印,印得却十分精美。只是因为找不到古竹韵的照片,印在魏尔诺潇洒英俊的半身照旁边的,是一幅俏丽无双的少女画像。

第二天,这份在后来成了许多俄国人和中国人收藏品的通缉令,便雪片一样飞往东三省和西伯利亚各地了……

逃出盛京西郊的魏尔诺和古竹韵,虽然预料不到柴皮尔斯基将军那么快便向他们撒下了一张铺天盖地的大网,却不能想不到他们身后随时都可能出现追捕者的身影。而且,头脑甚为精明的柴皮尔斯基将军,肯定会很快猜出,他们除了去投奔姜海山,别无去处。因而,势必在去通化的所有通道路隘派出人马围追堵截的。这样,他们在向西驰出柳条边又往北走了一段终于把马头扯向朝东的方向时,他们就不能不预感到随时随地都有可能同柴皮尔斯基将军的追兵狭路相逢了。

每一条道路和每一处有人烟的地方都潜伏着危险。他们只能或走马荒原,或跋山涉水,以及在野兽出没的密林和猿猱难攀的嶙峋怪石间艰难地朝着大致向东的方向迂回前进了。当他们不止一次地发现印有他俩的照片和画像的通缉令后,意识到他们要防备的已不仅仅是柴皮尔斯基将军的追兵了,他们需要更加小心翼翼。有时,他们甚至因为一个没看清的影子或没听真切的声音,吓得趴在潮湿的沟壑或蚊虻乱飞的树丛间,几个小时不敢动一动,或者不辨方向地纵马狂奔一整天。

这便成倍甚至数倍地拉长了他们与通化间的距离。

大约在他们逃离盛京小西关半月后的一个傍晚,他们牵着马,顺着林莽间长满杂草却依稀可辨的小径,艰难地登上了迎面而立难以绕行的一带高山。山顶上天风浩荡,林涛震耳,暗蓝色的星空如穹盖压顶,林立的怪石似群魔列阵,置身其间,顿生恐怖之感。

恐怖固然恐怖,却也安全。除了心造的魔鬼,不会有人在黑夜到山顶来寻求刺激的。至于可能攀缘而上走近他们的野兽,古竹韵的随时可以取用的半袋铅丸,是足以轻易消灭任何一双渴血的绿眼睛的。

古竹韵擦了擦汗水，环视一下模模糊糊的四周，气喘吁吁地说道："这一带山峰可真是安营扎寨的好地方！"

"是呀！"魏尔诺说道，同样是有气无力，"易守难攻……"

"这么高这么险的山该有个尽人皆知的名字才对。可这是什么山呢？"

"你在问……在问我吗？"

古竹韵苦笑了一下，带着歉意说道："你哪里会知道？我只是随口说说而已……"

"不过，也许我能猜出来。"

"猜出来！你？"

"是的。我虽然没来过这里，但我仔细研究过东三省地图。在盛京到通化之间，如此险峻的山峰只有两座，一是摩里红山，一是老秃顶山。以我们这几天所经过的山林河谷来看，它好像是摩里红山。"

"摩里红山！你说是摩里红山？"

"这只是我的猜测。"

"可是，五天前，我去苍石附近的一个小村买过食物，这你是知道的。而摩里红山离苍石只有六七十里的路，而且，又是东北边！"

"这些我都记得。可你买回食物时说，你可能被人跟踪了。我们便朝北钻进森林，又赶上接二连三的阴雨天。这几天，我们有可能就是在摩里红山附近绕来绕去……"

"天哪！"古竹韵叫道，似信非信地盯着魏尔诺，"照你这么说，我们倒是离通化越来越远了！"

"我说过，我也只是猜测。等天亮，我们再仔细辨别一下。我虽然没有到过摩里红山，但对它周围的地形地貌还是知道一些的。"

"你是说，我们在山上过夜？"

"这里很安全，我们可以放心睡上一觉。"

"是呀，我也实在不想多走一步了。"

于是，他们就近选择了一块壁立如削的石砬子，放开坐骑去啃食青草，他们则以鞍为枕，躺在石壁下余温犹存的石板上，很快进入香甜的梦乡了。

这一觉好睡！

直到第二天早上，在朦胧中感觉到从石隙间挤进的阳光已温暖地抚上面颊，他们还不愿睁开眼睛，盼望再美美地睡上个回笼觉。

但他们突然觉得不对劲儿。回旋在耳畔的为什么不仅有林涛声,还夹杂着人的走动声和低语声。

他们睡意顿消,试探地睁开眼睛。

虽因阳光刺得眼睛视物模糊,但毕竟隐约看到了几个持枪的高大身影。

在这一瞬,他们觉得一切全完了!

他们之所以能一骨碌跳将起来,古竹韵甚至还能同时把右手插入弹囊,几乎完全出于本能的反抗意识,而不是觉得还有反抗的可能。

"古小姐,我们是自己人。"

古竹韵怔了一下。这声音确实听过。而且,在这一刻,她的眼睛已恢复了正常视力,看清站在面前的确非俄国兵,而是几个衣衫破烂的中国老乡。

她感到惊讶和疑惑。她费力思索着,这说话的人是谁呢?而且,是敌人还是朋友?

这时,又听到那人说话了。

"古小姐不该认不出我的。"

古竹韵朝说话的人看去,突然惊叫道:"天哪,是你!高法师,高鸿绪!"她说着,把伸展开的右手从弹囊中撤了出来。

魏尔诺问道:"古小姐,你们认识?"

"认识。"古竹韵掩饰不住快活地说道,"他们是姜海山的人!"说着,她又转向高鸿绪,"高法师,我来给你们介绍一下……"

"不必了。"高鸿绪说道,"你们还在睡觉时,我就认出他来了。"他说着,转向魏尔诺,"阁下就是魏尔诺先生,对吧?"

"是的,我叫魏尔诺。可是……我们好像没见过面……"

"见过。而且何止我,我的弟兄们全认识您。"

魏尔诺的眼睛里露出惊异的神色。

高鸿绪冷冷一笑,说道:"阁下和古小姐这回可露了大脸了!满天下都是你们的照片和画像!"

"是这样……"魏尔诺点头沉吟道,"我明白了。"

"可我不明白,"高鸿绪突然盯住古竹韵说道,"古小姐怎么竟跟一个外国人搅到一起?"

古竹韵说道:"他是波兰人!"

"那又怎样?反正不是中国人。而且,那通缉令说,他是俄军的大尉!"

“可他，是来投奔忠义军的！”

“投奔忠义军？忠义军可从来不接收外国人！”

“他帮助过忠义军！想必你也知道，他是姜海山的朋友！”

“朋友？哼！我替姜海山感到遗憾！”

“你……你这话是什么意思？”

“别以为我不知道！”

“请你把话说清！”

“那就恕我直言了。告诉你吧，我在增祺复职不久，俄清联军围剿忠义军之前，受姜海山之托，曾去过盛京，要把你接到通化。”

“是这样……可那又怎样？而且……而且你连见我也没有！”

“那是因为……我不想见！”

“为什么？”

“先让我来问问你，古小姐。后来姜海山去了，而且见到了你，你为什么没跟他走？”

“那是因为……因为……”

“因为你已经离不开这个俄军军官！”高鸿绪愤怒且带着讥诮地看了看魏尔诺。

“高鸿绪！”古竹韵脸色气得惨白，咬牙切齿地低吼道，“你在胡说些什么！”

“你如此恼怒，说明我不幸而言中了。可惜的是，姜海山……”

“住嘴！我不想再听你胡说了。告诉我，姜海山在哪儿？快去把他叫来！”

“姜海山不在这儿。”

“什么？姜海山没和你们在一起？”

“古小姐可知道我们脚下的山叫什么山吗？”

“不知道，也不想知道！”

“那我也得告诉你，这是摩里红山。”

“摩里红山？”古竹韵惊疑地反问道，把脸转向魏尔诺，“让你猜对了。我们离通化还有一半路程！”

高鸿绪说道：“姜海山也没在通化。”

古竹韵又将愤怒的眼睛转向高鸿绪，没好气儿地大声问道：“少跟我打哑谜！姜海山究竟在哪儿?”

“这会可能在吉林。”

“吉林！可能?”

“抓住他的人是高里巴尔斯的部下。”

古竹韵大惊道:“他……被捕了?”

“他身负重伤,打光了子弹,结果落入俄国人手里。”

“你！你为什么不早说?”

“古小姐,早说晚说已没有区别。”

“你是个混蛋!”

“我不是混蛋,古小姐。”

“姜海山救过你,救过义和团。可他落了难,你却领人跑到摩里红山来躲清静！你还算是他的好朋友吗?”

“我永远是姜海山的好朋友,尽管我不同意他跟魏尔诺结交。”

“我们先别谈魏尔诺了!”古竹韵双眼滚动着泪光,焦急万分且充满乞求地说道。

“我也不想谈。我只想让古小姐知道,尽管我和姜海山有时意见相左,但我从来没有做过对不起他的事。我对他的忠诚和友谊是天地可鉴的!”

“可事实上……”

“事实上,为了这次草率的注定要失败的行动,我和他争吵得面红耳赤,可在他固执地作出决定后,我还是毫无二心地执行了他的命令。而且,他被捕后,我和弟兄们都是尽了全力的……是的,我原以为我们可以靠肉搏夺回姜海山,为此,我们许多弟兄抛尸战场。遗憾的是,我们没有成功,我们……都不是赵天弼的对手……”

“赵天弼!”古竹韵疑惑中带着愤怒地叫道。

“是的,”高鸿绪说道,“正是赵天弼,古小姐的师兄。——唔,请听我说完——赵天弼早已是花膀子队首领,手下有几百人,大都是中国人。几个月前,他让他的一个手下人混进了忠义军。此人以作战英勇和头脑灵活,骗取了我们大家的信任。并因他能听懂俄国话,派他做了侦探。四天前,这个人提供一个假情报,说俄国人在永陵附近新建了一个军火库,防守尚未到严密的程度。姜海山轻信了他。我们也确实需要补充军火。而且,那时,已传遍了你和魏尔诺逃出盛京的消息。姜海山以为,你们肯定会来投他,并滞留在

什么地方了。于是他决定，立即去永陵袭击军火库，并大造声势，以便把你们吸引到身边。我说这计划不错，但有一点不能不慎重考虑，永陵一带地形复杂，山深林密，攻者举步艰难，守者却可处处设伏。我们一旦遭到伏击，只怕连退路也难寻，所以，需要我们细细侦察一番，并制定一个能进能退的周密计划。可姜海山当时的整个心思……唉，现在说这些还有什么用！”高鸿绪说到这里，挥了挥胳膊，“总之，他听不进我的话，匆匆率领人马奔赴永陵。结果，我们……把自己送进了俄国人设下的包围圈……”

古竹韵听完高鸿绪简略的讲述，对姜海山被捕的经过总算有了个大概的了解，她确信高鸿绪没有必要也不可能为开脱自己而编造这么一个故事。细想一想，姜海山决定打这一次无准备无把握的仗，也是合情合理，避免不了的。她甚至确信，即使没有俄军军火库这一虚构的情报，姜海山也定会在盛京与通化之间的某个地方挑起一场轰动整个奉天省的战斗的，因为姜海山知道，她和魏尔诺不是被困在盛京小西关，而是在东躲西藏的逃跑路上滞留在盛京和通化之间的某个地方。如此说来，忠义军的失利和姜海山被捕，罪责全在她古竹韵身上，高鸿绪言语间对她和魏尔诺流露出的愤恨应该是无可指责的。而且，赵天弼无疑属于武功高强者的行列，高鸿绪却是武功平平的刘宝清的徒弟，要求高鸿绪从赵天弼手中夺回姜海山是不近情理的。这事怪不得高鸿绪。她当众指责本无过错的高鸿绪，实在是不合情理。

按说，在眼前这种情况下，古竹韵该向高鸿绪说一句表示歉意的话，那也该是一件十分容易的事。但她没有说，或许曾想说，而终于没说出来。因为在这一刻，她的整个身心全被对姜海山的担忧和对赵天弼的切齿痛恨所统摄了。而这担忧和痛恨又使她在极短的时间内酝酿了想要立即实施的行动计划。

所以，从表面看，古竹韵在听完高鸿绪的讲述后，只是沉吟片刻，便说道：“我必须去救他。”

高鸿绪并没感到惊讶，只是略一斟酌，说道：“我预料古小姐会作出这样的决定。但这是不可能的。请古小姐三思。”

古竹韵看了看高鸿绪，倏然转向魏尔诺。

“魏尔诺，你愿意跟我去吗？”

“当然。那不用说！为救姜海山，我愿意去死！”

“等一等，阁下！”高鸿绪举起右手，恼怒地盯住魏尔诺，咬牙切齿地说道,“你这话是什么意思?我们都是贪生怕死之辈,对吗?而且——多好啊!突然冒出一个外国佬要为我们作出为朋友两肋插刀的榜样了!”

“您误解了我的话……”

“误解!哼!可我要告诉你,也要告诉古小姐,为了救出我们的朋友和首领,许多弟兄捐躯了。如果我们的死能换回姜海山的生,剩下的弟兄也情愿去死!”

“高鸿绪先生,我不仅深知而且十分佩服您以及各位弟兄同姜海山的生死情义。我绝对没有伤害各位感情的意思。我只是觉得,你们的失败和姜海山被捕,罪责全在我身上。你们匆匆去袭击军火库,是为了吸引古小姐,而古小姐恰恰是因为救我才被通缉的。所以,我魏尔诺‘即九死也难辞其咎’的!”

“好了,魏尔诺!”古竹韵说道,“眼下不是追究责任和进行争吵的时候。如果你的决心未变,我们就立即上路!”

“我的决心是不会变的。我们走!”

说完,两人回身抱起马鞍,走到各自的坐骑跟前。

咬着唇边胡须的高鸿绪,沉默着思索片刻,又走到古竹韵身边。

刚刚给坐骑戴上笼头的古竹韵,瞥了高鸿绪一眼,问道:“你还有什么话要说?”

“古小姐。”高鸿绪迟疑了一下说道,“请你……再好好想想。你救不了他。再说,也……来不及了。”

古竹韵头也没回地一甩胳膊,把马鞍扣上马背。

高鸿绪又说道:“古小姐,我理解你此刻的心情。但你此行是不会取得成功的。与其去做只能送死的蠢事,为什么不活着想想未来呢?我希望小姐领着我们重整旗鼓,然后再去报仇雪恨。我和姜海山认识六和拳的领袖,人称杨老太太,也是个女人。请你听我一次,别去做那知其不可为而为的事,领着我们一起干吧。要不了多久,我们还会拉起一支大队伍的。那时,我们就去投奔杨老太太入伙,大干一场。这也是姜海山的愿望嘛。至于魏尔诺先生,忠义军虽然不能接受他入伙,但我可以答应为他备好旅资,并派人把他安全送出国境。”

高鸿绪见古竹韵根本不想回答他,摇摇头又走近魏尔诺,又气又急地说道:“魏尔诺先生,你明明知道古小姐的决定是错误的,为什么还要支持她?

你认为你们去作这种无谓的牺牲值得吗?”

魏尔诺一面勒紧马肚带,一面扬起脸说道:“古竹韵认为值得,那就值得。”

“我真该一枪打死你!”

“那也改变不了我的决心! 不过……枪?”魏尔诺说着转过身来,“我倒希望你把枪送给我。我用得着的。”

魏尔诺一边说一边伸过手去,把高鸿绪腰间的短枪从枪套中抽了出来。高鸿绪居然没有阻拦。

“谢谢。”魏尔诺微微一笑说道,同时把手上的短枪颠了颠,装入口袋。

“蠢货!”高鸿绪挥起拳头,暴跳地怒骂道,“你这该诅咒的外国佬! 你的脑袋是个摆设吗? 你没想想,你们前面有五百多里的路! 你们又是连个活人都不敢见的通缉犯。不要说这五百多里的路程对你们危机四伏,就算你们活着走到了吉林,只怕姜海山早已被处决了!”

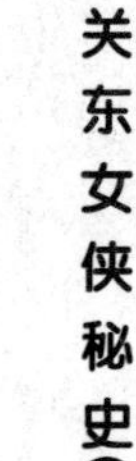

“被处决? 不。我看未必。”

“什么! 未必?”

“姜海山是个威名远扬的人物。俄国人希望从他口中掏出许多情报,是不会很快处决他的。”

高鸿绪略一思索,突然抓住魏尔诺的胳膊问道:“你认为……肯定会这样?”

“这是个极简单的道理。”

“那么……”高鸿绪沉吟着说道,并很快转向古竹韵,“古小姐,你也认为魏尔诺的话有道理吗?”

“是的。”

“如果这样……那好,我愿改变主意,率领弟兄跟你同去!”

古竹韵问道:“你手下还有多少人?”

“去掉伤残,大约还有百八十人。”

手握鞍韂的古竹韵略一思忖,说道:“百八十人! 那只能成为我的累赘! 你们还是先在这里休整一段吧。”说完,一纵身跃上马背,“魏尔诺,我们走!”

高鸿绪望着古竹韵和魏尔诺的背影,欲言复止,只能无奈地摇头……

50

对于古竹韵和魏尔诺,五百里遍布俄军哨卡的道路,无疑充满了险恶和杀机,也无疑会变得无限漫长。等他们衣衫褴褛、遍体鳞伤地站到松花江畔的一座高山上,终于可以遥望到吉林城的时候,已是他们离开摩里红山的七天之后了。

他们知道这七天的时间对于他们以及姜海山意味着什么。尽管他们认为俄国人不会在短期内处死姜海山,但又不能不考虑到,这是他们根据常理和带着单方面希望的主观推测,俄国人未必按照常理去安排姜海山的刑期。而且,有她古竹韵在盛京救出魏尔诺的先例,俄国人也不敢把姜海山留得太久。也就是说,姜海山每时每刻都有可能被送上绞架或推进刑场,甚至已经在这七天的某一个时辰停止了呼吸也未可知。

尽管他们的希望和担心在看到事实之前都是或然的未定之数,但后者却总是以无比强大的力量攫住他们的整个心灵,使他们时时处于巨大的恐怖之中,原来的希望也就越来越渺茫起来。

所以,近在眼前的吉林城并没有给他们带来多少兴奋,反而使他们的心愈加紧缩了。

他们不敢坐下来喘口气,似乎每一秒钟都关系到姜海山的生死存亡。他们决定立即赶进城中。

正当他们要引镫上马之际,突然听到吉林城方向传来一阵枪声。他们惊讶地举目遥望,只见吉林城南陡起的一带烟尘正向他们脚下的山峰飞快滚来。他们当即猜出,裹在烟尘中的肯定是两支敌对的人马,那被追击的一方显然要奔上山来,以便抢占有利地形后进行还击。

果然不出所料,被追击的人马转眼间已到了山下。

他们只能推迟下山进城的时间了。他们牵着马跑进一带树丛中暂时躲藏起来，这里既安全又可俯视整个战斗。

从树丛的空隙间他们看到，被追击的一方已纵马驰上山坡，不断有人中弹跌落马下，其余的人也被迫纷纷下马，或藏身树后，或据石而卧，开始向山下还击。

追击变成了对射。枪声愈加密集起来。

随着烟尘渐渐散尽，古竹韵和魏尔诺终于看清，被暂时阻滞在山下的追击者原来是俄国哥萨克骑兵，正有一个手执短枪的军官在督促部下向山上冲击。他们有理由同时猜出，伏在山坡上与俄国兵对射的肯定是一支抗俄队伍。

古竹韵虽然无由猜出这支抗俄队伍的字号，但她至少确信，只要提到姜海山的名字，这支队伍就不会把她和魏尔诺当成敌人。而且，这些人刚从吉林城而来，说不定会知道姜海山的消息呢。

她决定等到战斗结束，去见见这支抗俄队伍的首领。显然，在她的想象中，这支抗俄队伍已是最后的胜利者。这也正是她心里的一种愿望。

但是，想象毕竟是想象，愿望毕竟是愿望，这种作为局外人的心理状态，是与战场的形势发展没有关系的。决定一场战斗的胜负，也同样不是战斗双方的想象和愿望的必然结果，否则，就不会有失败者。想象和愿望固然会转化成一种精神力量，但是，要取得最终胜利，还需要各种纯物质因素的配合。比如眼前这场战斗，且不去侈谈什么精神力量的对比，自双方终于展开对射后，形势显然对抗俄队伍有利，因为他们是守方，不仅居高临下，又有岩石和树丛可隐蔽，可说是占尽了地利，具备了取胜的条件。但这只是取胜的一个条件。别的条件呢？比如说，哥萨克不断有生力军补充，他们却没有任何后援力量；哥萨克有用不完的弹药，他们的枪膛里有几颗可以发射的子弹？如果子弹用尽，那地利还有什么意义？

而事实上，战场的形势正迅速朝着对抗俄队伍不利的方向发展。

岩石和树丛后的枪声渐渐稀落下来。抗俄队伍的战士们已到了惜弹如金的地步了。

山下的哥萨克们在指挥官的指挥下，加快了向山坡冲击的速度。

远处，哥萨克的后续部队正裹着一带烟尘向战场驰来。

那已冲上山坡的哥萨克指挥官显然已看出他的敌人们的弹药已近告罄，到了他去肆意砍杀并夺取最后胜利的时候了。只见他收起短枪，抽出寒光闪闪的马刀,在头顶用力一挥,双腿紧夹马腹,率先朝山坡上冲来。

哥萨克们如法炮制,呼喊着,高举马刀,紧随其后。

目睹这一切的古竹韵,心脏紧缩得似要爆炸开来。

突然,她眼前一闪,只见右下方的一块巨石后跃起一个黑衣人,举枪朝着迅速接近的哥萨克指挥官瞄去。

"这就对了!"古竹韵在心里赞叹着,"擒贼先擒王,指挥官一死,哥萨克自然大乱!"

可是,恰在此时,巨石后一壮汉跃起,在枪响的刹那,把黑衣人扑倒在地。与此同时,几颗从哥萨克队伍中射出的子弹呼啸而来,有那么两三颗在巨石上碰出火花。

那黑衣人射出的子弹无疑在出膛的瞬间改变了方向。

黑衣人大怒,朝那壮汉喝骂了一句什么,并狠狠把短枪朝巨石上摔去。古竹韵当然听不到黑衣人的声音,但她却能猜出,扑倒黑衣人的壮汉是出于好心,而那支被摔坏的短枪肯定已再无子弹可供发射了。

哥萨克的吼叫声越来越响,那一片闪着寒光的刀阵也越来越近了。

古竹韵估计,一场肉搏战已势不可免。而且,肉搏一旦开始,抗俄战士便再无退路了,只能迎着哥萨克朝山下冲杀。也就是说,等待他们的,将是全军覆灭!

对已经发生的尽收眼底,对即将发生的亦了然于胸的古竹韵,似乎把此行的使命忘得精光,只剩下对那些危在旦夕的抗俄战士的同情与担忧了。她不能继续当一名旁观者,等着目睹一场同族人的惨剧。

事情已紧迫到间不容发,不容她多想了。

"魏尔诺",她带着焦急和决然,飞快地说道,"你待在这里,千万别出来!"说完,从树丛间一跃而出。

魏尔诺还来不及作出反应,古竹韵已如一道白光,飞到那块巨石旁了。他当即猜出古竹韵此举的目的,哪里还能待得住,他想也没想,便迅即尾随而去。

此时,古竹韵早已纵身跳上巨石,在交战双方都看到巨石上骤然生出一个亭亭玉立的白衣少女,并为此惊诧莫名的瞬间,古竹韵已扬起右臂,从那纤巧的指掌间弹射出索命的铅丸了。

只有巨石后面的几个人听到了很动听的"嘤嘤"声。

说时迟,那时快。随着这骤起的“嘤嘤”声,只见那离巨石只有几丈距离的哥萨克指挥官,抛刀在地,双手紧捂右眼,惨叫一声,仰面朝天地摔下马背。

紧接着,哥萨克队伍中,便有人接二连三地跌落马下,而且,那姿势,那惨叫,几乎都是他们指挥官的翻版。

这都是一瞬间发生的事。

待哥萨克们突然意识到,那立在巨石上的银装少女肯定是一位帮助中国人的女神,不仅已把他们的指挥官和一些同乡遣送到另一个世界,他们也难以幸免的时候,他们再也不敢恋战了。他们纷纷勒住坐骑,停止了兴奋的狂喊,仅数秒钟后,便不约而同地掉转马头,不要命地朝山下逃命而去,甚至连刚到山下的增援部队,也被裹挟着朝来路狂奔。

意外地解除了危险的抗俄战士,对眼前发生的事,同样如坠云里雾中一样,甚至也都认为那石上的白衣少女,绝非与他们一样的尘世中人,一个个呆若木鸡。

只有一个人,虽然也免不了懵懂片刻,却又很快恢复了常态,并在骤起的迷惑中有一种极其复杂的感情油然而生。紧接着,一跃而起,向古竹韵猛扑过来。

“古竹韵! 快下来,会有冷枪的!”此人喊道,早已轻舒双臂,一下子把古竹韵从石峰上抱了下来。

古竹韵万分惊讶。她听到的竟然是一个女人的声音,而这个女人又准确地叫出了她的名字!

她一边从那人双臂间挣扎而出,一边拧眉问道:“你怎么知道我的名字?”

那围着黑围巾只露出一双眼睛的人不动声色地说道:“我还知道古小姐的这位同伴叫魏尔诺。”说着向那个正挟持着魏尔诺的壮汉挥挥手,“松开那位先生!”

刚一跑过来便被那壮汉抱住的魏尔诺又恢复了自由。

“请问,”古竹韵又说道,“你是谁? 你怎么认识我们?”

“准确地说,我是猜出来的。”

“猜?”

“除了古小姐,还有谁会这神丸贯目功?”

“原来如此。可是……”

“其实,即使我无缘一睹神丸贯目功的威力,也会认出你们正是俄国人通缉的两名逃犯。”

“你们……也看到了通缉令?”

“我们扯掉了上百张通缉令,但那是扯不完的。”

“可你……”古竹韵说道,沉吟了一下,“你还没告诉我你是谁?”

“我嘛 ……我当然可以告诉你。你大概听说过杨老太太这个名字吧?”

“你……就是杨老太太?”

“是的。我就是杨老太太。”

“听您的声音,可一点儿也不像个老太太。”

“不像吗?”“杨老太太”反问道,微微一笑,然后朝两侧看了看,飞快扯下围巾,“再看看,像也不像?”

古竹韵怔怔地看着刚刚还被围巾遮掩而此刻展露无遗的脸,几乎不敢相信自己的眼睛,不自觉地惊叫道:“天哪!真美!”

“你说什么?”

古竹韵依然掩饰不住惊羡地说道:“你长得这么漂亮,又这么年轻!”

古竹韵的赞美没有一丝夸张和有意讨好的成分,因为那确实是一张又年轻又漂亮的脸。那略高而皙白的额头,衬着那双流光溢彩的大眼睛愈加生气勃勃,没有一条皱纹的白里透红的面颊,犹如玛瑙一样润泽,在端正得无可挑剔的鼻子下,是两片线条分明的红润的薄唇,在微微张开的薄唇间,隐现着洁白如玉的皓齿,加上盘结头顶的黑发以及两缕柔丝间的似隐似现的半满的额角,使这张漂亮的脸更透露出一种令男人怦然心动令女人骤生妒意的女性的成熟美。

“是的,你真美!”古竹韵忍不住,又赞美了一句。

“杨老太太”矜持地微微一笑,爽朗地说道:“听到关东第一美女的赞誉,我很高兴。”说完,又严严扎好围巾。

“关东第一美女?”

“不过,见到古小姐以前,我还真有点儿怀疑姜海山的话呢。”

“您……认识姜海山?”

“他还叫齐蓬莱时我们就认识,不瞒你说,我很喜欢他。只因我比他年长十岁,他又有未婚妻,我们便只能以姐弟相交。那时,我曾起了与盛京义和团合兵一处的心思。遗憾的是,他们‘扶清灭洋’,我们‘反清灭洋’,宗旨不同,难以合璧。不久前,他派人给我送信,说愿意带一部人马跟我联合,一起‘反清灭洋’。我很高兴,并为他准备了副帅的交椅。”

“据我所知,”古竹韵说道,“你们并没有联合。”

“是的。姜海山没有等到联合的那一天,便贸然采取了一次必败无疑的行动。我想……古小姐一定知道了姜海山被俘的消息了,对吗?”

“是的。”

“所以,你想来救他。对吗?”

“是的。”

“你是什么时候知道这个消息的?”

“七天前。”

“你是说七天前?”

“是的。”

“天哪!假如我在七天前就知道的话……”

听了“杨老太太”的话,古竹韵的心不由得一阵紧缩。她掩饰不住骇然地叫道:“什么!您是说……”

“我是说,我前天才听到姜海山被俘的消息。”

“您也是来救他的,不是吗?”

“可惜的是,我马不停蹄地赶来,还是迟了一步……”

古竹韵虽说已预感到姜海山可能已被处死,但是,听了“杨老太太”的话,脑袋里还是爆炸一样轰然响了一下,险些晕倒过去。在魏尔诺的扶持下,她勉强站稳,呻吟般地说道:“姜海山他……他……”

“就在昨天,他被俄国佬枪杀了……”

“他是为了我……”

“为了你?”

“是的。为了我和……魏尔诺。可我却……来迟了!”古竹韵梦呓般说着,悲痛和自责的眼泪奔涌而出。

“听了你的话,我似乎明白了姜海山为什么去打军火库了。”

“可他为什么要这样做?为什么要给我留下终生的悔恨和谴责?”古竹韵失魂落魄地喊道,一把抓住“杨老太太”的胳膊,“我们……我们仅仅差了一天啊!这是为什么?”说完,伏到杨老太太的臂弯处失声痛哭起来。

“杨老太太”动情地搂过古竹韵,一手搂着她的后背,一手抚着她的散乱的头发,说道:“古小姐,你失去了未婚夫,该哭。我失去了小弟,也该哭,也想和你一起大哭一场。可我们没有时间了。俄国人很快就会明白,射杀他们指挥官和同伴的,是神丸贯目功,而且确信,他们通缉的两名要犯,就在这座山上。他们会马上投入数倍的人马来围剿我们。可我们,除了你的未必总能奏效的铅丸,怕是连一颗供我们自杀的子弹也没有了。我们必须尽快从这里撤离。好了,我来帮你擦干眼泪,等回到山寨,我们再一起哭……”

“回山寨?”古竹韵扬起泪眼,同时从“杨老太太”怀里挣脱出来,“不,我不能跟你去!”

“为什么?”

“救不出活的海山哥,总不能把他的尸体留给俄国人作践!”

“你想去夺回他的尸体?”

“我必须这样做。”

“你一个人? 不,你做不到。”

“还有魏尔诺。”

“那就更做不到。是的,古小姐,你做不到,至少今天不行。实话跟你说,刚才我把大队人马藏在高粱地,带着四个保镖进城去打探。当我看到处决姜海山的布告后,也曾想去夺回姜海山的尸体。结果中了他们的埋伏。要不是这四名武功高强的保镖拼死拼活地保护我,我这会儿肯定也成了俄国人的刀下鬼了……”

“不去试试,我不会甘心的。要死就死好了,反正我也不想活了!”

“死是极容易的事。但这样去死不值得。而且,只怕你连姜海山的尸体还没见到,就落入他们手中了。他们正希望甚至等着你和魏尔诺出现在城里呢。是的,古小姐,我不能让你和魏尔诺去送死。我们先回山寨,躲过眼前这个势头我们再找个合适的机会,去夺回姜海山的尸体,为你,也为我。”杨老太太说着,很快转向恭立身边的那条壮汉,“去传达我的命令,立即集合,向南撤离!”

待那条壮汉答应一声去执行命令后,古竹韵带着明显的不满对“杨老太太”问道:“您是决定放弃了?”

“放弃! 天哪,你根本没听懂我的意思。我是说,我没能救出姜海山,绝不能让你再陷入险境。否则,我对不起海山小弟。所以,请你随我去山寨避一避，至少得给我点儿时间，让我的人马补充补充弹药。”

“也许您是对的。您也有权决定您的人马的行动。但我是不会跟您走的。不夺回姜海山的尸体，我不会离开吉林城！”

“什么！你仍旧坚持自己去闯？”

“至少我还有权决定自己的行动！”

“你那是自投罗网！姜海山的在天之灵也不会赞同你这种愚蠢行为的！”

“我的主意已定，您就不必再说什么了。”

“古竹韵！”杨老太太愤然道，“我发现，你比我想象的要固执得多！可我，真没有时间开导你了。要不，你再问问魏尔诺。你既然肯于冒死救他，说明你们交情很深。如果他同意你去冒险，你就去好了！”

一直没有机会开口的魏尔诺，没等古竹韵去问，便立即说道：“古小姐，我以为杨老太太——”说着，他又转向杨老太太，“唔，我可以这么称呼您吗？”

“当然。我就是杨老太太。”

“古小姐，”魏尔诺接着说道，“按说，我不仅应该支持你，而且应该陪你一起进城。因为，姜海山的遇难，归根结底，罪责在我身上。但，杨老太太的话是对的。吉林城是高里巴尔斯将军司令部所在地，防守一定极严是不必说的。杨老太太又进过城，尤其是，俄国人也会估计到你我也要进城。因而，俄国人会增加兵力，四处埋伏。在这个风头上，你去闯吉林城，势必落入敌手，白白送命的。但是，我倒有一个主意……”

“你有主意？”杨老太太和古竹韵同时问道。

“快说，”古竹韵又说道，“什么主意？”

“这是个唯一可行而且肯定会成功的办法。——杨老太太，您看过通缉令，也就能猜到，在俄国人眼里，我要比姜海山和古小姐更有价值。”

“是的。”杨老太太充满疑惑地说道，“你的意思是……”

“这非常简单。我们派一个人给俄军司令高里巴尔斯送封信，说你们愿意用活着的魏尔诺同他们交换姜海山的尸体。他们会痛痛快快同意的。”

“什么！”古竹韵骇然叫道，“用你去交换姜海山的尸体？”

“我再重复一遍，古小姐，在眼下，这是唯一可行而且肯定能成功的办法。”

“不！这绝对不行!”古竹韵说道,态度很坚决。

“我是心甘情愿的,古小姐。你就给我这次赎罪的机会吧!”

“等一等!”杨老太太举手制止住又要说话的古竹韵,并拧眉沉思了一下。“魏尔诺,”她转向魏尔诺说道,“你是说,用你去交换姜海山的尸体,是吗?”

“是的。”

“我看……这值得一试。”

“杨老太太!”古竹韵怒视着杨老太太,咬牙切齿地说道,“你怎么能说出这种话?”

杨老太太没有理古竹韵,依然直视着魏尔诺说道:“魏尔诺,我希望你说的是真心话。”

“我可以发誓!”

“你要想好,这可是有去路无回路的事呀!”

“如果怕我反悔,现在就可以把我捆上。”

“也许……真得委屈你一下子。”

忍无可忍的古竹韵,怒火冲天地喊道:“哪个敢来碰一碰魏尔诺?!”

“古小姐!”杨老太太也带着火气大声说道,“你不是想现在就得到姜海山的尸体吗?”

“那也不能用魏尔诺去交换!”

“这个外国人对你就那么重要?”

“他帮助过姜海山,也帮助过我!”

“那就让他再帮助你一次好了。”

“你说……什么！你就这么对待姜海山的朋友?”

“他反正是注定要死的……”

“你这是耸人听闻!”

“那么,我来问你,你们去闯吉林城,会是什么结局？魏尔诺自己也说过,吉林城将是你们的坟墓!”

“如果这样……那好,——魏尔诺,我自己去好了。”

没等魏尔诺开口,“杨老太太”便抢先说道:“你给魏尔诺留下的同样是死亡!”

古竹韵说道:“这毫无道理!”

“你想一想,你自己进城,势必送死自无须再细说。你让魏尔诺一个人撞来撞去,不要说迟早落入俄国人手中,就是碰上中国人,也会把他撕成碎片的！也就是说,魏尔诺无论跟你进城与否,都是必死无疑的。所以,与其让他白白送死,就不如让他的死有点儿价值。”

“不!”古竹韵坚定地说道,“就算我必须承认你说的有道理,我也不能眼睁睁地看着魏尔诺去死。是的,绝对不能……”

“你是说……绝对不能?”

“绝对不能!”

“你这么看重他同你以及姜海山的友谊?”

“不仅如此。我对着安琪柯娃的尸体发过誓,一定要把魏尔诺安全送出国境。”

“你是说,魏尔诺的母亲已经死了?”

“她为了魏尔诺和我能逃过追捕,服毒自杀了……”

“竟是这样！……”

“所以,我不能违背誓言。”

“杨老太太”不由自主地盯了魏尔诺一眼。也许只有魏尔诺看懂了那眼神中的同情和歉疚,并带着感动地垂下眼帘。“杨老太太”随即又转向古竹韵,说道:“其实,你不必这么认真。何况,魏尔诺母子哪里比得上姜海山的尸体?”

“你说什么！让我做出背叛友谊和誓言的事情……”古竹韵说到这里,突然停了下来,片刻后,才恍然大悟地叫道:“天哪！我今天是怎么了?”说着又转向“杨老太太”,“我明白了……”

“你明白了？明白了什么?”

“不要再说了。我听您的就是。”

“答应跟我去山寨?”

“但是,一定请您原谅我方才……”

“古小姐,我能理解你此刻的心情。我又何尝不想拼却一死去夺回姜海山的尸体呀！说心里话,即使我今天无缘同你相见,也绝不会扔下姜海山的尸体不管的。——好了,我们已耽搁得太久,必须赶快上马赶路了!”……

51

“杨老太太”的队伍叫六和拳。六和拳的山寨在猫耳山。猫耳山在临江城附近。临江城在鸭绿江畔。

三天后,他们到了猫耳山。

在这三天中,古竹韵和“杨老太太”一起吃住,互相详细介绍了自己的身世。

“杨老太太”说,她原也出生在一个富裕家庭,名叫杨静霞。她自幼跟随父亲练就了一身武功,并立誓嫁给一个能胜过自己的男人。十年前,即她二十岁那年,父亲为她立下擂台,举行比武招亲。当时,十分得势的天主教会,对这双仇视洋教且有一定号召力的父女早已恨入骨髓,便以“有伤风化,聚众反教”为名,与清府地方官联手,捣毁了擂台,并对攻擂者和围观者大打出手,制造了一桩血案。杨静霞的父亲一怒之下,把仇视洋教的情绪变成了反对洋教的行动,成立了专与洋教为敌的金丹教,自任教主。杨静霞则因武功超群,坐上了金丹教第二把交椅。金丹教自举起义旗,曾屡屡获胜,名声大震,但终于不敌洋教和清军的联合清剿。在教主丧生敌手后,金丹教只能解体。死里逃生的杨静霞知道,留在家乡已无活路,便带领死心塌地跟她走的百余名教徒,逃到猫耳山,建立起反清灭洋的六和拳。六和拳发展很快,不到两年功夫,已是一支近三千人的队伍了。面对这支大队伍,杨静霞虽然确信已是兵强马壮,足以大展宏图,但她也清醒地认识到,他们势必成为朝廷以及俄国人的心头大患,须时时面对被联合清剿的险境,而且,他们虽然人多势众,但能运筹帷幄、纵横捭阖的将帅之才,实在是凤毛麟角。正所谓千军易得,一将难求,杨静霞常常为自己一木难支大厦而忧心忡忡。恰在此时,人们风传盛京城设立了拳坛,拳坛有一位武功盖世、年轻英俊的二师兄,这位二师兄名叫齐蓬莱。她知道,能做二师兄的,一要武功好,二要有帅才,这不正是她需要的人物吗？更何况，又年轻又英俊，说不定正是她踏破铁鞋无觅处的夫婿呢！于是，她不避风险，不听劝阻，只身去了盛京。岂知这齐蓬莱是个十分怪僻的人，除了拳坛弟兄，外人一律不见，行事又异常诡秘，难寻其踪迹。要不是因为她几次打听齐蓬莱的住处且到处追寻齐蓬莱的行踪，被拳坛的人疑为刺客，把她扭送到齐蓬莱面前，那她肯定要徒劳而返了。听了手下人报告，齐蓬莱命令那些人松开杨静霞，和颜悦色地问道："听说你寻找我已有多时了。但不知你是何人？要急于见我又有何指教呢？"

杨静霞仔细看了齐蓬莱一眼，略显激动地以问作答："你就是齐蓬莱吗？"

齐蓬莱答道："在下正是齐蓬莱，祖籍山东，现为盛京拳坛二师兄。"说到这里，他微微一笑，"你还想问什么？"

杨静霞说道："没有了。暂时没有了。"

"暂时？"齐蓬莱笑道，"那么，你也该作一番自我介绍了。"

"没有必要。"杨静霞回答道。

齐蓬莱说道："也是暂时没有必要吧？不过，你总该说说为什么找我吧！"

杨静霞说道："当然。这很简单。我是专程来向你讨教的。"

"讨教？"齐蓬莱蹙额道，显得疑惑并有点儿惊讶。

"是的。"杨静霞说道，"你的齐氏八卦拳不是打遍天下无敌手吗？"

齐蓬莱吃惊地说道："打遍天下无敌手？这话我可从来没说过！"

"但这话已传遍了东三省！"杨静霞说道。

齐蓬莱思忖片刻后说道："看得出，你也是武林中人，应该相信是不存在打遍天下无敌手的武功的。"

杨静霞说道："我当然不信。所以才来向你讨教。"

"可你……"齐蓬莱紧锁眉头说道，"为什么要这样做呢？"

杨静霞紧逼着问道："你就说你答应不答应——不——你究竟敢不敢同我比试！"

"我总该知道你的目的啊！"

"你首先应该明白武林的规矩，是不拒绝挑战的。"

"如果……如果我认输呢？"齐蓬莱问道。

杨静霞说道："那你就得向世人宣布，你败在一个女人手下，是一个徒有虚名的骗子！但我相信你不会那样做。”

齐蓬莱无奈地说：“你在逼我。你可真是个固执的女人！”

“看来，你是同意和我过招了？”

“不过……”齐蓬莱说道，“我从来不同女人交手。你如果非这样不可，我们只能找一个没人看得见的地方。”

杨静霞笑道：“你是怕我在众人面前丢了面子，对不？”

“恰恰相反，”齐蓬莱也笑道，“我是怕我丢了面子。”

杨静霞说道：“随你。”

两人来到天后宫的后院，在草坪上两人摆开了手脚。一开始，齐蓬莱并没使出真功夫，更没下杀手，只是想虚与委蛇一阵，然后把这个不知好歹的女人打发走就算了。可是交手不久，齐蓬莱便看出面前这女人不可小觑了。虽说杨静霞只是被动地迎接齐蓬莱的齐氏八卦拳，却是有板有眼，皆合法度，即使偶有破绽，也是在极短的瞬间躲过齐蓬莱的掌风，稳住了双脚，进而反守为攻了。齐蓬莱意识到，这女人肯定有来头，必须认真对待了。于是他运了运气，双拳握得格格作响，说道：“小心了！”然后作出进攻的架势，即刻便要扑过去。杨静霞叫道：“这就对了！看我这六和拳如何破你这齐氏八卦拳！”说也怪，听了杨静霞的话，齐蓬莱却大喊一声：“且慢！”随即收势抱拳，“你说什么！六和拳？”“是的。”杨静霞也收回双拳，回答道，“你见识过六和拳的厉害吗？”齐蓬莱又问道：“是杨老太太的六和拳吗？”杨静霞以问作答：“你知道杨老太太？”齐蓬莱慨然道：“杨老太太威名远播，誉满吉奉，何人不知，何人不晓？所恨无缘一睹英姿——不过，听你的话，你好像是杨老太太的人……”杨静霞一笑说道：“不瞒你说，我就是杨老太太。”她见齐蓬莱一脸惊疑，便又补充了两句，“我原名杨静霞，六和拳总舵，在江湖上报名杨老太太——看你的表情，似乎并不相信我就是杨老太太。”“不。”齐蓬莱说道，脸上的惊疑已被激动所取代，“我相信。是的，我相信。”听了齐蓬莱的话，杨静霞反而感到怪异了，她说道：“这倒令我难以相信了！”齐蓬莱说道：“其实，我对这‘杨老太太’的名号，早就产生疑问了。金丹教原舵主杨钊，活至今日也不过五十岁上下，他的女儿怎么会是个老太太呢？而且，人们传说中的杨老太太，又为什么总是用围巾遮着脸呢？今天，我总算明白了！”杨静霞说道：“看来，你对我的事情了解得不少。可是，请问，你对我的事为什么如此的关心呢？”齐蓬莱说道：“这当然是有原因的。”杨静霞又紧接着问道：“齐二师兄,你为什么不问问我急于见你的原因呢?”齐蓬莱说道:“你说要找我切磋武功。尽管这不是真话,我毕竟奉陪了。现在轮也该轮到我来说说为什么也渴望见到你的原因了。”杨静霞点点头说道:“那……好吧。我洗耳恭听。”但是,杨静霞怎么也没料到,齐蓬莱竟摆出诸多理由抢先请杨静霞率部众来投义和团,共图“保清灭洋”之大业。杨静霞看出,齐蓬莱的态度是诚恳的,不会脱离义和团的决心也是不可动摇的,而她本人,尽管确信面前的齐蓬莱乃不可多得的人中骐骥,但总不能改变六和拳的宗旨来投义和团。所以,她叹息一声说道:“看来,我此行注定要徒劳而返了!”接着三言两语讲述了来见齐蓬莱的真正原因。两人互道感谢之情,并以姐弟定交,立下终生不渝的誓言。之后,两人不得不依依惜别……

杨静霞讲完了她与姜海山相见和相交的过程后,无限悲哀地叹息一声说道:“我怎么也没料到,我同海山小弟头一次见面竟成永诀……”

用心听着杨静霞对往事充满深情的讲述,注视着眼前这位显然比自己更美丽更成熟的女人的眼中毫无遮拦的流泻出的对姜海山的依恋和痛惜,以及那剧烈起伏着的丰满的胸脯所表现出来的悲哀和激动,古竹韵的感情是极其复杂的。

有一刹那,她甚至想,如果姜海山还活着,如果让姜海山在她和杨静霞之间作出选择,那么,姜海山或许会倾向于杨静霞的,尽管这个女人大他十岁!但古竹韵几乎立即意识到,这种想法不仅对杨静霞是一种极不光彩的狭隘,对已惨死敌手的姜海山,更是不容宽谅的不信任!她没让这种想法发展下去,而是带着羞愧和自责,飞快垂下眼帘,有意引开话题地问道:“您能告诉我您为什么要把自己打扮成老太太吗?”

依然沉浮在往事波涛中的杨静霞,当然没注意到正向她提问的古竹韵是不该垂下眼帘的,而且,即使她想看看古竹韵的表情,也是无法看清的,因为她的眼里正涌动着顷刻就要溅落的泪水。但有一点,她毕竟还是猜得出来的,那便是:古竹韵不希望继续谈论姜海山。她认为她能理解古竹韵此刻的心情。越多地听到姜海山的名字,便会越深地加重古竹韵内心的痛苦。所以,她很快擦去泪水,深感歉疚地瞟了古竹韵一眼,轻声说道:“对不起……”

“您说……什么?”古竹韵诧异地问道,事实上,她也确实没听清杨静霞的话。

“我是说……唔，没什么。”杨静霞犹疑地说道，她不想再重复刚才的话，因为，那势必又要带出姜海山的名字。“古小姐，”她略作停顿又问道，“你是问我为什么要把自己打扮成老太太，是吗？”

“是的。”

“这当然是有原因的。”杨静霞说道，凄然一笑，“尽管我是六和拳的舵主，但我的队伍毕竟是一个男人的世界。我要经常带领队伍出战，风餐露宿，这对一个年轻的女子不仅不方便，也有被男人骚扰的危险。对于一个老太太，情况就不同了……”

“可是……您和那些男人终日处在一起，就没人发现您不仅年轻，而且出奇的美？”

“也许我够不上出奇的美，但我并不丑倒是真的，而且，也还算是年轻。对此，六和拳中金丹教的旧部都是知道的。不过，他们都是家父的好友，对我也是忠心耿耿，不会生出邪念。至于其余众人，有金丹教旧部对我的保护，他们是没有机会看到我的真容的。我格外谨慎，从未在金丹教旧部以外的人面前摘下围巾。有人甚至在私下里议论，说我肯定是满脸疮疤奇丑无比的老女人！时间久了，甚至……甚至连我也觉得自己真的是个老太太了……”

“那么，在您的队伍里，只有您一个女人？”

“眼下确实如此。以前，曾有过一些女人，漂亮的和不漂亮的都有。可后来，我把她们都赶走了。”

“为什么？”

“因为，她们只能给男人们带来争斗。”

“是这样……”

“不过，你可以放心，和我住在一起，是没人敢招惹你的。——唔，对了，你和我住在一起的时候，我们可以直呼姓名，姐妹相称，但在公开场合，是一定要喊我杨老太太的。”

“是。我记住了。”古竹韵应道，心里却不由得对未来在六和拳山寨的日子产生了忧虑甚至恐怖……

到了猫耳山，古竹韵依然同杨静霞住在一起。

杨静霞的住处是猫耳山主峰上一座早年废弃却并不破败的庙宇。这座庙宇的围墙，除山门的一侧与下山的石阶相连，其他三面全是峭壁上筑起的，远远看去，俨然一座古堡。围墙内共有三进院落。杨静霞独自占用着第三进院落。前两进院落则由杨静霞的亲信和保镖们居住。无论什么人，想见到杨静霞，只能由山门卫士通禀，一层层传到杨静霞的住处。至于她的数千部众，则按六合之义，分上、下、东、南、西、北六寨，分住在主峰周围的六座山上，无事是不准接近主峰的。因而，庙宇里很清静，平素无战事的日子里，杨静霞是可以放心地除掉围巾展露庐山真容的。

环境是够清静了，但古竹韵的心是无法平静的。她无时无刻不在惦记着姜海山暴露街衢的尸体。她又不好追问杨静霞何时去吉林城，因为她知道，表面不言不动的杨静霞，心里焦急的程度绝不亚于她古竹韵。

四个异常艰难的日夜熬过去了。

在这四天里，一个显然被杨静霞笃信的被称为罗大哥的人，曾几次来见杨静霞，这两人总是走出房间，去到院中的僻静处交谈，肯定是什么机密事，有时杨静霞显得极其气愤，甚至迅速扎上围巾同罗大哥急匆匆而去。古竹韵猜测，这两人谈的一定是六和拳内部的事，与她无关，无须她留意。

但是，第五天发生的事情，她就不能泰然处之了。

这天早上，古竹韵和杨静霞照例心事重重地用过早点后，又见罗大哥走进院来，并朝她们的窗子摆摆手，杨静霞急趋窗前，也隔着玻璃点点头，表示她已看到了对方。然后，杨静霞返身扯过围巾扎到头上。这几天，杨静霞曾数次扎上围巾同罗大哥出去，古竹韵习以为常，并未流露出好奇或疑惑的神色，只是冷漠地朝窗外瞥了一眼，继续梳理她本无须梳理的头发。

杨静霞刚想转身离去，却犹豫了一下说道："古小姐，你在生我的气。是吗？"

古竹韵看了看杨静霞 ，又连忙垂下眼帘，平淡地说道："不。我为什么要生气？"

"你不说，我也猜得出来。"杨静霞说道，又整理了一下围巾，扎得更紧一些，"不过，请你相信我，我还没有说过空话。而且……我已经有了个行动计划。"

古竹韵倏然扬起脸来，惊喜地说道："您是说……"

"不过，"杨静霞抢过话头说道，"还需你耐心等一等。我保证，要不了几天了。"

"说实话，静霞姐，我真是度日如年啊！这个季节……"

“我心里清楚的。我比你还着急。”

“我知道,知道……”古竹韵说着,深感怀罪地垂下头去,“静霞姐,请原谅我……”

“原谅你?”杨静霞诧异地说道,“你为什么这么说?”

古竹韵诚恳地看着杨静霞说道:“您每天都有那么多事,我却又给您火上加油……”

“你不必为此自责。再说,这不仅是你的事,也是我的事。——好了,古小姐,等我回来再详谈吧。请切记我嘱咐过你的话,我不在的时候,你万不可走出庙门。”

“我记住了。请放心忙您的去吧。”

“我去了。”杨静霞说道,爱抚且隐约带着依恋地拍了拍古竹韵的肩膀,然后,很快转过身,朝门外走去……

对于古竹韵来说,杨静霞这次出去并没有什么奇特之处,即使多说了几句有关姜海山的话,也是正常的,因为她当时对杨静霞终日忙于山寨的事而闭口不谈姜海山的尸体,确实心怀怨愤,而她的这种怨愤无疑流露到脸上被杨静霞看出来了。

对杨静霞午饭时没有回来,晚饭时又没有回来,古竹韵除了感到寂寞,也同样没觉得奇怪。六和拳有那么些人,那么些事,都要杨静霞一人料理,而且,六座营寨又分布在六座山上,依次走一圈也要好多时间的。但古竹韵确信,杨静霞不会在任何一座山寨过夜,再晚也会回来的。

然而,当和衣而卧不知何时沉入梦乡的古竹韵在第二天凌晨突然醒来,一眼看到杨静霞的床上依然空荡无人时,便不能不感到疑惑和惊讶了。

她一骨碌从床上跳下来,几步跨出门去,一边用手指梳理头发,一边快步冲向前院。

所谓前院,是指这间庙宇的第二进院落。古竹韵知道,在第二进院落里,住着十几个人,全是杨静霞旧部中最亲信的人。找到他们,应当能打听出杨静霞外出未归的原因。

但她又突然觉得自己的行为有欠斟酌。要知道,第二进院落的所有房间,住的都是男人,此刻离敲响唤起的钟声还有好长一段时间,人们肯定还在睡梦中,她作为一个女子,怎好贸然闯进去呢?那不是太过孟浪了吗?正在她犹豫之间慢慢收住脚步的时候,她隐约听到第二进院子里有声音,仔细

一听,竟是有人练拳时的呼喊。看来,她不必返回房间去焦急地等待晨起的钟声了。

当她迅即踏入第二进院落,一眼看到苍松下的练拳人时,又是大吃一惊。那人竟是罗大哥!昨天,杨静霞明明是跟罗大哥一起走的啊!而且,杨静霞说过,这罗大哥武功好,为人忠厚,又精明无比,是她离不开的左右手和保镖 。那么,为什么杨静霞一夜未归,他罗大哥却在家门口无事般地练拳呢?

罗大哥显然也看到了古竹韵。他连忙作了收势,大步走了过来。

“古小姐早!”

“罗大哥早!”

“古小姐这么早跑过来,一定是想问问杨舵主何以一夜未归吧?”听罗大哥的话,他似乎预料到古竹韵会来,甚至知道古竹韵要问他什么。

古竹韵一怔,说道:“是的。她为什么一夜未归?”古竹韵这样问了一句话后,猛然意识到自己作为客人太过唐突了,便连忙表示歉意,“对不起。这一定是……秘密吧?”

罗大哥说道:“对有些人是,对有些人不是。”

“对我呢?”

“昨天是,今天不是。”

“我……不明白。”

“这么说吧,如果古小姐昨天知道杨舵主此行的目的,是肯定要和杨舵主同去的。可今天却不同了,古小姐要去也是追不上了。”

古竹韵惊道:“你是说,她去了吉林!”

“是的。杨舵主说,她答应过古小姐的事,是一定要做到的。”

“天哪!”古竹韵叫道,“这是为什么?难道我会成为累赘吗?”

“累赘?不,舵主没这么说。”

“她怎么说?”

“她只是说,要保证你的安全。”

“也就是说,她这次去吉林城是有生命危险的。是不?”

“肯定是九死一生。所以,她行前对后事作了安排。”

“这就是你没有同去的原因?”

“我必须服从命令。是的,没有别的办法。”

"我……懂了！"古竹韵咬牙说道，举步欲走。

"你要干什么，古小姐？"

"去追赶你们的舵主！"

"你自己？"

"还有魏尔诺。我们有自己的马。"

"你们赶不上。而且，魏尔诺去不成。"

"他怎么了？"

"他需要养伤。"

"养伤？"

"他不听劝告，自己出庙门去散心，被偶然碰上的弟兄打了一顿。"

"为什么？"

"实话说吧，古小姐，弟兄们原就不愿意为救姜海山去拼命的。当弟兄们获知，牺牲那么多人，祸根是在古小姐特别是魏尔诺身上，而你们竟成了舵主的贵宾！他们如何能忍住怒火？"

"也就是说，他们碰上我也会动手，是不？"

"他们也许不敢，但未必不想。"

"杨舵主知道吗？"

"知道。她把几个为首者赶出了营寨。总不能为此杀死那些弟兄。"

"明白了。"古竹韵咬牙说道，并思忖了片刻，"罗大哥，求你保护好魏尔诺，待我回来后，我和魏尔诺立即离开你们的山寨。"

"古小姐非去不行？"

"是的。"

"我说过，太迟了，你追不上的。"

"我不信她能日行千里！"

"事实上，她恐怕不止日行千里。实话告诉你吧，我们从吉林城返回山寨的途中，舵主便为此次行动作好了准备。她在几个地方偷偷留下了一些马匹，此次去吉林城是完全可以做到马不停蹄的。"

"原来是这样！"古竹韵沉吟着说道，思索片刻后，眼睛突然一亮，"罗大哥，你刚才说过，杨舵主此去是九死一生。你不会为这舵主的权位而希望杨舵主死于非命吧？"

"我可以发誓，我对舵主的忠心天地可鉴。我曾再三劝她，但她不听。

我只能祈祷她平安归来。”

“她一旦有什么不测,你会后悔一辈子的!”

“会的。肯定会的。”

“但是,还可以挽回。”

“你是说……”

“以你我的武功,可将她的危险降到最低点。我相信你和我一样,是情愿替她去死的。”

“当然,那还用说!——可是,怕来不及了。”

“如果……如果我说出来得及的理由,你不会自食其言吧?”

“我发誓不会。既能去做舵主的帮手,又能成全古小姐,我何乐而不为?”

“你刚才说,杨舵主他们要在途中换马,是这样吧?”

“是的。”

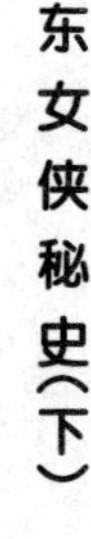

“你当然知道他们换马的地方了?”

“知道。都是我和舵主一起安排的。”罗大哥说到此,做出突然明白了什么的样子,“唔,等一等!古小姐是说……”

“是的,我们同样可以马不停蹄,甚至比舵主他们更快马加鞭!”

“嘿!”罗大哥拍手叫道,“古小姐真是聪明绝顶!”

古竹韵微微一笑,略带讥诮地说道:“其实,真正聪明绝顶的是罗大哥!”

“你说……什么?”

“你早就料到了这一步。而且,焦急地等我来找你!”

“不。”罗大哥有点儿诚惶诚恐地说道,“怎么会?怎么会呢?”

“不过,我还是要感谢你。不是你的提示,我是不会想到我们也可以中途换马。”

“看来,什么也瞒不过你。”罗大哥佩服中带着担心说着,“请原谅我。这么些年了,我已把杨舵主当成了亲妹妹。和古小姐,毕竟……毕竟……”

“你不用说了。我理解的。”

“但你要知道,古小姐,杨舵主是个非常严厉的人。对违背她命令的人,是从不容情的,不管是谁……”

“放心吧,罗大哥。你成全我,我也成全你。在杨舵主面前,我只会说对你们有利的话。我保证。”

“谢谢古小姐。”

“我想，罗大哥，我们该走了。我们要追回一整天的路程呢！”

“古小姐，你回去准备一下，我也要作一番安排。一刻钟后，我们在庙门处见面。”

“好，一会儿见。”

一刻钟后，他们已风驰电掣般狂奔在北上吉林城的道路上了……

但是，无论是杨静霞，还是古竹韵和罗大哥，都把问题想得太简单了。

试想，姜海山刚刚被处决，便有人率领人马企图夺尸，俄国人如何不加倍警戒呢？杨静霞是不可能得手的。而对于古竹韵和罗大哥，他们想的是尽快追上杨静霞，却怎么也没料到，他们换乘的是已被杨静霞他们使得过力的马，是无法追回他们渴望追回的一昼夜时间的。

所以，杨静霞只是在并非要害处中了几枪，总算活着逃出城来，已是万千之幸；而古竹韵和罗大哥在离吉林城数十里处碰上了杨静霞的担架，更是意料外的巧遇了。

看着伤痛中的杨静霞，古竹韵除心疼外，便只有歉疚了。

“静霞姐，都怪我。”古竹韵跪坐地上，流泪说道。

“什么话！”杨静霞说道，握住了古竹韵的手，“倒是我该谢罪，又失败了……”

“静霞姐，你这么说，我会更难受的。”

“但是，不管怎么说，这次虽说失败了，但也让我看到了希望。”

“你是说……还有希望？”

“你想，妹妹，在这么短的时间内，就发生了两次夺尸事件，俄国人能舍得很快处理掉姜海山的尸体吗？”

“你说得对，只是眼下是盛夏……”

“他们会在尸体旁摆上更多冰块的。”

“冰块？他们摆上了冰块？”

“有这些冰块确保姜海山的尸体不腐烂，我们就可以从容地想出一个肯定成功的办法了。”

“静霞姐，”古竹韵试探地问道，“那时，您不会再把我扔到山寨了，是不？”

“说实话，恐怕还不能让你来。”

“为什么？”

“吉林城内外，到处都是你和魏尔诺的通缉令。扭送者、报信者都可获高额赏金。恐怕许多人都挡不住这种诱惑……”

“仅仅是因为这个吗？如果怕有人认出我来……”

“古小姐，”杨静霞没让古竹韵说下去，“我们……再商量吧。可眼下，我得尽快治好枪伤……”

“您看我！”古竹韵自责道，“总是忘记了轻重缓急。我们赶快回山寨吧！”她边说边站起身来，略一迟疑后又补充了一句，“要不要我去盛京把葛道长请来？他的医术是极高明的。”

“那倒不必。我的伤还没重到必须让你去冒险的程度。要不是有几个弹头需要取出，那些皮肉之伤我自己都能治好。不过……我们尽快赶路还是正确的。”

正如杨静霞自己说的那样，她的枪伤并不太严重，回到猫耳山的古庙里，由毛遂自荐的古竹韵替她取出体内的弹头，并敷上杨静霞藏在衣袋里的红伤药，只数天功夫，便可以下床走动了。

古竹韵对那红伤药的奇效深感惊讶。更让她惊讶的是，这红伤药似乎极有限，杨静霞总是藏在身上，对他人是秘而不宣的。尤其让她疑惑的是，这红伤药与她养父古剑雄配制的“元化生肌散”极其相似。

一天，杨静霞拄着木杖去前院多时后，又返回她和古竹韵的房间，见古竹韵又一次在仔细观察着放在几案上的红色药末，便微微一笑，问道：“古小姐对这红伤药很感兴趣？”

古竹韵一边把杨静霞扶坐到椅子上一边说道：“这么神奇的药，哪一个不感兴趣？静霞姐，这是您自己配制的吗？”

“当然不是。我虽然也能配制红伤药，药力也还可以，但却配制不出这种姜海山在世时倍加赞誉的奇药。”

“您是说……”

“是的。这正是令尊古爷多年的心血的结晶。据海山小弟讲，他手中这种元化生肌散也极有限，只能送我一些自己用。可如今，能送我这种奇药的人却已不在人世了……”

谈到姜海山，两个女人又免不了陷入一阵悲哀之中。

过了一会儿，古竹韵说道：“静霞姐，我看得出来，您手中的元化生肌散

已经不多了……”

“是的。只有你看到的这些了。”

“我可以把配方写给您。”

“那怎么可以！姜海山说,古爷叮嘱过,这秘方是不得外传的。我已经获益匪浅,可不敢再贪心了!”

“我想,即使家父在世,也不会反对我的决定的,甚至会因为他的元化生肌散救活了无数抗俄战士而含笑于九泉的。”

“古小姐是说……”

“我是说,我一定要把秘方写出来。我还要告诉您,其中有几味药,只能在葛道长那里弄到。拿我的信去,他肯定会全力帮忙的。”

“可是……我怎好忍心让古小姐成为违背父命的人呢?”

“静霞姐,我看您并非那种婆婆妈妈的人,今天这是怎么了?我说过,如家父地下有知,是会赞同我的决定的。”

“好,好,古小姐。”杨静霞手按古竹韵的双肩,微笑地说道,“你别着急,我答应接受你的盛情就是。”

“我现在就来写。”

“这……这且不忙。”杨静霞说着,把古竹韵轻轻按坐到椅子上,她自己则依然站在对面,“我还有些话要对古小姐说。”

古竹韵疑惑地看着杨静霞,说道:“您又要……唔,请说吧,我洗耳恭听就是……”

杨静霞在地上踱了两步,才又站到古竹韵面前,说道:“你大概还不知道,皇上已向八国联军求和,东三省已尽数归俄国人所有。皇上还命令驻东三省的朝廷军队,配合俄军,全力扫荡抗俄队伍。而且,还有消息说,俄清联军把消灭六和拳放在首位……”

古竹韵紧锁眉头地问道:“您是不是说,我们必须放弃海山哥的尸体?”

“当然不是。”

“那么……我们是要转移?”

“这是毫无疑问的。我们毕竟还没强大到足以同俄清联军抗衡的程度。但我要说的不是这些。”

“您想让我知道的究竟是什么呢?”

“我来问你,古小姐。”杨静霞说道,眼睛盯着满脸疑惑的古竹韵,“你能

猜出俄清联军的矛头何以首先指向六和拳吗?”

古竹韵想了想说道:“我想……这是因为忠义军已经溃散! 只有六和拳还保存着实力。”

“不,不对。”杨静霞摇头道,“姜海山的人马只是忠义军的一小部分。据我所知,他们的另一位首领王和达,统率着更大一支部队,不仅人数超过我们,又常年活动在俄国人眼皮底下,更应该引起俄国人的注意……”

古竹韵似乎明白了什么。她沉吟了一下,以询问更似自问地说道:“难道是因为……是因为……”

“是的,古小姐。我想,你已经猜出来了。”

“真的是因为我和魏尔诺?”

“尽管我也不愿相信,但事实的确如此。”

古竹韵慢慢站起身来说道:“我早该想到这一点,俄国人是把捕杀魏尔诺看得比消灭一支抗俄队伍更重要的!”

“特别是目前,”杨静霞说道,“在俄国人事实上已获得了整个东三省的情况下……”

“我……明白了!”古竹韵狠狠咬了咬嘴唇说道,“是我和魏尔诺给六和拳带来了祸患。我们真不该到猫耳山来。”

杨静霞说道:“说到你们来猫耳山,是我逼你们来的。别说没有错,即使错了,也是无可挽回的事了。至于我们要遭到进攻,那也是无法避免的,没有你和魏尔诺,俄国人也迟早要来扫荡猫耳山的。是的,古小姐,我想说的,不是那些无可挽回和无法避免的事。我想说的是,面临俄国人的进攻,我必须保证六和拳不至解体……”

“解体!”古竹韵叫道,“您是说六和拳面临解体的危险?”

“正是如此。”

“而且……也是因我和魏尔诺?”

“古小姐,我原也没料到会出现这种局面。”

“天哪! 怎么会这样?”

“古小姐,对已经发生的那些不愉快的事情,我不愿回忆,更不愿让你知道。但事到如今,不如实讲给古小姐,怕是不行了。我两次带人去吉林城,先是为了救海山弟,后是企图夺回海山弟的尸体。在我看来,这该是无可非议的。但六和拳的弟兄们却有不同的看法,在两次行动均遭失败且死伤一些弟兄后,六和拳中更是怨声四起,说我为了一个结义兄弟的尸体,竟忍心让六和拳的弟兄们一批批去送死！至于古小姐和魏尔诺同我来山寨,一开始人们倒也不以为意。可是,当他们终于知道,整个事情的起因在古小姐特别是魏尔诺身上,一股无名的怒火便不能不在他们胸中燃起。要不是人们还没忘记古小姐曾以神丸贯目功击退俄国人的骑兵,怕是早就受到他们的骚扰,魏尔诺也不会仅仅被打成重伤了。所以,我一再嘱咐古小姐,不可单独走出庙门……"

听到这里,古竹韵举起右手说道:"你不必再说下去了！我全懂了！静霞姐,您就照直说吧,您想怎样处置我和魏尔诺吧!"

"处置!"杨静霞叫道,"你说处置你和魏尔诺?"

"是的。为了六和拳在迎战俄国人进攻前不至解体,我甘愿死在您的弟兄们面前！我相信,魏尔诺也不会有二话的。"

"天哪,你怎么能说到死！我答应那些浑小子让你和魏尔诺离开猫耳山,已够给他们面子了!"

"您是说让我和魏尔诺离开猫耳山?"

"是的,古小姐。我很抱歉。"

"应该表示歉意的是我。"

"其实……古小姐,我们谁也无须自责。我们并不总是自己的主人。好在……来日方长,还是可以期望再次相逢的。"

"您看……静霞姐,我和魏尔诺是不是走得越早越好?"

"是的。"

"那么,我这就去通知魏尔诺,让他作好准备。"

"他已经……知道了。"

"您说什么！他知道了?"

"我刚刚跟他谈过。"

"是这样!"

"所以,古小姐,你就抓紧时间收拾一下,吃过午饭,我就送你和魏尔诺过鸭绿江……"

"什么!"古竹韵惊诧道,"过鸭绿江?"

"然后去美国。"

"去美国?"古竹韵大叫道,愈感大惑不解。

"我原想让你们到朝鲜躲一躲,但魏尔诺说,你们都不懂朝鲜话,不方便,而且,俄国人也容易得到消息。他说,你们可以去美国。魏尔诺的祖父曾去美国支持独立战争,因立下赫赫战功而被授予准将军衔,并获得一万二千二百八十美元的奖金。因当时美国刚刚独立,经济困难,奖金不能兑现,便作为存款放在银行里。经过这么些年,这笔存款一定是个巨大数目了。而魏尔诺,已是唯一的继承人。有了这笔钱,你和魏尔诺的生计是不会有问题的……"

"这都是……都是魏尔诺说的吗?"

"是的。"

"可他有什么权力决定我的去向?"古竹韵说道,显得十分气愤,"我答应安琪柯娃把魏尔诺送出国境,可没说过跟魏尔诺走!他愿意去哪儿,随他好了。我不会跟他去美国的。而且——他为什么去美国?应该回波兰嘛!"

"一开始,我也这么想。但仔细一琢磨,魏尔诺暂去美国是对的。你想,眼下波兰依然在俄国统治下,魏尔诺又是俄国人极重视的人物,他回波兰,不是自投罗网吗?至于你古小姐,留在东三省同样危机四伏,俄国人痛恨你的程度是不会亚于魏尔诺的!而且……我不说你也知道,对你,还有一个永远摆脱不了的危险,这危险恐怕不仅来自俄国人。所以,请你千万听从我的安排,为了我,保证你自己的安全。你当然不是在美国定居,魏尔诺也不是。魏尔诺在时机成熟时是肯定要回波兰的,你古小姐更可以随时返回中国。只是目前,暂居美国是你和魏尔诺的唯一出路。"

古竹韵思索片刻后说道:"静霞姐,也许您是对的。可是……"

"我知道你牵挂着一件事。"杨静霞说道,"我可以发誓,古小姐。就是我拼个一死,也要把海山小弟的尸体抢回来。我确信你有一天会回来的。等你回来那天,就先到永陵北山去,我将在那里为海山弟建造一座坟墓……"

"谢谢您,静霞姐……"古竹韵说着,忍不住热泪涌流,"静霞姐,我真不愿离开您……"

"我也是……"

"我会替您担心的。"

"担心?"

"您能打过俄国人吗?"

"这……恐怕不能。也许有一天,我会成为孤立无援的一人,那时,我就

隐居起来,度过残生。但在这之前,我活一天,就要让俄国人不安宁一天!"

"静霞姐,我多想留在您的身边,做您的帮手啊!"

"这同样是我的希望。可眼下不行 ,让弟兄们理解并接受你,还需要一段时间。古小姐,你就放心去吧。我不会出事的。有一天,如果我说服了那些心胸狭隘的弟兄。我会派人给你送信的。那时,我们就不再分开……"

"静霞姐,我会天天盼着您的信的。"

"放心,时间不会太久的。"

就这样,在当天下午,杨静霞便陪着古竹韵和魏尔诺一起渡过鸭绿江,并一直把他们送到朝鲜东北部的海港元山,见他们登上了开往美国的客轮,这才舒了一口气返回猫耳山……

无论是古竹韵还是杨静霞,都没料到,由于世事纷繁,风云难料,当她们终于又面对面站到一起时,已是整整十年以后了……

52

现在,我们该回过头来讲讲赵尔巽了。

赵尔巽遵旨提前除服并克日赶赴京城后,立即被召进宫去。皇上对其忠君报国之心倍加称赞,并命他即去湖南就任巡抚一职。他感到皇恩浩荡,受宠若惊,下决心为皇上鞠躬尽瘁。毋庸讳言,要说赵尔巽在此时此刻除忠心报国了无杂念,那是不可能的。他离开奉天时,古竹韵正被俄国人全力追捕。尽管他行前再三嘱咐钱恒顺,一定要找人求助姜海山搭救古竹韵,他相信姜海山绝不会袖手旁观。但是,古竹韵是否已陷入俄国人的魔掌,钱恒顺是否已把他的话转达给姜海山,姜海山是否已率人马往救以及结果如何,均不得而知。这叫他如何不日夜悬念和寝食难安呢?为了克制这种悬念和不安,他唯一的办法便是把全副精力都投入到政务中去。结果,他到任不久,便政绩卓著,声名鹊起。仅一年又一个月,便奉诏回京,署户部尚书,再四个月,正式获尚书衔,一下子成为京师中炙手可热的朝廷要员。

此时正是公元 1904 年(光绪三十年)。

众所周知,这一年 2 月,俄日两国为争夺远东霸权,在中国东三省开战。清政府不敢招惹这一老一新的两个封建帝国的任何一方,竟宣布局外中立,将军队全部撤至辽西,任凭俄日在辽东开战和对中国平民烧杀掳掠。赵尔巽虽说对朝廷局外中立不以为然,且在友人间屡有微词,但他又觉得,这场战争对被俄国人通缉的古竹韵未必不是一件幸事。因为,把全部力量都投入到对日战争的俄国人,势必会放松对古竹韵的通缉。如果想找到和救出古竹韵,眼下正是再好不过的机会。而获得这个机会,则需他到奉天任职才行。他本想主动请缨,但又有所忌讳。因为皇上知道他与增祺将军有隙,而增祺将军又是满族,怕会由此旁生枝节甚至惹祸上身。因而,只是有意流露出对日俄战事的格外关注而已。

一晃已是第二年，日俄战争已近尾声。

恰在此时，皇上召见了赵尔巽，命他即赴奉天，接替增祺出任盛京将军之职。

赵尔巽心里明白，皇上这一任命，绝非因为体恤他的愿望，而是看出日俄即将以均势结束战争，而与俄国一方有着特殊关系的增祺不宜留在东三省的日俄之间，急需一个如他赵尔巽这样既非亲俄亦非亲日的官员去等距离地居中调停，以及收拾日俄战争造成的奉天省的颓废局面。但是，想到古竹韵，他还是异常兴奋地接受了这一任命。

于是，他匆匆打点行装，只带数名随从，日夜兼程赶往盛京。行前，他让孙夫人尽快处理好房舍等家产，然后择日北上。

就这样，在公元1905年（光绪三十一年）9月，六十一岁高龄的赵尔巽，坐进了盛京将军衙门的大堂。

如前所述，奉天省吏治之颓败原本就不亚于其他各省，甚至有过之而无不及，加上依然进行中的日俄战争，不仅民不聊生，各级官府更是形同虚设，许多官员，上自将军都统，下至地方小吏，或甘当日俄之奴仆，或携眷潜匿乡野，早把水火之中的百姓置于脑后。也就是说，赵尔巽面对的是一个战火纷飞、饿殍满途和官府瘫痪的局面。为了不负皇上的厚望，赵尔巽殚思极虑，想出了一整套治理奉省政局的办法。他首先查阅了增祺将军遗留下来的全部案卷，发现了许多疑点甚至营私舞弊的痕迹，为他实施整顿吏治的计划提供了一些现成的依据。令他异常兴奋的是，一宗有关通缉要犯的案卷，无疑向他证明，古竹韵不仅活着，而且一直未落入俄国人或官府手中。在这一显然由吉林抄报盛京将军衙门的案卷中明明写道："反叛朝廷之匪首姜海山被捕获且于吉林城处死后，其同党屡有企图夺尸之举，均被击退。忽一暴雨之夜，一年轻貌美之女匪乘守军避雨之机，率众夺尸而去。尸与匪至今未获。该女匪疑为奉天在逃之古竹韵。故抄报案情于右，请盛京将军衙门协同搜捕"云云。其后，又有增祺将军的亲笔批示："劫尸之女匪显是古犯无疑。但目下日俄战事骤起，诸事纷繁难测，移师辽西之军无由东顾。搜捕古犯之事，且待来日。书此备忘。"眼前这些白纸黑字，不仅向他证明了姜海山已被捕杀的传闻，也告诉他，古竹韵劫夺了姜海山的尸体后，已安然无恙地隐遁起来。赵尔巽不能不感到庆幸。如果不是日俄战争，增祺将军是不会推迟对古竹韵的搜捕的；如果不是他而是别的什么人来接任盛京将军之职，也是不会放过劫夺了钦犯姜海山尸体的古竹韵的。看来，这是命运之神的有意安排，使他以一个再优越不过的身份来充当古竹韵的保护者。

但是，古竹韵究竟藏身何处呢？他又如何开始对古竹韵的查访呢？

此事显然一不能公开，二不能委托他人。

赵尔巽绞尽脑汁，终于想出了一个既有效又万全的办法。这便是带领几个亲信和保镖，以视察地方和考核官员为名，暗地寻觅古竹韵的踪迹。

他认为，除此别无良策，便立即付诸行动。

话说初任盛京将军的赵尔巽以整顿奉省纲纪为名，开始对各府各厅进行巡查。这一天，来到了新宾府。

如前所述，新宾府不仅是奉天省官防要地，且担当着守卫永凌的重任，因而驻有重兵，而且，是日俄战争中双方都须回避的地方。

永陵是清皇三祖陵之首，系努尔哈赤的远祖、曾祖、祖、父、伯、叔的陵寝，建在新宾堡西边约五十华里的林木葱茏的启运山南麓，面对流水潺湲的苏子河。

赵尔巽巡查到新宾堡，永陵已近在咫尺，不可不去祭拜。

这一天，他在卫队和新宾府众官员的簇拥下，乘轿来到永陵。

祭礼结束后，他正想返回新宾堡时，一个担任外围巡护的马队统领跑来向他报告了一个令他震悚的消息。

"启禀将军大人，"马队统领打扦道，"小的在细心巡查中，于离皇上祖陵大约十里的启运山北麓上，一带参天的古木之间，偶然发现一座民间土墓。墓虽不甚宏伟，却很整肃，且立有石碑。对这座民间土墓如何处置，小的不敢擅作主张，请将军大人示下。"

赵尔巽知道，如果说奉天省是清王朝的龙兴重地，那么，永陵则是清王朝的龙脉之源。在永陵从兴建至今的三百多年里，人们一直把这里看作不容侵犯的圣地。不要说平民百姓从不敢踏倒周围十数里地内的一棵小草，连专来致祭的皇族亲贵，也要在离陵寝数里之外下马落轿。可今天，竟有如此胆大妄为的刁民，在离皇祖陵寝不到十里的地方，毁林破土，筑起墓葬！这岂不是恣意亵渎圣灵甚至是干碍龙脉之源吗？按律，这无疑是祸灭九族的大罪。再看看那些伫立两侧的新宾府的大小官员，一个个觳觫不止，低眉垂目，显然对土墓一事茫然不知，正在想着如何推卸渎职之责。赵尔巽的恼怒于是又增加了几分。

赵尔巽在刹那间这么想着、怒着，骤然巡视一遍新宾府的那些大气也不敢出的官员，有意缓声地问道："各位和我一样，这土墓一事也是新闻吧？"

那些官员呼啦一声全部跪了下去，参差不齐地说道："小人死罪，死罪呀！"

赵尔巽不再理他们，又将视线转向依然跪在面前的马队统领，说道："你起来吧。"

马队统领看到赵尔巽眼里的赞扬的意思，心里当然很兴奋，脸上也露出受宠若惊的神色。

赵尔巽又说道："我很赞赏你的恪尽职守和口齿伶俐 。既是你发现了刁民的墓葬，本官就把剩下来的事情也一发交你去办吧。立即带领你的部下，毁墓扬尸，填整墓穴，然后将墓主九族尽数拘捕，押解盛京，待本官返回盛京，审讯后问斩。办完此事，本官会升赏你的。"

在场的人谁也没料到，赵尔巽竟将这么一桩大案直接交给一个仅仅是卫队长身份的人去办。更令人惊讶的是，获此殊荣理应欢欣雀跃的马队统领，却突然面露惊骇，扑通一声又跪了下去，惊恐地叫道："大人！小的无能，实难当此重任。请大人收回成命吧！"

"什么！"赵尔巽紧蹙眉头疑惑不解地问道，"难道这事很难为你吗？"

"大人，让小的平墓扬尸，小的会不辱使命。可这搜捕墓主……"

"那又怎样？你不是说墓前有石碑吗？石碑上定然刻着墓主姓名。按图索骥，不是轻而易举的事吗？你说，究竟有没有石碑？"

"有的，大人。"

"石碑上刻没刻着立墓人的姓名？"

"刻着的，大人。"

"这就令人不解了。看来……你是被立墓人的名号吓住了。对不？可是，一个只能修土墓的人又有什么大来头？竟把你吓成这般模样！我来问你，还记得碑文上立墓人的姓名吗？"

"大人！……"

"怎么，连说说这人姓名的勇气都没有？"

那马队统领胆战心惊地看着赵尔巽，迟疑了半晌，似乎痛下决心一般咬了咬嘴唇，将手探入怀中，抖抖地扯出一张揣皱了的纸来，然后双手擎举着递向赵尔巽，垂首说道："小的已将碑文抄录在此，大人一看便知。"

赵尔巽莫名其妙地一把扯过那张纸，情理之中地一眼盯向那碑文的落款处。碑文居然没有落款。他随即移目到开头处。这一看不打紧，赵尔巽陡然一颤，险些叫出声来。原来碑文第一行赫然写着他到盛京赴任前便已知道的名字——杨静霞。还是在他离京前晋见皇上时，皇上曾亲口对他说，在奉天省有几股既打洋人又打官军的异常强悍、神出鬼没的盗匪，已成朝廷的心头大患，不可不尽早剿除或招降。在皇上提到的几股盗匪中，有一支六和拳的残部，其首领便是绰号杨老太太的杨静霞。

这杨静霞竟明目张胆地在皇上祖陵旁边挖坟造墓，岂不是张狂到肆无忌惮的程度了吗？

可是——赵尔巽想——这马队统领显然是知道杨为何许人，却又似乎有意隐瞒，原因何在呢？不用说，此人一定没料到会有拘捕墓主的命令，即使意外地有这命令，也无论如何不会让他去干。这样，既有发现土墓之功，又不会招惹其他麻烦。至于那抄录的碑文，只是以备不时之需，而眼下，正是到了万不得已不得不亮出来的时候了。

看来，这马队统领真是狡诈得可以！

但赵尔巽此刻已无心继续研究马队统领的狡诈，因为他发现依然跪在地上的新宾府的官员们都怯生生地扬脸看着他，似在努力研究着他何以在只看了碑文一眼便骤现震惊之色。面对这些尸位素餐的官员，他的震惊即刻被恼怒取代了。

他扬了扬手中的碑文，带着讥诮地咬牙说道："你们知道这墓是何人所造，这碑是何人所立吗？是杨静霞杨老太太！"

听了赵尔巽的话，那些原来就臂颤股栗的官员们，更是大惊失色，并恐怖地预感到，那头上的花翎顶戴保不了几天了！

赵尔巽把扬起的碑文收回到平举的位置，又下意识地抖了抖，本想对那些吓得要死的官员再狠狠痛斥一番。但就在这一瞬，碑文上"姜海山"三个字陡然闯入他的眼帘。他不由得一阵诧异。姜海山死在赵天弼和俄国人手里，是他离京前便听说了的，到盛京后，他又从将军衙门的案卷中获悉是古竹韵盗出了姜海山的尸体。如果这些都是真的，这起墓立碑之人理所当然应是古竹韵，他也可以从碑文中揣摩出古竹韵的去向，使他在寻找古竹韵的道路上前进一大步。但是，这碑文中却明明写着，造墓立碑之人乃是杨静霞！这也无疑在说明，将军衙门的案卷中所说"劫尸之女匪显是古犯"乃是

凭空猜测,古竹韵根本不是劫尸之人!看来,他寻找古竹韵的道路,是更加遥远了。可是,这杨静霞同姜海山又是何种关系,竟冒死抢出姜海山的尸体并承担起为其造墓立碑的责任呢?这实在太叫人难以参透了。

但是,更叫他难以参透,或者毋宁说更叫他惊讶和心绪翻滚的是,在他刚刚无意间瞥见"姜海山"三个字并想到上面那些内容之后的一瞬,那在他心里倏然变得生动起来的"古竹韵"三个字,似乎有意从碑文中间跳将出来,直扑向他的眼睛和胸膛!

"天哪!"赵尔巽在心里叫道,"这是梦吗?"

赵尔巽虽知道这不是梦,却怎么也排斥不开陷入梦境的感觉。他已不再见那匍匐地上的胆战心骇的一群,不再见那皇祖陵寝的辉煌建筑,不再见那茂密葱茏的林木,甚至不再见那蓝天白云。在他的眼前,除了颤抖的手,便只剩下随手颤动的碑文了。

赵尔巽毕竟是年过六十有丰富人生经历的人了,他没有让自己的惊讶、骇异、种种疑问以及因此造成的置身无何有之乡的茫然无措持续太久,很快镇定下来。他意识到,他此刻最最要紧的是不动声色地通读一遍碑文,看看能否从中发现古竹韵除了名字以外更多的内容,然后再决定如何处理那座土墓。

于是,他用两只颤抖的手展开碑文,极力克制着同样颤抖的眼睛,从头细细读将起来。

碑文这样写道:

维光绪二十七年岁次辛丑十月十一日杨静霞谨以
清酌庶羞之奠祭于亡弟姜海山之灵呜呼天之不佑
我也令小弟英年早殇我与弟虽两姓情实胜于同胞
弟与我虽异性义更重于手足闻小弟死亡惨烈能不
痛哉又何忍令小弟之尸暴于街衢耶故我奋九死舁
弟尸安葬者不止为弟之聘侣古竹韵之请也然虽已
如愿奈对弟之乡贯履历所知不详故仅以祭文勒石
为弟再起辉煌之墓更立流芳之碑者且待古竹韵远
游归来时也于祭告情弟明我衷耶呜呼哀哉尚飨

赵尔巽读完这份并非墓铭实为祭文的手抄稿,终于明了了曾轰动一时的姜海山尸体失窃一案的真相,心中不免对杨静霞大义之凛然、行事之诡谲油然而生一种莫名的敬意。尤其令他欣慰的是，在这桩俄国人以及吉奉两省官员均耿耿于怀的疑案里，古竹韵并未如增祺将军说的那样直接参与了行动，尽管这是他难以理解的。但是，对杨静霞的敬意也好，对古竹韵的庆幸也好，在他只是刹那间的事。真正令他心房为之震跳、灵魂为之欢跃并成为脑海里唯一内容的是，这篇祭文无疑在告诉他，在杨静霞安葬了姜海山之后，古竹韵依然活着，而且"远游"他方去了，甚至有一天肯定回来为姜海山"再起辉煌之墓，更立流芳之碑"。也就是说，只要"远游"他方的古竹韵不发生意外，总有一天会来到姜海山的墓前！

赵尔巽想到这里，不能不意识到，这土墓无论如何不能毁。如果说他与古竹韵还有相见乃至相认的一天，那么，姜海山的土墓则是唯一的中介物。

但这种心底的秘密是绝不可有丝毫泄露给他人的。

赵尔巽绞尽脑汁思索了片刻，缓缓将祭文折好揣入怀中，对那些不明就里懵懵懂懂的下属说道："你们起来吧。"

那些人相继站起，因不知赵尔巽如何发落他们而惶惑不安。

赵尔巽清了一下干燥的喉咙说道："这座六和拳首领所造之土墓，关系重大，暂不能平毁。我将亲选武功高强之人埋伏墓旁。所谓放长线钓大鱼。尔等均无须介入此事，且不得向他人泄露一字，违者将与渎职罪并罚！今日就饶过你们。你们回新宾堡吧，本官要即刻赶回盛京。"

赵尔巽返回盛京后，立即派亲信潜伏在永陵山的密林里，日夜观察姜海山土墓一带的动静，并出资令刘成夫妇依原样重修了古家小院，只待与古竹韵相见的一刻了。

"老爷这样安排很对。"

不久，抵达盛京的孙夫人在听了赵尔巽对上述内容急不可待的讲述后，点了点头，这样说道。

孙夫人稍作停顿后，又说道："但愿一切都如老爷预料的那样。"

"夫人是说……"

"我是说，老爷因守孝和提前复职已失去了两次机会，这回可别再节外生枝了！"

"怎么会呢？"赵尔巽胸有成竹地说道，"第一，韵儿肯定还活着；第二，有一天，韵儿肯定还要回到奉天；第三，韵儿一旦回来，肯定要到永陵北山和小西门外。至于你说的节外生枝，除非……除非是皇上在此之前罢免我的将

军之职,可这,是绝无可能的。"

"老爷,世事难料啊!"

"这话怎么讲?"

"说实话,我很替老爷担心。"

"担心?担心什么?"

"我一路上屡屡听说,老爷上任伊始,便不顾疲劳和危险,巡视了全省各厅府,亲自考核官员,大刀阔斧地或进或退,因而免不了会得罪一大批官员。这些失势的官员和被老爷取代的增祺,能不对老爷怀恨在心吗?如果他们串通一气……"

"我明白了。"赵尔巽打断了孙夫人的话,"不过,请夫人放心,生杀予夺的权力是皇上给我的,这些人奈何不了我。除非……不,不会的,皇上绝不会出尔反尔。我确信这一点。"

"没事当然好……"

沉默片刻后,孙夫人又说道:"可是,老爷,我刚坐下,老爷就不住嘴地跟我讲韵儿,怎么不问问我途中的情况呢?"

赵尔巽陡感内疚地用手指点着脑门说道:"嘿!你看我……"

孙夫人笑道:"我只是开句玩笑而已。我也非常喜欢韵儿,把她看作我自己的女儿,会和她争宠?不过……我倒真有一段奇遇想说给老爷听……"

"奇遇?什么奇遇?"

"老爷还记得那个叫张作霖的年轻人吗?"

"张作霖?"赵尔巽问道,努力想着这个名字,"唔,记起来了!"他稍显惊讶地接着说道,"你又碰上了这个劫匪?他对夫人……"

孙夫人说道:"说来也巧了,我们行到海城附近,被一群强盗劫持到一个住满团练的屯子,那里的团练也正是一群杀人越货的强盗。我以为必无生理,作好了自杀的准备。可后来,他们的头领来见我,并跪在我脚前连称'死罪',我仔细一看,这人正是当年老爷放走的张作霖……"

"那么,后来呢?后来怎么样?"

"后来,我们当然毫发无损,张作霖还派人把我们送至盛京外。"

赵尔巽放心地舒了一口气,说道:"看来,这小子倒也知恩图报。"

"不过,他还求我办一件事。"

"什么事?"

“他想弃邪归正。他说，他原来便有这种想法，但他不认为增祺将军是个好官。现在，他知道是老爷在盛京主事，便想投靠老爷，走一条正路。”

“明白了。”

“那么……”

“容我想一想，想一想……”

不久以后，赵尔巽碍于孙夫人的面子以及考虑自己势力的需要，终于收编了张作霖的人马，并让张作霖当上了马队统领。多年之后，张作霖开始发迹，成了赵尔巽得力的左右手，并共同演出了一场镇压国民革命的闹剧。这是后话，暂且按下不表。

话说赵尔巽收编了张作霖不久，正想为朝廷创造更辉煌的业绩以及满怀信心地等待古竹韵回到身边的时刻，突然传来罢免他盛京将军的圣旨。

看来，孙夫人说对了。那些被赵尔巽罢了官降了职的人果然与增祺串通一气，罗织罪名弹劾了赵尔巽，而且，皇上居然相信并未作任何查证便罢了他的官！

赵尔巽几乎气炸了肺。一怒之下，他也不等继任将军来到，便封印挂冠，带着孙夫人乘车驰回铁岭老家，决心做一个不问世事的寓公了。所谓无官一身轻。如果说，他以前因官所累而几次失去同古竹韵父女相认的机会，那么现在，无论是忠君报国还是军政琐务都不再是他向女儿走去的障碍了。他决定，在铁岭稍事休息，便东去鸭绿江一带，去寻找皇上决心剿灭因而一直未被招安的杨静霞杨老太太，他相信，他以一介百姓的身份，杨静霞不仅会善待他，而且肯定能告诉他古竹韵究竟远游到何处，然后，他将不畏山高路险，去实现他余生中唯一的愿望——把女儿带回铁岭，让父女相认的喜悦伴着他直到终老。

打定主意后，他便着手进行各种必要的准备。

两个月后，他一切准备停当，只剩选个吉日良辰离家上路了。

就在这时，一纸圣谕被驰送到赵府。

这纸圣谕竟是对赵尔巽新的任命，着他即去四川任总督之职。

不用细想，赵尔巽也能立即明白皇上何以在罢免他仅两个月便又起用他，而且，这四川总督之职丝毫不比盛京将军逊色，甚至这“天府之国”的四川，在政治局面和经济状况上远比奉天要好。这说明，皇上已知道罢免他赵尔巽是一桩错案，并企图以新的任命来抚慰他。对此，赵尔巽如果无动于衷,那是不合情理的。试想,这么快就认识到自己冤枉了臣下并立即以实际行动来弥补过错,历代天子有几个做得到?当今皇上无疑是难得遇到的一代明主。不为这样的明主效力,不供这样的明主驱使,那实在是太大的过错。看来,他从此隐遁不出的决心下得过于急切了。但是,他受到的伤害毕竟太重,仅两个月时间气亦难平,而且,四川总督之职,也并非他十分渴望得到的,他如领旨赴任,那些诬告他的人仍会认为他们是胜利者,因为这至少等于把他赶出了奉天。所以,他决定先拒不赴命。他确信,圣上既然赞赏他的才干和忠心,又知道他这次受了大委屈,不仅不会对他的拒不赴命龙颜大怒,甚至会给他一个更好的职位。为了吐出胸中那口窝囊气,即使皇上认为他这是讨价还价,他也不在乎了。

这样,赵尔巽便只好暂时取消去寻找杨静霞的计划,静候皇上对他的新任命了。

果然不出所料,三个月后,皇上又下了一道授赵尔巽湖广总督的圣旨。

湖广总督是所有外放官员渴望的美差。赵尔巽没有理由不心满意足,也不能再拒不赴命了。

于是,赵尔巽又一次放下寻找女儿的私事,有意炫耀地摆了几天大宴,然后,扬首天外地南下赴任了。

53

赵尔巽带着不能去寻找古竹韵的遗憾南下就任湖广总督之职以来，不断收到葛月潭和钱恒顺的信函。这些信函所能告诉他的，全是在盛京西郊和永陵北山一直未见古竹韵踪迹的消息。也就是说，他日夜期待的场面依然十分渺茫。而且，随着时间的流逝和他心绪的渐趋稳定，他也终于意识到，他在南下之前把事情想得太简单了。即使不是求助于葛月潭和钱恒顺，而是他自己留在奉天，花费全副精力去寻找古竹韵，怕是贴上这副老骨头也仍然是目前这样的结果。试想，他在千山万水间如何找到行无定踪的杨静霞？即使找到杨静霞就能获知古竹韵的去向吗？要知道，杨静霞在祭文中曾写到，她与姜海山只是“一面”之交，再无接触的机会，两人未必谈及古竹韵，即使谈到了也不可能涉及古竹韵的身世。而后来，显然同杨静霞有过交往的古竹韵，更不可能谈到这方面的内容，因为，有两个父亲，特别是她事实上是他赵尔巽的私生女，绝非是对谁都可以讲的光彩事。是的，杨静霞是不会知道这些异常复杂的内情的。杨静霞既然不可能知道他赵尔巽是古竹韵的生父，却又不能不知道他是（至少曾经是）朝廷的封疆大吏，如何能把古竹韵的藏身之所泄露给他呢？何况，古竹韵是“远游他方”去了，远到几千百里，驻足何处，杨静霞也未必确知。尤有甚者，古竹韵是与魏尔诺在一起，魏尔诺又是俄国全力通缉的要犯，中国老百姓更是对外国人恨之入骨，他们是否仍活在世上，也是个未知数啊！

总之，赵尔巽在武昌任上，不仅对远在奉天的古竹韵鞭长莫及，甚至对他所进行的寻找古竹韵的种种努力，也渐渐失去了信心。

不仅如此，赵尔巽对自己的仕途同样不再抱有更高的期望，甚至觉得本可蒸蒸日上的官运终于到了尽头。因为，他就任湖广总督一年后，光绪皇帝和慈禧太后相继升遐，刚刚登基的娃娃皇上当然不会知道他赵尔巽为何许

人,摄政王载沣与他也素无深交,更兼眼下反清的国民革命风起云涌,而这场“驱除鞑虏,恢复中华,建立民国,平均地权”的民主革命,其中坚分子几乎全是汉人,因此,说不定哪一天哪一刻,皇上就会下一道圣旨,让他这个年过花甲的汉官“告老还乡”!

他实在不想再回奉天到铁岭老宅去度过晚年了。奉天省的依然健在的政敌们肯定会耻笑他,这自不必细说,他也会睹物生情,因时时摆脱不了前半生在萧夫人身上造下的孽所留的阴影,而日夜不得安宁的。他打算致仕后与孙夫人在武昌或长沙一带,选一个风光秀丽的僻静之处,与世无涉地安度晚年,并交代给儿子们在他死后将遗骨运至铁岭与祖坟葬于一处,以存落叶归根之义。

然而,他万万没想到,在他已着手对自己的后事作出具体安排的时候,宣统三年(公元 1911 年)四月,突然一道圣旨传来,竟是命他去盛京任钦差大臣、东三省总督兼三省将军之职!

这实在出乎赵尔巽的预料。

要知道,一个汉人,能成为将军、总督这样的封疆大吏,在清代已属凤毛麟角;而赵尔巽这次竟被授予东三省将军、总督乃至钦差大臣,又是到家乡做官,堪称一方霸主,这更是绝无仅有的。

这对于出身汉八旗的赵尔巽,可以说在宦海中已达到巅峰状态。他如何不感到兴奋!

毋庸置疑,赵尔巽在惊讶、兴奋之后,势必会很快领悟到,皇上给他如此荣耀,与数年前让他出任盛京将军之职有某种相同之处。如果说,上回让他取代增祺指望他收拾日俄战争的残局,那么,这次则是在全国倒清革命迫在眉睫的紧急关头,希冀他确保满族发祥地兼朝廷后院不至起火,以使京城不保时皇上能有个偏安之所。也就是说,皇上如此依重他,是因为那些金玉其外、败絮其中的皇族贵戚中无人能当此重任,而偶然想到他这匹“老马”尚有可供驱策的价值。

但是,这些骤然间冒出来的想法,只是使他产生一丝似有若无而且稍纵即逝的悲哀。当他随即想到,这次皇上对他的任命,衣锦还乡难以描绘其荣耀,一方霸主不能述说其威重,他不仅可以光大门楣,更可以在包括满员的政敌面前扬眉吐气,甚至可以居高临下地报当年被弹劾的一箭之仇,他心里只剩下难以抑制的兴奋和激动了。

所以，赵尔巽在跪听圣旨后，似乎一下子年轻了十岁，而且更加相信自己具有旷世奇才了。他既然是一匹难得的“千里马”，又遇到了赏识他的伯乐，为什么不扬鞭奋蹄去驰骋一番呢？于是，赵尔巽在高呼“臣赵尔巽领旨，谢主隆恩”之后，即着手清理案卷，迅速将一应事物交割清楚，便与孙夫人一起，迫不及待地北上盛京赴任去了。

此时的东三省已不同于五年前的东三省。

如果说五年前的东三省到处可见鹞眼鹰鼻的俄国人，那么，眼前的东三省，俄国人已退据长春以北，长春以南则成了日本人的势力范围。赵尔巽要同时面对俄日两家列强，这关系比以往要复杂得多。

官府的腐败依然如故，准确地说是更加腐败。

尤有甚者，盛京城里居然也步广州和武昌的后尘成立了同盟会组织，一股反清倒清的势力正在形成和发展。

形势之复杂远远超过赵尔巽的想象。

但赵尔巽并不感到惊讶，更没有产生丝毫畏难情绪，假如这里是一派升平，这三省总督和钦差大臣的高位，那里会轮到他赵尔巽呢？而且，赵尔巽也充满了自信。他觉得，凭他博通古今的学识、纵横捭阖的能力，以及数十年为官的正反两个方面的经验，只要把全副精力投入政务，他是一定能把东三省治理得井然有序而不辜负皇上对他的厚望的。

事实上，他完全可以把全副精力投入政务。

因为，他一到盛京，便从葛月潭和钱恒顺口中获知，古家小院依然只住着刘成夫妇和他们的幼子，而在永陵北山，当年杨静霞立的石碑仍然完好无损地立在姜海山墓前，那土墓却已有了倾圮的迹象。这无疑说明，“远游”的古竹韵仍然没有回来。这虽然使他寂寞衰老的心曾燃起一丝希望的火光，但这异常微弱的火光又很快被恐惧和悲哀的狂澜熄灭掉了。他不能不想到，即使古竹韵还活在世上，也早该为人妻为人母了，哪里还会从“远游”的所在回到盛京呢？至于姜海山和古家小院，前者只是她少女时期的情侣，且早已不在人世，后者更是她亲手放火焚毁的，只怕对她不会具有任何吸引力了，她为什么要回来睹物生悲呢？

命运是不能强求的。看来，他此生是命中注定不会有女儿了。

既然赵尔巽意识到已无可能找到古竹韵，更无可能与古竹韵父女相认，他也就无须再为此劳神费力，可以把全副精力投入政务了。

于是,二度返乡为官的赵尔巽,以年近古稀的高龄,依然保持着旺盛而矍铄的精神和夙兴夜寐的劲头,开始为皇上营造安宁的后院了。

奉天省毕竟是赵尔巽的家乡,原本不乏祖辈流传下来的世交和他本人的亲朋密友,而这些世交和朋友见他获得皇上如此恩宠,哪有不来攀龙附凤的道理,至于当年曾与增祺一起弹劾他的在任和不在任的官绅,更是不惜代价打通关节,以期赵尔巽不至对他们大下杀手。

赵尔巽对此心如明镜。但他并不急于在官府中安插亲朋,也不急于对那些宿敌作出报复的姿态。正所谓引而不发,其间的好处是不必细说的。

他决定从黑龙江省开始,逐步向南,对东三省进行彻底整顿。

就这样,他在盛京城略事休整后,便踌躇满志地北上哈尔滨了。

赵尔巽在哈尔滨停留了十天。在这十天里,他对黑龙江省政局的风雨飘摇以及官府的文恬武嬉已是了然于胸。他作为东三省总督和钦差大臣,对治下的官员是握有臧否赏罚乃至生杀大权的。但他并不忙于一个个作出处理,而是不动声色地要哈尔滨的文武官员随他同去齐齐哈尔。他要在这过程中再细细斟酌一番,在确信自己的判断不存在任何失误和偏差的情况下,于齐齐哈尔当众宣布他整饬黑省纲纪的具体命令。在莅临齐齐哈尔的第五天,即公元1911年10月12日(宣统三年八月二十一日),赵尔巽认为自己已考虑成熟,便将黑龙江全省的重要官员召集到齐齐哈尔的官衙,他则胸有成竹地在长案后正襟危坐,准备让人们看看他如何大刀阔斧地整顿吏治和如何公正无私地赏优罚劣了。

正在赵尔巽伸手展卷,对那些恭立两侧的官员三言两语训示一番后,依次唤到案下,准备当众公布政绩或劣迹以及或升赏或陟罚的决定时,忽有一门人跑进大堂,直趋赵尔巽案前跪禀道:“钦差大人,盛京总督衙门一信使以及大人密友钱恒顺脚前脚后来到门前,均称有极要紧的事要立见大人。小人怕误了大事,故冒死进来告禀。请大人定夺。”

赵尔巽不由得一惊,心想,这两人匆匆赶来齐齐哈尔,一定确有“极要紧的事”。因为,他离开盛京前,曾对留守的官员交代过,如非皇上圣旨和紧急军务,可办者酌办,否则,待他返回盛京时处理,也就是说,这信使带来的信息,若非圣旨,便只能是紧急军务。至于钱恒顺,赵尔巽虽然一时猜不出是什么事,但他知道,此人通达事理,不是遇到了天大的麻烦,是不会追到齐齐哈尔来找他的。

所以,赵尔巽决定把准备当众公布的事暂时放一放,召见这两个人,看看到底有什么“极要紧的事”。

他当即合上案卷,没有责备有悖礼仪的门人,而是不动声色地说道:“起来吧。去传总督府信使进见,让钱恒顺稍候待传。”

门人退去不大一会儿,面露惊惶之色的总督府信使便跑进大堂,径直扑向案前,向赵尔巽跪呈手中的信札。

虽然是信札而不是圣旨,但赵尔巽猜测那信函里定然密封着一件异常严重的机密,便也不再细问,很快接过信札,启封开读起来。

这竟是皇上从北京发给赵尔巽的密电抄本。

电文不长,却字字令赵尔巽震惊。特别是其中“武昌失守,……望随时严密侦防,免生事端,以顾大局而弥隐患”等数句,更犹如一串震雷在头顶炸响,使赵尔巽臂颤股栗。他已无暇去探究南方同盟会的所谓革命军何以这么快就揭竿而起?何以发轫于武昌而不是广州?又何以这么快便占领了他曾苦心经营自信是铜墙铁壁的武昌?此刻在他的眼前和脑海里,除了蜂屯蚁聚向北卷杀直扑北京的革命军,已别无所有。

是的,眼下再搞什么吏治整顿显然已不合时宜,顶顶紧要的和刻不容缓的是迅即赶回盛京,调兵遣将,如皇上命令的那样“严密侦防”,“消弭隐患”,拼却老命,为皇上保住安宁稳定的后院。除此而外的其他事情,比较起来,都是微不足道可以从缓的小事了。

赵尔巽这么想着,很快收好电文抄件,准备对众官员安抚几句,便赶往火车站,登上他随时可以开动的专车,争分夺秒地返回盛京。

赵尔巽离座而起,高声说道:“诸位,眼下湖北乱臣贼子反叛朝廷,形势异常紧张。吏治整顿,暂缓进行。我等拿皇上俸禄,吃皇上的饭,朝廷的深恩厚泽,为臣子的不可一刻忘记。我们要鞠躬尽瘁,以死相报。请诸位即回任所,恪尽职守,保境安民,消弭隐患,使东三省之民永为皇上之民,东三省之土永为皇上之土。庶几,我等方可不负皇上之厚望也。”

赵尔巽说完,移步离案,在数十双惶惑惊惧的眼睛注视下,向外走去。

他刚走数步,冷然想起还有一个钱恒顺静候门外等待传召,便加快步伐,决定门外相见了。

他无论如何也没有料到,钱恒顺向他报告了一个和皇上密电一样让他震惊的消息。

他甚至怀疑自己没有听清。他一把抓住钱恒顺的胳膊,颤着眼睛和嘴唇,略有口吃地说道:“你……再说一遍!她、她……回来了?”

“是的,大人。”

“和……那个波兰人一起?”

“据说是的。”

“据说!是据说她和那个波兰人在一起,还是据说她回来了?”

“大人!”

钱恒顺这一声“大人”,显然是提示赵尔巽在众下属面前不该如此失态。

赵尔巽看了看等在眼前的随行人员以及官轿,没好气地挥手道:“撤去官轿!”随后又转向钱恒顺,“你我步行,你给我详细讲清楚。越详细……越详细越好!”

但是,钱恒顺是无论如何也讲不细的,因为所有情节,全是耳闻非眼见。

据他讲,半月前的一天晚上,他的一位在客栈守门已历十五年的本家叔对他说自己正准备关门下闩时,偶然瞥见斜对过的古家小院的大门前站着一男一女两个人。他这位本家叔觉得奇怪,因为多年来,虽说古家小院的大门清晨敞开,入夜关闭,从未间断,但是,除了这所院子里的刘成夫妇偶尔进出外,从未见别人光顾过。这一男一女是何许人,竟对这所几近被世人遗忘的院落发生了兴趣呢?他这位本家叔不由得仔细望去,这一望不打紧,差点惊叫起来,因为那一男一女中的女人太像古竹韵了!他这位本家叔本想过去证实一下自己的眼力,但那一男一女已进入古家小院,时间已是晚上,不便跟踪而去,就来向他钱恒顺作了报告。

“但是,”钱恒顺接着说道,“我怎么也不能相信我这位本家叔看到的真是古小姐。当时,太阳落山已经好一会儿,光线不是很明亮,看到的又是背影,哪里能看清?再说,十年了,怎么可能还是原来的样子?一定是我这位本家叔看走了眼,凭空虚构出来的。不过第二天,我还是借故去见了刘成夫妇,证明古家小院中,除了刘成一家三口,绝无第四个人。此后,我也不再想这件事。但是,就在五天前,从城里传出一个令人震惊的消息,说是十多年前以神丸贯目功救了义和团二师兄的女侠,又重返盛京,并以神丸贯目功胁迫城内的豪商巨富们把数额宏巨的银两亲自送到同盟会奉天总部。”

赵尔巽听到这里,一把拽住钱恒顺的胳膊问道:“这消息确切吗?”

“我想,是的。”

“你想?”

“是这样,赵大人,我原拟去城里找熟人证实一下,但突然想到只几步之遥的古家小院,我便飞跑过去。我问刘成,是否有古小姐的消息。他毫不犹豫地对我说,古小姐已从美国回来了……”

“美国?”

“是的,美国。刘成又说,小姐回来的当晚就出去了,以后也偶尔回来一次,但总是匆匆来又匆匆走了。”

“也就是说,古小姐真的回来了,而且在帮助同盟会。是这样吧?”

“大人知道,当今精通神丸贯目功的只古小姐一人,所以,我从古家小院出来,便立即追赶大人而来。因为小的知道,古小姐的返奉,对大人不是件小事;而且,小的又知道,大人与同盟会是势不两立的。”

“天哪,怎么会这样!”赵尔巽呻吟般叫道,不再说什么,只是加快了朝车站走去的脚步。

54

钱恒顺没有说错，半月前的那个晚上，走进古家小院的确实是古竹韵和魏尔诺；那之后不久，盛京城内外的豪商巨富们也正是慑于神丸贯目功的威力，向同盟会献上了原本不想献出的数以千万计的银两，以供革命军购买枪支弹药之用。

也就是说，在赵尔巽北上视察黑省期间，古竹韵和魏尔诺回到了盛京，且为革命军筹集了巨额军费。

这话得从头说起。

如前所述，古竹韵是在确信在东三省已是走投无路的情况下，接受杨静霞的建议，同魏尔诺远渡重洋，去美国避难的。他们也许能料到，他们走后，在俄清联军联合围剿下，六和拳以及忠义军的残部定会星离云散，但他们怎么也想不到，不久之后，日本和俄国竟在中国东三省打起了一场旷日持久的战争，而清朝政府竟宣布局外中立，任凭日俄两国的军队在辽东开战和对中国百姓烧杀掳掠；他们更想不到，日俄两国打累了之后，竟握手言和并以长春为界，实行了所谓的“南北分治”！面对这种形势，尽管古竹韵从踏上美国土地的一刻起，便时时梦想重返故里，却始终难以成行。至于魏尔诺，同样也走不了，因为，他的祖国波兰依然在俄国铁蹄下，以他从死亡线脱逃后愈加响亮的名声，只要一踏上波兰国土，势必落入俄国人手中。

结果，古竹韵和魏尔诺在美国一住便是十年！

时间一久，当地人对这一双总是形影不离的玉人免不了生出种种猜测和议论。为了掩人耳目和免去诸多麻烦，他们只好冒称夫妻。古竹韵从此成了有名无实的魏夫人。由于魏尔诺继承了祖父的一笔数额巨大的遗产，两个人不仅生活、交游没有困难，还可以到著名大学内旁听课程。

后来，他们结交了一些同盟会旅美支部的人，从这些人口中获知，同盟会旨在推翻清廷建立民国，且在中国各省包括奉天省都设有支部，蓄势待发。

古竹韵当然会十分顺畅地接受同盟会的宗旨，并鼓动魏尔诺同她一起加入同盟会。

古竹韵非常明确地感到，随着时间的流逝，她的思乡之情日益强烈。她想尽快返回中国奉天，去为国家和民族干点儿有意义的事情。她把自己的想法讲给了魏尔诺。魏尔诺不仅极为赞同，还要和她同去中国奉天省。他们又把自己的愿望汇报给同盟会旅美支部的领导人，非常容易地获得了批准。行前，他们被告知，到了奉天省，要先找到蓝天蔚和张榕，他们以后的行动，便由这两个人领导。

于是，古竹韵和魏尔诺急切而兴奋地登上了开往中国旅顺口的客轮。在旅顺口，他们歇也没歇一下，又坐进北行的火车，终于在公元 1911 年 9 月 27 日（宣统三年八月六日）傍晚，踏上了他们阔别十年的盛京小西关的土地。

眼前的盛京小西关与十年前相比，似乎变化不大。还是那条东西走向的大道，大道两旁依然是林立的店铺，店铺门前依然是原来的招牌，默然矗立的太清宫依然是香烟缭绕。不同的是，街上的行人没有一张熟悉的面孔，且不见了高鼻梁的俄国佬，多了一些仁丹胡的日本人。正所谓物是而人非。

古竹韵和魏尔诺心里感慨万千。

他们互相看了一眼，似乎听到了对方的心声。他们谁也没有说话，不约而同地朝古家小院走去。

古家小院留给他们记忆的最后一幕，是一片火海。十年来，他们想象中的古家小院则是一片废墟。

在那肯定已成废墟的古家小院，封存着他们难以忘怀的无数往事。

但是，十年中会有多少事情发生呢？古家小院仍然是一片废墟吗？也许早有人在废墟上盖起了新房，甚至开起了商店或客栈。只怕这古家小院已是人非物亦非了！如果真是这样，他们又为什么一下火车便直奔“古家小院”而来呢？面对那人非物亦非的一切，他们凭借什么去追忆往事和凭吊在古家小院长眠的萧夫人和安琪柯娃夫人呢？特别是，肯定烧焦的安琪柯娃的尸体被人埋甚至扔到了何处？这不是太令人伤情吗？

但是，古家小院已近在咫尺了。

离古家小院越近，他们越感到茫然和心情沉重。那肯定已不存在的安静清爽的古家小院以及作为废墟的古家小院，在眼前变得越来越模糊，五方杂处的客栈和乱马人花的商店却异常顽固地朝他们迎面扑来。

他们的心在抽搐。因为他们似乎感觉到他们的母亲的灵魂置身在吆三喝四的人群中一刻不得安宁。

他们感到恐惧，也感到内疚。

在这一刻，他们真希望过去的十年只是一场梦，希望眼下恰是梦醒时分，希望在这梦醒时分恰见那座依然如故的古家小院，恰见慈祥的依然健在的萧夫人和安琪柯娃夫人！

这当然是幻想，是绝无可能的。

但是说也怪，正当他们在心里讥笑自己编织美梦的瞬间，那座记忆中的古家小院却真的以原来的面目骤然扑进他们的眼帘！古竹韵下意识地回头看了一眼恒顺客栈，确信自己正是站在古家小院大门前。再去看那被树木半遮半掩的青砖围墙，那上覆琉璃瓦顶下饰垂花的门楼，和十年前几乎一模一样，特别是，从洞开的大门望进去，那院子深处耸立的青砖灰瓦的三间正房以及东西厢房，也和十年前一模一样！

难道十年前他们并没有在正房点燃那把大火？难道这整整十年的坎坷经历只是一场噩梦？

他们一时间糊涂起来。

但有一点他们是清楚的，那就是，此刻绝非梦境。

两人瞪着惊讶中带着迷惑的眼睛互相看了一眼，又一次不约而同地采取了一个行动：几步奔进院中。

他们站在甬道上，左顾右盼了一遭。

一切的一切，全是老样子。他们看得更清楚了，心里却更糊涂了。

他们不约而同地想大喊一声“妈妈”。

他们没有喊出来，却见东厢房的门突然吱嘎一声开了，跑出一个中年妇女，后面还跟着一个男孩。

“小姐！”那女人边跑边喊，声音中带着泪水。

古竹韵立即认出了这个女人。

“刘嫂！”她颤声喊道，快步迎了过去。

刘嫂刚要下跪，被古竹韵伸手拉住。

“不，不要这样。”

刘嫂拭了一把眼泪，抽咽着说道："我从窗子里一眼便认出小姐和魏尔诺先生。小姐还是十年前的样子。可，小姐……这不是梦吧？"

"不是梦。"古竹韵感慨万千地说道，"但我不明白……"

"小姐是说……"

"我是说这房子。"古竹韵说道，看了看寂静的正房，"我们明明放了一把火啊！"

"是的，小姐。那把火把这所院子烧了个精光！"

"那么这房子……"

"这个房子是赵老爷……"

"赵老爷？"

"就是小姐的生身父亲啊！"

"是他？你是说这房子……这房子……"

"是的，小姐。这房子是赵老爷出钱重盖的。"

"是这样……多久了？我是说……什么时候？"

"说起来，那是小姐和魏尔诺先生走后的第四年。有一天，赵老爷来到这里……"

"等一等！你是说——我和魏尔诺走后的第四年？"

"是第四年，我不会记错的。"

"第四年……可他那时已复职上任去了。"

"小姐可能不知道，你们走后第四年，赵老爷奉调来当了两年盛京将军……"

"明白了……请说下去吧，刘嫂，他来到这里怎样？"

刘嫂接着被古竹韵打断的话头，说道："赵老爷见这里依然是一片碎砖乱瓦，很是伤心。他叫人把我和刘成找回来。他说，他相信古小姐还活着，而且，有一天会回来的。他让我和刘成详细讲了这所院子的格局，由他出钱请工匠按原样重修了这所宅院，让我和刘成仍搬回东厢房。赵老爷说，小姐一旦回来了，可以有个落脚的地方，也有人侍候。你看，小姐，真让赵老爷说着了，小姐这不真的回来了吗？"

"是啊，"古竹韵慨然说道，"真的回来了……"

在刘嫂和魏尔诺听来，古竹韵说出上面那句话是十分自然的。因为这无疑是对刘嫂以设问表示慨叹的理所当然的回应，是正常得不足为怪的。

但古竹韵自己却不这么想。

她刚说完上面那句话,自己的心就猛然颤抖甚至紧缩起来。因为,她既没对赵尔巽刻意表示的和善和关怀产生反感,也没对刘嫂代替她接受赵尔巽的"好意"表示恼怒,而仅仅是轻描淡写地重复了刘嫂一句话,这说明什么呢?无疑说明她既不反感也没恼怒,说明她对赵尔巽为她重建古家小院的事实已在心里接受了。难道这竟是正常的、合情合理的吗?

可是,她又有什么理由反感赵尔巽的举动,恼怒刘嫂的行为呢?

她心里不会不清楚,在美国的十年,经常搅得她心绪不宁的人中,除了已不在世的妈妈和姜海山,便只有赵尔巽了。这三个人中,赵尔巽是唯一活着的人。她同赵尔巽之间,曾有两次父女相认的机缘,却被突发的因素搅扰而终于未能相认。她那时并未因为失去机缘而感到悲哀和遗憾;相认,主要是基于对妈妈身体和遗愿的考虑。但不管怎么说,她对与赵尔巽父女相认,至少不是绝对排斥的。也就是说,她一旦返回家乡,对妈妈和姜海山只有坟前祭奠,对于赵尔巽,却有可能再次相见,继续为是否相认这一问题大伤脑筋。

是的,她不能否认,在美国的十年,她想得最多的,便是回国后是否认赵尔巽这个生身父亲!她同样不能否认,这个问题以如此经久的耐力滋扰得她的心海不得安宁,只能说明她一直处于心理矛盾之中,而这种心理上的矛盾,也只能说明她既无法否认赵尔巽是她生父这一事实,又难以抗拒父女相认的强大的诱惑力。

不错,她恨过赵尔巽。除去突发的刹那间的恨,在较长时间影响她的情绪且留有深刻记忆的,大约有那么两次。一次是妈妈讲述了同赵尔巽和古剑雄发生的纠葛之后,一次是同奄奄一息的妈妈离开赵府之前。这两次,她对赵尔巽的恨都异常强烈,强烈到视赵尔巽如同仇寇,强烈到发誓不认赵尔巽这个生身父亲。但是,如前所述,古竹韵对赵尔巽爆发的第一次恨,在心里也只停留了数月,后来,她渐渐意识到,当年那些旧账,只是母亲与生父和养父之间年轻时的情事,而且难以判定谁是谁非,也无需由她来判定谁是谁非,更无需由她来判定哪一个可恨哪一个可敬,或许这其中原本没有什么是非曲直可言。因而,对她本来就模糊不清的前辈间的故事连同对赵尔巽的恨变得愈加模糊不清了。毋庸讳言,陪着重病的母亲愤然离开赵府的古竹韵,对赵尔巽又一次爆发了切齿痛恨。这并不奇怪,她尊敬母亲,爱母亲,可怜母亲。母亲在明知不久于人世的情况下,曾向赵尔巽请求一个偏房的名分。对于一个为赵尔巽怀孕、生育和抚养了女儿并为此熬干了心血的女人，这要求是何等低微、何等不容回绝啊！可赵尔巽却推三阻四，没能满足母亲临终前最后一个请求！古竹韵如何能认这样冷酷的人做自己的父亲呢？在她心里，除了切齿痛恨，还能为赵尔巽保留什么别的感情呢？但是，在母亲死后不久，她终于可以静下心来对以往的行动进行一番检讨的时候，却很快认识到，赵尔巽当时推三阻四并非毫无道理。正如她搭救魏尔诺之前对葛月潭说的，要求赵尔巽在居丧期间承认母亲的名分并操办喜庆仪式，不仅是强人所难，也是不近情理的。或许当时的赵尔巽确实不像葛月潭那样认为母亲只有几天活头，还存在治好母亲疾病的期望和幻想也未可知。这一点，从赵尔巽随后又为母亲请来名医的举动，似乎可以作出证明。因此，古竹韵对赵尔巽的恨又一次淡化到似有若无了。也正是因此，她才决定，救出魏尔诺后，不去铁岭赵府，以免再一次给赵尔巽带去无妄之灾。从那时起，她没有再见过赵尔巽。但在她心里，赵尔巽已是一位慈祥忠厚却在忍受着许多委屈的长者了。

想到这些，又眼见赵尔巽在不知她存殁的情况下重建的古家小院，古竹韵自然而然地骤生一种暖融融的亲切感。

她当然知道，她不可能很快见到赵尔巽。因为在离开美国之前，她便听说，赵尔巽正在湖广或四川一带当总督。但她也确信，她和赵尔巽见面毕竟不是太遥远的事，也有充足的时间对自己的思想和感情进行清理，最后实现母亲的遗愿是有可能的。

古竹韵这么想着，不由自主地又看了看刘嫂和魏尔诺，发现这两个人并没有听到她的心声。她也不希望这两个人猜出她此刻想些什么。于是，她轻轻清了一下喉咙，有意转变话题地说道："刘成哥呢？他没在家？"

刘嫂回道："他去太清宫了。"

"这么晚……"

"是葛道长派人叫他去的。"

"葛道长……他也好吗？"

"葛道长很好，就是太忙。他最近办起一个粹通小学，专收读不起书的穷孩子。——对了，小姐留下的那些银票，我还给小姐保存着一半，另一半我给了太清宫。葛道长说，办粹通小学，亏了这笔钱……"

"那银票是给你和刘哥的……"

“反正我们也用不上那笔钱。”

“这样……也好。”古竹韵慨然说道,又看了看刘嫂身边的小男孩,“这个小男孩是……”

“看我!”刘嫂自怨自艾地说道,“忘记禀告小姐了。这是我和刘成的儿子,叫忆兰,今年七岁了。——忆兰,这就是我常对你讲的姑姑。快给姑姑行礼。”

名叫忆兰的小男孩口称“姑姑”,纳头便拜。

古竹韵拉起忆兰,一边轻抚着那张确实有点儿像唤弟的小脸蛋,一边对刘嫂说:“我得祝贺你呀,刘嫂。”

“这全靠夫人在天之灵的保佑啊!——唉,我可真是,还有一事该告诉小姐,夫人的墓也由赵老爷重修了。赵老爷还在夫人墓旁为魏尔诺先生的母亲也立了墓……”

提到萧夫人和安琪柯娃夫人,古竹韵和魏尔诺更加思绪万千。

刘嫂又说道:“还有,赵老爷……”

“刘嫂,”古竹韵显得有点儿思绪烦乱地说道,“有些话我们慢慢唠吧。”

“可不是!”刘嫂歉疚地说道,“小姐和魏尔诺先生……一定很饿了吧。”

“确实饿了。”古竹韵心不在焉地说道。

“我这就去生火,这就去……”

“还有,刘嫂,一会儿把西厢房收拾出来,魏尔诺先生今晚在那里休息。”

“原来小姐和魏尔诺先生……唔,明白了。我做完饭就去收拾。我先送小姐和魏尔诺先生去上房……”

“你忙去吧。让忆兰陪我们去好了。”

“也好。——忆兰,陪姑姑去吧,可不要淘气!”

忆兰快活地答应一声,抓住古竹韵的手,蹦蹦跳跳向正房走去。

刘嫂随后把洗脸水和毛巾送了过去。

大约半小时后,上房起居室的圆桌上,摆上了热气腾腾的饭菜。

六嫂对匆忙间烧好的饭菜说了两句抱歉的话,便带着忆兰退出去收拾西厢房去了。

古竹韵和魏尔诺虽说早已饿透,又见桌面上的饭菜色香味俱佳,但置身于火灾后由赵尔巽重建的房间,回想起十年前两人逃跑时的诸般情景,如何能吞咽得下?

两人正在举箸沉思之际,却听到外面大门的关合声和一男一女的说话声。

古竹韵猜想,一定是刘嫂在向从太清宫返回的刘成讲述她和魏尔诺突然到来的事情,刘成也一定会立即奔进上房来的。果然不出所料。古竹韵和魏尔诺刚刚放下筷子,刘成便带着一脸惊喜奔进来跪在古竹韵面前了。

古竹韵和魏尔诺同时站起身来。

“小姐!”刘成叫道,“到底……把小姐盼回来了!”

“快起来!”古竹韵说道,有点儿不安,“刘成哥,现在不兴这个了。”

“是,小姐。”刘成说道,还是磕了一个头才站起来,然后转向魏尔诺,“这位就是……”

“我叫魏尔诺。”魏尔诺连忙自我介绍。

刘成又转向古竹韵“小姐,”他说道,“要是总督大人知道小姐平安归来,准会放弃哈尔滨之行,立即跑过来的。”

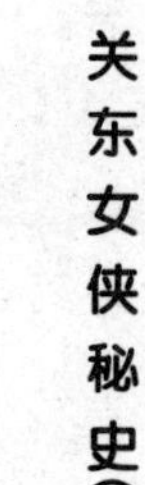

“总督?”古竹韵疑惑地说道。

“就是赵尔巽赵老爷啊!”

“什么!”古竹韵惊道,“他? 你是说……他是奉天省总督?”

“是啊,小姐。”

“可我听说东三省总督叫锡良啊!”

“现在是赵老爷了。赵老爷还兼着三省将军和钦差大臣呢!”

“怎么会……怎么会是这样!”古竹韵有点迷惘地说道,并下意识地看了魏尔诺一眼。

“的确是太巧了。”魏尔诺说道。

古竹韵又转向刘成,问道:“刘成哥,你是说,方才见到他了?”

“是的,小姐。我在葛道长那里见到了赵老爷。”

“是他叫你去的吗?”

“我原以为是葛道长叫我,到了太清宫才知道是赵老爷传唤我。”

“为什么? 他为什么要见你?”

“赵老爷说,他要去哈尔滨和齐齐哈尔巡视,估计至少也要半个月才能回来。而萧夫人的忌辰已不到十天了。他说,他本该亲自去祭扫萧夫人墓地的,但政务繁忙,难以脱身,只好留下银两,由葛道长和我代他墓前告罪了。”

“是这样……后来呢?”

“后来,赵老爷就匆匆去火车站了。此时,赵老爷的专列肯定已开出去了……”

古竹韵心烦意乱地沉吟了一会儿,又扫了一眼不动声色的魏尔诺,这才轻声说道:“刘成哥,你歇着去吧。”

刘成没有立即退出,却盯着古竹韵问道:“这回……小姐就不再走了吧?”

“再说吧。”古竹韵心事重重地说道,突然又想起了什么,“唔,对了。请刘成哥再辛苦一趟,去火车站把我和魏尔诺先生的行李取回来。”说完,从怀里掏出货票,递给刘成。

刘成又问道:“要不要把小姐回来的事告诉葛道长?”

“不,先不要。我明天就去看他。”

刘成点点头,这才退了出去。

古竹韵和魏尔诺缓缓坐下。但是,满桌的饭菜却受到冷落。

沉默了片刻后,魏尔诺突然问道:“古小姐遇到了难题?”

沉思中的古竹韵一惊,问道:“你说……什么?”

“我是说这……赵总督……”

古竹韵叹道:“是啊,我怎么也没想到事情会是这样!”

“的确太突然。可是,据我猜测,古小姐同赵总督相认之事……”

“不。我说的不是这个。”

“那是什么呢?”

“我已经是三十岁的人了,魏尔诺先生,不再像二十岁那样天真幼稚了。我知道,即使不改姓赵,也不能抹去赵尔巽是我生身父亲这个事实。可问题也正在这儿。我们从美国回来,是投革命军的,革命军是同朝廷为敌的,而我的生身父亲却恰恰是朝廷派到东三省的总督和钦差!”

“这是个……巧合。”

“巧合得令人手足无措!”

“古小姐当然不愿同赵总督为敌。对吗?”

“不管愿意不愿意,事实上已是敌人。”

“这的确是个难题……”魏尔诺说道,思索了一下,“可是,”他又接着说道,“有没有可能出现另外一种局面呢?”

"另一种局面?"

"古小姐肯定还记得,我们在美国启程前听人说过,在中国南方各省,那些朝廷委派的官员中,有不少是倾向革命的。有的还加入了同盟会。奉天省的蓝天蔚和张榕也都是朝廷的官员啊!"

"你认为他……能倒戈?"

"别人能,他为什么不能?"

"能这样,当然好……"

"这至少说明,古小姐也希望赵总督同我们站到一起。"

"说实话,是的。但也许你不知道,在汉人中,能像他这样获得皇上恩宠的,没有第二人……"

"可我也知道,赵总督是个异常精明的人。他对革命形势不能视而不见。我们怎能肯定他非要抱残守缺、死心塌地去做皇上的殉葬品呢?"

"能这样,当然好。"古竹韵重复了一遍刚刚说过的话,"我也希望如此。可是……"她说着,又泄气地摇起头来,"这究竟能有多大可能呢?"

"我看得出来,古小姐在心里渴望同赵总督相认,却担心各自站到敌对营垒而使这希望成为泡影……"

"我不知道。真的,我自己也说不清。我的脑袋乱极了……但不管怎么说,我必须尽快知道事实……"

"如果是这样,古小姐就更不必着急。我们明天见过蓝天蔚和张榕,自然就会清楚了。"

"天啊,我真笨!"古竹韵说着,倏然站起身来,"我们何不现在就去见蓝天蔚和张榕?"

"现在?古小姐是说现在?"

"是的,立刻。我们去吧,这饭,回来再吃。"

"那么……好吧。"

55

古竹韵和魏尔诺在美国行前便知道,蓝天蔚现任朝廷新军第二混成协协统,张榕则在奉天总督府任军事参赞,官品都不低,名声亦不小;且蓝天蔚系关内人,独身在奉任职,常住盛京北关的军营内,而张榕的家也恰在北关容光胡同,离蓝天蔚的军营不远。到了盛京,找到这两人是极容易的。所以,古竹韵和魏尔诺出了古家小院,便径直朝北关而去。

到了北关,天已大黑。

考虑到黑夜去兵营多有不便,他们决定先去见张榕。

凭着十年前的记忆,古竹韵没费多少周折,便在道路纵横交错的北关找到了容光胡同,并很快站到张家巨宅的红灯高挂的大门外了。

古竹韵骤然想起铁岭赵府。因为这张家宅院的围墙、门楼以及隐约可见的二门处的影壁太像赵府了。当然,她也不能不想到赵尔巽。

魏尔诺巡视一遍洞开的大门和门外两侧停着的几辆马车,把询问的目光投向神思绵绵的古竹韵的脸,意思分明在问:张榕家一定有客人,要不要改日再来?

古竹韵明白魏尔诺的意思。但她在竭力镇定一下情绪之后,还是毅然举步朝大门走去。

一直守立在门旁的门人从正面迎住了他们。

“请问二位有何贵干?”门人问道。

“这是张榕张参赞的家吗?”古竹韵停下脚步,以问作答。

门人说道:“是的。但我家主人正在会客,有事请明天来吧。”

古竹韵说道:“烦你向张参赞通禀一声,我们是从美国来的,刚刚下车。”

“美国?”守门人问道,在惊讶中沉思了片刻,“那是很远的地方吧?”

“是的。非常非常远。”

“你们要见我家主人，有很要紧的事吗？”

“非常要紧。”

“那么……好吧。我可以去通禀。请问二位尊讳是……”

站在古竹韵旁边的魏尔诺略一犹豫后，从怀里掏出同盟会旅美支部的信函，递给守门人，并且说道：“这里写得很清楚，请呈交张参赞。”

守门人接过信函，说道：“请二位稍候。”说完，转身朝门内走去。

只过了三五分钟，便见影壁后闪出一个矫健的身影。此人步履快捷而轻盈，转瞬间已站到古竹韵和魏尔诺面前了。这竟是一个英俊潇洒的年轻人！

后面气喘吁吁跟上来的，正是那个守门人。

那年轻人极优雅地抱了抱拳，朗声说道：“魏先生，古夫人，二位远道而来，张某未能门左拜迎，死罪，死罪！”

古竹韵和魏尔诺连忙还礼，心里却好生纳闷：如果这出迎的人确实是张榕，那么，这张榕不是太年轻了吗？

张榕的确年轻，论年龄，比古竹韵还要小三四岁。

但是，如果古竹韵和魏尔诺此刻不仅看到了未来领导者稚嫩的相貌，又能了解此人的非凡经历的话，他们的表情就绝不仅仅是惊讶了。

看来，我们有必要利用古竹韵和魏尔诺惊讶的瞬间，对张榕作一番简要地介绍了：

张榕，字荫华，号辽鹤。光绪十年（公元 1884 年）出生在盛京北关容光胡同张宅。其人幼年即颖慧绝伦，长而好学，博通古今，且善骑射，精剑术，有古侠风。青少年时，目睹沙俄侵略东北，人民备遭荼毒，便萌发了爱国救亡思想。十九岁时，入北京译学馆学习俄文，欲于日后折冲尊俎以挫强俄。一年后，日俄战争爆发，痛家乡之备受洋人蹂躏，愤朝廷之局外中立，毅然弃学返奉，毁家募兵，组建关东独立自卫军，期与俄人决一死战。奈盛京将军增祺的阻挠破坏而未能成事。遂又在爱国救亡思想外滋生了改革社会的念头。不久，他结识了爱国志士吴樾。在吴樾影响下，决心以暗杀清廷要员推动革命。遗憾的是，他们第一次暗杀行动便失败了，吴樾当场毙命，张榕侥幸脱逃，易名潜匿天津。不久亦被捕，被判终身监禁，关进天津模范监狱。监狱长王喜璋感张榕之侠义，助其越狱，并同逃日本。到了日本东京，张榕入士官学校学习军事，王喜璋入警监学习警务，两人均参加了同盟会。宣统二年（公元1910年）秋，张榕学成返奉，受任奉天营务处提调，不久，又升为总督府军事参赞。同时，又与蓝天蔚多方联络革命党人，拟举大事。张榕回国至今虽仅一年，在奉省军政两界却已是赫赫有名的人物了……

这是闲话，暂且打住。

话说张榕已从古竹韵和魏尔诺的脸上看出明显的惊讶，也猜出这惊讶是因为看到他太年轻。同时，他也不能排除，在这因他太年轻而流露出的惊讶中，隐隐约约带着不信任。但他对此毫不在意，只是微微一笑说道："二位今天来得正巧。我和几位朋友刚刚送走了赵总督，径直来到寒舍小聚。酒菜尚未上齐，便有贵宾玉趾飞降。这真可谓：贵客无约天外来，有意省我接风银了！"

张榕说完，自己先就大笑起来。

古竹韵和魏尔诺也忍不住笑起来。

初次见面的拘谨也就烟消云散。

古竹韵和魏尔诺觉得，这张榕虽年轻，却很豪爽。

古竹韵笑毕，思索一下说道："明知府上有客，却偏要求见，实在太过失礼，还请参赞大人鉴谅。"

"哪里，哪里！"张榕说道，脸上依然残留着笑意，"首先，请不要称我什么大人或参赞，就叫我荫华或直呼贱名好了。其次，我方才说过，我这里有几位朋友，他们都是贵伉俪应该结识的同志。所谓毕其功于一役，一次相见不正可以省却二位挨门挨户拜见之苦吗？所以我说二位来得正巧。好了，朋友们正虚席以待，二位请进吧。"

"那我们就遵命叨扰了。"古竹韵说道，看了看魏尔诺。

张榕稍显纳罕地看了看依然一言未发的魏尔诺，又转向古竹韵说道："您真客气，古夫人。"然后，后退一步侧过身来，伸手让了让，"二位请——"

三人这才一起举步朝门内走去。

进入大门又走了几步后，张榕突然向魏尔诺侧过脸，稍带犹豫地问道："敢问魏先生，您的……您的祖籍也是奉天吗？"

"不。"魏尔诺说道，飞快扫了古竹韵一眼。在这一瞬，他骤然忆起在杨静霞山寨的一段经历，不免生出警惕之心。"说到我的祖籍，"他紧接着说道，"那是离奉天十分遥远的地方。但是，十年前，我就把奉天当作我的第二故乡了。而且，我是我的家族中唯一幸存的人。正所谓了无牵挂，四海为

家。您可以把我看作完完全全的奉天人。

张榕听到从见面起就一言不发的魏尔诺说出这么一番通畅得无可挑剔的汉语，感到很惊讶。他原以为这魏尔诺是一个外国人呢。看来是他猜错了。而且，听魏尔诺的含蓄的稍显激动的回答，显然是从一个他没料到的角度误解了他的意思，使他在惊讶外，不免又有点歉疚和难堪。他可不希望这双从美国来投奔他的同志，刚一见面就错将他看成一个狭隘的排外主义者。所以，他赶忙作出一个艰难的微笑，说道："其实，无论是祖籍还是民族，都不影响我们成为同志。我只是想说您的相貌……"

"我的相貌?"魏尔诺接过话头说道，并微微一笑，"是啊，很多人都会认为我是外国佬……"

"说心里话，我刚才确实把您当成了洋人，虽说您肯定不是……"

"肯定不是?"

"当然。洋人说中国话，再熟练，也免不了带上洋味的。"

"可我这鹞眼鹰鼻……"

张榕忍不住笑了起来。"鹞眼鹰鼻……"他说道，"单看这一点，谁都会把您当成洋人的。"

"这……会有什么麻烦吗?"

"哪里会呢? 事实上，我们也很需要洋人朋友的。"

"看来，我不必当个蒙面人了。"

"当然不必。再说，这鹞眼鹰鼻原本并非洋人独有。而且，古人还说'鼻者面之山，目者面之渊。山不高则不灵，渊不深则不清'，魏先生的鹞眼鹰鼻正是大富大贵之相嘛!"

"是吗? 这隆鼻深目竟有如此的功用!"

魏尔诺的话引得张榕和他自己都笑了起来。

说话间，他们已来到正房门前。

张榕几步踏上台阶，亲自打开镂花的折门，然后退到门左让道："请——"

"您真是太客气了!"古竹韵一边说道，一边与魏尔诺踏上台阶。

经过十分宽敞明亮的正厅，他们来到同样灯火辉煌的西次间。西次间是张榕的书房，也是他和朋友聚谈的场所。今天并非正式宴请客人，来的又是几位相濡以沫的知己，无须讲究虚礼，这里便临时做了餐厅。

张榕所说的临时小聚的朋友共有四位。他们此刻正坐在窗前茶几旁闲谈,见张榕同古竹韵和魏尔诺走了进来,便一同站起,经过地当中已摆满酒菜的方桌,口称“欢迎欢迎”,抱拳走上前来。

张榕边走边扬起手臂显得很欢快地说道:“请诸位趁着酒菜未凉,赶快入座。然后我再一一介绍。”

在一番必不可少的谦让后,古竹韵和魏尔诺被请到上座,张榕以主人身份坐在对面,另外四人则分坐东西两侧。

经过张榕的简单介绍,古竹韵和魏尔诺获知,这四人都是同盟会成员,且都任有官职,其中一位年约三十体魄健壮眼睛却很小的中年人正是蓝天尉。

古竹韵极力掩饰着惊讶、疑惑和同样分量的激动、不安,不断把目光投向坐在她右手的蓝天蔚和对面的张榕,心海里又掀起一阵汹涌的浪涛。这不仅仅因为在张榕家巧遇蓝天蔚,更因为这两位奉天省同盟会的领袖在此前不久曾同到车站为赵尔巽送行!

古竹韵心里十分清楚,她之所以放弃急需的饮食和更加急需的休息,席未暇暖,便急如星火地来见张榕,唯一的原因是受了魏尔诺一句话的启发,想尽快弄清赵尔巽入主东三省究竟要充当怎样的角色,是革命的同路人还是革命的敌人。这不仅势必影响到她同蓝天蔚以及张榕乃至同盟会的关系,也将决定如何了结她同赵尔巽之间久拖未决的父女亲情。这个问题,她在回国前并非没有想到。那时她认为,在中国南方为官的赵尔巽,无论对倒清的革命态度如何,也不会对她投身奉省的革命造成影响,除了葛月潭和刘成夫妇,有谁还能记得当年古竹韵同赵尔巽的瓜葛呢?至于她能否同赵尔巽最终相认,也完全可以从容地去解决。可现在情况就不同了。赵尔巽做了东三省总督,而且,时时牵挂着古家小院,甚至盼望出现奇迹!也就是说,可能的以及几乎完全不可能的难题和矛盾,全以迅雷不及掩耳之势,一发朝她袭来,使她惶惑、惊悸和手足无措,并在尚未理清思绪的情况下,匆匆作出了拜见蓝天蔚和张榕的决定。她的想法是,这两人作为同盟会在奉天省的领袖,无疑会对朝廷派往东三省的最高官员有一个比其他任何人都要全面和准确的评价。

可是,当她终于未费任何周折地与蓝天蔚和张榕坐上一张餐桌后,她的心情却完全变了。她觉得,今晚匆匆来见蓝天蔚和张榕,实在是个错误决

定。她只想到了蓝天蔚和张榕可以满足她尽快了解赵尔巽的愿望,却忘了顾及自己在这三人间所处的特殊位置。她的愿望固然可以得到满足,即使蓝天蔚和张榕不是为赵尔巽送行归来,也势必要谈起赵尔巽的。她当然希望蓝天蔚和张榕为赵尔巽送行是基于友好感情甚至倒清立场的一致。果真如此,那是再理想不过的事,她无论作为同盟会成员,还是赵尔巽事实上的女儿,只会感到兴奋,不会不自在的。但是,作为屡受皇恩、对朝廷和皇上感恩戴德的赵尔巽,有多大可能成为倒清革命的同路人呢?而且,蓝天蔚和张榕送走赵尔巽后,立即来张榕家聚会,又说明什么呢?最大的可能便是,同去送行只是出于偶然或官场礼仪,甚至是表面上虚与委蛇,骨子里却藏着切齿仇恨,因而在送走奉天革命的最大敌人后来张榕家商讨对付这个敌人的计划!古竹韵回国前便知道,眼下的中国,革命形势如山雨欲来,长城内外,大江南北,说不定在哪个早晨就会同时树起共和的大旗。当此之时,不仅需要纯洁营垒,也需要判定敌友。也就是说,蓝天蔚和张榕不仅肯定要谈起赵尔巽,也势必要涉及同盟会的最高秘密。如果事情果真如此,她将以怎样的身份又如何能心安理得地去聆听那一切呢?那么,在蓝天蔚和张榕谈到正题前,她先讲出自己同赵尔巽的关系是否合适呢?不要说这样做太突然,她同赵尔巽的关系也绝非三言两语可以说得清的。但是,不先讲出这层关系,似乎更不合适。即使她能不动声色地坚持到便宴终了,能若无其事地走出张榕的家,可以后呢?要知道,赵尔巽在哈尔滨不会逗留太久,一旦回到盛京,他们是亲生父女这个秘密势必很快公开。到那时,蓝天蔚和张榕会怎么想呢?说轻了,会把她看成不够诚实的人,说重了,会对她这次拜访产生误解,甚至怀疑她把同盟会的一些秘密泄露给了赵尔巽。如果这样,她又怎样替自己辩解,怎样同蓝天蔚和张榕并肩战斗呢?

想到这些,古竹韵不能不处于坐也不是走也不是,听也不是不听也不是的难堪之中了。

蓝天蔚和张榕都是精明而细心的人,也注意到古竹韵心神不定、坐不安席的窘态。但他们不可能把古竹韵同赵尔巽联系到一起,便误以为,这只是旅途疲劳和不习惯与一群素昧平生的男人同席,不会有别的原因。所以,他们尽量推迟进入正题的时间,不断举杯祝酒,并交替地向魏尔诺和古竹韵询问一些有关美国和旅途的闲话,以期使这两位新同志特别是古竹韵尽快消除对新环境新朋友的生疏感。

与古竹韵并肩而坐的魏尔诺，虽然不像蓝天蔚和张榕一抬头便可看见古竹韵的表情，但仅凭感觉就能猜出此刻的古竹韵一定陷于进退维谷、难以自拔的境地了。而且，他还能猜出其中的真正原因。还是在古竹韵提出要在当晚拜见蓝天蔚和张榕的时候，他就理解了古竹韵的目的。他不认为这有什么不当。但他同古竹韵一样，没料到同时见到了刚刚一同去为赵尔巽送行归来的同盟会的四位骨干。可以说，他们是在革命的关键时刻，遇到了奉天省同盟会领导的一次关键性聚会。这就使他，特别使古竹韵，不能不异常被动地面对一个异常复杂的局面。在这种出乎预料的情况下，他与古竹韵几乎同时想到了一个相同的问题：要不要先讲出古竹韵与赵尔巽的关系？而且，席间的敬酒词和客套话已说得差不多，很快便要进入正题，这话是不能再拖下去了。

魏尔诺想着，不由得侧过脸看了古竹韵一眼。他怎么也没料到，古竹韵的神态竟变得异常平和，还朝他蔼然一笑，意思分明在说："请少安毋躁。"嘴上却平静地说道："你该代表我们两人向诸位回敬一杯才是。"

魏尔诺突然觉得，他也有猜度不出古竹韵思维路线的时候。但是，他必须"少安毋躁"并向张榕等人回敬一杯则是容不得犹豫的，他随即恢复了原来的姿态，略一斟酌，多少带点儿自我解嘲地举起酒杯，向张榕等人说了两句答谢的话。

既然魏尔诺是代表两人作了答谢，人们也就不必再等古竹韵敬酒了。所以，蓝天蔚放下酒杯后，对张榕说道："时间已经不早，我们边吃边谈吧。"

"这样最好。"张榕点头道，"两不耽误嘛。"

"但在进入正题前，我想问问荫华兄，筹集军费一事进展得如何了？"

"秀毫兄不问，我也要在最后向诸位仁兄报告的。"张榕说着，轻叹一声，"此事艰难之程度，实为始料所不及。我原以为，凭先父的老面子，加上我的恳求，盛京城内外的豪商巨富们定能慷慨解囊，以助我等革命。可这些人，却推三阻四，至今未见一人响应。"

"竟是这样！可荫华兄曾说……"

"是的，我说过曾与这些人私下接触过，他们也说过如有需要，一定不甘落后。可一叫真章，又都打退堂鼓了。"

"一群出尔反尔的市侩！"蓝天蔚愤然道，沉吟片刻后又说下去，"荫华兄，会不会又是赵总督暗中做了手脚呢？"

古竹韵心里一颤，这赵尔巽果然是同盟会的敌人！

但紧接着，她又听到了几乎相反的看法。

“似乎不会。”张榕说道，“我与赵总督开诚布公地谈过一次。他诚恳地表示，他很同情我们，但作为汉员总督，身边未必没有满人眼线，因此，对我们的事只能做到睁一只眼闭一只眼，难以公开支持。我认为，这话是可信的。”

“据我所知，此人是惯用障眼法的。”

“秀豪兄是说我……”

“不。我绝无指责荫华兄的意思。我只想说，我们要异常谨慎，特别是眼前这种紧急关头。不过，我们还是先谈谈筹集军费的事吧。这可是至关重要且十分紧迫的事呀！”

“我知道。”张榕说道，显得有点不自在，“请秀豪兄和诸位放心，实在不行，我还可以卖掉这座宅院，以应急需。至少，购买我们已经预订的枪支弹药还是绰绰有余的。”

“那怎么可以！”蓝天蔚说道，“十年前，荫华兄为组建抗俄武装，已卖掉兴京的全部田产，怎么能让你连个住处也不留呢？”

“其实，我和姐姐两人也用不了这么大的宅院。何况，我对筹集军费一事已作过保证，正所谓‘军中无戏言’嘛！”

“这个再说吧……我们会有办法的。我正好要去南方一趟，就便向一些美国朋友以及华侨们求求援。荫华兄也可以再作一番努力。”

“我会的。不过，秀豪兄要去南方？”

“是的。孙逸仙曾让我出任革命军总司令，我没有答应。可是，据说孙逸仙在国外至今未归，我不能不去看看革命军的组建情况。”

“什么时候回来呢？”

“起事的日子一定下来，我就赶回盛京。——好了，我们该进入今天的正题了……”

这时，古竹韵突然说道：“请等一等！”古竹韵看了看向她扬起惊疑的眼睛的蓝天蔚等人，稍稍停顿了一下，“尔诺和我刚刚抵达盛京，便赶上诸位这次盛会。实在是巧合且三生有幸。听荫华兄讲，诸位是在送走了赵总督后，来此聚会的，我猜想必有要事商谈。但尔诺和我，对诸位要商谈的事一无所知，与其呆坐席间影响诸位的谈兴，不如提前告退，来日再向诸位一一请教。

而且……”

“古夫人!”张榕抢过话头说道,“你这样说就见外了。”他下面本还有话,但欲言复止,转向蓝天蔚,“秀豪兄,你看呢?”

蓝天蔚笑了笑,说道:“我也希望二位再坐一坐。二位是……十年前离开盛京的吧?”

“是的。”古竹韵答道,并不感到惊讶,因为同盟会旅美支部的介绍信中写着她和魏尔诺十年前曾在盛京居住。

蓝天蔚接着说道:“十年不是个短暂的时间。二位即使还能找到一些旧相识,怕也都有了太多和太大的变化。我猜想,二位还未及拜访这些旧相识吧?”

“是的。”古竹韵说道,骤然想起葛月潭,意识到今天越过太清宫径直来到北关,实在是个鬼使神差的错误决定。

“这样最好。”蓝天蔚说道,“所谓先入为主。虽然二位肯定具有非凡的分辨能力,那些旧相识也可能是同盟会的朋友,也还是由我等先向二位介绍介绍这里的情况更好些。”

“秀豪兄真是又直率又痛快的人!”

“其实,也是形势所逼。目前,革命已是箭在弦上,只怕二位今天抵奉,明天就要肩负重任、投身战斗了。”

“这正是我们所希望的。”

“所以,二位需要尽快对奉天的革命形势和一些具体情况有一个概括的了解。”

“可是……这会误了诸位的正事的。”

“这也是正事嘛。”蓝天蔚说着,看了看屋角的落地钟,“而且,时间还是足够的嘛 。”

古竹韵无奈地朝魏尔诺看了一眼,终于下决心地说道:“我原不想用下面的话干扰诸位商谈大事的情绪的。但看来我不能不说了。诸位刚才谈到赵总督,这赵总督又很可能是……革命的敌人。可是……诸位肯定不知道,这赵总督,正是……我的……生身父亲……”

听了古竹韵的话,除了魏尔诺,大家无不惊讶得目瞪口呆。

蓝天蔚镇定了一下,问道:“赵总督是你的生身父亲?”

“是的。尽管我们还没有相认。”

“也就是说,你不姓古?”

“我的养父姓古,早已去世。这里面有一段很复杂的故事,但此刻不便细讲。”

“当然,当然。你不必细讲。”

“等一等!”沉思中的张榕说道,“我想起来了!古夫人的家住在小西门外,与太清宫葛道长过从甚密,而且,身怀旷世绝技——神丸贯目功?我没有说错吧?”

古竹韵点头道:“是的。荫华兄没有说错。”

蓝天蔚盯着张榕问道:“你们十年前便认识?”

张榕说道:“遗憾的是,我当时正在兴京,失去了与古夫人相识的机缘。后来,葛月潭道长偶然向我讲起了古夫人一些事情,特别是轰动一时的神丸贯目功,我相信,不仅增祺老贼,凡是目睹古夫人神技的人,永生永世都不会忘记的。可我那时,正为关东自卫军被增祺老贼勒令解散一事闹得五内焦灼,七窍生烟,对葛道长的讲述未甚留意,后来也就淡忘了。若不是古夫人刚才提到生父和养父这一细节,勾起了沉睡已久的记忆,我是怎么也不会想到眼前的古夫人便是当年的古小姐的……”

蓝天蔚听得云山雾罩,他询问地盯着张榕问道:“荫华兄刚才说的神丸贯目功,还有……增祺老贼,那是怎么回事?”

张榕未及作答,便听古竹韵说道:“雕虫小技而已,不值一提。而且,此刻不是讲述这些往事的时候。我想我已经误了诸位不少时间,秀豪兄也该明白我要提前退场的原因了……”

蓝天蔚点点头说道:“是的,我明白,也完全理解。不过……其实嘛……”

“其实,”古竹韵抢过话头说道,并令人难以觉察地微微一笑,“诸位对我和尔诺的一切尚非心中有数,大者,比如说,我将如何处理同生父的亲情?小者,恐怕诸位还不知道,魏尔诺是波兰人,我们不是夫妻……”

古竹韵见蓝天蔚欲言复止,显然不仅仅是对古竹韵的话感到惊讶,更多的是难以作出决断和找不到回答古竹韵的合适的分寸,所以,还是由她自己说出结论性的话更为恰当。“秀豪兄,”她说道,“您不必感到为难。我和尔诺对奉天同盟会既无尺寸之功,诸位仁兄与我们又素昧平生,赵总督是敌是友尚有待证明。在这种情况下,我为什么还要徒然给诸位增加不必要的精神负担呢？因此，我们还是退出今天的势必涉及诸多重大秘密的会议更为合适……”

“其实，你同赵尔巽的关系或许对我们的事业有利呢。不过，你早些去休息一下也好，毕竟刚刚结束长途旅行嘛。”蓝天蔚说着，又转向张榕，“荫华兄，你看呢？”

张榕迟疑了一下说道：“看来，也只好如此了。否则，古夫人坐在这里也不会安心的。——唔，对了，我们应改称你古小姐才合适吧？”

古竹韵笑了一下说道：“这却无所谓……”

思索中的蓝天蔚又说道：“还有……暂时还没有什么具体工作交给二位，就先在总部做参谋吧。——荫华兄，你以为如何？”

“就照秀豪兄说的办吧。”

蓝天蔚又问道：“古小姐和魏先生已经有了住处吧？”

“是的。”古竹韵答道，“在小西门外。”

“那很远，要走很长一段路呢。”

“是的。”

“那么，何必走夜路呢？我看，荫华兄给二位解决个住处，还是不困难的。”

张榕毫不犹豫地说道：“当然，没有问题。我这里空着许多房间呢。”

蓝天蔚说道：“我甚至认为，如果古小姐和魏先生愿意，荫华兄又不反对，二位能长住这里更好。在我们解决聚会场所之前，这里便是我们的总部。参谋是该住在总部的，也免得二位每天往返劳顿的。”

张榕十分痛快地说道：“我完全赞同。姐姐也正愁没个伴呢！但不知古小姐能否给我这个面子？”

“如此叨扰荫华兄，该我先说一声谢谢才是。”古竹韵这样说道，心里却在想：张榕是诚心诚意欢迎她和魏尔诺长住这里，而蓝天蔚显然有别的意图；看来，这蓝天蔚真是谨慎得可以，而这谨慎恰好说明对她的不信任。

张榕见古竹韵对蓝天蔚的安排已表示接受，显得很高兴。他说道：“我这就去叫人把古小姐和魏先生送到内院。”

“唔，等一等。”蓝天蔚又说道，“我又突然产生了一个想法。我这次南下，计划中是要会见一些美国朋友的。我只会日语，又不能马马虎虎找个翻译。我想，魏先生对英语一定很精通吧？”

魏尔诺说道:“当然。毫无问题。”

“所以,如能得魏先生同行,不仅方便多了,心里也能踏实。只是……魏先生刚刚抵达盛京……”

“这没关系。”魏尔诺显得很兴奋地说道,“再说,下车伊始,便能为革命出力,也是我求之不得的荣幸嘛……”

蓝天蔚又转向古竹韵说道:“那么,古小姐……”

“我很替尔诺高兴。”古竹韵说道,心里却在说,“你这蓝天蔚不仅精明,简直有点儿狡诈了!”

蓝天蔚也许能从古竹韵的表情中看出点儿什么,但他毫不在意,只是说道:“那我就向二位说一声对不起,再说一句谢谢了。”

“秀豪兄太客气了!”古竹韵和魏尔诺同时说道。

“那就请二位早些去休息吧。特别是魏先生,我们明早就得起程。”

随后,古竹韵被送至内院张榕姐姐的闺房,而魏尔诺则住进前院的客房。

56

张榕的姐姐名叫淑秋，是一个面容姣好、性情柔顺的少女，因小古竹韵一岁，古竹韵称之为秋妹。事实上，和张榕来往的朋友中，大多比淑秋年长，都习惯地称她为秋妹，这秋妹的称呼早就比淑秋二字更广为人知了。

古竹韵与秋妹刚一见面，便似曾相识一样显得十分亲切，谈得也异常融洽。

据秋妹讲，张家原是个大家族，且很富裕，不仅在盛京有几处大宅院和数家商号，在兴京还有数百顷良田；后来，因张榕组织关东独立自卫军，几乎荡尽了家产，最后只剩下北关这所宅院，家里人都很支持张榕，甘愿挤在一起过清贫的日子；再后来，张榕在盛京办起了同盟会，哥哥为了张榕与同志们聚会方便，主动携妻带子搬到兴京乡下，在先父墓侧结庐而居，仅靠墓地周围的几亩田地养家糊口。体弱多病的小妹妹，也为了减轻张榕的负担，年仅十五便嫁到一个忠厚老实的农民家庭。至于她秋妹，则意识到张榕所干的事充满危险，甚至每时每刻都有生命之虞，且又独身一人，需要有人在身边照应，便矢志不嫁，陪伴弟弟。

古竹韵打心眼里赞佩这个家庭，尤其佩服秋妹和张榕姐弟俩。

所谓爱屋及乌，古竹韵既然对这姐弟俩骤然产生一种强烈的赞佩之情，那么，与这姐弟俩紧密相连的整座住宅，对她自然而然地有一种善气迎人的亲切感。而且，尽管她初进张宅，又是夜晚，更没有仔细鉴赏，但仅从匆匆寓目的古朴豪华的门楼、镶着琉璃壁画的影壁，张榕书房中的满架满架的书籍和墙壁上的名人书画、内院的花香树影以及高耸的带有垂花游廊的房舍，便可推断，这是一座建筑精美又充满文化气息的宅院。

这样的宅院，也只有眼下的主人才配住用。而且，这姐弟俩，除此再无住所和其他产业了。

然而，张榕为了武装革命军，却准备把它卖掉！

古竹韵觉得心里很不是滋味。而且，她推测不出秋妹是否已知道了张榕的打算。她犹豫了片刻，还是决定把话题引到这座宅院上。

“秋妹，你们在这宅子里住很久了吧？”古竹韵问道。

“是的。”秋妹答道，“这还是先父致仕后建筑的。”

“建筑得如此精美，一定动了不少脑筋。”

“先父精通山水地脉之术。而且，为了建筑这座传世的宅院，他绞尽了脑汁，还用去了一生的大半积蓄。可是……”

“可是？”

“可是，这座宅院却要从榕弟和我手里失去了……”

古竹韵心想，“秋妹原来已经知道了！”嘴上却问道：“你的意思是……”

“不瞒你说，”秋妹叹口气说道，“榕弟近日为筹集军费一事忧心如焚、寝食不安。我看在眼里，疼在心上，却帮不上忙，只能徒唤奈何而已。后来，我突然想到了这座宅院。榕弟说，他也不谋而合地想到了此宅。他又说，暂且等一等，不到万不得已是决不会卖掉这仅剩的一点儿先父的遗产的……”

古竹韵沉思了一下说道：“方才听令弟谈到了这件事……”

秋妹略显惊讶地说道：“也就是说……榕弟已作出了决定！”

“不。”古竹韵似乎想安慰秋妹，“令弟也只是说，万不得已时，才会卖掉宅院。而且，秀豪兄也不同意这么做。”

秋妹摇头道：“秀豪兄同意与否，是没有意义的。榕弟决定要做的事情，是谁也阻止不了的。再说，榕弟都感到棘手的事，别人就更无能为力。作为外地人的秀豪兄，尤其解决不了涉及钱财的问题……”

“可秀豪兄方才说，他明天要去南方，就便找华侨和美国人求得一些帮助。”

“那是远水，救不了近渴的。要是三五天内，那些绅商依然不施援手，也只有卖掉宅子这一条路了……”

“对那些绅商就……就不能采取别的办法吗？”

“别的办法？你是说……”

“那些有钱人，不仅惜财，也是惜命的呀！为什么不可以强行征收？”

“这不行，至少目前不行，韵姐恐怕不知道，同盟会的人，只有秀豪兄手里掌握着军队，身边又有许多满官在窥视着他。而且，同盟会的革命军还没

有公开亮出旗号。在这种情况下,是不能让秀豪兄去冒触忤皇上的危险的。"

"是这样……"古竹韵点头道,"我明白了。"

此刻的古竹韵,对眼前表情异常平静的秋妹,又在赞佩之外油然而生一种深深的敬意。这不仅因为秋妹在平静中跃动着一股凛然正气,也为这秋妹竟对同盟会的险恶处境和当前的复杂形势了然于胸,且能用极简括极准确的语言来表述自己缜密的思想。看来,这秋妹不仅仅是能给张榕亲情的好姐姐,而且是难得的好同志呢!

但是,此刻的古竹韵想得最多也最令她同情和不安的是,张家这座华宅怕是保不住了。试想,三五天内去筹集一笔数额肯定十分巨大的款项,只怕比登天还难。筹不到这笔款子,势必卖掉老宅不可。可这不是一般的宅子,对于可爱可敬的张榕和秋妹,这宅子比生命还可贵。失去它意味着什么,那是不待细言的。

然而,为了实践诺言,张榕却非卖掉宅子不可!

这是谁的过错呢?当然不能归咎于同盟会或蓝天蔚。张榕和秋妹是准备把生命都献给同盟会的,而蓝天蔚也是同情张榕和秋妹的,只是力有不逮而已。

唯一的罪魁祸首是那些堆金积玉、富埒王侯的绅商!

"可恶的豪商巨富们!"古竹韵忍不住在心里骂道,"真恨不得让你们个个贯目而亡!"

这一骂不打紧,居然骂出了解救张榕于困厄的一线希望。

古竹韵想:我何不再发挥一次神丸贯目功的威力?如果这些拒绝帮助同盟会的人十年前便已是豪商巨富(这种可能性是极大的),那么,当年肯定曾被增祺请到太清宫观看了义和团的表演,肯定至今不会忘掉神丸贯目功的厉害。也就是说,让他们亲身领教一下神丸贯目功,他们定会乖乖地把银两送到张府门上的。如果能成功,一可解张榕之困境,二可以为革命军筹资的行动证明自己对革命的忠诚,三可以此察看出赵尔巽是不是革命的敌人。

如此一石三鸟的事情,何乐而不为!

但是,这一行动付诸实践之前,她必须知道那些豪商巨富的名字,也必须去西郊看看还有没有留存的铅丸,更必须试试自己还能否准确无误地发射铅丸。

想到此,她说道:“秋妹,也许我能帮助你保住这座宅院。”

秋妹眼里突然闪起一丝兴奋的光亮,但随即又暗淡下来,她摇摇头说道:“谢谢你,韵姐。你帮不上这个忙。再说,你刚刚到盛京……”

“令弟会告诉你的,我十年前便在盛京居住。也许你记不得我的名字,但一定听说过神丸贯目功吧?”

“神丸贯目功?……好像……好像听说过……”

“此刻我就不跟你细讲了。总之,请允许我试一试。成了更好,不成,于你和令弟也毫无损失。但在行动之前,我需去小西门外一趟,还要请你给我抄一份那些拒交赞助款者的名单……”

秋妹迟疑了一下说道:“弄到名单倒是极容易的事。但是……”

“我说过,我只是试一试,成与不成,都是无碍的!”

秋妹见古竹韵焦躁和微怒的样子,知道自己又碰上了一个与榕弟一样固执的人,如再表示异议,定会给两人的初次见面罩上一层不愉快的气氛,所以,她只好表示同意。她点点头,轻叹一声说道:“好吧。”但她随即又蛾眉紧蹙,“可是……”她又说道,“路很远,夜已深,你又是一个人……”

“请秋妹放心好了。我会很快回来,更不会出事。只是……事成之前,请不要告诉令弟!”

“当然。我守口如瓶就是。”秋妹说着,站起身来,眼里依然带着种种疑问,甚至有点恍如梦中,“唔,对了,榕弟他们已经散了,我须去叫醒门房给你开大门……”

“不必了。”随后也站起来的古竹韵说道,“我去与回都不走大门。”说着,向门外走去。

“怎么?你会飞檐走壁?”陪着古竹韵向外走去的秋妹惊异地问道。

古竹韵没有回答。在走到门外后,古竹韵轻按了一下秋妹的手,说了一声:“等着我,我去去就回。”

还没等秋妹说话,只见眼前黑影一闪,古竹韵早已无声无息地消失在夜空中了。

秋妹惊讶得目瞪口呆……

且说古竹韵离开张榕家,不消一刻钟,便已身在古家院内了。上房依然亮着灯,显然是刘嫂仍在等候她和魏尔诺的归来。她快步走了进去。

坐在摆满菜肴的桌旁正在打瞌睡的刘嫂,听到开门声,猛地跳了起来,

一边扬起手臂揉眼睛一边带着歉意地说道:“看我!怎么一下就睡过去了呢?”

“已是后半夜了,你早该睡了!”

刘嫂惊道:“小姐是说……后半夜?”

“这都怪我,闹得你不得休息。”

“小姐千万别这么说,我会愈加感到惶恐的。——唔,魏先生呢?回西厢房了?我该把饭菜热一热,把他也请过来吃一点儿,可不能空着肚子睡觉啊!”

“我们都吃过了。而且,他要有很长一段的日子才能回来。”

“小姐是说……”

“好了,刘嫂,我们先不谈这些。我一会儿还要走……”

“还要走?这时候了……”

“刘嫂,请你告诉我,十年前你曾说,你在花坛里埋了不少铅丸,是这样吧?”

“是的。”刘嫂点头道,“我当时给小姐带走了一些。”

“花坛里……还有剩余的吧?”

“应该有的。只怕是……”

“只怕是什么?已经挖出去了?”

“那倒没有。修房子后,只是清理了上面的砖石,花坛还是原来的样子。我是说,那剩余的铅丸怕是早就锈烂成一堆土了……”

“那铅丸是不生锈的。”

“如果那样……”

“走,我们去挖挖看。”

于是,古竹韵提着灯,刘嫂拿着锹,两人来到花坛处。几锹下去,果然挖出一个早已腐朽的布袋,抖开布袋,有百十枚亮晶晶的铅丸散落了一地。

古竹韵迅速而麻利地把一颗颗铅丸揣入衣袋,待她捡起最后一颗铅丸时,放在手心颠了颠,然后站了起来,对刘嫂说道:“有手帕吗?给我。”

“有的,小姐。”刘嫂说道,从衣袋中掏出一个丝质手帕,递给了古竹韵。

古竹韵左手抖开手帕,平举到前方,右手逼近手帕只轻轻一弹,便见那个手帕被射出的铅丸带着朝正房的墙面上直飞而去。

“我们过去看看。”古竹韵说道,弯腰提起马灯,向正房走去。

刘嫂紧随其后，一脸迷惑不解的神色。

到了墙壁跟前，古竹韵举起马灯，见那枚铅丸已大半嵌入砖内，而那个丝帕像钉在墙上一般。正在这时，一丝晚风轻轻掠过，那方丝帕掀动了两下，便飘悠悠落了下来。古竹韵拾起丝帕，看了看上面的圆孔，自言自语地说道："发力再略小些方好……"

刘嫂莫名其妙地问道："小姐这是要干什么？"

古竹韵没有回答刘嫂的问题，却在略一思忖后说道："刘嫂，我马上还要去北关，今夜就住在那里了。以后怎么打算还不能定。但我会抽时间回来看你们的。你早些休息吧。"

古竹韵说完，用力握了握刘嫂的手，几步跨到尚未上闩的大门处，开门走了出去……

57

对于上述古竹韵和魏尔诺返奉第一天发生的事情,钱恒顺当然凭空想象不出,此后古竹韵在城里以神丸贯目功为同盟会筹集军费的情节,则更属传闻,尚未亲自去获取确切的证明。所以,他向赵尔巽讲述的,只是个大概,且掺杂许多臆测的成分。

赵尔巽无疑更感到模糊不清。他急于知道的,比如古竹韵身体状况如何?成家没有?为什么是偶尔回小西关外而不是常住古家小院?眼下住在何处?等等,钱恒顺既说不出,也无从猜测。

但有两点,他是不能不相信的。第一,远游他乡的古竹韵确实回来了;第二,古竹韵显然一到盛京便和同盟会搅到了一起。如果说,前者是他盼望已久的事情,理所当然令他异常兴奋的话,那么,后者则是他无论如何未曾料到的情节,不能不使他骤然感到不安甚至惶恐。

还是十多年前,他意外地获知,把他从劫匪手中救出来的小侠,乃是他未曾见过面更未曾抚爱过的亲生女儿。从那一刻起,他便发誓要得到这个女儿,并用自己的后半生重铸起失落了二十年的父女深情。他也曾有过实现这一愿望的可能和契机,却又因种种误会和意外,未能随心所愿。后来,古竹韵失踪了。十年来,除了偶然获知古竹韵"远游他方"之外,没有获得任何信息。再见古竹韵和父女相认的希望变得愈来愈渺茫。但有一点他是确信无疑的,那就是,如果古竹韵还活着,且又回到了盛京,就有父女相认的可能。因为,他早已看出,在古竹韵的心里,并不存在解不开的疙瘩,更何况,古竹韵临行前,曾向葛月潭明确地表露出对他这个生身父亲的理解甚至关心呢?有了这样的父女相认的感情基础,赵尔巽又如何不在几近绝望的同时,常常在梦境中握着古竹韵的手开怀地笑将起来呢?

然而,当古竹韵突然意外地返回盛京的时候,在他与古竹韵之间却同时意外地横上了一条难以逾越的鸿沟！

古竹韵居然在帮助旨在推翻满清政府的同盟会！甚至可能已经是同盟会的正式成员！

而他赵尔巽则是屡受皇恩的边疆大吏，是不能对皇上不忠和对朝廷怀有二心的。

如此看来，他与古竹韵尚未见面，不是已经成了不共戴天的敌人吗？一旦面对面站到一起，由谁去填平横在他们之间的鸿沟呢？他当然不能做贰臣，不能做叛逆。可是，他又如何去开导古竹韵，拯救这可怜的迷途羔羊并使其心悦诚服地回到身边，与他一起共享荣华富贵呢？

这是一件太难太难的事，难到几乎没有可能。

赵尔巽还不敢说像了解自己一样了解古竹韵。以往生活向他提供的了解古竹韵的机会毕竟是极有限的。但是，古竹韵的我行我素的固执和百折不回的倔强，他是多次领教过的。对此，他恼怒过，也佩服过，而眼前，他感到十分可怕！

“这可如何是好呢?”赵尔巽在与钱恒顺向火车站走去的路上，不断在心里这样问着自己，像是一声声呻吟。

他也正是带着这个难以作出回答的问题，登上他的专列，在列车单调得骇人的“咣啷啷”声的陪伴下，不食不眠地返回盛京的。

在西郊车站，赵尔巽在随从们的搀扶下踏着车门口的铁梯缓缓落到水泥地面时，他依然昏昏沉沉有点儿腾云驾雾的感觉。不知是一种什么样的心理的驱使，他刚觉得双脚已经站稳，便扭转脖颈，朝古家小院的方向看去，他是明明知道，在这里是看不到古家小院的。只有他自己意识到，他的此举有欠老成，甚至有点儿失态。他自我解嘲地轻咳一声，很快又转回头来。这时他才看到，在他脚前，正跪着一群来迎接他的顶戴花翎的官员。原来，这些官员昨天便收到了齐齐哈尔的电报，一个小时前便等候在站台上了。

赵尔巽朝那些口称“给总督大人请安”的官员点点头，示意他们可以站起来。然后，一言未发地走到停在眼前的官轿前，在手下人扶持下坐了进去，轿帘随即落下，把他与外界隔绝起来。

惶惑中的众官员在窃窃私语中纷纷站起，并各自在轿后找到自己的位置，那依然互相交换的眼神似乎在传递着同样的询问：总督大人怎么了？为什么不见了往日的和蔼可亲与妙语连珠？为什么满脸阴云且不发一言？

他们谁也回答不了，谁也猜不出来。而且，他们已没有过多的精力去开动脑筋了，因为，这支队伍的前导官已响亮地送出一声吆喝："起轿——"他们在此后一段时间里，必须集中精力，自始至终保持精神的抖擞和队列的整肃。

于是，这支队伍，以铜锣开道，其后是两列"迴避"牌，中间是赵尔巽的官轿，鸦雀无声的众官员殿后，在围观者目光的攒射下，浩浩荡荡出了车站，然后拐上大道，再进小西门，直朝总督府而去。一路顺畅，是不待细言的。

但是，到了总督府大门外，整个队伍却骤然停了下来。

赵尔巽的轿子，历来是一直抬到院内，到总督处理政务的大堂门前才能落地的。可这一次怎么了？如果是有人拦轿，那么，是谁有如此胆量呢？

赵尔巽正在纳闷，却又传来前导官的断喝声："散开！"

的确有人拦轿，而且不是一人！

赵尔巽不由得心生怒火。他伸出颤抖的手，猛地掀起轿帘。他一眼看到，大门前正跪着一群人。

这些人要干什么？是告状、请愿还是想聚众闹事？如果是告状或请愿，为什么愚蠢地选择本总督刚刚远行归来气还没喘一口的节骨眼？如果企图聚众闹事，为什么不想一想到总督府门前闹事是一等一的死罪？

赵尔巽愈加气冲牛斗。

但是，当他刚想痛斥并赶走那不识时务的一群时，已冲到喉咙口的严厉喝骂的话，却骤然咽了回去。因为他终于看清，那些人不是一般的平民百姓，却是他几乎全都认识的豪商巨贾。而且，他立即猜出，这些在盛京城赫赫有名的富家翁，肯定都曾慑于神丸贯目功的威力，向同盟会奉上了大笔大笔的银两。他也知道，这些人是有能力获知他赵尔巽的行踪的。

可是，他们为什么集体等候在总督府大门口？此举是为了请罪还是为了诉苦呢？

此刻，赵尔巽不想太动脑筋，也不便拒见这些对他大有用处的财神爷。所以他略一迟疑后，对轿夫们喊了一声："落轿！"

赵尔巽躬身走出轿门，对前导官和众官员们说道："你们请便吧。明日务须准时听点，本官有极重要的事告诉你们。"

众官员莫名其妙地唯唯而退。

赵尔巽这才对那些依然跪在地上的财神爷们说道："诸位起来吧，请随我来。”说完，径自走进大门，顺着甬道，向大堂走去。那些求见的财主唯唯诺诺地紧随其后。

到了大堂，赵尔巽坐到长案后，见那些财主又都跪到地上，示意让他们站起来，想了想，又将所有仆从和书记官挥走，这才慢慢说道：“你们为什么要见本官，不说我也知道。你们都为同盟会出了大力，是不是?”

听了赵尔巽显然带有斥责的话，那些人又都不约而同地刷一声跪了下去，心里不免犯起嘀咕：“他怎么知道得这么快!”

“请大人明鉴啊!”跪在前排中间的人仰头说道，此人显然是众财主公推的代表，“此事绝非出于我们本心。”

说话的人名叫康敬宗，不仅开办着多处商号和钱庄，还暗中做着军火生意，其富有程度，在盛京城乃至整个奉天省都是出了名的。赵尔巽当然十分熟稔。

“原来敬宗兄也做了同盟会的赞助人!”赵尔巽说道，冷冷一笑。

“小人惶悚惭愧之至。”

“惶悚惭愧？这话的分量不轻呀!”赵尔巽说道，讥诮之中带着愠怒。

“大人！……”

“敬宗兄!”赵尔巽夺过话头说道，脸上只剩下了愤怒，“你该不会忘记，本官曾明明白白对你们说，不准与逆党同流!”

“大人!”康敬宗仰脸说道，“我等是不敢忘记更不敢违背大人的告诫的。”

“可事实上，你们已将银两恭恭敬敬送给了他们!”

“这里有隐情，我们有苦衷啊!”

“隐情？苦衷？这话怎么讲?”

“大人请看。”康敬宗说着，膝行至案前，将一个不大的纸包双手擎举到赵尔巽的眼前。

赵尔巽伸手接了过来，打开纸包，露出一方折叠着的白色丝帕，打开丝帕，里面则是一颗他十年前便见过的闪着银光的铅丸。再看那丝帕，上面还有字迹。他放下铅丸，并把丝帕放在案上抚平，细细看去。只见丝帕上用他十年前便见过此刻仍觉眼熟的恭楷写着：

同盟会所派银两，务于两日内送达总督府军务参赞宅邸。如有迟滞拒纳者，此神丸当不在尔墙，而在尔目也！勿谓言之不预也！切切!

赵尔巽默默读完后,无奈又异常悲哀地确信,古竹韵无疑已是同盟会成员。因为丝帕上的几行字说得再明白不过了。而且,丝帕上比铅丸直径略小的圆洞令他眼前立刻演出如下的一幕:古竹韵身着紧身素装,脚蹬软底银靴,穿行于高墙房脊之间,于房檐上倒挂金钟,将铅丸和丝帕倏然掷出,投钉在那些巨富豪绅客厅的粉墙之上……

赵尔巽在心中哀叹一声,久久未能说出话来。事实上,他此刻也很难找到一句合适的话来,是说眼前跪倒的一群贪生怕死还是情有可原?似乎都不合适。而且,这其中还有一个问题难以断定,甚至无由作出推测,那便是,这些人是否知道或者听说,威逼他们向同盟会缴纳银两的古竹韵,乃是他赵尔巽的亲生女儿!他心里明白,这些人是否知道这其中的内情,是大不相同的,而且,无论是他主动披露还是问一问"这投丸者是何许人",同样都不合适。

但是,一直这么沉默下去总不是个办法。他至少应该说一句表示自己已经看完了丝帕上的文字的话才对。

他煞费苦心地斟酌片刻后,总算说出了下面一句并不表明自己对所谈之事任何明确态度的话:"原来如此……"

他的声音不高,似在自言自语,而且并未抬起头来,目光依然游移在眼前那方丝帕上。

一直仰脸跪在案前的康敬宗,只能勉强看到赵尔巽眉弓上面的部分,是琢磨不出那脸上和眼睛里的表情的。但是,赵尔巽说的"原来如此"四个字和吐出这四个字的平稳的声音,他是听得很真切的。

康敬宗感到十分怪异。

还是在赵尔巽坐进大堂突兀地抛出第一句话时,他曾为赵尔巽业已获知他们输金于逆党而感到惊讶,几句对话后,他又听出,赵尔巽或许只知道他们输金于逆党的结果,并不知道其间的隐情。所以他才呈上丝帕和铅丸。赵尔巽果然看得极认真极投入,说明赵尔巽在此前确实不知道有丝帕和铅丸。可是,在骤见丝帕和铅丸后,赵尔巽为什么没表现出理所当然的激动和惊骇呢?

事实上,康敬宗和他的同伴都已经知道了古竹韵同赵尔巽的血缘关系。这正是他们敢于在总督府门前拦轿的原因,也是他们准备同赵尔巽讲价钱的关键筹码。他们懂得王法,知道通匪助逆是犯上的死罪,赵尔巽也曾严词警告过他们。能够使他们避免追究和处罚的唯一的一张王牌便是赵尔巽同古竹韵的父女关系。他原以为,赵尔巽见到丝帕和铅丸,特别是丝帕上的文字和签名,定会大吃一惊,并立即表现出对古竹韵的情理之中的特殊关切,因而冲淡对他们"通匪助逆"的恼怒。那时,他们便可以相机而作,陈说原委,在赵尔巽情绪激动和思绪纷乱之际,求得一句宽谅的话了。但实际情况却大大出乎他的预料。赵尔巽竟在接见他们之前,便已获知了他们的遭遇,而且,在接见他们时,开宗明义的第一句话便是:"你们都为同盟会出了大力!"这骇人听闻的话显然暗藏着杀机。尤其令他感到困惑和惊恐的是,赵尔巽在用心读了丝帕上的文字后,没有任何异常的表现!这说明什么呢?难道古竹韵乃赵尔巽的亲生女儿,竟是误传?或者,会不会是赵尔巽以为眼前这些人未必知道内情而故作镇静呢?

康敬宗实在猜不透。

那么,该怎么办呢?难道就这样等着听候裁处吗?不能这样。至少他还可以主动提及古竹韵同赵尔巽的关系,即使最终证明确是误传,也未必因此罪加一等的。

当然,他须斟酌一下,尽量把话说得巧妙和委婉些。

"总督大人,"康敬宗说道,态度和声音都很恳切,"十年前,我等大都曾被增祺将军邀请去太清宫山门外观看义和团的表演,目睹了准备向义和团二师兄射击的枪手瞬间倒地而亡的情景。后来才知道,那正是古竹韵神丸贯目功的杰作。因而深知这神丸贯目功的厉害……"

赵尔巽抬头问道:"你们当年都见识过神丸贯目功?"

"是的,大人。至今记忆犹新且心有余悸。"康敬宗说道,略一停顿,"据说……总督大人当时也在奉天。"

"这……是的,是的。本官当时正丁忧在家。"

"所以,总督大人亦当知道这神丸贯目功的厉害。"

"不错。的确是这样。"

"但是,"康敬宗语气陡然一转说道,"尽管我们知道这神丸贯目功可怕,但更知道王法和赵总督的话不可违抗。而且,据说当今精通神丸贯目功的只古竹韵一人。再厉害,也无非就这么一个人嘛。所谓暗箭难防,我们何不明里遵命输金于她,查出古竹韵的住处及其活动规律,再重金雇用杀手,暗中除掉古竹韵?"

赵尔巽陡然一惊,急切地问道:“什么! 你们……是否当真派出了杀手?”

康敬宗以为,如果古竹韵确实不是赵尔巽女儿,那么,赵尔巽听了他的话,理所当然应该赞赏地说一句“这样做很聪明”,或者兴奋地问一句“你们成功了吗?”但是,赵尔巽既没这样说,也没这样问,而是惊讶地追问了一句隐含着对古竹韵命运关切的话。他不由得一阵窃喜。

“请听我说完,大人。”康敬宗说道,想了一下如何继续卖他的关子,“古人说的好,‘欲夺之,先予之’,我等的做法正是基于这样的考虑。是的,大人,与其失掉性命同时失掉全部财产,何如先满足逆党的些许要求,再以其人之道还治其人之身,失去的可以复得,余生亦可为总督大人继续效力嘛。”

“康敬宗!”赵尔巽喝道,显出明显的恼怒和不耐烦,“请立即回答我,你们是否派出了杀手? 结果如何?”

“大人! 总得允许在下把话说完啊!”

“直接回答我的问题,不准再啰唆!”

“遵命,大人。”康敬宗暗笑了一下说道,“事实上,我们已雇到五个杀手,武功均属上乘。同时也查出了古竹韵的住处和活动规律。但就在要付诸行动时,我们又不得不取消了这一计划。”

“你是说……没有去行刺?”

“是的,大人。我们没有这么干。”

“是这样……”赵尔巽自语似的说道,绷得紧紧的脸复又松松弛下来。

话说到此,康敬宗已确信古竹韵确实是赵尔巽的女儿了。他更充满了信心。看来,揭开盖子的时机已经成熟。

“可是,总督大人是否能猜出其中的缘由呢?”

“缘由? 其中的缘由……你说说,什么缘由?”

“这缘由便是……我们怎么能刺杀总督大人的女儿呢?”

“你是说……我的女儿?”

“唯道不是吗?”

“真是一派……胡言! 我的女儿怎么会……怎么会同我作对?”

“天哪!”康敬宗故作惊骇地叫道,“听了总督大人的话,在下倍感惶悚。看来……看来我们受骗了!”

“谁? 谁骗了你们?”

“大人容禀。”康敬宗说道，“是我们误听了增祺将军和赵天弼的话。我们真不该相信他们的胡言乱语……”

赵尔巽又是大吃一惊。

“你是说增祺和……赵天弼？”

“是的，大人。大人还允许在下……说下去吗？”

“说！详细地说！”

“这话说起来就长了。十年前，将军衙门所需绸缎，均由在下提供，因而，也就时常去将军衙门走动。有一天，增祺将军对在下说，他不仅查出在太清宫门射杀枪手的并非天神，而是一个名字叫古竹韵的小女子，而且他还获知，这古竹韵竟是赵大人的亲生女儿。当时，俄人已兵临城下，在下既没心思听，更没心思记，过后也就忘了。前不久，我们招雇杀手，一个名叫赵天弼的人来应征。此人身手不凡，我们就雇用了他。据他说，他是古竹韵的师兄，有深仇，他还讲了总督大人同古竹韵的母亲萧夫人的一段……一段经历。他的讲述，勾起了在下对增祺将军的话的记忆。结果……结果……是的，总督大人，我们可真傻，我们是明明知道增祺将军和总督大人有过节，而且，这赵天弼乃是一亡命徒，他们的话，能有几分可信呢？可我们偏偏……偏偏被他们骗了！”

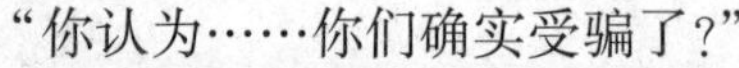

“你认为……你们确实受骗了？”

“可是，请总督大人放心，所雇杀手还在，亡羊补牢犹未为晚。不出数日，在下定拿古竹韵人头来见大人！”

还是在康敬宗提到增祺和赵天弼时，赵尔巽便意识到继续隐瞒他同古竹韵的关系已经没有意义，尽管他知道此事迟早要公开却不应该是眼前这种场合。他同样也明白，康敬宗所说“亡羊补牢”的话，无非是逼使他当众承认古竹韵是他的女儿，因此不去追究他们“输金助逆”的罪过。

看来，他只能以举手投降来收场了。

“好了，好了！”赵尔巽恼恨中带着无奈地说道，巡视了一下众人后，又将视线落在康敬宗脸上，“敬宗兄实在是精明得可以。本官该给你这场戏喝个全彩才是。”

“大人！……”

“不必再说了。这古竹韵确系本官的亲生女儿，虽然我们还没有相认。”

康敬宗问道：“那么说，大人，增祺将军以及赵天弼的话不是瞎说？”

“不是。尽管他们并不知道其间的……许多内情。不过，请你先告诉我，你们确实没把小女怎么样吧？”

“我们怎么敢啊，大人！令媛一直安然无恙地住在张参赞张榕家里。”

“住在张榕家？”

“是的。我们的银两也全部送到了张榕家。”

“是这样……”赵尔巽说道，沉吟了片刻，“唔，对了，请你如实告诉本官，你们是否向张榕说过本官不准你们资助同盟会？”

“当然没有。我们只字未露。大人的话，我们是不敢忘的。我们可以发誓！”

“那却不必。”赵尔巽说道，又一次陷入沉思，过了好一阵，他眼睛一亮，倏然站起，旅途的疲惫全被兴奋所取代，“你们站起来，全站起来吧！”他举手让道。

“谢大人！”众人喊道，相继站起。

赵尔巽以洪亮的声音说道：“对各位向同盟会输纳银两一事，本官不拟责罚，而且，请将全部损失开列清单交于本官，本官全数予以补偿。”

康敬宗在一片兴奋的大惑不解的窃窃私语中扑通一声跪了下去，激动地说道：“总督大人的宽宥已使我等感恩不尽，怎么还能接受大人的补偿呢？我等实在是不敢接受啊！请大人收回成命吧！”

“不必说了。你起来吧，本官说的话，是一定作数的。不过，本官也有要求各位必须做到的事情：第一，不准向任何人透露本官曾命令尔等不得帮助同盟会；第二不准向任何人说出本官补偿尔等损失这件事。以上两项，如有谁胆敢露出一字，本官定要灭他的九族！听明白没有？”

“听明白了。”众人异口同声地答道。

康敬宗又补充了一句：“我等一定守口如瓶，请总督大人放心。”

“还有。”赵尔巽说道，“还有两件事，却是极容易的。第一件嘛——唔，赵天弼现住何处？”

康敬宗答道：“此人正住在寒舍。”

“你告诉他，立即赶往新民厅，去投奔张作霖统领，从此洗心革面，为国家效力，本官不再追究他以往的过错，如干得好，还可重用。记住，一定让他尽快启程，否则会与张作霖失之交臂。”

“在下回去就办。”康敬宗俯首道，“但是，”他又抬头疑惑地说道，“这张

作霖就一定能收用他吗？”

“照本官说的去办。别的不用操心。”

“遵命，大人。”

“这第二件事——请问诸位，西郊火车站左侧那栋刚建好的砖房，权属何人？”

人群中有人答道：“是小人的。如果总督大人需要……”

“不错，本官确实需要。”

“这是小人难得的荣幸。小人情愿恭送总督大人。”

“本官心领了。但本官只是借用，最多半年完璧归赵。”

“大人何必……”

“本官已经说了，只是借用。”

“是，大人。”

“但有一点，你须切记，对外人，也包括对官府的人，要说是本官自费购买。”

“小人一定谨记在心。”

“那么，今天的会见到此结束。本官还有要务去办，诸位就都请回吧。”

众人谢恩退去后，赵尔巽只啜了几口茶水，连后宅也没进，便命人备轿，匆匆向北门外而去。

到了张榕巨宅的大门外，赵尔巽下得轿来，命门人去通报张榕。须臾后，张榕已飞跑着迎出门来。

“不知总督大人驾到，有失远迎，死罪死罪！”张榕一边说着，一边就要下跪。

赵尔巽伸手抓住张榕的胳膊，蔼然说道：“今日是私人拜访，不须行此大礼。”

“大人容止汪洋、宽大无边，令晚生感佩之外愈觉惶悚！”

“荫华实在太客气了。”

“大人请进，容晚生堂下奉茶受教。”

“请——”

还是在门人进去通报时，张容便立即猜出，赵尔巽准是冲着古竹韵而来。当时，古竹韵和秋妹正同张榕一起计算着所收银两的最终数量。张榕看到，古竹韵骤然听说赵尔巽来访，显得非常紧张和为难，便问古竹韵是否要见赵尔巽。古竹韵说,眼下相见不是很合适的时机。张榕也认为如此,便叫古竹韵和秋妹暂去内院回避。

但是,张榕对赵尔巽闭口不谈古竹韵是不可能的。而且,愈快谈起愈好。

当然,一些必须先说的话还是要先说的。比如,张榕明知赵尔巽今天返奉,却没去迎接,表示歉意的话是一定要说的。

“不,这没什么。”赵尔巽在听了张榕告罪的话后,显得宽谅地说道,“其实,本官是不希望为迎送这些琐事而耽误了政务的。但偏偏有些人乐此不疲,其目的无非是为了献媚邀宠而已。——唔,对了,在车站似乎也没看到蓝天蔚蓝协统……”

“蓝协统去南方了。”

“是这样……他说没说什么时候回来?”

“他发回的电报说,已经踏上归程。”

赵尔巽沉思着点点头。

在张榕看来,赵尔巽是在表示可以结束有关迎送以及蓝天蔚的话题了。这表明赵尔巽也急于谈起古竹韵。

所以,张榕说道:“令嫒自美返奉后,一直住在寒舍。总督大人一定已经知道了吧?”

张榕的话说得如此直截了当,竟使赵尔巽感到有点儿突兀。

“这……是的,是的。”赵尔巽说道,略事停顿,对下面要说的话斟酌了一番,“说起来也巧了。本官刚回到总督府,便有一群绅商求见,向本官诉说了被迫纳金于同盟会的经过。小女住在华府,正是他们说的。不过,他们还不知道那会神丸贯目功的女子是本官的女儿。”

“遗憾的是,总督大人,令嫒去小西关门外未归,今天怕是见不到了。”

“是吗? ……这样也许更好。由于种种不便细说的原因,此时相见对小女对本官都很难。既然那些绅商们的话已获得证实,本官也就放心了。而且,正所谓来日方长嘛!”

“的确如此。”张榕说道,想到赵尔巽刚才提到绅商们曾去见他,不能不了解一下赵尔巽对强迫绅商纳金于同盟会一事的态度,因此,话锋陡然一转,“不过,”他说道,“听总督大人刚才所言,显是已知道了我们胁迫绅商赞助之举。总督大人对此……”

"唔,等一等。"赵尔巽说道,"此举是小女的主意吧?"

"不。"张榕毫不犹豫地说道,"是晚生的主意。"

"以荫华贤契之侠肠义胆,这话倒也可信。不过这一次嘛,你就别同小女争功了。"

"总督大人是说……"

"是的,对那些唯利是图、敛财无度的市侩们,是该有人采取强硬手段迫其就范的。"

"总督大人真是这么想?"

"本官曾私下对你说过,因身份环境等种种不便,难以对你们的事公开支持,但总可以在一些具体事情上睁一只眼闭一只眼嘛。怕是你还猜不出,刚才那些被你们敲了竹杠的绅商们见我,当本官对他们说,对他们输金于同盟会不予追究,但不准旁生枝节给本官添乱时,他们竟感激涕零,不住叩头点地给本官谢恩呢!你如在场,肯定会忍俊不禁大笑起来的!"说到这里,赵尔巽自己也忍不住笑了。

张榕很感动,诚恳地说道:"对总督大人的云天高义,晚生和敝会同仁们永远都不会忘记。"

"本官有本官的难处。有些事还只能是你知、我知、天知、地知……"

"晚生明白。"张榕说道,"但是,总督大人会不会因此惹上麻烦呢?"

"不会的,至少目前不会。当然,对本官虎视眈眈的人,也不是一个两个。不过……本官尚能应付。——唔,对了,还有一事差点忘了。你们总在这座私宅聚会有诸多不便,该有一个活动场所才是。本官刚刚在火车站左侧购得一处房产,足够你们使用了。所以,就送给你们吧,也算本官尽了一分心意。只是……此事切不可对外人特别是军政两界中的满人谈起。"

"这……"

"你再考虑考虑。当然,可以不接受,但不要怀疑本官的一番诚意。——好了,时间不早,本官也该告辞了。"赵尔巽说着,站了起来,似乎想起了什么,"还有,"他说道,"请转告小女,本官很想念她,也赞赏她对人生道路的抉择,更盼望她早日回到本官身边……"说完,这才向外走去。

58

蓝天蔚和魏尔诺在北京逗留数日后,乘车继续南下。他们计划先到武昌,再赴广州,然后取道上海,经海路径直返回奉省。但是,一入湖北界,火车就很难正点开行了。经询问后才知道,10 月 10 日武昌发生了暴动,并宣布独立,脱离了清政府。蓝天蔚闻信大惊。他早已与孙中山和南方各省同盟会有联系,知道首倡革命的时间和地点,哪里料到会在武昌,更哪里料到会如此之快呢?经他再三打听,并亲见飘扬在一些城镇楼顶的红底十八星大旗,方始确信这消息绝非误传。看来,继续南下已无意义,应尽快赶回盛京,以便和同志们一起,响应革命,促成奉省独立。

于是,他们决定改南行为北归,并在行前给张榕发了一封电报。

五天后,即赵尔巽自黑返奉的第三天,他们在盛京西郊火车站匆匆跳下火车。

在车站外,他们见到了前来迎接的张榕和古竹韵。

蓝天蔚一把抓住张榕的手,没等对方道一句寒暄,便急切地开口问道:“荫华兄,我误事了吧?”同时向古竹韵点点头,然后又倏然盯住张榕,“你没有调动第二混成协吧?”

“没有。”张榕说道,也同时向魏尔诺点点头,“秀豪兄不在,我不敢贸然调动。因为我知道,第二混成协的军官中,有不少与秀豪兄为敌的满员,秀豪兄在时也感到处处掣肘嘛。我们拟建的革命军,也因所购武器迟迟未到,至今未能明张旗帜。正如秀豪兄所说,我们没有自己的军队是不行的。”

“看来还是怪我。事情也是有点儿……太突然了。”

“是有点儿出乎预料。”张榕说道,“不过,先后收到武昌和秀豪兄的电报,总算没紧张到手忙脚乱的程度。——走,我们边走边谈吧。”

走了几步后,蓝天蔚又问道:“听荫华兄刚才的话,筹资一事好像解决

了?”

“是的,”张榕说道,看了看正同魏尔诺说话的古竹韵,“这全是古小姐的功劳。”

蓝天蔚不由得也瞟了古竹韵一眼,然后问道:“怎么回事?”

“说来话长,晚饭时我再详细讲吧。”

“好吧。解决了就好。——唔,荫华兄,我们就这样步行吗?”

“我整天都在机关总部开会,早晨就把马车打发回去了。”

“机关总部?”蓝天蔚诧异地问道。

“是的,”张榕略显炫耀地说道,“我们终于有了自己的办公和聚会的场所!”说着,回身指了指刚刚抛到身后的一栋高大的砖房。“而且”,他又盯着蓝天蔚说道,“几天前,就在总部的会议堂里,秀豪兄被同志们推举为关外革命军讨虏大都督,小弟则忝列奉天省都督兼总司令之职。”

“是这样……看来,最近一段时间,荫华兄干了很多事啊!”

“形势逼人,不能不争分夺秒。”

“可是,”蓝天蔚疑惑地说道,“荫华兄不是带我们去总部啊?”

“当然不是。”张榕说道,并警惕地放低声音,“这两天总见有些可疑的人在总部门前转来转去。那里不是与秀豪兄商谈大事的合适所在。”

“明白了……查没查出那些可疑人的身份和来头?”

“正在查。今天早晨我见了赵总督。他答应帮助查清。”

“赵总督?”蓝天蔚蹙额问道,下意识地扫了一眼与他保持着一定距离并正同魏尔诺交谈的古竹韵,那意思分明在说:找赵尔巽帮忙合适吗?怎么能肯定那些监视同盟会总部的人与赵尔巽毫无关系呢?

张榕当然明白蓝天蔚的弦外之音。他微微一笑,说道:“看我,还忘记告诉秀毫兄弟了,我们总部的房舍是赵总督赠送的……”

“什么!”蓝天蔚惊讶道,“赠送?”

“那可不是个小物件,要花很大一笔钱呢!而且,他对我们的帮助并不止这一件……”

“还有什么?”

“在我们筹资一事上,也帮了很大忙。”

“是这样!……”

“当然,他再三说,这些事都不能公开……”

“我理解……只是……希望他这是出于真心，因为，这事关重大……”蓝天蔚边思索边不甚连贯地说着，又瞟了古竹韵一眼，“是呀，眼前这个关键时刻，我们不能不格外谨慎……”

“以我看，秀豪兄过虑了。不要说有那么些具体事实，古小姐也和我们在一起嘛！”

“是呀，是呀。我是没有理由不同意荫华兄的看法的。但是……”蓝天蔚说着，看了看停下脚步的有意等他们的古竹韵和魏尔诺，“咦？荫华兄，我们这是去……太清宫？”

张榕举目看了看近在眼前的太清宫山门，惊讶地说道：“如果不是我们走得太快，就是这路太短，怎么说着说着就到了呢！——不错，秀豪兄，我们正是要去太清宫。”

“荫华兄真是想得周到！的确没有比葛道长的禅房更好的密谈场所了。”

“而且刚刚热闹过去，正是太清宫最清静的日子。”张榕说着，已走到古竹韵和魏尔诺跟前，他挥了挥手，“走，我们进去吧。”

守门的道士除了没见过魏尔诺，对另外三个人都是很熟悉的，也知道这三人无论何时来，葛月潭都会热情接见，所以也不作通禀，径直把他们带入宫内。

不大一会儿，他们已坐进葛月潭的禅房，端起小道童奉上的清茶了。

时间尚早，又都很口渴，而且，蓝天蔚对即将开始的有关同盟会举事的具体计划的话题，仍有一些难以理清的忌讳，甚至觉得，最好另找机会只同张榕单独商量，所以，对突然在禅房相聚的五个人，在必不可少的互道短长后，还是有足够的时间作一番闲谈的。

葛月潭事先并不知道这四人要来他的禅房，更不知道有重大的题目要商谈。他却有重要的话急于对古竹韵说，也知道在眼前这些人面前无须有什么避讳。因而，在一段时不时出现冷场的闲谈后，他便突兀地——准确地说是自然而然地——提到了赵尔巽。

“古小姐，”葛月潭说道，“想必你已经知道赵……赵尔巽赵大人已回到了盛京。”

“是的，我知道了。”古竹韵说道，表情居然异常平静，但她的心海未必不在翻波舞浪。

"那么,古小姐也知道年近古稀的赵大人,在晚年寂寥、思女不得的孤苦心境中,备受煎熬了?"

古竹韵欲言复止,下意识地看了看同来的三个人,很快垂下了眼帘,心里在说:葛道长啊葛道长,为什么非在此时此刻谈起这个问题呢?这不是存心叫我难堪吗?

葛月潭却不管古竹韵怎么想,继续说道:"赵大人自黑返奉虽只数日,已两临敝宫。谈及古小姐,未尝不老泪纵横,思女之情自不待细言。古小姐客居域外十载,骤返故土,贫道虽不敢说洞察幽微,亦知期间当有认父之念。古人云:往者已矣,来者可追。望古小姐捐弃前愆,摒却杂念,与赵大人相认了吧!"

古竹韵飞快地看了葛月潭一眼,什么也没说,看不出对葛月潭的规劝是赞成还是反对。

张榕却有些忍不住了。他放下茶碗,瞥了蓝天蔚一眼,凝视着古竹韵说道:"古小姐曾在寒舍住过一段,现虽搬回西郊,仍可每日相见,不揣冒昧地说,你我也是姐弟一般。所以,我也想接着葛道长的话题说几句。如果说古小姐刚刚回来时,因为不知道赵总督是同盟会的朋友还是敌人,不便相见和相认,那么,眼下诸多事实已证明赵总督至少是我们的朋友,古小姐应该解除戒心,即使不能马上相认,起码应该见一面才是……"

蓝天蔚惊问道:"荫华兄是说,古小姐同赵总督至今尚未见面?"

"是的,直到此刻……"

"看起来……"蓝天蔚沉吟道,"看起来是我们初次见面时的谈话,给古小姐的心理造成了压力。其实,我们一直认为,赵总督不仅是忠厚的长者,也是少见的好官,可说是人品官品俱佳。而且,据荫华兄讲,赵总督近来又曾多方暗中帮助我同盟会,应该说是同盟会的朋友是毋庸置疑的。我虽然并不知道古小姐同赵尔巽之间十年前发生了什么矛盾,也不想以外人的身份询问原委,但我还是诚恳地希望古小姐认真考虑荫华兄的意见……"

"事实上,"张榕说道,"古小姐与赵总督之间并无'罪生甲,祸归乙'的怨恨。说起来嘛……"张榕说到这里,飞快看了古竹韵一眼,并拧眉沉吟起来,他觉得,很难找到一句既能把古竹韵和赵尔巽之间的往事陈述明白又不至令古竹韵难堪的话。何况,在场的葛月潭甚至魏尔诺都比他更了解内情,轮也轮不到他张榕来介绍情况,为什么如此急于去充当代庖之人呢?他这么想着,突然觉得在场的几个人都在盯着他,不是古竹韵,倒是他张榕红涨着脸陷入难堪之中了……

恰在此时,一个小道童颠着碎步跑了进来,向葛月潭禀告道,赵总督赵大人驾到。

在场的人全从椅子上跳了起来。对于他们,这赵尔巽来得实在太意外,太突然了!

最先举步向门口冲去的,当然是蓝天蔚和张榕。但是,门外拜迎已是来不及,赵尔巽早已大步跨入禅房。两人只好退至门侧,准备下跪。

赵尔巽对蓝天蔚和张榕只用眼角的余波略略一瞥,扬手说道:“免礼。”然后朝葛月潭抱拳致意,便径直朝古竹韵走去。当他终于异常疲惫地站到了伫立椅前的古竹韵对面时,眼里已是泪花闪动。

他站在那里,眼也不眨地凝视着古竹韵,几次想伸出双手去握住古竹韵的双手,却终于没有举起。不是没有这份力量,而是没有这份胆量。还是在有人向他报告,说张榕和古竹韵从车站迎接出蓝天蔚和一个外国人并一同进入太清宫时,他便意识到,同古竹韵见面的最好时机终于到了。返奉几天来,他有的是机会去见古竹韵,特别是古竹韵终于住进古家小院后;但他一直强力克制着感情,心甘情愿地让那些机会从身边溜走,唯一的原因便是,企望古竹韵从客观上了解并相信他赵尔巽正在多方“帮助”同盟会,以便在一旦见面时,横在他们中间的最关键的障碍已经不存在。他热切盼望和焦急等待着同古竹韵的第一次见面,并对这将由他采取主动姿态的见面作出了种种巧妙的设想,但怎么也没料到,眼前竟意外出现了这远远超过他想象的机会。古竹韵与张榕、蓝天蔚、魏尔诺同时去了太清宫!这不是由他赵尔巽设计而是古竹韵与其同伴们自动送给他的机会。有这几个人在场,特别是有对他赵尔巽一直抱有好感和崇敬的、近来又屡屡受其恩惠的张榕在场,对他们父女见面时的谈话气氛的好处就不必细说了;而且又是在太清宫,在葛月潭面前,他肯定不会陷入进退维谷的尴尬局面。所以,他才在听到手下人报告后,毫不犹豫地离开总督府,争分夺秒地跑到太清宫来了。一路上,他一直在想,该如何进行同古竹韵的这次突然的见面?第一句话该说什么?这似乎并不困难。无论是说“韵儿,我终于又把你盼回来了!”还是“韵儿,你让我想得好苦啊!”抑或是“我这不是做梦吧?”等等,都能表达出他想念女儿、盼望同女儿相逢和相认的心情。可是,当他真的跑进禅房,真的站到古

竹韵的面前时，那些在脑海里翻腾无数遍的话却一下飞散得无影无踪了。在那一刻，他只想紧握古竹韵的手，痛快淋漓地大哭一场。但这一点他仍没能做到。他的心进而骤然产生一种莫名的恐惧，他怕一旦抓住那双手，古竹韵会像以往在他梦境中那样，倏然从眼前消逝……

此时，古竹韵也在目不转睛地盯着赵尔巽，尽管稍显被动，那眼睛却也迅速潮湿起来。在她面前，还是当年那张和善的脸庞和那双慈祥的眼睛，只是已经很苍老了，似在向她陈述着这十年里经受了怎样的感情折磨。她真想大哭着喊一声“爸爸”猛扑过去，但她没有这样做。她自己也弄不清为什么做不到这一点。

两个人就这样久久相对无言地站在那里。

这对在场的所有人，尤其是古竹韵和赵尔巽，都是既激动又难堪的一刻。

出面打破这难堪的沉默的，理应是作为主人的葛月潭。但事实却不是他，竟是赵尔巽本人！

“韵儿，”赵尔巽颤着嘴唇，显得异常吃力地说道：“韵儿……”但除此他已说不出别的话来。

古竹韵心里一酸，眼泪倏然滚落下来。但她还是犹豫再三，才说出下面一句在瞬间斟酌出的话来。

“您……老了……”

尽管古竹韵未如赵尔巽期望地那样喊一声“爸爸”，但她并没反对“韵儿”这样亲昵的称呼以及这包含凄楚之情的“您老了”三个字，毕竟使赵尔巽在刹那间看到了一线父女相认的曙光，那几乎消失殆尽的体力也开始恢复了，且不由自主地叹息了一声。

“是啊……”赵尔巽感慨而凄凉地说道，“岁月不饶人，忧思催人老啊……”

古竹韵拭了一把泪水，开始平静下来。她伸手扶住赵尔巽的胳膊，说道：“您累了，请坐下说话吧。”

赵尔巽明确地感受到了女儿的温柔的爱，愈加激动了。

他在古竹韵的搀扶下，坐到椅子上。

这时，葛月潭才想起自己的主人身份，对直眉瞪眼站在一旁的小道童说道：“快去给赵大人奉茶！”

蓝天蔚和张榕也一齐走到赵尔巽面前，俯首说道：“不知总督大人驾到……”

没等这两人把话说完,赵尔巽便扬手道:"今天虚礼全免了。你们也坐下吧。明新贤弟,你先坐下,大家都坐下。"

几个人遵命相继落座后,葛月潭让了让茶,然后问道:"次珊兄何以来得这么巧?"

赵尔巽说道:"今天嘛……可绝非巧合。说起来,我该感谢荫华才是。"

张榕扬起惊诧的眼睛,动了动嘴唇,却未能说出话来。

赵尔巽微微一笑说道:"应荫华之请,我派人到车站左近密查对同盟会有所图的人是什么来头。下人报告说张榕和古竹韵从车站迎接出蓝天蔚和一个外国人并一同进入太清宫时,我就赶来了。"

葛月潭点头道:"原来是这样。"

"那么,"张榕询问地看着赵尔巽说道,"请问总督大人……"

赵尔巽说道:"我知道你想问什么,眼下还不便披露。但你们可以放心,我会让他们立即停止这种可鄙的行为的。"

"谢谢总督大人。"张榕说道,有意瞟了蓝天蔚一眼。

赵尔巽又转向坐在一旁的魏尔诺,问道:"这位就是魏尔诺先生吧?"

魏尔诺起身道:"在下就是魏尔诺。"

"听说十年来在异国阁下一直陪伴着小女。我该对阁下深致谢忱才是。"

"是古小姐救了我。我应该知恩图报的。"

"听说……阁下还没有成家?"

"是的。"

"其实……这也好。娶个异国姑娘,总有诸多不便。而且,以阁下的堂堂仪表,是不难在回国后找到合适的伴侣的……唔,请坐下,坐下。"

魏尔诺若有所失地缓缓坐下。他明确感到,赵尔巽对古竹韵未嫁给他这个事实十分高兴。刚才的一番话更埋下了在合适的时候对他下逐客令的伏笔。虽说这是他在赵尔巽一出现便预料到的,但此刻依然觉得他的感情和自尊受到了太大的冲击和伤害。但他什么也不能说,只是下意识地朝古竹韵看了一眼。

低头站在赵尔巽旁边的古竹韵似在艰难地思索着什么,既没有听清赵尔巽的话,也没注意到魏尔诺的表情。

同样处于沉思中的蓝天蔚这时抬起头来,他扫了张榕一眼,略一犹豫后立起身来,朝赵尔巽拱手道:“总督大人,标下有一事,不知在眼下场合当讲不当讲?”

赵尔巽笑了笑说道:“蓝协统要说的一定是武昌方面的事情吧?”

“是的,总督大人。”蓝天蔚说道,一脸严肃,“自武昌首举义旗,各省纷纷独立。所谓大势所趋,人心所向,倒清革命正以摧枯拉朽之势向全国弥漫。标下以为,奉省为东三省之首……”

没等蓝天蔚说完,赵尔巽便扬手说道:“蓝协统南下方回,大概还不知道,本官已被公举为奉天国民保安公会会长。成立保安公会,不仅是谘议局和奉省各界之倡议,亦得贵同盟会之赞同。也就是说,在奉省,官府与贵同盟会已成事实上之一体……”

蓝天蔚惊疑地看了张榕一眼。张榕证实地点点头。

赵尔巽又微微一笑,接着说道:“所以嘛,我们亦应有统一之宗旨和统一之行动。愚以为,奉省地处边陲,蠢然欲动渴望做乱世英雄之盗匪在在皆是,又遍布心怀叵测之日人商旅、马弁,更有吉黑二省之俄人时时对我窥探,形势之复杂,非南方各省可比;尤有甚者,奉省乃大清之龙兴重地,手握重兵决心效忠皇上之满官早已是剑拔弩张,对我等虎视眈眈。彼势之强,各位所见明知,一旦交锋,好了闹个两败俱伤,让利渔翁,不好则我等必成阶下囚、刀下鬼。试想,土既不保,命且不存,余者岂不均为水月镜花吗?故眼下第一要务,乃是保境安民,积蓄力量,待机而动,正不必匆匆效颦南省,以独立易帜之先后为荣辱也。”

张榕见赵尔巽似已说完,便开口道:“督帅所言极是。”然后又转向蓝天蔚,“以督帅为保安会渠首,奉省之革命可兵不血刃,独立易帜之事也只是个时机问题了。”

蓝天蔚没有说话,但微蹙的眉宇显然在告诉人们,他还有保留甚至异议,只是在当下场合不便引起争论而已。而且,他感到从下车直到此刻的几段谈话中不难听出,在他离开盛京的这些日子里,张榕同赵尔巽来往甚密,且有过多次很愉快的合作,这固然与古竹韵有关,但这里是否隐藏着对同盟会的可怕的阴影,以他对赵尔巽的了解和认识,是不敢说绝对没有可能的。是的,他应该先沉下心来,进一步了解事情的内幕和认真思考一番,而不是急于作出“是”与“否”的明确表态……

一直沉默的古竹韵,这一次不仅听清了赵尔巽和张榕的话,也看懂了蓝

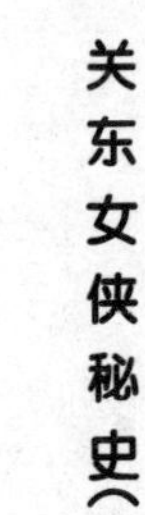

天蔚的表情。在她看来,赵尔巽的陈述未必不尽情尽理,蓝天蔚虽说是少有的有识有为之士,只是过于固执和急躁了些。但不管这几个人性格有多大不同,意见有多大分歧,对待革命的基本态度却是一致的。她希望如此,也理所当然感到高兴。

一直盯着蓝天蔚的赵尔巽,轻轻嗽了一下喉咙,慢条斯理地说道:"蓝协统如另有高见,我们还有的是时间磋商。我们总要使事情成功又少些遗憾的。——唔,对了,尚有一事须透露给蓝协统。前数日,有些心怀叵测的人,在我逗留黑省之时,具名向皇上弹劾蓝协统私自南下之举。我很恼怒,但已既成事实,不便对那些人发火。不过请勿担心,我会竭尽全力替蓝协统消弭祸患的。"

"谢谢总督大人。"蓝天蔚说道,表面虽很平静,心里却不能不产生可怕的预感。

"其实,我也该对蓝协统有所回报嘛!"

"回报?"

"当然还有荫华、魏尔诺先生和明新贤弟。"赵尔巽说着站起身来,坐着的几个人也随后站起,"我会在一个更加庄重的场合,来表达这种谢意的。"他说着,动情地看了古竹韵一眼,又巡视了一遍在场的各位,"我赵尔巽已年近古稀,所谓'老健春寒秋后热',生命已是到了尽头。正当我准备带着遗恨迎接日益临近的末日时,小女韵儿意外地来到身边,给我的生命又注入新的活力。这是值得庆贺的特大喜事。况且,在各位的影响和感召下,我自认已洗心革面成了顺应时代的新人。所以,我要在今晚大摆筵席请各位务必莅临。"说着,他转向古竹韵,眼中不免露出半乞求半担忧的神色,"我想……韵儿不会……不会再拒绝同我一起回家吧?"

沉思中的古竹韵慢慢抬起头来,迎着赵尔巽的和悦的注视,心中骤然涌起一股令她感到温馨的柔情。但是,她很快又带着克制、矛盾和迫不得已垂下眼帘。

赵尔巽的心突然一颤。

"韵儿!你……"

"是的。我不能。"古竹韵依然低垂着头,轻声说道,"现在不能……"

"为什么?难道……"

"这太突然。"古竹韵说道,并没因说出"太突然"这个理由而觉得些许轻

松,“我需要……需要一段时间……”

“已经十年了,韵儿！这还不够吗?”

“请原谅我,原谅我吧!”

古竹韵请求赵尔巽原谅的,无疑不仅仅指过去的十年,也指眼前的决定。赵尔巽当然听得出来。他了解古竹韵的脾气,知道再说什么也没有用。何况,他听得出,古竹韵拒绝的只是立即随他去总督府邸,而没有拒绝父女相认的意思。也许古竹韵确实需要一段时间平静下来或者有些必须在父女相认前处理的事情。既然父女相认只是个时间问题,这时间也绝不会再是个“十年”,他为什么不能在熬过了整整十年后再耐着性子等几天呢？对于他,晚年有爱女相伴,毕竟是改变不了的事实了。

赵尔巽这么一想,心里也就踏实多了,脸上的焦虑和急躁也被理解和宽谅所代替。

但他还是忍不住重重叹了口气。“好吧。”他说道,喉咙显得嘶哑,“我等着。”

这时,精神和体力都再难支撑下去的古竹韵,费劲儿地看了看蓝天蔚和张榕,然后转向葛月潭说道:“葛道长,我和魏尔诺先生该告辞了。”

葛月潭问道:“去你的住宅吗?”

“是的。”古竹韵答道,“魏尔诺先生没有别的住处。”

“唔,等一等。”赵尔巽说道,略一思忖,“韵儿,你同魏尔诺先生都住在那里吗?”

“是的。”

“以我看,你们都住在那里并不合适……”

魏尔诺突然接过话头说道,“我明白总督大人的意思,我还是另找一个住处好了。”

“是啊,”赵尔巽说道,“中国不同于外国,礼法甚严,又不能不考虑人言可畏。不过,魏先生倒不必另寻住处,何况,尊驾系欧人,找一个长住之所要费许多周折。所以我想……韵儿不妨住进总督府邸……”

“不。”古竹韵说道,“我说过了,我暂时不能去。”

“这和我们刚才说的是两码事。韵儿,我那里不仅对你更为合适,而且,我向你保证,你不仅可以随意出入,可以去做你想做的任何事情,我也绝不会在任何事情上干预或勉强你。就算你是临时做客好了。这总不算太难为

你吧？这不仅可以使你免遭物议，魏先生也能免去诸多麻烦嘛。”

“这道理我懂，但我还是不能去。”

“可这是……为什么？我当着这些人的面向你作的保证还不够吗？”

“我需要的不是什么保证，而是有一件需独立地去做又不至牵连别人的事情……”

“我明白了。你要去找……”

“请不要说下去了。反正我的决心已定，不能改变了！”

“要是我能帮助你……”

“不。此事不必再说了！”

“我可以……可以不说。但魏先生……”

“总督大人，”张榕突然开口道，“此事倒也不难解决。”说着，又转向古竹韵，“古小姐，总督大人的话未必不是尽情尽理，古小姐呢，也有自己的理由。以我之见，倒可以采取个从权的办法。”

“说说看。”古竹韵说道。

“寒舍很宽绰，又十分清静。对此，古小姐是知道的。如果魏尔诺先生不嫌弃，到舍下委屈一段，对总督大人和古小姐不是两全之策吗？”

“这……”赵尔巽迟疑中微露不满地说道，但只说出一个字，后面的话终于没说出来。

不料，魏尔诺却掩饰不住轻松地说道：“魏某愿意接受荫华兄的盛情，只是从此要叨扰华府，心甚不安，请先接受我的谢意和歉意……”

张榕笑道：“魏先生言重了。况且，这也是魏先生给小弟的面子嘛。”说着又转向古竹韵，“古小姐意下如何？”

古竹韵说道：“既然荫华兄热情邀请，魏尔诺先生又欣然愿往，那就这么决定好了。——魏先生，我前几天曾去宝石沟祭奠亡母，也拜祭了令堂亡灵。你如想去填填土，可去找我，我叫刘成陪你去。”

古竹韵说完，对在场的人看也没看，往外便走……

59

此后的一段时间，蓝天蔚和张榕照例在兴奋中忙忙碌碌，为奉省之独立殚思极虑。被任命为革命军参谋的古竹韵和魏尔诺，却因所购武器迟迟未到、革命军尚待组建而处于无所事事的闲暇之中。古竹韵心想，武器何时运到尚不得而知，而且，即使此刻便有了长春和旅顺装车启运的消息，运抵盛京并分发到革命军战士手中，少说也得三五天以后了。也就是说，她离开盛京三五天是不会误了大事的。因此，何不利用这个机会，东去永陵寻找杨静霞许诺草建的姜海山的坟墓，以便日后迁墓于宝石沟，也算了结一桩心事嘛。

当然不能说走就走，至少该同蓝天蔚或张榕打一声招呼才对。此刻正是日薄西山，每天这个时候，张榕和蓝天蔚常要在同盟会总部碰头。于是，她在做了一番必要的准备后，匆匆赶往同盟会总部。不出所料，这两人全在。但是，当她走进这两人碰头的房间时，一股未曾有过的反常气氛令她骇然一抖。从这两人脸上凝结的疑惑、愤怒、忧虑乃至无奈，古竹韵意识到，一定发生了对同盟会不利又难以解决的大事！

古竹韵觉得，在眼前这种气氛中，去谈自己东去永陵的事肯定不合时宜；而且，两位同盟会的领袖商谈大事，她不便旁听，更不便介入。她该识趣些，说一句“对不起”，尽快退出去才是。

她刚要这么说这么做的时候，却听两人同时叫了声“古小姐”，而下面的话竟是蓝天蔚所说：“你来得正好，快坐下，坐下。”

古竹韵不解地看了张榕一眼，迟疑了一下，见张榕起身为她挪过一把椅子，这才走了过去，心里却在纳闷：“蓝协统为什么说我来得正好呢？”

待她落座后，蓝天蔚略一斟酌说道：“古小姐大概还不知道，你为革命军筹集的军费已经付之东流……”

“什么!”古竹韵大惊道,“怎么会? ……”

“我和荫华兄也认为这事不该发生。但……事实如此。”

“发生了什么事?”

张榕说道:“我们派出购买和发运军火的人已在七天前被捕,武器弹药当然也被没收……”

“天哪!”古竹韵呻吟般地叫道,显然是对所发生的事的不解和哀叹。但她随即心里一颤,不安地想道,蓝天蔚主动邀她坐下,并巧妙地谈到发生的事,会不会因为这事同赵尔巽有关呢? 这是她急于弄清也必须弄清的问题。所以,她虽然知道下面要说的话,与她那一声“天哪”的慨叹并不协调甚至毫无关系,却还是直截了当地说了出来,“秀豪兄,荫华兄,”她说道,眼睛直视着蓝天蔚,“请二位如实告诉我,这事是否与……与赵总督有关?”

蓝天蔚说道:“我估计古小姐会提出这个问题。请古小姐放心,可以肯定地说,这事与赵总督无关。”

“当真?”

“当然,我不否认,刚一听说这事,我也曾怀疑过赵总督。因为,整个东三省毕竟全归赵总督管辖,尽管长春——唔,这是我们购买军火货源的所在地——军政两界的首脑全是满族,甚至还有皇族,是不把赵总督放在眼里的,但是,命令他们搜捕荫华兄派出的购买军火的人,他们还是肯定会执行的。——我这样讲,古小姐不会生气吧?”

“恰恰相反。我希望我们都能开诚布公。”

“是的,我怀疑过赵总督。”蓝天蔚接着说道,语气中带着慨叹,“但是,想到最近一段时间赵总督对我们的多方关照,特别是和你古竹韵这层关系,似乎没有理由怀疑他。后来我又想到,这事发生在七天前,而那时,赵总督正在松江省巡视,特别是,赵总督离奉前,你们的筹款行动还没有开始,更不要说派人去购买军火了……”

没等蓝天蔚把话说完,古竹韵又问道:“秀豪兄是说……七天前?”

“是的。那时,赵总督正在返奉途中。”

“可是……他返奉后肯定会接到长春官府的报告啊! 他为什么不告诉我们?”

这时,张榕接到话头说道:“赵总督的确接到了报告,但时间却是今天下午。”

“今天下午?”古竹韵问道,“确实是今天下午吗?”

张榕点头道:“报告送达赵总督时,我正好在场。”

“他让你看了这份报告?”

“否则,我到此刻也弄不懂为什么派出去购运军火的人迟迟不归且杳无音信!是的,赵总督赶走了所有闲杂人等,让我看了那份报告。我当时差点儿晕过去。当时,赵总督异常恼怒地训斥我用人不当、干事不密、给他带来了难题。他思考了一会儿后,又说,他只帮我们做到两件事:一是命长春方面速将购枪人押回奉天听审,以保全此人的性命;二是他拟将积存的一千两俸银暗中赠予我们。他最后说:‘我赵某为了你们和小女的事,把官职乃至身家性命都押上了。万望你们行事细心些,别再让我陷入进退维谷的窘境了!’此后,我便离开总督府,邀秀豪兄来此会面,商量商量对策……”

“原来是这样……”古竹韵沉思地说道,她显然在为军火一事担忧外,也为赵尔巽的行为而感动。

蓝天蔚又说道:“所以我说,我们这次败绩同赵总督无关,古小姐尽可放心。——不过,我说‘古小姐来得正好’,并非仅仅为了向你讲述事情的原委,而是另有所求……”

“请说吧,需要我做什么?”

“估计古小姐已经知道,我虽为混成协协统,但身边清狗环伺,处处掣肘,让所有官兵倒戈反清,怕是比登天还难,目前,我还不敢冒险一试,只能是大局粗定后,方可改编成革命军。而我们要想促成奉省独立,没有自己的武装做后盾是不行的。我确信,奉省之内赞成独立者甚众,但光有人没有武器不行,且不说我们长春购枪已成泡影,就算我能从第二混成协中弄出一些枪支,再加上赵总督所赠的一千两白银,也还是杯水车薪而已。所以嘛……”

古竹韵问道:“秀豪兄是不是想让我故技重演?”

“事已至此,只好再难为古小姐一次了。”

“说起来,倒也不算难为我。但我想,恐怕未必是个好办法。”

“古小姐能说说为什么吗?”

“秀豪兄请想,我们已经这么干了一次,那些人也都照办了。如果我们对同样的人第二次下手,这有点儿不近情理。再确定和踏查新的门户,又要费去许多时日,岂不误事?”

张榕说道:“我刚才也是这么说。所以,就把我的宅院卖掉好了!”

古竹韵摇头道:“这也不行。首先,找到买主就不是件容易事,其次,急切之中也卖不上好价钱。还有,卖了宅院,荫华兄还好说,让秋妹住到哪儿去?所以,这宅院是不能卖的。”

“古小姐的话固然在理,但碰到眼前这种情况……”

“荫华兄不必着急。也请秀豪兄放心。这难题也许我能解决。”

“你?”蓝天蔚和张榕同时惊问道。

“家仆刘兄刘嫂还保存着我的一批银票。本利一起计算,数量是不会太少的。但那是十年前的银票,能否取出,还需去试一试。请二位耐着性子等一等,明天上午就能见分晓……”

张榕说道:“古小姐刚刚回国不久,怎好让你在出了大力后又如此破费呢?这万万使不得!”

“是呀,”蓝天蔚慨然道,“这的确不好接受……”

古竹韵站起来说道:“这些客气话就不必说了。反正那些银票我也用不上,何必让它们白白放在那里呢?明天一早我就去城里寻找钱庄,如能顺利兑换出现金,中午二位便可派人去购买枪弹了。”说完,往外便走。

蓝天蔚和张榕神情复杂地互相看着,久久没有说话……

第二天,古竹韵果然兑换出了现金。当天夜里,蓝天蔚和张榕便派出绝对可信的人携款乘车去了旅顺。张榕在那里的一位日本友人曾许诺协助购买枪支弹药,并说可用日本人的客车迅速运抵盛京。张榕认为,上一次派人购买枪支弹药就该去旅顺而不是长春,都怪派出去的人说同长春军火商是至交,不会出错,结果却出了大错。这回,通过日本友人从日人手中购买,是不会旁生枝节的。果然不出所料,派出去的人仅在三天后便发回密电,说事情进行得异常顺利,再有个三五天便可装车发运了。不用说,蓝天蔚和张榕都很振奋。

古竹韵从这件事情上意识到,在眼下这种时候,东去永陵是不合时宜的。她只能耐着性子等待来日了。

说话间又过去了两三天。

此时的天气,论季节虽仅仅是初冬,但盛京城一带却早早飘下一场场清雪了。

这天晚上,闷在家里一整天的古竹韵走出家门,踏着地面上明天就会化

掉的薄薄的一层积雪,信步走到北门外张榕的宅邸。

应张榕之命,正在书房草拟革命军编制的魏尔诺十分高兴地代替主人接待了她。

“荫华兄呢?”古竹韵呪口茶水问道,“还没回来?”

魏尔诺说道:“是的。每天这个时候,晚饭也早该吃完了。”

“是什么事耽搁得这么晚呢?”

两人正说着,却见张榕神色沮丧地走进书房。

“请坐下,坐下。”张榕无力地挥挥手,对站起身来的古竹韵和魏尔诺说道。同时,他自己也沉重地坐了下去。

古竹韵盯着张榕,犹豫一霎后问道:“荫华兄好像碰上了什么不愉快的事?是不是旅顺方面……”

“不。”张榕摇头道,“旅顺方面除了要耽搁数日,是不会有事的。而且,发生的事,比武器的事要严重得多!”

“那会是什么事呢?”

“说出来,二位也会感到震惊的,今天下午,秀豪兄被罢免了协统职务……”

“什么!”古竹韵和魏尔诺同时叫道,“秀豪兄他……”

“是的。”张榕沉痛中带着愤慨地说道,“秀豪兄被罢了官。至少在目前,我们难以调动北大营第二混成协的一兵一卒了!”

“怎么会这样!”古竹韵起身说道,“请荫华兄如实告诉我,这是什么来头?这是不是……是不是……”

“这事情很复杂,古小姐。”张榕说道,也站了起来,踱了几步,同时斟酌了一下,“圣旨固然是赵总督当众宣读的,可他这也是……不得已。”

“不得已?他可是曾说……”

“是的,赵总督说过替秀豪兄消弭祸患的话。但是,秀豪兄擅自南下,且是去联络同盟会,官府中许多满族官员议论纷纷,并具名向皇上弹劾了他。赵总督对那些满族官员的攻讦可以置若罔闻,对皇上的圣旨却不敢不宣读,他毕竟还是皇上任命的总督啊!”

“可是……我就不信他回护不了秀豪兄!”

“让他公开回护是太难为他。但事后,赵总督特别召见了秀豪兄和我,对他不得已宣读圣旨并当众免了秀豪兄的官职深表歉意,并说,请秀豪兄暂忍怒火,他一定想办法治治那几个给皇上上疏的满官,过了这阵风头,即可开复秀豪兄的协统之职……”

古竹韵说道:“他应该能做到这一点。可是……什么时候才能算‘过了这阵风头’呢?”

“这……这不好说。但我相信赵总督的话绝不会仅仅是一句廉价的安慰……”

“那么,蓝协统呢?他在哪儿?”

“他在奉天是独身一人,说走是很方便的。”

“什么!”古竹韵惊道,“你是说……他要离开盛京?”

“他不是一个能忍气吞声和委曲求全的人。他说,孙中山曾表示,革命一起,他蓝天蔚将是革命军总司令的最合适的人选。他后悔当时没有答应。他说,第二混成协是指望不上了,他此去南方,一定要组织起一支北伐军,带到东三省来。所以……我们离开总督府,他就直奔车站跳上了南下的列车……”

“看来……”古竹韵沉吟着说道,“秀豪兄是不相信总督的话……”

“但是,他也太过急躁了。”张榕说道,叹了口气,“我劝他等一等再说,可他就是不听!”

“那么,荫华兄,秀豪兄已走,你有什么新的打算吗?”

“打算是有的。但还没想成熟。特别是……特别是……”

“特别是什么?是有关总督吗?”

“实话说,是的。一些关键之处恰恰涉及令尊大人,我还很难作出最后的决断……”

“荫华兄,想必你对我和赵总督父女关系的渊源已了解得和我一样清楚。你也同样看得出来,这种前途难测的父女关系不会影响到我对革命的态度。所以,你有什么话,尽可开诚布公地讲出来,而不必有什么顾忌……”

张榕犹豫了一下,说道:“那好,我就直说了吧。在对待赵总督的态度上,我和蓝协统是有分歧的。他说,奉省革命非甩开赵总督不可,即为此流血也在所不惜。我则认为,只要我们作出努力和稍有耐心,赵总督迟早会公开站到同盟会旗帜下的;既然有充分条件和平举义,为什么非要争个独立的先后造成无谓的流血呢?他说我变得难以理喻了,因为我东渡日本前是主张暴力的;我说,这要因势因人而异,以赵总督的为人和对待同盟会的态度,是不该对其使用暴力的。最后他被我说服了。可是,眼下的事实,不仅证明他错了,同时,证明我也错了。是的,我们全错了……”

古竹韵听到这里，蹙动了一下眉头说道："我不明白荫华兄的意思……"

"其实……"张榕说道，"这是个极简单且极显见的问题。古小姐你想，奉天乃清廷所谓的龙兴重地，遍布皇族和皇上的爪牙，出身汉族的赵总督不能毫无顾忌随心所欲地行事，这是不待细言的。事实上，他也正是处处被掣肘，时时受监视的。对此，我不仅屡有所闻，更屡有所见。他不敢公开表示支持我们，他想保护蓝协统却未能做到，便是证明。当然，我们也可以促使他甚至逼迫他宣布奉省独立，但那样会有个怎样的结果呢？我们也仅仅是增加一位同志而已！因为，那些由满人控制着的军队是不可能听他一声令下，便向朝廷倒戈的。也就是说，赵总督的处境很艰难，比我们还艰难……也就是说……我们既不能把他当作敌人，也不能指望他在奉省独立上起到关键作用……古小姐，我这样说，你能明白吗？"

"是的，我明白了。"古竹韵垂眉说道，声音有些嘶哑，"但是……"她又扬起脸紧盯着张榕显得有点儿犹豫地说道，"荫华兄能告诉我赵总督他……他的前途会是怎样吗？"

"这正是我绞尽脑汁思考的问题。我想……我们绝不能伤害他。这是前提。我们是不是以驱逐赵总督为名，将他保护起来……也算回报了他对我们的恩义，又能使古小姐在革命成功后与生父团聚。当然，这要在我们武装起革命军之后。——唔，对了，我还初步设想，抛开形同虚设的保安公会，成立以革命党人为中坚力量的奉天联合急进会，克日起义，尽早促成奉省独立，以与南方各省呼应，杜绝清皇北归偏安的梦想……不过，这只是送走蓝协统之后，头脑一片混乱下的一些想法，还没和同盟会其他领导们磋商，我应古小姐之请而和盘托出，也是想听听二位的见解。"

古竹韵思索了一下说道："荫华兄虑事之周到自是胜人一筹。只是……对待赵总督……"

"我说过，保护赵总督，其根本原因是他对我们的理解、同情乃至回护。"

"荫华兄这么说，我就踏实了。"

"那么，魏先生呢，我这些设想……"

"当然是无可挑剔的。"

"二位这么说，我也踏实了。我现在可以去找在盛京的几位同盟会领导，商讨最后的决议并确定召开奉天联合急进会的成立大会了。对，事不宜迟，我马上就去！"

“看到荫华兄如此殚思极虑和奔波劳瘁,我和魏先生却无所事事,心里真是不安。我们能帮助荫华兄干点儿什么吗?”

“看我,真是一团忙乱,竟忘了一件大事!”张榕说道,从怀里掏出一张纸,“二位哪里会无所事事呢?正有一事要二位代劳。这是蓝协统行前交给我的革命军一旦起事时的攻防略图。我尚未来得及细看。就烦请二位根据这张草图,制订一份详细的攻守计划。”

古竹韵接过草图,说道:“这任务太重也太难了。”

“哪里会难倒二位呢?魏先生曾是军官,又在美国主攻军事学,而古小姐,不仅早对盛京一带了如指掌,更在不久前为筹资走遍了大街小巷。这一重任是非二位莫属的。”

古竹韵又征询魏尔诺道:“魏先生以为如何?”

魏尔诺说道:“承蒙荫华兄信任,我们就勉为其难吧。”

“谢谢。”张榕说道,突然又想起了什么,“还有,我估计蓝协统被罢官后,那些与同盟会为敌的人还会有所行动,舍下已不再是安全的所在。二位暂时都住进古小姐家。古家是赵总督特别保护之下的,至少在目前是无人敢去骚扰的。”

“好吧。”古竹韵说道,“就照荫华兄说的办吧。”

张榕最后又说道:“这几天我会常在同盟会总部,离古小姐家很近,有事就到那里去找我好了。——我们一起走吧,还可以同行一段路。”

于是,三个人一起离开了张榕的住宅……

60

三天后，古竹韵和魏尔诺经过对盛京城内外又一次踏查，参照蓝天蔚留下的草图，制订出一分详尽的攻防计划。两人决定去车站附近的同盟会总部，把计划交给张榕。

意识到自己终于能在革命风暴到来前作出具体贡献，心里的兴奋是难以言表的。他们走得异常轻松，旁若无人，甚至有点儿忘我，竟没有留意到车站左近行人和旅客们惶惶然的异常表现，直到他们已离同盟会总部几步远的时候，才猛吃一惊，在总部大门两侧以及对面的人行道上，都站着手端火枪的军人。透过洞开的大门，亦可隐约看到晃动着的枪筒。

这当然不会是革命军，革命军还没有拉起来。

"坏了！"古竹韵和魏尔诺同时在心里惊恐地叫道。

他们也同时注意到，他们前后左右全是军人。所能看到的军人面孔，若非木然，便是凶恶。那样子，似乎随时都可能扣动扳机。

但是，没人挡住他们的去路，也没人喝令他们站住。

居然一个许进不许出的阵势。

他们别无选择，只能硬着头皮往里走。

这是同盟会总部最大的房间，是开会的场所。

一走进门，他们便看到，会场里坐满了人。最前面的台子上摆着一溜长桌，长桌后也坐着人，中间的一个便正是张榕。四周的过道上则站着一些枪口朝向中间的军人。

没谁注意到古竹韵和魏尔诺。

这时，他们看到，一个大约已手叉腰绕场一周的军官模样的人走向主席台中间处，略一弓腿，很潇洒地跳到主席台上，用右手拍了拍手枪，冷冷一笑，大声说道："诸位，我张某身为军人，以服从命令为天职。故先向诸位告罪。也请诸位放聪明些,我奉命只逮捕为首者,余者不问。若有敢于乱说乱动者,休怪我不客气!”

这声称姓张的军官话音未落,张榕便已倏然跳起,强压怒火地喝问道:“你是从哪儿冒出来的狂徒,敢来同盟会总部捣乱!”

姓张的军官怒目回首道:“是谁这么大胆子,敢出口不逊骂我是狂徒!就让我来告诉你吧,我张某系奉天前路、中路巡防统领兼奉天国民保安公会军令部新任副部长!”说完,又慢慢回过头来,扬手朝台下一挥,狠狠瞪起两只小眼睛,“你们还有谁敢再叫我一声狂徒!”

会场里鸦雀无声,一个个噤若寒蝉。

姓张的军官眼睛一眯,哈哈大笑起来。笑声刚一结束,他又猛然转身,恼怒中带着讥诮地对愤然而立的张榕说道:“让我猜猜,阁下就是张榕吧!”

张榕凛然说道:“猜得对。我就是总督府军务参赞张榕!”

“好吓人的官职!我可真没想到,你这个毛头小子竟做到这么大的官儿!赵总督很看重你呀!”

“少废话!如果识相,立即带着你的人从这里滚开!”

“这却不忙。唔,对了,听说张参赞不仅学富五车,还骑射两绝呢。真可惜,可惜,实在太可惜了!”

“你究竟还要胡说八道多久?”

“这就完了。我也跟你玩够了。”姓张的军官说到这里,挺了挺与下肢相比略长的上身,满脸全是恶狠狠的杀气了。“让我告诉你吧,张榕,”他接着说道,“你的文才和武略,就要随你的身体一起葬进坟墓了!”说着,又骤然回过头来,将右手一扬,“来人!先把张榕给我捆起来!”

立即有两名腰悬绳索的士兵纵身跳到台上,不容分说地拽开长桌,扯过张榕,三下五除二地捆绑起来。

张榕知道反抗是没用的,也就不去反抗,嘴上却厉声喊道:“你们没有权力抓我!你要拿出赵总督签署的逮捕令!”

“赵总督?逮捕你还用不着总督下令!”

此时,会场里已是一片哗然。几个胆大的人也站起身来,说出一些没人听得清的但也肯定是指斥那张姓军官的话。但在一阵嘁里咔嚓的枪栓声过后,又都悄无声息了。

姓张的军官待会场静下去后,对张榕冷笑一下又说道:“张榕,怕是你没

有机会去见赵总督了。”他哼了一声，伸手从口袋里掏出一张纸，并朝台下转过身来，“你们听着，我手里这张纸上写着要逮捕者的名字。我念到谁，谁就要老老实实走出座位。有敢于拒捕反抗者……”说着，回身拽过那张已离了位置的长桌，右手掏出腰间的手枪，“啪”的一声平掼在桌面上，紧接着说出下面的话，“我张作霖认人，我这枪是不认人的！”

还是在张作霖刚跳上台面时，古竹韵就觉得这人似曾相识。她搜索枯肠努力回忆，虽说模模糊糊有点印象，却怎么也记不起在何时何地因何事同此人有过接触。这并不奇怪。张作霖打劫赵尔巽那件事，已是十多年前的事了，而且，她那时也根本没有留意张作霖的长相，脑海里是不可能保有清晰的记忆的。更何况，此刻的张作霖唇上已蓄起胡须，又穿着一身笔挺的军装呢？她无论如何也不可能把眼前这个职衔不低的军官同十年前一名不起眼的小劫匪联系到一起的。

但是，当年那件事，古竹韵毕竟不曾忘怀。每当想到赵尔巽，那恒顺客栈的一幕便异常生动地重现在眼前，并每每有包括她两位师兄在内的三个劫匪混迹其间。也就是说，这么些年来，张作霖这个名字，对她从未变得生疏，只是同这个名字相匹配的相貌，不能如两位师兄那样时时在记忆里生动起来，而是朦朦胧胧的一团了。朦胧是朦胧，但也仅仅是朦胧而已，有了充分条件，还会清晰起来的。

眼下就有了这个条件。那军官竟自己报出了姓名！

古竹韵在听到张作霖三个字心头猛然一颤的瞬间，便陡然忆起了当年那一幕，并记起了五短身材、小眼睛、雷公嘴，以及戏谑人的语气。而且，这几乎各自独立存在的左一点右一点，以极其迅猛之势，奔赴进记忆中那朦朦胧胧的一团，并在刚刚塑出人形后，立即同台面上的军官重合到一起了。

是的，尽管在这同一瞬间，似有许多难解的疑问袭进古竹韵的脑海：这张作霖怎么从一个土匪摇身变成了军官？何时到盛京任职？赵尔巽是没见到他还是见到了而没认出来？等等，等等；但有一点古竹韵是确信无疑的，那便是这人正是当年劫持赵尔巽并败在她古竹韵手下的那个张作霖。

能确信这一点，就能确信她救得了张榕，也能救得了其他人。

难道这张作霖会忘得了当年射进手腕的铅丸吗？只要她宣称自己就是当年击发铅丸的人，管叫他张作霖当即吓得魂飞魄散。万不得已，她还可以打出赵总督的女儿这张王牌，张作霖可敢动她一指头？

但是，时间之紧迫已不容她多想。

她微微启动双唇，对魏尔诺轻声说道："站着别动！"同时运足了脚力，令人难以觉察地轻轻一纵，那依然姣好得少女一般的身体，疾如鹰隼般朝台面上飞去。

说时迟，那时快。在人们惊异地觉得有一黑影凌空飞过又一时难辨何物的刹那，古竹韵已飘落台面，扬起微握的右掌，大气也没出一口地朝张作霖喝道："张作霖！还记得当年的神丸贯目功吗？"

猛吃一惊的张作霖，下意识地动了动右手，似要去握桌面上的手枪，但随即又将手收回，惊疑参半地颤着小眼睛看着古竹韵，咕噜一声咽了口唾沫，费了好大劲儿，才使口腔里的舌尖放到发音部位。

"你……你是赵……"

"我是古竹韵！"古竹韵高声说道，心里倏然意识到，这张作霖似乎已经知道她是赵尔巽的女儿。这倒是更好，省得她自己说出来。

"是……"张作霖磕磕巴巴地说道，"你是……古小姐……李彪的……师妹……"

"记性还算好！"

"可是……可要……要我怎样？"

"立即放了张榕，带着你的手下人从这里滚开！"

"这……"

"听着，张作霖，只要我手指尖一动，管叫你立即贯脑而亡！"

"千万……千万别动手指尖，我……遵命就是。"张作霖说着，想拔腿跳下台面。

"等一等！你这会儿还不能走。"

"好，好。我不走，不走就是。只是千万请古小姐……"

古竹韵没容他说出乞求的话，开口命令道："先叫你那些部下全部离开会场！"

"好，好，好，好。"张作霖重复着这一个字，将眼睛转到台下，死的恐惧似在迅速退去，脸却依然是哭丧脸。

张作霖如此出乎意料地服服帖帖，令古竹韵感到奇怪，但更多的则是觉得好笑。

"李管带！"张作霖喊道，"我落在了你师妹赵……唔，古小姐手里。你们救不了我。请你……请你以最快速度带领弟兄们顺原路返回营房。快去，快走吧！你们慢了，我会遭殃的！”

在张作霖朝左侧叫出“李管带”和紧接着说到“你师妹”时，古竹韵便略显惊讶地朝左侧瞄了一眼。她看到，窗下正有两个人在交头接耳商量着什么。虽说那两个人背光而立，难辨面目，但其中一个长着落腮胡子是依稀可见的，这人就是李彪是错不了的。看来，李彪在离开盛京后，一直跟着张作霖，而今又和张作霖一起，做了朝廷的军官。那么，和李彪在一起显得很亲近的人又是谁呢？两个人刚才一定是在商量如何解救张作霖吧？

这时，只见李彪挥了挥大手，喊了一声“撤”，便抬腿朝外跑去，会场里的士兵们也都收枪上肩，跑步退出。

古竹韵不再去想李彪以及和李彪并肩而立的人，她见被捆绑的张榕旁边还有两名战士，便喝令道：“你们也滚出去！”

那两个士兵大气也不敢出，松开张榕的胳膊，跳下台面去追赶李彪他们了。

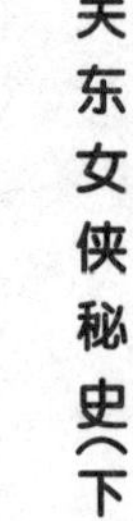

已将右手垂下的古竹韵本想去解开张榕身上的绳索，略一犹豫后，对张作霖命令道：“给张参赞松绑！”

张作霖立即照办。

获得自由的张榕朝古竹韵抱拳道：“谢谢古小姐解救之恩。”

“荫华兄，”古竹韵迟疑了一下说道，看了一眼刚跳上台面的魏尔诺，“我和魏尔诺先生对今天的会议毫无所知。要不是恰巧因事到这里找你……”

“对不起，古小姐，魏先生。”张榕说着朝魏尔诺扬扬手，“我原想，今天是全省各地的……不过，我还是应将二位请来的……”

古竹韵咬了咬嘴唇，竭力掩饰内心不快地说道：“你们的会怎么办？如果要继续开下去，我和魏尔诺先生……”

“不不。”张榕忙道。他本想解释几句，以消除古竹韵的误会。原来没请古竹韵和魏尔诺参加会议，是因为要讨论如何对待赵尔巽的问题。有些人主张把赵尔巽列为敌人，张榕在事先是知道的。他觉得，让古竹韵在场坐听人们对赵尔巽肯定是针锋相对的评议，无疑是不合适的。但是，在眼下，这话如何对古竹韵讲？又怎能用一两句话说清楚呢？看来，他只能暂不作解释，留待离开总部后私下里详谈了。所以，他在连说了两个“不”字后，骤然收住话头并停顿了片刻后，才说出如下的话来，“是的，这会不能再开下去了。再说,主要的决议都已作出,也没必要开下去了。"

张榕说到这里,看了看长桌后面早已站起来的同盟会的主要首脑,见这些人对他的话未置可否,便点点头,把身体转向会场,举起右手大声说道:"我们的会议受到了干扰,一些同志险些赴义。是这位古竹韵古小姐救了我们,还有这位魏先生。他们是我们中间将承担重任的好同志。请大家认识并记住他们。我们今天已作出了决议,完成了预定的任务,请大家返回各地后按决议行动吧。散会!"

人们在噼里啪啦的座椅声加沸沸扬扬的议论声中散去。

在瞬息间变得空荡寂然的大厅里,只剩下了台面上的四个人。

张作霖怯生生地挑起眼皮看了看古竹韵,试探地说道:"古小姐,你看我……"

古竹韵冷然说道:"你先别走!也许张参赞有话问你。"

张榕说道:"古小姐说得对,我确实要让你回答几个问题……"

张榕还未及提出第一个问题,便听门外一阵吆喝,只见一个身着官服,顶戴花翎的大人物,在随从和保镖们的簇拥下,快步走进门来。

此人正是赵总督赵尔巽。

赵尔巽进门后,飞快扫了四外一眼,便径直朝张榕他们走来。除了张作霖未动声色外,另三个人的脸上都露出惊讶之色。

赵尔巽在随从们扶持下,踏着台阶走到台面上。

张榕最先向赵尔巽请安。张作霖随后也请了安。

"免!"赵尔巽没好气地说道,脸上有恼怒,也有关切,"张参赞还好吧?"

"谢大人。在下还好。多亏了……"

"本官知道了。"赵尔巽说道,同时看了古竹韵一眼,眼神中有关切,有责备,在人们看来,这责备乃是关切的派生物。接着,他又说道:"本官接到报告,便急急赶来。在城外,正好碰到退去的官军,方知已由小女出手解围。本官前来,也只能略存慰问之意了。"

张榕说道:"大人如此垂顾,在下已是感激涕零、惶悚莫名了!但是,今天的事情……"

"是的,今天的事情本官也莫名其妙、异常震惊。"说着,面带恼怒地转向垂手而立的张作霖,"你就是五年前被官府收编的匪首张作霖吧?"

"大人……"

"我原以为你能洗心革面,走一条正路,可是,从今天的事情看来,你是难成正果的!——不过,先不说这个。本官问你,你带人来破坏同盟会会议,意欲何为?是受何人差遣?你要当着这些人的面向本官如实招来!"

"大人!……"

"快说!"

"可是……"

"'可是'什么?"

"大人!"张作霖叫道,看了看在场的几个人,"小人不能说呀!"

"你想逼本官动用大刑吗?"

"大人!"张作霖说道,扑通跪了下去,"小人说了也是死,不说也是死。就请大人杀了我吧,小人还能留下一个硬汉的名声……"

"那么……只对本官一人能说吗?"

"这……大人能保证……"

"本官保证替你守密。就给你一次机会,起来,跟本官下去!"说着,又转向张榕,"你们稍候片刻,本官会问个明白的。"

赵尔巽步下台阶,向那些随从和保镖说了一句"你们不必跟着我",便向空荡荡的会场右侧走去。

张作霖紧随其后。

人们看到,赵尔巽和张作霖走到远离台面的墙角处停了下来,立即开始了一场对话。这两人谈了有两分钟,有时见赵尔巽愤怒地挥舞起胳膊,有时见他垂首不语似在思索;张作霖则始终垂手而立,或仰脸争辩,或摇头否定。至于他们说了些什么,是没人听得到的。

最后只见赵尔巽点点头,又挥挥手,张作霖便似有些不甘心地朝大门外缓缓走去。

赵尔巽重又大步返回到台面上。

"张参赞,"他说道,"看起来,今天的事情不仅大有来头,而且极复杂,又涉及一些此刻不便讲的人物。但本官一定要查个水落石出。必要时——是的,本官毕竟还挂着可以先斩后奏的钦差大臣的头衔——必要时,本官会行使一回这个权力的。请张参赞放心。还有,"赵尔巽说着,转向古竹韵,"韵儿,我知道你心里有一件念念不忘的事情。如果我没猜错,那么,今天我会给你个惊喜的……"

赵尔巽说着,回头朝门口看去。

疑惑中的古竹韵也朝门口看去。

只见门口处走进三个人来。其中一个当然是张作霖,第二个是李彪,第三个——

"天哪!"古竹韵险些叫出声来。这第三个人竟是她恨入骨髓,以为再难找到的赵天弼!而且,居然也穿着管带的服装。

赵尔巽朝古竹韵微微一笑,轻声说道:"韵儿,切莫惊讶,更莫出声,看我来如何处置这件事……也是他命运不济,被我撞见了,而且居然认出了他!……"

不大一会儿,张作霖等三人已来到跟前,并都垂下头,相继拾级走上台面。张作霖见赵尔巽朝他摆摆手,便退立一旁,李彪和赵天弼则双双跪下。

"参见总督大人!"两个人叩头道。

"李彪,"赵尔巽说道,"你也站起来吧。"

"谢总督大人。"李彪站起来,疑惑不解地退立到张作霖身边。

"赵天弼!"赵尔巽厉声喝道,"你知罪吗?"

"小人……该死……"

"该死?为什么?"

"可是……大人,今天的事……"

"今天的事……今天的事你知道些什么?"

"回禀总督大人,小人对内情一概不知,只是……只是执行张统领的命令……"

"是实话吗?"

"小人发誓!"

"可本官要问的不是这件事!"

"大人……问的莫不是当年在恒顺客栈……"

"当然也不是。"

"可是,除了这件事……"

"我来问你,杀死刘成夫妇八岁女儿,气昏师母萧夫人窃马而逃的是不是你?"

"这……"

"替增祺窃运内库金宝又背叛增祺窃宝逃走的是不是你?"

"大人!……"

“杀害爱国义士姜海山的是不是你？还有——可是，这已经够了，足够了！”

“大人！大人饶命啊！”

“遗憾的是，你不忠不孝不仁不义，我是饶不得你的！”赵尔巽说着，左右看了看那些保镖，“还不动手将赵犯拿下！”

赵天弼当即被按到地上，绳索加身后又被拽了起来。

他看着张作霖和李彪，半乞求半愤恨地喊道：“雨亭！彪哥！就不能替我说句话，求总督大人放过我吗？我们可是生死弟兄啊！”

张作霖垂头不语。李彪不知所措。

“赵天弼！”赵尔巽又喝道，“你罪不容诛，谁也救不了你的！”说着，将视线落到在激动中浑身颤抖的古竹韵脸上，“韵儿，”他说道，声音柔和而动情，“我知道你渴望找到赵天弼，又不愿别人插手帮助。今天，也是事出突然，情急之中做了代庖之人，希望你能理解和体谅我的心情……”

古竹韵将狞视着赵天弼的视线缓缓转向赵尔巽，眼睛里的愤怒随即被激动和感谢取代，甚至还带有明显的惭愧和内疚。她竭力克制着心房的奔跳和眼中的热泪，启动苍白的双唇，颤声说道：“不。我……感谢您，爸爸！……”她在此情此境中，骤然叫出一声“爸爸”，竟如此自然顺畅，甚至倏忽间有一种少有的轻松感。

赵尔巽却没有轻松感，因为这未曾经历过的喜悦和激动来得太突然了，他差点儿狂喊一声晕过去。但他既不能狂喊，更不能晕过去。他用残存的力量支撑着自己，喃喃说道：“‘爸爸’……韵儿是这样叫我的吗？”

“请爸爸原谅我的过去……”

“爸爸理解……理解的……”

一直旁观的张榕也受到感染，似乎已忘记了刚才的那场虚惊。他向前走了一步，真诚地说道：“我祝贺你，古小姐，更要祝贺您，赵总督。”

“当然，当然。”赵尔巽说道，语气中透露出快活，“这值得祝贺。不过，以后……不要再叫古小姐了？”

“请再等一等，爸爸。”古竹韵似有隐忧地说道，“等我找到……”

“姜海山的坟墓？”

“您怎么知道？”

“如果连这也猜不出，我还配做韵儿的爸爸吗？而且，我还要告诉你，韵

儿,我知道姜海山的坟墓在什么地方。”

“您……知道?”

“五年前,一个偶然的机会我发现了姜海山的坟墓,并抄录了杨静霞立的碑文,一会儿我派人送给你。五年来,一直有我的人保护那座坟墓。天可怜见,总算没让我这份苦心白费……”

古竹韵簌然落泪。稍许平静后,她说道:“我感谢您为我做的一切。不过,我还有个请求……”

“说吧。”

“能把赵天弼给我吗?”

“我本来就是这个意思。”

“待我祭奠过海山哥,我会永远回到爸爸身边的……”

这时,被赵尔巽的保镖们挟持着的赵天弼大喊道:“总督大人,您不能不经审讯就把我交给古竹韵!——师妹,杀害姜海山的不是我,是俄国人啊!——总督大人,您不能不给我申辩的机会呀!”

“住口!”赵尔巽甩过头去,大声喝道,“你再敢瞎喊,我就先割掉你的舌头!——把他的嘴给我塞上!”说完,又转向张作霖和李彪,“你们……滚吧!”

张作霖迟疑了一下,说道:“我的,枪……”

赵尔巽回身从长桌上拿起手枪,扔了过去,并说道:“拿去吧!可你们要记住,这事还不算完!”

赵尔巽见张作霖和李彪奔下台阶,缓了一口气,对古竹韵说道:“韵儿,你刚才是说,祭奠完姜海山就回来,是这样吧?”

“是的,最多也就是三五天。”

“怕是你不能这么快就回来。”

“您是担心……”

“不,当然不是担心什么。据我所知,那杨静霞,即杨老太太,依然活动在鸭绿江一带。所以我想,你去见见也好。我不知道你们之间有多深交往,但是毕竟是她冒着九死一生的危险,夺回姜海山的尸体并造墓立碑的。我虽然盼望你尽快回来,但不愿因此使你造成无情无义的心理负担。如果你觉得应该去见她,你就去吧。只要你能为做了这件事感到心安,我是宁可多盼你数日的……”

“您为我想的这么多，真让我……感动得想哭，是的，我是希望也应该去见见杨静霞的。”

“那么，我就把赵天弼交给你了。我再送你两名保镖。”赵尔巽说着，指了指正挟持着赵天弼的两个大汉，“他们武功高强，枪法也是上乘。而且，其中的一个知道姜海山坟墓的所在。这能使你很快到达目的地，也能保证途中安全。——韵儿，我估计，有了赵天弼，又有了去姜海山墓地的向导，你是巴不得立即上路的……”

“是的。我想略作准备，明早启程……”古竹韵说到这里，才突然记起旁边还站着张榕和魏尔诺，不由得脸颊绯红，一阵愧然，“荫华兄，”她轻声说道，“我真不该在这个时候离去。如果荫华兄让我留下……”

“不不。”张榕连忙说道，“你放心去吧。这里的事情，人手足够了。而且，我突然想到，我们早就想同杨静霞联系，却一直忙得抽不出时间。你这次如能见到她，是个难得的机会……”

“我明白荫华兄的意思。我会作出努力的。”

赵尔巽说道：“既然可以一举两得，韵儿也就不必有什么负担了。——那么，韵儿，你是决定明晨启程了？”

“是的。这行程已变得很复杂了……”

“那么，这赵天弼……”

“今晚就让他在古家小院过夜！”

赵尔巽笑了笑说：“当然，我估计会是这样。——唔，对了，为了加快你的行程，今晚我会派人给你送去一辆快马车。”

“谢谢，谢谢您。爸爸！……”

61

古竹韵等一行在驰离盛京城大约三十里地的时候,天空纷纷扬扬落下雪来。

天气不冷,仅使地面的积雪不至化掉。

也没有风,致令那六角形花瓣依然可辨的密集的雪片,犹如银白的蝶阵,在空中翻飞轻飘。

不知是因为视线受阻,还是不忍心冲乱那翻飞的蝶阵,古竹韵约束她这一奇异的小队伍由急驰变为缓行。

古竹韵骑坐的是一匹异常矫健、亮如黑缎的骏马。这原是张榕射猎时专用的心爱之物。张榕在赠送这匹骏马时,对古竹韵说,马虽是好马,性情却极刚烈,要她务必小心。古竹韵一眼就看中了它。而且说也怪,她只轻轻抚了抚马颈上长发般的鬃毛,那嘶鸣着乱蹦乱跳的骏马,当即就服服帖帖,俨然一个温顺的健仆了。

张榕笑道:“这牲畜居然也有识人的本领!”

看来,古竹韵是配骑这样的骏马的。

稳坐雕鞍的古竹韵,颈系一件猩红色绸面紫貂里的披风,行进中在身后飘舞,像燃烧着的一团烈焰。披风里,依然是那身银白色的剑装。十四岁便开始穿用的剑装,此刻竟依然合体,只是那胸脯处稍显紧张了。不用说,脚下穿的也还是当年在师兄们面前表演神丸贯目功时试穿的那双软底银靴。在她的腰间,扎出她纤细腰肢的银线织成的束带的右侧,悬挂着同样用银线织成的弹囊。弹囊依旧,却不如十年前那么饱满了。因为那里面只剩两颗尚能证明人世间曾有过神丸贯目功这一绝技的铅丸。这两颗铅丸一旦用出,神丸贯目功势必从此绝迹。对于古竹韵,这两颗铅丸足够了。其中一颗,将用来结束赵天弼的性命,另一颗要等到姜海山迁坟后,连同弹囊一起,

埋在将由她撰写重刻的墓碑的基底。能让最后两颗铅丸发挥如此巨大的作用,古竹韵对神丸贯目功从此销声匿迹,还会有丝毫遗憾吗?

在古竹韵坐骑的前面,是一辆单套双座的俄式快马车。这是赵尔巽送给古竹韵的。据赵尔巽讲,这是一个受他恩惠的军官献赠的,既轻快又坚固。只要轻快和坚固就行,古竹韵是不管取之何人的。说是双座,挤三个人是不成问题的。他们恰好需要三个人挤坐。赵尔巽派给古竹韵的两名保镖,坐在两侧,其中一名握着马缰,负责驾驭,另一名监守躺坐中间的赵天弼。其实,不需监守,赵天弼也是跑不了的。何止跑不了,只怕连动也动不得。他们上路的起点是古家小院。试想,见到了杀害女儿的仇人,刘成夫妇,特别是刘嫂,如何按捺得下满腔怒火和悲愤。要不是古竹韵左拦右挡,一再请这一双已红了眼的夫妇为姜海山留下赵天弼一口活气,那么,有十个赵天弼,也都会被那四只铁拳和四只铁脚遣送到西天去了。被扔到车座上的赵天弼,只剩下了苟延生命的几口残喘,双臂和双腿又都牢牢捆着绳索,在他随时都可能弥散到空中的意识里,恐怕再难浮泛出逃跑这个概念了。

既然赵天弼没有逃跑的可能,漫天飞舞的雪阵也无停歇的迹象;既然眼前的快马车低矮无篷的黑色的车厢又随着车弓和车辕簸动得有板有眼,使古竹韵感到赏心悦目、舒爽惬意,甚至心律也随之产生了不愿被打破的欢快而流畅的节奏;既然坐下的骏马似有意讨好主人般用它那两只交替弓起的后腿画出一个接一个标准的圆圈,令古竹韵觉得犹如乘轿那样平稳舒适;那么,古竹韵又为什么要急不可待地快马加鞭,为什么不希望尽量延长这缓行的距离,以便恣意享受一番从未体验过的轻松和欢愉呢?

是的,古竹韵身后的三十年人生旅途中,确实没有过轻松和欢愉。即使有过,也是瞬间的事,还来不及品味,便消逝得无影无踪了。她从记事时起,到她十四岁做了古家镖局局主,几乎全是在封闭的练功密室和同样封闭的书斋中度过的。做了镖局局主,她威风过一阵,也曾感到自豪和扬眉吐气,但却要时刻处于高度紧张之中。携母隐居到盛京小西关的几年里,表面上过起了没有外界干扰的清静日子,而春心的萌生,对姜海山的思念和担心以及突然间跑出了个生身之父,更搅得她心神不宁和思虑丛生。更不必说客居美国的十年里,无时无刻不挣扎在思乡思亲、孤独寂寞这些本能和非本能的因素的困扰之中了!

总之,三十年来,古竹韵未曾有过轻松和欢愉。

但此刻,稳坐雕鞍,在寂静的雪途上缓行的古竹韵,终于有了这一切。

准确地说,还给她丢失已久的轻松和欢愉的,并非漫天的雪、簸动的车和可心的马,而是她的生身之父赵尔巽!

在废墟上重建古家房舍的是赵尔巽,

找到并保护姜海山坟墓的是赵尔巽,

智捕并送给她久觅不得的仇人赵天弼的是赵尔巽,

同情并不断帮助同盟会的是赵尔巽,

等等,等等。

难道这一切还不足以组成一个完美的父亲形象吗?

她还要什么?还要赵尔巽为她做什么呢?

作为年已三十、无依无靠的古竹韵,突然发现自己有一位无可挑剔且深深爱着她的父亲,她如何不感到轻松和欢愉呢?

轻松和欢愉会使人变得更年轻,更美丽,更可爱。何况古竹韵本来就美丽,就可爱而且至今依然是处女呢?

如果我们有个摄影机,把镜头从古竹韵凝重明亮的双目和白中透红的脸庞上拉开,那么,她那处女的秀美的身体、她那一身银白的剑装,身后飘动的火红的披风、坐下的油黑的走马、漫天起舞的雪花以及透过雪阵隐约可见的银白连山、山上苍松的点点墨绿,该组成怎样一幅令人陶醉的图画呀!

我们希望这幅美景就这样定格下来,让它成为永存的一幕。

因为,对于我们,对于古竹韵本人,这无疑是再美不过的场景了。

但是,我们又不能不在此刻骤然想起两句可怖的古话:好景不长,乐极生悲。不过,且慢——我们还是少叙闲言,回到情节中来吧!

话说古竹韵等一行,于起程的第二天到了永陵北山,极顺利地找到了姜海山的坟墓。碑石还在,碑文清晰可见,而且,不久前似有人添过土。古竹韵似乎看到,她至今依然深爱着的姜海山,正无限孤寂地躺在土堆下永远寒冷的黑暗中,她的心骤然搐动起来,鼻子一酸,那积攒了十数年的泪水如泉涌般迸溅而出。她一头扑到坟上,将泪脸紧紧贴在那层薄薄的雪上,痉挛的十指深深抠入那微冻的土中,随着双肩的搐动,送出一声声压抑的异常凄惨的犹如呻吟般的呼喊:“海山哥……海山哥……”

那滚滚的松涛声似在为她助悲……

这样过了好久好久,伏在坟上默默哭诉的古竹韵才挣扎着站起身来,对

着土堆下的姜海山抽咽地说道:“海山哥,你再等一等,你的韵妹很快就把你迁到妈妈身边。那时,韵妹一定为你立一座丰碑,让世人都来敬仰你。今天,韵妹将你我的仇人带来了,你睁开眼看一看这十恶不赦的赵天弼的下场吧!”说着,她回过身来,面对正挟持着已能站立的赵天弼的两名保镖,“让他跪在坟前!”

赵天弼当即被推到坟前,按跪在地上。

“赵天弼!”古竹韵咬牙切齿地喝道,“你还有何话说?”

赵天弼挣扎着仰起脸,盯着古竹韵已探入囊中的右手,动了动嘴唇,似乎想说什么,却终于没有说出来。

古竹韵也不再问,只是恨恨地说道:“你早该有这一天了!”然后,缓缓举起右手,运足气力,把掌中的铅丸倏然弹射而出,力量之大,竟使那铅丸透脑而出,深深嵌入不远处一棵苍松的根部。

只见赵天弼的右眼窝霎时成了一个黑洞,他连哼一声也没来得及,那头便可鄙地往后一仰,整个身体在一阵扭曲中倒了下去,随即伸开四肢动也不动了。

“海山哥。”古竹韵面对姜海山的坟墓,说道,“你可以瞑目了……”说完,忍不住又热泪涌流了。

……

此后,古竹韵在两名保镖的陪同下,东去鸭绿江,去寻找杨静霞的踪迹。但这一段路,就不如从盛京到永陵那么顺畅了。特别是进入吉林界之后,几乎每走一步都要受到官军的盘查。最令古竹韵恼怒和无奈的是,通化城外的官军哨卡,硬说两位保镖递上的关防文书是假的,把他们拘留了起来,说是要查验清楚才能放行。古竹韵和两位保镖说尽了好话,官军哨卡却没有丝毫通融的余地。古竹韵非常着急。她想,要不要丢下被哨卡扣留的官防文书硬闯过去呢?她确信,她自己逃出去是没问题的。可又一想,这样做未必合适。她没见识过那两位保镖的功夫如何,哪怕有一个送命,她也不好向赵尔巽交代。也许赵尔巽不会因为失掉一两个保镖而怪罪她,但她总不能为了争取三两天甚至更少的时间,让保镖去冒送死的危险啊!而且,即使全能活着跑出去又有什么意义?东去的路上还说不定会经过多少哨卡,没有关防文书怎么办?一路上全要打打杀杀过去吗?是的,她不能硬来,只能耐着性子等。她不信查验一纸关防文书会超过三天,同样不相信查验无误后

仍不让他们走。无非是有吃有住地休息三天罢了。何必为此怒气攻心甚至大动干戈呢？但是,她还是把事情想得太简单了。五六天过去了,不仅关防文书依然没有退还他们,对他们的看守却更紧了。古竹韵在心急如焚和万般无奈的情况下,只好亮出赵尔巽女儿的这张王牌,她以为说出这一点,哨卡的那些大兵们是绝不敢再难为她们的。然而,她无论如何没想到,她这么说了之后,竟惹出了更大的麻烦。那个文弱书生一样的哨卡头目隔着木栅对她说道:“你说你是赵尔巽的千金?”

“是的。”古竹韵坦然答道,“只是因为出来办点私事儿,不便公开身份。”

“你可知道什么叫弥天大谎吗?”

“我说的是实话。我本不想说的,但我急于东去……”

“好了,好了。你就说到这吧。”那个小头目抢过话头说道,并“啧啧”两声,“真不错。赵总督的千金……穿着一身剑装……急于东去……带着两个随从……”他似自言自语地说到这里,忍不住地轻笑起来。笑毕又说出下面的话来:“这可真是天下之大,无奇不有啊！可你猜怎么着？漂亮的小妞儿,第一,我虽够不上聪明绝顶,却也不是蠢蛋,真话假话是分辨得出来的;这第二嘛……你当然预料不到,赵总督有没有千金,我是早就清楚的……你看,古小姐,你又多么不幸啊!”

“古小姐!”古竹韵心里叫道,并当即记起,一直拿在保镖手中的关防文书上,明明写着保镖和她的名字,而她的名字恰恰是古竹韵!

“我这是怎么了?”古竹韵在心里自怨自艾地说道,“这不是急中出错,又做了一件蠢事吗?”是的,为什么要端出赵尔巽,为什么要说自己是赵尔巽的女儿呢？难道还要向这个油腔滑调的不过是个小小队官的家伙讲述一遍“赵古”两姓之间的历史渊源吗？别说不能讲,就算不顾一切地和盘托出,又有什么意义？那小头目就会相信吗？那么,让两个保镖来作证？同样没有用。在那小头目眼里,她已经是个“骗子”,让“骗子”的手下人给“骗子”本人作证,岂不是滑天下之大稽吗?

“天哪,我真蠢!”古竹韵在心里一遍又一遍地咒骂着自己,结果,什么话也没说出来。

那小头目见古竹韵不说话,故作优雅地笑了笑说道:“古小姐,以后说谎话不要说得太大。你看,古小姐,你这么随便一说,却给我带来了很大的麻烦。因为,我生性是个办事认真、异常谨慎的人。所以,你就得再耐心地等

一等，让我查一查。谁知道呢，也许赵总督真的有一位姓古的千金呢。当然，在查清事实前，是可以让你享受享受总督千金的待遇的……”说完，又微微一笑，甚至浅浅鞠了一躬，这才转身离去。

“听着，你这个混蛋!”古竹韵费了好大的劲儿，才颤抖着身体，咬牙切齿地喊了出来，“你会后悔的!”要不是有木栅阻挡着她，她准会冲过去一拳砸碎那小头目的脑袋。

从那以后，那小头目没再光顾古竹韵的牢房。但牢房外，却又增加了一些看守，而且，在古竹韵身边多了两个专门侍候她的精明而勤快的女仆。

这回，古竹韵想跑也跑不了了。

整整二十天后，古竹韵和她的保镖才获得了自由。

二十天，对于在革命的关键时刻离开盛京的古竹韵绝不是个短暂的时间。而这整整二十个日夜，竟是被一个小小哨卡的小头目毫无来由地剥夺的。她如何不感到窝火。但窝火有什么用？而且，说人家“毫无来由”似乎也没有道理，要怪还得怪自己。既然已知道进入吉林界，关防文书也许各省间有区别，为什么还要走官道？为什么能跑的时候不跑？为什么要说出赵尔巽？是的，她只能怪自己。

所以，当已显得十分清瘦的古竹韵从跪在脚前一个劲儿口称“死罪”的哨卡小头目手中夺过加盖了吉林关防印章的关防文书时，只是恨恨不已瞪了此人一眼，然后，看了看二十天来吃得满面红光的两个保镖，什么也没有说，跳上同样更加健壮的黑骏马，抖缰驰出哨卡，上了已满是积雪的官道。

她必须尽快找到杨静霞，尽快返回盛京。

他们很快到了鸭绿江边的临江城。

但下一步又不那么顺利了。猫耳山主峰的神庙已成废墟。各山头的营寨也同样成了鸟兽的栖息之所。他们又走遍了猫耳山附近的村村屯屯，仍打听不着杨静霞的行踪。古竹韵很着急。她不知道眼下盛京局势如何，革命军组织起来没有，赵尔巽是否已被“驱逐”，去了何处，身体怎样。还有，蓝天蔚是否建起了一支北伐军，何时能开到东北，等等，等等，都是古竹韵时时刻刻悬挂心头的事情。可是，想到临行时张榕那句话，她还是必须克制内心的焦虑，继续去寻找而且一定要找到杨静霞。她确信，她能说动杨静霞率领部下去盛京投奔革命军的。做成这件事，无疑是给同盟会立了一大功。所以，她和她的两个保镖，在临江小城简简单单过了公元 1912 年元旦后，第二天便继

续他们的行程。这以后不久,一场暴风雪把他们逼进一个几乎与世隔绝的山村,结果正巧遇上了在这里休整的六和拳残部。年已四十多岁的杨静霞异常高兴地接待了从天而降的古竹韵,并流泪畅叙别情,这自不必细说。

从杨静霞口中,古竹韵惊讶地获悉,在她离开盛京几天后,奉天各地便相继组建起革命军,并与官军交战,不断攻城略地,而且,就在刚刚过去的元旦那天,孙中山在南京成立了中华民国临时政府,北京的清皇无可奈何地要求与南军和谈。目前,南北两军业已停战,眼下只等清皇宣布退位了。

“天哪!”古竹韵又惊又喜地叫道,“革命军胜利了!这是真的吗?”

杨静霞点头道:“临江一带,消息很闭塞,但我五天前去了通化,在那里,我看到新闻纸和传单。这是错不了的。”

“那么……奉天省呢?”

“当然也不例外。革命军总司令张榕不久前下令停火,正与官府谈判。”

“与官府……与官府哪一个和谈?”

“当然是赵尔巽赵总督啊!”

古竹韵听说奉旨和谈的双方代表是张榕和赵尔巽,不由得吃了一惊,心想,官军的代表怎么还是赵尔巽?难道张榕在开战前并没有“驱逐”他?是赵尔巽不愿舍弃总督之职,还是张榕的“驱逐”没有施行,抑或是张榕与赵尔巽又达成了新的默契?这真令人难以捉摸。她当然希望是后者而不是前两种可能。如真能那样,岂不是更好?通过张榕和赵尔巽的合作和合璧,使奉省乃至整个东北宣布脱离清府并尽快汇入中华民国的版图,赵尔巽也算为革命立了大功,而且,要比被“驱逐”更加光彩的。

是的,古竹韵希望是这样,甚至认为理所当然应该如此。赵尔巽毕竟是同情甚至赞成反清革命嘛。此时,她又突然记起在盛京西郊同盟会总部会场的一幕,当时,赵尔巽对某些人暗中指使张作霖冲击同盟会会场之举异常气愤,曾说,如果形势逼迫,他便要动用钦差大臣先斩后奏的权力,对那些暗地里与同盟会为敌和不把他赵尔巽放在眼里的清狗们大开杀戒了!也许他真的被急剧发展的形势逼上梁山而做到了这一点,或者,至少是突然强硬起来足以震慑那些满官甚至在军队中有了自己可以左右的人,因而,张榕才决定与他合作而不是为了保护他进行假“驱逐”。

“是的,应该是这样,而且肯定是这样。否则,就太不合情理了。”古竹韵在心里这样兴奋地说道,越发相信自己的推测是剀切中理的了。

杨静霞见古竹韵好久没说话，眼里却有一股光芒在跃动，便问道："你在想什么？好像有什么值得高兴的事？"

"是啊，我很高兴。"古竹韵说道，粲然一笑。她本想讲出自己的猜测，但突然想到，杨静霞恐怕至今还不知道她同赵尔巽的关系，她也同样不知道杨静霞对赵尔巽的看法和评价，说出来未必对眼前的气氛有好处，便随即打消了这个念头，并很自然地说出下面的话来，"你看，静霞姐，这世事变化真快，一晃间，大清皇帝就要垮台了！"

杨静霞慨然点头道："可不是。人们早就盼望这一天了！"

"唔，对了，静霞姐。"古竹韵说道，态度变得庄重而严肃，"我在盛京启程前，张榕曾让我向静霞姐致意……"

"张榕？"杨静霞疑惑地问道，"你是说……张榕？"

"是的。就是静霞姐刚才提到的张榕。"

"可我们并不认识。"

"他却久仰静霞姐的威名了。他说，他非常希望静霞姐能去盛京与他联盟。"

"这……"

"那样，我们就可以在一起了。静霞姐意下如何？"

杨静霞思索片刻后，很快抬起头来说道："不，我不能去。"

"为什么？静霞姐不是十年前就立志'灭清'吗？"

"这当然并非'道不同不相与谋'……"

"那么，有什么特别的原因吗？"

"你想，古小姐，革命军已经胜利，清皇就要下台了。这个时候……我怎么能去？"

"我明白了……"古竹韵说道，叹了口气，"张榕早该来的……静霞姐，我不能勉强你，但我是非常希望我们能在一起。"

"我也是。不过。以后见面就容易多了。——古小姐，我看得出来，你听了我说的一些消息，一定急于返回盛京，是吗？"

"说实话，是的。我出来的时间也的确太长了。"

"那么，我也不再挽留你了。明天就走吧。我可以和你同行一段路。我很想去一次永陵，在你迁墓前最后祭奠一次姜海山……"

"那……好吧。"

……

62

古竹韵和杨静霞在永陵北山祭奠完姜海山并互道珍重后，终于依依不舍地告别了。

归心似箭的古竹韵，拒绝乘坐舒适的马车，依然骑着那匹黑骏马。但这回，她了无牵挂地放开了速度，也终于领略了这坐下的黑骏马是要多快有多快的。

1月30日傍晚，古竹韵在盛京东门外拢住了已显得很疲惫的坐骑，等候被她落下很远的驾着马车的两名保镖。

停在东门外的古竹韵对下一步行动有点儿犯难。是立即进城拜见赵总督呢，还是先去北关见张榕？她猜得出来，赵尔巽肯定正焦急地盼望她能尽快出现在面前，甚至为她这么久没回来而惴惴不安呢。她感到内疚，竟在外面耽搁了这么久，赵尔巽一定在焦急地盼望和惴惴不安中变得愈加苍老了。是的，赵尔巽老了，她也累了。赵尔巽需要她这个女儿，她也需要赵尔巽这个爸爸。赵尔巽这个爸爸能给她家庭的安逸和温馨的父爱，她这个女儿也能给这个爸爸以欢乐和慰藉。而且，有她站在中间，张榕和赵尔巽会合作得更好，奉省的未来也会更好。她希望这次同赵尔巽的不再出现波折更不会再分离的见面尽快到来。但是，她也同时意识到，她一旦进入总督府，由古竹韵变成赵竹韵，便从此不再是普通的民女，而是总督府的大小姐了。就算她确信自己不会产生凌驾于人的优越感，怕是张榕、魏尔诺、刘成夫妇以及秋妹也不会像以往那样在亲切的、平等的和无所顾忌的氛围中与她交往了。看来，她还是应该稍稍推迟进入总督府的时间，以古竹韵而不是赵尔巽女儿的身份去见见这几个人，算作对三十年平民生活的最后告别，同时也先听一听这一段时间张榕和赵尔巽是如何相处的，以便在进入总督府之前使自己的感情酝酿得更加丰满些。

“你们先去总督府复命吧。”古竹韵对刚刚勒住缰绳的两位保镖说道，“并请你们转告……转告总督，我要去看望住在城外的几位朋友，最迟在明天早饭后就去拜见他。”

“小姐，”一位保镖面露难色地说道，“这……这怕是不行吧？”

“为什么？”

“行前，总督大人再三指示我们，路上不可离开小姐半步，直到小姐平安进入总督府。如果我们进城而把小姐留在城外……”

古竹韵对赵尔巽显得过分的甚至有点儿霸道的关心，当然能够理解。她略一思忖后说道：“你们留下一个，另一个去复命，这总可以吧？”

“这……这恐怕……”

“好了，好了。”古竹韵有点儿不耐烦地说道，拢了拢突然躁动不安的坐骑，“那你们就晚些时候跟我一起进城好了。”说完，扯转马头，向北关缓行而去。

到了张榕家大门前，古竹韵跳下不停嘶叫的坐骑，把它拴在门前的木桩上，并吩咐跟上来的保镖等在门外，便拢了拢长发，朝大门走去。

刚走几步，她突然觉得有点不对劲儿。大门处不见有门人，台阶上存有积雪，台阶两侧的墙根处的积雪上还半掩半露着一些黄色的纸钱，显是刚办完丧事没几天。

古竹韵大吃一惊，惊恐地预感到张家发生了不幸，可是，是谁呢？张榕还是秋妹？

她来不及细想，拔腿往门里冲去。

她已无心去留意院中的景象，但四处异常狼狈的劫后惨状，还是争先恐后地袭入她的眼帘！

她觉得从大门到正房是一段很长的路，跑了很久很久，才终于踏入正房洞开的门。

她一眼便看到正面的墙下放着一张苫有黑布的长案，案上摆着供品和点燃的香烛，稍后正中的位置上立着写有“爱弟张榕之灵位”的灵牌。

古竹韵倏然停下脚步，恍如梦中地看着在眼前愈来愈大的“张榕”两个字，似惊似疑似痴似呆地伫立了好一会儿，才喉头一哽，艰难而凄惨地喊道：“荫华兄……”便觉再难站稳，再难控制奔涌而出的热泪了……

这时，她听到一个像是从天外飘来的声音：“古小姐……”

古竹韵按了一下热辣辣的眼睛,朝发出声音的地方看去。她这才发现,秋妹身着素服,头缠白纱泪流满面地站在案侧。

“秋妹!”

“韵姐!”

两人同时凄惨地喊了一声,扑到一起,用力抱着对方,同时发出一阵撕肠裂肺的恸哭。

过了好一阵,古竹韵才松开秋妹,克制着抽泣问道:“秋妹,告诉我,发生了什么事?”

“他……被人暗杀了……”

“暗杀!谁?知道是谁干的吗?”

“知道了,是张作霖!”这话不是秋妹说的,而是从门口传来的一个男人的声音。

古竹韵倏然回过头去。此人乃是魏尔诺。

“魏尔诺!”古竹韵在诧异中简捷地叫道。待她随即看清这平素里总是衣貌整肃的魏尔诺,此刻竟是一副满脸污垢、不修边幅的狼狈相,心里更感到骇然和迷惑不解。“你……这是怎么了?”

“古小姐,你回来得正好。——不过,先不要问我怎么死里逃生——走,我们到书房去,我来详细讲讲我调查的结果。”

三人一同进入西侧张榕的书房并坐定后,魏尔诺喝了口凉茶说道:“我想,我还是先讲讲事情的经过吧,因为从门口的两位保镖口中知道,古小姐还没有进城。是吧?”

古竹韵点点头道:“是的。请讲吧。”

“事情是这样:七天前,正值关内南北议和、奉天省也因荫华兄希望和平独立而暂停与官军交火之际……”

“请等一等,”古竹韵说道:“听说……赵总督仍然……我是说,我走后,你们并没有‘驱逐’他……”

“是的。赵总督说,他在其位和不在其位是大不相同的。他非常感谢荫华兄对他的回护。他说,就让他利用总督的权位,对同盟会再做些事情,至少,他可以行使钦差大臣的权力,罢免一些死心与革命为敌的官员,以使革命军少些对抗的力量,这样当然会使皇帝和朝廷震怒,甚至罢免他,但这不是比革命军‘驱逐’他更好吗?”

"因而就没有'驱逐'他?"

"荫华兄认为赵总督说的有道理,便同意了。"

"那么,事实上……"

"事实也证明这样做对了。赵总督确实罢免了官府和军队中的一批满员。"

"是这样……可是,张作霖呢?"

"张作霖只是个无足轻重的汉族统领,而且,除了受人指使干了些坏事,还没有昭彰的罪恶,赵总督只是训教了他一通而已。但是,恐怕赵总督此刻还不知道,恰恰是他的宽容铸成了姑息养奸的大错。而且,张作霖的后台至今还没铲除。——不过,还是让我先讲讲事情的全部经过吧。古小姐听完,自然就全明白了。"

"好吧,你讲吧,快讲吧。"

"我刚才说到奉省同南方一样,也暂停交火。盛京城内外又恢复了以往的平静。荫华兄和赵总督经常会面,两人都为眼前的局势感到兴奋。他们甚至私下里商谈了有关奉省独立以及加入中华民国的具体事项。赵总督还说,他要利用和谈的时机,调动一些军队,撤换一批军官,并希望荫华兄提供一二十位同盟会中懂得军事的骨干,由他暗中安插到第二混成协以及各地方军中,以免在一旦宣布独立和易帜时,发生骚动甚至对抗。他说,能做到这一点,再得爱女伴他晚年,此生便别无他求了。荫华兄当然十分高兴地表示同意。可是,正当荫华兄对形势充满乐观,对即将到来的胜利无比兴奋的时候,却发生了意想不到的悲剧……那是七天前,国民保安公会参谋总长袁金铠来见荫华兄,他说,张作霖为袭击同盟会总部一事,心中一直不安,又屡受赵总督的训斥,早就想有个机会向荫华兄正式道歉。袁金铠说,作为二张双方的朋友,他愿居间作伐,使二人和解。他说,张作霖既有此愿望,也希望荫华兄能给个面子,见见张作霖。荫华兄二话没说,当即慨允。于是,当晚由袁金铠做东,在小西关平康里德义楼宴请二张。那晚正好我来找荫华兄商量事,荫华兄讲了赴宴的缘由,并让我先回古小姐家,宴会后,他去找我。我问荫华兄带几个人去,他说,是和解宴,当然是独自前往。我劝他多带几个人,平日里都有几名保镖不离左右,晚上去城郊赴宴,更应小心些才是。他说,这大可不必,因为他有充分的理由确信,这张作霖是看透了眼前的局势,想给自己找个退路而已,是不能也不敢加害于他的;而且,这张作霖虽是

个趋炎附势的小人,但手中毕竟还有一支队伍,眼下正用得着。如果带人前往,也显得缺乏诚意,张作霖更会不踏实的。我便不再多说,就和他一同乘坐马车去了西郊,在德义楼门前,他被袁金铠迎了进去,马车把我送到古小姐家,便返回德义楼。可是,我在古小姐家等了许久,直到夜深,也不见荫华兄的影子。我感到难以踏实,心想,德义楼离古小姐家不远,何不去看看。刘成说,外面很黑,要陪我同去。于是我们便出了大门,向德义楼走去。不想,我们走了没多远,便猛听见几声枪响。我预感到事情不妙,便拉着刘成向枪响的地方跑去。可是已经晚了。荫华兄胸口中了三枪。我们既没见袁金铠,也没见张作霖,连荫华兄的马车和车夫也没见到。我让刘成守着荫华兄的尸体,便一口气跑到德义楼。德义楼的老板说,荫华兄他们的席面只有三人,这三人喝得都很尽兴,宴会结束后,三人也是勾肩搭背说笑着一起走出德义楼的。'到了门外,'德义楼老板说道,'张参赞见袁总长和张部长马车未到,便命自己的车夫去送他们二人,他自己则步行往西去了。不大一会儿就听到了枪声,哪里会想到是张参赞遭了黑枪……'我知道再问下去,也问不出个子午卯酉,便返身回到荫华兄赴难处,让刘成找了一辆马车,把荫华兄的尸体运了回来……"魏尔诺口干舌燥地讲到这里,咕嘟咕嘟喝了一阵茶水,同情地看着已泣不成声的秋妹,"秋妹,"他说道,"荫华兄既已作古,还望你节哀顺变,保重身体。而且,可以告慰荫华兄在天之灵的是,我已查出了真凶……"

古竹韵问道:"你刚才说,是张作霖?"

"是的,正是这个怙恶不悛的歹徒!"

"已查到了真凭实据?"

"听我说,古小姐,秋妹。"魏尔诺说道,又喝了一大口水,"把荫华兄的尸体运回后,秋妹哭得死去活来。我知道我不能离开这里。在这所宅子里,除了几个不能主事的仆人,就只有秋妹一人了。而秋妹也需要人安慰,而且有些事情必须尽快去做。我让刘成陪秋妹一会儿,立即进城向赵总督报了案。赵总督闻信后,大吃一惊,悲愤异常,当即下令将西郊封锁戒严,并说,一定尽快抓住凶手,以祭荫华兄英灵。我这才返身回来,让刘成速回西郊去换来刘嫂……"

"可刘嫂……好像没在这里。"

"因为戒严,她过不来。"

“那以后呢？以后又怎样了？”

“第二天一早，赵总督便来吊唁荫华兄，在荫华兄灵床前，他流泪不止，并发誓要给荫华兄报仇。当时，我就犹豫再三，最后还是鼓足勇气向赵总督讲了我的猜测。我说，我认为杀害荫华兄的不是别人，一定是张作霖。赵总督问我有何真凭实据，我说，张作霖对荫华兄怀恨在心，而且，正是他和袁金铠设宴招请的荫华兄。赵总督说，此为重大命案，干系不小，仅靠怀疑难以成狱；而且，张作霖与荫华兄并无不共戴天的仇恨，如果是他干的，也势必受人指使，存在一个非同小可的后台。他又说，有此怀疑，倒也未必不是一个有价值的线索，还让我万勿声扬，他一定要查个水落石出，如果确系张作霖所为，不管其后台是谁，也要把他们一起凌迟处死，以慰荫华兄的在天之灵……我想，赵总督说的有道理，他毕竟是总督，为万民所仰，怎么可以为了义气率尔操觚和轻举妄动呢？说也巧，赵总督安慰了秋妹几句正要走时，张作霖也赶来吊唁了。赵总督同他说了几句闲话后，突然拉下脸来，对张作霖喝道：‘听着，张作霖！据说，是你于昨晚请张参赞喝酒。张参赞和你分手不久便遭到袭击，身中三弹而亡。你是重大嫌疑人之一。本官宣布，立即解除你的武装，不得离开军营半步，准备随时听审。如查出张参赞之死与你有关联，本官要把你的旧账、新账一起算清。——来人，下掉他的枪！’张作霖惊惶失措地跪地说道：‘小的发誓，这事与小的无关啊！’‘有关无关，本官是会查清的。’赵总督说道，他见张作霖已被下了枪，又说出下面的话，‘起来！马上回你的军营！’张作霖站起来，一边往外退去，一边哭丧着脸说：‘总督大人可要公事公断，不能偏听偏信呀！我张作霖不是个蠢蛋，怎么会加害张参赞，向他买好还怕不赶趟呢！而且……我不说了，大人查去就是……’张作霖走后，赵总督又说了几句话，也就回城去了。这以后，我便一边帮助秋妹处理荫华兄的后事，一边等着赵总督调查的结果。第三天，我们为荫华兄举行了葬礼，不想从墓地回来后，发现这里竟遭人洗劫一空，拿不走的全给砸了。我知道，这一定是张作霖指使人干的。我们没有声张，怕张作霖狗急跳墙再来杀人。我们要跟他以及他的后台算总账！今天是荫华兄遇难的第七天，葛道长获得特准来给荫华兄诵经超度，他对我说，刘成因躲避追杀暂避太清宫内，他还说，刘成急于见我，让我一定想办法去一趟。我突然记起，那天夜里，我和刘成朝枪响的地方奔去刚到荫华兄尸体跟前时，刘成曾向路边黑暗处喊了一声什么，当时我只顾检查荫华兄的伤

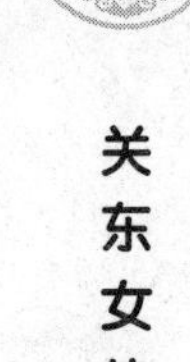

势,竟没有留意。我想,从他也要躲避追杀来看,他当时一定看到了一个熟人,而那人也一定知道刘成看见了他。那人肯定是凶手无疑,开枪后没当即离去,是想最后确定一下荫华兄是否已死。果然不出所料,我在天黑后躲开戒严的官兵去了太清宫,刘成证实了我的猜测。而且他告诉我,那人是李彪。我说,这可是要去大堂上作证的,不能有丝毫差错。刘成说,不久前,李彪曾求他带路去宝石沟祭奠萧夫人,那粗壮的身体特别是那一脸大胡子是绝对认不错的。这回我可全明白了。暗杀荫华兄肯定是张作霖设的计,袁金铠也很可能是同谋,这两人在宴会后,有意乘坐荫华兄的马车进城,而使荫华兄独自步行接近李彪的枪口,同时,也为他们自己制造了不在现场的证明。是的,肯定是这样。张作霖如此阴险恶毒,袁金铠如此为虎作伥,李彪如此助纣为虐,都是我们未曾料到的。赵总督周围有这么一些鸡鸣狗盗的宵小之辈,如何能随心所欲?我当时想,古小姐不在,同盟会其他同志又不知底细,为荫华兄报仇和替赵总督铲除赘疣,舍我别无他人。于是,我将刘成证词誊录下来,让刘成印上手印,准备回来后,再写一份诉状,呈赵总督审理。不想,我离开太清宫不久,便遇上了巡夜的人,我怕被搜身,便仗着古小姐传授的功夫,边打边逃,总算没丢了性命。更没想到,刚到大门口,便听说古小姐已在这里了……可是,古小姐,你为什么去了这么久?”

“这话说起就长了。而且,眼下也不是讲述这段经历的时候。——魏尔诺先生,我们还是先商量商量有关荫华兄的事吧。你刚才是说,正要写一份诉状?”

“那么,古小姐以为……”

“应该写,必须写。听了你的讲述,我相信这官司能打赢。我们也必须打赢,否则,我们就更对不起荫华兄的在天之灵……”

“的确如此。——不过,我还有一个担心……”

“是……赵总督吗?”

“当然不是。我是怕李彪对簿公堂时矢口否认是他朝荫华兄开的枪。”

“不,我想不会。我知道,李彪的良心还没全部泯灭,到了公堂,会说实话的。即使……出现了你担心的局面,也没关系。打得赢,我们就打,让事情大白于天下,还荫华兄一个公正,否则,我也会轻取那几个人的头颅,来祭奠荫华兄!”

“但愿不至于此。”

“那你就快写吧。一会儿我就带进总督府。”

“这……如果古小姐不在,我当然责无旁贷,可现在古小姐回来了……”

“好吧,好吧。我们俩共同起草。”古竹韵说着,又转向秋妹,“秋妹,你找两个仆人仔细查点一下被抢被毁的财物,开列个清单,一会儿我也要带走。”

秋妹点头道:“我这就去。”然后撩起衣襟擦了擦脸上的眼泪,走了出去……

63

大约夜里十点钟的时候,古竹韵冒着骤然飘落的鹅毛大雪,在戒备森严的总督府大门前跳下马车。

卫兵们认识赵尔巽的两位贴身保镖,又听两位保镖说,那同来的姑娘是总督的女儿,当即举枪致敬,然后恭请他们稍候,说是要去里面通禀。

一个保镖十分不满地说道:"总督大人的千金小姐进去,还要通禀!仅仅是我们两个,也不必多此一举呀!"

没等那卫兵解释,古竹韵便说道:"让他去吧。"

"可这大雪……"

"没关系的,让他去吧。"古竹韵说道,又转向那迟疑中的卫兵,"你做得对。去通禀吧。"

事实上,古竹韵也认为这样才合礼仪。如不经通禀便直闯进去,固然会给赵尔巽一个意外的惊喜,但也会给赵尔巽留下不懂规矩的印象。她踏进大门后,就是一个大家闺秀了,言谈举止是不能太随便的。而且,她也需要稳定一下情绪,斟酌一下这次非同寻常的父女相见,该怎样说怎样做才合乎情理和规范。她更要推敲推敲什么时候提及张榕的事才合适,要知道,不管怎么说,不管有多少理由,她也是应该先到总督府,后到张榕家的。

大约五分钟后,跟着通报的卫兵跑出一个满脸皱纹的老仆。这老仆十年前在铁岭赵府见过古竹韵,此刻居然还认识她。

"小姐,真是你!"老仆俯身叫道,"老爷两天前就说,小姐该回来了。可不是,小姐这不真就回来了吗?"

古竹韵惊讶地问道:"你是说……老爷知道我这两天回来?"

"当然知道。只是按照老爷的计算,小姐要明天才能到家。"

"你是说计算?计算我的归期?"

“可不是！老爷是个细心人哪。当老爷得知小姐在通化遇到了麻烦，便说过，他必须对小姐行程的每一步都了如指掌！”

“是这样……”古竹韵喃喃说道。她终于明白了，她离开通化后，到处跑来跑去，居然没有任何哨卡和官府的人来找他们的麻烦，原来是有赵尔巽派出的人在暗中保护和疏通，并随时向他赵尔巽传回信息。看来，这即将恢复父亲身份的赵尔巽，对她的安全是花费了不少心血呢！细想起来，她没有理由说这是多余的。那老仆又说道：“小姐，老仆这张嘴真够啰唆了！我们快进去吧，老爷正在客厅等着小姐呢！”说着，他又转向两位保镖，“二位镖爷，老爷说，请二位先去歇息，明天老爷会有重赏的——唔，你们看，这雪越下越大了！”

古竹韵终于在依然喋喋不休的老仆引导下，走进总督府庄严而辉煌的大门。

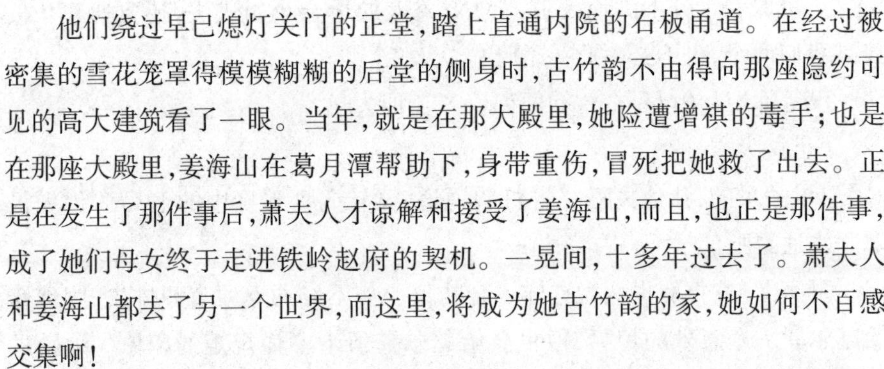

他们绕过早已熄灯关门的正堂，踏上直通内院的石板甬道。在经过被密集的雪花笼罩得模模糊糊的后堂的侧身时，古竹韵不由得向那座隐约可见的高大建筑看了一眼。当年，就是在那大殿里，她险遭增祺的毒手；也是在那座大殿里，姜海山在葛月潭帮助下，身带重伤，冒死把她救了出去。正是在发生了那件事后，萧夫人才谅解和接受了姜海山，而且，也正是那件事，成了她们母女终于走进铁岭赵府的契机。一晃间，十多年过去了。萧夫人和姜海山都去了另一个世界，而这里，将成为她古竹韵的家，她如何不百感交集啊！

但她没有时间回忆和凭吊过去，因为她已走进内院，顷刻间就要走到总都府内院威严耸立的正房门前了。她清楚地看到，身披鹤氅的赵尔巽正颤着嘴唇站在台阶上。

要不是她眼前刚刚闪现出妈妈和姜海山的身影因而正陷入悲哀之中，她准会喊一声“爸爸”，飞步跑上前去。

她没有喊，也没有跑，而是在台阶下伫立了片刻。

赵尔巽把古竹韵的犹豫当成了同他一样的激动。而他本人此刻的激动，是足以排斥掉古竹韵终于回到身边以外的任何内容的。

“韵儿，你……回来了？”赵尔巽哽咽着说道，语气中有兴奋，有激动，更多的则是喜悦。

“是的，我回来了。爸爸。”古竹韵说道，声音虽低，但同样又兴奋又激

动,刚刚还萦绕心头的悲哀已经散去。

“快,快进来。外面很凉,你走时,真不该让你穿得这么单薄。”

“有您的关心时刻在身上,我并没感到冷。”

“你是说,你知道了……”

“是的。谢谢您,爸爸。”

“其实,天下父母心都是如此。——唔,进来吧,进来吧。”

古竹韵点点头,喉头热辣辣地哽咽了一下。她抖了抖披风上的雪,举步踏上台阶。

进入摆设异常豪华的正厅后,赵尔巽坐进中间的一把太师椅,叫古竹韵坐在左手的椅子上。

立刻有女仆进来献茶,献果品。

“韵儿,你去得够久了。”

“都怪通化城外的哨卡……”

“我知道了,我会收拾他们的。”

“那倒不必。说起来,他们也是尽职尽责嘛。——不过,后来,您真没必要动用那么些人。您一定动用了不少人吧?”

“是呀。可是……我必须随时听到你平安的消息。我老了,是经不起日夜担忧的折磨的。韵儿,你……不高兴吗?”

“不。爸爸,我理解并感谢您……”

“这就好,这就好。有时……我真担心会再做错什么事儿……”

“不,爸爸。我只求爸爸能宽谅我的过去……”

“韵儿,过去的事,我们就不要谈了。说起来,这一切也许都是命中注定的。但现在,终于已是一片光风霁月了……”赵尔巽说着,看了看屋角的落地钟,“韵儿,你回来,我就放心了。你世娘孙夫人今天身体不适,已经睡下了,你明天再去拜见她吧……我给你准备了一套闺房,有书柜、画案,你会满意的。你有四个丫头可以使唤,我已吩咐她们为你生起暖炉、备下热水。你一会儿洗个热水澡,用过夜宵,早点儿休息,明天,我和你世娘会用一天时间陪你的,后天,我们一起去铁岭祭拜祖宗。——唔,你看我,真是老了,一说起话来这么唠叨。我这就叫人把你送到闺房……”

“爸爸,”古竹韵说道,“请再等一等好吗?”

“当然,还有问题吗?我今天是蛮有精神的,只是考虑你一路奔波……”

“是的，我很累。但有一件事比我的休息重要千万倍。”

“让我猜猜……我想，一定是关于你的生母……”

“不，不是。”

“那么会是什么呢？”

“爸爸……”古竹韵说道，斟酌了一下，“在我离开盛京的这段时间里，您就没有什么特别的事情要告诉我吗？”

赵尔巽不由得一惊，飞快地思索一下，随即点点头说道：“我明白了。你说的一定是张榕的事。我原打算明天告诉你，没想你已经知道了……你已经知道了，是吗？”

“我刚从张榕家来。”

“原来是这样……”

“请您原谅我。”

“原谅你？为什么？”

“我……先到了张榕家。”

“为了这个！不不。我不会为此怪罪你的。这与你终于平安回来以及……与你所获知的张榕的不幸相比，实在是太微不足道了。是的，韵儿，我不是连细枝末节都计较的人。”

“谢谢……那么，我可不可以问问有关缉拿凶手的事呢？”

“你不问我也是要说的。既然知道你已到过张榕家，我也不必按着原来计划等到明天早晨了……而且，我也不必讲述事情的经过了……韵儿，我相信你能猜得出来，对张榕的惨遭不幸，我有多么震惊，多么气愤，多么伤心！这么一个难得的有为的好青年，怕是我今生不会再遇到第二个了。我也相信你同样猜得出，我与张榕合作得有多默契，多愉快，多得心应手！可是……正在我对未来充满希望的时候，竟有人夺去了他的性命！这不是天丧我的臂膊吗？所以，我曾在张榕遗体前发誓，不管付出多大的代价，我也要查出凶手及其后台，处以极刑，以报张榕冤死之仇恨，以除我身边之赘疣……”

“这凶手及其后台还没有查出吗？至少这凶手……”

“魏尔诺先生跟我说，他怀疑是张作霖。我也认为他的推断合情合理。”

“您……确实这么看吗？”

“你想，韵儿，你离开盛京的前一天，曾让张作霖在众人面前丢了面子，

我又严厉训斥了他一顿,他能不怀恨在心吗?但他既不能对我报复,也不敢对你下手,张榕便首当其冲地成了他发泄仇恨的对象……”

“但是……”古竹韵蹙额道,“事情也许并非仅仅是报私仇那么简单。”

“这正是问题的关键所在。从同盟会总部会议那件事上,我们已经知道,张作霖是受人指使的。但那时,我还不能因为此人派张作霖袭击同盟会而制裁他,我身为总督,毕竟还要在表面上拿出忠于朝廷的样子嘛。这次就不同了。眼下,朝廷与革命军正在议和,此人居然暗使张作霖刺杀奉省革命军领袖,我是有充分理由治他死罪的。”

“您是不是说,要马上逮捕张作霖呢?”

“以我的本心,恨不得立即将他枭首示众!但是……还不行。”

“为什么?”

“这是一件重大的命案,须人证物证俱全才行。仅有魏尔诺先生的怀疑是不够的,我的怀疑也同样不能作为依据。弄不好,不仅揪不出张作霖的后台,甚至连张作霖也无法制裁。其实,我比魏尔诺先生、张榕的姐姐以及你们任何人都着急。还是在刚刚听到张榕的噩耗后,我便开始了调查取证。但结果是,不仅德义楼的老板,连张榕的马车夫的证词也证明张作霖不在犯罪现场……而当时已是深夜,连个目击者也找不到……不过,韵儿,你可放心,我决心做到的事情是不会落空的,而且,凶犯不管多狡猾,也会鬼使神差地留下蛛丝马迹的,无论是张作霖,还是他那个炙手可热的皇族后台,都逃脱不了惩罚的!”

古竹韵说道:“也许您不必费劲儿再去调查取证了。”

赵尔巽一惊,说道:“你是说……”

“如果……如果有人证明当时李彪在杀人现场,您是否可以断定张作霖是主犯呢?”

“李彪!你说是……李彪?”

“我的那位大胡子师兄。”

“有人看见他在现场?”

“是的。”

“谁?谁看见了他?”

“刘成。而且,您不必派人找他取证了。我已把他的证词带来了。”古竹韵说着,从怀里掏出一卷纸,递到显得很激动的赵尔巽手里。

赵尔巽用颤抖的手展开那卷纸，把秋妹的诉状、所附被砸抢物品清单都放在桌面上，手中只留下刘成的证词。那证词上写道：小民刘成，小西门外古家男仆。1月23日夜11时许，小民与魏尔诺（民军参谋）离开古家，前往德义楼迎接与张作霖、袁金铠饮酒之张榕。行至中途，忽闻三声枪响。循声跑去，见张榕已中弹倒地。恰在此刻，小民见左侧同仁堂药店门前立一手持短枪之人，正盯着仍在蠕动的张榕。因相距仅一丈有余，得以看清此人乃张作霖部下大胡子李彪。小民早与李彪相识，是绝认不错的。李彪见是小民，便转过身向东慌忙逃走，显是李彪开枪射杀张榕无疑。又，事发次日，小民险遭黑枪暗算，亦定是李彪企图杀人灭口，至今小民惶惶不可终日，有家难归。以上句句是实。如有半句编造，甘当诬陷之重罪。……

赵尔巽看罢刘成的证词，早已是腿颤臂摇，连胡须也在抖动了。这样过一会儿，他倏然立起，用力击了一下桌面，震得茶具果盘好一阵乱响。随后，他咬牙切齿地说道："有此旁证，还怕他张作霖狡辩不成！"说着，他晃晃地走了两步，脸上的愤怒表情中又渐渐浸入沉痛和自责，"我赵尔巽自认知人善任，宽以待人，可是……怎么竟收编了这么一群流氓！我还指望他们洗心革面和知恩图报呢！哪里想得到，这竟是一群忘恩负义、怙恶不悛、可杀不可留的东西！"

早已随赵尔巽同时站起身来的古竹韵，见赵尔巽似要气昏的样子，一边走上前去伸手搀扶，一边动情地说道："爸爸，您何必为这些跳梁小丑大动肝火？这是不值得的。"

"的确不值得。是的，不值得……但是，我又怎样平静得了？我是说……我是说，即使不为张作霖他们，仅仅为我的过错，我也是无法安心的。你想，韵儿，要不是我的昏聩糊涂，甚至姑息养奸，张榕如何会惨死街头！……"

"您不必如此苛责自己，爸爸。"古竹韵说道，"冤有头，债有主，只要您能处置了张作霖等人，张榕也会含笑九泉而不会怪罪您的。同盟会和革命军的领袖们也会谅解您的。"

"我会的，韵儿。天一亮，我就把他们全投进死牢！"

"如能这样，女儿就无所求了。——来，爸爸，您坐下吧。"

古竹韵把赵尔巽扶坐到椅子上，并斟了一杯温茶递了过去。

赵尔巽喝了一口水，将茶杯放回到桌角，顺便看了一眼落地钟，然后盯

着站在椅子前的古竹韵问道："唔，对了，那刘成眼下还安全吗？"

古竹韵答道："至少今晚不会出事。他藏身在太清宫。"

"这就好，这就好。到时，还需要他公堂对质呢。"

"这不会有问题的。"

"那么……"赵尔巽说道，沉吟了片刻，"韵儿，你去了这么久，刚一回来，又赶上这种令人伤心和气愤的事儿，一定已是身心交瘁了。现在已是深夜，你看，是不是叫人送你去休息？"

"也许……"古竹韵犹豫地说道，"也许我该再去张榕家一趟，秋妹她……"

"我看这大可不必。秋妹——唔，淑秋她早就知道我会为张榕的事尽力的。而且，明天将张作霖等人收监，她会更放心的。你又何必在如此的雪夜往返奔波呢？"

"也好。那就明天吧。——您也累了，爸爸。您也该早些安歇了。"

"是啊，我老了，精力不比从前了。往日，这时我早睡下了，但今天……此刻，我还不能去睡。我还需要一个人静下心来仔细想想，明天的事是不能再出现一丝一毫的差错的……"

"可是，您毕竟年事已高……"

"没关系的。我还挺得住，特别是今天……"

古竹韵猜想，赵尔巽的话至少包含两层意思，一是她古竹韵回来了，而且，从此便是赵家大小姐了；二是终于有了有力的旁证，可以理直气壮地捕杀凶手了。不管其中哪一点，也令古竹韵感动。她心里不由得一阵热辣辣的感觉，话没能说出，眼眶里却早已是涌动的泪水了。

赵尔巽见状，似乎放心地舒了口气。他随即喊过等在侧房的女仆，命她们送古竹韵去闺房……

赵尔巽为古竹韵准备的闺房，在院子的东侧，同铁岭赵府的那间方位相同，其宽敞舒适又有过之而无不及。室内布置得清新古朴，很符合古竹韵的喜好，灯光也十分柔和，令人感到温馨和松弛。

古竹韵一进入这间闺房，便觉一阵难以抵挡的疲惫之感向她猛袭而来。早已饿透的她，却调动不起一丝食欲，连洗浴的愿望也飞散得精光了。但她又异常兴奋，既不想睡，也不想躺，甚至不想去翻看那满架满架的书籍。

她只想一个人静静坐在垂挂着金丝绒幔帐的窗下，任凭自己的脑海去

翻波舞浪。

所以，她当即命令女仆们撤去刚刚端上来的茶点，撤去尚未倒入热水的浴盆，然后全去休息。女仆们早已忙得筋疲力尽、恹恹欲睡，当然十分痛快地遵命照办了。

女仆们退去后，古竹韵便熄灭了所有灯烛，扯过一把椅子，坐在了窗前。

不过，古竹韵不吃不洗不睡而是静静坐在灭了灯烛的窗前，还有一个更重要的原因。

还是刚才在客厅时，古竹韵曾说要立即出城，把赵尔巽决定逮捕张作霖的喜讯告诉给秋妹和魏尔诺。当时，赵尔巽表示不愿她这么晚再次城里城外地奔波。她不好当面坚持自己的想法，而是打算回到她的闺房后，等赵尔巽也去休息时，再潜出总督府，去北门外见秋妹和魏尔诺。她确信，她进出总督府和城墙，是完全可以做到神不知鬼不觉的。这样，既能使秋妹和魏尔诺早早放心，又能使赵尔巽不至为她担心。

大约过了一刻钟后，当古竹韵第三次掀开窗幔的一角向客厅的窗户望去时，终于发现那里的灯火已灭，知道赵尔巽也已回房休息，她便站起身来，系上披风，蹑手蹑脚走出房门，置身于游廊之中了。

外面没有风，但那雪显然下得更大了。

尽管雪幕很厚，但甬道上走过来一个佝偻着身子的人，古竹韵还是看得见的。这人正是不久前把她迎进大宅的那个老仆。古竹韵记起，十年前在铁岭赵府时，也是这个老仆（那时还没有如此老迈），每天午夜前后，都要查看一遍四处的房门，看该关的是否关好，该锁的是否上锁，悉心尽职得常受男女主人的夸赞。眼下也一定是见内宅各房间里的人，特别是主人，都已睡下，因而要各处查看一番，继续尽他从铁岭赵府延续至今的职责。古竹韵当然不想暴露自己而给这日后要长期相处的老仆留下一个不安分的印象，而无论退回去还是飞身跳上房脊都有可能被老仆发现，所以，她毫不犹豫地赶紧隐身在廊柱后面，且待老仆放心离去后再行动了。

但是，令古竹韵大惑不解的是，那老仆并没有去查看两侧的房门，却直奔客厅而入。仅几秒后，那老仆又急急跨出客厅，随手把门一带，便走下台阶，直向大门快步走去。古竹韵隐约看到，老仆手中握着一卷纸。古竹韵不用猜测，仅凭直觉便能确定，那卷纸正是她和魏尔诺细心誊录的诉状和张榕家被查抄的清单！

一团疑雾霎时笼罩在古竹韵心头。她想,这究竟是怎么回事?如果是赵尔巽方才把诉状和清单遗忘在了客厅,那么,赵尔巽此刻该坐在这内宅的某个房间,可这拿到诉状和清单的老仆,却为什么急匆匆向大门外走去呢?这显然不合情理。那么,会不会是这老仆早已成了张作霖的内线,因而要偷出诉状和清单,连夜送出总督府,以便使明天的拘捕和审讯无法实行呢?这似乎也不可能。这老仆在赵府当差少说也有几十年了,深得主人信任和重用,且又是赵尔巽的亲戚,怎么会放着总督的亲信不做,却要去做土匪出身的张作霖的爪牙呢?而且,就这样拿着诉状和清单,又怎能出得了总督府戒备森严的大门呢?何况这又是深更半夜!

但事实却是,正是这个老仆,手持诉状和清单,朝内宅的大门往外急走!他究竟要干什么呢?

古竹韵已来不及细想。那老仆已经走出大门了!

原来那大门竟一直开着!

古竹韵毫不犹豫地运用轻功,霎时已到大门外。她刚想喊住那老仆,却见老仆向后堂拐去。古竹韵突然记起,在她被老仆人迎进总督府并经过当年曾关押过她的后堂时,似乎隐约看到那大殿的窗子透出灯光,当时她未太留意,后来也就不去想了。从眼前的情况看,她进入总督府时,后堂确实亮着灯。也就是说,当时赵尔巽正坐在后堂内,听到卫兵的报告才回内宅客厅等候她的。赵尔巽为什么非要这样做呢?难道一定要在内宅客厅里迎候她古竹韵吗?而且,为什么要深更半夜冒着大雪重返后堂呢?仅仅是为了"静下心来仔细想想明天的事"吗?这似乎不合情理。尤有甚者,赵尔巽竟把诉状和清单丢在灭了灯的客厅,他为什么走得如此匆忙呢?

古竹韵在刹那间向自己提出这么多疑问,心里顿时感到一阵迷茫。虽然她自觉不自觉地对这些问题尽力作出袒护赵尔巽的自我答辩,诸如习惯呀、年迈呀以及夙兴夜寐忙于公务呀,等等,却又难以说服自己。

是的,这里有太多令人难以捉摸的地方。

古竹韵又想道:"那么,会不会是在那一直亮着灯的后堂里,原本就并非赵尔巽一人,而是还有一个或几个人在一起商量什么重大的事情,且在赵尔巽离席去内宅迎候我的过程一直等在那里呢?但赵尔巽为什么不直说?作为总督,为政务日夜操劳,原本就是很正常的嘛。如果他说了,我会劝他不要为了自己的女儿而冷落了下属和误了大事呢。他却为什么要竭力掩盖

呢？而且，他为什么要让老仆取来他匆忙间丢在客厅的诉状和清单呢？如果是同下属们研究案情和逮捕张作霖的事，更没必要对我隐瞒呀！除非……除非等在后堂里的是不想甚至……不敢让我古竹韵知道的什么人。这会是哪一个呢？”

在古竹韵的记忆中，那些赵尔巽的同仁和下属们，除了张作霖、李彪和已死的赵天弼，她仅仅打过照面的也是寥寥无几的，而且又从无来往。当然，肯定不会是张作霖和李彪。这两人还只是拿不上台面的小军官，何况，赵尔巽早就恨不得除掉他们了……

那么会是谁呢？此刻的后堂里，除了赵尔巽，究竟有没有另外的人呢？

古竹韵已来不及整理异常混乱的思绪了，因为那老仆已踏上后堂飞檐下的石板路，就要到门口了。要不要飞步上前拦住老仆问个明白呢？不行。那老仆只要轻叫一声，也会惊动后堂里的人。她只能耐着性子等那老仆进入后堂再作打算。她一闪身，躲在了后堂的黑暗的房山下。

古竹韵想，如果后堂里有外人（这人无疑是关心张榕一案的人），老仆定会立即退出，因为商谈大事，仆人是不能在场的；如果后堂里只有赵尔巽，那么，老仆就不会离去，而要留在里面侍候和最后扶持赵尔巽返回内宅的。

古竹韵希望是后者。因为那可以证明她方才的猜测都毫无道理，证明赵尔巽没对她隐瞒什么，更证明赵尔巽的确为了明天的事殚思极虑地作着准备。

如果事实的确如此，她是宁可在房山下伫立一刻钟而不跑到门前冒着被发现的危险去亲眼向后堂里望上一眼的。因为，如果赵尔巽发现她跟踪老仆来窥探他的行动，定会为未来的父女关系罩上一层难以驱除的阴影的。

然而，事情并未朝古竹韵希望的那样发展。

仅仅十几秒钟，那老仆便从她眼前朝内宅走去了。而且，仅仅是老仆一人。

古竹韵的心一下子紧缩起来，脑海里也顿时成了一片空白。

她不再去想什么，而是一侧身踏上石板路，只几步，便已置身后堂的门口了。

尽管那镶着玻璃的格子门里遮着丝幔，但灯火辉煌的大厅里，正面或侧面朝门而坐的几个人的相貌仍然是依稀可辨的。这几个人当中，有两个她是不会认错的：一个是张作霖，另一个是李彪。还有一个人，她同样认不错，那便是正要起身说话的赵尔巽。

古竹韵一下子全明白了，脑海里一直不情愿退去的对赵尔巽的回护和幻想，在这一瞬迸飞得无影无踪。

她本想踢开大门闯进去，但略一犹豫后又收住了脚。她想听听赵尔巽要说些什么。

那门原不甚隔音，除了雪花相碰和落地的细微的沙沙声，又无白日里的各种声音的干扰，她不用附耳门隙，便可十分清楚地听到赵尔巽的声音。

“诸位，”赵尔巽说道，“本官再一次向诸位表示歉意，因为小女的提前归来，让诸位等了这么久。不过，本官也相信，诸位是能体谅我赵尔巽的。本官已年近古稀，为官四十五载，此生只剩下两个愿望，一是为朝廷尽忠，一是得小女回到身边。有在座各位的匡助和玉成，这两件事都进行得极顺利。也就是说，对朝廷，诸位功不可没，对本官，诸位则是情深义厚。本官今晚请诸位来，除了已商定的有关戡乱的事宜外，也是想借此机会对诸位的劳苦表示慰问。但由于事情有变，在结束本次会议前，必须商量出一个对策。这事便是张榕命案。诸位正在传看的张榕一案的诉状和证词，使本案变得十分严重，对张统领和李管带尤为不利。因诉状和证词系小女呈递，本官实难推挡和置之不理。可是……如果明天对簿公堂，让本官如何发落？如将张统领、李管带收监，本官于心不忍；不收监，又难以对社会作出解释，有小女介入，事情就更加棘手。本官想来想去，找不到两全的办法。所以么……本官想再委屈张统领和李管带一次。先致歉意，并望周全……”

张作霖把手中的刘成的证词递给身边的李彪，抬起头，眯着小眼睛盯着赵尔巽问道：“总督大人究竟想怎么办？请说得具体点儿。”

赵尔巽说道：“当然，当然。诸位知道，军队换防是极正常的事。一些小部队的省内调动，军界是可以独立做主，本官也不一定一概过问的。所以，张统领和李管带可在天亮前率本部去辽阳或锦州，名为换防，实则避开张榕命案。古人云‘将在外，君命有所不受’，即使本官必须公开派人前去逮捕，二位亦可拒捕。至于张榕的同党，自张榕毙命，人人自危，惶惶不可终日，哪个敢出头纠缠。只要瞒过小女，二位就是立大功一件。”

张作霖问道：“以后怎么办？躲过一时，能躲过一世吗？”

“哪里会一世呢？本官会在一个合适的时机，把二位调回盛京并加官晋爵的。”

“那么，什么样的时机是合适的时机呢？”

“一两天后，本官要携孙夫人和小女去铁岭祭祖。本官会设法把小女留在铁岭的。”

“总督认为能留得住她？”

“所谓车到山前必有路，她毕竟是个女孩家……”

“我……明白了……”张作霖低头沉思地说道。

“本官知道张统领会明白的。”

“算了！”张作霖突然跳起来说道，声音中充满愤怒和讥诮，“你把我张作霖当作傻瓜蛋了！”

“你怎么能这么说！”

“你自己也知道，你说的全是骗人的话！难道我看不出，你这是拉完磨杀驴，想把我张作霖一脚踢出盛京吗？”

“我可以发誓，绝无此意。我只是为了……”

“为了女儿！对不？如果你真的是为了女儿，我张作霖也非草木，可以同情你。但你那宝贝女儿是个善茬吗？车到山前必有路？你那女儿不会给你留下半条路的。到头来，你还会端出女儿来，把我永远流放到外边！告诉你吧，我张作霖不想再被你骗了！”

“我没有骗过你。这你知道。”

“是吗？可你我都不会忘记，这几个月来，你让我充当的都是什么角色？你躲在后面唱红脸，让我这个傻子唱黑脸！有多少人在骂我，你知道吗？而且……你还让我搭上了结义兄弟赵天弼！这些还不够吗？为什么又要把我从盛京赶出去？哼！这真是欲盖弥彰！我可要明明白白告诉你，赵尔巽，从此，你休想再玩我张作霖了！”

赵尔巽怒道：“张作霖！你太放肆了！你不要忘本，没有我赵尔巽，你张作霖会有今天？”

“为此，我已付出双倍代价！”

“那好。你不离开盛京可以，就准备明天去蹲大牢吧！”

“逮捕我？审判我？我会把你赵尔巽咬出来的！”

“你做不到的！我是总督。是我审讯你们！”

“我张作霖可以让你连总督也做不成！要不是想到你对我有不杀之恩，我早就让你回家养老去了！”

“你真是太狂妄了!”

“狂妄?这远远不够!你该去问问朝廷中手握军政大权的袁世凯,在他眼里,你我谁更值钱!”

“你这话是什么意思?”

“实话对你说吧,你让我组织的勤王军,还在我张作霖的手中。而且,袁世凯秘赠本人的军刀和一万两白银,还在舍下未向各位展示!”

“张作霖!你竟敢背着本官同朝廷大臣私下通款!本官是饶不过你的!”

“晚了!已经晚了!所谓狡兔三窟,我张作霖可不能一辈子吃你赵大人的下眼食!”

“张作霖!你这忘恩负义的贼坯!……”

……

古竹韵听到这里,已不想等着这只有两人对话的场面发展下去了。她满腔怒火地一脚踢开了房门。

说时迟,那时快,眨眼之间,古竹韵已凶神恶煞般站到赵尔巽等人面前了。在这一瞬,古竹韵突然向自己发问道:为什么不前不后恰在此刻闯进来?难道这里就没有担心那两个人动起手来赵尔巽会吃亏的成分吗?但她已经没时间回答自己了。因为后堂内的几个人全被她的突然出现震惊了,而且有人肆图掏枪。

赵尔巽紧紧盯着古竹韵,举手示意那些人不要胡来,却抖着嘴唇说不出话来。

只有李彪还能叫出“师妹”二字。

古竹韵咬牙说道:“张作霖!李彪!是你们杀害了张榕。对不?”

张作霖居然毫不否认。他点头道:“不错。我不否认。”

“还有袁金铠!”

一个相貌不俗的中年人说道:“怎么还……挂拉上我了?”

这人无疑就是袁金铠。

赵尔巽这时终于从惊疑中稳定下来。他说道:“韵儿,我以为你已经睡下了。”

“所以你才放心来到你的同伙中间,商量如何设置骗局。”

“事已至此,我也不否认这是骗局。可我……我有我的苦衷……”

“你的苦衷就是谋害革命者又担心我和我的同志们看破！但此刻，至少在张榕以及我本人的事情上，我已经和你一样清楚！”

“但你并不明白，不理解。”赵尔巽说着，又一次扬手制止住似乎要说什么的张作霖，无可奈何地叹口气，“是的，你不理解。”他继续盯着古竹韵说道，“至少眼下你很难理解。不过……你为什么不等我送走客人呢？送走客人，我可以回答你的任何问题。”

“你认为还有这个必要吗？而且，张作霖、李彪和袁金铠也不甘心出现下面的结局：在总督府响起一片喜庆的鼓乐声时，他们却在神丸贯目功下不明不白地去见阎王！”

袁金铠还不知道什么叫神丸贯目功，张作霖和李彪却是亲身领教过的。这两人不由得打了个冷战，并下意识地看了看神情迷乱的赵尔巽。

“好吧，韵儿。”赵尔巽无限悲哀又不胜疲惫地说道，本想坐下去，却终于勉强支撑住了，“我知道你就要……永远离我而去了……我不怪你，只怪我的命，只怪我们父女处于如今这种复杂的社会局面里……但是，我还是要求你听完我下面的几句话……”

看着赵尔巽就要颓然倒下的样子，听着他那充满凄楚和无奈的话，古竹韵的心一阵热辣辣的悸动，暗自凄凉地叫道：“爸爸，我多想冲过去扶住您的身体呀！我多希望您……是的，只要您能把张榕被害的经过说清又能把自己开脱得干干净净……”

但赵尔巽没去为自己开脱。

他在极静的一瞬过去后，缓缓掀开干涩的眼皮，带着令人堪怜的迫不得已和令人钦佩的凛然正气以及明明知道将失去生命中极宝贵的内容又无力挽回的切肤之痛，字字清楚地说道：“是的，韵儿。尽管我没料到你如此之快地获悉了事情的内幕，但有一点我是清楚的，你还不能理解这事的真正意义。我已是七旬老翁，食朝廷俸禄半纪，总不能带着晚节不忠的耻辱走进坟墓。且肇祸天下致民于水火者，乃革命军而非朝廷。更兼清廷气数未尽，复兴可期，革命军虽有兴风鼓浪之气，朝廷未必无压风破浪之能……”

“够了！够了！”古竹韵愤然叫道。她终于认识到，对赵尔巽的任何期望和幻想都是没有意义的，她可以毫无怀疑地肯定，无论是张作霖，还是袁金铠，他们干的一切，全是在赵尔巽授意下进行的。这么长时间，张榕也好，她古竹韵也好，竟被他蒙蔽住了眼睛，把他当成了支持革命的好长者！“你不用再说了!”古竹韵接着说道,双手攥得发出咯咯的响声,“我真替你感到悲哀。一个就要被革命军推下台的朝廷,还值得你继续为它卖命吗?你们杀害的张榕才是真正的社会栋梁!”古竹韵说着,又扫了张作霖等人一眼,“遗憾的是,我今天还不能杀死你们。但会有人来收拾你们的!”

古竹韵说完,又鄙夷怜悯地看了赵尔巽一眼,转过身,大步走出后堂敞着的大门。

张作霖拔出手枪,想追出去。

“不!”赵尔巽大怒道,一步跨过去挡住了张作霖的去路,“不准你们伤害她!永远不能!”

赵尔巽看着古竹韵钻进雪中的身影,本想喊一声“韵儿”却终没能喊出,只觉一阵天旋地转,便颓然坐了下去。

在这一瞬,他又衰老了十年……

64

古竹韵又回到张榕家，已是后半夜一点多钟了。

她刚准备叩响门环，却犹豫了一下放下手来。她退了两步，侧行到门楼的一侧，用力一纵，便越墙而入了。院子里很静，连雪花飘落树枝和地面的声音都清晰可闻。她绕过影壁，踏上已满是积雪的甬道，一眼看到正房里不仅张榕的灵堂，与灵堂相连的张榕的书房也依然亮着灯，便知道魏尔诺和秋妹还都在兴奋中没有休息，便毫不犹豫地直闯而入。

谈兴正浓的魏尔诺和秋妹，见披着一身雪花的古竹韵从天而降一般站到眼前，大吃一惊地跳了起来。

古竹韵连雪也没抖一下，飞快说道："这里不能待了，我们必须立刻离开！"

秋妹瞪着惊恐的眼睛，一时间懵懂得说不出话来。

同样不知所以的魏尔诺问道："怎么了，古小姐？发生了什么事？"

"我们全被赵尔巽骗了！"

"你说……什么？"

"即使赵尔巽不杀我们，张作霖也绝不会放过我们的。但我不能详细讲了。秋妹快去换衣服。我们没有多少时间可以耽搁了！"

秋妹似乎明白了过来，她点点头，拔腿便跑。"等一等！"古竹韵又说道，"顺便叫醒仆人，让他们互相转告，马上去逃命！"

秋妹答应一声，跑了出去。

古竹韵又转向魏尔诺，问道："你知道马车在哪儿吗？"

"知道。"

"快去套上那匹黑骏马，到门口等我们。"

魏尔诺二话没说，领命而去。

古竹韵急趋桌前,从抽屉里翻出诉状的草稿揣入怀中。然后,她又快步走到外间,在张榕灵位前默立片刻,作了最后的告别,这才赶忙向外走去。恰好秋妹手拎一个沉甸甸的布袋从内院跑了过来。

“你拿的是什么?”

秋妹说道:“钱。这是……”

“带上吧。我们用得着。遗憾的是,你没时间同张榕告别了。——我们快走!”

古竹韵说着,扯过秋妹冰冷的手朝门外跑去。

魏尔诺已牵着马车等在那里。

古竹韵喊道:“快上车!”并夺过魏尔诺手中缰绳,跳上驭手的位置。

魏尔诺依然二话没说地拉着秋妹跳上车厢。

古竹韵扯着缰绳猛地一抖,那四轮马车犹如箭离弦一般,朝小巷外疾驰而去。

跑了一段路之后,魏尔诺从车门处探出头来,迎着马蹄下飞溅而来的雪片,倒抽了一口气,大声问道:“古小姐,我们去哪儿?”

“南京!”古竹韵头也没回地答道。

“可我们不是向车站驰去呀!”

“车站去不得!”

魏尔诺点点头,似乎明白了不去车站的原因。但他接着又问道:“我们……就靠这辆马车吗?”

“是的。直到这马累死!”

“我们去南京……找孙中山吗?”

“是的!找孙总统告状!”古竹韵喊道,更用力地抖起缰绳。

那马车发疯了一样向前冲去……

正如古竹韵预料的那样,张作霖是不甘心眼睁睁等着他们逃之夭夭的。和赵尔巽比,张作霖的头脑更清醒些,心术也更恶毒些。头脑清醒,便使他较快认识到,革命军肯定胜利,清政府有如朝露一般维持不了多久了,赵尔巽这个靠山是再也靠不住了。他既不想同赵尔巽一样去做皇上的殉葬品,更不想在皇上退位后成为革命军的砧上肉。他必须找到新的靠山。这新的靠山不是别人,只能是朝廷中最具实力而眼下正与南京民国政府谈判的袁

世凯。因此，他一面同赵尔巽虚与委蛇，甘当杀手，且同意暗中组织勤王军，表示一旦需要时便率军开赴北京为皇上效忠，实则为了稳住赵尔巽和借此机会扩充自己的力量，另一方面则与袁世凯通款，厚礼相赠，成为至交。这样，无论朝廷保不保，皇上退不退位，他张作霖都会立于不败之地。心术恶毒，则使他不给赵尔巽留下一点儿情面。他知道，留下掌握他暗杀张榕内幕的几个人，是后患无穷的，必须不惜代价地及时除掉，特别是古竹韵！

所以，古竹韵等三人离开盛京不久，便时时处于被追捕之中了，向南行进的速度自然变得缓慢起来。

当然，事实上是，张作霖的追捕没能成功。

半月后，古竹韵他们终于出了山海关，摆脱了随时都可能降临头顶的死神。

在天津，他们正准备乘火车南下时，魏尔诺在街上买了几张报纸。在报纸上，他们读到了几条最新消息：清帝宣布退位；民国政府由南京迁至北京；袁世凯接替孙中山就任大总统；奉天省易帜改历……

这些消息令她们又惊又喜。惊的是孙中山竟主动让位！喜的是革命获得了全面胜利。他们也感到轻松，因为去北京告状要简捷多了。而且，他们更充满了信心。奉天省也成了民国的地方，赵尔巽和张作霖必然已经失势，而张榕作为全国闻名的革命领袖，正是为促进奉省独立遭人暗算的。这状不是一告便赢吗？

于是，他们每人置办了一身新装，兴冲冲来到北平。为了躲开张作霖可能派出跟踪的杀手，魏尔诺靠着欧洲人长相和一口流利的英语，在英国使馆租了一个临时住处，使他们得以静下心来，重新草拟诉状。

两天后，他们将诉状和秋妹经过追忆开列的张府财产损失的清单一并呈递到民国政府司法部。

司法部总长陈其美原也是同盟会领袖，而且认识张榕。他亲自阅卷后大怒道："荫华遇刺身亡之事，我在上海时就听说了。孙大总统还亲自主持了追悼会。可怎么也没想到，这里面还有如此冤情！这赵尔巽和张作霖太可恶了！"

陈其美的绝对一边倒的态度令这三人都很兴奋。

陈其美最后又说道："这是民国政府迁京后的第一桩要案，且涉及荫华这样同盟会知名的人物，需袁大总统亲自过问。但你们可以确信，已经胜诉!”

古竹韵、魏尔诺和秋妹三人异常轻松地返回英国使馆的下榻处,只待袁大总统批复了。

时间好快,一晃已是二月底了。

拜别陈其美时,他们曾留下住址,但始终未见司法部来人传唤。

他们难以安心等待了,便又来到司法部。

陈其美多少带点儿歉意地对他们说,大总统日理万机,大约还没来得及阅读案卷。他说,有机会时,他是一定要提醒大总统的。他还请古竹韵他们放心,胜局已定,只是早几天晚几天的事,且少安毋躁地静候佳音吧。

“候”是要候了,却“安”不了。

因为时间已飞驰到三月中旬!

他们只有三进司法部。

可巧又遇见了陈其美,而且这陈其美正拿着他们呈递的诉状怒吼:“这太不公正了! 太不公正了!”

古竹韵等三人的心一下子全凉了。

秋妹只觉得五雷轰顶般头晕目眩,要不是魏尔诺眼疾手快,喊了一声“秋妹”,从旁扶住她,她准会当即跌倒在崭新的红色地毯上。

古竹韵努力镇定后,向陈其美走了一步,惊疑参半地问道:“陈总长,我们……败诉了?”

陈其美把诉状递给古竹韵:“你看吧,你看吧! 这还有天公地道吗?”

古竹韵拿过诉状,一眼看到在诉状顶端横眉上,用毛笔写着四个大字:驳回,驱逐。

这意思分明是:驳回诉状,将呈诉人驱逐出京。

古竹韵义愤填膺地问道:“为什么? 为什么会这样?!”

“是的。”陈其美咬牙道,“为什么? 为什么会这样?!”

“我在问您!”

“问我? 问我陈其美?”

“您不是司法部总长吗?”

“一个无权主持公道的司法部总长!”

“无权? 司法部总长竟然无权主持公道? 这是骗人!”

“骗人? 是的,是的! 只怕我连自己也骗了! 我这司法部总长还当个什么劲儿？——你们去吧，速速离开北平，我要一个人待一会儿，尽快写出辞呈！”

“您要辞职?”古竹韵惊问道，并为自己刚才说了过激的话而后悔不迭。因为，陈其美一直是同情和支持他们的。“您说……您要辞职?”她看了魏尔诺和秋妹一眼，又盯着陈其美问了一句。

“是的。”陈其美说道，激烈中带着某种心理平静，“我干吗还要坐在这自欺欺人的位置上！”

“您不该辞职的，陈总长。如果您为了张榕一案而辞职，就更不应该。您应该替张榕主持公道，而不应该退却。而且，我要告诉您，即使您真的辞职，我们也不离开北平。这官司我们打定了，也一定要打赢！”

“赢？天哪！你好幼稚呀，古小姐！”

“幼稚！这话怎么讲?”

“告谁？你们告的是谁?”

“这您知道的，陈总长。”

“是的，我知道。你们告的是赵尔巽和张作霖。”

“正是他们联手谋害了革命义士张榕！”

“可赵尔巽和张作霖是更大的革命义士！”

“胡说！是的，这是胡说！”

“小姐，先生，怕是你们还不知道，就在昨天下午，袁大总统通电全国各省，任命赵尔巽为东三省民国政府第一任都督，张作霖为奉天民国政府最高军事长官！”

听了陈其美的话，古竹韵的脑海里爆炸一样轰然一响，手中的诉状飘然落地。“不！”她挣扎般地大声叫道，“这不可能……我不信，我不信！”

“我也不信，可这是事实！”陈其美说道。此时，他见门口处一个手拿报纸和文件的属下，正为是否走过来而依违难决，便招了招手，“拿过来，拿过来。”待那人快步走过来，他一把将其手中的报纸夺入手中，迅即展开。“果然见报了！”他只溜了一眼，便这样说道，同时将报纸递到古竹韵手中，“看吧。白纸黑字，你们看吧！”

古竹韵用颤抖地手举起报纸，眼睛虽早已视物模糊，但那通栏大标题还是分辨得清的。只见上面写着：东三省日前改旗换历。袁大总统任命赵尔巽为三省总督，张作霖为三省最高军事长官。

古竹韵拿着报纸,浑身都处于瘫软和激烈的颤抖之中,那苍白的嘴唇是再也发不出声音了……

“是的,古小姐。”陈其美叹口气说道,“这就是事实。不过,古小姐,张小姐,魏先生,我得感谢你们。没有你们这一状,我不会像此刻这样清醒。——唔,对了,我还得告诉你们一个直到此刻我才相信的消息,据说,张作霖派人到北平来追杀你们,袁大总统获悉后电告张作霖,命他速速召回杀手,万不可在京城惹出麻烦,至于在东三省,一切均可听便。这无疑是说,你们回奉天也是死路一条!所以我奉劝三位,离京后且勿回奉,找一个僻静之处,隐姓埋名,去过几天安宁日子吧!”

此刻的古竹韵,看了看悲痛欲绝的秋妹和愤然沉思默想的魏尔诺,又看了看颓然落座提笔开始写辞呈的陈其美,真觉得自己陷入一场梦,一场再难醒来的噩梦。与其说她的心海在浊浪翻滚,莫如说她的心海变成了沙海,空荡荡的一无所有……

65

在古竹韵他们像三个梦游人一样离开司法部向英国使馆走去的途中，谁也没说一句话。但在古竹韵耳畔，却不断回响着陈其美的那句话：“没有你们这一状，我不会像此刻这样清醒。”

如果陈其美这话的意思是指投身革命，为革命而奋斗以及革命的胜利，到头来只是一场梦，梦醒时分，一切全都成了泡影；那么，她古竹韵呢？她走过的三十年的人生旅途，是否也是一场梦，此刻是否也该清醒了呢？

然而，不管古竹韵是否清醒了，张榕的这场官司败诉了不能再打下去了却是再清楚不过的事！

再在北平待下去已毫无意义。而且，有民国政府的司法官员敦促他们即刻离京，他们只好带着满腹的愤慨、疑惑、巨大的压抑和万般的无奈，顶着骤起的裹挟着黄沙的春风，离开了北京城。

到了天津后，他们如歧路亡羊，不知下一步该迈向何方。也许他们只能返回盛京。但他们又似乎谁也不急于迈出第一步。是厌恶，是胆怯，还是别的什么原因，他们自己也搞不清。

魏尔诺提议去海港看看。古竹韵点点头。秋妹则是无可无不可。

到了海港，那开进开出汽笛吼叫的轮船，那熙来攘往、人声鼎沸的客流，反而使他们更加心烦意乱。

于是他们来到了远离港口的海滩。

这里要好多了。没有乱人心神的景象。只有海风、海浪和沙滩。

他们迎着海风，望着黝黑色的海浪，在沙滩上默默伫立很久，很久。

魏尔诺终于打破了沉默。

“古小姐，”他一脸严肃地说道，“你有什么打算吗？”

古竹韵略显惊讶地迎接着魏尔诺有点儿异样的眼神，没有回答。

“我是说，”魏尔诺有点儿慌乱地垂下眼帘说道，“我是想问，古小姐还想回盛京吗？”

古竹韵依然没有作答，但那微微蹙起的眉头分明在说：“难道我还有别的地方可去吗？”

魏尔诺的心听到了古竹韵无声的回答。他接着说道：“我以为……古小姐没有必要回盛京了。”在他的表情中，除了不容置辩的坚定外，还带着明显的恳求。

古竹韵愈显惊讶。她惊讶的不是回不回盛京这问题的本身，因为，即使魏尔诺不提出来，她也势必要认真考虑一番。她惊讶的是，魏尔诺为什么用了“没有必要”这种提法，所以，她随即问道：“你是说，我没有必要回盛京？”

“是的，没有必要。”魏尔诺进一步肯定地说道。

“事情就这么了了？”

“只能如此。你别无选择。”

“我不明白。”

“你明白的，古小姐。我确信这一点。”

“可是……”

“可是你不愿承认失败。”

“失败！”古竹韵叫道，自己也意识到，与其说她的喊声是愤怒，不如说是挣扎，“你是不是认为我们已经彻底败在了赵尔巽和张作霖的手下？”

“不止这两个人。”

“就算不止这两个人吧。但至少我还有足够的力量对付这两个人！”

“不。”

“不？”

“是的，不。赵尔巽是你的生身之父，而且真心实意地爱你。对此，你比任何人都清楚。我不相信你会用自己的手去结束这个人的性命。”

古竹韵欲言复止。她咬牙沉默良久后，呻吟般地说道：“天哪！你……发现了我的弱点……”

“这不能简单地用软弱作出解释。而且，你即使坚强到能大义灭亲，你照样杀不了他。你也同样杀不了张作霖。自从那晚你逃离总督府那一刻起，他们是不会让你再有接近他们的机会的。特别是，陈其美总长曾异常明确地告诉我们，张作霖早已在奉省为我们主要为你古小姐布下了天罗地网，

只怕连赵尔巽也回护不了你,假如他想回护你的话,退一万步讲,就算你侥幸不死,甚至侥幸得手杀了他们,结果会怎样呢?对你和你的朋友是仇人的赵尔巽和张作霖,对你们民国政府却是栋梁!民国政府会放过你吗?你从此要东躲西藏,死神将如影随形般跟随着你。你的朋友们也都会跟着遭殃。是的,古小姐,你面对的不是两个人,而是一个政府,一个国家!"

古竹韵听魏尔诺似乎说完,便从艰难的思索中缓缓抬起头来说道:"你说的也许全对。可我……就得像陈其美说的那样,隐姓埋名,忍气吞声地去苟延残喘吗?"

"不。不会这么惨。"

"可我……该怎么办呢?"

"古小姐,人的生命是有限的。你生命中余下的部分,在你们国家怕是再难放出光辉了。不只我这个作为旁观者的外国人,你也是心如明镜的。但是,"魏尔诺侃侃说着,态度更加热烈起来,眼中也似乎燃起了一团烈火,而这烈火正无些许遗落地朝古竹韵直扑过去,"古小姐,你的生命完全可以在一个新天地里大放光彩!"

"你的话我不懂……"古竹韵说道。但她的表情和声音却在说明她懂。

"古小姐,跟我去波兰吧!"

"去……波兰?"

"我爱你!"

"魏尔诺!……"

"我一直爱着你。你知道的!"

"我……知道?"

"离开你,我会死的!——听我说完,古小姐——在英国使馆那些天,我听到不少欧洲的消息。波兰就要独立了。波兰在召唤我回去。我必须回去。可我离不开你……我原来曾想,我可以留在中国,留在你的身边,但现在,你也已经无法留在中国了,跟我一起去波兰吧!你在我的国家会受到礼遇的。我相信,以你的才智和能力,会在波兰做出一番大事业,会赢得全波兰的尊敬的。古小姐,跟我去波兰吧!哪怕你永远做我的朋友而不是我梦寐以求的妻子……"

古竹韵记得,还是在美国的时候,魏尔诺说过类似的话,只是没有这般直露。她当时的回答是很坚定的。她说,她当然不会在美国长居,但是,假如她有一天离开美国,她只能回中国,回盛京。此外的任何地方她都不会考虑的。至于魏尔诺爱她爱到不能自拔的程度,她也是心如明镜且异常感动的。在美国的十年,她已看惯了鹞眼鹰鼻和卷曲的金发,这种民族遗传因子造成的相貌上的差异,早已不再是造成她与魏尔诺感情隔阂的因素。她甚至想,如果她还能爱,还要嫁,那么,这个男人只能是魏尔诺。

可眼下,她不是在美国,是站在中国的土地上。她刚刚离开容不得她的北平城,正在为是否重返同样容不得她的盛京城而依违难决,她就不能不首先考虑到,她的下一步该向何方迈出以及如何了结她同魏尔诺的感情。

恰恰在这个时候,魏尔诺几乎和她想到了同样的问题,且极简单、极明了地提出了一个至少在魏尔诺本人看来舍此无他的答案。

古竹韵当然并不觉得魏尔诺这番话突如其来,也不认为这是对她在任何意义上的伤害。或许在她艰难的思索中,也曾朦朦胧胧看到了这样的前景,只是由于她说不清的某种恐惧和不甘心,使这前景难以清晰起来。

魏尔诺的一番话,无疑会使她从思维的一片混沌中冲决而出,面对一个具体的切近的而且必须作出明确回答的问题。

然而,这绝不是一个很简单的问题,与她是否同赵尔巽相认以及她曾遇到的任何难题相比,都要复杂到不知多少倍。让她立即作出回答,显然是不可能的。

所以,古竹韵面对魏尔诺期待的眼睛,半天没有说话。后来,她突然记起,与她一起的不仅仅是魏尔诺,脸上不由得一阵燃烧般火热,并下意识地看了一眼局外人一样伫立一旁的秋妹。

秋妹早已知道了古竹韵与魏尔诺之间十多年的奇特的甚至有点传奇色彩的经历,也知道魏尔诺一直苦恋着古竹韵。她认为,魏尔诺不仅仪表堂堂,而且胸怀坦荡,心口如一,更兼对爱情忠贞不渝,是女人的理想丈夫。古竹韵能有这样一个男人做伴侣,应该是一种幸运。而眼前,古竹韵满脸飞红似乎有点害羞的样子,肯定说明已经动心甚至早就等待这个时刻了。因而她说道:“古小姐,魏尔诺说得对,你是不能再回盛京了。魏先生是个好男人,你就跟他去吧。我会平安回到家的……”秋妹说到这里,想起自己从此又要做一只孤雁,而且只能去寄食海龙乡下的哥嫂家,免不了油然而生一股辛酸寂寥之情……

古竹韵仍旧一言未发。

她知道，让秋妹理解她此刻心理矛盾的焦点是不可能的。而且，秋妹提到的两个问题，也无须她作出回答。难道还有比她古竹韵更了解更信任魏尔诺的人吗？难道她会在任何情况下让孤立无援的秋妹独自一人踏上危机四伏的归途吗？

过了好久好久，低头沉思心潮翻滚的古竹韵慢慢转过身，举目朝大海看去。

眼前的海是那般湛蓝，那般博大，那般汹涌澎湃……

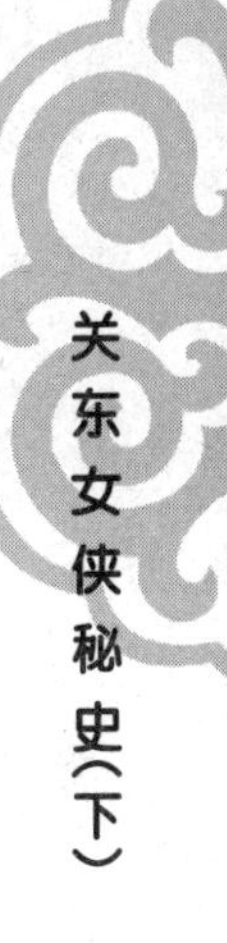

尾　　声

有关名噪一时的关东女侠古竹韵三十年的经历大体如前所述。

这些,无疑都是翔实可靠的。

据说,古竹韵到了波兰,便同魏尔诺结了婚,并改了个波兰人名字。她和魏尔诺都成了波兰政界的名流。在某一年,古竹韵还在魏尔诺全力协助下参加了波兰总统竞选。

我们还在一则清人笔记中读到如下一段记载:

“古竹韵濒行告人曰:此去求于三年内以异国人为波兰第一任女大总统。其志不知果能遂否。”

但是,传闻和笔记资料毕竟不是信史,况上述一段文字中猜度之意是显而易见的。特别是,在出国之前作此宣告,似与古竹韵的性格不符。

所以,笔者不想根据这些传闻和笔记,对古竹韵三十岁以后的经历再加演义。而且,与其增加画蛇添足之笔,莫如就让她在我们面前永远保持三十岁的美丽而稍欠成熟的形象。